水文记忆

河南省水文水资源局　编著

黄河水利出版社
·郑州·

图书在版编目(CIP)数据

水文记忆/河南省水文水资源局编著. —郑州：黄河水利出版社，2021.11

ISBN 978-7-5509-3019-3

Ⅰ.①水… Ⅱ.①河… Ⅲ.①纪实文学-作品集-中国-当代 Ⅳ.①I253.6

中国版本图书馆 CIP 数据核字(2021)第 124188 号

出 版 社:黄河水利出版社　　网址:www.yrcp.com

地址:河南省郑州市顺河路黄委会综合楼 14 层　　邮政编码:450003

发行单位:黄河水利出版社

发行部电话:0371-66026940、66020550、66028024、66022620(传真)

E-mail:hhslcbs@126.com

承印单位:河南匠之心印刷有限公司

开本:787 mm×1 092 mm　1/16

印张:30.75　　插页:6

字数:500 千字　　印数:1—1 300

版次:2021 年 11 月第 1 版　　印次:2021 年 11 月第 1 次印刷

定价:150.00 元

《水文记忆》编纂委员会

淮滨水文站多跨度水文缆道

淮滨水文站旧貌

淮滨水文站新貌

新村水文站旧貌

新村水文站新貌

传统的桥测

现代的桥测

耗时费力的传统船测

高效快捷的现代船测

传统的木帆船

现代的机电船

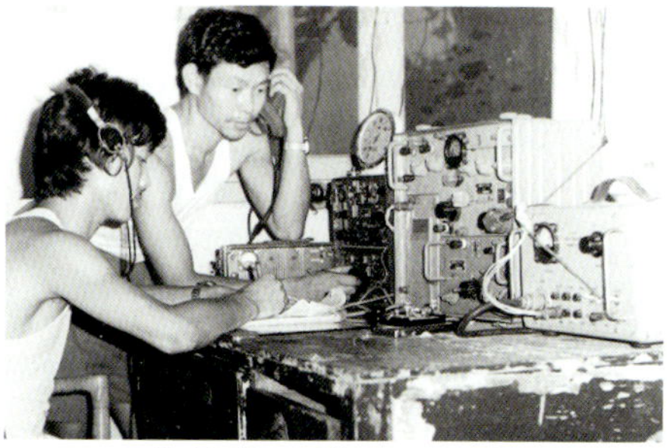
传统简陋的报汛设备

现代化的报汛设备

传统自记井

现代自记井

传统的观测场

现代的观测场

手动缆道房

智能缆道房

卫星小站

水文监测车

国控井比测

便携式电波流速仪

水准测量

传统水质监测设施

气相色谱质谱联用仪

现代采样设备

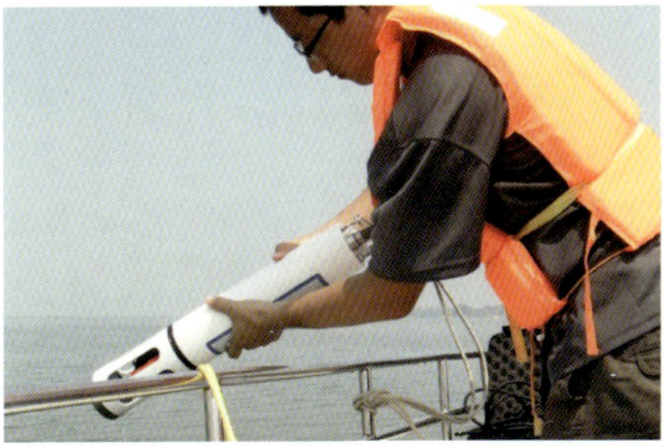

现场多参数监测

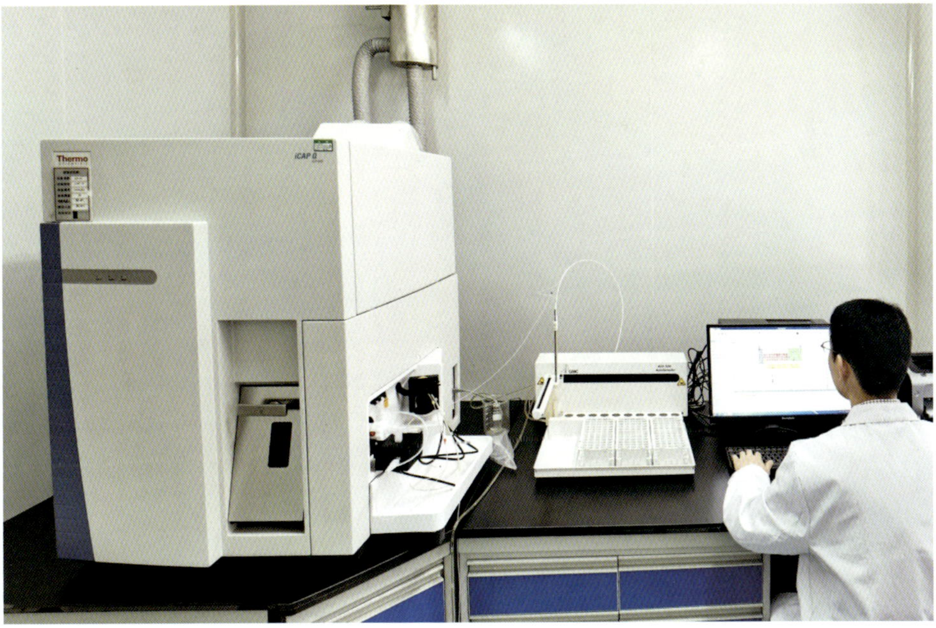

电感耦合等离子体质谱联用仪

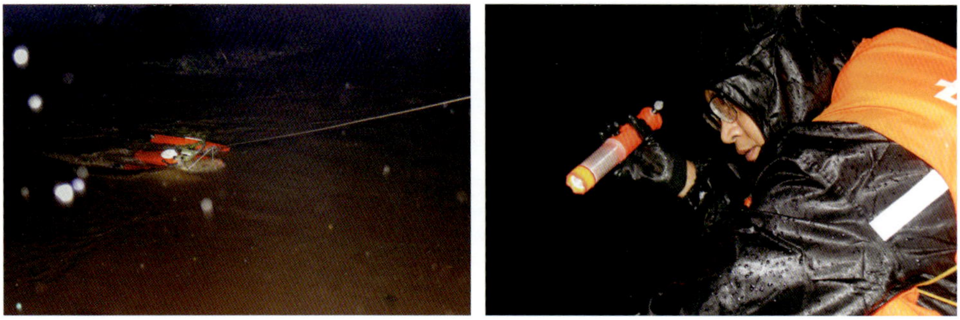

2020年7月17日信阳大水

2010年7月24日南阳水文局抢险

雨量计现场率定

实时记录洪水变化

低水位人工测流

参加水利部展演获特等奖

精彩水文人

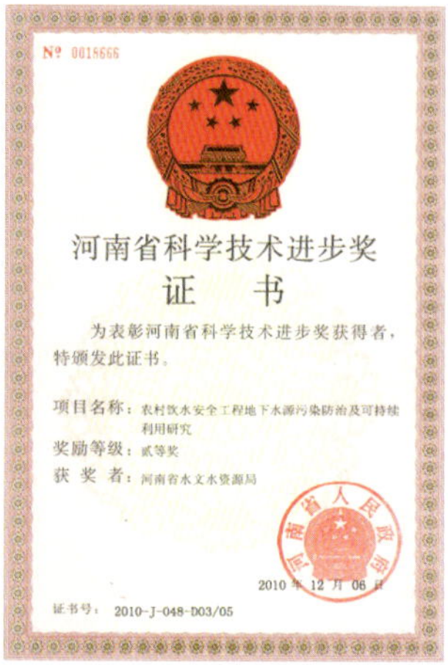

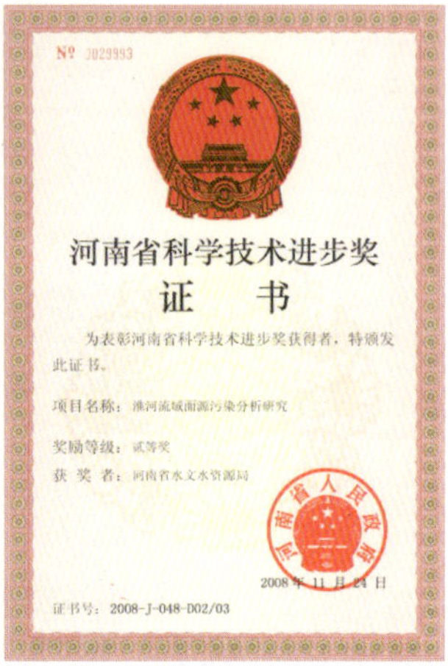

河南省科技科技进步二等奖

2008年全国水利科技工作先进集体奖状

2005年全国水利系统先进集体奖状

前　言

水，是人类赖以生存的重要资源，是经济社会发展进步的命脉，对人类文明进程有至关重要的影响。煌煌五千年华夏文明，因水孕育，依水而兴，随水延续，与水共存。

“治世之道，其枢在水”。兴水利、除水害，历来是治国安邦的大事。从大禹治水开始，孙叔敖、西门豹、李冰、王景、范仲淹……一代代伟人治水兴水的佳话流芳千古，中华儿女与水抗争、兴利除害的步伐从未停息，由此造就了广袤富庶的华夏土地，赓续了灿烂辉煌的华夏文明。

在中国版图上，有这样一个省份，它位置独特，地处南北气候和山区向平原的双重过渡带；它与水结缘，地跨长江、黄河、淮河、海河四大流域，境内1500多条主干河流纵横交错、2500多座水库星罗棋布。因历史上大部分位于黄河之南，故名“河南”。特殊的地理位置、地形地貌特征，使河南的气候复杂多变，气象灾害频繁，暴雨、冰雹、干旱等自然灾害时有发生，抗御水灾保安澜、丰水兴利保发展任务艰巨、责任重大。

有这样一份事业，它密切关注自然界中水的变化、运行等现象，精心监测气温、降水、蒸发，以及水位、流量、流速、含沙量、水质等诸多要素，为防汛抗旱决策提供技术支撑和服务保障，在防汛抗旱中扮演着“千里眼”“顺风耳”的角色。它便是水利工作的重要组成部分——水文。河南水文监测从1919年设立陕县水文站发端，百余年来，这份神圣而伟大的事业薪火相传、越做越大，至今水文监测站点已拓展到7320多处，形成了功能完备、布局科学、覆盖全面的现代站网监测体系，有力地支撑和保障了全省的经济社会发展。

有这样一群人，他们与水为伴，逆水而行，顶烈日、冒严寒，风里来、雨里去，不怕苦、不叫累、不惧难，迎战风雨，把脉江河，在防汛抗旱、水资源管理、水生态建设等方面发挥着不可或缺的作用。他们便是水文人。河南水文人把使命记在心头，把责任扛在肩上，年年岁岁守护着河南的河道、水库，日复一日安度着人生的苦乐年华，忠实地坚守着初心，奉献着爱心，把全部精力和满腔热忱奉献给了河南的水文事业，用自己的实际行动诠释着忠诚与大爱、责任与担当。

有这样一种精神，在它的鼓舞下，一代代水文人心无旁骛、脚踏实地、接续奋斗，为水文事业奠定了坚实稳固的基石；在它的支撑下，一代代水文人上下一心、众志成城、依靠集体智慧和集体力量，攻克了水文工作中的一个又一个坚固堡垒；在它的感召下，一代代水文人不求回报、不计得失，爱岗敬业、守土尽责，用韶华描绘着水文事业的绚丽篇章；在它的激励下，一代代水文人继往开来、迎难而上，扎实奋进、守正创新，开创了水文工作一个又一个崭新局面。这种精神便是“求实、团结、奉献、进取”的水文精神。精神永驻，代代传承！

《水文记忆》是河南水文人编纂的一部纪实类作品集。本书精选了反映河南水文工作的100多篇文章，以纪实手法，从不同视角、不同领域，以点带面，以小见大，真实地再现了河南水文事业从小到大、沧桑巨变的发展历程，描绘了河南水文人拼搏奉献、开拓进取的精神风貌，是河南水文干部职工工作、生活的一个缩影。出版这本书，旨在传递水文故事，传播水文声音，传承水文精神，让社会各界更好地了解水文工作、支持水文事业、助力水文发展，推动河南水文文化繁荣昌盛。

由于水平有限，不妥之处在所难免，敬请广大读者批评指正！

谨以此书向中国共产党百年华诞献礼！

编委会

二〇二一年七月

目　录

沧桑百年话水文

王鸿杰

大河之南,华夏腹地。因水而名,治水而兴。

河南,全国唯一地跨长江、黄河、淮河、海河四大流域的省份。地处南北气候和山区到平原两个过渡带,降水时空分布不均,水旱灾害频繁,治水兴水历来是这片土地上的头等大事。

作为现代水利的基石,100多年来,河南水文从蹒跚起步到大步迈进新时代现代化征程,谱写了一部"求实、团结、奉献、进取"的瑰丽乐章。

百年沧桑——岁月变迁　求索奋进

水文,是一门研究自然界水的分布、运动和变化规律,以及水与环境相互作用的学科。河南乃至中国最早的水文资料可上溯到四千年前的黄帝时期。《水经注·洛水》中记载,黄帝时期,洛河曾经连降七日七夜的暴雨,造成严重的洪涝灾害。

河南安阳殷墟出土的甲骨文中也有大量水文方面的记录,并且有小雨、大雨、急雨等定性降雨的描述。到了宋代,人们通过河槽水深和流速情况来估计洛河水量大小。明代以后,黄河开始有水情报汛机制。从清代开始,河南在淮河干流沿线设立水尺以报汛。

河南省具有现代意义的水文观测工作始于20世纪初。1914年,北洋政府以导淮局为基础成立全国水利局,并通令全国各省成立水利分局,自此开始由水利机构专司水文测验工作。1918年3月20日,北洋政府在天津成立顺直水利委员会,内设流量测验处,负责相关水文技术工作。

1919年初春,顺直水利委员会在黄河上设立陕县水文站,随后设立汲县水文站,从此揭开了河南省境内现代水文观测的序幕。同年11月,江淮水利测量局也在河南省境内设立洪河口水文站和三河尖水文站。后汲县和洪河口水文站因故被撤销,陕县水文站也由于三门峡水库的修建而撤销,唯有三河尖水文站历经百年坎坷，始终保持观测，是河南省连续记载、持有水文资料时间最长的水文站。

至1937年抗日战争爆发前，河南境内的水文站、水位站最多时达45处，雨量站达70多处。但到1949年中华人民共和国成立前夕，绝大部分水文站由于时局动荡都被迫停测，仅存水文站3处、水位站2处、雨量站2处，且数据资料缺失严重。

中华人民共和国成立后，河南水文站网得到了迅速恢复和发展。至1957年年底，全省设立各类水文站138处、水位站27处、雨量站371处，水文站网体系的雏形基本形成。经过多年的建设与发展，截至2020年年底，河南省拥有各类水文监测站网7915处，基本形成了项目齐全、布局合理、功能完备的河南水文站网监测体系，为全省水利工作和经济社会发展提供了可靠支撑。

改革开放前河南水文管理体制跌宕起伏。中华人民共和国成立前河南水文先后分属不同机构管理，中华人民共和国成立后，历经三次下放、三次上收，造成队伍不稳，严重影响了河南水文事业的正常发展。改革开放后，随着水利机制改革的深入推进，国家不断加大对水文人、财、物的投入，河南水文由涅槃到新生，真正迎来了春天。

水文机构逐渐健全。1980年各级水文站收归河南省水利厅统一管理，首先从组织上健全省水文总站和所属地市分站的机构设置，逐步增配党政及业务技术人员，改善各级水文站生产、生活条件。河南省水文总站1985年更名为河南省水文水资源总站，1997年又更名为河南省水文水资源局，2010年升格为副厅级单位，内设9个副处级职能处（室）。省内14个地市水文分站1993年更名为水文水资源勘测局，1995年升格为副处级事业单位。2005年，在全系统推行全员聘用制度，247名职工竞聘科级岗位，996名职工全部与单位签订聘用合同书。2011年，新成立三门峡、鹤壁、焦作、济源4个省辖市水文水资源勘测局，实现全省18个省辖市市级水文机构全覆盖。

测区建设富有成效。2004年经河南省水利厅批准，全省47个国家级重点水文站和30个省级重点水文站规格先后定为科级。2015年启动基层水文监测及水文站管理改革，全省规划设立66个县级水文机构，截至2020年年底，已完成56处测区机构组建、人员配备，制定了水文测区业务工作、应急测报、驻站管理等10多项工作制度，县域服务能力和水平进一步提高。

双重管理全面推行。为促进各市水文水资源勘测局和地方政府深度融合，2009 年 6 月，河南在全国率先推行水利厅与市政府“双重管理”体制，14 个水文勘测局加挂当地市水文水资源局牌子。2013 年信阳市潢川县水文站率先实行市水文局与县政府双重管理机制，开启河南省设立县级水文机构新试点，全省水文系统“省、市、县”三级管理体制新模式全面铺开。

千淘万漉虽辛苦，吹尽狂沙始到金。河南水文在探索中磨砺，在淬炼中成长，逐渐发展壮大，已经成为守护江河湖库安澜、服务经济社会发展不可或缺的重要支撑。

百年辉煌——砥砺前行　日新月异

河南省水文系统从中华人民共和国成立初期的 3 处水文站、2 处水位站、2 处雨量站，到现有 367 处水文站（其中国家基本水文站 126 处、水文巡测站 241 处），56 处水文中心站，168 处水位站（其中人工值守水位站 32 处、遥测水文站 136 处），3582 处遥测雨量站，636 处墒情自动监测站（其中固定站 106 处、移动站 530 处），277 个全省主要河流水库水质监测断面（包括国家水质重点站 90 个），27 个大中型水库水质监测断面，25 个重要饮用水水源地水质监测断面，259 个大型灌区水质监测断面，2443 眼地下水监测井（其中人工监测井 1723 眼、自动监测井 720 眼），76 处水环境生态流量站；从只有 23 名职工、2 名工程师，到现有职工 1164 人、各类专业技术人员 884 人；从“测站住土坯草房、测流用涉水船桨、计算是尺子算盘、拍报靠手摇铃响”，到站网科学化、站房标准化、测报自动化。

一百多年来，河南水文守正创新，笃实前行，实现了一个又一个全新跨越。

——水文设施提档升级

技术装备是水文现代化建设的关键指标和物质基础。早期的水文设施，基础薄弱，技术落后。站房多借用破庙或平房，水位观测全是人工水尺，渡河方式为涉水或渡船，测工劳动强度大，测流效率低，风险系数高。

岁序更替，华章日新，河南水文在探索中前行，在发展中“蝶变”。到 1953 年，漯河、周口等部分水文站汛期采用钢丝绳吊船过河，解决了涉水测流问题，石漫滩水文站开发了测流缆道的原型——流速仪输送器，从根本上解决了测流渡河问题。1966 年，率先在周口、漯河等四个测站建立水位自记井，实现了水位自动记录。到 1980 年，全省兴建各类缆道 108 处。20 世纪末，河南引进了可变频控制的缆道操作台，许昌水文局在此基础上开发了智能缆道操作台，实现了流量自动监测。安阳水文局开发了基于网络的远程缆道操作台，实现了远程网络测流。2010 年在信阳龙山水文站建设了流量实时在线监测系统，实现了流量全自动实时监测。

随着科技的进步，遥测水位计替代了人工水尺，遥测地下水位计替代了人工地下水测具，流速测算仪替代了秒表，声学多普勒流速剖面仪（简称 ADCP）替代了流速仪，全球定位系统（简称 GPS）替代了全站仪、水文测量船替代了舢板船等。这些大大减轻了职工工作压力，降低了工作风险，提高了工作效率。

“十五”以来，通过河南水文建设规划及中小河流水文监测设施建设，河南水文大步向前迈进，特别是“十三五”期间，河南水文新建改建房屋 8.21 万平方米、缆道 54 座，新建水位观测平台 432 座，购置 ADCP 等仪器设备 5026 台（套），改建水文站 61 处，新建改建水位站 136 处，新建雨量站 2158 处、水文信息分中心 18 处、省应急监测能力建设 1 处、水文巡测站 244 处，编制完成 236 条河流洪水预警预报软件系统。目前，所有水文站和水位站建设的水位自记井、测流缆道和测船全部更新改造，各地市局和测站配备了巡测车和桥测车。河南水文穿上了现代化的艳丽盛装，正以崭新的面貌向世人展示它的强大与威力！

——测报技术持续提升

20 世纪 80 年代之前，水位观测靠人工观读设在河、库中的水尺，雨量观测靠雨量筒，报汛靠邮电部门的有线电话网。随着水文事业的发展，测报技术不断向前飞跃。

雨水情监测实现现代化。1988 年，河南省第一个自动遥测站在鲇鱼山水库建成，水位、雨量实现自动监测，并通过无线通信网络，将水位、雨量监测数据传送到信阳测报中心。1996 年，省级雨水情信息收发实现计算机化。2000 年以来，仪器设备现代化水平飞速提高，浮子式遥测水位计、压力式水位计、雷达式水位计相继投入使用，极大地提高了水位测验精度和自动监测水平。2006 年，河南省国家防汛抗旱指挥系统工程、河南省中小河流（洪水易发区）水文监测建设工程等项目启动。2011 年，河南省中小河流水文监测系统工程建设项目开始实施。2015 年，雨雪量计取代人工雨量观测，河南水文现代化监测步伐进一步加快,观测人员足不出户就可以实时查看到河流水位等有关情况。

流量测验日益智能化。2003年之前主要是流速仪法,测一份流量需要2~3人耗时1~2小时。2003年,在淮滨、班台水文站首次引进了ADCP,用船或缆道拖动从河道的一岸到对岸,只需10~20分钟,无数条垂线的水深、各单元流速及流量全部由计算机显示出来,准确、快捷。目前大部分水文站都配备了ADCP。为了提高水文应急监测水平,河南水文还引进了电波流速仪,在桥上或空中测流,增强了测流的环境适配性。

地下水监测走向自动化。2010年之前,地下水监测全部是委托当地群众人工观测地下水埋深。随着科学技术的进步,2010年之后,开始设立150处地下水自动观测井,采用浮子水位计、远程终端控制系统、服务器、PC终端机,实现地下水埋深和水位遥测。2015年,河南省启动国家地下水监测工程建设,建成集712处地下水水位及水温监测数据自动采集、自动传输、数据整编、综合分析及数据共享和信息服务为一体的信息应用服务系统,实现对全省主要平原地区含水层地下水水位、水质的有效监测。

——服务范围深化拓展

中华人民共和国成立初期,水文经费投入较少。据调查,1956年以前全省水文经费年支出30万~50万元,1956~1963年为70万~90万元,1964~1979年,全省水文经费年平均支出约为146万元。

1980年水文体制上收省管后,水文经费逐年增加,年经费由200多万元增加至1995年的1500多万元,1996年省级财政开始实行零基预算,到2013年达到11435.37万元。特别在“八五”“九五”“十五”“十一五”期间,省计委和省水利厅批准组建站队结合基地和改造基层测站设施,中央和省共投入水文基建费8572万元。

截至2020年年底,水文经费投入达到了每年2.53亿元,是中华人民共和国成立初期的633倍,为水文事业快速发展提供了强有力的资金保障。

从最初单一的看水位、测雨量、测流量,到墒情监测、水质监测、洪水预警、水环境监测等为水利事业和经济社会发展提供有力支撑,河南水文服务范围不断扩展。

1955年第一个水质监测站建立。1973年开展地下水监测,为盐碱治理、抗旱、水资源管理及超采区治理服务。1986 年首次发布了《河南省水资源基本数据》，次年开始每年刊布《河南省水资源公报》，成为全省水资源开发、利用与保护的权威数据。2002 年，开展墒情监测，先后设置墒情人工监测站 121 处，至 2010 年，又建设墒情自动监测站 88 处。2010 年，为省环保厅开展生态流量监测，设置生态流量监测站 76 处。为保障沁河生态流量，2021 年，开展精细化生态流量调度，省水文局、济源水文局、焦作水文局、新乡水文局和洛阳水文局在沁河开展生态流量应急监测，济源水文局和焦作水文局局长期坚持沁河生态流量监测，为实施沁河生态流量调度、保障沁河生态流量达标提供了重要技术支撑。

目前，全省共有 10 个水质实验室，277 个水质监测站点，基本覆盖了主要河流湖库，达到了水功能区 100% 监测。相继开展了河流水库、水功能区、饮用水源地等水质监测，为河南省饮水安全、最严格水资源管理制度考核、污染防治攻坚等工作作出了重要贡献。

百年拼搏——栉风沐雨　玉汝于成

在百年岁月中，一代代水文人前仆后继，接续奋斗，青春在大江大河上绽放异彩。他们用实际行动维护了河南江河安澜、群众幸福安康。

三河尖水文站观测员杨子俊，在经费中断的情况下，仍坚持观测 30 年，并刻记诸多年份的洪水痕迹，保证了水位资料的连续性，1950 年杨子俊受到华东水利部的嘉奖。

孤石滩水文站职工陈应祥，1955 年 8 月 3 日抢测特大洪峰过程中，浮标投掷器发生故障，他纵身跳入汹涌的波涛，游到河对岸排除故障，终于测到 4650 立方米每秒的洪峰流量，被水利部、中国农业水利工会筹委会授予“全国农业水利先进工作者”称号，在中南海怀仁堂受到毛泽东、刘少奇、周恩来、朱德、邓小平等党和国家领导人的接见。

曾担任河南省水文总站副站长的田龙，长期从事防汛水文情报预报工作，主编的《河南省防汛水情资料汇编》《淮河流域实用水文预报方案》等，成为全省防洪调度决策的常用技术资料。1992 年经批准成为享受国务院政府特殊津贴专家。

后会水文站职工唐忠源，1973 年在驾船抢测洪峰时，测船被漂浮物撞翻，他把仅有的一件救生衣给同事穿上，自己却被洪水吞没了。南阳市内乡县人民政府召开追悼大会,追认他为人民烈士。

在河南历史上,那些刻骨铭心的洪旱灾害,那些抢险救灾的英勇之师,时代不会忘记,人民不会忘记。

1968 年 7 月中旬,淮河干流上游遭遇特大暴雨,暴雨从开始到雨止历时 96 小时,全流域平均降雨 490 毫米。信阳分站将淮滨站洪水预报和特大洪水预警,连同城关圩堤无法确保的情况,提前两天向信阳地区防汛指挥部作了汇报。地、县防指采取积极措施,帮助沿淮村镇群众迅速撤离,极大地降低了洪灾损失,凸显了水文预报的社会效益和经济效益。

1975 年 8 月 7 日,薄山水文站在水库内外通信全部中断的情况下,提前 16 小时预报水库将要溢洪,提前 6 小时精准预报洪水将超过坝顶,随后驻马店地区立即采取加固措施,避免了大坝溃决,确保大坝及下游宿鸭湖水库的稳固和数十万人民群众的生命财产安全。

1982 年 7 月底,北汝河发生大水,上游紫罗山水文站出现 7050 立方米每秒的洪峰流量,是中华人民共和国成立后的最大洪水。根据水文预报,襄城水文站将出现 4000 立方米每秒的最大洪峰流量,最高水位将达到 84.00 米,大大超过 82.50 米的保证水位,接近堤顶。在炸坝分洪和加高堤防两种抉择面前,水文专家根据天气形势、暴雨分布及河槽蓄水等情况,提出加强防守的建议。当地政府调集 5 万民工,加高子埝 0.5 米左右以固守堤防。最终实际洪峰流量 3900 立方米每秒、最高水位 84.34 米,仅低于抢修的子埝堤顶 0.2~0.3 米。准确的洪水预报和果断的防汛调度,避免了扒口分洪直接经济损失约 7000 万元,保住了数万人的家园。

2005 年,河南南部普降大到暴雨,局部大暴雨。南召县出现 13 小时降雨 648 毫米的局部山洪,水文部门预先报警,5000 名群众安全转移,无一伤亡;暴雨中心所在的信阳市、正阳县和新县一线,造成淮河干流爆发 1968 年以来的最大洪水,水文专家提前 24 小时预报息县超保证流量,为下游在建关店防洪工程及时采取防御措施、保障圩区内数万群众的生命财产安全作出了突出贡献。

2010 年豫西南特大暴雨、2016 年豫北洪涝灾害、2018 年台风“温比亚”带来的大暴雨、2020 年 7 月淮河流域区域性大洪水,水文部门都做出了及时准确的水文情报预报,为防汛指挥部门提供了精准的决策依据,将洪涝损失降到最低,使人民群众的生命财产安全得到有力保障,受到水利部等部门通报表扬。

2009 年,河南发生 60 年一遇冬春大旱,全省连续 100 多天无有效降雨。省水文局及时启动抗旱水文应急一级响应,组织水文专家为抗旱提供技术支撑,成立 8 个工作组参加省水利厅抗旱督导。全省 446 处雨水情报汛站雨量信息有雨即报,121 处墒情监测站每五日观测和报送一次土壤墒情,并根据需要随时加测、加报土壤墒情。在抗旱浇麦期间,强化地下水测报工作,变每月报送一次为每五日报送一次。河南水文在抗旱工作中的积极主动、优质服务受到了省领导好评,为全省在大旱之年仍取得粮食大丰收作出了积极的贡献。

百年传承——初心不改　再谱华章

中华人民共和国成立初期,河南省水文职工只有 23 人,至 1954 年,人数达到 400 多人,人员构成除少数技术骨干是民国时期留下来的人员及中专毕业的技术人员外,多数是招收当地青年学生或具有一定文化基础的人员,经过短期水文业务培训后参加水文工作。随着治淮高潮的兴起,一些水利院校和其他院校的大中专毕业生源源不断地来到河南水文系统工作,职工人数增加到近 800 人。

1980 年河南水文体制上收省管后,全省水文队伍从质和量上都有了巨大的变化,各大、专院校的本科生、研究生源源不断地充实到水文队伍,2009 年还引进了博士生,学历层次和专业范围涵盖了水文工作的各个岗位。截至目前,全省共有在职职工 1152 人,其中,本科以上学历占 66%,专业技术人员占 74.8%,专业门类全、知识结构好、业务素质高的河南水文职工队伍基本形成,为河南水文可持续发展提供了有力的人才支撑。

为提升人才队伍的战斗力、凝聚力,全省切实加强水文行业管理。1993 年,在总结中华人民共和国成立后水文管理实践经验的基础上,制定了《河南省水文管理暂行办法实施细则》。1994 年省政府办公厅印发《关于加强水文测报设施保护工作的通知》,2002 年省政府印发《关于加强水文工作的通知》,有力地促进了水文事业的快速发展。2005 年 10 月《河南省水文条例》正式颁布实施,2007 年 6 月《中华人民共和国水文条例》正式施行,标志着河南省水文事业进入有法可依、规范化管理的新阶段。2016 年河南省《水文业务定额标准》经省质量技术监督局批准发布实施,为河南水文依法履行行业管理职能提供了可靠保障。

2005年，省水文局成立水文监察支队；2009年，14个勘测局成立水文监察大队；2013年机构改革，省水文局机关内设水政监察支队；到2018年，18个地市水文水资源勘测局均设立水政监察大队。河南水文的水政队伍从无到有、从弱到强，逐步完善了水政监察体系，成为河南水行政执法体系的中坚力量。

百年守望，百年奉献，百年传承。

河南水文人创造了一个个“全国第一”“河南经验”“河南速度”。

1978年，息县水文站研制成功的对孔开关电动缆道连续取沙器获全国科学大会奖；1996年，河南省水文数据库工程被水利部评为国家水文数据库建设一等奖；2018年，中小河流水文监测系统建设任务全面完成并在全国第一个通过竣工验收；《流量在线自动监测规范》等七个地方标准颁布实施；水文监测管理改革河南模式在全国20多个省份推广；连续四年在全国统一测验质量检查评比中获优秀等次。

100多年来，河南水文人履职尽责、克难攻坚、团结奋进、无私奉献，先后涌现出“全国水情工作先进集体”“全国五四红旗团支部”等一批先进集体和“全国水利系统先进工作者”“河南省五一劳动奖章”获得者等一大批先进典型。《人民日报》、新华社、《中国水利报》、《河南日报》等多家媒体多次对河南水文改革发展进行宣传报道。

2019年年底，新冠肺炎疫情突如其来，肆虐中华大地。河南水文快速反应，扎实行动，坚决贯彻落实党中央关于疫情防控的决策部署，全系统广大党员干部冲锋在前沿，战斗在一线，积极参加小区、测站所在地疫情防控工作，共成立临时党支部6个，疫情防控突击队13个，800余名党员全员参与，发放疫情防控宣传手册、材料2000多份，为疫情严重地区捐款111112元，省局党委下拨党费26000元用于基层一线疫情防控，多方协调购买一批防疫物资捐赠给湖北省水文局，主动援助疫情严重地区，疫情防控阻击战取得胜利，受到各方赞扬。

按照水利部安排，河南水文对口援藏援疆，派出工作组到援助单位开展技术培训、业务指导，邀请新疆哈密水文局和西藏日喀则水文局人员到河南参加应急测报演练、勘测工技能竞赛和技术培训，增强实战能力。派出柔性援疆

"小组团",开展短期"帮带式、攻坚式、突击式、订单式"人才技术攻坚和智力交流合作。多年来,河南水文提供对口帮扶资金200余万元。

河南水文扛稳脱贫攻坚责任,认真做好脱贫帮扶工作,组织对上蔡县程老村困难家庭、登封市唐庄镇范家门村进行对口脱贫帮扶,开展捐款、走访慰问等活动,累计提供帮扶资金180余万元。

党的十九大以来,省水文局党委在省委、省政府和水利厅党组的坚强领导下,坚持以习近平新时代中国特色社会主义思想为指导,认真学习贯彻党的十九大和中央历次全会精神,深入推进"两学一做"学习教育常态化、制度化,持续巩固"不忘初心、牢记使命"主题教育成果,扎实开展党史学习教育,引导教育全系统各级党组织和党员干部增强"四个意识"、坚定"四个自信"、做到"两个维护",河南水文人的政治判断力、政治领悟力、政治执行力全面提高。严格落实党建工作责任制、党风廉政建设工作责任制和意识形态工作责任制,河南水文系统全面从严治党向纵深发展。以提升组织力为重点,加强分类指导、规范化建设和日常管理监督,基层组织基础更加坚实。不断强化日常警示教育,完善风险防控体系,扎紧扎牢制度笼子,深入推进以案促改制度化、常态化,一体推进不敢腐、不能腐、不想腐,全省水文系统风清气正,政治生态持续向好。

河南水文百年辉煌的背后,是水文人矢志不渝的坚守,大爱无私的付出,薪火不断的接力。历年来,河南水文受省部级表彰的先进个人有300多人次,荣获全国及省部级以上劳模荣誉称号19人次,全国及河南省五一劳动奖章获得者19人次,全国及河南省抗洪抢险模范46人次。享受国务院政府特殊津贴专家5名,省管专家1名,省学术带头人5名。

征程万里风正劲,重任千钧再起航。新的历史时期,河南水文将持续践行新时代治水思路,不忘初心、牢记使命、砥砺前行,为河南水利事业高质量发展和中原更加出彩作出新的更大贡献!

(作者单位:河南省水文水资源局)

用初心书写党建华章

杨传彬

中华人民共和国成立以来,河南水文系统各级党组织团结带领广大党员干部,以一往无前的进取精神和勇于探索的创新实践,走出了一条具有河南水文特色的党建发展之路。在新的历史阶段,河南水文人以新的使命和担当踏上了党的建设新征程。

光辉的历程　可喜的成就

纵观中华人民共和国成立后河南水文党建工作历史进程,党的建设大体经历了四个阶段:中华人民共和国成立之初到 1978 年党的十一届三中全会,党建工作处于思想政治与业务分离、人员与组织分散管理的探索阶段;1980 年到 21 世纪之交,党建工作进入恢复完善和改革发展新时期;21 世纪初至党的十八大前,河南水文在科学发展观的指引下,以改革创新精神提高党建工作科学化水平;党的十八大以来,河南水文步入了党建工作高质量发展阶段。70 多年来,河南水文党建工作方向明确,步履坚实,取得了不平凡的业绩。

——坚持政治理论学习,理想信念始终坚定

历届党委高度重视政治理论学习,始终把理想信念教育作为党员教育的中心内容,有效地提高了广大干部职工的政治素养和理论水平。中华人民共和国成立初期,水文系统在枯水期集中选送文化基础比较好的职工到学校系统学习马克思主义、毛泽东思想课程。20 世纪 50 年代,全国上下开展的整风运动、反右运动,以及社会主义教育运动,从某种程度上纯洁了河南水文党员队伍,提高了党性修养。"文化大革命"期间,河南水文系统虽受"以阶级斗争为纲"的"左倾"错误思想干扰,但水文职工坚定走社会主义道路的理想信念没有改变。党的十一届三中全会以来,河南水文系统先后开展了真理和生产力标准大讨论,组织了党的十四大、党的十五大,以及邓小平理论学习活动;进行了以"讲学习、讲政治、讲正气"为主要内容的党性、党风教育活动;以学习实践“三个代表”重要思想为主要内容的保持共产党员先进性的教育活动；以深入学习实践科学发展观为主要内容的“新解放、新跨越、新崛起”大讨论，“讲党性修养、树良好作风、促科学发展”教育活动。特别是党的十八大以来，先后开展了党的群众路线教育实践活动、“三严三实”专题教育、“两学一做”学习教育和“不忘初心、牢记使命”主题教育等一系列教育活动。通过一系列的教育和活动，党员干部思想不断纯洁，政治素质明显提高，政治上、思想上更加坚定成熟。

——加强领导班子建设，基层党组织不断夯实

1949年中华人民共和国成立至1980年，河南水文经历了由分散到统一管理、“三下三上”的艰难曲折过程，先后隶属于8个单位部门管理，经历了12任负责人，党的组织及政治思想工作归属地方领导。1980年各级水文站收归省水利厅统一管理，成立中共河南省水文总站党委，所属分站建立党支部，开启了水文系统党的建设的历史新时期。随着改革开放的展开和不断深化，各级党组织围绕中心、服务大局，从实际出发切实加强和改进基层党组织建设。1980年至今，省局党委先后召开了四届党员代表大会，产生了9任党委领导班子。2016年，为认真贯彻落实《中国共产党党和国家机关基层组织工作条例》和省委《〈中国共产党和国家机关基层组织工作条例〉实施办法》，省局党委在信阳、南阳、驻马店、郑州、周口等5个勘测局分别建立党总支，下设党支部，截至2020年底党支部总数达到43个，进一步扩大了基层党组织的覆盖面，增强了基层党组织的凝聚力、战斗力。2018年，省局党委在水利系统率先开展了基层党组织的规范化建设，按照“统筹分类指导、定量定性结合，强化制度规范、推进常态管理，加强监督检查、突出示范引领，注重上下联动、着力整体推进”的工作思路，制定了标准化、规范化建设实施办法，不断加强基层党组织的规范化建设，实现组织设置更加科学优化、领导班子更加坚强有力、党员队伍更加充满活力、场所功能更加务实管用、工作载体更加形式多样、制度机制更加健全完善、基础保障更加充分有力、工作业绩更加突出有效的目标，使全省水文系统基层党组织达到规范化建设的要求。各级党组织在加强基层组织建设的同时，大力加强党员队伍建设，认真做好在各个层次的先进分子中发展党员的工作，党员数量从1980年的近200人发展到2020年底的815人。切实加强领导班子建设和干部队伍建设，1989年以来，先后组织了5次

“双推双考”选拔干部，为干部队伍建设注入了新的活力。从落实党的知识分子政策，到实施科教兴局、人才强局、服务立局、文化塑局战略，再到贯彻“党管人才”和“尊重劳动、尊重知识、尊重人才、尊重创造”的具体举措，在革命化的前提下实现干部队伍的年轻化、知识化、专业化，不断调整和充实各级领导班子，推动新老干部的交替与合作。大力培养选拔优秀年轻干部，不断优化干部队伍结构，着力提高党政干部人才、经营管理人才、专业技术人才三支队伍的基本素质，培养造就了一支适应改革开放和水文现代化建设的干部队伍，整个干部队伍和各级领导班子的结构大大改善。

——密切联系群众，工作作风持续改进

河南省水文局历届领导班子十分注重作风建设，根据形势和结合实际开展了一系列教育活动，不断推出改进作风的重要举措，把作风建设始终融入水文工作的全过程。特别是1980年以来，全省水文系统在加强党的作风建设上采取了许多重大措施。1990年，认真贯彻党的十三届六中全会提出的《关于加强党同人民群众联系的决定》精神；2001年，认真落实党的十五届六中全会提出的《关于加强和改进党的作风建设的决定》精神，对加强作风建设作出了部署，实施了一系列重要举措。2000年以来，各级党组织按照党中央、省委和水利厅党组的要求和部署，大力倡导以热爱祖国为荣、以危害祖国为耻等“八荣八耻”的社会主义荣辱观，大力倡导勤奋学习、学以致用等八个方面的良好风气；先后在全系统党员和领导干部中开展“讲党性、重品行、作表率”教育活动、“讲党性修养、树良好作风、促科学发展”教育活动、党的群众路线教育实践活动和“作风建设年”活动等，着力改进学风、文风、会风，坚决破除形式主义、官僚主义。开展了中央八项规定及其实施细则精神贯彻落实监督检查，不断促进中央八项规定及其实施细则精神在全系统贯彻落实。更加关注民生，切实解决基层干部职工最关心、最直接、最现实的利益问题，坚持每年为职工办实事、解难事、做好事，对水文站危旧站房进行改造、更新配置办公设备、组织职工参加医疗保险、每年为职工体检一次、加强水文职工岗位培训和继续教育、组织基层一线优秀站长进京参观、实施“帮贫解困”长效机制等，切实提高了党组织的凝聚力、战斗力，密切了党群、干群关系。

——强化监督执纪问责，良好政治生态逐步巩固

1980年以前，河南水文纪检监察工作隶属省水利厅直接管理，1981年2

月水文总站成立纪委,1989 年设立监察室,两块牌子,一套领导班子,合署办公。而后,全系统在各支部原有纪检委员的基础上,14 个局相继配备了监察员,纪检监察部门充实了专职审计人员;2015 年 7 月省局增设纪委书记和监察室主任,分别于 2016 年 1 月配备纪委书记,2016 年 5 月配备监察室主任。40 多年来,河南水文坚持一手抓改革发展、一手抓惩防腐败,坚定不移地开展党风廉政建设和反腐败斗争,形成领导干部廉洁自律、查办案件、纠正部门和行业不正之风的反腐倡廉工作格局。从 2002 年起,省局党委制定了《河南省水文水资源局廉政建设责任目标》,实行党风廉政建设责任制,与所属部门单位层层签订责任书,形成党委统一领导、党政齐抓共管、纪委组织协调、部门各负其责、依靠干部职工支持和参与的领导体制和工作机制。坚持从严治党原则,以完善惩治和预防腐败体系为重点,加强反腐倡廉建设,制定了"加强党风廉政建设责任制意见"、领导干部联系点制度、承诺办实事制度,建立健全了领导干部民主生活会、领导干部任期审计、个人重大事项报告、领导干部谈话诫勉等制度,并对各级领导班子、领导干部进行届中、任期考核和年度履行职责,以及党风廉政情况进行全面考核。坚持教育为先,认真贯彻落实中央八项规定及实施细则精神,深入学习贯彻落实中国共产党《廉洁自律准则》《纪律处分条例》《问责条例》,持续营造风清气正的政治生态。注重开展经常性的党性党风党纪、警示教育和岗位廉政教育,通过专家辅导、集中学习、党员干部廉政微家书和座右铭征集活动、参观廉政教育基地等多种形式进行警示教育。针对重大节假日腐败易发多发特征,在"春节""五一""端午节""中秋节"等节假日来临前夕,发布廉政提醒,通报中纪委、省纪委曝光的违纪案例,集体观看警示教育片,广大党员干部廉洁自律意识不断提升。全面实行"两个责任"落实双报告制度,认真贯彻党内监督条例,加强对党员领导干部特别是主要领导干部、人财物管理使用、关键岗位的监督,认真落实《水利厅领导干部经济责任审计若干规定》,落实水文基本建设项目签订项目合同的同时签订党风廉政建设责任书制度,强化处级干部廉政档案动态管理,认真做好监督执纪问责。开展党员干部出入隐蔽场所违规吃喝专项治理,一人不漏签订承诺书。认真开展懒政怠政为官不为、公款消费高档白酒等专项治理。深入推进以案促改制度化、常态化,引导党员干部从反面典型案例中吸取教训、举一反三、引以为戒,为水文发展起到了保驾护航的作用。

——凝聚群团组织合力，精神文明建设成果丰硕

坚持党建引领，支持群团组织按照各自章程开展工作，积极组织开展丰富多彩的文体活动、劳动竞赛及“青年文明号”“五一巾帼标兵岗”等活动。结合水文工作实际，围绕“抓好创建促工作、做好工作促创建”的思路，积极探索精神文明建设新途径，形成了“以机制建设为保障、以队伍建设为基础、以行风建设为重点、以业务建设为载体、以文化建设为牵引”的“五位一体”精神文明建设工作架构，明确了文明专干，建立了定期与各级文明办联络制度，完善精神文明考核评价机制，在全系统持续开展精神文明建设先进单位、先进个人及文明处室评比活动，营造了浓厚的精神文明建设氛围。积极开展党员志愿服务，积极参与文明城市建设，开展党员进社区、文明上网、义务献血、义务植树等志愿服务，把文明价值融入到日常工作生活中。编印了《水之韵》《感动水文》《印象水文》等图书，制作了《水兴中原》水文专集，提升了社会公众对水文工作的认知度。2020 年 4 月，省局机关和全系统 13 个地市水文局成功创建“省级文明单位”；其余 5 个市水文局均为市级文明单位，有力地促进了水文事业健康持续发展，树立了水文行业良好形象。

宝贵的经验　深刻的启示

党建工作始终坚持以加强自身建设、完善制度来巩固。经过水文管理体制的“三上三下”波动，河南水文深刻认识到加强党的建设的重要性。特别是党的十一届三中全会以来，历届党委十分重视党的基层组织建设，把完善各级党组织作为党建的首要任务，认真抓好机构、人员、制度三落实，建立健全一系列党内生活制度，选准配强基层党务工作者，使各级党组织成为立党为公、执政为民，求真务实、改革创新，艰苦奋斗、清正廉洁，富有活力、推进和谐的坚强领导核心。

党建工作始终坚持以围绕中心、服务大局来开展。各级党组织紧扣党委中心工作和业务发展任务来部署工作，围绕优化领导班子抓选人用人导向，围绕廉政建设抓干部作风转变，围绕科教兴局、人才强局、服务立局抓人才工程，围绕水文现代化建设创新党建服务载体，围绕和谐水文建设丰富党建工作内容，实现了业务工作和党建工作“两手抓、双丰收”。

党建工作始终坚持解放思想、改革创新来推进。70 多年来，在“文化大革命”的敏感时期，在拨乱反正、平反冤假错案的紧要关头，在推进体制改革、人

事改革的重要时刻，在全面建设水文现代化的关键时期，全系统各级党组织始终做到解放思想、实事求是、与时俱进，以改革创新精神切实加强和改进党建工作，确保了河南水文的各项改革、各项建设顺利推进。

党建工作始终坚持以制度创新、强化阵地来保障。中华人民共和国成立以来特别是近年来，省局党委始终坚持党的理论联系实际的学风，突出制度建设的保障作用，使基层党的建设的感性认识理性化、零碎经验系统化、成功做法制度化，推动基层党组织建设走上制度化、规范化、标准化之路。各级党组织整合各类资源，充分利用教育活动平台，切实把基层组织活动阵地，转变为新时期党的理论、方针、政策的宣传阵地，切实用党的最新理论成果武装头脑、指导实践、推动工作。

（作者单位：河南省水文水资源局）

潮头踏浪风满帆

江海涛

1921年,中国革命的红船起航,承载着人民重托与民族希望的巍巍巨轮穿越百年的光辉历程,是一幅波澜壮阔的历史画卷,是一部催人奋进的长歌史诗。

透过历史尘烟,回首历历往事,走过世纪风雨的河南水文,沿着这条红色轨迹,舵稳、舱实、帆正的破浪前行。初心不改的航向、大刀阔斧的改革、科技兴水的气魄、伏波安澜的担当。那披荆斩棘、治水利民历程中的片片浪花,似激荡的鼓点、奋进的足音,汇集成河南水文大步迈进新时代的磅礴乐章。

艰苦奋斗　一份矢志不渝的忠诚初心

作为中国唯一地跨四大流域的省份,河南特殊的地理位置决定了水利不仅是中原经济发展的命脉,更是社会建设的重要支撑,“水利举而百业兴”。坚持党的领导、加强党的建设,是河南水文发展的“根”和“魂”。中华人民共和国成立以来,河南水文历届党委时刻与党中央保持高度一致,注重发挥基层党组织的作用,保证了广大党员干部在各种历史考验面前始终立场坚定、旗帜鲜明,1980年共有党支部11个,党员不足200名,至2020年年底,发展到党总支5个,党支部43个,党员815名。河南水文百年来从蹒跚起步到水文监测站网星罗棋布,从设备简陋到基础设施建设不断增强,从邮电报送到预测、预警能力不断提升,一代代水文人不负时代重托,不负青春韶华,一路迎风战雨高质量的发展,书写了在中国共产党领导下浓墨重彩的辉煌篇章。

1919年初春,顺直水利委员会设立陕县水文站,同年11月江淮水利测量局也在河南省境内设立三河尖水位站和洪河口水文站,标志着河南水文的起步。1949年中华人民共和国成立之初,河南境内仅存水文站3处、水位站2处、雨量站2处,水位站观测资料年限短且不连续。

中华人民共和国成立后,党中央把治水兴水放在保障国家长治久安的战略高度，全国掀起了水利建设高潮。基于淮河流域大规模河道治理，以及防汛、除涝、流域规划等对水文资料的迫切要求，水文作为水利建设尖兵，得到了恢复和发展。从1949年到1957年年底，河南水文经过8年的发展建设，全省范围内设立各类水文站138处，水位站27处，雨量站371处，初步形成了门类基本齐全的水文站网体系和水文管理体系。

中华人民共和国成立之初，经济初启，百业待兴。1956年以前全省水文经费每年约50万元，1956~1964年为70万~90万元，无运行经费，无技术改造费等专项经费。经费紧张，只能捂紧“钱袋子”，精打细算，节俭持“家”。为节省开支，办公场所因陋就简，大部分都是租用公房、民房、庙宇、祠堂和民船，从屋里能看到天。因为年久失修，一到雨季，常常是“外面大下，屋里小下；外面不下，屋里滴答”。多数水文站地处偏僻深山，职工外出工作时，常常肩挑行李、自带干粮，有时还需要骑马背枪。被称为“河南水文小西藏”的信阳大坡岭水文站，又称“淮河第一站”，1952年在两省三县交界处设立了水文观测场，控制流域面积1640平方公里。该站地处山区，交通不便，水文站所在山头无法通车，距离信阳市区五六十公里，离最近的集镇还有6公里山路，工作、生活条件极为艰苦。当时大坡岭水文站只有一名职工，不通水电，照明就靠煤油灯。20世纪80年代初，上级领导到大坡岭水文站检查工作，只能步行上山。在检查中发现财务账簿上有豆饼、干草的支出记录，一问之下才知道，因为不通水、不通车，为解决日常生活用水，站上养了一头骡子，每周赶着骡车下山拉一次水。遇到大雨测报无法下山，就只能一边忙测报、一边用盆、瓮储存雨水来喝。

一代人有一代人的使命，一代人有一代人的担当。在当时河南水文“条件艰苦、工作辛苦、生活清苦”的情况下，无数河南水文职工怀着对党和人民的忠诚及对水文事业美好未来的憧憬，在山沟里安营扎寨，河流边落地生根，一山一水一条路，一舟一舍一辈人，在艰苦奋斗中用火热的青春和无私的奉献锻造河南水文的激情岁月。

“一条小船，水上骏马；一间陋室，岸边灯塔；一顶斗笠，风吹雨打；一根水尺，鉴定年华”，是20世纪六七十年代水文工作的真实体现。当时河南水文办公和测报设施落后、技术力量有限，一个单站水准点校测往往都是十几天甚至一个月；水文资料整编以手工为主，计算工具主要是算盘、计算尺。由于手段落后，程序复杂，当年的水文资料往往要第二年年底才能整编完毕；相关水文资料的检索，也全部采用人工在水文年鉴中查找、抄录。在这一阶段，为了提高测整报质量，职工们想方设法克服困难，没有条件创造条件，自己动手修理仪器设备、革新改进水文设施，开动脑筋艰苦创业。河南水文系统也积极在职工中开展政治、业务培训，比先进、赶先进，大搞技术革新。同时吸收了一批大中专毕业生，水文职工队伍素质得到了提高，更多优秀的水文职工加入到钻研业务、创新发明的队列，在水文基础理论和科学试验研究中取得多项科研成果，在生产科研一线创造着一个又一个的行业奇迹。一大批专业技术人员脱颖而出，在水文事业发展中做出了突出成绩，河南水文系统受到省部级表彰的先进个人300多人次，其中李芳青、陈应祥、田龙、王志芳、宋良璧等同志被授予全国劳动模范的荣誉称号。

1952年，嵩县水文站职工李芳青创新的刀割式浮标投放器研制成功，并在全国推广应用；石漫滩水文站首创的流速仪输送器，成为河南省水文测流缆道雏形。1972年，在水利部水利司的倡导下，河南省水文总站及九省（直辖市、自治区）组成技术协作区，共同承担缆道取沙器的试验研究任务。由河南省水文总站成立缆道连续取沙器试验研究课题组，赴息县水文站现场开展专项试验研究，1973年，成功研发的缆道连续取沙器得以推广应用，并获1978年全国科学大会奖。

在河南水文发展的道路上，水文职工们凭着不屈不挠的苦干加实干，秉承“爱岗敬业、奋发进取”的精神，在平凡的岗位上作出不平凡的贡献，推动着河南水文事业激流勇进，砥砺向前。1957年，白沙水文站首开水化学测验项目；1971年息县水文站自动缆道成功建造；1976年，河南省新建雨量站200多处，恢复、重建水毁水文站30多处；1977年，河南防汛报汛首个组网工程“沙颍河流域超短波通信网”组网成功；1978年，河南省逐步建立起比较完善的水文站网，大部分水文测站实现了水文测验缆道化。1999年，河南省积极推进水文测报自动化进程，至2000年，共建成自动或半自动水文缆道73处，自动测报水位站42处，自动测报雨量站296处。截至2020年12月底，河南水文系统共有各类水文监测站网7915处，每年为各级防汛决策部门提供水文信息1000多万份。这些具有里程碑意义的成就，为河南水文在披荆斩棘中朝着新的奋斗目标前进，奠定了坚实的基础。

春天旋律　一缕科学决策的时代曙光

中华人民共和国成立以来,河南水文积极主动融入大局,坚定不移地为国家经济社会发展提供最为强力的技术支撑。1978 年以来,改革开放和新时代科学发展决策,为河南水文的阔步前行注入了新的生机。

在 1964~1990 年,河南省水文基础设施建设投入仅为 826.6 万元,主要用于水文测验设备的更新改造,用于生产用房建设的资金极为有限。1990 年,河南省水文系统基建工程正式纳入“八五”省级水利基建计划,这是中华人民共和国成立后水文基础设施建设项目首次纳入国民经济发展计划之中。随着“八五”计划的实施,落实资金 1519 万元,完成水文勘测基地建设 17 处,为职工建生产、生活用房 29647 平方米,配置 16 套巡测交通工具及测验设施分别用于水文局和基层测站。使河南省 14 处驻市水文局基地初具规模,办公、生活条件得到改善,站网优化布设得到加强,河南省水质中心具备开展工作条件,填补了河南水文系统无省级水质监测机构的空白。

1995 年“工程带水文”政策的出台,再次使河南水文迎来了新的发展机遇。由于经费长期投入不足,1998 年之后,河南省在水利工程建设项目中,相应安排水文基础设施的新建和改造工程项目,使水文基础设施、测站办公、生活条件等得到逐步改善。从 1998~2010 年,在包浍河治理改造工程、白龟山水库除险加固等工程中分别列入水文设施建设资金约 900 万元。其中,在 2004 年淮河干流上中游河道整治及堤防加固等工程水文遥测及信息系统工程中,分别对信阳长台关、淮滨等水文站投入 75.08 万元和 81.80 万元,用于水文测流缆道、自计水位井和雨量观测场建设,以及测船、ADCP、水文巡测车购置,供水、供电改造等基础设施建设。十几年间,“工程带水文”作为河南省水利建设的一个基本政策,发挥了很大的作用,使河南水文基层测站的办公条件和基础设施得以改善。2010 年之后,随着水文基础建设投入机制的完善,“工程带水文”才逐步取消。

“九五”期间,河南省完成了重点水文站改造建设工程 48 处,实现了河南水文从以建设水文局(队)基地为重点,向建设基层水文站为重点的重大转折;“十五”期间,水文抢险指挥车、GPS、电波流速仪等先进设备在测报一线投入应用,测洪能力、报汛手段、信息数据处理储存检测功能等逐步增强。国家级重要水文站测洪能力提高到 50 年一遇、省级重要水文站测洪能力达到 30

年一遇的标准。"十一五"水文规划将"水文站网监测能力建设、水情信息服务体系建设、水质监测及应急能力建设、地下水自动监测工程建设、水文信息化建设"等五个重要体系建设作为河南水文新时期方向,使河南水文在经济社会发展中的综合服务能力在这一历史阶段取得了质的飞跃。

前进号响,大河激荡。2000年之后,随着国家水利机制改革的深入推进,为完善中小河流水文监测和预测预警预报体系,提高中小河流防灾减灾能力,国家投入近10亿元用于推进河南水文基础设施建设,在河南省实施了"水文水资源监测工程""中小河流水文监测系统工程""大江大河水文监测工程(一期)"等一系列项目,江河大治全面铺开。

为保证中小河流工程建设任务落实,河南省水利厅成立河南省中小河流水文监测工程领导小组,18个驻省辖市水文局成立建管处作为省水文工程建管局的现场机构,负责项目的具体实施工作,依照"统一管理,分级负责"的管理模式深入推进。河南省中小河流水文监测工程共完成投资6.97亿元,使水文设施设备得到全面革新改造,共新建、改建房屋8.21万平方米,改建水文站61处,新建雨量站2158处、236条河流预警预报系统和水文信息化工程,新建、改建了7处巡测基地和56处县级水文中心站等。河南中小河流水文监测系统工程建设的投资之大、涉及范围之广、投资效益之显著,是中华人民共和国成立后河南累计水文工程投资和建设规模所无可比拟的。

"工程带水文"和河南中小河流水文监测系统工程建设的实施,使河南水文基础设施建设再次发生质的飞跃,河南水文防汛应急监测能力及河流预警预报水平得到显著提高。从中华人民共和国成立初期的50万元,到"十二五"期间的10亿元,党和政府的政策支持及足够的资金投入,极大地推动了河南水文发展步伐,在新时代乐章里奏响了春天的旋律。

体制改革　一卷砥砺奋进的前行画卷

从中华人民共和国成立至1978年,河南水文由分散到统一管理,历经了创业发展"起步期"和"起落期"。随着国家水利机制改革的深入推进,不断健全完善水文管理体制和水文法规制度建设,大刀阔斧地全面改革,成为水文事业长远发展的可靠保障。

1980年改革开放之初,各级水文机构收归河南省水利厅统一管理后,首先健全了组织机构,总站成立中共河南省水文总站委员会,分站建立党支部,逐步增配了党政及业务技术人员。在1980年以后，河南水文管理体制实行省、地、县三级垂直管理。在改革理念上，积极探索“站队结合”的管理新模式，坚持地表水与地下水并重、水量与水质并重、水情防汛与水资源服务并重新思路，1983年在商丘水文分站首先试点“站队结合”新机制。1985年，河南省水文总站更名为河南省水文水资源总站，地市级水文机构得到不断加强，大批水文水资源等专业大学生进入水文队伍，水文站网逐次优化，水文投资力度稳步增加，水文发展稳健推进。1988年，实行“三定一包”责任制，对技术人员实行聘任制，部分岗位竞争上岗，至1994年，全省共改制成立由省局直管的商丘、开封、漯河、平顶山、濮阳等5个科级水文勘测队，由地市水文局管理的副科级水文勘测队12个。

随着经济社会发展和河南水文服务范围的不断拓宽，河南水文需要不断创新体制、机制。1997年2月，河南省水文水资源总站更名为河南省水文水资源局，14个地市水文分站升格为副处级事业单位，并更名为水文水资源勘测局。2008年，为更好地发挥水文工作的社会服务能力，水利部开始在全国范围内推进基层水文部门省市双重管理体制的改革。2009年6月，河南水文14个地市水文勘测局全部完成了双重管理体制转变。至2017年，河南省18个水文勘测局全部设置了市级水文机构，并实现双重管理。双重管理体制的全面实现，初步理顺了水文管理体制，进一步完善了河南水文的优化管理和战略布局，拓宽了水文服务范围，奠定了新的高质量发展之路，“一子落，满盘活”。

随着河南水文管理体制的逐步健全和完善，加强水文法规和制度建设迫在眉睫。从1984~2016年，河南省相继出台了《河南省人民政府关于保护水文测报设施、设备和测验场地的通告》《河南省水文管理暂行办法实施细则》《河南省人民政府关于加强水文工作的通知》《河南省水文条例》等。尤其是2005年5月26日河南省第十届人民代表大会常务委员会第十六次会议通过的《河南省水文条例》，明确规定省人民政府应将水文事业的发展纳入国民经济和社会发展总体规划，所需经费应当纳入年度预算。同年，河南省水文水资源局成立水政监察支队，在14个市水文水资源勘测局设水政监察大队，依法查处水事案件，维护水文正常工作秩序。2007年6月，《中华人民共和国水文条例》正式颁布施行，标志着河南省水文事业进入有法可依、规范化管理的新阶段，为水文依法履行行业管理职能提供了有力保障，在河南水文加强行业管理，系统性、整体性、重构性的深入改革历程中构建起现代治理体系。

随着水文信息在社会发展中的作用日益凸显，水文观测项目和内容增多，水文业务工作量成倍增长，监测和运行维护管理任务日益繁重，原有的“常年驻站、固守断面”监测方式无法满足庞大的水文监测站网的运行管理要求。2016年，《河南省水文监测管理改革方案》的出台和实施，在全省范围内依托中小河流新建的市、县水文中心站和国家重点水文站，兼顾行政区划和流域水系，统筹管理各类监测站点，创新巡测、应急监测、购买社会服务的工作与管理机制。至2020年年底，河南水文已完成了56处县级水文机构监测管理改革，成立了县水文水资源局(测报中心)，优化整合了监测力量，在做好防汛抗旱减灾、涉水工程建设与运行服务监测工作的同时，加强了服务水资源管理的监测，拓宽了为城镇化发展、水生态文明建设服务的监测内容。水文测区改革的递进深入，确保了测区水情测报工作，在河南水文探索管理创新和技术创新的“双新”道路上有序推进。

科技引领　一路激昂澎湃的河南速度

春潮带雨晚来急。信息化时代带来了新的挑战和发展机遇，加强水文信息化建设，用“科技兴水”拓宽水文的社会服务领域，是新时代河南水文发展前行的必由之路。

20世纪80年代开始，河南水文的信息化建设从无到有，在实践中“摸着石头过河”。1982年，为顺应时代发展需求，提高水文工作效率，经河南省水文总站领导班子研究，购买了一批PC-1500袖珍计算机，用于水文资料整编和洪水预报计算，是河南水文信息化的开端和尝试。这一年，由河南省水文总站水情科研发的淮河息县以上流域单元汇流洪水预报软件，首次实现洪水演算电脑化，将以前多人多小时才能完成的工作量压缩到了7分钟内完成。研发和应用的成功，激励大家不断探索前行。1984年，为进一步促进河南水文系统的科技改革，河南省水文总站又投资5万多元购买了一台IBM-PC计算机，用于开发以DBASE为平台的水情电报自动接收处理系统，这一系统的开发及应用，再次开辟了河南省水文系统使用数据库技术的先河。

随着改革开放的深入，河南水文也开始不断走出国门，派专人先后赴美国、荷兰等国家交流考察，多次参加国际性学术讨论会和国内跨部门、跨学科学术交流报告会，加大了水文技术交流力度，推进了水文信息科技和自动化建设步伐。1986年以后，在水利部水文局的支持和组织下，河南水文从美国引进了分时多用户、多任务VAX小型计算机系统应用在河南省水文资料整编工作中。从此，水文资料整编告别了“手工作业”，完成了向信息化、自动化形式的转变。水文数据库建设及水情网络建设相关软件的相继开发，也完成了水情信息的自动传递，提高了防汛抗灾的决策效率。至1999年，河南省共建成自动测报站点42处，基层无线通讯网65处，河南水文信息化建设强化科技导向的前景更加广阔。

进入21世纪以后，河南水文在“从技术导向型向服务导向型转变、从数据服务型向成果服务型转变、从行业水文向社会水文转变”的新发展理念引导下，以加强水文水资源监测体系建设为基础，提高预测预报能力为重点，将信息化建设列入重要发展规划，进入第二次质的飞跃。2007年年底，河南省国家防汛指挥系统13个水情分中心全部建成，459处遥测雨量站实现了雨量信息10分钟自动采集，241处水位站点实现了信息自动采集传输，所有报汛信息可在1~2分钟内传至省水情中心。2010年以后，河南省墒情和部分地下水自动监测系统、水文站监测断面远程视频监控系统、全省视频会议系统、应急通信指挥系统、水文综合办公系统等信息化服务平台先后建成并投入使用，水文服务的形式和内容更加丰富和深入。2013年7月8日，河南省省长谢伏瞻、省军区司令员卢长健等到河南省水情中心指导工作，对河南水文信息化建设工作给予了充分肯定，并提出要进一步强化监测预报调度，及时准确发布预警预报信息，确保关键时刻“拉得出、顶得上、守得住”。

近40年河南水文信息化建设的有序发展，实现了水文测报信息传递从电报报汛到实现卫星通信，水文测报信息处理从手工操作发展到水文数据全程自动化。大批水文先进技术和仪器设备如雨后春笋般广泛应用在水文测报工作，为水文信息化建设提供了坚强有力的科技支撑。2013年年底建成的河南省水文应急通信指挥系统，综合了多种通信手段，实现了全高清、多手段通信，保证了抗洪抢险救灾指挥的及时、可靠、不间断。该系统多次深入防汛一线，在既有通信无法到达现场的情况下，第一时间将抗洪抢险现场雨水情信息及音、视频信息传送至防汛抗旱指挥中心，为防汛抢险科学决策提供了重要依据。在加强水文防汛抗旱服务、提高社会防洪减灾能力的阳光大道上，河南水文用先进的水文信息化服务质量和时效，领跑出一路疾驰的“河南速度”。

江河为证　一肩人民至上的中原担当

信仰如旗，凝聚磅礴的力量；理想如炬，照亮前行的征程。在百年奋进的历程中，河南水文始终把坚持党的领导，笃定践行初心作为矢志不渝的历史荣光。在历年的防汛抗旱工作中，河南水文经受住了严峻的考验，冲锋在前，及时测报，准确预报，为防灾减灾屡建奇功。在淮河、沙颍河、洪汝河、卫河等大中型河道沿岸的抗洪抢险中，在王家坝、宿鸭湖、鲇鱼山、昭平台、鸭河口等多座大型水库的防洪调度中，以及在老王坡、泥河洼等滞洪区的历次运用中，河南水文的水情测报预报发挥了重要作用，最大限度地减轻了洪涝灾害造成的损失，取得了巨大的经济效益和社会效益。1968 年 7 月，淮河干流特大暴雨历时 96 小时，淮滨出现最高水位 33. 29 米，最大流量 16600 立方米每秒，信阳水文站提前两天发布洪水预报，在沿淮堤防大部分决口漫溢的情况下，把洪涝损失降到最低；1975 年 8 月，洪汝河特大暴雨，薄山水文站在水库内外通信全部中断的情况下，全凭预报经验，提前 16 小时准确预报严重水情，确保了大坝及下游宿鸭湖水库和数十万人民群众的生命财产安全。1991 年，淮河流域大水，河南水文提前一天预报王家坝水位将超过分洪水位，促使濛河洼蓄洪区适时开闸蓄洪，鲇鱼山水库在超汛期限制水位 2. 98 米的情况下，果断关闸停泄 33 小时，保证了史灌河堤防安全，水文减灾效益达 2 亿元。在社会的广泛参与下，先后战胜了 2004 年澧河超标准洪水、2010 年豫西南特大暴雨、2016 年豫北洪涝灾害、2018 年台风“温比亚”带来的暴雨水、2020 年豫南淮河干流特大暴雨，通过及时准确的水文情报预报，为防汛指挥部门提供了精准的决策依据，将洪涝损失降到最低，使人民群众的生命财产安全得到有力保障。1978 年以来，河南水文情报预报累计实现减灾效益达 184 亿元，为促进国民经济和社会发展作出了重要贡献。高高矗立的丰碑，镌刻着“党和人民利益高于一切”的无限忠诚；百折不回的初心与豪情，诠释着使命必达、人民至上的中原担当。

在 2010 年 7 月豫西南百年不遇的特大暴雨中，南阳西部 7 个水文站同时发生了建站以来的最高水位和最大流量，其中荆紫关水文站最大流量 8790 立方米每秒，超过了 1958 年最大流量。汛情如山，一个支部就是一座堡垒；一名党员就是一面旗帜。“首战用我，用我必胜，让党旗高扬，让党徽闪耀！”南阳水文水资源勘测局党支部书记王林战前动员掷地有声。在丹江上游的荆紫关水文站,水位观测组党员全耀勇坚守在水尺旁,每6分钟观测一次水位;测验组党员黄志泉、杨明武不顾风大浪急,泗激流、爬钢塔、除险情、测洪峰;南阳水文局党支部副书记突击队长田海河、科长陈朝阳等站在摇摇欲坠的渠堤上看水位、观浮标、发信号、传信息;党员李文胜凭借过硬的技术,描点绘、算流量,确保水情信息及时准确。从西峡到米坪,从淅川到内乡,从李青店到荆紫关,一支听党指挥、能打硬仗的水文队伍在大洪水面前临危不惧,勇敢前行,用实际行动诠释着河南水文的铮铮铁骨和尖兵本色。这次超百年一遇的特大暴雨,南阳水文在第一时间发布预警10余次,向各级防汛部门发送雨水情信息6504份,为20余万宛西群众安全转移赢得了宝贵时间。

岁月不居,时节如流。社会的发展给水文工作提出了新的要求,特别是随着新技术、新手段的不断革新,给河南水文事业的发展也不断注入新的活力,现代水文测验管理、水情报汛与服务、预报调度一体化等能力大幅提升,在一次次波澜壮阔的"洪水大考"面前,河南水文留下一串串兴水惠民助发展的坚实脚印。

2020年7月,受7月16~23日降雨影响,淮河干流王家坝等4个水文站出现超保证洪水,淮河干流淮滨等6个水文站出现超警洪水,另有9座大型水库先后超汛限水位。汛情严峻,河南省水文水资源局立即启动应急测报跨区增援预案。关键时期,省局党委书记、局长王鸿杰靠前指挥,深入测报一线,参与水雨情形势分析研判,参加防汛会商,身临抗洪前沿指导防汛水文测报及安全生产工作。省局应急指挥车兼程前往,各市局抽调以共产党员为主体的13个突击队、71名队员立即启程,连续行驶数百公里异地驰援,当天赶赴淮河暴雨洪水前线,凝聚起奋战大洪水的强大合力。党旗插在前沿,党员冲在一线!在前方,水文尖兵们坚守在测报一线,迎战一轮又一轮暴雨洪水,成为守望江河的一盏盏"灯塔",筑起了一道道坚固的"水文防线";在后方,河南水文水情预报的"最强大脑"——水情处干部职工,强化值守、滚动分析、科学研判,不眠不休连续奋战,及时发布水雨情预报,为防汛决策提供了强有力的技术支撑。

据统计,这次洪水过程中共接收、处理遥测信息55万余份,各市人工水情电报6万余份,向水利部水文情报预报中心、各流域机构及相关省份转发雨水情信息 459 万余份，共享预报成果 30 余站次，发布预警信息 836 站次，成功预报了淮河干流及淮河南岸各支流河道、水库的洪水，为科学调度出山店、泼河、鲇鱼山等大中型水库蓄洪、削峰、错峰提供了重要决策依据；通过精准预报和科学调度，有效避免了老王坡蓄滞洪区的开闸分洪。在千里河堤上，筑起守望安澜的坚强防线；在一次次的洪水考验面前，用“更快、更准、更强”的应急监测工作能力展现了淮河水文测报的“河南力量”。

百年正是风华茂，奋楫扬帆再出发。“十四五”已起步，新征程已开启，河南水文正站在新的历史起点。征程万里，重任千钧，心怀“国之大者”，河南水文将以防洪测报为己任，推进建设流域洪水“空天地”一体化监测，扎实做好水旱灾害防御；以资源承载为约束，提高水资源安全利用水平；以“四水同治”为目标，加大水生态保护和水资源治理力度；以水文科技为引领，推进流域水文综合管理能力现代化。冲劲不减，干劲不松，蓝图已绘就，正当扬帆踏浪行！

（作者单位：河南省水文水资源局）

见证《河南省水文条例》出台

岳利军

2005年5月26日,《河南省水文条例》(简称《条例》)经河南省十届人大常委会第十六次会议表决通过,于2005年10月1日正式实施。这是河南省水文法制建设进程中具有里程碑意义的一件大事,填补了河南省水文立法的空白,标志着河南省水文事业步入有法可依、规范化、法制化管理的新阶段。《条例》自2003年6月纳入河南省立法进程以来,历经两年,先后修改20余次,形成审议13稿。笔者作为省水文局《条例》起草小组组长,见证了《条例》出台的前前后后。

《条例》出台背景

水文工作是国民经济和社会发展中的一项重要基础工作和社会公益性事业,主要任务是通过按照专业规范要求布设的雨量、水位、流量、泥沙、蒸发、地下水位及水质等专业站网,监测各水文要素的时空变化,为防汛抗旱、水资源管理、水资源保护提供实时信息,并通过资料的逐年积累,探求各水文要素的内在变化规律,为工程规划与设计、水资源开发利用及经济社会发展提供重要的基础数据,尤其在防汛抗旱减灾工作中发挥"耳目"和"参谋"作用。同时,针对全省水资源、水污染等方面的问题,通过开展全省地表水、地下水资源评价及水质监测、水污染调查评价、墒情监测、饮水安全、水土保持监测等工作,为水资源统一管理、水资源优化配置、节约用水等提供了可靠的技术支撑。

但是,目前河南省水文工作中还存在着一些亟待解决的问题。突出表现在:水文行业的管理职能不够明确,水文资料的观测、整理和使用缺乏统一规范;水文经费投入不足,水文基础设施标准偏低,测报手段落后;水文行业管理体制不健全,地方政府对水文事业的支持不够;水文基础设施和观测环境缺乏法律保护,破坏、盗窃、侵占水文设施、仪器设备的现象时有发生;水文管理的法制建设滞后,在《水法》《防洪法》等法律、法规中虽然有一些原则规定,但国家和河南省都尚未出台专门的水文法律、法规。这些问题,严重制约了水文事业的健康、持续、稳定发展。

2002 年 10 月 1 日实施的新《水法》在水资源管理体制、水资源权属、水资源规划、水资源节约和保护、法规责任等方面都有较大突破。明确国务院水行政主管部门负责全国水资源的统一管理和监督工作。突出了水资源规划配置、节约和保护,强化了水资源统一管理的执法监督。新《水法》明确提出:“加强水文、水资源信息系统建设”“加强对水资源的动态监测”,“制定规划,必须进行水资源综合科学考察和调查评价。”在水质监测工作方面,新《水法》指出,要对水功能区的水质状况进行监测,发现重点污染物排放总量超过控制指标的,或者水功能区的水质未达到水域使用功能对水质的要求的,应当及时报告有关人民政府采取治理措施。长期以来,水文部门的水量、水质监测工作,主要是收集掌握河流水量水质基本情况,水质监测作为水资源管理的执法监督手段体现得还很不够。新《水法》为我们的工作职责定了位,在当前水资源紧缺与水污染日趋严重的情势下,在加强水资源统一管理中,水文水资源监测作为水资源管理的一项基础工作的职能必将予以强化。为此,必须加强水文法制建设,为经济社会发展提供信息保障,这是贯彻新《水法》强有力的举措,是河南省配套实施国家法律的具体体现。

《条例》出台过程

2002 年,根据省水文局的安排,笔者负责起草《河南省人民政府关于加强水文工作的通知》,经河南省人民政府(豫政〔2002〕第 5 号)文件执行。2003 年,河南省人大常委会正式把《河南省水文条例》纳入河南省立法进程,成立了编写组,成员有:河南省人大农工委韩天经、王红滨、王松钊,省水利厅水政处焦建林、樊浩明,省水文水资源局杨大勇和笔者。省水文水资源局成立起草小组,笔者任组长,于新芳、王志芳、杨正富为成员。

2003 年 5 月,经省水文水资源局党委讨论决定,启动《条例》立法工作,省水文局时任局长杨大勇亲自负责,笔者负责起草编写和与省人大、省水利厅有关部门的对接工作。6 月 8 日,省水利厅向省人大报送《条例》立法申请。2003 年 7 月,省人大农工委将《条例》列入 2004 年立法调研任务。2003 年 11 月,依据《中华人民共和国水法》《中华人民共和国水文条例(送审稿)》等有关法律、法规,学习、借鉴外省、市政府出台的加强水文工作的相关资料,在深入调研的基础上，形成《条例》草稿。随后，省水文局召开各级、各类座谈会广泛征求意见。2004 年 6 月，省人大农工委组织修改形成《条例（草案征求意见稿）》，送省人大法制委、省政府法制办、省辖市、部分县（市）和省直有关单位征求意见。同时，以省人大名义邀请水利部水文局、黄河水利委员会水文局、淮河水利委员会水文局及河南省水利系统水文、法律方面的专家座谈，广泛听取各方面的意见。2004 年 9 月 28 日，省人大农工委召开会议，对《条例（草案征求意见稿）》，进行了审议修改，形成了《条例（草案）》，并于 10 月 9 日发送省政府征求意见。省政府办公厅于 10 月 27 日回函表示同意《条例（草案）》，并建议加快《条例》立法进程。2004 年 11 月 22 日，省人大农工委向省人大常委会主任会议做了汇报，同意提请本次常委会会议审议。23 日，人大常委会第十三次会议分组讨论《条例》，并提交省人大法工委修改。2005 年 5 月 9 日，省人大法工委在充分调研的基本上，讨论修改《条例》，完成《条例》审议稿。5 月 26 日，省委书记、省人大常委会主任徐光春主持河南省十届人大常委会第十六次会议，表决通过了《条例》，并于 2005 年 10 月 1 日正式实施。

在《条例》出台过程中，河南省水文水资源局高度重视，做了大量艰苦细致的工作。局党委通过学习《中华人民共和国水法》《中华人民共和国防洪法》《中华人民共和国水污染防治法》及其他有关法律、法规，认为河南省水文事业虽有较大发展，但随着现代化进程的加快，社会各行各业对水文服务质量的要求越来越高，水文只有通过立法，在法律的保障下，才能持续发展，下决心启动《条例》立法工作，并通过会议和多种形式向广大职工进行宣传教育，为全省水文法制化管理奠定了良好的思想基础。

河南省水文局党委把水文立法当作头等大事，多次向省水利厅党组汇报依法开展水文工作的意义及水文立法的重要性，得到厅党组的重视和支持，明确一名副厅长亲自指导水文立法工作，水利厅水政处派一位副处长和两位同志，负责帮助水文立法工作。水利厅办公室从各方面给水文立法大力支持和给予方便。同时，多次与省政府法制办、省人大农工委、法工委沟通、对接，省人大农工委、法工委分别派出专人多次到省水文局商讨、研究，通过调研，修改形成《条例（征求意见稿）》。在各级领导的重视、关心、支持下，反复征求意见，终于获得省人大高票通过。

为把水文立法工作抓紧抓好，抓出成效，省水文局由杨大勇局长亲自抓，笔者具体负责，成立专门小组，聘请3位经验丰富的老领导王志芳、于新芳、杨正富参加，由笔者担任组长，负责《条例》的起草、修改工作。条例编写组认真学习有关法律、法规，查阅水文规范、辞海、防汛手册等书30余卷册，先后20多次讨论修改《条例》。同时编写了“河南省水文事业发展情况汇报”、《条例》名词解释、“关于河南省水文条例草案说明”、《条例》法律依据等材料，积极向有关部门宣传汇报，邀请省人大农工委、法工委领导和同志们到省内外考察调研，吸取他们的好经验，反复修改完善，群策群力，最终促成《条例》出台。

《条例》内容解读

《条例》颁布以后，笔者和省人大法工委的同志们一道，又编印了《河南省水文条例释义》，对《条例》进行全面、准确的解读。

理顺水文管理体制。中华人民共和国成立以来，河南省水文管理体制历经多次变化，削弱了水文管理职能，影响了水文站网和职工队伍的稳定。《条例》将水文管理体制稳定在省一级，明确“省人民政府水行政主管部门负责全省的水文工作，其所属的省水文机构负责实施具体管理。”“省辖市行政区域内的水文工作，由省人民政府水行政主管部门派驻的水文机构，在上级水行政主管部门和省辖市人民政府领导下负责管理。”对保障水文工作的稳定起到了重要作用。根据这一规定，市水文勘测局按照行政区划进行设置，市、县水文单位应当根据当地经济社会发展的需要，为当地政府提供优质的水文服务，市水文机构单位的领导应为防汛抗旱指挥机构办公室的成员。

明确水文经费渠道。20世纪80年代以前，河南省水文经费数量少，没有基建费，20世纪80年代以后，随着水利事业发展，水文经费略有增加，有少量基建费。20世纪90年代实行“零基预算”和水文基建列入“五年计划”后，经费才有所改善。但是，随着事业的发展，服务面的扩大，经费远远不能满足需要。为此《条例》规定：“省人民政府应当将水文事业的发展纳入国民经济和社会发展总体规划，所需经费应当纳入年度预算。”“大型水库，重点中型水库和重要水利枢纽的建设单位应当设立水文测站，并纳入全省水文站网管理，其建设费用由建设单位承担。”这就从财政体制和法规上保证了水文工作的经费渠道。按照《条例》规定，凡是因修建工程影响或危及水文场地，监测环境、监测设施，致使水文工作遭到破坏而需新建改建的工作经费应列入工程建设计划。

提升水文站网整体功能。目前,在河南省的水文站网中主要有流量站网、水位站网、泥沙站网、雨量站网、水面蒸发站网、水质站网、地下水观测站网、墒情站网等。当前的主要问题是:非水文部门设的站没有纳入全省站网;专用站管理薄弱,设立和撤销没有核查备案制度,监测未能执行统一的技术标准,成果代表性不高;有些地方的水文测站监测项目不配套,不能充分发挥水文站网的效能,引起水账不清,水量不平衡,产生一些水事纠纷。为使站网规划遵循"科学规划、合理布局、有效利用,兼顾当前与长远需要"的原则,避免重复建设,使水文站网建设适应经济社会发展和国民经济建设的全局及长远利益,发挥最好的整体功能,全省水文站网应由水文机构实施统一管理。《条例》明确规定:"全省水文站网由省人民政府水行政主管部门按照国家和全省的水文规划组织建设,省水文机构实施管理。""大型水库、重点中型水库和重要水利枢纽的建设单位应当建立水文测站,并纳入全省水文站网管理。""因专门业务需要设立专用水文测站的,应当经省人民政府水行政主管部门批准。专用水文测站由设立单位或者其委托的水文机构建设和管理。需要在基本水文测站增加专用监测项目的,由使用资料单位提出要求,水文机构组织实施和管理。"《条例》对水文站网的规划、建设、管理等权限做出了明确规定,保障了水文站网精干、高效,充分发挥其应有的功能。

强化水资源动态监测。近年来,突发性水污染事件频繁发生,严重危及城乡居民的生活用水安全,保障水安全已成为今后一个时期水利工作的重要任务。《水法》规定:"县级以上人民政府应当加强水文,水资源信息系统建设。县级以上人民政府水行政部门和流域机构应该加强对水资源的动态监测。""水文机构应当加强对水资源的动态监测,在出现水体受到污染危及用水安全的情况时,水文机构应当跟踪监测,并及时报告所在地人民政府和有关部门。水文机构开展水文水资源动态监测工作时,有关单位和个人应当予以配合。"跟踪监测是在上下游、左右岸协调采样监测、分析后及时报告所在地人民政府和有关部门。水资源动态监测工作是保护水环境的重要措施,涉及河流上下游、左右岸诸多单位和个人利益,只有相互协调,彼此配合,才能做好工作。

确立水文资料审查、汇交制度。由于目前水文行业的管理职能不够明确,水文资料观测、整理、审查缺乏统一规章,影响了水文资料的权威性、工程设计质量、决策水平和对水资源的科学管理。为此,《条例》规定:由省水文机构负责全省水文资料的收集、整理和汇总、审定、储存工作,以保证水文资料的完整性、可靠性、代表性、一致性。河南省于1999年建成国家级水文数据库,已录入水文数据900兆字节,使资料得以完整、妥善保存和方便、广泛应用。根据《条例》,直接从江河、湖泊或者地下取水并需申请取水许可证的建设项目及组织有关国民经济总体规划、城市规划水资源论证,开展水资源评价、防洪影响评价和重大建设项目水资源论证,水事纠纷处理、水行政执法活动,法律、法规规定的其他有关活动,所依据的水文资料,应当由水文机构提供或者经其审查。同时,为加强水文监测资料的统一管理,提高水文监测资料的精度,充分发挥水文监测资料在国民经济和社会发展中的作用,合理保护水文监测资料汇交的合法权益,建立水文监测资料汇交制度是十分必要和迫切的。汇交的水文监测资料包括:基本资料、专项资料、各类水文调查报告等。基本水文资料一年内汇交;各专项资料在二年以内汇交;各类水文调查报告等经审查验收后,半年之内汇交。非水文单位设置的重要引退水口、排污口,以及重要断面监测的水量、水质资料,重要地下水源地、漏斗区的地下水位和水质资料,应无偿向省级水文机构汇交。水库、水电站、拦河闸坝等取用水工程的管理单位应当向省级水文机构报送取用水工程的取退水、蓄泄水资料。水文机构应当妥善存储和保管水文监测资料,按照资料共享的原则,根据国家有关规定,提供和使用水文监测资料。

保障水文工作用地。20世纪80年代以前,水文站用地大多通过当地政府,征用民房、庙宇等,或者是划定一定范围作为水文站建站用地。20世纪80年代以后,新建和扩建水文站用地,一般通过当地政府征用,给予一定经济补偿,但缺乏正规的用地手续。目前,河南省大多水文站没有办理正规的用地手续,常在用地问题上产生矛盾,给水文监测工作带来一定的困难。为了保障水文工作用地,《条例》规定:"水文观测用地由省人民政府水行政主管部门派驻的水文机构会同水文测站所在地人民政府有关部门合理确定,需要增加的用地,依法办理用地审批手续。"水文测站应根据工作的实际需要,由当地人民政府有关部门依法确认已用的土地使用权,做好定边划界、设立标志等工作。水文测站的管埋范围,任何单位和个人不得侵犯。

保护水文监测环境。近年来,随着经济社会发展,人为偷盗、损毁水文设施的现象不断发生,水文监测环境受到严重干扰,保护水文监测环境已迫在眉睫。此外,由于各种工程的修建改变了水文站原有的测验条件和水流情势,多处水文测站被迫迁移。为此,《条例》对监测环境和设施的保护,做了详尽的规定,对违反《条例》规定的行为,做出了法律和行政法规的处罚规定,从法律的高度,为水文监测环境和设施保护提供了强有力的保证。

此外,《条例》对水文监测标准、技术规范实施、委托监测、水文资料公开等内容做出了明确规定。

(作者单位:河南省水文水资源局)

勇攀水情工作新高度

赵彦增

河南地跨长淮黄海四大流域，处于南北气候过渡地带，极端天气多，水旱灾害防御任务重。多年来，河南省立足实际，把握规律，创新求精，在全省建立起了完善的水文情报预报信息传输体系、分析预报体系、会商研判体系，水文情报预报工作逐步走向了信息化、自动化、科学化，跃入全国前列。

瞄准前沿　夯实基础

作为防汛抗旱的“耳目”和“参谋”，河南省水文情报预报工作担负着全省报汛站管理，信息传递、接收、处理、预报服务，担负着向国家防总、淮委、黄委、长江委、海委、省防办、各兄弟省份等30家单位传输汛情和发布汛情预报的重要任务。水情工作者注重发挥行业优势，瞄准国内水文行业技术发展的前沿，积极探索，开拓创新，使全省水文领域新技术应用水平不断登上新台阶。

20世纪90年代中期，在对全国报汛通信状况进行调研的基础上，为了改变信息传递的落后方式，1995年，河南省在国内首先组建报汛通信异步通信网络，使信息时效大大增加，准确率大大提高。在完成这一跨越后，又提出了更高的目标，依靠通信和计算机技术实现全省水情工作的自动化。这一问题在当时的提出是一件十分了不起的事情，同时面临许多技术难题。要实现这一目标，必须研发全省通用的信息传输系统、建立全省防汛信息广域网，研发信息处理服务系统、数据库管理系统，在信息共享的基础上还必须开发联机洪水预报系统、防汛水情会商系统等。这项工作是集多学科的、复杂的系统工程，当时在国内也是刚刚起步，没有先例可循，只有依靠自身的力量开发，并逐步得以实现。

在十分困难的条件下，1995年，河南省开发了淮河干流洪水预报决策支持系统；1996年，与水利部水文局合作研发了国内领先的淮河流域洪水预报综合分析系统，分别荣获河南省科技进步二等奖和水利部科技进步二等奖；

1998年,研发了河南省防汛雨水情信息传输系统,开发了基层报汛站语音报汛系统,研制了语音报汛器等。在这些技术支持下,2000年,建立了全省18个省辖市的防汛信息广域网和420个报汛站的语音报汛系统。2002年汛期,为了进一步提高河南省防汛会商的自动化水平,开发了河南省防汛雨水情会商系统。该系统通过专家鉴定,达到国内领先水平,荣获河南省水利科技一等奖,在当年防汛会商中发挥了十分重要的作用。河南省还参与了水利部重大科技项目“国家防汛指挥系统工程河南省防汛指挥系统工程”的设计工作,完成多项设计任务,得到评审专家的高度评价。

随着国家防汛指挥系统工程河南省防汛指挥系统工程的实施,至2010年,河南省自动监测站由2000年的420处增加到2000余处,自动监测站网不断得到完善,信息量大大增加,支撑能力进一步增强。2011年,国家实施了中小河流水文监测系统工程建设,水文自动监测站增加了2186处,高起点建设了水情信息查询预报系统平台,使河南省水情工作技术能力和水平进一步走在全国前列。

发挥优势　服务发展

防汛无小事,责任重于泰山。防汛工作就是在大水和洪灾面前最大限度地减少国家和人民群众的洪涝灾害损失,保持社会的稳定和持续发展。

河南省是洪涝灾害频繁的省份,汛期暴雨突发性强,洪水峰高量大,给人民的生命财产造成很大威胁。作为防汛工作情报部和参谋部,水文情报预报部门深知自己肩上的责任重大,十分注重发挥职工的技术优势,为防汛科学决策提供支撑。

在历年大水中,河南省依靠已经建立的水情信息传输系统、服务系统与洪水预报系统及精湛的技术,为防汛决策指挥提供了大量准确、及时的决策依据。1998年以来共向国家防总及周边省市传输防汛水情电报53万余份,到2010年以后每年达到1000万份以上,年均发布洪水预报150站次。情报及时,预报准确,全省水文情报预报多年平均直接减灾效益达到12亿元,为河南省的政治稳定和经济持续发展作出了重要贡献。

1991年6月12~14日在洪汝河下游及淮滨、王家坝一带首次出现大暴雨,造成淮河干流王家坝洪水陡涨。总站及信阳分站根据降雨,提前一天预报王家坝水位将超过分洪水位,使蒙河洼蓄洪区适时主动开闸蓄洪。在该次暴雨中,洪汝河鸭湖水库最大入库流量3280立方米每秒,根据洪水预报,经水库调蓄后最大下泄256立方米每秒,削减洪峰83%,保证了汝河堤防安全,如果没有宿鸭湖水库拦洪,其下游班台站将出现3950立方米每秒的洪峰,大大超过1800立方米每秒的保证流量,势必会酿成洪汝河大堤漫决。7月上旬史灌河出现第二次大暴雨,鲇鱼山水库于7月3日、9日根据洪水预报两次控泄拦洪,分别削减洪峰60%和73%,在7月10日安徽省梅山水库加大泄量的紧急情况下,为减轻固始县的堤防压力,鲇鱼山水库又根据雨水情预报分析,在超汛期限制水位2.98米的情况下,果断关闸停泄33个小时,有效地减轻了下游河道负担,保证了史灌河堤防安全。据有关部门估算,该年防洪水利工程由于洪水调度得当,共减少经济损失21亿多元,其中水文减灾效益达2亿元以上。

2000年入汛以后,河南省大部分地区先后遭受暴雨洪水袭击,局部暴雨达千年一遇,洪水肆虐。面对严峻的防汛形势,水情工作者以高度的工作责任感,全身心地投入到防汛水文情报预报工作中。夜以继日,连续奋战,收集水情,发布预报,提供服务,参加会商。当年汛期共向国家防总及周边省市发布防汛水情电报13万余份,向省委、省政府及各级防汛部门提供防汛雨水情服务190期6000余份,发布洪水预报50站次,预报精度均在90%以上,为各级领导指挥防汛、调度洪水提供了科学的决策依据,有效地保证了洪水的抗、蓄、错、泄、排,为把洪水损失降低到最低限度作出了自己的贡献。7月14日夜,漯河、平顶山、驻马店等市暴雨倾盆,洪魔时刻威胁着人民的生命财产安全。在这万分紧急的关头,笔者依靠平时的积累和经验,收集情报,伏案计算,输出紧急水情图表,和其他水情工作者一起,根据降雨过程,连续发布了多次准确、及时的水情预报。7月14日22时预报舞阳官寨站洪峰流量为3400立方米每秒,舞阳泥河洼滞洪区(滞洪区内约7万群众)必须分洪;14日24时预报官寨洪峰流量为4700立方米每秒,而上澧河店附近河道只能通过3300立方米每秒流量,并提出了在上澧河店附近可能要漫堤,向省防办领导及时进行了汇报;15日2时,预报官寨洪峰流量为6600立方米每秒,再次向省防办领导进行了汇报,澧河将出现超标准洪水,漫决无疑,并建议尽快转移两岸群众。根据准确及时的情报预报,省防指通知灾区的老百姓提前进行了转移,最大限度地避免了洪水造成的损失。

2016年汛期,信阳、新乡、安阳等地出现暴雨洪水,安阳河流域24小时最大降雨超千年一遇。2016 年 7 月 18 日，安阳河流域小南海水库上游山区普降暴雨，仅 18 日当天上游各站点平均雨量就达到 100 毫米。19 日雨势进一步加强到特大暴雨，日均雨量达到 209. 1 毫米，最大站点达到了 483. 0 毫米。小南海水文站 19 日雨量达 318. 7 毫米，为建站以来第二大极值雨量。由于本次降雨过程属于特大暴雨级别，且主雨带就在小南海水库上游附近，来水之快，令人难以想象。小南海水文站坝上水位 19 日 11 时 30 分开始起涨，到 20 日 2:00 涨到峰顶 175. 65 米，该水位为小南海水文站坝上历史最高水位。仅 14. 5 小时水位涨幅高达 16. 59 米。涨率如此之大，令人瞠目。水库从 19 日 13 时 20 分开始泄洪，泄量为 40 立方米每秒。此后频繁变动闸门开启高度，逐渐加大泄量，直到 20 日 2 时达到最大泄量 670 立方米每秒。水情处夜以继日，根据降雨情况，加密测报和会商频次，每 30 分钟或 10 分钟上报一次水情，每 2 小时或 1 小时组织一次会商，提高了情报的及时性和预报的针对性，提前 8 个小时预报崔家桥滞洪区运用，精准预报水库库水位，提供的调峰、错峰调度方案得到采纳，使双泉水库避免了炸坝，确保了水库及下游的安全。

2018 年“温比亚”台风过境河南，豫东地区普降暴雨，商丘、开封市出现罕见特大暴雨，24 小时最大点雨量达 500 年一遇，水情处根据天气预报组织模拟预测，对全省 22 座大型水库和 78 座重点中型水库进行不同降雨量级下的纳雨能力分析，对预报落雨区内的 38 个重要河道断面进行了洪水风险分析，并根据实际降雨做好预测预报和滚动预报，预报精度达 90%，为战胜暴雨洪水提供可靠决策支撑，避免了大的灾情发生。

2020 年 7 月 16 日 8 时至 7 月 23 日 8 时，河南省信阳、驻马店、平顶山、南阳、漯河等市相继出现暴雨，局部特大暴雨。其中，16 日 8 时至 19 日 8 时，信阳市固始县锁口雨量站 3 天累积最大点雨量 439. 5 毫米，累积降雨超过 400 毫米的站点 9 处，达到百年一遇降雨量级。受降雨影响，淮河干流及淮南支流出现一次大洪水过程，洪汝河、唐河、澧河出现一次较大洪水过程。共有 4 条河道 4 处水文控制断面超保证水位，4 条河道 9 处水文控制断面超警戒水位；9 座大型水库和 21 座中型水库超汛限水位。在防汛关键时刻，省水情处的同志坚守岗位，履职尽责，连续奋战，克服一切困难，及时做好水情信息的收集、整理、分析和上传下达工作，共接收处理遥测信息 55 万余份，各市人工水情电报 6 万余份，发布预警信息 836 站次，提供雨水情简报、快报 126 期 1000 余份，向应急部门转发信息 50 余份，向省级领导、省防指成员和各级防汛部门领导、防汛人员发布雨水情短信息 1700 余份，开展未来降雨预测 327 站次，开展实时及滚动预报 282 站次，准确预报了淮河干流及淮南支流、洪汝河、沙颍河、唐河等河道和水库的洪水，特别是提前 16 小时预报了史灌河蒋家集站超保证水位，预报最高水位 33.60 米，实测 33.64 米，预报等级为优。水情工作高频次、精准化预报，为科学调度出山店、泼河、鲇鱼山、石山口、五岳、石漫滩、宿鸭湖、燕山、田岗等水库蓄洪、削峰，提供了决策依据，为抗洪抢险胜利作出了重大贡献，得到了水利部通报表扬，水文情报预报减灾效益达 15.1 亿元。

持续奋斗　铸就辉煌

多年来，河南省水文水资源局水情处立足省情、水情，创新开展测报预报能力建设，勇当防汛抗旱“千里眼”，甘当“幕后英雄”，为防御暴雨洪水、水利工程调度、部署抗旱措施提供了大量及时的雨水墒情信息和准确的预测预报成果，为全省经济社会稳定发展和人民安居乐业作出了重要贡献。

中华人民共和国成立 70 多年来，河南省水情工作在防汛抗旱减灾中发挥优势，主动作为，在“63 · 8”“75 · 8”“82 · 8”“91 · 7”“00 · 7”“07 · 7”“20 · 7”等历次大水中，情报及时，预报准确，经济效益和社会效益显著，多次受到各级领导的表彰和鼓励，为河南省水文事业和防洪减灾作出了巨大贡献。每一份成绩，都记录着水文人的奋斗历程；每一个数据，都饱含着水文人的坚守与奉献。在历年的水文情报预报工作中，全省涌现出大量的先进典型，有 30 多人次荣获省级以上荣誉。国务院政府特殊津贴获得者田龙同志，几十年如一日，勤勤恳恳，忠于职守，无私奉献，在 1982 年河南大水中，夜以继日，连续奋战，收集水情，发布预报，为抗洪抢险决策作出重大贡献。国务院政府特殊津贴获得者、河南省抗洪抢险先进个人王有振同志，传承老一代水文人的光荣传统，在 1991 年淮河大水中，以精湛的技术、精准的预报，获得各级领导赞誉，为抗洪抢险的胜利作出特殊贡献。岳利军、赵彦增、何俊霞、刘冠华等先后获得河南省抗洪抢险劳动模范，所在水情科（处）多次获得全国水情工作先进单位、河南省抗洪抢险先进单位。2003 年 4 月，中华全国总工会授予水情科“全国五一劳动奖状”，同年，河南省总工会授予水情科“河南省五一劳动奖状”及“河南省经济技术创新示范岗”等光荣称号。2004 年 4 月，中华全国总工会授予水情工作者全国五一劳动奖章。水情科多位同志获得“河南省新长征突击手”“河南省水利系统十佳职工”“河南省水利优秀专家”等称号。这些先进代表,将永远引领着新时代水文人向着新的高度奋进。

打铁还需自身硬。水情处注重自身建设,职工爱岗敬业,甘于奉献,充分发挥党员模范带头作用,先后有 20 人次被评为优秀党员。狠抓科技进步,促技术能力提高,不断突破自我,超越自我。历年来,先后完成科研项目 20 余项,获得省级科技进步二等奖 4 项,获得省级科技进步三等奖 6 项,河南省水利科技进步一等奖 10 余项,获得专利 20 多项,有力促进了水情工作科技的进步。

奋斗新时代,担当新使命。实现中华民族伟大复兴中国梦的蓝图已经绘就,新时代水利改革发展的号角已经吹响。“得其大者可以兼其小”,站在新的起点,河南水文人将与国同步,与民同心,奔向水文新征程,勇攀工作新高度,书写新的水文长征路,不负祖国,不负人民,不负伟大的新时代!

(作者单位:河南省水文水资源局)

河南水文水质监测“蝶变”之路

沈兴厚

从1954年河南水文开启水化学常规监测至今,沧桑岁月弹指一挥间。河南省水环境监测工作在探索中谋求发展,在发展中成长“蝶变”,守正出新,精业笃行,在把脉江河的征程中守护着豫水新颜。

零的突破 奏响先锋曲

河南省是水资源大省,境内河湖众多,仅流域面积在100平方公里以上的河流就有560条。中原自古多人杰,历代治水写辉煌。奔腾不息的河流,孕育了这里的钟灵毓秀,也让无数黄河儿女为兴水利民奋斗不息。

水质监测是各级水行政主管部门管理和保护水资源的重要技术支撑,在监督防止水体污染、合理开发利用水资源、保护水生态工作中发挥着重要作用。1954年11月,河南省水文总站白沙水库水文站最早开展地表水水化学分析项目,开始监测淮河流域部分河流水质,并进行常规化学分析,这也是河南省水质监测工作的正式起步。起步之初,河南省只有一处周口水文分站化验室,主要对淮河流域颍河上的白沙水库进行水化学监测,后逐步推广到省辖其他3个流域。1975年,成立许昌水文分站化验室,并于10月开启了水质的全面监测工作,监测地区包括许昌(现在的许昌市、漯河市、平顶山市)、洛阳、驻马店等地。1976年,河南省水文总站成立监测室,首次提出在全省开展水污染项目监测工作,并从1979年起相继建立信阳、南阳、商丘、洛阳、安阳等5处实验室,开始了对河南省水质污染项目的指标监测。

因经费有限和条件限制,天然水化学分析时期,全省水文化验人员仅有七八人,建设初期每个分中心实验室所有仪器设备总价不超过5万元。常规水质化验使用滴定分析法或目视比色法等传统化验方法;化验仪器设备简陋,主要用万分之一分析天平、滴定管等。洛阳化验室初建时,只有40平方米的办公面积,2名化验人员,砖砌操作台,水泥板支起的样品台,1个排风橱、2个药品柜加1台万分之一的天平就是全部家当。条件较好的信阳化验室面积也不到200平方米,两台比色计是由单色器、检流计和磁饱和稳压器“三件套”组成的72型分光光度计,还有1台万分之一全自动机械天平,水浴锅、电炉、烘箱(无鼓风)、电蒸馏水器等“配套设备”,通风设备只有排气扇。初期监测项目不足10项,污染分析项目每两个月一次乘长途汽车送周口化验室分析。

随着改革开放的深入,1980年,管理体制上收归省管后,理顺了河南水文水质监测的管理体制。1993年,省水文总站监测室撤销,成立河南省水环境监测中心及7个地市分中心。1995年,全省实验室通过网点计量认证,取得国家级计量认证合格证书,具备向行业主管部门和社会提供公正数据的能力。为了更好地为各级政府部门提供服务,2009年7月,新乡和驻马店两个分中心建成并投入运行,有效缓解了豫北和豫南地区监测力量薄弱的局面。2010年,省水文局内设水质处。2013年,省水利厅批准信阳、南阳、驻马店、郑州、周口、安阳、新乡、平顶山、商丘等9个驻市水文局设水质监测科,加强未设化验室的郑州、平顶山水文局所辖区域水质监测工作,基本形成科学合理的河南省水文系统水质监测管理网络,在适应新时期水资源保护与管理工作的发展道路上迈出了一大步。

2010年以后,通过实施国家水资源监控能力建设项目、中小流域建设项目和水资源监测能力及饮用水安全应急监测建设工程项目,水质监测共投入建设经费5592万元,购置仪器设备345台(套),河南省水环境监测中心和9个分中心基础设施条件得到改善。至2015年年底,各分中心实验室生产业务用房面积呈2~3倍增加。许昌分中心由建立之初的30多平方米扩大到1000平方米,洛阳分中心由40平方米扩大到1100平方米。信阳等分中心配备有电感耦合等离子体光谱仪、连续流动分析仪、离子色谱仪、石墨炉原子吸收、气相色谱仪、全自动电位滴定仪、生化需氧量快速测定仪、红外测油仪、微波消解仪等多台大中型、自动化仪器设备。多参数测定仪、生物毒性仪、微生物测定仪、红外测油仪、重金属测定仪等多种便携式水质监测仪器也在工作中投入使用,并配置了便携式发电机和无人采样船。这些应急监测设备的配备,提高了水质监测工作应对突发性水污染事件的能力,使河南省水质监测工作具备了更为有效的、及时的监测手段。

自2011年起,河南省对水质监测工作连续8年的集中投资建设,使全省各中心实验室监测能力和监测效率得到大幅提升。河南省水环境监测中心配备了电感耦合定离子质谱仪、气相色谱-质谱联用仪、高效液相色谱仪、总有机碳测定仪、全自动固相萃取仪和总 α、β 测定仪等大型仪器设备，监测能力不断攀升，近两个资质认定周期内认证参数增加了 24 项。近 70 年的发展历程，实现了河南省水质监测工作的从无到有，在有毒有机物、放射性、生物毒性、微生物、藻类等监测项目上创造了零的突破，在河南省实时水质监测及预警、保护水资源、精准治水的道路上奏响了嘹亮的先锋曲。

着力发展　练就排头兵

2000 年计量认证复查时，水利部计量办领导给河南省水环境监测工作的评语是“一流的素质、一流的管理、三流的设备”。随着水文事业的蒸蒸日上，河南省水质监测工作得到了长足的发展，有“名”，有“实”，更要有“能”。河南省水质监测将新时期的工作目标放在进一步建立完善管理体制、队伍建设和能力提升上。

一是优化质量管理体系。从 1985 年开始质量管理体系建设，制订各项水质分析质量控制措施，编制《质量管理手册》并先后 5 次修订，建立健全各项管理制度、岗位责任制；2011 年，为贯彻落实水利部《关于加强水质监测质量管理工作的通知》精神和水利部水文局《水质监测质量管理监督检查考核评定办法》等 7 项制度，河南省水环境监测中心修订一系列制度及细则，印发了《河南省水环境监测中心管理制度汇编》，使河南省水文水质监测管理体系文件更加完善，组织结构、领导职责、部门职能、人员分工合理协调，有效提高了水质检测工作质量；制定了《水质监测人员岗位技术培训和考核实施细则》等质控制度，每年开展年度管理评审，采用人员比对、仪器比对、方法比对、盲样考核等多种形式进行实验室常规检测质量控制；积极组织人员参加水利部水文局各类技术培训，截至 2014 年年底，省中心和各分中心经过各级培训和岗位考核，获得检测岗位资质 72 人，管理岗位资质 31 人，评价岗位资质 20 人，做到全员持证上岗率 100%。

至 2020 年年底，全省共有水质工作人员 92 人，其中高级技术人员 38 人、中级技术人员 34 人，专业涉及分析化学、环境监测、水文水资源、环境工程、计算机等。完善的管控制度和优良的人才队伍，有力地推动了水质监测工作的发展。

二是升级水质化验方式。20世纪四五十年代的天然水化学分析以滴定分析法、重量分析法居多,真正的仪器分析时代开始于20世纪六七十年代。河南省的水质分析由最开始的以滴定分析法为主,到20世纪80年代的比色分析法为主;从冷原子荧光到原子荧光,从火焰原子吸收到石墨炉原子吸收;阴阳离子的测定由滴定分析法、比色分析法到离子色谱法、等离子体发射光谱法、连续流动分析法;重金属的测定由比色分析法到原子吸收法再到等离子发射光谱法。

经过河南省水文“九五”“十五”等多个水文基础建设工程对化验室建设的投入,省中心相继配备了连续流动分析仪、离子色谱仪、气相色谱仪、生化需氧量测定仪等先进设备。在以往的水质监测中,挥发酚、硫化物、(总)氰化物和阴离子洗涤剂(阴离子表面活性剂)等4个化验项目全靠传统手工操作,4个监测项目需要4名有经验的监测人员分别实施监测,每天每个项目的监测量在50~100个样品。而连续流动分析仪等先进设备在实际工作中广泛应用,1名培训过的监测人员可以同时实施4个项目的监测,且每小时能完成测定30~40个样品,不但显著提高了监测效率,而且极大地降低了监测工作人员的劳动强度。

同样,离子色谱仪的应用,使氯化物、硫酸盐、溴化物等阴离子的测定由以往的准备工作复杂、影响因素多、监测步骤繁复耗时长、需要多名监测人员共同协作,转变为在离子色谱仪的作用下一次进样完成所有项目的监测,最快15分钟就可以完成,监测下限相比滴定分析法降低了数倍,检出限远低于方法检出限,测定的精密度也很高。气相色谱-质谱联用仪的使用,使河南省中心对挥发性和半挥发性有机物监测能力显著提升,质谱的检出限足以满足对样品含量监测的要求,只需要经过吹扫补集的富集即可完成监测,监测效率得到大幅提高。

三是加强水质信息化建设。近年来,通过加大中小河流水文建设投入,河南省水质监测与评价信息服务系统和实验室信息管理系统先后建成并投入使用,使全省水质监测工作信息化、自动化水平有了很大提高。河南省水质监测与评价信息服务系统是在水利部水文局原水质共享信息系统基础上,根据河南省水质业务工作的具体需求,通过进一步的本地化定制开发而建成的,具有水质评价分析计算、信息发布、信息服务、数据整编、系统管理、水质地图显示等功能，实现了 WebGIS 与水资源质量信息评价管理的结合，能够快速有效地利用水质监测信息，满足了用户对水质数据应用的需求。

河南省水质监测与评价信息服务系统的建立，一是改变了多年来水质数据结构不统一、存储分散、使用困难的状况，数据有效性和安全性得到了较大提高，为水质数据基于网络进行交换和传输奠定了基础；二是使水质评价及水质数据整编工作进一步实现自动化和规范化，初步实现了水质数据处理和信息发布的自动化。实验室管理信息系统是通过计算机网络技术、数据库技术，将实验室的采样、检测业务流程、质量控制、环境、人员、仪器、试剂、文件、方法、标准等要素有机结合，组成一个科学、规范、高效的综合管理体系，实现从采样到检测报告生成的检测主流程管理；对分中心的数据、业务流程、质量控制、仪器等进行强化管理；它实现了水质监测工作从传统、手工、静态、孤立的事后监督到电子化、自动化、标准化、智能化、连续化、整体化的流程管理，为实现水质监测和水资源保护工作的信息化、现代化打下了坚实的基础。

心怀河湖　铺就绿色路

河南地跨四大流域，多年来，河南省水环境监测中心担负着海河流域 16 个河流型水质站、总河长 371.2 公里，黄河流域 49 个河流型水质站、总河长 897.6 公里，淮河流域 121 个河流型水质站、总河长 2968.9 公里，以及长江流域 25 个河流型水质站、总河长 627.6 公里的水质监测任务。肩负河湖生态流量保障与河湖健康评价、流域水库生态调度、供水安全保障的"河湖卫士"重任。

20 世纪七八十年代的水质监测站点主要与重要水文站相结合，加上干流和主要支流入河口。至 20 世纪 90 年代中期河南省水质站点与基本水文站点大致相同，为 120 个左右。1997 年淮河流域开展达标排放零点行动，全省入河排污口监测启动，并由最初的 150 余个逐步增加到 2018 年的约 450 个，省属海河、黄河、长江三个流域也相继开展此项工作，河南省设有站点约有 330 个。21 世纪以来，随着地表水功能区的划分并经省政府和国务院批准，水功能区水质监测逐步替代了原地表水水质监测，站点也随之增加到近 500 个；2011 年地下水污染问题引起关注，河南省按地下水功能区划，设置了 222 个地下水水质站点；2016 年国家地下水工程启动，现设置地下水监测井 712 眼；农灌监测点也由 2018 年的 38 个大型灌区扩大到 148 个中型灌区。

随着城市化步伐的加快，群众对水的需求从过去的"盼温饱"到现在的"盼环保"，从过去的"求生存"到现在的"求生态"。党的十八大以来，习近平总书记提出了"绿水青山就是金山银山"的理念，彰显了党和政府大力推进生态文明建设的鲜明态度和坚定决心。党的十九大之后，国家进一步加大了污染防治力度，提出打好蓝天、碧水、净土三大保卫战。水质监测的覆盖面不断扩大，水源地水质监测、灌区退水监测、水生态监测、应急监测等逐步纳入到日常业务。河南省水环境监测系统引入 GC、LC、GC-MS、ICP-MS、便携式微生物测试仪、生物毒性测定仪、藻类鉴定系统等新型仪器及全自动采样船等先进技术手段，实现了从只开展常规理化监测到重视有毒有机物、水生态监测，从只具备常态化实验室监测到初步具备应急机动监测能力的两大机能转变，为更好地服务于水行政主管部门、服务于国计民生打下了坚实的基础。

按照水利部办公厅关于组织开展水生态监测工作的通知要求，结合黄河流域生态保护和高质量发展，河南省在 2021 年以黄河流域的沁河为试点开展水生态监测。2021 年 4 月 8~9 日，省水文局组织济源、焦作、新乡水文水资源勘测局，联合河南师范大学开展了沁河水生态状况实地调查，结合沁河现有水文站、生态流量站和水质站情况，在沁河干流布设了李沟、五龙口、武陟 3 个监测断面；组织制订了《2021 年河南省沁河水生态监测工作方案》（简称《方案》）并上报水利部。《方案》主要内容包含了监测断面、监测指标、监测频次与时间、监测依据、质量控制与安全保障、任务分工、资料提交等 7 部分。水生态监测指标包括水文水质因子（流速、流量、水温、电导率、溶解氧、pH、氨氮、总磷、磷酸盐、高锰酸盐指数）、水生生物因子（鱼类、底栖动物、浮游植物）、生境状况调查（水文特征、水体理化特征），于 5 月和 9 月，全年分两次进行水生态监测。

山川锦绣峰叠翠，碧波清流入画来！河南省水环境监测中心在发展"蝶变"中，将进一步践行习近平新时代治水思路，落实黄河流域生态保护和高质量发展的新要求，始终与时代共振，与民生同频，为建设"持久水安全、优质水资源、健康水生态、宜居水环境"美丽河南，提高人民获得感、幸福感、安全感提供坚实的技术支撑。

（作者单位：河南省水文水资源局）

八载奋斗路　一生水文情

口述：于新芳　执笔：席献军

我和水文的缘分在小时候就已缔结。我 1939 年出生，南阳市邓州市人，上小学时，家门口有条小河，河对岸就是急滩水文站。我经常看到站上职工观测水位、用测船测流的身影，在很多人还没有听过“水文”这个词的时候，我已经对水文工作有了最初的印象。

1993 年 5 月，在知天命的年纪，我加入了水文队伍，任中共河南省水文水资源总站委员会书记。在这之前我先后在研究所、厅办公室工作。虽然在水文系统工作时间仅有七八年，可是直至退休，我一直有很深的水文情结。

解决职工住房

当时的河南省水文总站条件比较差，职工办公地点位于水利厅院内东北角的三层红砖小楼。刚上任那段时间，我多看多听，情况了解差不多之后，开始考虑怎样给水文工作带来新发展，怎样改善水文现状。10 月 6 日，总站邀请水利厅副厅长王习俭、舒嘉明及厅办公室等有关处室负责同志座谈，共商振兴河南水文事业大计。各水文分站的书记、站长和总站机关各科室负责同志也参加了座谈会。水利厅各处室负责同志对水文工作大力支持，积极争取经费，增加了水文投入。

随着工作的深入，我了解到当时省水文总站职工存在住房困难的问题，在郑州市杂技团院内四五层的家属楼内有一个门栋，只能解决几户人家，在水利厅家属院内也是这个状况。同志们成天为住处发愁，心怎么能安定下来呢？当时正值房改时期，我觉得应该借这个机会给同志们解决住房问题。随后我在党委会上提出要给总站的同志们解决住房问题，得到了大家的支持。于是开展工作搞清楚总站还有多少同志没有住房，如果全部解决需要盖多大的面积、多少户房子，职工楼盖在哪里合适等一系列问题。得到这些统计信息之后，制订了详细的建房方案。我和当时的总站站长邹静涵在水利厅党组会议上汇报了省水文总站的住房问题，会议通过了总站党委的请求，认为想法很好，给职工解决了实际问题。得到批复后，经总站党委研究，将这个重要的任务交给潘涛同志来完成，要求2~3个月向党委汇报一次工程进展情况。就这样，1996年省水文总站参加省直机关房改，并集资筹建5000多平方米宿舍楼一幢，解决机关职工住房困难的问题。

职工楼盖好了，房间面积80平方米到100平方米不等。“公平、公正、公开”是分房的根本要求，我和邹静涵商量，“房子咱们俩都不要，一平方米都不要。分房问题是矛盾的焦点，房子面积有大有小，楼层有高有低，万一出现矛盾了，职工来找咱们，咱俩没话可说，自己都要房子了还咋给大家解释？”于是我们两个人都没有要房子。在分房工作中，我觉得应该眼光放长远，我在党委会上提出建议：房子不要百分之百分完，空出一两套，将来水文上还要引进人才，或者还要从下面单位选拔人才上来，人来了以后买不起房子，在哪里住？委员们认可这个提议，就这么定了下来。职工在1998年顺利入住新房。当然分房工作完成得并不是十全十美，也有同志来找我反映，因要把年迈的老母亲接来同住，想将现住的小套住房换成大套。我非常理解他的想法，但是给他解决不了，不是一个人存在这个问题，没有办法全部解决，一碗水要端平。给同志们办事，只要符合政策，坚决办不能耽搁，不符合政策的也要讲清楚。这样才能提高大家的工作积极性，对工作才有好处。

一个单位和一个家庭是一样的，老百姓说“不当家不知柴米贵”，一个当家人，他将方便让给家里的所有成员，不管大人、小孩。如果有白面馍、有黑面馍，他肯定吃黑面馍，让家里人吃白面馍。单位也是一样，既然在这个单位工作，就要为这个单位的职工着想，不要只考虑自己。人，就该这样做人。

深入基层一线

我到水文上工作之后，也患上了“水文病”，一到汛期就睡不好。考虑到全省水文系统有很多同志日日夜夜坚守在测报一线，冒着生命危险在风雨里工作，我就觉得我应该、必须到一线多看看，给同志们鼓励。当我询问得知信阳水文局大坡岭水文站被称为河南水文中的“小西藏”，位置偏远、同志们生活艰苦，我提出要到大坡岭看看，这也是我最难忘的一次检查测站的经历。大坡岭是淮河水文第一站，1952年就设立了大坡岭水文观测场，水文站控制流域面积1640平方公里，是水文观测的绝佳位置，但位置偏僻荒远，位于两省三县交界处的信阳市平桥区高粱店乡李田村北，紧邻淮河南岸，距离信阳市区五六十公里，离最近的集镇还有6公里的山路，交通非常不便。水文站所在的山头，汽车开不上去，1994年我第一次到这里时，是站上两名同志下山接的我，陪我步行上山。他们一路向我介绍站上的情况和周围的环境，叮嘱我这里蚊子多、虫子多、蛇多，走路要小心。当我终于看到站房的时候，心里震动很大。两间既是办公室又是宿舍的平房，裸露着红砖，门窗斑驳。周边一片荒凉，离村庄还有些距离，没有自来水，只是通了电，烧的是煤，还有柴火。看着这两名同志急急忙忙给我烧水喝的身影，我感到心里很不是滋味，不禁想到他们在这里的工作、生活实在不易，如果赶上大水，正好在饭点测流，同志们连口饭都吃不上。回来后，我叮嘱信阳水文局的领导，对测站一线的同志们要更关心一点，汛期多备点吃的，厨具买些方便使用的，汛期的安全措施一定要做到位。同时我暗暗下定决心，从各个方面循序渐进，改造测站住房，更新测验设备，加快水文事业发展……一项一项推进，一定要提高咱们水文人的工作环境、工作待遇。

水文机构升格

20世纪90年代的水文工作已经迈开从陈旧的方式慢慢走向现代化的脚步。当时河南水文承担着全省防汛抗旱水文信息的采集、传输、处理，发布水情预报和地下水动态信息，全省水文监测自动化网络规划、建设及业务管理，还负责全省的水资源调查评价，以及水量、水质监测等工作。随着水文业务面不断扩大，为全社会服务的范围也越来越大，各级、各部门都认识到水文的重要性。这种情况下，原有的机构组成不便于水文工作的开展，尤其是各地市的水文分站和处于县乡的水文站更是如此。我在党委会上提出要考虑机构升格的问题。怎么着手呢？怎么让上级单位重视水文工作？让各地市重视水文工作呢？我认为第一要协调好，第二要宣传好，让大家都知道水文的重要性。于是总站经常向水利厅党组汇报水文工作的情况、现状，力求让领导和各部门认识到机构升格的必要性，认识到14个水文分站升格的必要性，同时让总站的同志认识到机构升格的重要性，支持这项工作。

向省编委多汇报，也是很重要的。当时我任总站党委书记，负责全面工作，有时我带着人事部门的同志一起去，有时我自己去汇报，主要是宣传水文工作的重要性，不只谈水文测报、水资源开发利用的问题，还有部门业务范围不断扩大,对社会生活的重要性。我只要前去,就向省编委办的每位同志进行宣传,慢慢与省编委办当时十几个同志都熟悉了,后来我一去,大家都说“老于又过来啦。”我的所作所为感动了他们,也让他们认识到了水文工作在全社会的重要性,为农业服务、为四个现代化服务的重要性。

1997 年 2 月 18 日,河南省水利厅下发豫水人劳字〔1997〕010 号文件,经省编委办批准,同意河南省水文水资源总站更名为河南省水文水资源局,挂河南省水质监测中心的牌子,规格相当于处级。下设郑州、开封、洛阳、新乡、安阳、濮阳、许昌、漯河、南阳、平顶山、信阳、周口、商丘、驻马店等 14 个水文水资源勘测局,规格相当于副处级。14 个勘测局机构升格后,在各市地有了话语权,联系协调事情比较轻松了,可以打开局面;勘测局为地市服务时,当地政府也更加重视了。这都是大家的功劳,是党委同志们共同决定的,水文工作做得好,宣传得好,领导也重视,才促成机构升格。

我在水文上这些年,和同志们踏踏实实抓了几件大事,除了提到的房改、机构升格,还完成了零基预算、水文基建“九五计划”、“八五”水文基本建设、省局 Windows NT 网络联网、河南省水文数据库建成使用……每一项工作都扎扎实实推动了水文事业向前发展。

转眼我退休也有 20 个年头了,平时最大的爱好是看新闻联播和逛书店,年岁已逾 80,依然关心国家大事,关心水文事业。这两年“水文”这个词在电视新闻里出现的频率越来越高了,更多的老百姓知道了“水文”,更多的学子选择了“水文”,每次我看到、听到这些,心里由衷地高兴。这不就是对我们一代代水文人最高的褒奖、最好的肯定吗?

今年是中国共产党成立 100 周年,回望发展之路,水文也和我们党一样经历了这百年的风吹浪打。水文人不怕风吹浪打,水文精神勇立潮头,水文新兵要深刻理解水文行业特点,打下在水文行业干一辈子的思想基础,有理想,肯吃苦;水文人一直风雨同舟,老同志以身作则“传帮带”,现在的领导班子团结有力、开拓进取,把方向,谋大局。高楼大厦来之不易,吾辈仍需继续努力。

(作者单位:河南省郑州水文水资源勘测局)

一个水文老兵的心声

董一鸣

从 1981 年参加工作到 2015 年在河南水文水资源局党委书记岗位上退休，潘涛在河南水文战线整整奋斗了 35 年。

随着年龄的增长，潘涛笑言很多事情都慢慢淡忘了。但他的夫人却说，潘涛忘记的都是和水文没有关系的事儿，一提到原来工作上的事，他记得清楚得很。

“河南水文的今天，来之不易。那是一代代水文人艰苦奋斗的成果。”谈起河南水文的发展历程，潘涛的眼中不断有光芒闪现。

从 200 万元到 10 亿元

“最大的感觉就是单位缺钱。”据潘涛介绍，1981 年他大学毕业，被分配到河南省水文总站财务科工作。当时河南省水文总站一年的一般事业费仅有 100 多万元，加上其他事业费和基建费，全年的水文经费才 200 万元出头儿。

由于投入不足，河南水文系统整体的办公条件和测验设施都很落后，基层水文测站的条件更为简陋、艰苦。

为了争取经费，1985 年下半年，当时的河南省水文总站副站长杨正富曾带潘涛一起到财政部，反映河南在水文技术改造方面经费严重不足的问题。据潘涛回忆，他们赶到北京那天，正好赶上财政部搬家，找不到对接的人，两人就一起帮忙搬了半天家具。临结束，财政部的工作人员发现两个河南来的同志十分辛苦，专门和相关领导做了汇报。下午，两人接到通知，去财政部参加座谈会。经过汇报，财政部对河南水文的重要作用和面临的技术改造经费困难有了充分了解，同意给予经费支持。第二年，从财政部直接下拨了 60 万元的河南水文技术改造专项经费。从财政部直接下拨专项经费，这在全国范围都是少有的，在河南水文发展史上也是唯一的一次。

20 世纪 90 年代开始，国家对水文基础设施和水文站网建设的投入开始加大，1995 年“工程带水文”政策的出台，再次使河南水文事业焕发出勃勃生机。在数十年的工作中,潘涛切身感受到国家对水文工作的重视及投资力度。

“九五”期间国家投入河南水文基础设施和水文站网建设经费2455万元,比“八五”期间国家投入多900多万元;“十五”期间,国家投入建设经费增加到3524万元。仅这3个五年计划期间,国家就向河南省水文基础设施建设投入近8000万元,呈40%以上序列递增;同时,将单个水文站建设标准由“九五”的平均25万元,增长到“十五”的平均55万元,平均单站建设经费投入在100万元以上。

“国家的重视与支持,足够的经费保障,极大地推动了水文基础设施建设步伐,也使河南水文突破发展瓶颈,踏上了开往春天的列车。”潘涛欣慰地回忆道。

据不完全统计,自2000年以来,国家投入近10亿元用于推进河南水文基础设施建设,在河南省实施了“水文水资源监测工程”“中小河流水文监测系统工程”“大江大河水文监测工程(一期)”“水资源监测能力建设工程(一期)”“河南省国家地下水监测工程(水利部分)”“郑州水文实验站”“国家水资源监控能力建设(2016—2018)”等一系列项目。

2011~2014年,中央和河南省财政共投入资金6.97亿元,改建水文站61处,新建雨量站2158处、水位站136处、巡测站241处、信息分中心18处,1处省应急监测能力、236条河流预警预报系统和水文信息化工程,新建、改建了7处巡测基地和59处县级水文中心站。河南水文防汛应急监测能力及河流警预报水平得到显著提高。

从“三下三上”到测区改革

“1980年1月10日,河南省委、省政府下发《关于把各地市水文站收归省管的报告的批复》,同意水利厅党组的报告,将各地、市水利局领导的水文分站及其所属水文测站收归省管。”潘涛介绍,在这之前,河南水文管理体制经历了“三下三上”的变更,最低下放到公社大队,最高上收到水利电力部,有一段时间甚至被撤销与气象部门合并。

1985年,原河南省水文总站改名为河南省水文水资源总站,统管全省的水文水资源监测工作。1995年,省水文水资源总站已发展为内设13个科室和中心,下属14个水文分站(勘测大队)。

“1997年,省编委办正式批复(豫编〔1997〕8号),同意将河南省水文水资源总站更名为河南省水文水资源局，这个名称也一直沿用至今”潘涛介绍道，“最关键的是，文件明确将设在郑州、开封、洛阳等市的14个水文分站更名为河南省××水文水资源勘测局，机构规格为副处级。”

2000年，潘涛任河南省水文水资源局党委书记，开始进一步加强水文体制机制改革。

2008年，水利部开始在全国范围内推进基层水文部门省市双重管理体制的改革。省水文局按照水利厅党组要求，在14个地市水文局全面推进这项工作，走在了全国前列。时任水利部副部长鄂竟平出席了第一家洛阳市水文水资源局和最后一家信阳市水文水资源局的挂牌仪式。

2010年12月，经过10年的不懈努力，河南省编委办批复河南省水文水资源局由正处级单位升格为副厅级事业单位，且副厅级职数2个，正处级领导班子成员4个，内设8个副处级处室，河南省水文管理体制改革取得实质性成效，多次在水利部作典型发言。

“当时水文局升格这一议题提交省委常委会研究那天，我们领导班子既紧张又期待。直到会议结束，我们收到电话，常委会全票通过，大家都很激动。”回忆起当年的关键时刻，潘涛语气也变得热烈，“十年磨一剑，我们办成了一件大事。”

2015年，潘涛从河南省水文水资源局书记岗位(副厅级)退休后，河南水文的改革步伐也从未停歇。2016年8月19日，《河南省水文监测管理改革方案》出台，依托中小河流新建的市、县水文中心站和国家重点水文站，兼顾行政区划和流域水系，统筹管理各类监测站点，创新巡测、应急监测、购买社会服务的工作与管理机制。目前，河南水文已完成了37处测区机构组建、人员配备，制定完善了水文测区业务工作、应急测报、驻站管理等10多项工作制度；编制了测区水文测报任务书、水文监测等工作方案；建立了37处县级水文机构与省水情中心的网络链接，确保测区水情测报工作与为地方提供水文信息服务工作的顺利开展。

从“泥腿子”到专业化队伍

“河南水文是在一穷二白的基础上建立起来的，初期水文专业人才特别缺乏。”潘涛介绍。为了充实水文专业技术人员，首先，吸收一批从黄河水利学校毕业的陆地水文专业(大专)学生共42人。其次，从在职职工中选拔了一批青年职工参加函授大学、电大和黄河水利学校陆地水文专业培训，达到了大专以上水平。

1987～1993年，开办了两期长江职工中专函授（水文专业）班，1993～1996年开办了一期河海大学陆地水文专业函授班（大专），1998年开办了一期本科函授班。2000年，潘涛等9名同志参加了清华大学水文水资源研究生班的学习。

“1957年，全省水文队伍中，具有工程师技术职称的只有2人。”潘涛感慨道，经过多年的努力，全省水文职工队伍的政治思想和业务水平有了显著提高。最新数据显示，河南水文现有职工1067人、各类专业技术人员810人，享受国务院政府特殊津贴专家5名，省管专家1名，省学术带头人5名。

“在加强队伍建设的同时，几十年来，河南水文也在不断加强行业管理。”潘涛介绍。1993年，制定出台《水文管理暂行办法实施细则》。1994年，省政府办公厅印发《关于加强水文测报设施保护工作的通知》。2002年，省政府发布《关于加强水文工作的通知》。

2005年10月，经过多方努力，《河南省水文条例》正式颁布实施，标志着河南省水文事业进入有法可依、规范化管理的新阶段。

2016年，河南省《水文业务定额标准》经省质量技术监督局批准发布实施，为河南水文依法履行行业管理职能提供了可靠保障和良好的外部环境。

“原来我们水文条件差，尤其是基层，常常是一个人、一只船、一条河、一辈子。现在各项条件都改善了，电波流速仪、北斗客户端、雷达测雨系统、遥感遥测、无人机等大批水文先进技术和仪器设备在河南水文系统得到广泛应用。水文信息传递从电报报汛到实现卫星通信，信息处理从手工操作发展到水文要素数据采集、传输等全程自动化，水文应急响应能力和应急监测时效性、可靠性大幅提升，水文监测的自动化与信息化水平大幅提高，河南水文已经实现了质的飞跃。”潘涛高兴地谈到。

“‘十四五’期间，中国社会各个领域都将迎来一个新的飞跃。我相信，河南水文的明天一定会更加美好！河南水文的光荣传统一定会代代流传！”谈起河南水文未来的发展，潘涛的信心溢于言表。

（作者单位：河南省三门峡水文水资源勘测局）

“巾帼女将”水文路

慕丽云

2011年,中央和省委一号文件都以加快水利改革发展为标题,提出了加快水利改革发展的新思路和新举措,水文事业迎来了前所未有的重要发展机遇。正值河南省中小河流水文监测系统建设即将全面拉开序幕之际,根据组织安排,省水利厅水利工程建设处处长原喜琴到省水文水资源局任局长,全面主持行政、业务工作。接到任命通知的当天,她便坐火车赶往北京,参加第二天水利部水文司承办的全国中小河流水文监测系统建设工作会议,领受河南省中小河流水文监测系统建设任务。

虽然,此前她一直从事专业性较强的建设管理和业务技术工作,主持完成了包括河南省小浪底水利枢纽工程南岸引水口工程在内的多个大型水利建设项目的建管工作,多次被水利部、河南省人民政府评为建设管理先进个人、重点项目建设先进个人,有着丰富的工程建设管理经验。但是,作为一个“水文新兵”,她深感压力倍增,责任重大。中小河流水文监测系统建设工程投资规模之巨,时间要求之紧,管理难度之大,在河南水文发展史上前所未有。更重要的是,工程点多面广,分布于全省18个省辖市136个市(县、区),省内4大流域的236条河流。要把该项目规划好、建设好,真正把建设资金用在刀刃上,按期完成建设任务,全面提升水文服务能力,这不仅是对她个人能力的考验,更是对水文队伍组织协调能力、建设管理能力、技术创新能力的一场重大考验。

“干,就要干到最好。”她暗暗下定了决心。此后几年里,她把中小河流水文监测系统当作重中之重的工作任务,争分夺秒地工作着,节假日基本没有休息过。每年春节后上班第一天,就组织召开收心会,立即进入工作状态,安排工作任务;每个月制订工作计划,每周定期召开工作例会,必要时随时开会研究解决工作中的问题和难题。已经50多岁的她,常年加班加点,和局领导班子成员团结协作,带领全系统广大水文职工大胆采取了一整套行之有效的工作体系和制度体系，以钉钉子精神攻克了一个又一个项目建设中遇到的难题，形成了中小河流建设的“河南模式”，确保了建设任务全面完成，用实际行动践行着共产党员的使命和担当。

多措并举　创新建管模式

统一管理，分级负责。为加强对中小河流水文监测系统建设的组织领导，省水利厅成立了以副厅长王国栋为组长的河南省中小河流水文监测系统建设工程领导小组。按照“统一管理，分级负责”的建设管理模式，成立了以原喜琴为局长、项目法人代表的省水文水资源工程建设管理局，作为项目法人全面负责项目的建设，并明确建管局领导班子成员和内设4个职能处室及负责人；组建了以各勘测局局长为负责人的水文水资源工程建设管理处，作为现场管理机构具体负责项目的现场管理。明确了巡测基地和巡测中心的建房及主要仪器设备的采购由省建管局集中打捆招标，其他附属土建施工及零星设备的采购由各建管处负责招标和采购。省建管局与各建管处签订委托建设协议书，明确双方责任。

统一建设标准，确保工程质量。大胆采用统一建设标准和设计方案的办法，统一站房标准、统一水文站及水位站高程基准、统一雨量和水位遥测信息平台。实现了新建水文站房功能齐备，解决了以往全省水文站、水位站高程基准不一致影响水位测量精度问题，确保了水文信息与省防汛指挥系统互联互通、数据共享。

统一招标采购，规范操作程序。为了规范招标工作，采取了房屋建设主体工程施工、主要仪器设备采购、雨量站建设、洪水预报系统软件编制等由省建管局统一招标，其他附属工程、监测断面设施和零星仪器设备的购置由各市建管处组织招标或直接委托施工和采购。省建管局通过公开招标方式确定了设计、监理、施工、供应商等单位，并按国家规范文本签订各项合同，先后完成了400多个标段的招标工作，同数十家中标单位签订了合同。从工程设计等前期工作着手，严格按照水文测验、房屋建筑、网络信息、仪器设备等技术标准、规范规程进行专项设计，组织图纸会审和技术交底，监理单位审核把关。重大设计变更均报省发改委批复，一般设计变更由省建管局批复，手续完善。

一系列措施的有效实施，使得河南省中小河流建设一开始便走在了全国前列，先后在2012年全国水文工作会议、全国中小河流水文监测系统建设管理座谈会上作了先进典型发言。

强化管理　狠抓工作落实

完善制度,加强人员培训。针对原有建设管理制度不完善、建设管理队伍素质不高的现实情况,一方面,加强制度建设,完善了省建管局工作制度和工程技术、质量安全和财务管理办法等。同时,参照国家有关办法,制定了水文监测系统建设项目管理办法、质量评定办法、验收管理办法等,明确项目建管、监理、施工等参建单位的职责和质量控制要点,做到既严格管理,又简化程序。另一方面,加强人员培训,将培训工作贯穿于工程建设的始终,开展了工程质量安全、工程建设管理培训班等,边干边学,通过培训和实践切实增强建管人员的业务素质和专业技能。

强化监督监理,自觉接受监督。及时办理工程质量及安全监督备案手续,分类进行工程项目划分和质量评定工作。与省水利质量监督监测站密切配合,多次会同省质监站人员到工程建设现场检查指导,组织质量评定验收,提出存在的问题和整改意见。根据水文工程站点多、规模小、投资少、高度分散的特点,督促监理单位严格执行监理规划和监理大纲,加强现场施工监理。在原定两家监理单位的基础上,于 2015 年又招标增加 5 家监理单位承担 60 处水文中心站、7 处水文巡测基地的建设监理任务。

严控工程资金,遵守财务制度。严格执行建设资金拨付程序。要求每一笔支付款项必须凭证齐全、手续完整,上报省财政国库支付中心统一国库支付。按各项工程合同约定及时结算工程款,做到支付程序规范,财务账目清晰,管理制度健全,基本完成各年度投资计划及年度资金支付任务。

委托中介机构,把握关键环节。专门聘请有资质的第三方对关键步骤和环节审核把关。采取了由河南省水利设计单位专家审查施工图及合同,由河南省工程技术咨询机构专家审核工程招标控制价和完工决算价,由河南省水利等工程检测单位专家检测实体工程质量,由河南省档案管理单位专家系统审查把关工程档案整理节点等关键措施,不仅弥补了自身建管经验不足的短板,而且在关键环节把住了关,全面控制了工程质量、进度和资金,有效地提高了工程建设管理水平。

攻坚克难　确保工程如期全面完成

2011年,原喜琴在基层调研时,看到有些水文站位置十分偏僻、职工工作、生活条件非常简陋后,一直思考着如何改变这样的状况。当时中小河流水文监测系统实施方案中计划新建240处水文站,她和建管局领导班子成员在调查研究的基础上,决定本着"因地制宜、统筹兼顾"的原则,将原计划建设的水文站调整为水文巡测站,按巡测区域在城区(县、市)设立中心站,将驻站测验流量、巡测流量与无人值守自动测验流量方式相结合,重点突出巡测效果,增加水文信息化和水文中心站建设工程,形成了"以中心水文站辐射巡测站、以信息化带动水文现代化、以中小河流水文预报预警带动全省所有河流洪水预报预警系统提升"的工作思路和建设方向。这样既可以统一管理测验工作,有效解决测验人员不足的问题,也解决了基层水文职工"进城难"的问题。既符合国家投资政策和技术进步与现代化发展方向,也为建立市、县水文局,加强基层水文单位双重管理打下了坚实基础。

项目实施过程中的难题接踵而至,由于国家对建设工程征用土地限制严格,政策规定较多,实施过程中涉及多项评审内容和审批程序,周期较长,导致需要征地建设的水文中心站和市水文巡测基础项目工作一度进展缓慢。面对完成工程的剩余时间少和支付资金压力大的双重难题,建管局及时调整建设方案,将征地建房调整为以购房及配套设施建设为主,适当合并站点的建设方案,加快水文中心站和基地基础设施建设步伐。到2014年年底完成总工程量约85%,短期内很快扭转了被动局面,取得了较好的建设效果。

中小河流水文监测系统历时5年建设完成,并且率先在全国水文系统通过验收。工程批复概算总投资9.16亿元,实际到位资金6.97亿元。考虑地方配套投资存在缺口,在建设过程中,进一步优化设计,调整了实施方案(减少了征地数量,合并建设中心站,改自建房为购买商品房);充分利用有限的资金,确保工程建设标准不降低,建设目标不偏离实施方案,全面完成了建设任务,切实起到提高水文测报服务能力的作用。

项目共建设改造雨量站、巡测站、中心站、水文站、水位站等基层测站约2600处,是原来水文基层测站总和的1.3倍,净增加流量监测断面244处,水位监测断面380处,雨量监测点2538处,极大地改善了全省中小河流区域内水文监测站网密度和布局。开展了应急监测能力、236条河流预警预报系统、水文信息化工程建设等,使全省水文应对突发水事件应急响应、机动监测能力与分析预报水平得到飞跃式发展,极大增强了水文在防汛抗洪救灾,水资源开发、利用、优化配置及生态环境保护中的技术支撑作用。

项目自2015年试运行以来,在抗御2015年“6・28”史灌河洪水、安阳“7・19”洪水等多次暴雨洪水中发挥了显著成效,为中小河流和山洪灾害防治提供了准确及时的决策依据。同时,地处市、县的水文中心站作为分片管理水文巡测站的基层工作机构,不仅提高了区域水文机动测报和应急监测能力,也为下一步成立市、县水文局并实施双重管理、推进水文监测管理改革、广泛开展精神文明创建活动奠定了坚实的基础。

在河南省水文局任职的7年里,原喜琴在切实抓好中小河流水文监测系统等水文项目建设的同时,团结带领全系统广大水文职工出色地完成了水文测报、水资源水生态监测服务、水文管理体制改革等各项水文工作。她说,几年来全省水文事业改革发展取得的成就,靠的是国家对水文事业的日益重视,各级政府加大投入;靠的是地方各级政府的积极协调环境和配合支持;靠的是省水利厅党组的信任、支持,以及水利厅有关处室帮助;靠的是有一个精诚团结的领导班子,大家心往一处想,劲儿往一处使,真抓实干;靠的是有一支特别能吃苦、特别能战斗的水文队伍,是全系统广大水文职工集体智慧和苦干实干的结果。

如今,已经退休的她,依然在关心着水文事业的发展,在听到即将实施的水文现代化建设项目时,她满怀信心地说,水文事业是国民经济和社会发展的基础性公益性行业,相信在“求实、团结、奉献、进取”的水文行业精神传承下,水文人一代接着一代干,水文事业的发展前景会更加广阔,也必将为河南水利和经济社会高质量发展提供更加坚实的水文支撑和保障。

(作者单位:河南省水文水资源局)

河南水文站网的百年记忆

王冬至　冯　瑛

水文站网是由各类水文测站构成的水文资料收集系统，是水文观测、水文资料应用、水文分析计算、水文情报预报、水资源调查评价和水质监测分析等工作的基础。

河南省有水文站的水文观测始于清代。据故宫里保存的清代黄河河督部分奏折档案资料所整理的《黄河……沁河木栾店和洛河巩县清代历史洪水水情》，表明河南省清代就已经在沁河、黄河、洛河上分别建立了木栾店、万金滩、巩县（今巩义市）三处“水文站”，其中又以木栾店建站最早，始于清代乾隆元年（1736 年）；万金滩观测年限最长，为 132 年。另外，自 1736 年以后，先后在河南境内黄河的杨桥、黑岗口、开封、祥符十九堡、铜瓦厢、兰阳等险工或防洪重要地点设立水位观测点。而水利部门设立的正规水文站，则始于 1919 年 4 月，顺直水利委员会设立陕县（今三门峡）水文站。它是河南省境内黄河上设立最早的水文站，亦是黄河流域上设立最早的两个水文站之一。随后，江淮水利测量局、顺直水利委员会在河南省淮河流域、黄河流域的主要支流口处设站，1936 年河南水利处开始在长江流域设站。至 1937 年抗战前，全省已建有各类水文测站 108 处。随着日军侵华，沦陷区水文站被迫停测。抗战胜利后，国民党政府又忙于内战，水文测站少有恢复。至 1949 年之前，全省仅存有水文站 3 处、水位站 2 处、雨量站 2 处。

中华人民共和国成立后，国家十分重视水利工作，在恢复各级水利机构的同时也关注水文站的复建。1950 年 5 月，淮河水利工程总局恢复设立漯河、周口水文站，同时，华东水利部、黄河水利委员会、河南省农林厅水利局、华北水利工程局相继在省内设立长台关、息县、三河尖等 22 处水文站，至此初步形成河南省水文站网。到 1955 年年底，全省建有水文站 136 处（不包括黄委、长江委在河南省境内的水文站）、雨量站 332 处、蒸发站 111 处。

由于水文工作的基础性和超前性，原有根据水利建设工程需要而设立水文站的做法已不能满足水利行业快速发展的需要。1956年年初，国家制定的《全国农业发展纲要(草案)》中提出“在5~7年内建成全国气象和水文基本站网”。同年，召开的全国水利会议上，时任水利部部长傅作义提出：“加强水文工作，要求1958年(边疆地区1960年)以前建成水文基本站网，以改变目前布站被动的现象”。同时全国开展了第一次水文站网规划工作。根据党中央安排，河南省由治淮委员会、黄委及河南省水利局分工协作，首次进行全省水文站网规划(含伊、洛、沁水系及黄河干流)。本次站网规划是根据苏联专家索柯洛夫“关于建立基本水文站网的原则”进行的，大河按水量沿程递增指标设立控制站，中小河则按各地区域水文特征设立区域代表站，与为专门目的设立的专用水文站一起，组成基本水文站网。区域代表站收集的资料代表某个区域的水文规律，在区域内水文参数可以移用原则进行规划。全面布站收集水文资料，有效地避免了水文站网建设落后于水利建设发展需要的被动局面。第一次站网规划全省共规划基本水文站101处、专用站29处，水位站30处、泥沙站37处、雨量站260处、蒸发站34处。

1958年，水文站开始下放到地市(县)管理，各地纷纷自行设站，水文测站的发展突破了规划范围。到1961年年底，全省共设水文站150处、水位站8处、雨量站400处、蒸发站70处、泥沙站72处，是全省建站的高潮期。由于此时国民经济正处于困难时期，站网不稳定，资料缺测漏测情况时有发生，削弱了基本水文站网功能。随着1963年河南省水文总站的成立，测站管理权由此上收。省水文总站为加强站网管理，对水文基本站网进行分析论证，调整、裁撤、迁移了部分水文站。至1968年年底，全省有水文站133处，水位站6处，雨量站776处、蒸发站38处、泥沙站60处。

进入20世纪70年代，全省掀起农田基本建设新高潮，水文站网也顺势得到发展，并发挥出更大的效益。特别是“75·8”特大暴雨洪水中，水文职工发扬了一不怕苦、二不怕死的革命精神，严守岗位，临危不惧，抢护资料，测报水情，与暴雨、洪水展开了英勇无畏的搏斗，置个人生命与度外，抢测到一个又一个历史性水文数据，获得了极为珍贵、罕见的暴雨及洪水观测资料，为今后发展水利工程建设提供了宝贵的水文气象设计模型和参数，作出了历史性的贡献。

随着我国工农业生产的发展，水利工程设施的持续建设，人类活动影响加剧,测站断面水账不清现象也愈来愈严重。1977年,水电部召开了全国水文站网座谈会,针对当时水文站网存在的问题研究了对策,提出了"关于调整充实水文站网的几点意见":一是充分利用当时日趋成熟的流域模型技术,建立小河水文站及配套雨量站,为中小型水电工程规划设计和区域水文预报服务;二是设立辅助站和开展水文调查,解决平原区因大量兴建涵闸水文站水量控制不全问题;三是对受水利工程影响的水文站进行调整和加强补充观测,使其在受影响后能继续发挥作用;四是选择部分水库专用水文站兼作区域代表站,解决河流梯级开发后基本站的布设问题。1978年,水电部统一布置全国性的以调整充实为主的水文站网规划工作。通过此次站网规划调整,河南省水文站网得以整顿,站网布局更趋合理。至1979年年底,全省共设水文站164处、水位站21处、雨量站1217处、蒸发站45处、泥沙站61处。

为了提高水文站网工作效益,加快水文站网建设步伐,水利部水文局于1982年布置了开展对现有水文站网的整顿工作。1985年根据普查鉴定结果,对已失去原设站目的和水位、流量关系不稳定的水文站进行了调整,撤销了香山、新建坳等8处水文站,将平桥、黎集等8处水文站降级为水位站,沙口基本站调整为专用站。同年11月,水电部水文局颁发(85)水文站字第100号文《关于编制水文站网发展规划的几点意见》,要求各地市编制"七五"近期站网规划(1990年以前)和十年远期(2000年前)发展远景规划,以近期为主。规划项目包括水位、流量、降水、蒸发、泥沙和实验站,同期进行地下水观测井网和水质站网规划。这是一次全国规模较大的站网规划,是在站网调整的基础上,进一步解决现有水文站网中存在的问题,并考虑"转轨变型、全面服务"的水利工作方针等要求而编制的。规划的指导思想为:"坚持为水利水电规划、设计、建设、管理运用和其他国民经济建设服务"。全省规划近期新增水文站15处,雨量站94处;远期水文站21处,雨量站80处。与以往几次相比较,这次规划显示了水文改革的新内容,体现了水文工作紧密结合"四化"建设和水利改革的新要求,但由于人力、财力等因素,大部分建站任务未能实施。

站队结合是基层水文站组织形式和管理体制的改革,是水文站网管理中的一次重大变革。站队结合对弥补站网数量不足,促进水文科研发展,加强水文管理工作,解决职工生活困难,扩大资料收集范围和提供全面服务等起到了较好的作用。同时,水文资料的收集也由单点固守断面模式逐步向以点带面、扩大流域和行政辖区面上信息收集的模式转变。1986年春，按照水电部颁发的《水文勘测站队结合试行办法》，河南省在商丘水文分站开展站队结合工作试点，同时制定了相应近期和远期的发展规划。

进入20世纪90年代，随着国家改革的深化和国民经济由计划经济向市场经济转型，水文站网进入以充实完善和优化增效为特点的稳步发展阶段。1991年，水利部提出了“站网优化，分级管理，技术先进，精兵高效，站队结合，全面服务”的水文改革模式。经总站研究分别在1992年和1996年分两次报请水利部，先后批复国家级重点站共计33处。至2000年，全省共建有水文站119处、水位站25处、雨量站889处、蒸发站47处、泥沙站57处。

21世纪，随着社会经济的发展，现有的水文站网虽然在历年的防汛抗旱、水工程设计与运行调度、水资源开发利用等工作中发挥了巨大的作用，但在紧密结合社会实时性服务需求方面，特别是围绕水资源管理和生态环境保护方面的工作，尚存在明显的不足。为此，水利部针对经济社会可持续发展对水文工作的需求，于2003年下达了办水文〔2003〕113号文，要求各省对水文站网进行一次全面普查与评估，分析各类服务目标下水文站网的单站作用与整体功能，提出站网调整和补充的建议。为此，河南省开展了为期三年的全省水文站网普查与功能评价工作。2008年11月，省水文局根据站网评价结果及各地市水文发展需求，对全省水文站网进行一次大规模的规划调整，规划全省新建间河、许昌等6处水文站，黎集、蔡埠口、固始等8处水位站调整为水文站，新建彰武水位站，迁建安阳、新蔡2处水文站。至2009年，全省共有水文站128处、水位站17处、雨量站785处、蒸发站46处、泥沙站31处。2012年，经过水利部研究调整，经水利部公告第67号《国家重要水文站名录》公布，河南省国家重要水文站增至49处。

2011年1月，党中央、国务院和河南省委、省政府分别发布了《中共中央、国务院关于加快水利改革发展的决定》（中发〔2011〕1号）、《中共河南省委河南省人民政府关于加快水利改革发展的实施意见》（豫发〔2011〕1号），对新时期水利改革与发展方向提出指导性意见。党中央指出在今后一个时期内应“优化水文气象站网布局，完善雨情、水情、地表地下水质、土壤墒情监测站网，建设水源地、水功能区等监测站网。强化暴雨、山洪灾害、农田渍涝、城市防洪和地下水超采区监测预警。”河南强调实现“2015年建成覆盖全省的水文气象、水资源信息监测网络，加快水文气象现代化步伐，加强水环境监测机构和水文气象机动监测能力建设，逐步建成全省水文气象信息服务系统和水资源管理信息系统，增强对突发事件的应急监测和快速反应能力”的目标，并安排省水利厅会同省气象局、发展改革委、财政厅、国土资源厅、工业和信息化厅、通信管理局负责落实，河南省水文站网又迎来了一次跨越式发展。随着国家防汛抗旱指挥系统、山洪灾害防治项目、地下水自动监测工程和全国中小河流水文监测系统工程、水资源监测能力建设项目等一个个项目的实施，河南省建立了更加完善的水文监测体系。据统计，截至目前，全省水文站网已发展到7915处，其中为水文测报服务的站点有水文站367处（国家基本水文站126处、水文巡测站241处），水文中心站56处，水位站168处（人工值守水位站32处，遥测水位站136处），遥测站点3582处，墒情站点636处（固定墒情站106处、移动墒情站530处），为水质监测服务的站点761个（主要河流水库水质监测断面277个、大型灌区监测点459个，重要水源地监测点25个），地下水监测井2553眼（人工监测井1723眼、自动监测井720眼、国家自动监测井712眼）；为生态补偿流量服务的监测点76处。全面实现流域面积200平方公里以上有防洪任务的重点河流水文站网全覆盖，全省乡级以上行政区雨量站全覆盖。

回首过往，从设立陕县水文站至今已逾百年。经过一代又一代河南省水文人的不懈努力，全省水文站网从无到有，从小到大，从哪里需要到哪里设站的被动方式到按规划有层次的科学布站，科学调整观测分析项目，充分发挥水文站网的水资源水环境监测功能。河南水文已建立起覆盖全省主要河道、水库的水文站网体系，除开展长期、稳定的水文基础数据收集，探索水文要素在时间和空间上的基本特征和变化规律功能外，还不断顺应经济社会发展需求，完善、衍生和拓展基本站网在水资源配置、水资源保护、水生态环境等方面的监测和数据收集功能，实现一站多功能，充分发挥水文站网的综合效能。从主要监测预报大江大河雨水情势，发展到为社会提供关注的中小河流雨水情信息服务；从主要为防汛抗旱和水利工程建设服务，发展到为水资源开发节约保护及水生态环境保护提供全面服务；从主要为水利工作服务，拓展到为水利、农业、气象、交通、环保、国土、国防等多个领域及社会公众提供全方位服务；从传统的行业水文，逐步发展成为立足水利、面向社会的水文行业，不断促进水文站网功能最大化,为河南省经济建设和社会发展提供重要的技术支撑。

未来,伴随着社会经济的快速推进和跨越式发展,“水利工程补短板,水利行业强监管”的水利改革发展总基调,水文资源的重要性和其地位及作用日益凸显。水文作为涉水事务监测管理的重要部分,其责任与任务也将愈来愈大,水文站网必将获得新的发展机遇。在各级政府和领导的关心支持下,在广大水文职工的不懈努力下,下一个百年,河南水文站网将会形成布局更合理、项目更齐全、整体功能更强大的系统体系,更好地为国民经济社会发展作出贡献。

(作者单位:河南省水文水资源局)

水情预报谱新篇

何俊霞

水文情报预报是防汛抗旱的“耳目”和“参谋”，是防洪调度决策指挥的重要依据，我从事水情预报和服务工作以来，亲历了河南省水文情报预报紧跟时代发展，夯实基础，不断创新，水情预测预报、山洪灾害预测预警、旱情服务等综合服务水平不断提高，为全省的社会稳定和经济发展作出突出贡献的历程。

预报手段不断创新

水情报汛手段的发展。河南省历朝历代都设有治河机构，汛期以各种方式向下游传递水情。明代，据《治水筌蹄》记述，在黄河就已开展了水文情报工作。每当“黄河盛发”，就会有塘马“一日夜驰五百里”，向下游飞报水汛，以便沿河总督及早安排调度防汛事宜。1757 年，河南抚院就在长台关、罗山周家渡口、息县大埠口、固始三河尖等处设立水位站，令地保相约轮日看管，如遇水发，就要挨次填单飞报下游。民国时期，水情报汛已属常态，只因社会动荡，没能形成完善统一的水情测报体系。

1950 年，河南省防汛抗旱指挥部办公室成立，主要河流的水文站网也迅速建立起来，初步形成了能够采集全省水文信息的测报体系。而到 20 世纪 80 年代末，全省报汛手段依然靠邮电部门的有线电话网。报汛站将编好的水情报文通过电话报到（或由人直接送到）附近邮电局（所），通过电报形式再逐级传报至收报部门。从邮电所至报汛站，如果没有电话，就由水文部门自架专用电话，交邮电部门代管。在出现紧急汛情时，根据需要给重要地点水文站派驻临时电台，承担报汛传输任务。各级防汛办公室，接收水情电报都是由邮电局投递员随时送递，20 世纪 60 年代初，邮电部门在省防办配装电传机并派报务员值班，专门收发水情电报，一份雨水情电报传到省防办需要 2~3 小时，直到 90 年代初被其他方式所取代。

1994~2001 年开始利用公用数据交换网自动传输信息，测站报汛仍用邮电电报,但只发一份电报到省报房,从省报房到省水情科和各地市水情组及部委、相关省份开始采用公用数据交换网自动传输信息。

2001年以后,河南省在全国率先建立覆盖全省470个报汛站,18个市防办、省防办集雨水情信息电话数传报汛、广域网传输、信息接收处理查询服务为一体的智能化雨水情信息传输服务系统,基本解决了基层测站发报任务重、发报量大的问题。

2007年全省防汛雨水情信息采集服务手段和技术发生了质的飞跃,所有水文报汛站的雨量和水位观测全部采用数据自动采集、长期自记、数字化自动传输等技术,所有报汛信息可在5分钟内传至省中心,极大地提高了观测精度和时效性。2015年起还建设了北斗卫星站、GSM双信道站587处。先进的信息采集手段为防洪减灾提供了快速、准确的决策依据。

情报预报技术不断提高。20世纪50年代至80年代初,河南省水情信息的资料处理主要依靠手工作业,收到水情电报后,首先按站号编码分类排队,进行翻译登记,然后将各类信息编制成各种水情报表,工作量大而繁重。1982年8月1日收报1760份,8月全月收报21769份,6~9月共收报48651份,工作量之大,可窥一斑。洪水预报全部采用实用水文预报经验方案,人工查算图表结合专家经验预报,预见期比较短。

20世纪80年代中期,情报处理手段开始试用计算机进行水情电报的译电处理。90年代,开发了DOS系统下的水情译电软件,取代了手工翻译报文,手工点汇雨量图和表格的作业方式;开发了淮河流域经验预报系统,逐步朝着自动化迈进。

2001年以后,全省实现了水情信息接收、传输、处理、查询分析服务的自动化。开发了河南省洪水预报系统,采用数学模型和经验模型,自动完成洪水作业预报和实时校正,提高了水文情报预报服务的技术水平。

2012年建设了中小河流预警预报服务系统,包括洪水预报系统、水情查询系统、特征值分析系统、综合业务管理系统、信息监控、预警服务系统。洪水预报系统构建了包括基础经验预报方案、新安江模型、Grid-Xinanjiang模型、混合产流模型、基于分布式单位线的流域水文模型等。其他5个业务系统涵盖了水情服务的各方面,支撑水情综合服务的各种业务技术、基础信息、基础分析。系统应用在省水情中心和18个勘测局水情中心,极大地提升了全省水情工作的综合服务能力。

2017年又建设了重点水库洪水灾害预警系统,确定了水位5级预警指标;根据水库上游面平均雨量、实时水位、预报水位,以及水库抗洪能力等多项指标实现了中型水库在线预警预报。

洪水预报效益显著

在防汛抗旱减灾工作中,全省水情工作者为各级防汛抗旱部门提供了大量、及时准确的决策依据,为河南省的社会稳定和经济发展作出了贡献。

1996年,豫北卫河发生特大洪水,关键时刻,水情人员通过对雨水情的科学分析,做出淇门水文站的洪水预报,认为只要加强防守,卫河长虹渠滞洪区不必分洪。省防办根据这个预报,顶住来自各方面的压力,决定不分洪,保证了滞洪区17.5万亩耕地,6.48万群众免遭洪水之灾。

2004年7月16~17日,澧河上游出现了特大暴雨,干江河、澧河发生了近30年一遇的超标准洪水,澧河何口水文站以上30公里河道堤防出现多处漫溢,9处决口。在严峻的洪水面前,水情人员严密监视水情,每隔2小时做一次洪水滚动预报,提前7小时做出澧河洪水将严重超过河道行洪能力,河堤可能漫决的预报,并建议尽快转移两岸群众,地方及时转移了群众6万余人,无一人伤亡。

2007年汛期,淮河干流、洪汝河7月上中旬20天内连续出现四次大的暴雨洪水,致使淮滨水文站出现1991年以来最高水位,王家坝出现1968年以来的最高水位,蒙洼滞洪区开闸分洪,洪汝河出现了近20年一遇的洪水,老王坡滞洪区先后两次运用,班台水文站出现历史第三大流量,超保证水位运行约24小时。整个汛期,省水文局水情科通过防汛信息广域网和语音报汛系统共收到水情电报10万份,向国家防总、淮委、长江委及有关省份转发约20万份;发布水情预报及滚动预报100余站次,预报精度在90%左右;发送短信息2000余条,为科学防控起到了决定性作用,该年情报预报减灾效益达9.6亿元。

2010年,长江流域丹江干支流出现100年一遇的大洪水,丹江荆紫关水文站、淇河西坪水文站、老灌河米坪水文站和西峡水文站等分别出现建站以来最大洪水,伊洛河陆浑水库出现历史最高水位,伊河上游栾川水文站出现建站以来最大洪水。省水文局水情科为各级防汛决策部门抗洪抢险、调度指挥提供了大量、及时准确的决策依据，为战胜大洪水发挥了重要作用。该年的情报预报的减灾效益达 11 亿元。

2016 年，安阳河出现超保证洪水(历史第二位洪峰流量)，南海、彰武水库库水位超历史最高水位，双泉水库超设计水位，下游崔家桥滞洪区自然进洪。在此次洪水过程中，水情部门夜以继日，密切监视雨水情的变化，精准分析、准确预报，省防办科学调度，充分利用南海、彰武水库防洪库容进行削峰、错峰，保护了下游京广铁路、京港澳高速、安阳市区的安全。

2020 年 7 月 16~23 日，信阳、驻马店、平顶山、南阳、漯河等市相继出现暴雨，局部特大暴雨，淮河干流及淮南支流出现一次大洪水过程，洪汝河、唐河、澧河出现一次较大洪水过程。共有 4 条河道 4 处水文控制断面超保证水位，4 条河道 9 处水文控制断面超警戒水位，淮河王家坝闸开闸向蒙洼滞洪区蓄洪；9 座大型水库和 21 座中型水库超汛限水位。水情处全体同志夜以继日，连续奋战，及时发布预警预报信息，精准预报洪水过境时间和水位、流量，每 3 小时滚动预报水库河道水情，并随时为水库精准调度进行分析预报，及时向前方、后方指挥人员提供雨水情信息，成功预报了淮河干流及淮南支流河道、水库的洪水，为科学调度出山店、泼河、鲇鱼山、石山口、五岳、石漫滩、田岗等大中型水库蓄洪、削峰、错峰提供重要决策依据，削减了史灌河蒋家集、淮滨、王家坝洪峰水位和洪峰流量，有效避免了老王坡蓄滞洪区的开闸分洪，发挥了巨大的社会效益和经济效益。2020 年水文情报预报减灾效益达 15.1 亿元。

预测预警取得成效

山洪灾害的防御是一项难度很大、时效性极强的工作。为了切实加强山洪灾害的防御工作，2005 年河南省水文水资源局下发了《关于防御山洪灾害加强雨水情监测和报汛工作的通知》，要求各勘测局对山洪(包括泥石流、滑坡)灾害易发地的雨量站、水文站进一步加强雨水情监测和监视，切实做好山洪灾害防御的雨水情监测、报送、预警预报工作。

2005 年 6 月 30 日，南召县出现了典型的山区局部特大暴雨，白土岗水文站最大 24 小时降雨量(648 毫米)，重现期约 1 000 年一遇。暴雨区水文站按照防御山洪灾害的雨水情监测报送预案，在第一时间向当地政府发出山洪灾害预警信息，为各级政府采取措施，组织人员转移、排除险情、抢险等工作赢得了时间，避免了重大人员伤亡。根据事后分析，如果没有及早采取措施转移群众,可能会造成数百人的伤亡。

2008 年,山洪灾害防御试点县项目在全省 5 个试点县建设 51 处雨量自动监测站,并入河南省雨水情遥测系统。

2011 年,河南省山洪灾害防治非工程措施自动监测站项目一期,在河南省 45 处山洪灾害防治县共建设了 926 处自动监测站,其中包含 721 处自动雨量站,135 处多要素自动雨量监测站及 70 处自动水位站。河南省山洪灾害防治非工程措施自动监测站项目二期,全省 34 个山洪灾害防治县共建设 440 处自动监测站,其中包括 364 处自动雨量站,76 处多要素自动雨量监测站。

全省山洪灾害防御防治重点区域自动监测站的建设,极大地提升了山洪灾害防御预测预警的时效性。

积极开展旱情服务

河南水文防汛抗旱两手抓,在做好防汛工作的同时积极开展旱情服务。

2002 年,制定《旱涝(墒情)测报拍报办法》,建设墒情监测站 78 处,2003 年又增加到 122 处。随着国家防汛抗旱指挥系统二期工程的建设,全省共有固定墒情监测站点 106 处,移动墒情监测站点 530 处。自动墒情监测站墒情信息每天 8 时采集发报 1 次,可以随时遥测。还开发了河南省抗旱业务应用系统,实现了土壤含水率、田间持水量、相对湿度等值线(面)图自动生成;实现了埋深对比、埋深变幅、降水量距平分析;实现了水库蓄水量、河道平均流量、可用水量分析,以及旱情评估等各项功能。开展了旱警水位分析,为抗旱水资源优化调度与配置提供了科学依据。整合了气象局 230 处自动墒情站信息,与全省 106 处自动墒情站信息形成了一张图。自 2018 年 1 月 1 日起,取消人工墒情观测工作。

积极开展旱情服务,在历年抗旱工作中发挥了重要作用。在 2008 年、2009 年冬春连续大旱期间,国家防指和省防指均启动了一级抗旱应急响应,全省所有雨水情报汛站打破常规,按照汛期拍报标准监测和拍报雨水情(水情一日一报,雨情要拍报时段雨量),全省水情科放弃春节假期,坚持 24 小时值班,省水情科共提供雨水旱情和土壤墒情综合分析材料 30 余期 1000 余份,为全省抗旱浇麦夺丰收作出了应有的贡献。2014 年汛期 6~8 月全省出现了严重的夏旱,水文系统一线干部职工战高温、斗酷暑,坚守工作岗位,加密墒情、地下水监测,及时提供雨水情、旱情和水资源情况,全力以赴做好水文抗旱服务工作,为防汛抗旱工作提供科学决策依据。

新时代的水文工作发展思路,也对水情工作提出了更高的服务要求。不断创新,提供更加优质的水情服务,是水情工作者永恒的初心和使命。河南水文水情预报工作将扛稳责任,砥砺前行,用新担当、新作为再谱新篇章。

(作者单位:河南省水文水资源局)

理清水文“财” 细说发展“账”

郭德勇

岁月如梭，大河奔流。在河南水文事业奋进不息、大步迈进新时代的发展历程中，水文财务工作始终致力于服务水文发展，理清“财”，管好“账”，精细管理，筑牢基石。一个个数字里诠释的，是水文财务工作执着前行的脚印；一本本账册里见证的，是河南水文事业日新月异的发展变化。

水文经费从少到多 拨响“铁算盘”

财务管理是事业发展的重要保障，水文经费的管理，在时代的变革中历经了发展与变化。

初期，水文经费由于管理没有独立核算，已无法准确查考。据当时工作的老同志回忆，1956 年以前，全省水文经费年支出 30 万~50 万元，1956~1963 年，70 万~90 万元。

1956 年，省水文总站成立以后，统一管理全省水文工作，水文经费开始有独立的管理单位。省水文总站为全省水文经费的核算单位，各地市水利局财务部门代管水文经费，向省报送年度报表，形成省、地两级管理方式。1963 年再次成立省水文总站后，则采取总站、分站两级管理方式，总站内设财务科，分站专职会计，这种两级管理的方式自 1980 年延续至今。

1963 年，省水文总站开始编写较准确的年度财务报表。资料显示，改革开放前的 1964~1979 年，全省平均水文经费为 146 万元。改革开放以后，水文体制迎来变革，水文经费逐年增加，1996 年预算体制由“核定收支，超支不补，结余留用”转变为“零基预算”后，水文经费明显增长，国家对基建的投入也逐步加大，经过“八五”至“十三五”的持续投入，尤其是中小河流水文监测系统 6.9 亿元的投入，使水文面貌有了翻天覆地的变化。

2012 年之前，河南省水文水资源局内设财务科，2012 年升格副厅级单位后更名为计划财务处，各分站(局)财务独立核算，设置财务科，配备有专职财会人员，一般2~3人，担负着省局及各勘测局各项资金预算、计划的上报、经费核算、决算和全省水文仪器设备的仓管等工作。在经费来源渠道上，省局和各勘测局所需人员工资、事业发展经费均由省财政全额负担。

现在每年国家对水文事业的投入达到了近3亿元，在国家的大力支持下，水文事业进入了快速发展的康庄大道。截至2020年年底，全省有各类水文监测站点7916处，包括水文站367处，水文中心站56处，水位站168处，雨量站3582处，水质监测断面277个，大中型水库水质监测断面27个，重要饮用水水源地水质监测断面25个，大型灌区水质监测断面259个，地下水监测井2443眼，墒情站636处，生态补偿流量监测点76处。

从30万元到3亿元，经费的由少变多，给财务管理工作提出了更高的要求。因此，打好“铁算盘”，合理安排资金调配，才能为水文发展建设奠定坚实的基础。

器材设备由简而精 当好“红管家”

随着河南水文事业的发展，各种先进的水文仪器设备由简而精，因此做好固定资产管理，将先进的仪器设备更有效的应用在水文测报一线，是新时期水文财务工作的一项新任务。

初期，全省水文测站使用的主要仪器是经纬仪、水平仪、六分仪、自记雨量计等，均由省级水文管理机构统一购置、配发。20世纪80年代以来，水文经费以地市水文分站为独立核算单位，从省总站领取的仪器、测具计入包干经费，因此除一些主要仪器，部分仪器测具直接由各分站自行购置，以减少运输运送环节。作为主要测流工具的吊船索，浮标投掷器、手摇缆道，在初期即已应用，但正规化的吊船索测流和缆道测流装备，始于20世纪60年代中期，以漯河水文站为代表，其后在全省大力推广。

从水文资料整编以手算为主，计算工具主要是算盘、计算尺到如今站房标准化、站网科学化、测报自动化，水文基础设施建设的逐步完善。位于伏牛山深处的南阳水文水资源勘测局米坪水文站，一种视频浮标技术正在被应用。这种河南省自行开发的技术，在该局荆紫关站、米坪站应用多年，中高水流量测验省时省力，精度高，还有效解决了测站人员少，使用传统浮标测流人员不足的现状。

随着科技的进步，新仪器、新设备在水文行业得到了普遍的应用。在原来驻站测验的基础上,实行站队结合、巡测等方式,相应的水文仪器设备也向信息化和自动化方向发展,固态存储雨量计、水位计、桥测设备、雷达水位计等现代化水文仪器设备相应引入使用,极大地解放了一线测流技术人员的劳动,改善了水文职工的工作条件。

目前,河南省在86处国家基本水文站及185处中小河流基本断面均安装了视频监控系统,它不仅能直观、准确、及时地反映断面水情信息,还为转变测验方式,解放测站人员,实现全面巡测提供了技术基础。

进入21世纪,水文仪器设备有了长足的发展,投入也有了很大的提高,常规水文仪器设备实行统一购置、统一调拨。一类水文站常规仪器配置0.4万元每站每年、二类水文站0.3万元每站每年、三类水文站0.2万元每站每年,常规水文仪器设备的正常使用和更新都有了资金的保障。

通过多年建设,河南省目前共有缆道83座(全自动监控缆道12座)、水位自记平台477座、测船(含橡皮艇)81艘、遥控测船19艘、声学多普勒流速仪86台、电波流速仪79台、测雨雷达系统1套、超声波测深仪10台、GPS 35台、全站仪84台、桥测车48辆。此外,省局应急监测队还配置有三维激光移动测量系统、无人机测流系统各1套等。全省雨量站、重要水位监测断面、墒情、国家自动监测井已全部实现自动监测。

规章制度逐步健全　启航新征程

随着国家对水文工作的投入逐步加大,"管理"成为今后水文财务工作的重中之重。水文财务按照河南省水文水资源局的整体思路和统一部署,结合水文工作实际情况,初步建立了与水利事业和公共财政相适应的财务工作管理体系,实现向现代"理财型"管理的转变。

1998年,国家对事业单位会计制度执行重大变革,河南省水文水资源局结合全省水文系统的实际情况,编制了《水文水资源事业财务管理与会计核算办法》,规范水文系统财务行为。《河南省水文水资源局财务管理制度》《河南省水文水资源局机关财务管理办法》《固定资产管理制度》《河南省水文水资源工程建设财务管理制度》《河南省水文水资源局会计电算化管理办法》等有关的财务规章制度的制定,为加强财务工作奠定了坚实的基础。

同时,通过进一步加强对各勘测局财务工作的监督管理,规范工程建设项目的核算,投资效益得以提高。在日常工作中,各勘测局作为财务独立核算的二级机构,对单位发生的各种经济业务事项进行单独核算,按照国家对财务工作的具体规范要求登记凭证、账簿,年终编制单位决算,报经省局汇总之后报送财政部门。

以坚持勤俭办事为原则,从 1996 年开始,省财政统一对本级财政预算单位执行零基预算,确保收支平衡、量入为出。从 2005 年开始,河南省水文水资源局实行国库集中支付,通过财政零余额账户进行资金的往来核算。2009 年,河南省水利厅对全省水利系统应用河南水利财务管理信息系统,水文系统也开发应用了河南水文财务管理信息系统,实现全省水文系统会计资料联网。从 2009 年根据上级部门要求,省局机关开始实行"公务卡"制度,到 2013 年在全系统都实行"公务卡"制度,出差报销等均通过公务卡结算。

对于固定资产管理,20 世纪 90 年代,水文系统就组织开发了自己的固定资产管理系统,并于 2001 年对单位固定资产进行了全面系统的清查。2012 年,在《河南水文信息管理系统》正式运行后,固定资产模块并入管理信息系统。

2013 年,水文系统建成水文设施设备管理系统,通过系统功能的实现,水文设施设备的管理手段进一步加强,国有资产得以合理配置,国有资产使用效率有效提升。同时,借助于网络设施和智能识别技术,实现各级单位联网发送数据,达到资产动态追踪管理的目标,实现财产清查、设施设备调度、合理配置、优化组合及资产处置、产权变动等一系列设施设备监督管理职能,进一步提高设施设备的管理水平,实现全范围内的设施设备动态管理和网上指挥调度。

新时代造就新作为,当前和今后一个时期,河南水文财务工作将以习近平新时代中国特色社会主义思想为指导,深入贯彻落实中央水利决策部署,积极践行"四水同治"战略,服务水利发展,以增强水文资金保障能力为核心,以确保资金安全和提高资金使用效益为重点,以科学化、规范化、精细化管理为手段,以创新体制机制为动力,依法理财、科学管财,为推进河南水文事业发展提供更加有力的支撑!

(作者单位:河南省水文水资源局)

解码河南水文资料整编

王增海　李　黎　王怡人

水文资料整编就是对原始水文数据通过科学手段，经过在站整编、审查、复审、汇编入库等流程，最终将水文成果根据流域水系统一编排的卷册，刊印成水文年鉴。河南省水文资料整编工作伴随着水文事业日新月异的发展，不断成长前行，为防洪抗旱、减灾，水资源综合开发利用，水利水电工程规划、设计，水利科学技术研究等提供了重要的水文基础资料，为河南省社会建设和经济发展作出了重要贡献。

水文资料的观测收集

我国近代科学的水文观测是从19世纪开始的，1865年海关为了航运交通在汉口长江上设立的水位观测站，是我国最早的水位观测站点，以后逐年推广至上海、天津等沿海各大港埠。前督办运河工程局1912年开始在内地重要的河道上设立水文站，但因为当时国家动乱，大部分资料没有保存下来。

河南省横跨四大流域，在全国开展水文观测时间也比较早，1919年顺直水利委员会在河南省黄河、卫河都设立了水文站，开始记录观测的水文资料。河南省设立的第一个水文站是黄河干流上的陕县水文站。1919年4月4日开始观测水位，4月21日开始观测降水量，7月2日采用浮标法施测到了河南省的第一份流量资料——560立方米每秒，11月24日第一次采用流速仪法施测流量640立方米每秒。陕县水文站一直观测到1953年，后因观测断面下迁到三门峡，改为三门峡水文站并一直观测至今，此站为三门峡水利枢纽的建设积累了大量实测资料。1919年河南省海河流域卫河设立了汲县水文站，4月15日开始观测降水量，是河南省最早的降水量观测站，7月23日开始观测水位。1919年江淮水利测量局在河南省淮河干流设立了三河尖（当年属安徽省霍邱县）、洪河口水文站，两站都是1919年11月开始观测水文资料。河南省长江流域1934年及以前在新野、南阳等处都测过流量，但这些流量资料已散失未保存下来，目前能查到的河南省最早的长江水文资料是邓县水文站、泌阳水文站1931年的降水量资料，最早的水位及流量资料是1935年1月湍河白滩站的数据。除陕县站水文观测资料无间断外，其余各站受时局影响，观测资料时断时续，并不完整。

河南省水文水资源局资料室保存最早的水文原始观测记录是由省建设厅设立的贾鲁河扶沟站及颍河周家口（现周口）站1922年记载的水位数据。而由各个流域机构设立的水文站收集的水文资料（河南部分）基本保存在各流域水文机构。

整编规范的制定完善

1949年以前国家战乱不断，水文站管理不善，加上没有统一的技术标准，所以资料缺测较多，资料保存也较散乱，丢失较为严重，部分可靠性不高，资料没有进行系统整编。

1950年水利部水文局成立后，于1951年颁布《水文管理成果格式和填写说明》，统一了水文资料的技术标准。水利部1954年颁发“水文资料整编方法”和“水文测验表格式和填写说明”。1956年颁发《水文资料审编刊印须知》，规定了整编、审查、汇编、刊印程序和表格的内容形式。1958年4月颁发《全国水文资料卷册名称和整编刊印分工表》及《全国水文资料刊印封面、书脊和索引图格式样本》，使刊印资料的形式更趋一致，统一命名为《中华人民共和国水文年鉴》，全国按流域及水系分为10卷90册。

1964年8月，水利电力部（简称水电部）以部标准颁发《水文年鉴审编刊印暂行规范》，对水文年鉴的内容格式进行了全面审查和调整，实行测站整理、分站整编、总站（省局）复审汇编刊印三级制，进一步明确了整编机关和汇编机关之间的分工。提出了经过复审后，整编成果的质量标准必须达到：项目完整，图表齐全；考证清楚，方法正确；规格统一，数字无误；资料合理，说明完备；表面整洁，字迹清晰。并首次提出错误率的标准与计算方法，同时全国水文年鉴调整为10卷74册。

1972年水电部水利司将资料刊印部分内容编入《水文测验试行规范》，新规范删去了原规范中关于测验方法的叙述部分，只列入为统一全国测验技术标准、保证水文资料质量所必须遵循的规定。为了配合新规定，1975年水电部颁发《水文测验手册》一套，此书共三册：第一册野外测验部分；第二册泥沙颗粒分析和水化学分析;第三册为水文资料整编和审查。《水文测验手册》与《水文测验试行规范》配合使用,有关“水文资料整编刊印图标填制说明”则删繁就简,列入第三册附录中。本次修改对统一水文年鉴技术标准,提高成果资料质量起到了重要作用。河南省蒋金才参加了降水量、蒸发量、水量调查资料部分章节的编写。

1981 年水利部水文局颁发《降水量资料刊印表式及填制说明》。1986 年 7 月水电部水文局为了适用水文数据库的建设,颁发《全国水文测站编码试行办法》,同时要求水文编码运用于计算机整编水文资料。

1988 年水电部颁发《水文年鉴编印规范》(SD 244—87),增加了电算整编方法要求,充实了测站考证内容,调整了刊印图标格式和精度指标,引进了国际标准中资料整编和检查技术,反映了我国水文资料整编的技术水平。本次修改既强调统一性,又考虑地区特点,给予必要的灵活性,比较符合实际。

1999 年为了配合水文年鉴停刊和水文数据库的建设,颁发了《水文资料整编规范》(SL 247—1999),增加了水文数据电子文档、资料存储、水文数据库内容,取消了水文年鉴刊印格式,同时全国水文年鉴调整为 10 卷 75 册。

2009 年水利部决定自 2006 年全面恢复水文年鉴汇编刊印。由于 1999 年《水文资料整编规范》(SL 247—1999)没有水文资料汇编刊印的技术要求,为了满足水文年鉴刊印的需要,参照 1988 年颁布的《水文年鉴编印规范》(SD 244—87)有关规定,根据技术发展及汇编刊印工作实践,修订并更名为《水文年鉴汇编刊印规范》(SL 460—2009)。

2012 年水利部水文局结合水文资料恢复刊印十多年的工作经验,组织全国专家对《水文资料整编规范》(SL 247—1999)进行了修订和完善,颁布了《水文资料整编规范》(SL 247—2012)。新规范补充、完善了水文资料整编方法;增加新仪器收集水文资料整编要求;补充完善了数据存储要求;调整了观测物和整编符号。河南省水文水资源局王增海参加了本次规范修改,具体负责水工建筑物资料整编章节的修订。他改进了分步计算堰闸流量系数的弊端,提出流量率定一步计算到位的方法,同时修改了不合理的电站流量率定公式。这些改进提高了堰闸、电站流量率定成果的精度。2020 年王增海参加《水文资料整编规范》(SL/T 247—2020)中水工建筑物资料整编章节的修订,增加了槽蓄变量法流量推求的内容。

由于河南省资料参编单位较多，各汇编单位对参编资料要求存在差异，根据国家规范及规定，河南省结合具体情况，多次编印水文资料整编技术补充规定。2018年由河南省水文水资源局主持完成了河南省《水文数据整理汇编标准》(DB41/T 1599—2018)的编制，从规范上统一了河南省水文数据格式。

水文年鉴的汇编刊印

1949年以前只有极个别站点计算后采用月报或年报形式进行刊印。1949年10月华东水利部决定由南京水利实验处、淮河水利工程总局和长江下游工程局共同组织成立水文资料整编委员会，开展长江、淮河流域水文资料的整编工作。经过两年努力，完成1949年以前的资料整编工作，并于1951年刊印成册。海河、黄河流域资料也在1957年之前完成了1949年以前水文资料的整编和刊印工作。

1950年开始对以前水文资料进行整理，由于以前水文资料较少，采用多年资料合订本进行整理刊印。在水文年鉴刊印资料编排顺序上，采用“一站多项”的方式，即把一个站的资料先按项目、再按年份顺序排完后，再排下一个站的资料。1950年以后随着水文站点的增加和资料的增多，海河、淮河、长江流域开始采用按年份刊印水文资料。黄河流域资料到1954年改为按年份刊印水文资料，在资料的编排上仍采用“一站多项”的方式编排。1955年以后各流域全部改为按年份采用“一项多站”编排的刊布方式，按年份刊印的水文资料称为水文年鉴。

最早整理刊印的水文资料内有水位、流量、含沙量历时过程线，以后取消。1955年以前水文年鉴内还刊印部分气象资料，以后水文站停止观测后水文年鉴也取消这些项目内容。1964年起增加各种历时暴雨统计，说明表及位置图改在逢“0”逢“5”的年份刊布。

1958年以前，水文年鉴的资料汇编主要由流域机构负责。1958年根据水电部颁布的《全国水文资料卷册名称和整编刊印分工表》，水文年鉴按卷册资料的内容由各省和流域机构负责汇编和刊印。河南省主持淮河流域5卷1册水文年鉴的汇编、刊印工作，河南省其他资料分别参加对应年鉴卷册的资料汇编及刊印。负责卷册审查、刊印的单位称为汇编单位，携带本单位资料参加卷册资料审查、汇编的称为参编单位。1958年以后水文资料整编的模式、卷册刊印的格式，卷册划分，变化不大、基本稳定。水文年鉴印刷出来后，再由汇编单位负责分发给参编的各水文单位。

2006年以前海河流域资料7册年鉴全部由河北省负责汇编,河南省海河流域的安阳、新乡水文分站是参编单位。每年新乡、安阳分局水文资料整编完成后,派人带资料到河北参加3卷6册资料审查、汇编、校版。河南省长江流域资料由南阳、驻马店派人到长江委汉江局参加6卷15册水文资料的汇编、审查。河南省黄河流域相关分局每年派人参加黄委组织的卷册资料的审查、汇编工作。河南省只负责淮河流域上游资料5卷1册(上、下)的汇编工作,安徽省每年派员来参加河南省5卷1册水文年鉴的汇编,湖北省只把几个雨量站资料邮过来,不参加河南省5卷1册水文年鉴的汇编。河南省淮河流域的其他资料都是参加安徽、山东省卷册的汇编刊印。

2006年全国水文年鉴全部恢复刊印,部分水文年鉴卷册汇编单位进行了调整。淮河5卷1册(上、下)不变,继续由河南省负责汇编刊印,海河流域3卷6册水文年鉴由河北省负责汇编刊印调整到河南省负责汇编刊印。

1991年考虑到水文资料数据已实现电子化,并建立了水文数据库,水利部决定水文年鉴全部停止刊印。2001年为了满足社会对水文资料的需求,恢复了重点河道的水文年鉴的刊印,河南省5卷1册水文年鉴开始复刊。2007年为了贯彻《中华人民共和国水文条例》,充分发挥水文资料在防灾减灾、水资源可持续利用和经济社会可持续发展中的作用,水利部水文局决定自2006年起全面恢复水文年鉴汇编刊印,并要求在汇编单位完成年鉴资料的刊印前,增加流域组织专家复审水文年鉴资料,然后水文司再组织专家进行全国水文年鉴终审的两个环节。这两个环节增加了各单位对资料整编方法、经验的交流,提高了各单位整编水平,也提高了水文年鉴的质量。河南省王增海、杨新被聘为全国专家,每年参加水文年鉴流域复审及全国终审,并多次被评为全国优秀专家。

河南省从2013年开始对1991~2005年停刊的水文资料进行了整理和刊印。因为资料分散在11册水文年鉴内,按水文年鉴的卷册刊印困难较大,所以根据年份把全省水文资料按上、中、下三册整理刊印,上册是水流沙资料,中册、下册是降水量、蒸发资料。2017年全部整理刊印完成。

河南省地处中原,横跨海河、黄河、淮河、长江四大流域,是全国跨流域最多的省份。历史上由于行政区划的变化、测站断面的迁移、河流改道、水文卷册刊印范围的重新划分等原因,有些断面的资料年份不同、刊印在不同卷册内,造成个别测站资料的查找困难。根据《水文年鉴汇编刊印规范》(SL/T 460—2000)划分,河南省水文资料刊印在10册共11本(5卷1册是上、下两本)水文年鉴内,即海河流域3卷6、7册,黄河流域4卷4、5、6册,淮河流域5卷1、2、3、6册,长江流域6卷15册,是全国水文年鉴最多卷册的省份。

整编技术的不断提高

1970年以前,水文数据整编全部由人工采用算盘、计算尺完成,1970年以后采用电子计算器,精度和效率有所提高。资料的检索全部为人工在年鉴中查找、抄录。

1979年,河南省开始试用水利厅水科所的"TQ-16机水文资料整编通用程序"进行计算整编,其水文成果与人工计算的资料进行对比。但因计算机采用纸带穿孔,数据录入工作量大,人工校对困难,效率非常低。1983年开始在解放军信息工程学院(现中国人民解放军信息工程大学)采用大型计算机进行整编计算,结束了整编纸带穿孔的历史。

1987年6月,河南省购置了美国生产的VAX-11/730型计算机,并采用FORTRAN语言移植了水文资料整编软件,增加了堰闸断面的推流计算,为应用计算机整编水文资料迈出了新的一步。在这之前,省水文局组织力量对全国通用整编软件进行了扩充和优化,基本满足了河南省水库、堰闸水文站整编的需要,但因为计算机内存太小,有时处理水库、堰闸站数据需要一天时间。VAX-11/730型计算机采用交互式键盘录入数据,屏幕显示,大大提高了数据录入速度和质量,数据修改也非常方便,提高了计算机整编的效率。河南省1989年全部采用电算整编。

1997年,河南省购买了 台DOS操作平台的小型计算机,采用河南省修改后的通用整编软件进行全省水文资料的整编,整编效率明显提高。以后由于台式计算机的普及,水文数据的录入、计算、整编可以分散在分局完成,大大缩短整编时间。

2004年,河南省开始采用长江委刚刚编制的WINDOWS平台下的水文资料整编软件。由于长江委没有水库、堰闸资料,所以河南省给他们提出了很多改进意见,使程序更合理、直观、方便。此软件一直使用至今。

为了提高水文资料整编效率,减轻整编人员劳动强度,2010年由河南水文水资源局王增海负责开发了《水文年鉴数据综合分析系统》软件。经过几年的改进和调试,2013 年获得河南省水利厅科技进步二等奖,2014 年获得河南省科学技术进步三等奖。该系统在黄委和辽宁、湖北、山西、陕西、安徽、新疆等十几个单位一直使用至今,获得了广泛的好评。

数据库的更新升级

1963 年 1 月,河南省水文水资源局资料室建立。目前现有办公室、资料库房面积约 330 平方米, 2003 年以来,陆续配置了密集柜、吸尘器、防磁柜、铁皮柜、除湿机、计算机等设备,极大地改善了保管条件,增强了资料的安全和寿命,提高了服务效率。截至 2020 年年底,所藏水文原始资料约 12 万多站年,水文年鉴资料基本齐全。

目前,全省每年刊布水文资料有流量站近 200 站年,水位站近 200 站年,含沙量 38 站年,雨量站 886 站年,蒸发量 47 站年,全省地下水观测站 1375 站年左右。编制的《河南省水文资料自动化管理系统一水文科技资料数据库软件》,方便了用户查询、借还。2006 年年底,省局投入专项资金,依照省档案局的《河南省档案管理升级达标标准》,对资料室进行改造,从库房、柜架、资料盒及卷宗的编排,进行了彻底改造和整理。经过 2 年的努力,对河南省历年的所有原始资料按照现行的水文编码重新排序,并建立水文资料目录计算机管理、查询平台。全部资料做到分类合理,名目清晰,摆放整齐,查找迅速,提取快捷,真正做到了计算机管理、目录、实物存放三对照。

河南省水文数据库是随着计算机技术的发展而建立的。水利部水文局 1986 年颁布《全国水文测站编码试行办法》,要求电算整编采用水文编码作为文件名称。1990 年 12 月,水利部水文司在北京召开全国水文数据库工作会议,颁布《全国水文数据库建库规划纲要大纲》,要求于 1995 年初步建成数据库。1999 年 6 月,河南省水文数据库基本建成,达到运用计算机计算、存储、检索、提供水文资料的目的。通过水利部验收,正式投入运用,随着数据库的建设,除提供直观的纸质资料外,还逐步提高电子数据的数量,从此结束了手工检索资料的状况,大大减轻了劳动强度,提高了工作效率。2000 年以来的水文资料整编结束后随即全部入库。

(作者单位:河南省水文水资源局)

党旗高扬抗洪一线

郭安强

淮河干流王家坝、淮河支流潢河潢川、白露河北庙集、史灌河蒋家集等水文站洪水超保证水位……

淮河干流淮滨、淮河支流竹竿铺、洪河杨庄、桂李、五沟营、洪汝河班台等水文站洪水超警戒水位……

宿鸭湖、板桥、石漫滩、燕山、出山店、石山口、泼河、五岳、鲇鱼山等9座大型水库超汛限水位……

史灌河遭遇30年一遇超标准洪水和贯穿性渗流重大险情……

2020年6月初至7月中下旬,淮河流域连续强降雨,一场罕见的区域性大洪水正在危及河道、水库和人民群众生命财产安全!

暴雨如注　洪魔肆虐　淮河流域经历多年不遇的严峻考验

2020年6月8日至7月23日,淮河流域先后出现8次强降雨过程,其密集程度,在历史同期十分罕见。降雨量之大,足以载入史册,累积降雨量超1000毫米站点有49处,最大点雨量信阳商城县黄柏山雨量站1290.5毫米,信阳市平均降雨量825.4毫米,较多年同期均值偏多2.1倍,为有水文记录以来的第一位。特别是7月16~19日强降雨过程,最大点雨量固始县锁口雨量站439.5毫米,累积降雨量超过400毫米的站点9处,均超百年一遇,400、300、200、100毫米以上暴雨笼罩面积分别为106、1391、8625、16014平方公里;7月21~23日强降雨过程,最大点雨量平顶山舞钢市长岭头雨量站313毫米,降雨量超200毫米站点有136处,200、100毫米以上暴雨笼罩面积分别为1600、48000平方公里。

受强降雨影响,淮河干流、淮南支流及洪汝河流域共出现7次洪水过程。"7·19"暴雨洪水造成淮河干流、潢河、白露河、史灌河4条河道超保证水位,其中史灌河蒋集水文站最大洪峰流量4830立方米每秒,为30年一遇超标准洪水。“7·21”暴雨洪水造成洪汝河超警戒水位,超警历时71小时。

洪水总量大!“7·19”降水,淮河干流信阳辖区洪水总量42.26亿立方米,淮河干流淮滨水文站径流总量达21.93亿立方米,白露河北庙集径流总量3.78亿立方米,史灌河蒋集水文站径流总量11.79亿立方米。

洪峰流量大!白露河北庙集水文站洪峰流量1760立方米每秒,为1952年以来历史第一大流量;史灌河蒋集水文站洪峰流量4830立方米每秒,为1951年以来历史第二大流量。

河道压力大!淮河干流淮滨水文站洪峰流量5120立方米每秒,洪峰水位31.71米,超警戒水位历时101.5小时;王家坝水文站洪峰流量6630立方米每秒,最高水位29.76米,超保证水位历时42小时,超警戒水位达12天之久;淮河支流白露河北庙集水文站,超保证水位历时27小时,超警戒水位历时71小时;史灌河蒋集水文站,超保证水位历时24小时,超警戒水位历时52小时。

水库超汛限水位时间长!有9座大型水库超汛限水位,其中,大型水库鲇鱼山水库超汛限水位24天,宿鸭湖水库超汛限水位18天,泼河水库超汛限水位17天,板桥水库超汛限水位15天,燕山水库超汛限水位9天,出山店水库超汛限水位8天,石山口水库超汛限水位7天,石漫滩水库超汛限水位5天,五岳水库超汛限水位4天。21座中型水库超汛限水位。

水利损失大!洪水造成2470处水利工程被毁,水利设施直接经济损失5.51亿余元,主要集中在信阳、驻马店、平顶山3市,其中水文工程水毁涉及99处水文站、应急监测设备、雨水情信息服务系统、应急指挥系统等,直接经济损失2715万元。

快速反应 扎实组织 牢牢筑起防洪抢险测报预报坚固堡垒

洪水发生后,河南省水文局快速反应,精心组织,科学调度,集全省水文之力开展水文监测、水文情报预报及预报预警服务;各有关部门把握大局,积极应对,进行了科学有效的指挥和调度,在洪水“大考”中发挥了“桥头堡”和“主心骨”作用,为夺取抗洪战役的胜利提供了坚强的组织保障。

科学应对,快速反应。河南省委、省政府高度重视防汛工作,2020年7月13日、22日分别召开省委常委会、省政府常务会,研究部署防汛救灾工作。7月21日、22日,省委书记王国生、省长尹弘、副省长武国定先后到省防汛会商中心听取防汛工作情况,调度和安排应急抢险及防汛工作,并深入防汛一线察看汛情。在灾情面前,省水利厅党组要求各位党员站得出来、冲得上去,到灾情最严重、工作最困难、群众最需要的地方,当好群众的贴心人和主心骨,筑牢守护人民群众生命财产安全的坚固防线。省水利厅党组书记刘正才、厅长孙运锋深入一线,靠前指挥,并多次召开专题会、会商会研究部署防汛工作。省水利厅党组成员申季维带领抢险队伍日夜奋战在史灌河大堤上。省水文局按照《河南省突发公共水事件水文应急测报预案》,对信阳启动水文应急二级响应,对驻马店、南阳启动水文应急三级响应。省水文局党委书记、局长王鸿杰亲自带队,第一时间赶赴防汛一线,坐镇组织、指挥应急测报工作;党委副书记杨传彬等领导先后到淮河干流重要控制站信阳息县水文站等地指导应急监测工作。省水文局还充分发挥水文专家"智囊"作用,组织离退休老党员、老干部等水文专家到省水情中心帮助进行水情分析,并深入防洪测报一线,现场指导水文应急监测,科学研判雨水情及洪水,增强了测报预报工作的精准度,确保了防汛测报、预报工作扎实进行。

跨区调度,火速集结。汛情发生后,省水文局立即启动应急测报跨区域增援预案,在全省范围内,以党员干部为主体,抽调政治站位高、技术能力强、实战经验丰富的党员和技术能手组成 3 个应急突击队,驰援潢川、固始等重点地区,开展异地应急测报工作;信阳组成 3 个应急监测突击队、1 个后期保障突击队,南阳、驻马店局各出动 2 个突击队,全省共组成 10 个水文应急测报突击队、1 个水情应急突击队、1 个水利应急通信突击队、1 个后期保障突击队,共 13 个突击队、71 人开展应急测报工作。省水文局水情应急突击队先期到位,水利应急通信突击队、省局和鹤壁、安阳 3 个水文应急测报突击队,接到异地测报指令后,立即启程,马不停蹄,连续行驶数百公里,当天即赶赴淮河暴雨洪水前线,不顾长途劳顿,在淮河干支流一线开展应急测报工作,展现了新时代共产党员在急难险重工作中听从号令、呼之即来、来之能战、战之能胜的良好作风。

上下联动　协同作战　成功打出抗御淮河流域暴雨洪水"组合拳"

暴雨洪水期间,全省水文系统牢固树立"一盘棋"思想,省水文局党委统一指挥、统一调度,各有关部门分工协作、攻坚克难,凝聚起奋战大洪水的强大合力。

汛前准备充分,为有效应对汛情奠定了扎实基础。为科学应对超标准洪水，省水文局提前谋划，超前准备，制订了水文应急测报预案，完善了水利应急通信系统、车载三维激光测量系统、遥控测流船、ADCP、测流无人机、全站仪、GPS、电波流速仪等设备，自上而下建立了应急监测队伍。省水文局切实加强水文抢险突击队应急能力建设，汛前组织各地水文部门多次进行应急测报实战演练，2020 年 5 月 28~30 日，组织全省水文系统 19 个突击队共 100 余人在郑州贾鲁河畔中牟水文站进行应急测报实战演练，7 月 14 日又组织 9 个突击队在信阳息县进行测报演练。高频次、大力度的实战演练，锻炼了队伍，提升了技能，提高了抗洪抢险应急能力和水平，为有效应对汛期随时可能发生的局部暴雨洪水及各类防汛突发事件做了充分准备。

水情预报精准，为科学调度洪水构筑了重要支撑。河南省已建水文站 367 处，自动遥测雨量站 4093 处，图像（视频）站 1665 处，简易雨量站 18988 处，简易水位站 5180 处，安装无线预警广播 20236 套。利用这些有利条件，密切监测雨水情，精准预报洪水过境时间和水位、流量，为提前做好水灾害防御准备工作提供了可靠的依据，为落实巡堤查险力量、预置应急抢险队伍和物资赢得了宝贵的时间，为调度决策提供了重要支撑。省水文局水情处共有 10 名工作人员，其中 5 名为中共党员。防汛期间，该处情报预报技术团队以省水情中心为阵地，和水情应急突击队、信阳、驻马店、平顶山、南阳等水文部门水情工作人员一起，充分履行“信息枢纽”职责，强化与水利部信息中心、淮委水文局等部门远程预报会商，科学调配人员，强化值班、值守，白天全员上岗，夜晚加强值班，夜以继日，废寝忘食，做好水情信息收集处理、预报预警等方面工作，严密监视雨水情变化，及时发布预警、预报信息。洪水期间，全省水情部门每 3 小时滚动预报一次，参与现场调度会商 13 次，多次与水利部水利信息中心、淮委水文局等相关单位预报专家开展电话会商；共接收处理遥测信息 55 万余份，各市人工水情电报 6 万余份，向水利部水文情报预报中心、各流域机构及相关省份转发雨水情信息 459 万余份，共享预报成果 30 余站次；发布预警信息 836 站次，提供雨水情简报、快报 126 期 1000 余份，向应急部门转发信息 50 余份，向省级领导、省防指成员、省抗洪抢险军地联合指挥部前方指挥所和各级防汛部门领导、防汛人员发布雨水情短信息 1800 余份，强化实时预报和滚动预报，共制作和发布各类洪水预报 352 站次，其中，根据未来降雨量制作与发布预测预报 201 站次，开展实时及滚动预报 151 站次，成功预报了淮河干流及淮南支流河道、水库的洪水，为科学调度出山店、泼河、鲇鱼山、石山口、五岳、石漫滩、田岗等大中型水库蓄洪、削峰、错峰提供重要决策依据，削减了史灌河蒋家集、淮滨、王家坝洪峰水位和洪峰流量，减轻了有关河段的防洪压力；依靠精准预报和科学调度，有效避免了老王坡蓄滞洪区的开闸分洪，发挥了巨大的社会效益和经济效益。

现场测报准确，为打赢抗洪抢险攻坚战提供了可靠保障。为给防汛抢险和水利工程调度提供科学依据，需要实测流量资料。洪水期间，河水水面宽，流速大，测流难度加大。特别是史灌河水面宽一度达到近700米，晚上难以操控遥控船，需要划船到河里测流。在暴雨洪水过程中，省水文系统因地制宜，科学施策，淮河干流及淮南河道、水库、水文站把常规设备监测和自动化监测、应急监测有效结合，落实“四随”制度，切实提高测报精度。根据水情变化情况，加密监测频次，由原来每4小时测报一次水文数据升级为每1小时、半小时一报，现场测报人员随时测报，为整个防汛行动提供了及时、准确的洪水预报，发挥了“千里眼”“顺风耳”作用。

在淮河干流、史灌河、白露河等千里河堤上，广大党员凭着坚强毅力，利用各种手段，给洪水把脉，为防汛出力，把测流时间从传统测流的1小时缩短到20分钟，创造了淮河水文测报“河南速度”“河南质量”，筑起了防汛抢险、江河安澜的坚强防线。

身先士卒　示范引领　充分发挥共产党员的先锋模范作用

雨情就是号角，汛情就是命令。在洪水到来时，各级党组织充分发挥战斗堡垒作用，广大党员干部风雨逆行，冲锋在前，与时间争锋，同洪水赛跑，做到哪里有危险哪里就有应急工作队，哪里需攻坚哪里就有党员突击队，真正把岗位设在前沿，把党旗插在前线，切实发挥了先锋模范作用，经受住了暴雨洪水考验。

暴雨洪水期间，省水利厅党组成员申季维不畏艰险，身先士卒，一直在巡查淮河干流大堤，不放过每个关键部位和细节问题，没吃过一顿热乎饭、睡过一个囫囵觉，困乏难支时，用衣服包裹头部在大堤上眯一会儿，长时间高强度的工作使他嗓子沙哑、几近失声。当史灌河出现管涌险情时，他立即带领第一批抢险专家到达抢险现场，第一时间成立抢险指挥部和临时党支部，亲任指挥长兼党支部书记，果断决策，科学指挥，2小时内有效控制了管涌主要险情。

考虑到2020年出现超标准洪水的可能性较大,7月14日,省水文局组织9个局突击队,在信阳息县进行了测报演练,党委书记、局长王鸿杰担任现场总指挥。演练结束后,王鸿杰逆水而上,逐站检查,详细了解各测站安全措施、测流方案、应急方案等情况,对淮河流域防汛测报工作进行再安排、再督促。洪水期间特别是在蒋家集上游梅山、鲇鱼山两座水库开闸泄洪期间,王鸿杰每天坚守现场,与突击队员日夜奋战,与省水情中心连线指挥,晚上困了就在车上睡一会儿。史灌河出现管涌险情时,他冒雨在现场指导测流,并亲自为测流队员打伞,一直忙到晚上11时多测流结束。

在防汛关键时刻,省水情处的同志始终坚守岗位,连续奋战,通宵达旦工作,累了趴在桌上稍事休息,饿了以面包、饼干充饥,克服工情复杂、雨水情多变的困难,及时做好水情信息的收集、整理、分析和上传下达工作。党支部书记何俊霞密切关注雨水情,带头分析研判,带头预测预报,没有休息日,不分上下班,加班加点,工作连轴转;共产党员陈磊、崔亚军不讲条件,任劳任怨,洪水期间吃住在单位,每天休息两三个小时甚至彻夜工作,保证了工作高效运转。作为年轻的教授级高级工程师,闫家珲、李四海同志发挥专长,忘我工作,一坐就是几个小时,累得直不起腰。罗晓丹同志因病住院治疗,听说洪水来袭,不顾医生和家人劝阻,刚入院两天就忍着病痛返回工作岗位。赵慧军、王一匡、李莹、夏沁园等同志听从指挥,哪里需要就在哪里忙碌,做了大量艰苦细致、卓有成效的应急工作。水情应急突击队日夜坚守在史灌河潘庄新台子险工处,饿了啃口馒头,渴了喝口凉水,困了坐在沙袋上稍事休息,随时为前线指挥所提供最新雨水情。在全体党员干部努力下,水情工作实现了高频次、精准化预报,特别是提前16小时预报了史灌河蒋家集站超保证水位,预报最高水位33.60米,实测33.64米,预报等级为优,精度极高。

异地驰援的防汛测报突击队均成立了临时党支部,省水文局突击队在大水上涨、测流环境极其恶劣情况下,制订可行方案,详细勘察地形,不顾个人安危,克服重重困难,使用电波流速仪和遥控船ADCP进行了四次测流,测得最大洪峰流量。鹤壁局突击队队员全部为党员,在固始县南大桥水文测流时,他们在波涛汹涌的洪水中从下午4时30分一直工作到第二天凌晨2时,5时得到洪峰将至的通知后,又迅速出发抢测洪峰,最终测到最大流量;在史灌河发生管涌需要应急监测时,突击队临时党支部书记徐明立一马当先,在当地老百姓的配合下找到一条小铁船,队员们纷纷表示要上船测流,考虑到小船容载能力有限,最终让年龄最大、经验丰富的何军携带 ADCP 测流,在宽度接近 1200 米的断面上,连续奋战 2 小时,圆满完成测验任务。安阳局党员突击队在测桥距离远、测验环境差的情况下,为防止信号传输丢失和雨水浸湿设备,采用接收终端移动跟随 ADCP 开展洪水抢测,利用透明雨布把设备与操作员头部蒙罩,克服被雨水、汗水遮挡眼帘的困难,留出空隙盯紧水面上的三体船,先后监测 9 次,从下午一直工作到晚上 11 时多。

信阳降下特大暴雨后,水利应急通信突击队接到命令,立即启动应急指挥保障响应机制,迅速集结突击队员,冒着大雨驾驶应急指挥车,携带单兵通信、卫星电话、北斗手持终端等专业设备赶赴固始县,当天到达指定地域,与省防汛抗旱指挥中心建立起稳定的通信联络,随时进行视频防汛会商。从蒋家集水文站转战到新台子险工段、潢川水文站、班台水文站,哪里出现重要水情、险情,水利应急通信突击队就出现在哪里,保证了应急指挥上下畅通和水情信息及时传下达。

信阳水文局面对 6 月 12 日以来洪水泛滥、先后有 3 处水文站超保证水位、2 处超警戒水位、多个巡测站出现建站以来最高水位的严峻形势,党总支召开紧急会议,领导班子成员分片包站,局长刘冠华一线指挥,领导班子成员和机关中层干部全部深入基层测站,突击队成员一夜未眠,克服水深、流急、漂浮物多、夜晚视线不清等重重困难,先后到顺河店、大坡岭、申阳台等站点应急监测,一直工作到第二天下午 4 时多。当史灌河固始县潘庄段新台子出现险情时,信阳局和鹤壁局应急突击队第一时间赶往现场,在现场设立了临时水文站,用全站仪测量了堤内堤外的水头差,同时开展了流量监测和水位报汛,向指挥部提供上下游雨水情信息及预测预报服务,为抢险工作顺利开展提供了第一手资料。共产党员李振安还没有出院,忍着疼痛连夜跑到水情上指导洪水预报;共产党员金苗苗放下几岁的孩子,几天几夜坚守在工作岗位,随时监测水位变化;竹竿铺站老党员潘卫东,大水期间母亲脑出血住院急需人照顾,但他心系水情,舍家为公,始终坚守岗位,圆满完成每次测报任务。经过艰苦努力,先后测得蒋家集水文站建站以来的第二位大洪水,最高水位 33.64 米,最大流量 4830 立方米每秒,北庙集水文站建站以来最大流量 1760 立方米每秒,淮滨水文站 1983 年以来最大流量 5120 立方米每秒。

各地水文局不等不靠,积极作为,克服重重困难进行实地测流。驻马店局突击队及志愿者服务队30人,全线出击,马不停蹄,在大雨中与洪水赛跑,工作至夜间11时多,在满脚满身泥水中监测到一组组宝贵数据,两天共施测流量12测次,测得周庄、合水建站以来实测最大流量、最高水位,重渠、下宋建站以来最高水位,以及遂平站十几年来最高水位;洪水来临后,从事水文事业30年、正在休病假的遂平水文站老党员丁伯亮第一时间带病返回岗位,面对超警戒水位0.22米、实测最大流量1610立方米每秒的汝河,为了不影响水尺观测,不听同志劝阻,袖子一撸,裤脚一卷,连续4小时站在齐腰深洪水中清理上游冲下来的水草,保证了水位正常观测;水情科共产党员田华为了保证遥测雨量站正常运行,几天冒雨行驶1200公里,检修、维护23处雨量站,为了保证山区大于张站的测量精度,顶住暴雨前去维修,因道路施工,车辆无法到达,他就带着检修人员扛着梯子抱着电瓶及检修工具,赤脚步行近1公里到达现场,爬上楼顶进行检修;驻马店站上下游均有水工建筑物,给水文测报工作带来了许多困难,年近花甲、有近40年工作经历的老党员刘军为满足测量要求,在下游橡胶坝测流时每次要爬近10米的围墙,危险系数极高,但他没有抱怨,圆满完成水文测报任务。南阳局党总支成立了3支由70后、80后党员组成的水文应急监测队,局党总支副书记、局长彭公明一线指挥,一天行驶500多公里,先后转战邢李庄、少拜寺、古庄店、桐河等地的应急断面,共完成流量应急监测5次;唐河水文站河道水位急剧上涨,测站全体人员立刻进入战斗状态,顶风冒雨、驾船穿行在涛峰浪尖,采取砂样、施测流量,及时抢测宝贵的水文数据,连续奋战两日,实测流量7次,跑在洪峰前头出色完成了各项水文测报任务;社旗城区发生强降雨后,正在县医院护理病重老父亲的水文站负责人马新建,等不及妹妹来接替,撇下父亲就火速赶往测站;在得知降雨中多个站点的缆道测流设备出现故障后,退休老党员、南阳局原技术总工胡成年主动请缨,先后到白土岗、李青店站等检修缆道信号,排除故障隐患,讲解操作难点,为保证测验设备正常运行提供了强有力的技术支撑,充分彰显了共产党员离岗不离党、退休不褪色的使命与担当。平顶山局应急抢险突击队接到增援燕山站、石漫滩站命令后,紧急出动两辆桥测车奔赴武钢三里河罗庄水文巡测站,突击队员两天两夜不眠不休,终于抢测到洪峰流量;中汤站站长宋建军身先士卒、主动下河,值班人员彻夜未眠,持续加强观测,并记录水位。漯河水文站长王继民一直以一个老党员的标准严格要求自己,三天内只睡了8个多小时的觉,无论白天黑夜从来不说累,不叫苦;入党积极分子王永哲始终按照正式党员的标准要求自己,听从组织安排,三天内连续完成何口、漯河洪峰测验和马湾站流量测验任务。其他各局党支部、党员干部,也都结合工作实际,克服困难,创造条件,全力做好水文测报各项工作,用实际行动诠释了党的先进性。

同舟共济,众志成城。河南水文人依靠坚强毅力,精准测报,取得了抗御2020年淮河流域区域性大洪水的决定性胜利,得到了各有关部门和领导充分肯定,水利部时任部长鄂竟平先后就河南省淮河洪水监测预报调度和"7·19"史灌河大堤抢险工作做出批示,"河南水库调度运用的精准,要充分肯定。""其抢险经验值得总结推广。"水利部办公厅专门印发《关于对河南省水利厅精准预报调度全面发挥水库防洪作用给予表扬的通报》,在全国范围内通报表扬。

(作者单位:河南省鹤壁水文水资源勘测局)

百年三河尖　老站话今昔

余婕妤

三河尖水文站,位于河南省信阳市固始县三河尖镇夹河(现仅存痕迹)边,地处淮河、史河、泉河三河交汇处。它始建于1919年11月,由江淮水利局设立,经历过重建、停测、上收、下放,已连续积累了90多年的水文资料,是历代人民防洪抗旱的依据。三河尖水文站现改为水位站,仍为今天的淮河干流防汛调度、水资源开发利用及国民经济规划建设发挥着重要作用。

水文前辈　历经坎坷保观测

史河是淮河一级支流,与支流灌河在固始县蒋集镇汪营村汇合,至三河尖镇入淮。由于雨量时空分配不均,历史上水旱灾害频繁,据统计,自1950年以来,三河尖共出现超标准洪水35次,平均每2年1次,防汛任务繁重,曾有民谣传唱:"有女不嫁三河尖,十年就有九年淹。一年四季忙到头,少吃少穿少油盐。"水文站的作用是收集实测河流数据,研究自然变化规律,特别是汛期,及时预警,为防汛服务。在那个以水路运输为主的年代,更重要的还是为航行在史河、淮河里的船只提供水文、气象信息。

1886年出生的杨子俊先生,是三河尖水文站的首任负责人,当时称"水位记载员",原因有二:一是地处偏远,杨家老宅靠近淮河,观测方便;二是杨子俊爱好绘图,有知识,有文化,写得一手好字。他凭一己之力坚守三河尖水文站,观测到1909~1949年完整的原始水文资料。1950年,在华东区召开的南京水文会议上,杨子俊先生受到大会表扬,1951年得到华东水利部的嘉奖。

当杨子俊先生1919年在河边观测到第一个水位数据时,他也许没有想到,这次记录不仅意味着信阳水文事业的起步,还开启了一个百年老站的漫长历程。

说是负责人,当时的政府根本无暇顾及水文站,也没有任何经济支撑,杨老先生全家生活靠磨面维持。真正的白手起家,自制木质水尺、自备笔尺和纸张，一个人就是一个站。没有收入，为什么还要坚持做这个事情呢？在老辈人的记忆里，杨子俊先生是个热心肠，在没干水文之前就经常主动为当地人提供水情数据，人缘很好。每当汛期水灾严重的时候，他都会把知道的信息提前告知船民。乐于帮助别人，可以为老百姓做点什么，是他朴素的治水情怀。

1919～1949年，由于政局不稳、战争爆发、社会动荡等因素，大多数水文站时断时续，特别是抗日战争爆发后，大部分测站长期停测、撤销，资料多缺。在中华人民共和国成立前夕，河南水文总站（现河南省水文水资源局）管辖测站几近全部停测。在那个风雨飘摇、举步维艰的年代，杨子俊先生为了水文资料不中断，三十年如一日，坚持长期观测，成就了靠一己微薄之力撑起三河尖水文站的壮举，保证了1919～1923年、1932～1949年，这期间水位资料的完整，并刻记了许多年份的洪水痕迹，取得了长期宝贵的水文资料。

1950年汛期时，时任水利部长的傅作义到淮河视察水情，接见杨子俊，并亲切交谈。杨子俊赠傅作义一部关于水利方面的书籍，傅作义部长甚是高兴。第二年，华东水利部嘉奖杨子俊，政府介入三河尖水位站的管理。但他从未因此而懈怠，兢兢业业地坚守在水尺旁，无冬无夏，不分昼夜，目测、记录、上报，周而复始，呕心沥血。晚年的他，经常在操场用白石灰写毛泽东主席的题词："一定要把淮河修好"，其淮河情愫可见一斑。

传承担当　前赴后继续新章

1949年以后，三河尖水文站经历了种种变革。1949年2月，恢复三河尖水文站名称；1950年7月，三河尖水文站更名为三河尖水位站；1961年，由于地方抽调人员停测；1970年8月，恢复三河尖水位站作为汛期站；1972年1月，三河尖水位站由汛期站改为常年站；1972年至今，三河尖水位站名称稳定下来（但人们总亲切地称其水文站）。随着河南省大规模治淮、治黄水利建设的开展，水文站很快得到了恢复和发展，自1950年起，测验项目增加了雨量监测，积累水位和雨量资料的年份有68年，总体步入稳定发展的轨道。

杨子俊老人因年事已高，就将三河尖水文站的工作交给其儿子杨云坡及长孙杨国文继续值守。治水情怀，一脉相承。杨国文先生没有忘记长辈的重托，即使没有房子办公，依然担当起观测的职责。1975年，由乡政府牵头，与砂石管理站合资在三河尖仓库北隔壁的高阜上，建了三间门朝东的两层小楼，齐二楼地坪搭了一条丈把长的水泥测量栈桥，顺着河岸从上到下，一层层铺着两米宽的青石条台阶至河底,沿着台阶一级一级竖起了1米高的水尺。虽然生活条件有所改善,但是工作环境还是十分艰苦,条件简陋、设备落后。那时的数据记载和资料整编全靠人工,平水期定时观测,丰水期或汛期防洪时,人不离河边,边目测,边记录,边上报。下雨观测的时候,顺着河边湿滑的石板台阶上上下下,安全都是问题。雨量和水情电报都是通过手摇电话传到邮局的报房,双方核对无误后,报房再用无线电台发出。为一份电文胳膊摇酸了,嗓子喊哑了的情况时有发生。如果电话线路出问题,还需将报文送到报房去发,若是碰到晚上刮风下雨,漆黑一片、道路泥泞,摔个跟头、淋湿衣裳是常事。即使有诸多困难,也没有吓退杨国文,他不仅将水文数据完整地记录、精细地整理,还练就出一手漂亮的工程字。工作认真的他,曾多次获得"先进工作者"荣誉称号。年年参加信阳水文分站(现河南省信阳水文水资源勘测局)组织的资料整编工作,多次参加省水文总站组织的河南省地表水资料审查工作,并参加淮河流域5卷2册流域会审工作和淮河中游区水文资料汇编工作。而杨老先生的曾孙杨光,也承继祖志,在水文岗位上发光发热。

建于1975年的三河尖老站房(摄影:罗先超)

1993年,三河尖成为行洪区,所有行业及居民全部搬迁一户不留,唯独三河尖水位站像一座神圣的"孤岛"存在于老三河尖镇子上,继续着崇高的水文事业。这里是河南省海拔最低的地方,三河尖镇建湾村"老鼠尾巴"处,海拔仅23米,一旦洪水侵袭,可以行船。观测员接到洪水预报后,往往要备足几天的食物于观测点二楼值守,做好出不去的准备。三河尖水位站观测员们将自己的全部青春都留在了这片土地,奉献给了三河尖水位站。

老站新貌　承载梦想再起航

一个世纪，古镇已是沧海桑田，唯有百年水文艰苦奋斗、恪尽职守的精神依然在传承，三河尖水位站是河南省水文资料至今序列最长的一个站，见证了水文事业的发展。

测站建设规范化，站上环境逐步改善。2002 年在两层楼北面，三河尖海拔地势最高的迎水寺旧址的庙台子上，重建了三间白墙红瓦门朝西的砖混平房，拉了院墙。在庙台子北河坎子下面新建了一个观测塔楼，立了一根根崭新的水位标尺刻度桩，之后又新建了自计井和测验断面界碑，满载艰辛和荣誉的水文老站焕然一新。站网分布科学化，人员队伍更加稳定。进入新时期，测区改革取得长足发展，现如今固始县成立了县级水文局，有鲇鱼山、蒋集两个水文站。蒋集站下辖 3 处水位站、13 处雨量站，现有职工 8 人，其中工程师 3 人，还不乏 90 后的身影，2019 年 8 月获得“省直青年文明号”，是个朝气蓬勃的集体。三河尖成为其管理的水位站之一，数据由蒋集水文站收集、记录、整理、报送。测报实现自动化，传输速度不断加快。如今只需要工作人员操作先进的现代化水文监测设备，轻点几下鼠标，三河尖的水位就可以在电脑上显示出来，并且实时传输给各级防汛部门。

三河尖是淮河流出河南省的最后一站，通过测量三河尖水位，可以推算出王家坝的水位。王家坝水位影响河南省淹没面积，河南省根据三河尖的水位要求，协同安徽省报国家防总确定王家坝是否开闸向阜南蒙洼蓄洪区泄洪。2020 年 7 月 18 日，信阳地区多次遭受强降雨，平均降雨量 830.3 毫米，为有水文记录以来第一位。信阳多站点水位超警戒甚至超保证，史灌河发生了中华人民共和国成立以来排第二位的 30 年一遇超标准洪水。洪水来袭时，离风浪最近的，除了堤坝，还有日夜坚守的蒋集水文站集体，7 月 18 日 22:00，三河尖水位站超保证水位（26.50 米），7 月 19 日 19:00，蒋集水文站最大洪峰流量 4830 立方米每秒……一份份科学准确的水文情报从站上报送出去。国家防总通过视频就可看到王家坝水位，结合豫皖两省的数据信息，决定于 7 月 20 日 8:31 开启王家坝大闸，大量淮河水涌入蓄洪区内，有效降低了淮河流域防洪压力，确保了淮河干流、史灌河堤防安全，保护了当地人民生命财产安全。整个汛期，水文人不叫苦、不叫累，为各级领导的科学精准决策和各级部门的抗洪部署提供了及时有效的数据信息，受到了上级的褒奖。

十年树木,百年树人。一百年很长,长到水文精神可延续百年;一百年很短,短到和水文纠缠在一起的鲜活人生,无法尽数。三河尖水位站,这个经历了风雨飘摇的百年老站,不仅见证了历史的沧桑,更在今天见证着水文事业的日新月异。

党的十九大以来,水利改革发展迎来新机遇,水文发展赶上了好时代。水文监测项目越来越全,质量和时效的要求越来越高。近年来,河南水文投入大量的人力、物力和财力,开展集中学习和技能竞赛,不断提高专业人才的技术水平,并积极组织业务培训和跨区域实战演练,让工作人员的专业理论更扎实,实践操作更熟练,致力于培养出更多学术水平过硬、精通仪器操作、视野宽广、创新力强的新时代水文人。云计算、物联网、大数据、移动互联网等新一代信息技术不断铺开,大量新技术、新设备、新仪器不断投入到水文行业中,水文测报直接为防汛抗旱提供雨水情信息,将云端应用和传统水文无缝链接,不断探索科技引领的“智慧水文”新模式。

三河尖水位站,曾将水文精神代代传承,创造了百年水文资料不间断的奇迹。今天,它又将以崭新的面貌步入治水新时代,追梦扬帆再起航。

(作者单位:河南省信阳水文水资源勘测局)

“一辆马车”拉来了南阳水文

陈朝阳

南阳的水文历史始自公元前320年,战国七雄之一的楚国在“湍河建楚碣”观测记载洪水变化(《水经注》)。几千年前,在这片富饶的土地上繁衍生息的南阳先民,就开始了对大自然的探索。至中华人民共和国成立前,南阳水文站少人稀,星星点点,时断时续,水文资料严重短缺。

1951年年初,为探求豫西南地区水情变化规律、防御自然灾害、管理与保护水资源,为水利建设创造必要的水文条件,河南省农林厅水利局指派王景溪到南阳设站观测。因南阳交通闭塞,魏泽民、陈逸民、王炯、熊明功、李宝林、王从化等6位同志只能雇一辆马车拉着仪器、器材从开封(当时省政府设在开封)一路颠簸而来,到南阳已是10天之后。

因人手有限,他们从全市各地引进技术力量、聘用临时工等组建了一支能适应复杂任务的水文建设队,带领着人员北跨伏牛,南涉汉水,翻山越岭,披星戴月,查勘地形,观察水系,随后靠着手推肩扛运送沙石,筑站垒站,热火朝天地展开了以防洪为核心的水文建设浪潮。

1951年5月,南阳一等水文站(南阳水文水资源勘测局的前身)成立,王景溪任站长,职工16人。设立南阳一等站、唐河二等站、西峡二等站等10个水文站,朱阳关、西坪、白土岗等17个雨量站,观测项目有降水、蒸发、河道水位、流量、含沙量。

借助“一辆马车”,南阳水文事业的序幕正式拉开。

创业之始　百废待兴

中华人民共和国成立初期,国家尚没有规范的水文观测标准。水文观测中降水量观测,采用雨量筒,当时以9时为日分界,蒸发量观测用80厘米套盆式蒸发皿,水位观测每日6时、12时、18时观测三次,6月1日到10月15日再增加早上8时一次,共观测四次,涨水时增加测次。测流量时需要赤脚下河测量或租用民船测量。水文情报预报直接服务于防汛工作,20 世纪 50 年代水文站领取报汛执照,雨水情报和军事情报享受同等待遇。

因一辆马车拉来的仪器数量有限,南阳、唐河和社旗三站测流只能合用一架流速仪,南阳站测完后,派人骑自行车把仪器送到唐河水文站,唐河水文站测完了再送到社旗站,依次轮流使用。

水文测验的内业计算,水位方面要绘制全年水位过程线,点绘水位流量关系曲线图,推求全年逐时流量、逐日平均含沙量和输沙率成果,然后送流域机构复审和刊印。计算用算盘,完全是人工绘图、制表。

三下三上　探索前行

1952 年 8 月,河南省农林厅水利局与河南省治淮指挥部工程部机构合并,成立水文科,指导全省水文工作。

1953 年 7 月 10 日至 8 月 1 日,南阳全境连降暴雨,雨量 200~400 毫米 ,白河、刁河、湍河决口 754 处,漫溢 528 处,为 1919 年以来最大洪水。水文职工经历了第一次全境洪水的考验。由赤脚下河测流改用木船测流,唐河水文站的一岸立杆,固定长绳,利用船舵劈水的作用使船在河中定位测流,后来作为先进经验向外传播,称为“洪水移渡法”测流。1955 年社旗大水,水文站的水情电报被邮电局报务人员积压 45 分钟,邮电员被判死缓两年。之后水情电报直接送邮电局报房报出。

1957 年 4 月,河南省水利厅水文总站成立。当月,南阳水文分站成立。张协太、阎永祯共同负责南阳水文分站的工作。

当年 7 月,白河大水,南阳水文站实测洪峰流量 8400 立方米每秒,为防汛作出了应有贡献。

1958 年 6 月,河南省水文总站撤销,水文分站由相关地市水利局负责管理。

1961 年,水文工作实行四随制度(随测、随算、随整理、随分析),提高了水文资料的精准度。1962 年汛期,水情组开始做鸭河口水库洪水预报。

1963 年 1 月,恢复成立河南省水文总站,12 月根据国务院指示,水文体制收归国家水电部统一管理,业务工作归省水文总站管理。

这一年,对河流水质、地下水进行了水化学分析。测流架设钢支架过河设备,船也改用稳定性略高的双舟油桶船。1965 年 6 月 1 日,水电部颁发的《水文情报预报拍报办法》及“水位拍报办法”实施,水情工作有了更加清晰明确的标准。

1970年1月19日，省革委会生产指挥组通知，南阳水文分站及派出的水情组、水文站，委托水位站、雨量站下放南阳地区革委会领导。鸭河口水库库区流域内所有的水文站（包括进库站）划归工程管理单位统一管理。

1973年7月28日，湍河突然山洪暴发，内乡后会水文站职工唐忠源、吴辉堂上船抢测洪水流量，吊船索被漂浮物拉断，测船被卷入洪流飞浪，唐忠源不幸以身殉职。南阳地区为表彰唐忠源同志的英雄事迹，召开追悼大会，追认唐忠源为烈士。

1975年8月，受西太平洋副热带高压和3号台风登陆的共同影响，唐白河流域遭遇了百年不遇的特大暴雨洪水，唐河上游3天降雨均在1000毫米以上，暴雨形成的滔滔洪水冲毁村庄、土地、铁路、公路，鸭河口水库蓄水位很快达到历史最高值178.50米。党中央向河南下达了确保鸭河口水库安全的命令，水情工作人员根据雨水情和洪水预报，做出了鸭河口水库的最高水位在178.50米的准确结论，防汛指挥部根据洪水预报结果，采取不破坝泄洪的方式进行指挥调度，最大限度地减轻了"75·8"特大暴雨洪水所带来的损失，水情预报人员受到了水利部的特别嘉奖。参加该次洪水预报人员主要有李坤志、王家骏、黄其均、郭恒顺等。

水文测验的内业计算上，1979年开始应用电子计算机，水位、流量、含沙量过程和转折点输入电子计算机，刊印水文资料方便、快速。

1980年1月1日，全省水文系统由各市水利系统管辖统一收归河南省水文总站管理。南阳水文分站站长、书记李西龙，副站长施云鹏。下设技术股、人事股、化验室、财务股、办公室等科室。

1986年6月26日，鸭河口水库上游普降暴雨，白土岗水文站6小时降雨354.5毫米，最大入库流量7550立方米每秒。白土岗水文站6人舍生忘死，在洪峰前后不到24小时，测流量6次，观测水位94次，向各级防汛部门拍发水情电报164份，安全转移受灾群众3000多名，削减洪峰95.7%，保证了南阳市的安全，减灾效益4.2亿元。8月21日，省广播电台播出"当洪水到来的时候"，表彰白土岗水文站的先进事迹。9月10日，中央人民广播电台播出白土岗水文站先进事迹。孙明志同志被授予"全国水利系统特等劳动模范"。

1997年12月，河南省水利厅颁发27号文，南阳水文分站更名为南阳水文水资源勘测局，机构规格副处级，范泽栋任局长，赵海清任书记。南阳水文局下设人事科、财务科、水情科、站网科、水资源科、办公室 6 个科室。

1998 年汛期，长江流域暴发了 1958 年以来最大的特大暴雨洪水，长江大堤险象环生，南阳市汛期降雨量高达 775 毫米，为多年同期降雨量的 150%。为了减轻长江防汛抢险的压力，鸭河口水库在自身高风险蓄洪运行的基础上，超蓄洪水近亿立方米，为长江流域的抗洪抢险工作作出了牺牲和贡献。

1999 年 4 月，计算机防汛局域网、水情信息数据传输系统、水情信息电话语音数据报汛系统建成并开始运行，水文情报预报传输时间由过去的 3 小时缩短为半小时。水情信息处理由计算机完成，正式迈入计算机时代。

新时代　写就华章

南阳是历史文化名城，也是南水北调中线工程水源地和渠首所在地。“诗仙”李白称颂她“南都信佳丽，武阙横西关。白水真人居，万商罗鄽阛”。“科圣”张衡描述她“汤谷涌其后，淯水荡其胸。推淮引湍，三方是通”。南阳市区域内河流众多，分属长江、淮河两大流域，流域面积在 1000 平方公里以上的河流有 14 条，主要河流有丹江、唐河、白河、淮河、湍河、刁河、老灌河、甘江河等；全市多年平均降水量 826.7 毫米，多年平均水资源总量 68.43 亿立方米，人均水资源量 570 立方米，居河南省前列。区域河流勘测、防汛服务及水资源调查评价重任，责无旁贷地落到了南阳水文人的肩上。同时随着时代的变化，南阳水文将进一步扩大为社会服务的职能范围，取得更加显著的社会经济效益。

进入 21 世纪，经济、科技、教育、信息、文化等各方面的发展日新月异，水文事业紧跟时代步伐，发生了一系列变革。从“一辆马车”载来的 6 人扩大到现在拥有 107 名在职员工的大局，其中，有研究生 5 名、本科生 53 名，教授级高工 2 名、高级职称专技人员 16 名、中级职称专技人员 39 名。局机关内设办公室、财务科、人事劳动科、水资源科、测验科、水质监测科、水情科 7 个科室，下辖唐河、西峡、邓州、南召、内乡 5 个县级水文局和南阳测报中心，共计 6 个测区。在南阳市各县、区主要河流控制断面布设 23 处水文(水位)站、34 处巡测站、498 处遥测雨量站、35 处水质监测断面、231 眼地下水观测井、12 个固定自动墒情采集站和 60 个移动墒情采集点。这些遍布豫宛大地的水文站点，承担着全市范围的水文信息监测和采集任务。在 2005 年鸭河大水、2010 年全市洪水中，精准的预测给抗洪抢险争取了宝贵时间，对转移群众、挽救财产损失起到了巨大作用。

为适应防汛抗旱对水文工作的要求，南阳局配备了一系列现代化设备。水情工作方面，应用计算机防汛局域网、水情信息数据传输系统、水情信息电话语音数据报汛系统，运行防汛信息大屏幕显示系统、卫星气象云图显示系统等项目，全局的雨水情报用遥测系统和计算机直接上报中央和省市防总。水质化验较以往更加成熟，添置了大型仪器，icp 测定仪、连续流动分析仪，分析项目从过去的八大离子到现在的 44 项，并且顺利通过国家认监委资质认定。安装了大屏幕防汛会商系统和电视电话会议系统，防汛自动化建设有了新发展。观测上，利用自记水位计、压力式水位计、人工智能摄像头自动识别水位；测流升级为视频浮标法、ADCP 测流、无人机、遥控机动船、测深仪测深、RTK 技术测量等更加便捷快速的新技术。

为改善职工工作、生活环境，全局 15 处水文测站全部高标准建设了职工宿舍、小厨房、餐厅、活动室，添置各类电器；对局办公楼进行了装修改造，高标准硬化、美化、绿化、亮化，使办公区域面貌焕然一新，职工的幸福感、获得感不断增强。南阳水文局成为全省水文系统第一个被河南总工会授予“模范职工小家”荣誉称号的单位。

近 20 年来，南阳水文局取得多项荣誉。截至目前，南阳水文局共获得市级科技进步奖、市级创文贡献奖、抗洪抢险集体嘉奖等市级奖项 20 余项，获得水利系统五一劳动奖、水文勘测工技能大赛团体一等奖等厅级奖项 10 多项。同时，南阳水文局被南阳市政府评为“市级文明单位”，被共青团河南省委评为“河南省五四红旗团支部”，多次被省水文水资源局评为“先进单位”“五好党支部”等。在全国省市级各项活动中，南阳水文局共获得奖项 80 余项，其中，在省直机关举办的“喜迎党的十九大　共享青春成长故事”微电影征集活动中，拍摄《致青春》获得一等奖；徐新龙获全国水利技能大奖，被河南省总工会授予“河南省五一劳动奖章”。2020 年南阳水文局被河南省委评为“河南省文明单位”，被南阳市总工会评为“工人先锋号”。在第七届全省水文勘测工技能竞赛上，夺得“团体一等奖”，包揽个人前三名，第一名王晶同志获得“河南省五一劳动奖章”。

（作者单位：河南省南阳水文水资源勘测局）

做新时代的生态卫士

韩　枫

中华人民共和国成立前，水文观测主要是研究水量在自然界的变化，兼做一些含沙量测验，水质未能引起足够的重视。中华人民共和国成立后，随着水利工程的修建和水资源开发利用的需要，逐步开展了水质监测。河南省的水质监测工作始于1954年，当时主要是依托水文测站开展一些简单的天然水化学分析，1974年起陆续建立了周口、许昌、信阳、南阳、商丘、洛阳、安阳7处实验室，1993年，河南省水文总站实验室建成投入使用，2009年，新乡和驻马店实验室相继投入使用，至此全省水质监测网点基本形成。经过多年的磨砺，河南水文水质监测实现了从无到有、由少变多、由弱到强的发展历程，形成了具有较强水利行业特色的水环境监测管理体系和较高水平的环境监测技术体系。

危急时刻显身手

水质监测工作开展以来，河南省水环境监测中心(省中心)及分中心承担了全省的常规水质监测、入河排污口监测、水生态监测、应急监测等工作，积极开展水质数据分析与评价，编发各类水质年报、简报、水资源公报等水质信息，配合水行政主管部门成功处置了多起水污染事故和涉水监管事件，很好地履行了政府部门赋予的职责和使命。

2006年1月5日，黄河支流伊洛河发生一起柴油污染事故，巩义市第二电厂突发柴油泄漏事故，约6吨柴油进入伊洛河，部分柴油已由伊洛河进入黄河，对下游郑州市的饮水安全造成极大威胁。尽管已是深夜，省水文局水质监测室时任主任沈兴厚接到水利厅的紧急电话通知后，立即赶到单位，组织省中心的有关技术人员带齐装备，连夜赶到事故发生地，会同黄委和省环保局的有关专家技术人员组成应急处置专家组，分析研究应急处置对策。当时已是寒冬腊月，夜里气温降到零下七八摄氏度，在野外临时搭建的指挥帐篷里，大家穿着临时从当地老乡家里借来的棉大衣，依然被冻得瑟瑟发抖。为了能够准确掌握污染现场的真实情况，沈兴厚带领几名技术人员拿着探照灯摸到污染点下游几公里的河滩查看污染状况，在冰冷的河水中取样送检。在掌握了第一手污染情况及数据后，及时将结果上报专家组，制订出了一系列处置措施。当地政府部门根据专家组意见立即调运物资和装备，有效地拦截了污染油带，同时分别在伊洛河和黄河布置断面，实时监测污染带扩散和下行状态，并向下游发布预警通知。经过一天一夜的奋战，污染事故得到有效控制，保障了黄河下游上千万群众的饮水安全。

服务社会惠民生

水质监测作为水资源保护与管理的基础性工作之一，一直以来都是按照“政府命令—水质监测—政府决策”的链条执行的，水质监测工作和水质数据始终处于被动和相对封闭状态中，没有使监测工作效益最大化。随着社会经济的发展，水质监测工作的社会公益属性日趋明显，在积极完成政府部门下达的监督性监测工作的基础上，如何结合自身优势，更好地服务社会大众，也是近年来水质工作的新特点和新走向。

鉴于河南省淮河流域湖库水质富营养化严重、水华频发，不仅直接损害着河湖生态系统的健康，还威胁到了饮水安全，形势颇为严峻。省中心 2012 年、2013 年主动开展了河南省淮河流域大型水库藻类普查与富营养化调查工作。为了获取最有价值的技术数据，需要在一年当中最冷和最热的气候条件下采集水样。河南省的三伏天，野外气温高达近 40 摄氏度，冬季三九天又是滴水成冰，省中心的几名年轻技术人员总是顶着炎炎烈日又或冒着凛冽寒风采样作业。为了尽量减少样品在路上的保存时间，一个样品采集完毕后，每天还要驱车上百公里赶往下一个采样地点，走到哪里饿了就在路边店里吃碗面条，渴了就买瓶矿泉水。有一次在昭平台水库采样时，突发强对流天气，狂风暴雨瞬间袭来，在湖面上形成近一米的大浪，采样的橡皮筏子上下颠簸，几近倾覆，幸好有返回码头的机动驳船将橡皮筏子拖回岸边，采样人员才化险为夷。经过两年的努力，此项工作获取监测数据 3000 余组，各类藻类图谱 2000 余幅，填补了河南省水生态监测数据的空白，有针对性地探索了河南省湖库型水体的富营养状况及季节性变化规律，为水生态管理与保护提供科学依据。

2018 年、2019 年，为了配合全省最后 37 个贫困县(区)脱贫摘帽，按照省水利厅水利脱贫攻坚“责任分包、专题调研、技术服务”的方案要求，省中心承担了对这些县（区）进行水质检测技术培训、农村饮水安全工程水质达标评估及编制各县（区）水质检测方案的工作。时间紧、任务重，为了不给扶贫攻坚工作扯后腿，省中心领导高度重视，从本就十分繁重的日常工作中，迅速抽调7名技术人员投入到此项工作中，及时制订工作方案，全面展开对各市（县）农村饮水安全工程情况，以及近年的水质检测报告等技术资料录入统计、分类整理和分析评价。由于涉及的37个县（区）情况各异，水质资料存在数量多、数据繁杂、部分报告规范性不一致等问题，给分析评价带来了极大困难。为不耽误后期编制水质评估和水质检测技术方案，所有参加此项工作的技术人员都自觉加班加点，放弃午休，晚上延时回家；为了节省时间经常在办公室里吃泡面，几个月下来人都瘦了一大圈。正是凭借着这种高度的政治自觉性和舍小家为大家的奉献精神，他们克服困难，终于按时完成了本次水利脱贫攻坚技术服务活动所分配的所有工作。截至2019年12月，经过近一年三个月的连续工作，共培训农村饮水安全技术及管理人员1100余人，收集整理水质检测报告7000余份，评价分析检测数据20余万个，编写完成水质检测评估报告及检测方案37份，向党和政府交上了一份合格的答卷。

与时俱进谱新篇

党的十八大以来，习近平总书记提出了“绿水青山就是金山银山”的理念，表达了党和政府大力推进生态文明建设的鲜明态度和坚定决心。党的十九大之后，国家层面进一步加大了污染防治力度，提出一定要打好“蓝天、碧水、净土”三大保卫战。河南省政府也在2018年提出实施“四水同治”，加快推进新时代河南省水利现代化。

水质监测工作顺势而为，因时而动。2012年以来，通过国家水资源监控能力建设项目、中小河流建设项目和水资源监测能力及饮用水安全应急监测建设项目的实施，全省各个中心实验室监测能力和监测效率得到大幅提升，通过国家资质认定的参数达到83项（省中心）。随着GC、GC-MS、LC、ICP-MS、连续流动分析仪、生物毒性仪、便携式重金属测定仪、便携式红外测油仪、遥控无人采样船等一系列新型仪器及现场监测仪器的配置到位，全省水质监测逐步实现了从只开展常规理化监测到主要有毒有机物、水生态监测的转变，实现了从常规固定场所监测到初步具备应急机动监测能力的转变。

近年来，全省水质监测业务范围在原有工作的基础上不断扩大，水源地水质监测、大中型灌区水质监测逐步纳入日常业务中，水生态监测、应急监测能力逐步得到加强。全省水质监测队伍也在不断壮大和成长，努力提高业务水平、强化服务质量，在新时期国家水利事业和生态文明建设快速发展的大潮中敢于作为，较好地起到了技术支持、技术监督和技术服务的作用。

“关山初度尘未洗，策马扬鞭再奋蹄”。我们的国家已经进入中国特色社会主义新时代，新时代意味着新起点、新征程、新任务、新目标。作为新时代的水质监测工作者，我们既应继承和发扬“求实、团结、奉献、进取”的水文精神，更应不忘初心、牢记使命，深入践行习近平生态文明思想，展现政治强、本领高、作风硬、敢担当的生态卫士铁军精神，一路攻坚克难，续写新的辉煌！

（作者单位：河南省水文水资源局）

以法为剑　护佑水文

卢圆章　陈　飞

河南水文系统有这样一支队伍，冲锋陷阵时，以法为剑，为维护水文事业披荆斩棘；风平浪静时，苦修内功，潜心工作，为水文添砖加瓦。这，就是河南水文的水政监察队伍。

从2005年省水利厅批复成立省水文监察支队，到2018年18个地市水文水资源勘测局水政监察大队成立，十余年来，河南水文的水政队伍从无到有，从弱到强，逐步完善了水政监察体系，成了河南水行政执法体系的中坚力量。

峥嵘初现

随着河南水文事业的发展，特别是中小河流水文监测系统建设以来，水文基础设施遍地开花，织就了高密度的水文情报预报网络。但因水文站点多处于乡郊野外，水文监测环境和设施易遭破坏，或无人驻守招致侵占，或断面植树成林阻碍测验，或大树参天遮挡了太阳能板，严重影响了水文监测的精度和效率，迫切需要一支水文执法队伍来维护自身合法权益。

天时地利人和。2018年，18个地市水文水资源勘测局水政监察大队批复成立。甫一成立，他们就得到了宝贵的锻炼机会。河南省水利厅和省水政监察总队正式下发文件，要求地市水利部门与水文系统联合，开展水文设施与监测环境联合执法检查。水文水政队伍立即行动起来，对辖区内所有水文设施与监测环境进行了全面细致的排查，并充分利用微信、微官网等新媒体，广泛动员群众提供线索，誓将多年来困扰水文行业的毒瘤全部剜除。

经过2个月的摸排整理，水文水政队伍向上级分类提交了109项棘手的问题和案件。接下来的联合办案阶段，他们在探索联合执法机制的基础上，以求学的姿态积极主动与水利部门沟通对接，孜孜不倦地从办案过程中汲取营养，积累执法办案经验。他们的办案激情和工作热情令水利部门刮目相看。截至2018年年底，所有案件都得到了妥善解决。

经此一役，河南水文监测环境有了极大改善，水文设施得以修复，测验断面得以清障，制约水文发展的沉疴旧疾几近根除，河南水文水政监察队伍初露锋芒。

强根固本

一次胜利并不能代表什么。水文水政人清醒地意识到，作为一支崭新的队伍，他们还存在着很多短板亟待补齐。不论是办公场所、执法经费，还是执法装备、执法保障，都是摆在他们面前的难题。他们急需找到突破口，水政监察规范化建设成为水文水政持续发展的必由之路。

2018 年汛后，水文水政人聚在一起，开始了规范化建设的第一步：制作行政指导案卷。他们通过学习水利系统历年的优秀执法案卷，以案释法，倒推执法过程，分析证据链条，梳理总结标准化的执法程序。在短短的两天时间里，深入钻研，结合工作实际，细致打磨出了各地市水文局的第一本行政指导案卷。

功夫不负有心人，他们编制的《郑州地下水监测井遭破坏》《三门峡朱阳镇玉泉桥项目毁坏朱阳水文站测验设施》等两个行政指导案卷参加全省水利系统案卷评查，均被评为优秀满分案卷。2021 年，河南省法治政府建设领导小组办公室在全省征集服务型行政执法典型案例，《朱阳水文站测验设施被毁案件剖析》获得河南省服务型行政执法典型案例三等奖，是全省水利系统唯一的获奖案例。

内强素质，外树形象。在锻炼队伍、苦练内功的同时，经过一系列紧锣密鼓的筹备，各地市水文局有了独立的水政办公室，“四职责一制度”统一上墙。文书档案柜保管着印章和案卷，监察装备柜置放着相机、执法记录仪和录音笔。水政办公场所和执法装备等软硬件设施都得到了落实和保障。

在完善硬件的同时，水文水政人更注重加强宣传攻势，在全社会树立起水政执法的大旗。他们以“世界水日”“中国水周”及“12·4”宪法宣传等活动为契机，深入群众开展普法宣传教育，营造了浓厚的学法、懂法、守法、用法氛围，展现了自身良好的精神风貌。2018 年，在河南省司法厅等单位联合开展的“我与宪法”优秀微视频征集展播活动中，水文水政报送了 13 个参赛作品，其中《宪法在我心中》《法治江河 铿锵前行》等作品获河南省水利厅一等奖；2019 年，河南省水文水资源局水政监察支队和安阳水文水资源勘测局水政监察大队被授予第九批河南省水政监察队伍“文明执法窗口单位”。

水政队伍茁壮成长，羽翼渐丰，河南水文的护佑之剑已然淬炼成型。

守土有责

经过水政监察规范化建设，各地市的水文水政队伍执法水平普遍提高，执法效能明显增强。2018~2021年，河南水文水政共查处涉水文案件209起，展现出强大的水文执法力量。

2007年，新乡合河水文站将部分土地租给村民朱某盖厂房，合约到期后朱某却拒绝搬迁。2020年，新乡水文水政正式向朱某发出行政指导书，果断使用法律武器维护权益，要求其限期搬离。他们收集一系列人证、物证，完善了证据链条，委托专业律师维权。2021年3月，法院判决朱某限期搬离，否则强制执行。至此，困扰新乡水文局多年的土地租赁案圆满收官。

在南阳青华水文站基本水准点破坏案、驻马店庙湾水文站院墙强推案、商丘夏邑巡测站设施被毁案等案件中，水文水政担当作为，敢于亮剑，妥善解决了所有侵占破坏水文设施的案件，守护了水文权益。

河南水文水政工作得到了上级领导的充分肯定。2018年，河南省水利厅在原豫北、豫东、豫南、豫西四大水利综合执法协作区的基础上，把水文局纳入其中。“四片一线”的水利行业强监管体系正式成立。水文水政队伍代表着水文形象，走向了河南水利监察这片广阔天地。

他们首先面临的挑战，就是配合省河湖采砂专项整治行动，开展非法采砂暗访工作。

这项任务危险性极高。盗采者多为当地的黑恶势力，受暴利驱使铤而走险。随着打击力度逐渐加大，这些犯罪活动都转入了隐蔽的夜间作业。不法分子反侦察能力极强，在各路口安插眼线，一旦被他们盯上，后果不堪设想。

守土有责，守土尽责。各地的水文水政监察员们勇挑重担。他们紧绷着神经，在深夜驾车沿河缓缓而行，来往的大型车辆都是瞩目的焦点；在停车观察河道情况时，还要留意是否有“暗哨”的尾随。直到巡视完断面上下游10公里，未发现非法采砂情况后，才拍照折返。

自2018年11月以来，河南水文水政对全省126个国家基本水文站监测断面上下游非法采砂情况进行暗访，并建立了直报、即报、日报、周报和微信群值班制度。受命以来，河南省水文水政监察员不畏严寒酷暑，不怕艰难险阻，共开展暗访 5000 余站次，出动人员 1.5 万余人次，行程近 20 万公里，发现和解决问题 96 个。水文之剑，直指不法，震慑宵小。

随着水文水政的不断发展，水文水政逐渐加强了先进仪器设备在执法巡查中的应用，2020 年，水政人创新机制，在郑州、南阳成功采用无人机进行采砂暗访，一举解决了传统巡查取证难、覆盖面积小、执法力量投入多等问题。同年 11 月，举办无人机非法采砂暗访集中观摩活动，把成功经验推向全省。

除了非法采砂暗访工作外，水文水政在扫黑除恶专项斗争、河南省中小型水库"清四乱"、河南省水利工程扬尘污染暗访、河南省水利"四片一线"监督工作中都发挥了极其重要的作用。在水利强监管专家队伍建设、仪器设备配备、人员协调配合等方面发挥了不可替代的作用，出色地完成了河南省水利厅交付的各项任务。

河南水文水政永远在路上。新时代的河南水文水政人将继续昂首挺胸，凝心聚力，依法行政，敢于亮剑，用法治力量助力河南水文乘风破浪，护佑河南水文开创新的征程。

（作者单位：河南省水文水资源局）

跨越半个世纪的水文情结

金玉钰

在河南省信阳水文水资源勘测局，提起张殿识无人不晓。现已 86 岁高龄的他，有着跨越半个世纪的水文情结。1951 年参加工作的他，曾以站为家，坚守基层水文站 30 年，把自己的一生都献给了水文事业。

初涉水文　当上治淮尖兵

1950 年七八月间，淮河流域发生了特大洪涝灾害。河南、安徽两省共有 1300 多万人受灾，4000 余万亩土地被淹，淮河流域全面告急，河南、皖北许多地方江河漫溢，淮北地区的灾情为百年所罕见。

那年的张殿识才 16 岁，治理淮河水灾任务急，缺工程技术人员，饱含满腔热血的张殿识有幸成为这一批国家着重培养的水文专业技术人员，到南京淮河水利专科学校学水文，从此与水文结下不解之缘。

治理淮河第一期工程于 1950 年 11 月底开工，数十万民工和工程技术人员奋战在治淮工程工地上。1951 年 5 月，淮河汛期已到，治淮的战鼓已经打响，党中央治淮视察团把印有毛泽东主席亲笔题词“一定要把淮河修好”的四面锦旗，分送到了治淮委员会和三个治淮指挥部，治淮大军士气高涨。张殿识从南京快马加鞭赶回来参加治淮工作，初涉水文的他并没有因为困难的工作条件而后缩，他心里只有一个念头——刻苦钻研，迅速掌握全部工作技能。测量时，他是测工，测次垂线布设、打深、取沙、下仪器、记载。行船时，他能撑篙、拉纤、打躺锚，还能掌舵独自一人划船到河里取单沙。为了工作需要，他还练就了一身好水性。回忆往事，他说：“那时测验哪像现在便捷，数公里的河宽，硬是一点点把船拉到上游，上上下下要拉它十几次，测一次得花上五六个小时，稍大的水往往需要一天。”

张殿识治淮第一站在河南周口水文站，没有交通工具，全都靠徒步。站上 7 个人租了 5 间当地群众的民房，3 间办公 2 间住宿，测验用的大木船也是租用渡口上的，生活条件艰苦，测验手段落后。在周口驻扎了十多天，刚熟悉当地的水情，他又被安排到柘城县颛桥水位站测水准，紧接着又去了太康、扶沟水文站测量。途经西华黄泛区，由于路石沙土松散，割麦期路上无人，天热又找不到水，他突然头晕眼花一头栽进路沟里，醒来已是天黑。回过神的他在一个小集镇歇了一晚，距离周口还有 10 公里左右，暴风雨又来了，电闪雷鸣，飞沙走石呼啸而至，好容易熬过这场风暴，他又独自一人走过荒凉的黄泛区才回到周口水文站。

三个月后又来调令，张殿识被调到信阳平昌关水文实验站工作。同事是一批可敬的南方人，背井离乡不远千里默默奋斗在淮河前线。站长老陈去淮河上游桐柏县境内设 6 个雨量站，途中还遇到野狼、野猪，一个月的时间内脸被晒得黝黑，人也瘦了很多，这期间的艰难可想而知，但他却只字未提。淮河上游的近百个雨量站都是同期设立的，每位设站人员的经历大体相同，张殿识看在眼里，刻在心里，初涉水文，立志成为治淮战线上的一名尖兵，用自己的满腔热血守卫淮河一辈子。

张殿识 1991 年荣获“献身水利水保事业”徽章

频繁调动　哪里需要哪里搬

不到半年，一纸调令，张殿识又回到周口水文站，到了汛期被抽调到颍河三等站驻测，紧接着又辗转开封、陕西、江苏等地工作，任务完成后又去信阳长台关三等站测流测报。他把整个身心都扑到了工作上，汛期时他在水文站驻测，汛期过后他也不闲着，进修水文专业课之余，他还想方设法改善落后的站容站貌。

1966年年初,淮滨县城河段河堤要退建,水文站建在毛庄,行洪宽度不够,防汛任务太大,且毛庄距县城太远,一天来回几次,职工苦不堪言,于是张殿识决心把站址迁到城关附近,以便大家生活、出行。迁站要建房,总站只批了3600元,要求建6间房,这600元一间房当时咋算都不行。张殿识找到了退建指挥部,要求在邻大堤加宽筑庄台,1个月时间庄台筑成了,找工程队算来算去还是经费不足,所有的东西只能自己动手迁到新址。为了省料,东、西、北面墙体都用砖,南面一米以上及屋内山墙一律用土坯,为防止新筑土坝不均匀下沉,张殿识建议在外墙基础打一圈腰箍。退建时附近扒掉一座桥,大家一起去捡石子和钢筋,站上6个人,齐心协力,不观测不报汛的时候就来劳动,一个多月时间房子还真盖起来了。外墙白灰一泥,这6间房竖在大堤边,水文站也有了家的模样。1968年,淮河发生特大洪水,淮滨最大流量16600立方米每秒,最高水位33.29米,淮滨城内所有房屋被淹,水位没至房檐,只有水文站屋内没进水。

1966年是个旱年,最大流量才400多立方米每秒,趁水位低,张殿识又带领大家在河岸挖了个自记井,在堤边又建了一个高水位自记井,堤边这座一直留用至今。

在张殿识进入水文行业的前十几年,几乎半年就要调动一次,每次都是工作急需,接令就走,在同一个地方工作从没超过两年。"哪里需要哪里搬"的他,保持着"一颗红心两只手,自力更生样样有"的朴素情怀。他不仅没有怨言,还说要把淮河上、中、下游1000多公里的河道都走遍,能在有限的生命中把永恒的淮河摸透、摸清,这才是治淮尖兵真正的幸运。他深知,水文站需要设站干部,百姓民生需要有人守卫,国家才刚建立,方方面面都需要人才和战士,所以"只要能干下去,我就会继续干"。

艰苦奋斗　扎根基层搞革新

测流量是水文站最费力的工作,中华人民共和国成立初期,测具落后,吊流速仪铅鱼的是直径3毫米的钢丝绳,铅鱼往往都在15公斤以上,钢丝绳还没在手臂上绕一圈,不慎就会滑到水里。后来改进为一个小绞车提放测速仪,但水涨起来流速大,把铅鱼摇起来也能累得人臂膀酸痛。淮河上游干、支流水位暴涨暴落,河道冲刷严重,水槽漂浮物撞击,水尺常被冲走冲歪,不论白天夜里,随时都要准备打新的水尺,这是上游站汛期最繁重的体力劳动,如何能快速又不费力地测到水位、流量，一直是张殿识想要解决的难题。

后来几年汛期张殿识在长台关站测流，这是淮河干流上游的主要报汛站，作为3000平方公里集水面积的区域代表站，供出山店大型水库设计用。河宽500多米，洪水暴涨暴落，洪水时，流速大，要在横断面线上定船位，得费九牛二虎之力，测完一条垂线的流速，往下一条垂线横渡时，刚提起锚，船一斜就下冲几十米，要在断面上布置十多条垂线才能算出流量，测一次流量就需要一两个小时，几个人都筋疲力尽，水要是涨快了，个把小时就得测一次，一次要测三四个点，而且洪峰水位必须测到流量。水情无法重复出现，错过时机，就无法再重来，所以说测流量必须争分夺秒。每到这时，测站员工齐心协力，保证要测到测全，这种重复性的艰难操作是其他行业难以体会的。

他想起1956年在怀远水校学习时，有架设过河索道的一课，于是向总站提议在长台关架设过河索道，让总站派个设备技术员到站看看，站长摇摇头，说500米河宽的索道目前全国没有，规范上目前只在200米以内宽的河道架过过河索道。当时架索的支柱都是木质的，河宽了没有这么多的木支柱，所以当年没能架成。了解到全国设备比较先进的湖南水文站上的机船是机械化操作，提放锚链、上下放置流速仪都是机器操作，机船制造厂帮忙生产了一个适合淮滨站测流起锚的机械设备。于是张殿识专门到湖南去学习安装方法，回来安装后发现由于新机器不是专门的船用机器，倒顺不同速，传动轴安装空间不大，运行不符合要求，加上船体木料年久腐烂，还得再造新船来安装这台新机器。造船的事情由于种种原因被搁置，这成了张殿识的一个心结。

1972年，息县水文站建成钢支架600米跨度的电动缆道，并研制成功电动对空连续取沙采样机器，这大大地启发了张殿识，他又专门去有此设备的地方参观学习，吸取了设计时的各种经验教训，回站后带领站上同事抓紧设计行车架及滑轮尺寸，这样就可以根据各站情况各自设计索道及支柱。当时水文站被下放归县管，省地技术人员也下不来，只有测站自己干。经费不多，只能找来几个水利局家属小工，和全站同志一起施工。同志们加班加点，仅3天就把5根支柱竖了起来，从此测流量再也不用下河测船了。1978年，张殿识代表淮滨站作为先进单位接受县里表彰，同年8月，又参加全国水文学大庆学大寨大会，会上技术革新成果展览列表中，淮滨站的缆道总跨度全国第一。

情洒水文 咱家都是水文人

勤劳肯干、踏实上进的张殿识总是会被青睐,曾有人介绍老师、介绍干部给他,他都拒绝了,“我的工作调动得太频繁了,有工作的姑娘没法跟我一起跑来跑去,两地分居的话不是害了人家吗!”介绍人嘴上说他傻,实际却暗自称赞。

1956年张殿识被调到罗山南李店水文站,竹竿河上游一片有狼出没,蛇也多,想到要一直在这个地方工作下去,他赶紧把床上的蚊帐支起来,仿佛那是一个保护伞。在这环境恶劣的穷乡僻壤,张殿识遇见了他的妻子,一个一生陪伴他、支持他,和他一起为水文事业添砖加瓦的农村姑娘。原以为能就此安定下来,谁曾想新婚第三天,作为当时县水利局唯一的一个12级技术员,张殿识又被县水利局抽调走,整天忙得连轴转,很难有时间回家看看。新婚妻子不仅毫无怨言,还让他安心工作,为祖国效力。

那个年代水文人员短缺,张殿识闲时便教妻子如何监测水位,这样有时候张殿识忙不过来,妻子也能帮忙顶上。水文站没有做饭的师傅,热心的妻子就到站里给大伙做饭,这一做就是许多年。他们家,是一个人在水文站拿工资,一家人都在水文站干活。

提起家庭,张殿识感慨道,“我是真的热爱水文行业,虽然我不能给家庭带来太多收入,也无法总是照顾家人,但是值得骄傲的是,我的孩子们也是水文人。”基层水文多苦啊,地方偏僻闭塞,还要与危险和寂寞相伴,只有真正热爱水文的人,才能日复一日、年复一年地坚守在水边。许是张殿识对水文的热爱早就潜移默化地影响到孩子们,他们也毅然选择了在水文一线工作,每日测水位、测流量、报汛、整资料,再苦再累,他们也甘之如饴。

张殿识的妻子和他一样,脸上总是挂着朴素的笑容。他说,既然选择了自己热爱的水文工作,无论多难我都会坚持干下去;她说,既然选择了他,就是一辈子。

从不知道什么是水文,到成为治淮尖兵,张殿识为水文奉献了一辈子。他工作过的淮河边的一个个水文站,就像一面镜子,映照出国家治淮的缩影,也折射出新时代河南水文砥砺前行的奋斗历程。

(作者单位:河南省信阳水文水资源勘测局)

水质战线上的巾帼风采

邱　璐

在洛阳水质监测中心化验室有这么一个群体，她们肩负着洛阳、三门峡、济源三地市的水质监测任务，是在平凡的岗位上娇艳绽放的“铿锵玫瑰”。“巾帼不让须眉”，她们在自己平凡的岗位上，展现出了新时代的芳华和巾帼风采，先后有4名女职工获得了五一劳动奖章、“技术能手”荣誉称号。

超人妈妈

郑艺，1988年出生，研究生毕业。她在科室里虽然排行老小，却是个力求鱼和熊掌兼得的女强人。

她是一个母亲，更是一个水文人。黄委对洛阳监测断面一年有两次的监督检测，由黄委监测中心和洛阳化验室同时监测，比对监测结果，其间需要做盲样考核。2017年8月的监督检测，黄委要求化验室人员到郑州一起进行考核，考核三个水质参数：高锰酸盐指数、化学需氧量和氨氮，而她便占了两个项目，需要赶赴郑州。当时她的孩子还没有断奶，家里只有阿姨带着，不放心孩子，但是工作又必须去完成，她只好带着阿姨和孩子一起到郑州。她从上午10点到下午7点，一头扎进化验室工作，无暇顾及孩子，当同事已经完成一个项目先行回洛阳时，偌大的化验室就剩她孤军奋战。孩子已经一天没见到妈妈，怎么哄都不行。阿姨带着孩子去找她，孩子一见妈妈就放声大哭，她急得直掉眼泪，可是化验还没有做完，她只好狠心让阿姨把孩子抱回宾馆。直到晚上十点半，她得到了最后一组数据，清洗完自己用过的玻璃器皿，整理好台面，才匆匆离开化验室，飞奔到宾馆。

出差专业户

范思源，1986年出生，是一名普普通通的水文工作者，她在自己的岗位上兢兢业业，得到了领导、同志们的一致赞誉。

2012年她分析化学硕士研究生毕业，进入洛阳水文局化验室工作，负责日常采水样、水质监测、资料汇总上报和水质资料整汇编工作。从那时起，她就与出差结下了不解之缘。由于洛阳局的特殊情况，河道水文站多归黄委管，采水样工作都由化验室自己去完成，再加上洛阳分中心的监测断面数量多，居全省首位，一次采样最多时达200余个，每次采水样都要花费一个星期的时间，既耗时又费力。后来为了缩短采样时间，分了两组，范思源与科长各带一组，负责东线站点的采样任务，为了赶时间有时还要亲自驾车。

2018年3月，她和随行的两位同事跟往常一样，准备好采水样的工具，就驾车出发了，上午还是风和日丽，到达栾川县城以后，夜晚下起了雨。第二天早上，雨停了，他们决定继续采样，驱车往深山中前进了70多公里的路程，待取完嵩县与南阳交界处的马路魁断面的水样之后，天空又飘起了零星小雨，几人急忙收拾完工具驱车返回。盘山公路在群山中蜿蜒盘旋，一侧是山壁，一侧是悬崖，没有护栏，路面宽度也仅容两辆车交错开过。这段山路海拔落差很大，气温也低，路边全是之前未融化的积雪和残冰。刚开出去20公里，小雨变成了小雪，转眼又变成了大雪，这时候想返回最近的白河镇等待雪停已经不太可能了。途中车辆几次打滑，车尾乱摆，车上几人心都提到了嗓子眼，屏住呼吸，好在有惊无险，他们就这样以20码的速度行驶了近30公里，终于离开了深山区。

随着化验室的发展，监测队伍不断壮大，仪器设备不断引进，因为她的专业对口、理论基础扎实，外出培训和技术交流的担子也都落在了她的头上。2015年，在吉林举办的红外测油仪和红外光度法测定石油类方法改进研讨会，2018年，在许昌举办的便携式水质测定仪、叶绿素测定仪培训等，还有内审员培训、计量认证理论知识培训，如此繁多的出差任务，往往使她一次出差没结束就又接到了下次出差的任务，对此她也从未推托缺席，最频繁的一个月有二十余天都在外地出差开会，以致大家都诙谐地称她为“出差专业户”！

这些年下来，她因出差去过10余个省的20多座城市，脚步遍布了大半个北方。一次次带着疑问和难题走出去，一次次带着满满的技术和经验走回来。传经验，谈体会，为提高洛阳水质监测工作积极献计献策。

风雨中的女汉子

刘迎，1986年出生，2010年大学毕业后在洛阳水文水资源勘测局化验室工作至今，上班十余年来，工作兢兢业业，任劳任怨，大大咧咧的她干起活来从不叫苦叫累，是个标准的女汉子。

在化验室里她负责水样进样登记，是水样进入实验室的第一个流程，这项工作既是个体力活，又是个烦琐而细致的工作。别小瞧这个环节，她需要将几十个甚至上百个水样进行分类加密摆放，并登记所有水样信息，她不厌其烦地将一桶桶水样抬上抬下，最终将它们整齐划一。她还负责实验室用的自制超纯水，一桶有二三十斤，在操作间来回搬送如此重的一大桶水，她从不叫苦叫累，还开玩笑地说，女汉子就是这样练出来的！

随着洛阳局化验任务的不断加重，引进了越来越多的大型仪器设备，原子吸收仪、离子色谱仪、连续流动分析仪、原子荧光仪……而她负责连续流动分析和离子色谱仪这两台大型仪器，都是非常耗时的，离子色谱仪每做一个水样需要 20 分钟，每个月 60 个水样就得耗费 20 多个小时，而每次仪器打开她就停不住手，做化验总是得熬到半夜。

她不仅内业完成得井井有条，干起外业来更是让同事们心服口服。寒风刺骨的冬天，她搬起石头破冰取水，遇到上坡路滑的地方，她就下来推车。天寒地冻，她干得热火朝天；烈日炎炎，身上晒蜕了皮，却依然坚持到最后。兄弟局同行的男同志们赞不绝口地说："你们洛阳水文的女同志就是牛！"

特殊的荣誉

邱璐，1982 年出生，2004 年大学毕业后从事水质化验工作已经有十几年，在水质这一行里也算是一个有故事的人了。被她珍藏的那张"河南省水利技术能手"奖状就是最好的见证。

2005 年春天，由于工作需要，她被调入河南省洛阳水文水资源勘测局水质监测室工作。对于学水文的她，简直就是跨越到了一个陌生地带，一切都需要从零开始学起。一本作业指导书、一本化验室知识手册，成了她开启陌生之门的金钥匙和领航者。她刻苦钻研业务理论知识，将那些生涩难懂的化学名词、化学原理逐步内化于心，熟练于手。化验员最主要的是操作，讲究精、准、细，为了练好手上功夫，她常常将衣服、裤子烧出"时尚潮流"的破洞，她开玩笑地说："这是咱化验人的潮服，独一无二。"由于当时人员防护措施有限，手、呼吸系统也难免被化学试剂所损伤，而她总是轻描淡写地说，这不算什么，都是"修行"的必经之路。要想将数据测得准，除了手艺精，还得有得力的仪器设备。可仪器设备总有罢工的时候，她不等不靠，拿起工具修电炉、疏通仪器管道、调试仪器，一副舍我其谁的架势，简直就像个不服气的女汉子。

转眼来到了2010年，一切都在悄然发生着改变。随着生态环境重视程度的不断加强，洛阳水质监测中心任务不断增加，不仅承担着洛阳、三门峡、济源三地市的地表水功能区、地下水、排污口监测任务，还担负着对外水质化验服务，业务量由2005年的2个月30多个水样到当时每月近百个水样。经历了计量认证考核、水利部考核、省局化验室盲样考核等历练，她逐渐成为科室的年轻骨干，而就在这一年，她又身怀六甲，原本可以以此为借口调离化验岗位，但她却默默地坚守在自己的岗位上。她说："看到别人都在奋力地抢时间干化验，我不能拖大家的后腿。"就在这时，科长宣布了一个好消息：河南省水利厅第四届水质勘测工比武要在洛阳举办，而且洛阳水文局成了承办单位。科长找她谈话说："你是年轻人，这次机会很难得，科室其他人年龄都大了，我们作为主办方不能不参加比武，你现在情况特殊，参不参赛，我们尊重你的决定！"听到这些，她沉默了，作为母亲她要为肚子里的孩子负责，作为科室的一员她又要肩负自己的使命。经过激烈的思想斗争，她咬着嘴唇坚定地对领导说："我参加。"短短三个字就是她的誓言，为了这个誓言她每日白天做化验抽空练操作，晚上回家拿着复习资料背诵，同事们开玩笑地说："你给宝宝提前胎教了。"功夫不负有心人，比赛那天，她获得了三等奖，并被授予"河南省水利技术能手"称号。当人们看到一个准妈妈面带微笑登上领奖台时，无不报以惊讶而赞许的目光，给予她热烈的掌声，而她也成了当天最特殊的获奖者。

洛阳水质化验室的女将们，每天都有新的任务在等着她们去完成，每一次任务都让她们展现出巾帼风采。她们为了守护水质安全，始终以饱满的工作热情，忘我的职业精神，投入到为水质"把脉"的实际行动中，用她们那火眼金睛般的敏锐目光，精湛的专业技术，把好每一滴水的质量关，让百姓都能用上干净的水，喝上放心的水，让自己在平凡的岗位上大放异彩。

（作者单位：河南省洛阳水文水资源勘测局）

水文科技创新“带头人”

焦迎乐

提起王鸿杰同志，大家首先想到的不是他的领导身份，而是他对水文事业的执着、对科技创新的不懈追求。即使现在担任河南省水文系统的掌舵人，事务繁忙，但节假日、业余休息时间都被他充分利用起来，他仍然是科研“迷”、仍然兼职程序员、仍然不断学习，寻求促进水文事业取得新发展的途径。

1988 年 7 月，王鸿杰从河海大学毕业。在大学期间，他就对水文和科技的结合产生了浓厚的兴趣，业余时间自学计算机编程，毕业设计选择了水文资料整编计算机自动定线。毕业后，他被分配到当时的许昌水文水资源分站，并在何口和化行水文站锻炼，后回到分站先后参与地表水、地下水资料整编，汛期到漯河、许昌参加水情值班。

20 世纪 80 年代末，河南省水文水资源总站为各分站配发了 PC-1500 计算机，这为他发挥自己的特长创造了有利条件。当时各水文水资源分站的水文分析计算工作主要依靠手抄加珠算。许昌水文水资源分站有位名叫陈平安的老工程师，算盘打得又好又快，甚至可以利用算盘进行开方运算，人称“铁算盘”。他当时用多元回归方程做长期洪水预报，耗时一个月终于解开了方程，却因中间环节太多，得到的解最后还原不了，也找不到问题出在哪，心里既烦躁又郁闷。王鸿杰听说事情的来龙去脉后，就用 PC-1500 计算机编了一个小程序，仅用 1 分钟就计算出了正确的答案。陈平安大为震惊，时不时伸出双手小心翼翼地抚摸 PC-1500 计算机，眼中流露出深深震撼，他初步认识到了科技创新的力量，眼神灼灼地看着王鸿杰，表达出想学习编程技术的渴望。为更好地服务水文业务，王鸿杰沉下心来编写了《PC-1500 BASIC 语言速成》教材，简单易懂，很快便在原许昌分站(包括许昌、漯河、平顶山三局)推广起来。

为提高地下水资料整编及排版效率，王鸿杰于 1996 年开发了可视化的地下水整编及激光照排排版系统，直至 2019 年国家地下水监测系统建成后改用地下水整编系统网络版，才停止使用，前后使用了 20 多年，在地下水资料整编和照排刊印处理上发挥了不可替代的作用，也创造了河南省水文系统自主开发专业软件使用周期的新纪录。

1990 年 12 月，水利部为实现水文数据存储检索数字化的要求，开始进行水文数据库建设。王鸿杰加班加点，在当时的 DOS 操作系统下开发了全屏幕数据录入校核系统 EDICS，并在全省水文系统进行推广应用。实现了不同人员录入同一数据，可进行自动比较，并及时发现错误的功能，既提高了效率，又减少了数据录入错误，保证了数据库建设的时效和质量。正因该软件发挥的巨大作用，1996 年 6 月，河南省水文水资源总站获水利部“国家水文数据库建设优秀单位”奖，王鸿杰等三名同志被评为“国家水文数据库建设”先进个人。

1997 年，他与志同道合的游巍亭、焦迎乐、姚广华等组成了科研团队，分工合作开展水文科学研究。1999 年 3 月，他带领团队，首次将视频监控技术引入水文行业中用于水位监测，并在白沙水库水文站开展对比研究，实现了坐在室内看水位的愿景。特别是河南省水利厅信息中心王继新主任的支持下，他对白沙水文站的视频监控系统进行了升级改造，利用水利信息网，最早实现了远程实时观看水情、工情和水位。针对当时水情服务主要依靠水情电报和电话的情况，结合当时移动通信技术的发展，利用 GSM 短消息服务，他自己编写程序，并带领团队制作了相关硬件，与计算机连接，结合数据库技术，实现了水情信息的自动或手动发送，提高了水情信息服务的快捷性和时效性，为水文部门服务防汛抗旱提供了必要的设备支撑。为解决缆道测流控制难的问题，他带领许昌局科研团队到省内外水文测站进行广泛调研，结合计算机技术及变频技术，2001 年研发了流量智能测控系统，在国内首次实现了流量自动监测、计算。2005 年，淮河干流发生了 1968 年以来最大的洪水，他在淮滨水文站看到 2 位职工为了报汛，冒着生命危险守候在主河槽的自记井上看水位，感到特别痛心。为保障职工的生命安全，节省人力、物力，他开发了一套带 U 盘存储的水位无线远传装置，在把水位从 200 米外的主河槽传输到水文站办公室的同时，还把数据存储到 U 盘上，数据直接可以用于整编。

阔步踏上新征程，奋楫扬帆再出发。2004 年王鸿杰到信阳水文局任职后，水文站流量自动监测的难题就深深地盘旋在他的脑海里。在对水力学、水文测验理论研究的基础上，又结合大量观测资料，根据横断面流速分布岸边附近垂线流速最小，中泓最深处垂线流速最大，水面流速两岸小于中泓，在最深处水面流速最大的经验，联想到水力学公式，他推断断面上各处垂线流速应该与水深存在一定的数学关系，若关系成立，就是确定性较强的物理模型，对于流量能否实现自动监测具有较大的意义。带着这份思考，在日常繁忙的工作之余，他又开始自己编写程序，前后变换了12种算法，经过一段时间的分析研究，初步验证了他的推断。为从理论上得到证实，他还与中国工程院张建云院士合作，进行深入研究，申报了《中小河流流量监测关键技术研究及应用》课题。试验阶段，分别采用转子式流速仪、底座式ADCP、雷达流速仪等设备，多次在北庙集、龙山等十余个水文站开展试验研究，功夫不负有心人，最终该研究取得了圆满成功，并在国内率先提出了垂线流速分布模型。随着2011年中小河流水文监测项目建设，该模型也得到了充分的应用，被写入水利部水文局《中小河流水文监测系统测验指导意见》，后来还被写入2015年的水利行业规范——《水文巡测规范》中。应用该模型，首先在信阳北庙集水文站建设了全省第一个流量在线监测系统，后又先后协助安徽省水文局、江苏省水文局、山东省水文站在部分站点进行了推广应用。

在总结经验的基础上，2020年10月王鸿杰组织科技人员编制了全国第一个关于流量自动监测的地方标准——《流量在线自动监测规范》。经前期调查，2019年，在焦作人民胜利渠上的何营水文站开展了多泥沙条件下的流量在线监测研究，实施完成《高含沙河道在线式测流技术推广示范项目》，为泥沙较大河道流量在线自动监测积累了经验。

2019年，按照水利改革发展总基调“水利工程补短板、水利行业强监管”的要求，河南省开始编制《水文现代化规划》，提出降水量、水位、水温、水面蒸发、土壤墒情要全部实现自动监测，流量应以在线或自动监测为主，推广泥沙在线自动监测。按照此规划，水文现代化实施的重点和难点在流量自动监测上，经过王鸿杰近十几年的研究，垂线流速分布模型作为确定性和适用性较强的物理模型，会在全省流量自动监测上发挥较大作用，将有力促进河南省水文现代化的实施。

党的十八大以来，绿色发展和生态文明理念日益深入人心，水利部对河流湖库的生态流量保障日益重视，水文部门作为生态流量监测的把脉人，责任重大。对大多数河流而言，生态流量一般情况下都是小流量，时间所占比例更大，个别站个别年份全年都是小流量，如何实现对小流量的自动监测，对全国特别是北方干旱地区更为重要。2020 年以来,在水利部信息中心支持下,王鸿杰带领科研团队又展开了小流量监测技术的研究,力图通过技术创新、方法创新,促进流量监测的精细化、精准化,努力提高河流生态流量监测自动化水平,积极地为河流水生态保护提供更为有力的水文技术支撑。

水文基本要素的监测和信息传输从早期的人工监测和电报传输,到现在雨量、水位、流量都实现了不同程度的自动监测和传输,这一切都有赖于技术创新和进步。习近平总书记指出,加快科技创新是推动高质量发展的需要,是构建新发展格局的需要,是顺利开启全面建设社会主义现代化国家新征程的需要。事实上王鸿杰仅是河南省水文系统科技创新的一个缩影,全省水文系统将一如既往地把推进科技创新作为引领河南省水文现代化实施的重要途径,勠力同心、奋楫笃行,全力谱写河南省水文事业的新篇章。

(作者单位:河南省焦作水文水资源勘测局)

水质应急监测掠影

赵飞燕　马瑞琳

作为一名参加工作不久的化验员，马瑞琳在整理档案的过程中，看到了两次应急监测的资料。在这之前，她一直以为自己的工作是日复一日、枯燥重复的试验，却没想到还有这样的惊心动魄与十万火急。

彰武水库找“元凶”

2017年4月22日，星期六，6时30分，一阵刺耳的铃声，叫醒了睡梦中的赵嵩林。

“喂，请问是水文局吗？”手机里传出急促的声音。

“我是，您是哪位？”赵嵩林立马警觉起来。

“我是安阳市水利局的水政人员，我们接到彰武水库水政人员的通报，他们这一段时间巡查水库，发现库内局部水体浑浊发绿，特别是今天，感觉有明显异味。所以想请你们过来看看，帮着找找原因！”

作为河南省安阳水文水资源勘测局主管水质监测工作的副局长，一名水质专家，赵嵩林敏锐地感觉到事情有异常。从放下电话的那一刻起，半个小时内安阳水文局水质应急突击队员已经齐聚在局大门口，外业组带着监测仪器、采样设备火速赶往彰武水库，内业组在室内开始为检测工作做准备。

路上，突击队员讨论着“两库一泉”的治理情况。自安阳市委、市政府2016年6月开始清理整治彰武水库、小南海水库网箱围网养鱼和南海泉水域养鸭、滩地餐饮等活动以来，沿库工业全部关停，水产养殖全部清理。按理说这些污染水质的“元凶”已经不存在了，水体为何又突然出现异常现象呢？

上午9时，抵达彰武水库，突击队分两组开展工作。调查组驱车自下游彰武水库出水口，至上游龙洞村，对沿线水库、河流水质状况进行实地调查摸底。采样组利用水政执法快艇，对监测断面进行布点采样。

赵嵩林在地图上圈出了采样断面的布设范围：以彰武水库及其附近区域

为主，沿南海泉、南海水库向上游追溯至安阳河林州和安阳县界的龙洞村段，此处离小南海水库入口三仓村大约8公里。9时45分，在彰武水库电站出水口处布设了第一个采样断面，赵嵩林在记录纸上详细地记录着，袁博用快速测定仪在监测着现场测定参数，薛秋东用采样器采集着水样。他们配合默契，紧张有序。随后沿着彰武水库向上游方向，采样组继续布点采样。下午2时10分，最后一个样品采集完毕后，17个水样被立即送往水质监测化验室。

经现场走访调查，水库沿线无违法行为发生。水体突变的原因，寄希望于从监测数据中找到答案！

化验室内，内业组已经做好了检测的准备。下午3时，接到样品后，4名化验员立即展开检测工作。为早点把数据测出来，大家都是一路小跑。一个个数据被分析出来，校核、复核、合理性检查、汇总，这时已经晚上8时了。

接下来，赵嵩林带领赵飞燕和袁博一起编写《彰武南海水库水资源质量状况通报》。他从单个站点、单个水功能区和水库富营养化等方面进行评价后，分析了17个站点各参数从上游到下游的沿程变化；并结合2016年以来的监测资料，对各参数的时序变化和空间变化进行了分析后发现：各类污染指标从横水水文站通过自净、衰减，到南海水库有不同程度的削减。南海泉通过地下径流以泉涌方式出现，基本代表了该区域水质背景值。由此可知，彰武水库各污染物含量来源非上游下泄流量引起。这也印证了调查组的调查情况。那问题究竟出在哪里呢？

大家对所有的数据和分析过程重新进行了梳理后发现：南海水库和彰武水库的总磷均超《地表水环境质量标准》（GB 3838—2002）中Ⅱ类水标准限值，总氮含量较高，超标严重。难道是它们在“作怪”？经查阅资料得知：水产饲料里往往会添加大量鱼粉，水产动物的排泄物里也有大量含氮物质，这些会导致水体高磷和高氮污染。这就对了！高磷高氮加上水库水体更新周期长、流速缓慢，使藻类等水生生物大量地生长繁殖，水库水体出现了富营养化！这应该就是水体异常的“元凶”！

编写重新按下了“启动”键，抑制住激动的心情，赵飞燕敲击键盘的速度也更快了。她的电话不再响起，孩子已经打了好几个电话了。后来吓得她也不敢回拨，因为她给不了回家的准确时间。打印装订好《彰武南海水库水资源质量状况通报》后，大家的目光才落在了墙面的挂钟上，时间已然是4月23

日凌晨3时了。

水库的水质不仅牵动着当地水政人员的心，也牵动着主管水利的安阳市副市长刘建发的心。从4月23日一上班看到《彰武南海水库水资源质量状况通报》起，他就把实地调研增加到了自己的行程里。

4月25日下午，刘建发到“两库一泉”，就水环境治理和水污染防治等工作进行实地调研。在调研现场，刘建发就《彰武南海水库水资源质量状况通报》中的建议与安阳水文局的专家进行了沟通。他说：“作为一支应急突发性水污染事故的技术队伍，你们的《彰武南海水库水资源质量状况通报》出得很及时，建议很专业，在关键时刻发挥了重要的作用。希望在今后的工作中你们要继续发挥行业优势，当好‘绿水青山’的守护者。”

“为当地政府在环境治理、防治水污染、水生态文明建设等方面提供数据支撑，为水行政主管部门决策提供科学依据。”这些报告里经常写的话，赵飞燕今天终于切身地感受到了其中的深刻含义。

硝河岸边监测忙

2018年4月20日，下午5时，内黄陶瓷产业园区附近硝河岸边。

三个年轻人已经沿河走了半天，他们时而拍照、定位、记录，时而走下河岸观察排水管道的情况。

在西仗保村的桥上，他们遇到了一个老乡，谈起陶瓷产业园区，他便打开了话匣子，“你们是安阳水文局的？是不是管‘水’的啊？你们看，硝河里的这些灰白色的水，就是从产业园里流出来的。不过，你们来晚了，这一段时间产业园没开工，所以河里也基本上没啥水了。但是管道壁上那些灰白色的印儿，就是之前的水留下的。还有啊，要是到了枣树开花的季节，从园区里飘出来的白色粉尘，落在枣花上，一夜之间就能让枣花凋落。唉，枣树不结果，我们一年也就没了收入。”

经过2个多小时的徒步调查，他们在硝河流经陶瓷产业园区的河段共发现了7个市政雨水管网的排水口，除2个排水口有极少量水体流出外，其他5个管道内仅有灰白色的过水痕迹。在瓷三路与瓷一路交叉口向南500米处的圆形排水口管径最大，约有1.8米，过水痕迹高0.9米左右，这是他们钻进洞里，以身高为标尺丈量出来的。

硝河桥上，河南省水文水资源局水质处处长付铭韬、安阳水文局局长闫寿松和副局长赵嵩林在讨论着下一步的监测安排。硝河桥下,突击队员正在采集着样品。

监测结果很快上报到了河南省水利厅,水利厅领导对于水文局的迅速响应给予了充分地肯定。

距离上次监测过去半个月了,水质突击队再次来到内黄,对陶瓷产业园区附近沿硝河岸边的南仗保村、西仗保村、堤口村的地下水取样监测。

正值灌溉时节,田里有人在浇地。当他们拿出快速测定仪测量的时候,一个抱着孩子的妇女走过来问:"水怎么样?看着挺清的,也没什么味道,浇地应该没问题吧?"

"大姐,判断水质怎么样,需要很多参数,现场测不完的。"突击队员边采样边说。

"上个月一拨一拨的来人,也不知道都是什么单位的。反正工业园最近都没有开工,河里也没污水了,这麦子上也不像以前那样有白色的粉末了。"

"那挺好啊,你们现在的环保意识很强啊。"

"是啊,毕竟我们还要在这里生活好多年呢。以前不懂得什么污染不污染的,现在网络什么的都在宣传,我们也想要'好'水'好'空气。"

听着老乡的话,突击队员们个个露出了笑脸,他们也是老乡口中的"一拨人",他们正在为"河湖健康""碧水蓝天"提供技术支撑……而正是突击队员们及时科学准确的数据,为保障祖国的绿水青山拉上了一道安全线、防护网。

(作者单位:河南省安阳水文水资源勘测局)

生态测流见真功

吴庆申

黄河、沁河、大沙河、蟒河静静地流淌在4000平方公里的土地上，青天河、群英、白墙、顺尖、马鞍石5座中型水库大坝屹立其间。一支20余人的专业队伍，赓续老一代水文人质朴耐劳的性格，常年奔走于144个自动遥测雨量站、6个墒情监测站、60眼地下水监测站、23个地表水水质监测站、15个重点入河排污口监测点之间，及时准确监测预报水情，积极应对可能出现的突发事件，他们将生命中最美好的青春岁月，默默奉献给了河南水文事业。

2020年6月入汛以来，长江流域、淮河流域暴雨频发。位于黄河北岸的焦作市，虽然上半年降水量与往年同期相比增长24%，但进入7月，降水量却比常年减少了9%。7月6日，武陟水文站记录的流量为1.18立方米每秒，仅为生态流量下限3.3立方米每秒的三分之一，而上游五龙口水文站的流量数据为8.6立方米每秒，令人禁不住要问："在短短几十公里内，7立方米每秒流量去哪里了？"

生态流量事关河湖健康。7月13日，河南省水利厅召开专题会议，厅长孙运锋亲自部署沁河生态流量保障工作。省水文水资源局随即组织河口村水库管理局、济源水文局、焦作水文局，共同开展沁河下游生态流量应急监测调查。

汛期人手本就紧张，新增的任务无疑加重了防汛工作负担。焦作水文局时任局长郭宇第一时间紧急召开局务会，勉励干部职工："保障黄河生态流量，事关高质量发展的大局，再苦再难我们也要想尽办法，努力完成任务。"

会议刚结束，副局长焦迎乐就带领水情科的几位同志，从沁河入黄河口逆流而上，勘查沁河流域内的河道走势、交通路况。等回到局里，天色已暗下来。大家顾不得辛苦，连夜加班，起草第二天出行的生态流量应急监测实施方案。通过反复仔细论证，最后确定在沁河入焦作境内12公里处的伏背、丹河口的闪拐、沁河丹河交汇处、武陟水文站上游12公里处的沁河村布设4个临时控制性监测断面，每两天人工涉水监测一次，力求全面掌握五龙口水文站至武陟水文站区间流量沿程变化情况。

领导班子全体成员深入一线、靠前指挥，率领水情测验科、水资源科、测报中心的同志们，组成党员突击队。面对35摄氏度以上的高温，水情科时任科长张春芳和测报中心副主任孟文民两名共产党员自告奋勇套上救生衣，穿上厚重的胶皮裤，下河不到5分钟，汗水就顺着鼻尖、鬓角、额头流淌下来，裸露的皮肤顿时黝黑锃亮、油光可鉴。

这不禁使人想起20世纪七八十年代广为流传的顺口溜“远看像要饭的，近看像烧炭的，一问是水文站的”，如今的水文工作者早已解决了温饱问题，但黝黑的肤色没有变，它传承着水文人艰苦奋斗、顽强坚韧的“老黄牛”品格，更厚植了“求实、团结、奉献、进取”的水文精神。

“我的皮裤好像进水了”，孟文民嘴上这么说，却依旧在齐腰深的水中握着测杆、掐着秒表。直到测流上岸后，才发现左腿的皮裤烂了一个口，灌进的河水足有一尺来深。

光腿穿着皮裤，水深超过1米就会因水压的缘故，被紧紧地箍在腿上，没下过水的人不会有切身体验，那是仿佛要抓进肉里的感觉，水越深越痛。为了减轻痛苦，常常要轮流将脚抬高一些，金鸡独立式的交替减压，不到50米宽的河道测流一趟下来，往往会在小腿肚上留下深深的印记。

自2020年12月3日开始，焦作境内持续一个月没有降雨，沁河入黄河的水生态流量又一次告急。省水利厅党组成员申季维亲临沁河一线深入调研指导。焦作水文局再次肩负起比夏天更加艰难的水生态流量应急监测任务。

冬季水位浅，测流只能采用人工涉水的监测方式，这一下水就是连续18天。2021年1月，焦作最高温度在10摄氏度以上天数不到三分之一，最低气温达零下9摄氏度，近岸处的河面已结冰。1月20日适逢大寒节气和腊八节，综合科科长、共产党员赵志鹏与孟文民争着穿上皮裤，小心翼翼地踏入冰冷的水中，一边测水深一边量距离，每次测流上岸，双腿都冻得麻木难行。

在沁河村测流时，局部水位已齐腰深，流速虽然不大，但仍要极力维持身体平衡。赵志鹏手里握着测杆，精神高度集中，测量完上岸，才感觉右边裤子湿了，还隐隐地有水顺着大腿往下流，脱下皮裤找了好一阵，终于发现是右腿内侧被扎了一个绿豆大小的口，“当时裤子被浸透，紧贴在腿上，那才叫一个彻骨冰凉。”

随着上游来水的增多，沁河伏背站断面的流量逐渐加大，入党积极分子闫志敏站在齐腰深的河水中，迎着凛冽的寒风牵引着测船，从右岸测到左岸至少半个多小时。问他冷吗？他仍是那句腼腆的口头禅：“还行。”这个动人画面定格在2021年2月27日的《中国水利报》上。

2021年1月20日 伏背 闫志敏站在冰冷的水中牵引测船（摄影：郝捷）

在全力做好水文预报测报、服务防汛抗旱工作的同时，焦作水文局全体党员、干部和职工深深懂得“征途漫漫，唯有奋斗”的真谛，秉承水文人甘当为民服务“孺子牛”的实干精神，团结一心、不懈努力，将水文服务地方经济社会发展作为义不容辞的责任，每年如期编制焦作市水资源公报，开展辖区内重要河流水库、国家地下水自动监测站、重要饮用水水源地及重点入河排污口的水质监测等重点工作。2019年，焦作水文局荣获“省级文明单位”称号，2020年，焦作水文局党支部获得省水利厅“五星党支部”荣誉称号。

（作者单位：河南省焦作水文水资源勘测局）

为了宿鸭湖水库的安全

冯前进

宿鸭湖位于河南省汝南县境内臻头河与汝河汇流处，是一座大型平原水库。当年修建它的目的就是拦洪减灾，水库建成后在防洪、灌溉等方面发挥了重大作用。特别是在“75・8”特大暴雨洪水的袭击下，像泰山一样挡住了肆虐的洪水冲击，保护了下游千百万人民的生命财产安全，立下了不可磨灭的功绩。

一

焦家坤，1949年1月出生，1964年12月在河南省宿鸭湖水库夏屯水文站参加工作，历任河南省夏屯水文站、沙口水文站水文勘测工，宿鸭湖水库桂庄水文站站长，河南省驻马店水文水资源勘测局人事劳动科科长，驻马店水文局党支部委员。

1975年8月，焦家坤在宿鸭湖水库水文站工作。当时水文体制已下放到地区，水文站又交给了水库管理局，地区水文分站只负责向他们收集水文资料，他们的工作、学习都由水库安排，一些大型活动都要参加，对水库的情况他们也很熟悉。1975年8月，受台风影响，河南南部淮河流域出现特大暴雨洪灾，板桥、石漫滩等水库垮坝，造成重大损失。所以，在回忆“75・8”特大暴雨洪水时，那一幕幕的往事他还记忆犹新。

1975年8月4日，开始断断续续下雨，雨量并不大，习惯了水文观测工作的人们在汛期对这样的降雨习以为常，按时观测、按时发报，并没有异常感觉。8月6日下午，天气很闷，只见灰黑色的云团翻滚着向南飞去，预示着一场大暴雨就要来临。突然天空中闪亮了几道白光，雷声震耳，人们还没有从炸雷声中反应过来，大雨就铺天盖地地下起来。自记纸上密密麻麻的线条几乎分不出哪条是雨量线，哪条是虹吸线。办公室的电话铃响个不停，上游十几个报汛站的雨水情电报不时地发向他所在的水文站。焦家坤一边收报，一边把观测到的雨水情数据发向各级防汛部门。当时由于宿鸭湖水库的防洪标准低，又是险库，所以每年汛期都是防汛重点。他知道防汛任务的分量，对每一个雨水情数据都仔细、认真地记录、拍报，并及时向上级防指汇报，以便使水库合理调度运用。

大雨连续下了两天两夜，洪水像脱缰的野马，十几条河流奔腾咆哮着从西、南、北三个方向奔向宿鸭湖。库水位急骤上升，水位一小时观测一次已不能满足防汛要求，半小时、十几分钟就观测一次。那时观测一次水位要从坝内翻到坝外，往返600多米，连续几个往返下来累得腰酸腿痛，往往是刚报出水位，就又要去观测，来回不停地跑着，真正是随测随报。8月7日8时，库水位已涨到54.04米，超过警戒水位，入库流量7610立方米每秒；10时库水位涨到54.34米，入库流量8457立方米每秒，水库泄量从1290立方米每秒，增大到3240立方米每秒，下游已是一片汪洋。下游河道最大流量只能容纳2000立方米每秒左右，但为了确保大坝的安全，只能保坝弃田了。

二

8日凌晨3时，上游板桥水库垮坝的消息传到宿鸭湖，水库立即通过高音喇叭通知水库职工、家属即刻转移到大坝上去。因照明设备及通信问题夜里不好解决，水文站只能到天亮后再迁到大坝上，焦家坤仍坚持在院内收发雨水情电报。3时30分水位已涨到55.75米，最后一根水尺就要没顶，他当即和张长有抬起一根木桩，拿起大锤就向水库边跑去。漆黑的夜，风是凉的，水也是凉的，但他们没有丝毫的犹豫，跳进水里抡起大锤就钉起来，心里只有一个念头，就是水位不能缺测，水情发报不能中断。到6时许，水位涨率增大，新设的水尺又要没顶，这时大坝到处都是片石护坝，无法再打水尺，情急之中他看到一支木电杆，就拿起锤子连续在上面钉了两支尺牌，保证了水位观测的连续性。

天亮以后，焦家坤和张长有披着雨衣，带上救生衣，拿着水位本、电报本迁到了大坝上。当时负责水库办公室工作的曹春运让外线工在大坝上扯起了电话线，就算是水文站的临时办公地点。收发水情电报，和上级联系，这里既是水文站，也是防汛办公室。此时大坝上挤满了群众，大人的喊叫声，小孩的哭闹声响成一片。他们二人面对水尺，席地而坐，电话机就在手边，随时观测，随时发报。这一天整个水库所有上传下达的任务都是通过这部电话完成的。

15时左右,水库职工看到水位仍在上涨,担心夜里漫坝,就纷纷向刘大桥方向安全地带转移。当时焦家坤目送着爱人带着两个孩子,怀里抱着小的,手里拉着大的,跟着避水的人流艰难地向南走去,心里不知道是啥滋味。作为一名水文职工,当时他首先想到的是自己的责任,在任何情况下都不能离开自己的岗位。

水库里一片汪洋,滔滔的洪水一眼望不到边,而水库外面也是汪洋一片,平地积水两米以上。离大坝十里八里的群众都迁到大坝上,几十里长的大坝挤满了逃难的群众,密密麻麻的,连汽车都很难通过。水面上的漂浮物什么都有,就连遂平火车站列车上几十吨重的大油罐都被冲到宿鸭湖里来了。

三

板桥水库垮坝后对宿鸭湖水库的压力太大了,凭着水库的容量是无论如何也承受不了的。上级领导密切注视着水库的情况。8月8日7时,水位已达56.14米,入库流量15602立方米每秒,9时水位56.66米,入库流量22717立方米每秒,水位仍以0.26米每小时的速度上涨,经推算,不需10个小时水位就将漫过大坝,看来只有采取炸坝分洪。水库接到了上级防汛指挥部下达的在南岗炸坝分洪的指示,一架从李新店机场调来的军用飞机在库区上空转了几个圈后,炸弹却掷不下来,后来得知是因天气原因无法投掷,改为人工爆破。汝南县人民武装部的同志经过几次努力,于8月8日14时终于将大坝炸开,由于深度不够,流量太小,达不到分洪的目的,又实施第二次爆破。炸口最大流量100立方米每秒,连泄洪闸的流量加在一起,最大下泄量是5130立方米每秒,库水位56.91米,仍在继续上涨,上级防汛指挥部门又指示在北岗破坝分洪,由娄本跃带领十几名同志到北岗,由于群众的阻拦,到天黑也没有将坝挖开。8月8日15时,水位上涨趋势缓慢,涨率由每小时0.05米,降到每小时0.02米,已接近峰顶,此时的大坝已岌岌可危,随时都有漫坝的可能。20时,水势涨平,最高库水位57.66米,离大坝顶58米高程只有0.34米,焦家坤及时地向上级防汛指挥部门发出了宿鸭湖水库水位已达峰顶的水情电报。人们紧张了一天的心情总算平静了下来。宿鸭湖水库总算保住了。

在这次抗洪过程中,焦家坤和张长有连续测报四天四夜,共收上游雨水情电报200份,向各级防汛指挥部门发出雨水情电报160份,无一差错,观测到最大24小时降水量455.7毫米,48小时最大降水量514.6毫米,观测到最高库水位 57.66 米,是建库以来最高水位。

“75·8”洪水虽然已过去 40 多年了,焦家坤也退休多年,但当时军民共同抗洪抢险的英勇气概却时时激励着他,也是刻骨铭心的记忆。在洪水过后的表彰大会上,焦家坤和张长有被地区水利局评为抗洪抢险模范,宿鸭湖水文站被评为抗洪抢险先进单位。

(作者单位:河南省驻马店水文水资源勘测局)

信息化为河南水文插上腾飞的翅膀

赵海东

2010年,我转业到河南省水文水资源局,成为河南水文的一员,主要从事水文信息化建设管理工作。在10余年工作中,我了解并经历了河南水文信息化建设的发展。

河南水文信息化建设历程

河南水文信息化建设始于20世纪70年代,从最早借用TQ16计算机、引进PC-1500袖珍计算机发展到目前的水文远程视频监控系统、全省水情视频会商系统、水文应急通信指挥系统、水文信息网站群、水文基础信息库、历史数据信息库、水情遥测系统、墒情和地下水自动检测系统。特别是“十二五”期间,计算机网络的应用大大加速了水文信息化建设的步伐,形成了以计算机网络系统为基础的各类水文信息平台,实现了信息技术与水文业务的深度融合。

1975年,省水文总站借用省水科所的TQ16计算机通过纸带打孔输入程序和数据,率先用于全省地表水资料的整编工作。这是河南省首次将计算机技术应用于水文技术业务,从而迈出了水文信息建设的第一步。

20世纪80年代,省水文总站水情科使用PC-1500计算机进行洪水预报。与郑州大学合作研发在微型计算机上接收和处理水情电报信息系统,形成DBASE数据库,使几人需要几十个小时才能完成的工作量在7分钟内得以完成,大大提高了工作效率。

1986年,省水文总站从美国引进VAX计算机,利用水文资料整编软件进行地表水资料整编,并自主开发出地下水资料整编软件和编照排系统,用于地下水资料整编、计算、照相、排版、制版、印刷、装订,形成地下水年鉴。首次把年鉴由铅字排版转变为现代化的数字模式,节省了财力,提高了效率。

进入20世纪90年代,微型计算机技术在全省水文系统得到普遍应用。在此基础上进一步建成了集水文信息采集、传输、处理和洪水预报于一体的第三代水情信息系统。1999 年,又完成了河南省水文数据库的建设,通过水利部水文局验收并投入使用,实现了历史水文年鉴数据全部入库。

2001 年,国家防汛指挥系统工程河南驻马店水情分中心示范区工程建成,并通过水利部和国家防办组织的预验收,实现了水文信息采集、报汛通信、信息处理、流量测验的自动化。

2002 年,建成河南水文信息网站并正式开通运行。之后又引进清华紫光档案管理系统,实现了资料目录的电子化管理。2010 年,又建成河南省墒情和部分地下水自动检测系统。

2011 年之后,计算机和网络通信领域进入技术成熟阶段,大量的信息网络技术在社会各个领域得到了广泛的应用。国家加大了对水文领域的投资力度。河南省水文信息化建设也进入快速发展阶段,各种先进的信息网络技术在各项水文业务中得到了广泛应用。

2013 年,利用国家投资对省局机构内部和郑州等 14 个勘测局的网络机房进行了提升更新改造,并完成了 4 个新组建局的网络机房建设。实现了全省 18 个勘测局网络全覆盖,进一步增强了网络的稳定性和安全性,为河南水文各项业务的开展提供了坚实的基础网络支撑。

“十二五”期间,先后建设完善了河南水文信息网、河南水文综合办公系统、河南水文微信公众号、河南水文档案管理系统、河南水文监测人员档案信息管理系统和河南水文设施设备管理系统,逐步形成全省水文行业综合业务系统平台,进一步提高了办公效率和管理水平,在舆情宣传和服务社会经济服务等方面发挥重要作用。

实现地表水、地下水、水质和水资源等水文数据逐年录入数据库,并以此为基础,建设完成了水文数据管理应用系统,极大地提高了水文对社会的服务和支撑水平,截至 2020 年年底,总数据量达到 2.0 千兆字节。

在水质监测方面,建成了省水质监测中心和 9 个分中心水质监测与评价信息服务系统,实现了水质监测数据的传输、存储和便捷查询,动态反映了江河湖泊水功能区的水质变化,提高了对突发性水污染事故的预警预报能力,满足了各级水行政主管部门对水质数据信息的快捷需求,更好地为水资源管理和开发利用与保护工作提供平台支撑。

在水资源与水环境方面,结合国家最严格水资源管理制度的实施,开发了应急管理系统、水资源监控项目运维管理系统、水资源调配决策支持系统、国家地下水监测信息系统、水质评价与信息服务系统，为全省水资源管理提供了有力的技术支撑。

在水情服务方面完成遥测站点建设4093处。雨水情、墒情、地下水监测实现自动化，信息传输方式实现了水情信息的全面交换。城市防洪预警取得突破，重点水库洪水灾害预警系统投入运用，水情基础服务能力建设进一步加强，综合服务能力显著提高，为全省防汛抗旱减灾提供优质服务奠定了坚实基础。

2013年建成的河南省水文应急指挥通信系统，综合了多种通信手段，实现了全高清、多手段通信，保证了抗洪抢险救灾指挥的及时可靠不间断。该系统多次深入一线，在既有通信设备无法到达现场的情况下，第一时间将抗洪抢险现场雨水情信息、音视频信息，传送至防汛抗旱指挥中心，为雨水情分析，抗洪抢险决策提供重要信息，担负着河南省水利系统应急抢险指挥任务，对河南省的防汛抗旱和应急抢险工作发挥了重要作用。

此外，还逐步建设了河南水文远程视频监控系统。共建成86个视频监控站、185个图片监控站，实现对全省所有基本水文站，重要河段的水情、水势的实时监控，对防汛抗旱指挥决策提供最直观的支持，同时也方便了广大水文职工工作。

经过多年的努力，逐步建成了设施完善、功能齐全、稳定可靠、覆盖全省的信息化网络系统，全面提高了信息化水平和服务能力，同时提高了管理水平和工作效率，在宣传河南水文工作、提高水文社会地位和知名度方面也发挥了积极作用。

河南水文信息化建设展望

信息技术的发展是一个循序渐进的过程，水文信息化建设同样遵循这个规律，需要一个探索、应用、提高的过程。现代信息技术发展迅猛，新的设备和技术不断涌现，大数据、物联网、云计算等先进技术已经得到广泛应用，需要统筹规划信息采集、处理、存储、共享服务、指挥调度、综合会商、容灾备份等能力建设，以形成集约统一、共享共用的水文大数据系统中心平台，建设智慧水文，更好地服务社会经济建设。

按照实施网络强国战略部署，把智慧水文建设作为推进水文现代化的着力点和突破口,全面提升感知能力,加快信息资源整合,大力推进新一代信息技术与水文业务的深度融合。从水文信息感知层、网络通信层、计算存储层、融合支撑层和智慧应用层,以及管理办法、标准规范、安全保障、运行维护等方面进行提升建设。利用大数据、人工智能等技术,形成融合高效、智能分析、实时便捷的智慧水文大系统。具体措施包括对现有水文站增配视频监控,对水位站增配流量监测设施。利用物联网、卫星遥感、无人机、视频监控、智能手机等新技术,按照自动化、无人化、立体化的要求,构建天空地网一体化水文感知体系。

广泛收集水文大数据。既要采集传统水文要素,也要落实大水文发展理念,广泛收集水资源、水利工程等相关信息,乃至互联网水文水情信息,为水利大数据中心提供海量数据源。既要采集社会经济行业的主要特征指标,也要采集与该行业相关的环境、状态、位置等地理数据。深入开展水文大数据计算分析。基于水文数据分析技术,结合水文专家知识,利用人工智能、大数据等新技术,研发新一代水文计算方法、模型、模式,开展水文大数据计算,挖掘水利大数据中心海量数据价值。

广泛生产水文大数据服务产品。针对智慧预报预警、水资源管理、水利工程安全监控、灌区水量、水土保持、河湖监管、水行政管理和公共服务、梯级水库群智能调度等应用,生产业务化、常态化、标准化的水文大数据服务产品。定制水文感知服务产品。在重点区域、河段和水域密布感知网格,结合水文分析,实现多要素立体实时精细感知、动态精准预测预警,为高价值应用提供高附加值定制服务产品。

落实《国务院办公厅关于印发政务信息系统整合共享实施方案的通知》提出的“建设大平台、大数据、大系统”的要求,加大河南水文信息服务体系升级建设。加强服务产品开发的力度,加快水文信息综合数据库建设,增强水文信息网络安全。尽快整合形成大系统的支撑能力,进一步提高水文信息化水平,拓宽水文服务领域,提高水文服务能力,为夯实“大水文”发展理念和目标,不断提高河南水文服务社会的能力和水平。

(作者单位:河南省水文水资源局)

练就水资源管理“江湖本领”

陈　楠

水资源是维系地球生态环境可持续发展的首要条件,河南属水资源严重短缺地区,全省水资源总量不足全国的1.42%,人均水资源量不及全国平均水平的1/5,水资源供需矛盾日益尖锐,严重制约了河南省经济社会的发展。

2017年,为进一步加强河南省水资源管理,在省局党委的支持下,经省编办批复,河南省水资源监测管理中心正式成立。按照《河南省机构编制委员会办公室关于省水资源监测管理中心更名的通知》(豫编办〔2016〕231号)有关精神,管理中心开始承担水资源监控系统建设管理、最严格水资源管理制度考核、水资源开发利用节约保护及信息统计等技术工作。通过近几年的艰苦奋斗,管理中心逐渐练就了过硬的“江湖本领”。

架构监控体系“小马达”

2011年,《中共中央国务院关于加快水利改革发展的决定》第一次提出要实行最严格的水资源管理制度,并把严格水资源管理作为加快转变经济发展方式的战略举措。2013年,为了贯彻好中央一号文件精神,河南省开始实施最严格水资源管理制度,划出了用水量、用水效率、水功能区限制纳污三条红线,进入了以量定需、严格管控的用水新时期。

为了提供更优质的技术服务,管理中心成员通过学习钻研相关资料文件、实地考察调研,完成了《国家水资源监控能力建设(2016—2018年)河南省项目技术方案》编制工作,根据河南省实际情况,进一步提高三大监控体系的在线监测能力,完善水资源监控管理信息平台建设,深化信息资源整合,基本建成比较完善的水资源监控系统,形成与实行最严格水资源管理制度基本适应的水资源监控能力。

通过三年的不懈努力,管理中心成员克服了经费短缺、人员不稳定、人手不足、各有关部门的数据技术标准不一致、数据质量参差不齐、数据管理平台不尽相同、全省水资源信息整合协调难度大等困难，圆满完成了各项建设任务。构建了取用水户监控站网、水功能区监控站网、水资源管理系统三大监控体系。取用水户监控站网：监控对象为地表水年取水量在规模以上的工业生活及公共集中供水的取用水大户、地下水年取水量在规模以上的工业生活取用水大户、特别重要或敏感的取用水户等。水功能区监控站网：监控对象为列入全国重要江河湖泊水功能区划的重要水功能区和已核准公布的国家重要饮用水水源地。水资源管理系统：实现中央、流域和省市区水资源管理过程核心信息的互联互通和主要水资源管理业务的在线处理，为实行最严格水资源管理制度提供技术支撑。

在监控体系这个“小马达”的推动下，2019 年监测许可水量 115.3 亿立方米、监测全省用水量 114.4 亿立方米，实现在线监测许可水量占全省河道外颁证许可水量的 91.2%，在线监测实际用水量占全省河道外总用水量的 51%。为改变当前水资源过度开发、用水浪费、水污染严重等突出问题，使水资源要素在河南省经济布局、产业发展、结构调整中成为重要的约束性、控制性、先导性指标。管理中心搭建的水资源管理系统是继防汛抗旱指挥系统之后水利发展的又一次历史性跨越，也是实施三条红线管理的必要手段。

挂好监控能力“升级挡”

随着最严格水资源管理、水资源税改试点工作的不断推进，管理及考核任务不断加重，水资源业务管理对数据及现代科技支持的依赖性日益加强，需要进一步提高取用水量的在线监测率。同时，信息平台的业务系统不够完善、功能不够深入，迫切需要加强系统业务的个性化服务，使信息平台尽快发挥实效。

2017 年以后，国控一期、二期项目陆续进入运维阶段，需要制定完善水资源监控系统运行维护管理政策，健全系统运行、维护、管理等各项规章制度。管理中心一边着手启动《河南省水资源监控能力建设（省级）二期项目》，计划进一步加强水资源监测体系、完善水资源监控管理信息平台；一边制定了《河南省水资源监控系统运行维护管理办法（试行）》，明确了运维工作内容、职责分工及资金保证等内容，编制《河南省水资源监控能力建设项目运行维护实施方案》申请运维经费。

截至 2020 年，河南省水资源监控能力建设（省级）二期项目建设已完成大半,河南本地数据加上交换到部平台数据,共建立基础数据9.1万余条,监测数据约3.43亿条,业务数据约37.8万条,多媒体数据约8.75G。在翔实的水资源数据和水资源税费信息管理系统的支撑下,2018年全省水资源税纳税人已有17426个,生成53346份水量核定书,全年累计核定水量18.65亿立方米,累计征收税额13.29亿元;2019年全省水资源税纳税人已有18996个,生成70132份水量核定书,全年累计核定水量30.27亿立方米,累计征收税额16.64亿元;截至2020年第二季度,全省水资源税纳税人已有17058个,生成33614份水量核定书,全年累计核定水量13.5亿立方米,累计征收税额6.89亿元。同时,项目运行维护经费逐年递增,运维工作采取购买服务的方式顺利开展,水资源监控能力的"升级档"已挂好,为助推河南经济社会发展提供了强有力的技术支撑。

安装小流量研究"蓄电池"

管理中心在运行维护过程中发现,灌区渠首水量自动监测站,大部分时间处于无水或者小流量状态,自动监测效果不佳。管理中心主动参与小流量监测技术研究,总结各流域、各省不同的气候环境、水流特性、监测断面的小流量监测经验,针对视频、雷达等非接触式测流系统,选定不同的水流断面,以转子流速仪、ADCP等测流方式为基准,开展水位、流速、流量等监测要素的比测工作,为灌区渠首水量自动监测站的测流方案、测流断面选择、测站设备配置、仪器选型、测流精度控制与质量管理等方面累积了更为丰富的经验,规范了灌区渠首水量自动监测站技术方案遴选及管理过程。

构建网络安全"防火墙"

随着网络的普及,黑客攻击网络的现象时有发生,网络中断会严重影响水资源监控工作的正常进行。管理中心依托水资源监控能力建设项目,加强系统网络安全防护建设,确保水资源监控平台软硬件设施正常稳定运行,切实提高系统服务效能。截至目前,管理中心完成了水资源管理内网门户、信息服务、业务应用、调配决策、应急管理、运维管理、水资源监控App、监测平台等子系统的开发。现有省、市、县三级系统用户1600多个,年均系统访问量累计超过3万余次。管理中心在系统开发前期就将等级保护三级作为建设目标之一,目前所建项目已全部通过计算机信息系统安全等级保护三级测评。同时,管理中心委托专业机构开展网络设施和信息系统的运维管理，坚持做好网络与信息安全风险评估和定期巡查，制定网络安全应急预案，提高网络安全应急处理能力。在为期28天的水利网络安全攻防演习中，水资源监控系统涉及的15台服务器、十几套系统及数据库均未被攻陷。这道网络安全的“防火墙”，保障了水资源监控重要数据的可靠性及业务的连贯性。

支撑考核工作“智能化”

最严格水资源管理制度考核是河南省水资源管理工作成效的集中体现，根据《国务院办公厅关于印发实行最严格水资源管理制度考核办法的通知》（国办发〔2013〕2号），国家对三条红线的考核由水利部会同国务院有关部门实施。水利部牵头成立最严格水资源管理制度考核工作组，作为考核工作的执行机构。根据三条红线考核的工作要求，大体上可将考核工作划分为四个阶段：准备阶段、资料核查阶段、现场检查阶段和总结上报阶段。在资料核查阶段，可参考水资源监控管理系统监测数据等资料，对地市上报的数据进行真实性、准确性和合理性核查；在现场检查阶段，可参考水资源监控管理系统监测数据等资料，核实上报的各项水量、水质数据的真实情况。

为了全面提升最严格水资源管理制度考核的效率、质量和管理水平，有力支撑河南省实行最严格水资源管理制度考核工作，管理中心按照最严格水资源管理制度考核的相关规范要求，开发了一套可供省、市、县三级水行政主管部门使用的通用软件系统，使水资源考核管理工作更加智能化、可视化。

奋楫搏大浪，竞舸争潮头。今后我们将不忘初心、砥砺前行，致力于不断提高监测覆盖率和监测精度，进一步加强对监控数据的分析利用，练就过硬的“江湖本领”，更好地发挥管理中心的工作效能，做到心怀“国之大者”，完整、准确、全面贯彻新发展理念，为河南省最严格的水资源管理工作提供更好、更有力的支撑，努力交出高质量发展的水文答卷。

（作者单位：河南省水文水资源局）

“双重管理”的洛阳实践

王　磊

2008年12月26日，洛阳市水文水资源局正式揭牌，成为河南省首个实行省市双重管理的地市级水文机构。洛阳市水文水资源局的成立，填补了河南省水文双重管理体制的空白，是河南省水文管理体制改革的重要举措，对河南水文事业的科学发展起着积极的示范和推动作用。

水利部时任党组副书记、副部长鄂竟平出席揭牌仪式，要求水文部门要大力推进体制改革，继续发扬优良传统和作风，紧紧围绕经济社会发展需要，自觉地将水文工作充分融入到当地经济社会发展之中，大力拓宽服务范围，不断丰富服务内容，全面提高服务水平。同时，希望各级地方政府要加强对水文工作的领导，关心和支持水文事业的发展，将水文事业的发展纳入到地方经济社会发展之中，统筹规划，统一安排，保障水文事业的健康协调发展。

在全省范围内推行基层水文部门“省市双重管理、省水利厅管理为主”的管理体制是水利部推进的一项重要改革，是市场经济发展对水文工作的必然要求，是水文事业发展的重要标志，符合水文管理体制改革的方向。双重管理体制的建立，势必为当地经济社会发展提供更强的服务功能，有效参与地方的防汛抗旱、水资源管理、水土保持等各种涉水事务，使水文工作有效融入到当地的经济社会发展中，统筹规划、统一安排，提高了水文的社会地位，为促进当地经济社会可持续发展提供可靠的技术支撑。

河南省洛阳水文水资源勘测局把握大局，应势而为，就水文部门双重管理及时报请省水利厅向洛阳市政府发送公函。洛阳市人民政府收到公函后十分重视，在多方协调下做出了积极回应，并配合编委积极开展调研，充分阐明水文工作的作用和实现双重管理的意义。经过扎实有效的前期工作，洛阳市政府常务会议顺利通过，并向省水利厅复函，同意成立“洛阳市水文水资源局”，同时市编委会向市直有关委局发文通报。

洛阳市水文水资源局主要担负着洛阳市水文行政管理、防汛水情测报预报、水文观测计算、水资源勘测评价、水环境监测等任务，为防汛抗旱及水资源管理、开发、监测、保护和国民经济规划、工程建设设计提供优质服务。它的成立，是贯彻落实《中华人民共和国水文条例》的实际举措和重要成果，在河南省水文管理体制改革中具有里程碑式的意义。

“双重管理”实施以来，洛阳水文工作在河南省水利厅和洛阳市委、市政府的领导下，在各有关部门的大力支持下，进一步发挥水文服务功能，为洛阳市经济社会发展提供了更加及时、优质、全面的服务，为促进人水和谐、构建社会主义和谐社会，建设富强、秀美的洛阳作出了更加积极的贡献。

洛阳市水行政部门高度重视水文工作，多次在重要会议上强调，水文事业是国民经济和社会发展的公益性事业，也是水利事业的重要组成部分，对防汛抗旱、饮水安全、水资源管理、水环境保护等工作起着重要的专业服务和技术支持作用，关心支持水文事业，加强水文设施管理保护，是各级政府应尽的责任和义务。

洛阳水文水资源局充分利用双重管理的平台，使水文工作融入当地的经济社会发展中，取得了当地领导对水文工作的大力支持，进一步提高了水文的服务水平和社会地位。有效参与地方的防汛抗旱、水资源管理等各种涉水事务，年平均接收雨水情电报 48858 份，发出水情电报 2263 份，水情简报报表 103 份，绘制水情图表 30 份，出特殊雨水情报告单 99 次，雨情报告单 49 次，墒情监测报告单 18 次，向防汛指挥部门领导发送雨、水情信息 141 次，为防汛指挥部门决策提供了可靠依据。同时承担着洛阳市每年地下水动态简报、水资源简报及水资源公报的编制，洛阳地区 14 眼国家地下水监测工程的运维与水样采集，51 眼基本井和 37 眼控制井的地下水月报上报和年末整编工作。在脱贫攻坚决胜期，开展符合洛阳水文特色的帮扶工作，定期对洛阳市西工区党湾村、栾川县西河村和嵩县佛坪村等贫困村开展帮扶工作，采取慰问贫困户、爱心助学、捐赠物资、饮用水源水质化验、“以买代帮”等方式，助力脱贫攻坚。持续推动志愿服务活动常态化，积极传播“奉献、友爱、互助、进步”的志愿服务理念，每周坚持开展“文明交通，清洁城市，水文同行”活动，演绎爱城如家的“水文志愿红”，助力洛阳全国文明城市建设，使洛阳水文与地方深度融合，不断提升社会认知度，营造社会了解水文、关注水文、支持水文的浓厚氛围。

洛阳水文“双重管理”实行 13 年来，充分证明了双重管理体制符合经济社会发展规律和水文工作实际,有利于充分发挥水文为地方经济社会发展服务的功能,参与地方防汛抗旱、水资源管理、水土保持等各种涉水事务;有利于水文直接参与地方经济建设活动,不断扩大水文服务领域,在政府决策、构建和谐社会、保护生态环境、实现科学发展等方面提供重要的技术支撑。洛阳水文将在今后工作中充分发挥"双重管理"的体制优势,切实履职尽责、履职担责,进一步发将挥水文的"尖兵"和"耳目"作用,为洛阳经济社会高质量发展和人民幸福生活提供可靠的"洛阳水文方案"。

(作者单位:河南省洛阳水文水资源勘测局)

水文“活字典”颜世德

王　冰　肖梦雨

20 世纪 80 年代在许昌水利系统中流传着一句话:“北京有三钱,许昌有三颜”,其中一颜说的就是许昌水文局的洪水预报专家——颜世德。

颜世德,男,1932 年出生,河南省许昌水文水资源勘测局退休职工。自参加工作以来,一直奋斗在水文一线。他极其擅长雨水情预报,被同事们亲切地称为水文“活字典”。颜世德把自己的一生都奉献给了水文事业,正所谓“深藏功名不显功,坚守事业守初心;淡泊名利心向党,为民造福献终身。”

少年壮志　誓与“蛟龙”斗

颜世德出生于淮河流域沙颍河水系北汝河畔,在他童年的记忆里,有多次发大水的场景。

1942 年 8 月,北汝河洪水暴涨,年少的颜世德和村民们站在堤坝上围观,只见县长一边烧香一边神色郑重地祷告河神:“求求神仙保佑乡亲,不要让蛟龙再出来作怪了”,然后命人将活猪活羊投向汹涌翻滚的洪流中,牲畜瞬间不见踪迹。但“河神”可不听他的祈祷,水位持续上涨,几乎淹到城门顶,围观的群众心里越来越害怕,大声呼喊着:“蛟龙还要县长的官帽”,无知的县长无奈地将自己头上戴的新帽子抛入滔滔洪水中,满足百姓的要求。

颜世德心中大为震撼,这蛟龙究竟要什么?扔官帽能有什么用?幸亏雨渐停,洪水位接近城门顶时,开始逐渐下降。这次洪水导致襄城到处漫溢决口,洪水水面南到首山脚下,跨许南公路向东流,北寨门外马湟河全线决口,洪水包围县城,水面宽达十余公里,无数良田被淹,房倒屋塌,人畜财产损失惨重。而这一迷信见闻,在小小的颜世德心中留下了深刻的印象,久久地困惑着他,究竟何时才能降服“蛟龙”?如何才能避免这么惨重的损失?带着这样的疑问,颜世德立志要与“蛟龙”斗争!

艰苦钻研 炼成“活字典”

1950年,刚满18岁的颜世德在河南大学水利班短期培训后,就立刻参加治淮测绘、大型工程施工等基础建设工作。中华人民共和国成立初期的水文事业,各方面条件都很艰苦,基本上处于百废待兴的状态,国家也没有过多经费投入,颜世德和同事们只能因陋就简,几根水尺、一部水准仪、一部平板仪、几个雨量筒、几把算盘和一盏马灯,就是当时所有的设备。当地的群众有这么几句顺口溜:“水文站别去看,茅草屋里一群光身汉,不怕暴雨淋,不怕雷电闪”“远看收破烂,近看水文站”。年轻的颜世德就在这条件艰苦的山区,展开了与水文事业打交道的一生。

许昌地属淮河流域沙颍河水系,从地理位置来说,处于南北气候过渡带,是我国最大的暴雨中心之一,支流众多,历史上洪水频发,中华人民共和国成立前百余年间,许昌就发生过多次较大洪水,严重危害人民群众生命和财产安全。在此背景下,通过测量来的雨水情信息准确预报洪水,对于合理降低洪水危害有极大作用。山区河流的洪水特性是陡涨陡落,因距河源较近,边下暴雨边涨水,且大都发生在夜间。20世纪50年代测流量,没有测船和其他测流设备。冬季测流,颜世德和其他同志们只能脱下厚棉裤,在冰冷的河水中涉水测量,两条腿入水后刺骨的寒冷瞬间传遍全身,测完后肌肉冻得僵硬麻木,需要很长时间才能缓过来。夏季测流,洪水较小时让会游泳的同志手提流速仪涉水测流;中水时靠到上游弯道游泳放浮标,放一个浮标相当艰难,有时洪水把人冲几里远才能爬上岸;大水时靠天然漂浮物,因不是人工投放,所以分布很不均匀,水位与流量关系不太好,但这些点据都是冒着生命危险抢测到的。

就是在这样艰苦的情况下,颜世德积累了丰富的第一手雨情、水情、灾情信息资料。正常来说,一个流域的水文系统是非常复杂且庞大的,而预报所用的方法通常都采用了一系列的假设,即对真实世界情况进行了概化处理。有时雨量站点监测数据或其他途径获取的降雨数据并不能完全反映真实的降雨时空分布,流域中存在的许多小型水利工程的调度或下垫面出现大的变化后,也可能无法及时计算到,所以综合来讲,暴雨引发的洪水预测难度并不低。但颜世德不惧困难,在预测时能充分运用在学校学到的洪水预测知识,不断结合历史数据,实时校正现有数据,渐渐地颜世德能够较为准确地预测洪水洪峰高度、何时到达、何时下降等准确信息,成为当时一绝。曾有许昌地区气象专员讲过,一下大雨他就害怕,但只要颜世德在,他就能睡个安稳觉。曾任河南省许昌水文水资源勘测局办公室主任的退休职工李国杰回忆,有一年化行水文站下大雨,几个小水库水快溢满了,眼看有点撑不住了,化行站所在地的乡长、镇长害怕水漫溢,淹了村子和庄稼地,到时候农民可怎么生活?颜世德站出来说都放心吧,水是可以被控制的。他一头钻进办公室开始计算起来,然后给了一个具体的时间,把化行闸的水放空。结果如他所料,洪峰到达时,化行闸刚放空,时间把握的非常准确。

经过多年工作的积累,颜世德广泛积累了淮河流域这一水系暴雨的特征、成因、洪水演变规律等,预测的精度不断提高,预见期不断延长,慢慢地,颜世德水文"活字典"的称号在全省水文系统都传开了。不仅是洪水预报工作做得好,以颜世德为代表的一代水文人,还树立了"水文是水利的尖兵,是防汛抗旱的耳目"的观念,逐步建立起了许昌地区基本站网、试验站、测报管理秩序,有了测、整、报的规范及规章制度,为以后许昌水文事业的发展奠定了坚实的基础。由于工作成绩显著,颜世德多次被评为单位和地区模范工作者,受到河南省人民政府表彰:因在治理淮河方面的特殊贡献,1954 年 10 月被省政府授予"河南省治淮乙等模范";因不断改进测验设备,完成 1956 年特大洪水的测报工作,被省政府授予"河南省水利先进工作者";与有关同志研制成功 YC-79 型无线电雨量遥测设备,分别被省水利厅和省政府授予河南省科技成果二等奖和三等奖。

抗洪先锋　永远"在路上"

颜世德出色的洪水预报业务能力,在抗洪时发挥了显著作用。1975 年 8 月,注定是水文人难忘的一个时间节点。当时,由于超强台风 7503 号"莲娜"导致的特大暴雨引发淮河上游大洪水,石漫滩、田岗水库垮坝,澧河决口,老王坡蓄洪区相继决口。板桥水库漫溢垮坝,6 亿多立方米洪水,五丈多高的洪峰咆哮而下,同期竹沟中型水库垮坝,薄山水库漫溢,58 座小型水库在短短数小时间相继垮坝溃决。河南、安徽境内 29 个县市、1100 万人受灾,超过 2.6 万人死亡,1700 万亩农田被淹,直接经济损失近百亿元,灾情堪称中华人民共和国成立以来最严重,史称"75·8"大洪水。颜世德同志在"75·8"时期,参加了内业分析计算和报告汇编工作。他坚守水文站一线,乌云翻滚,昼如黑夜,如注的暴雨夹风挟雷、来势汹汹!颜世德多次深入暴雨之中测量流速、流量、水位、雨量等关键信息，然后立即展开计算，为抗洪指挥决策提供了至关重要的预报信息。

1982年汛期，河南省发生了全省范围的特大暴雨洪水。此次洪水的特点是：次数多、范围广、雨期长、强度大、梯度陡，暴雨连续下了近2个月。根据资料记载，1982年7月12日至8月24日，河南省先后出现过四次大的降雨过程，致使省内各主要干支流河道出现了中华人民共和国成立以来少有的大水。淮河、洪汝河、伊洛河、北汝河、安阳河等流域都出现了大范围的暴雨区，44天累计降雨量大于1000毫米的面积有5430平方公里，大于400毫米的面积达120900平方公里，全省平均降雨量498毫米，最大点雨量驻马店站1175毫米，泌阳老河口水库1168毫米，鲁山双石滚站1134毫米。陆浑水库、双石滚站最大日雨量分别为544毫米、540毫米，暴雨频率相当于千年一遇。上述暴雨特点造成山洪暴发，河水猛涨。北汝河紫罗山站发生了7870立方米每秒的洪峰，沁河五龙口站发生4250立方米每秒的洪峰，安阳河安阳站发生1930立方米每秒的洪峰，都是中华人民共和国成立以来的第一位大水；洪汝河、沙河的洪水仅次于“75·8”，伊洛河、黄河的洪水仅次于1958年，都是中华人民共和国成立以来的第二位大水；淮河王家坝站的洪水仅次于1968年和1954年，是中华人民共和国成立以来的第三位大水，且高水位持续的时间很长，三河尖站在保证水位（26.50米）以上行洪达30天，为历史所罕见。洪水特点是峰高量大、次数多、来势猛、持续时间长，使河道行洪和拦蓄工程都处于饱和或超标准状态运用。

7月30日9时、8月1日2时，北汝河紫罗山站相继出现7870、5430立方米每秒的洪峰后，河南省防汛指挥中心预估此次洪峰会超过堤坝高度，危及县城安全，已经下令让襄城上游西岸沿分洪口药室填好炸药，爆破官兵集结待命，只等一声令下就要炸掉大坝。此时的颜世德等专家沉着冷静，充分展现了水文人特有的职业素养，颜世德运用北汝河上下游各站30多年的实测暴雨洪水资料，进行综合分析，预测不同的暴雨中心、降雨强度，结合工情、气象等因素，准确地预测出8月1日洪峰水位接近堤坝顶部（84.5米），不会漫堤淹城。领导及时下令，加强全线防守，争取不炸堤分洪，但要做好爆破准备。结果，洪水位在84.34米停涨，距堤顶0.16米，最大流量3900立方米每秒（比1943年最大流量大29%）。洪峰安全从全河通过，没有一处决口，据当时估算，此次洪水未炸堤分洪,可减少直接经济损失约 7000 万元,保住了下游无数人民的生命财产安全。

经此一役,颜世德被同行人戏称为“颜博士”,说他“地上全知道,天上知道一半”,据闻单单是他自己总结记录的水文工作笔记本就有好几箱。他也获得了河南省政府颁发的“抗洪模范”称号,其事迹被媒体广泛报道。

1982 年 10 月,郑州,河南省水文系统出席省抗洪抢险庆功表模会议代表合影
颜世德第二排左起第二

发光发热　谱写“夕阳红”

夕阳为霞尚满天,余辉映旗谱新篇。1992 年,颜世德从单位领导岗位退休,退休后的他仍坚持钻研防汛抗旱业务,并且继续要求进步,积极向党组织靠拢。1993 年 3 月,颜世德加入了中国共产党,成为了一名光荣的共产党员。

退休后,颜世德依然时刻关注着水文事业。2000 年,白沙以下,颍河发生了 57 年以来最大的洪水,当时工作人员用错了词汇,向上级汇报为“溃坝”,一下子让大家绷紧了神经。情势万分危机,急需专业的测报人员过来指导,颜世德接到领导通知后立马骑着自行车赶去指挥部。风雨交加,大水已经淹没了路面,彼时已 68 岁的他,途经一个小水坑时车链子突然掉了,万般无奈之下只得推着车前往,几公里的路走了很久,但一想到水情工作的紧急性,他咬牙坚持,风雨无阻。到了水利局后,许昌市政府主要领导组成的防汛小组正在大门口翘首以盼,颜世德当即了解详细情况,结合上游来水情况对数据进行分析,领导听取了他的汇报后说:“现在您就是指挥长,您说怎么调度就怎么来!”最终,颜世德成功化解了这次危机。事后还把自己多年来的雨水情预报经验悉心传授给了年轻职工,希望他们能够更好地扛起水文工作这面大旗。

同时,他对许昌的沙颍河流域暴雨洪水进行了再一次系统、详细的研究。为了全面分析这一水系暴雨的特征、成因、洪水演变规律,给水利规划、洪水预报、合理调度提供依据,他经过长时间的调查,搜集整理了这个特定流域的地形、地貌、山川河流分布、地质、土壤、植被等自然地理资料,综合分析几十年实测洪峰成果,结合对历次较大洪水的预报调度实践,将主要控制站和上下游洪水演变规律归纳成了简明易记、便于操作的应急方法,为许昌乃至河南水文事业作出了巨大贡献。他将自己毕生的水文工作经验、研究成果转化成一本本珍贵的书籍材料。1999 年 4 月出版《沙颍河流域暴雨洪水研究》一书,十余万字;2001 年发表《颍河防洪工程减灾效益显著》在《河南水利》第 3 期上。颜世德在 1999 年获河南省水文水资源局离退休职工先进个人奖,2013 年 2 月获优秀共产党员称号。时至今日,已经 89 岁高龄的颜世德依旧坚持写作,继续为许昌水文事业发展发光发热。

走过古稀,走过耄耋。如今年近 90 岁的颜世德,已经满身病痛,步履艰难,他已经不再能流畅地说话,却在用无声的行动诠释着水文人的初心与使命。

(作者单位:河南省许昌水文水资源勘测局)

勇搏激流唐忠源

郝丽茗

出生于革命老区湖南省浏阳县大瑶山的唐忠源(1942－1973),深受红色革命故事的熏陶,自幼就有像革命前辈那样为革命事业奋斗的远大理想。1965年从湖南水电学校毕业后,这位高高瘦瘦,有着一方坚毅国字脸的年轻人经组织分配来到了地处伏牛深山腹地、唐白河水系湍河上游的后会水文站。从南方到北方,不同的语言和生活习惯对人都是一种考验,但他怀着建设祖国的强烈愿望,带着干好工作的满腔热情,谢绝了领导和同志们的关心照顾,坚定地留了下来。

在那个交通不便、物资匮乏的年代里,水文工作更是清贫和艰苦,粮食、生活物品和办公用品必须步行到十几里外的七里坪才能买到。站上当时没有围墙,他与同志们商议后,自己用竹竿和铁丝修起了院墙;站上同志们为理发要跑十几里到七里坪,他就自费学习理发技术,义务为站上和周围群众理发;节假日他总是主动留守值班观测,让其他同志回家团聚;农忙时节,他心里牵挂着困难群众,总是抽出时间帮群众收割庄稼;在风吹雪飘的季节,他经常到群众家嘘寒问暖;为了支持当地的水利建设,他和同志们一同起早贪黑跋山涉水进行渠道测量,足迹遍布周围的山山水水。

1973年7月23日,后会水文站上游地区突降暴雨,山洪暴发,水位迅速上涨,水文战士们立即进入战斗状态,连续多日抢测洪水。28日夜晚,站长安排老宋一人值班,让一直没有休息的其他同志早早休息,以备再战。突然,狂风骤起、乌云密布,惊雷振荡着沉静的山谷,闪电划过了黑暗的长空,紧接着瓢泼大雨倾空而降,风声、雷声、暴雨声交织在一起,电话里又传来上游普降暴雨的汛情。雷声就是号角,汛情就是命令,全站同志再一次投入了紧张而有序的战斗。

凌晨2时,青年职工吴辉堂到河边观测水位,透过密集的雨柱,发现值班员老宋正吃力地撑船靠岸,以便同志们上船测流,因多日劳累,体力有些不支,几次都没有成功,吴辉堂急忙涉水上船,接替了老宋的工作。

快到4点时,暴雨如注,该站日降水量已达133.7毫米,河水翻腾急下,洪水流量由50立方米每秒、500立方米每秒猛增到了3000立方米每秒,洪水携带着大树、滚石咆哮而下,转眼间填平了河道又翻过了河堤,吞没了公路,包围了邻近的住房,突破了建站以来的历史最高水位。唐忠源和其他几位同志正在紧张地增加临时水尺,突然听到"咔嚓"一声,船篙被洪水夹带的树枝折断了。顿时,船在洪水中无处着力,像一片树叶,颠簸飘摇。

站长王淼快速拿来新的船篙,准备送到船上,唐忠源毫不犹豫地冲上前去,"我年轻,让我来送!"说罢,涉水执篙上船。

洪水继续上涨,巨墙似的排浪一个接一个的压了过来,水位以每小时近3米的涨幅在增加,沿河农田被冲垮,一棵棵大树被冲走,上游青山水库一排排库房(全是草房)被巨浪卷起,一排排一座座漂浮在水中。唐忠源和吴辉堂一起排走船内积水,协力撑船靠岸。

当船回到原来的岸边,靠近河堤时,堤上有几棵大树挡住船的去路。此时,这里已成了河心,洪水拍打冲刷着河堤,身旁几棵大树随时都有冲倒并砸坏测船的可能。为了保护测船,他们决定逆水而上绕过大树争取靠岸,两人密切配合,一人用力摇着绞关,一人使劲撑篙驶舵,这时,吊船索已经爬上了主索的最高点,每前进一步都十分吃力。

当他们组织又一次靠岸时,一座冰山似的漂浮物迎面扑来,直撞船头紧擦船底,测船船头高纵翘起,船尾下沉入水,只听"喳"的一声,船舵被撞坏,船一下子失去控制,由于重力的牵引,吊船索由最高点向河心最低点滑去,船被带进了主河道。

船内积水太多,失去了平衡,左右摇晃,随着波浪的起伏上下抖动,像在喘息。突然,一排恶浪迎头压了过来,咆哮的洪水从船底的插篙孔中涌入,喷出了两丈高的水柱,随之船头腾空,船尾潜入水中,晃动更厉害了,眼看就要翻船,在这千钧一发之际,唐忠源一个箭步跃到船头,扑下身去,想用自己的身体堵住喷射的水柱,用自身的重量压住翘起的船头。就在此时,"砰"的一声,吊船索断了,从空中反弹到船上,像一条无情的钢鞭,抽打在唐忠源的左腿上,顿时鲜血直流。看到战友倒下,吴辉堂跑过来为他包扎伤口,唐忠源急切地说:"小吴,我腿断了,走不了!你赶紧上岸……"断了缆绳的测船时而被巨浪掀起，时而又被埋入谷底，像离弦之箭，向下游冲去，还没等两人说完，又一排恶浪劈来，船翻了，两人被埋入水底……在岸上忙碌的同志们目睹了这一情景，心急如焚，急速向上级汇报。

中共南阳地委，内乡县委接到青山水库指挥部的紧急报告后，立即组织人力，由各级领导带队，冒雨奔赴沿河两岸，当地驻军接到命令后，火速赶到河边，沿河各社队群众闻讯后也立即守候在河边，人们怀着急切的心情，紧盯着河面，多么希望两位因公落水的同志平安无恙啊！

吴辉堂挣扎着浮出水面后，已经与测船相距一二十米距离了，他紧紧抓住了一张漂来的木床，顺着水流往下游漂去，当冲到十几里外的浏峪大队弯道时，被群众营救上岸。望着狂奔急泄的洪水，吴辉堂泪流满面，几乎用哀求的声音说："快救小唐，快救小唐"！

经过反复搜救，最终在距后会水文站 300 多里，紧邻湖北的新野县魏湾大队发现了唐忠源的遗体，他双膝破烂，十指出血，左腿骨折。

唐忠源烈士证书

1973 年 8 月 2 日，中共内乡县委、县革委会在内乡县城召开了隆重的追悼大会，省水利厅领导，省水文总站领导，全省水文站代表，地方各单位干部职工和当地驻军及群众两千多人参加了会议，会议追认唐忠源同志为中国共产党员、革命烈士，要求广大党员组织群众向唐忠源同志学习。

（作者单位：河南省南阳水文水资源勘测局）

水文世家的初心与坚守

韦婷婷

“多少个狂风暴雨的夜晚，别人都往家赶，我们却不顾个人安危，到随时会吞噬人性命的河边去抢测洪峰，只有从事这一工作，才能真正体会到每一个水位、流量、雨量等数据都是一线水文职工用汗水甚至生命换来的宝贵资料。”

在由河南省文明办、河南省妇女联合会、河南日报报业集团和河南广播电视台联合举办的“2019年寻找最美家庭”活动评选中，三门峡水文水资源勘测局职工陈丰仓家庭获得殊荣。谈起获奖的感受，陈丰仓发出了上述的感慨。

父子传承：从鸡塚站到孤石滩

陈丰仓的老家，在荥阳的一个小山村，儿时的记忆中，父亲是一个离他很远很远的人，一年之中，难得见他一面。

陈丰仓常常疑惑地问母亲，父亲天天都在哪里？母亲的回答总让他不太明白，她说，父亲在鲁山鸡塚水文站工作，汛期要看水位、测流量、量蒸发，还要报雨量、发水报，秋后才有空回老家看看。水位、流量，这些陌生的概念第一次刻在了陈丰仓的脑海中。

1986年，学成毕业的陈丰仓，追随父亲的脚步参加了水文工作，来到叶县孤石滩水库水文站。接触和了解了如父亲年岁一般的老水文职工时，才知道他们都像父亲一样，远离自己的父母、妻儿，工作在遥远的异地他乡，唯一与亲人联系的方式便是一封封家书。理解到父亲的不易，陈丰仓对他肃然起敬。

父亲的年代里，水文站工作环境极其艰苦，站房是几间破旧的柴瓦房。低水期测流人工涉水，特别是冬季下水，寒冰刺骨，很容易使人患上关节炎。中高水靠的是放浮标，条件稍好点的还能有一条渡河测船，测站职工计算资料以及整编工作全靠打算盘。

在父亲的鼓励下，陈丰仓坚定地开始了艰苦的水文测站生活。农村经常停电,他就在晚上点起煤油灯;一日三餐难以保障,他就去10里外的常村乡买煤,自己生火做饭,炕饼子、手擀面、蒸馒头,还有挑粪种菜;到水库上游方城县境内取资料的时候没有班车,他就步行或者骑自行车上去,途中遇到下雨,道路泥泞,他就咬咬牙把车子扛在肩上步行;夏夜走1.5公里路到坝上看水位,经常与土谷蛇相遇……

逆境人不堕。在别人浑浑噩噩的时候,陈丰仓在煤油灯下钻研水文测验规范,结合站长平时传授的常规业务知识,把水文专业知识的理论学习不断深入,外业、内业技能逐渐提高,理想信念也逐渐建立。有了理想和奋斗目标,陈丰仓干劲倍增。仅就水准测量来说,他不懂就问,向站长和老职工学,向书本学,很快就熟悉了四等测量仪器的操作和原始记载及内业计算方法,水准三等和二等测量规范也都熟练掌握。

夫妻并肩:从孤石滩到白龟山

1991年,还在孤石滩水文站工作的陈丰仓,经人介绍与爱人黄翠红相识并相爱。即使知道陈丰仓有年迈多病的父母双亲,即使知道他家里经济困难,甚至是知道他们水文职工地处偏远山区,黄翠红依然坚定地选择爱情。她说,要找一个有志向、能持家过日子的人。没有豪华的迎娶,没有高档的庆典仪式,有的只是亲朋好友的祝福,一个爱的小家就这样筑起。

然而,结婚不久,因为工作需要,陈丰仓又被任命为平顶山市白龟山水文站站长,夫妻二人便开始了两地分居的艰难日子。父母在许昌,爱人和女儿在叶县,一个人三个家。

老父亲脑血栓偏瘫,只有靠年迈的母亲照料,可偏偏此时,母亲也患上脑梗塞,艰难的陈丰仓回叶县找爱人黄翠红,议定把父亲送回荥阳姐姐家,把母亲接到叶县。爱人义无反顾,工作之余,担起了同时照顾年幼孩子和老人的生活起居的重担。

在河南省水文局党委的关心下,黄翠红被调到白龟山水文站工作,父母也随他们一起定居平顶山,组织的温暖给陈丰仓鼓舞了干劲。在白龟山水文站的13年里,夫妻携手并肩,事业发展,家庭美满。他与黄翠红总结经验,合著的《加强雨量站管理　提高测报质量》获水文系统优秀调研论文。他们总结的雨量站"汛前有布置、汛期有检查、汛后有表彰总结"的三步走工作法,使得雨量测报质量大幅度提高。

在河南省水文局开展的降水量资料整编成果质量评比中，陈丰仓所管辖的达店雨量站被评为全省先进典型，在国家防汛指挥系统一期土建工程中，所管辖的治阳雨量站作为优质工程样板现场观摩点迎来了全省各个地市水文局领导前来参观取经。这一切，都离不开妻子的帮助与支持。

自定居平顶山，陈丰仓夫妻二人在做好本职工作的同时，照顾料理卧床十几年的父亲以及年迈多病的母亲。工作忙碌之余，家里有两个“老病号”，可黄翠红从不抱怨，总是想方设法给老人增加营养，改善伙食。老人吞咽困难，她就用输液针筒给老人鼻饲。

2012年，三门峡新增设水文局，陈丰仓毅然报名支援，经河南省水文局批准，2013年3月他又正式调任三门峡。为了支持爱人的工作，黄翠红又一次过起夫妻分居的生活，一边忙于白龟山的水文工作，一边再次把照顾好婆婆的责任自己扛起来，住院陪护，端茶送饭，从不叫苦叫累，直到老人安详离世。

父亲生前在鲁山鸡塚水文站度过了几十年的时光，那里的山山水水都留在他的梦里，在老父亲、老母亲去世以后，夫妻就一起将两位老人的骨灰埋葬在父亲生前战斗过的地方。每到清明，一家人来到老人墓前，追思他们为儿女奉献的一生，怀念父辈为水文事业所作的贡献，给这个水文世家点拨爱的传承。

家庭携手：从白龟山到“幸福港”

无论走到哪里，陈丰仓都是一个“不忘初心、牢记使命”的防汛“尖兵”。来到三门峡后，陈丰仓任水情测验科科长，主要从事水文资料整编及全局测验及站网建设管理工作。

按照国家防汛抗旱二期墒情站建设规划，三门峡于2015年启动建设自动墒情站6处，移动墒情站30处。在前期查勘工作中，陈丰仓带领同志们牺牲了节假日，每日奔波在深山僻壤，选择合适的位置，有一次还被大雪困在甘山，历经辛苦，被救援后得以脱险。

这一次，妻子、女儿也在不久后再次来到陈丰仓的身边陪伴他。两人一起赡养岳父母，教育女儿，不忙碌的时候，还会全家一起到天鹅湖、黄河边、地坑院……他们相互体贴，相互尊重，努力把家庭打造成爱的港湾。

自参加水文工作以来，陈丰仓先后获得河南省水文系统先进个人、省直团委优秀共青团员、河南省水文系统优秀共产党员、河南省技术能手、鹰城技术能手、平顶山市抗洪抢险先进个人等荣誉称号，曾代表河南省水利厅参加全国水文勘测工技能大赛,两次获得河南省水利科技进步一等奖,黄翠红也先后获得过平顶山水文局先进个人、河南省水文系统优秀女职工、平顶山水文局技能考试第一名等荣誉称号。

自小就在水文站生活的女儿,父母的言传身教成了她最好的榜样。女儿陈琳高中毕业后,考入华北水利水电大学水利信息化专业,并在大学期间就加入中国共产党。毕业后同样考进河南省水文系统,在平顶山水文局工作,接过爷爷和父母的接力棒,继续为水文事业贡献自己的力量。

"每一代人都有各自的机缘与使命,作为新时代的水文青年,我们更要传承水文精神,坚定信念,敢于担当,在拼搏的青春中成就华章。"在河南省水文局组织的"喜迎党的十九大,共享青春成长故事"演讲比赛中,陈琳演讲道,"让我们一起带着那份初心,重温水文所走过的路,在回忆中展望和憧憬水文的美好未来。"

听着女儿的演讲,陈丰仓想起了父亲、想起了妻子和自己,在他的心里,他们这个水文世家的感人故事,仍然在继续,水文人的奋斗足迹,在他的家庭里,依然在延续。

(作者单位:河南省三门峡水文水资源勘测局)

流动的记忆

李　黎

时光如白驹过隙,我与水文结缘已近30年。从基层测站到局机关,风雨兼程的岁月里,我与河南水文一同成长。回首往昔,那一幕幕难忘的瞬间,似流动的记忆在我心中珍藏。

青春——在水尺畔闪光

我的父母,都是老水文工作者,父亲退休前,曾一直担任当时的河南省水文总站新乡分站(1997年机构改革中升格副处级单位,更名为河南省新乡水文水资源勘测局)书记等领导职务。因为父母工作的关系,我从小就耳濡目染,与水文结下了不解之缘。还记得父亲那个时代,水文工作条件比较艰苦,资金不足、设备简陋。直到20世纪80年代末,机关唯一的通信工具还只是一部拨盘电话机。每当暴雨倾盆,父亲总是第一时间拿起雨衣赶往防汛一线!父亲经常对我说的一句话就是:“越是下雨,咱们干水文的越要冲在前面,这是咱的责任,更是咱的光荣。”风里来,雨里去,泥里滚,尚年幼的我,对水文工作的认知懵懂而崇敬。

90年代,青春洋溢的我,肩负着父辈殷切的期望,来到卫辉水文站,成为一名基层水文新兵。那时的基层测站,物质条件比起老一辈水文职工五六十年代的土坯危房,相对有了一些改善,但比起城市的热闹繁华,扑面而来的感觉依然是落后和清贫。

一个路基下的小院落里,几间年久失修墙皮斑驳的土瓦平房夹杂在一群民房的尽头,如果不是屋角那几根红白相间的水尺杆,墙上挂着的水文断面图,破旧桌子上的一部报汛电话,很难让人相信这是个国家单位。我的宿舍是站上闲置的器材仓库里,被褥两三天不晒就潮得能拧出水来,纸糊的棚顶每晚都能听到老鼠们“沙沙”跑过的声音。关不严的门窗不仅让冬天格外冷,肆虐的寒风在寂静的深夜发出“呜呜”的怪声,更是吓得我缩进被窝睁眼到天明。

屋里夏季就苔痕上阶绿，青苔爬满墙；雨季就外面下大雨，里面下小雨。院子里连着手压机井的水管子，一到冬天就冻住，要浇两三壶开水才能压出水来。

这些困难都还好克服，最为不便的，就是洗澡。要想洗澡，得骑车跑到离站上很远的县纱厂职工澡堂才能解决。冬天还好说，夏天酷热难当，一会儿一身汗，更是难熬。尤其是早晚看水位、测流回来，整个人就像水洗过一样，只好烧壶开水，在屋里凑和简单擦洗一下。老站长宋文华嗓门虽粗，却心细如发，总是把站上的同志们当成自己的孩子一样关心和爱护。大家的情况，他看在眼里，记在心上，和站上的会计赵元保趁休息时间去集市转了大半天，搜寻回来两个8元钱一个的黑塑胶“太阳能热水袋”放在平房顶上，下连一个简易沐浴头。因地制宜，在院子里依着平房的一面空墙，用几张废弃的石棉瓦和碎砖头，围起了一个简陋的“澡堂”，这“澡堂”虽然上面露着天，侧面露着缝，四处透着风，却把我们乐坏了，至少大家工作回来可以简单畅快的冲洗一下了！我们都笑称它是“天浴”，还常常在冲澡的时候高兴地哼起歌来。这种团结向上、以苦为乐的日子，不仅让我和站上的职工们结下了深厚的情谊，也给我以后的人生道路带来满满的正能量。

生活上的困难和不便，没有让我退缩，反而让我常常记起从小到大父亲的谆谆教导，激起我骨子里水文人一脉相承不怕苦不服输的劲儿，在工作上更加努力进取。我剪掉了一头齐腰的长发，收起了漂亮的连衣裙高跟鞋，穿上最简单的T恤短裤平底塑胶鞋，一脑袋假小子般的短发上经常扣着顶大草帽，满怀激情地把自己融入了这个温暖的集体，融入到水文这份与江河为伴，以奉献为歌的光荣事业中。我和站上的5名职工一起，生活上相互关心相互帮助，工作上相扶相助齐心同德，在要求严格的老站长的督促下，在业务熟练的卜晓倩、宋卫明同志手把手的耐心传授下，我很快就掌握了看水位、测流量、观测雨量、涉水测流、计算含沙量等业务，并在当年年底就代表卫辉水文测站参加了新乡局机关的年度水文资料整编工作。

基层测站的那段工作经历，对我而言，是成长，更是美丽的蜕变。炽热的骄阳晒黑了我的皮肤，水尺边生长的杂草划破了我的胳膊，漆黑雨夜里通往断面的那条泥路摔伤过我的膝盖。汛期紧急的深夜，我和大家一起三天两夜不眠，熬红过双眼。当我顶风冒雨将生命屹立于峰口浪尖，当我手捧那些来之不易的水文数据，当我拿起电话果断清晰地向上级防汛部门报出一串串珍贵的数字代码,当我在雨中紧张作战时偶然抬头看见远处那片安详静谧的灯火,我就油然而生出一种自豪,是千千万万个像我一样普通却不平凡的水文职工,在狂风骤雨中用青春和热血,保障着万家平安。

见证——与水文共成长

20世纪90年代开始,国家加大了水文工作的建设力度和资金投入,“工程带水文”政策的进一步深入,“九五”、“十五”计划的陆续实施,河南省水文基础设施建设和水文站网规划,将河南水文事业的发展带上了突飞猛进的快车道,新乡水文也在这条充满希望的大道上一路疾驰。

1999年3月,新乡水文局党支部书记田建设找我谈话,说:“这几年水文工作发展势头很快,咱们单位需要加大宣传力度,对内鼓干劲,对外树形象。你文笔不错,经支部研究,决定抽调你到机关办公室干宣传工作。”带着领导的重托,我告别了卫辉水文站,走上新的工作岗位。

在机关办公室,我除了做好文书工作,更积极地发挥自己的写作特长,经常在地方刊物《新乡日报》、行业刊物《河南水利》、《江河潮》等杂志上发表稿件,努力将新乡水文的工作动态、行业形象推向社会、深入人心。不久,我又接过了新乡局刚创办的单位内部宣传刊物《新乡水文》的编辑工作。说是“刊物”,实际上因物质条件所限,只是一本自己装订的小册子,当时定的是每月一期,由我和刘学勇负责编辑,穆玉珠负责文印。每个月,我们提前列好计划,根据栏目设置,结合时势和实际工作,向各科室和测站的同志约稿。同志们都很踊跃,有写工作心得的,有写生活感悟的,有写未来展望的,有写技术交流的。那时候根本不像现在有电子邮件这么方便,大家交的都是手写纸质稿。我们收到稿件后,一些字迹潦草的还要打电话一字字和作者沟通、确认内容。确定录用的稿件,就打印出来,校对无误后装订成册。考虑到刊物的美观和可读性,我们还经常绞尽脑汁,刻出不同的花边和图案。在那个网络、手机还不发达的年代,每个月末,这样一本凝聚着《新乡水文》编辑部心血、张扬着新乡水文职工在精神文明建设道路上阔步前行姿态的小册子,就会从邮局飞向新乡局下属的12个基层测站,飞向省水文局和各个兄弟单位,给大家送去贴近基层、贴近水文的精神食粮。

1999年恰逢中华人民共和国成立50周年,田书记代表支部通知我,要集中精力、想方设法、克服困难,编辑一本能够反映50年来新乡水文发展日新月异变化的宣传图册，向国庆献礼。以前在基层测站，我的工作范围有限，看到的是水文职工的艰苦和奉献；来到局机关，干上了宣传，我的视野更加宽阔。在筹备编写这本宣传图册的过程中，我得到了局领导和同志们的大力支持。为广泛收集素材，我深入基层，采访的角度遍及新乡水文的建设规划、测站改造、水文经济、职工生活、抗洪抢险、英雄人物等多个层面。通过翻阅历史资料和图片、实地采访、和水文老职工一起回忆往事，我对 1949 年以来新乡水文奋斗发展历程的了解也越来越深刻，越来越清晰。我看到了“96・8”大洪水中，新乡水文职工越是洪流越向前，为社会实现水文减灾效益 2.3 亿元；看到了在艰苦的峪河口水文站坚守 10 年，8 个春节都在站上独自度过，为了水文事业，把青春洒遍崎岖山路、徒步共计行程五万里的水文楷模闫寿松；看到了“九五”规划以来，新乡水文 12 个基层测站告别了低矮潮湿的破房危房，旧貌焕新颜，赵礼庄站的职工住上了以前做梦也想不到的面积宽敞的职工宿舍楼，秦厂站职工从黄河滩内的旧站房搬进了漂亮的别墅型新站房；看到了计算机、数据库在水文工作中普遍应用，职工业务素质逐渐提高，科研成果节节攀升，交通、通信、办公设施从无到有，向现代化、科技化转变；看到了新乡水文按照“水文测报搞好，水文服务搞活，水文职工搞富”的发展思路，解放思想更新观念，走出了一条科学发展的广阔道路。水文人那一幕幕筚路蓝缕奋斗不息的画面，一个个跨越历史风霜的感人故事，跃然眼前。国庆节前夕，这本图文并茂、见证着水文人百折不挠的坚韧与毅力，饱含着水文职工爱国热情的《庆祝建国五十周年图片展》纪念册如期刊印，得到了领导和职工的广泛好评，也在我的记忆中留下深刻的烙印。

2000 年后，国家累计投入近 10 亿元用于推进河南省水文基础设施建设，信息化时代所带来的机遇和挑战，推动水文事业一路高歌猛进，发生着质的飞跃。水文信息服务水平、办公自动化水平大大提高，水位通过视频监控即时观测；遥测雨量站及水位站点信息实现了 10 分钟自动采集、存储、传输；流量通过 ADCP 遥控船，配合笔记本电脑直接测算，或使用无人机遥控测流，进一步提高了防汛抗灾的决策效率。新乡水文乘着改革发展的春风，在新时期强化水文科技导向的持续发展道路上前景更加广阔。

坚守——战激流勇担当

有河流的地方就有水文，有水文的地方就有“求实、团结、奉献、进取”的水文精神。有人说,水文职工是洪流中的逆行者,风雨中的不归人。而我却深深地知道,初心如磐、使命如山,就是水文职工对党和人民最忠诚的告白。

无论是“75·8”特大暴雨,还是在“96·8”、“2016·7”特大汛情面前,在河南省那些被历史铭记的洪峰时刻,在那些惊心动魄的危急关头,是水文职工壮志铿锵、无悔奉献,用无畏保障着群众的生命财产安全,用信念承托起祖国的江河安澜。

2016年7月9日的凌晨,一场百年一遇的特大暴雨突袭新乡,自凌晨2时起,新乡市6小时最大点降雨量达到398毫米,全市平均降雨169.3毫米,其中最大点新乡洪门站461毫米,突破历史极值。244处雨量站点超400毫米以上站点有10处,超300毫米以上站点40处,超200毫米以上站点77处,超100毫米以上站点132处。市区里从睡梦中惊醒的群众,发现城市仿佛陷入了一片汪洋:乌云压顶,暴雨如注,路面积水齐腰深,私家车被淹没了车顶,交通瘫痪,房屋坍塌,停水停电。突然而至的暴雨不仅给新乡市带来了灾难,更是对新乡水文人的考验。

汛情紧急,雨声就是冲锋号!从机关到测站,新乡水文局的职工们纷纷迎着暴雨、摸着黑、蹚着齐腰深的大水,奔向自己的工作岗位,并迅速投入到防汛测报第一线。

雨量大、时间短、降水集中,市区卫河段水位暴涨,急需实测流量,可市区积水严重,车辆出去随时都有被淹没的可能。测验科的突击队员们当机立断,肩扛手拿,蹚着齐腰深的水,火速赶到就近的卫河桥上进行测流,直到中午1时测得洪峰流量70.4立方米每秒,一共完成了4次流量测验。

合河水文站位于共产主义渠和卫河进入新乡的上游位置,辉县和获嘉县来水都经过合河水文站,其水文数据对新乡市防汛工作的重要性不言而喻。雨水还在继续,河水接踵而来。7月9日2时至8时,合河水文站降雨268.9毫米。暴雨中,合河站职工李兰兰、齐凯彬,在倾盆大雨中轮替着飞奔在办公室和观测场之间,鞋子坏了,就光着脚,跌倒了不顾疼痛赶紧爬起来,确保准确记录了这一场特大暴雨。暴雨在继续,合河(共)断面水位开始猛涨。河水夹杂着大量杂草、树木、生活垃圾等,铅鱼刚一入水,就缠上浮草等杂物,测流条件相当恶劣,从8时到18时,合河水文站共测到了5份流量。7月9日20时,为了能够准确测到洪水涨落过程,大家连续奋战,在合河(卫)、合河(共)两个断面用多点法进行流量测验,准确掌握了这一时间的洪水过程,一组组准确的数据为防汛提供了有力保障。

暴雨导致了新乡市区大面积停电,位于22楼办公的新乡水文局也没能幸免,但报汛需要用电,备用电源只能维持几个小时,一旦机房断电,会使整个防汛信息系统瘫痪,无法及时报汛必将造成巨大损失。为了完成报汛任务的电力保障,经领导多方协调买回了用来维持发电机工作所需的汽油,却发现由于停电电梯不能使用。千钧一发之际,新乡水文局职工咬紧牙关,硬是将防汛物资一点点抬上了22楼。那漫长的800多级台阶上,留下的是水文人心系民生牢记使命的热血担当;挺起的,是河南水文敢立潮头矢志不渝的铁骨脊梁!在抗击“2016·7”这场百年一遇的特大暴雨灾害中,新乡水文局每一位职工,都坚守在自已的工作岗位,用忠诚和奉献,挥洒出最美的人生华章。

风雷动,旌旗奋,弹指一挥间。站在新的历史起点,我将与无数河南水文职工一起,担负治水利民的使命,坚守初心,持续奋进,向阳前行!

(作者单位:河南省新乡水文水资源勘测局)

孺子牛　拓荒牛　老黄牛

陈远莉

2010 年 12 月 7 日，全国防汛抗旱表彰大会在甘肃省人民政府召开，会议室里，时任中央政治局委员、国务院副总理的回良玉亲切地问："你来自哪个单位？"一名年过半百的人沉稳有力地回答道："我来自河南水文。"

次日，水利部水文局局长邓坚对他说："志泉，你是水文战线上的英雄"，他平静地回答："我只是全国众多水文职工中的一员，我们全体水文人都是英雄，这奖章属于大家！"

他就是南阳水文局的"明星"——黄志泉。

俯首甘为孺子牛　一站关乎两代情

荆紫关水文站是丹江口水库的最大入库控制站，汇流区域绝大部分位于陕西境内，流域面积达 7086 平方公里，是南阳市流域面积最大、测验项目最多、防汛任务最重的国家级重点水文站。黄志泉儿时就跟随父亲一起参与测站工作，耳濡目染，对水文工作产生了浓厚的兴趣，小小的年纪就与水文结下了不解之缘。1980 年末，命运和机遇使他成为一名水文人。他认识到水文这一行不但平凡而且艰苦。所谓平凡，是它的工作就是测、整、报、算，天天如此，周而复始，单调乏味。说它艰苦，一是环境艰苦，从测验质量角度考虑，大多站点布设在山边、村边、河边；二是地区偏远，荆紫关站，一脚踏三省，距南阳有近 400 余里，80 年代几乎不通车，到南阳一趟路途往返需要 3～4 天；三是条件差、任务重，外业体力劳动占总劳动量的 60% 以上，而测报任务却十分繁重，向上报汛的机关有十多个，测验项目有近十项（水位、流量、含沙量、输沙率、降水量、蒸发量等）。然而困难和艰苦没有吓倒勤劳、朴实、敬业、甘于奉献的第一代水文人，黄志泉耳闻目睹了他们的工作状况，明白正是他们的辛勤工作为国家积累了宝贵的历史资料，一本本寸余厚的水文年鉴记录了他们的奉献，而一份份可靠的水情电报为下游人民的生命财产和水库调度、工程安全提供了信息保障，任何工作都有其价值和重要性。作为第二代水文人，他了解水文，热爱水文工作！

榜样的力量如江河巨浪。在工作中，他注重学习，掌握了过硬的业务技术，在干好自己本职工作的基础上，主动承担包括管理测船、决定测流方案、资料整编等重活、累活，还热心帮助他人，主动辅导新调入的年轻人学习业务，共同做好水文工作。1990年，黄志泉担任荆紫关站负责人，主持站上全面工作。为改变落后的测验条件，他带领测站职工积极想办法克服困难，争取上级支持，不断改善测验条件。2000年，为抓住地方基础设施建设的有利时机、改善荆紫关水文站测验手段，在方案没有确定、资金不到位的情况下，黄志泉同志召集全站同志商量对策，最后采取大家筹集、个人垫支资金的方法，迅速办好了手续，把拟建中的水文测验缆道必用土地确定并购买下来。通过几年的努力，荆紫关水文站终于在2009年正式建成自动化测流缆道和远传水位计、水情自动化测报系统等先进设备。他以对水文事业高度负责的精神，逐步改善了测报硬件设施，使该站的测验成果、整编质量逐年提升，向省局、市局及流域机构提供的资料、成果连续多年一直排在全局前列，成为南阳水文局名副其实的测报工作放心站。

攻坚克难拓荒牛　丹心未泯展宏图

黄志泉十分注重思想和业务技术水平的提高，凭借多年孜孜不倦的研究，他成为水文业务尖子和技术能手，多次参加全局及行业资料整编，工作中遇到疑难问题，都能独立思考解决，曾在全省青工技术比武中分别取得第二名和第三名的好成绩。工作中注意对站上职工进行业务上的传、帮、带，使他们都能成为业务骨干。他自己经常走在前面，干在实处。测站的工作大到测洪方案的制定、筛选，安全生产措施的制定，小到每次测验任务、方法、特殊情况下的应急措施他都能考虑周到，不留空白或隐患，尽一切努力使防汛测报工作万无一失。在分工上他拣重担子，并带头高标准完成自己份内的工作任务，站上安排的工作有布置、有指导、有检查、有批评、有奖励，充分激发全站同志的工作热情，既分工明确，又强调互相配合，营造了和谐、团结的工作氛围。为获得地方上对测站工作的支持，他经常利用空余时间带领技术骨干为当地政府、县乡有关部门提供测绘、技术咨询、勘测论证等服务，密切了站群关系，受到地方党委、政府和周边群众的广泛好评。

从1990年开始,他和测站同志们在总结历年经验教训基础上,测验工作制定了一抓、二保、三重视的工作思路。通过不断摸索研究,荆紫关水文站逐步建立一个理想、正常的单断沙关系,结束了沿用几十年的近似法整编的历史。主持设计制作的沙样过滤架,经济实用、美观大方,在重点站建设验收时受到上级好评。确定的小浮标测流系数,经报省、市局论证后批准使用,有效提高了荆紫关站低水测验精度。

艰苦奋斗老黄牛　无须扬鞭自奋蹄

2010年7月24日凌晨,在得知丹江上游陕西省境内出现特大暴雨、河南省淅川县境内将出现特大洪水时,他立即组织本站职工通知县、乡防汛指挥部门,并点明洪水的严重性。由于暴雨袭击,通信不畅,他们就通过亲戚朋友帮助,想方设法传递雨水情,为转移群众、保护财产安全争取了宝贵的时间。

6:30左右,荆紫关水文站水位开始上涨。黄志泉凭着30多年的水文工作经验,深感水情形势严峻,立即根据特大汛情测报预案,组织职工和局机关驻站支援人员一起投入到紧张的水文测报中。由于流速很大,他就站在四处溢水、摇摇欲坠的渠道内堤组织人员按测验程序要求紧张有序地进行浮标测流。11:30,水位已经上涨近4米,实际浮标流量为5300立方米每秒,大浪裹挟着大树、大型油罐、铁船等巨型漂浮物咆哮而下、气势惊人,不断碰撞着已接近水面的缆道副索。副索的弹动使主索上的铅鱼大幅度摆动(因主副索间有拉偏索相连),情势危急,必须立即拆掉拉偏索,卸下仪器。同时还要拆掉办公室和主塔顶部缆道的有线信号索,一刻也不能耽误!为避免流速仪和铅鱼受损,50多岁的黄志泉说了句:“我的水性好,我上!”随即毫不犹豫地跳入湍急的洪水中,杨明武同志跟随他一起跳入,两人在洪流中游向缆道主索钢塔,爬钢塔,除险情,小心翼翼地拆除了拉偏索并固定好铅鱼,身上、腿上、脚上被漂浮物和锋利的荆棘刺出了密密麻麻的血痕,他们忍住剧痛,继续进行紧张的流量测验。12:10左右,接近水面的副索,被大量漂浮物缠绕,右岸副塔不堪冲击轰然倒塌。13:20,右岸主索钢塔在漂浮物的缠绕下,顺流倒下,主索在激流中剧烈摆动,危及左岸钢塔和缆道房安全,情况万分危急。黄志泉经领导批准后,果断截断了与缆道房相连的循环索和起重索,消除了重大安全事故隐患。在他和同志们的共同努力下,荆紫关水文站测到实测流量10000立方米每秒,超过百年一遇的特大洪水。从5:00直到16:00,全体同志没喝一口水,未歇一口气，围观的群众念起他们的付出，便主动把饭菜送到办公室。洪水过后，他又组织职工冒着高温进行洪水调查，打水尺，测高程，嗓子哑得几天说不出话。在7.24洪水后的一段时间内，当他走在荆紫关镇街上时，镇里领导和群众见到了还不时地问候："黄站长你辛苦了！"他说："我的辛苦能换来万家平安，这苦——值！"

在抗击"7·24"特大洪水过程中，荆紫关水文站为当地政府及时组织群众转移提供了可靠情报，据不完全统计，仅荆关镇就及时转移群众12000余人，淅川县城及时转移群众40000余人，最大限度地减少了人民群众生命财产损失。荆紫关水文站也受到了地方各级领导的表彰。2011年4月，黄志泉同志被国家防汛抗旱总指挥部授予"2010年全国防汛抗旱先进个人"称号。

在黄志泉同志的不懈努力下，荆紫关水文站先后被河南省水利厅授予基层建设先进单位、全省文明水文站、国家级文明水文站等荣誉，连年被淅川县人民政府授予防汛工作先进单位。他本人先后近20年被评为先进工作者，多次被评为省局、市局优秀共产党员，连续多年考核被评为优秀。

（作者单位：河南省南阳水文水资源勘测局）

启蒙　启发　启航

游巍亭

水文工作如同“千里眼”“顺风耳”，时刻关注着江河湖库的“一举一动”，是治水兴水的坚固“磐石”。作为水文人的后代，我从小就与水文结下了不解之缘。

圆孔中的水文数据

儿时的我，每次到妈妈的办公室，总会看到一些黑色带洞洞的纸条，寻思着“上面怎么会有这么多圆洞洞？这么多的小圆片片能不能拿来玩？”当时十岁左右的我对这些新鲜东西很是好奇，一定要问个明白，就缠着妈妈不放。她做完手头的工作，耐心地讲道：“水文工作中重要的一项任务就是监测与收集自然界中与水有关的数据，比如什么时间在哪下了多少雨，河水涨了多少、流得有多快……我们的工作就是把这些自然现象变成降雨量、水位、流速、流量等一个个数字，也就是水文数据。经过日复一日、年复一年的积累，渐渐就形成了一系列的水文数据，确定这些数字准确合理后，每一年的水文数据就会做成一本本珍贵的水文年鉴。”

我听得专注，妈妈讲得认真，只听她又说：“以前这些数据的处理全部要通过手工的方式，又慢又累，影响其他工作的进度，现在有了电子计算机，只要把这些监测数据打成一个个圆洞洞来表示就行了，他们进到电子计算机的肚子里，能够发挥更大的作用。”妈妈的语气轻快了不少，脸上也露出了笑容，虽然当时的我听完仍是似懂非懂，但也为她的开心而开心。

稍大一点才明白，电子计算机刚被发明出来的时候笨重且不智能，数据和操作指令都需要通过穿孔纸带输入。穿孔纸带就是早期计算机的输入和输出设备，它将程序和数据转换为二进制代码，利用一排孔表示一个字符，用穿孔或不穿孔表示1和0：带孔为1，无孔为0，经过光电扫描输入电脑，当时即使是一个简单的程序、数量不多的数据，所消耗的纸带量也是庞大的。现在水文工作已经实现自动监测，数据自动进入计算机系统中的水文数据库，需要人工录入的数据通过键盘、智能设备就轻松地输入计算机了。那些黑色的带有一个个圆洞洞的数据录入纸带，再也见不到了。

能自动过河的船

有一次爸爸和同事出差去何口水文站，我坐在他的自行车后座一起去了。

走着走着，前方有一条河，队伍停了下来。站在河堤上，爸爸亲切地对我说："这条河名字叫澧河，河对面就是何口水文站，我们到了！"我看着眼前的这条河，又环顾四周，略显紧张地问爸爸："河这么宽、水流这么快，没有桥我们怎么过河呀？"爸爸笑了，手指着前面说："走，到了河边你就明白了。"

沿着小土路到了河边，眼前的河愈发显得宽，河水流得愈发显得急了。迷惘之际，岸边停靠着的一条大船，让我茅塞顿开。只见船被一根粗粗的绳子拉着，船头一根竹竿插在水中。我们几个上了船，这时一个叔叔说："大家都坐好了，准备开船！"他熟练地把竹竿从水中拔了出来，用竹竿顶着岸边，船就慢慢离开了河岸，同时另外一个叔叔在船尾把一跟木杆扳到了另一边，船就自动向对岸漂了过去，很是神奇。

长大后才明白，船自动过河，要在河上架一条横跨两岸的钢丝绳，再设置一条一端固定在船头，另一端用滑轮挂在横跨两岸的钢丝绳上，然后通过扳动船尾部的舵，当舵向右岸方向扳动时，水下的舵是朝向左岸的方向，水流的冲击力就推着船向右岸漂。这样，船既不会被冲向下游，又能停在河流中开展水文监测。一个个水文监测数据就是在这自动过河的大船上收集起来，默默地为社会经济发展提供数据支撑的。

到了 2019 年，携带 ADCP 测流装置的遥控测流船已在河南省水文系统普及应用，水文职工在岸上就可以通过遥控器控制测船，开展流量测验工作，便捷高效且安全。随着现代科技的发展，新技术不断被应用到水文行业，水文工作的现代化水平得到显著提高。

"进化"了的铅鱼

1995 年 7 月，走出大学校门的我，被分配到许昌水文水资源勘测局，我也成了一名水文人。

我工作的第一个地方是化行水文站。它位于襄城县双庙乡化行村颍河岸边，相伴我的是一个半亩地的小院，一排5间平房，一个独立的缆道房，还有几块小菜地。就是在这个站上，我对铅鱼进行了改良。

最初接触流量测验工作，我就发现水文缆道中铅鱼的水面信号和河底信号不稳定，有时甚至会出现信号无法产生的问题，这影响了站上工作的正常开展。作为一名工程机械专业毕业的大学生，我想着若能利用所学的知识把铅鱼修好，就能快速准确测出数据，提高工作效率。抱着试试看的想法，我通过仔细查看铅鱼的结构、了解水面和河底信号触发的原理、研究改善信号的可靠性方法、分析使用中的铅鱼河底托板和水面浮子水银开关等，发现了存在的两个问题。经过反复试验，我重新布置水面浮子水银开关的转轴位置，更换浮子材料，解决了浮子被卡住的问题。又通过增加垫圈，减小河底托板转轴间隙，控制河底托板水平移动过大的方法，让触发水银开关的顶杆运行顺畅，河底信号也因此能稳定产生。站上老职工看到我才来不到一个月，就成功解决了测流中的大难题，纷纷称赞我。这次小小的技术改造，锻炼了我动手解决身边问题的能力，更重要的是树立了我以后不断开展科技创新的信心。

与计算机的“交手”

水文工作的特殊性，需要用到多种仪器设备，而每当计算机、电子、自动控制等方面出现故障，就直接影响到工作的正常运转。领导为此忧心不已，了解到我爱思考、好钻研、动手能力强，就大力引导我学习这方面的知识。

面对领导的信任与支持，我下决心一定要弄懂学通，不辜负领导的赏识与栽培。通过自学、查阅资料、向专业人员请教等方法，几个月过后，我已能够较快地解决仪器设备出现的故障。特别是随着计算机技术的快速发展，我也逐渐掌握了计算机操作、维修等方面的技能。工作中每当同事的计算机出现问题，我都立马上前查看，开动脑筋，尝试解决问题，有的故障当时看不出来，晚上下班后就留在办公室查阅书籍、搜索办法，在修好计算机那一刻，全身的细胞仿佛都在开心地跳舞。

长期的学用结合，让我的计算机水平得到了很大提高。当看到2001年中国计算机软件专业技术资格和水平考试时，我就毫不犹豫地参加了，没想到竟然通过并且取得了计算机软件高级程序员证书，这更增强了我学习计算机知识的信心。同年，我在“莲花杯”河南省职工计算机技能比赛中荣获河南省职工计算机优秀选手称号。2001年至2003年间，我连续三年参加河南省水利系统职工计算机知识竞赛，获得一、二、三等奖各一次。2002 年荣获河南省水文系统计算机普及应用竞赛二等奖。2003 年在河南省水利信息化学术交流大会上有三篇论文被选为宣读论文。

在学习计算机知识的同时，水文业务也得到极大提高。研制了 10 吨水文绞关，应用在河南省 8 处水文站，解决了河南省缆道建设和改造中没有水文绞关的难题。主持建设了河南省 7 处水文站新建水文测验缆道的工作。每一项技术革新、每一个水文项目的完成都让我内心感到无比的自豪。

对知识的渴望就像燎原的星火，一经点燃，就无法熄灭。但专业性强的工作仍旧有些力不从心，此时领导鼓励我读研究生继续学习深造去，仿若黑暗中的明灯，一下子指明了方向。2003 年，我报考了河海大学的工程硕士，又一次踏入大学校门，由于体会到了工作对知识的需要，我就更加努力地学习，掌握各项技能，顺利取得了硕士学位。通过这次充电，我的工作能力进一步提高，为今后科技攻关打下了坚实的基础。

第一个全自动缆道控制测流产品

水文是一个比较小众的行业，日常使用的测验仪器都是传统的机械设备，新技术的应用几乎没有。2000 年，领导就提出来要开发水文缆道自动测流控制台，目的是提高水文工作的现代化水平，提高流量测验的精度和效率，减轻测工的劳动强度。

当时全国范围有多家单位研制生产水文缆道测流控制台，但都没有实现缆道测流全自动控制，要想实现难度很大。当时定下了这个目标，在领导的带领下，我们从讨论制定技术方案开始，经过设计试制样机、开展试验研究、修改技术方案等环节，一步一步地开展研发工作。由于该系统应用了交流变频调速技术、光栅编码测距技术、神经网络、人工智能自动定位控制技术、单片机技术、数字通信技术、计算机联机测控处理等许多新技术、新理论，在研制的过程中又出现许多新的实际应用问题需要解决，研发团队不分白天黑夜，组织科研攻关。比如缆道信号的发射、传输和接收，为了能够取得更好的实验效果，多次到几十公里外的化行水文站进行现场实验调试。特别是在最后一年多的系统总体调试阶段，我们一有时间就赶到化行水文站进行现场测试、调试、修改软件。为了节约时间，晚饭一般都要拖到午夜回到许昌再吃，有时甚至直接回家倒头便睡去。经过三年多的辛勤努力，终于实现了电脑自动识别水面信号、流速信号、河底信号的真伪，自动选定测流历时，有效缩短了测流时间，并自动记录、计算。而后将所有数据自动采集到数据库，直接生成测次流量报表，最终完成全自动测流过程。成果形成了《HLH2-1 智能测流控制台》，经省水利厅专家鉴定获河南省水利科技进步二等奖，并获得 2004 年度“河南省百项职工技术创新”奖。该产品推广应用在了河南省水文水资源局下属 9 个水文测站，提高了河南省的测验设施技术水平，使水文缆道测验达到国内领先水平。同时，这项成果是在全国第一个实现全自动缆道控制测流的产品。

在领导的关心和指导下，我在科技创新工作中做了更多的探索和尝试，解决了水文生产中的许多难题，共获得 9 项地厅级科技进步奖，10 项国家专利，参加了 1 项国家级水利行业标准和 3 项河南省地方标准的制定，公开发表论文 7 篇。先后获得河南省五一劳动奖章、河南省技术创新能手、河南省职工计算机优秀选手、河南省水利学会优秀科技工作者、河南省水文系统十佳职工、全省水文经济先进个人、最美水文人、诚实守信道德模范等荣誉称号。

一场英文国际水文会议

2018 年初，当我看到将在北京举办第八届“基于全球水文实验与观测数据的水流情势研究”（Flow Regime from International Experimental and Network Data，简称 FRIEND）国际学术会议的通知时，了解到每 4 年才举办一次，已在挪威、德国、斯洛文尼亚、南非、古巴、摩洛哥和法国举办了 7 次，而 2018 年第八届会议将在中国举办。会议以“变化环境下的水文过程与水安全”为主题，得到了国办、水利部与外交部的支持与肯定，是中国水文走向国际的重要平台。

看到通知后我很激动，能够参加这次会议将是多么荣幸呀！既能够将河南水文的研究成果展示在这个富有中国特色且符合国际惯例的高水平学术会议上，又能够聆听国内与国际上众多专家学者的最新研究成果。于是便决定积极准备会议论文，哪怕不能参加会议，这也是对自己的一种锻炼和提高。由于会议要求需要提交全英文的论文，如果被采用，还要在会议上用英语宣读并与大家进行交流。于是我就从近期刚刚完成的一个科研项目入手，认真撰写论文，先对中文论文反复修改直到自己满意。随后将论文翻译成英文，又对照水文专业词语的英语翻译进行核对修改，我想一定要让同行业的国外专家能够正确了解我所开展科研项目的详细内容、所取得的成果、推广应用前景等关键内容。

5 月，当我看到那封论文被录用的邮件，心中惊喜万分的同时，忐忑的心理怎么也抑制不住。这时，我想我最应该做的事情是如何能够为参加会议做好充分的准备工作。

11 月 7 日，当我站在辉煌明亮的会议室，面对无数中外专家，用着不太流利的英语宣读论文时，感觉自己的心好像要跳出来一样。论文顺利宣读完毕，在接下来的交流问答中，一个外国专家提问的话我没有听懂，顿时又紧张起来，还好清华大学的一位博士热情地帮我翻译，顺利地解答了相关问题。通过这次会议，我了解到更多水文方面的最新研究成果，开阔了自己的视野，为今后更好开展水文业务及科研工作积累了宝贵的经验。

儿时所见所闻的启蒙，新兵结合工作实际的启发，以及工作多年厉兵秣马后的启航，让我深深明白，水文工作中每一名水文"小我"的奋斗征程，汇聚起来就能托举水文事业走向更绚丽的未来！

（作者单位：河南省许昌水文水资源勘测局）

水文伉俪“战友”情

王瑜勍

河南省郑州水文水资源勘测局告成水文站,坐落在河南省登封市告成镇颍水河畔。石淙会饮、玉溪垂钓、颍水春耕等中岳嵩山八大景,赋予了这里独特的古韵与魅力。

20世纪80年代以来,告成站先后成就两对“水文伉俪”。他们从互相欣赏到携手前行的故事,折射出水文人匠心坚守的风骨,彰显了水文人踏实可靠的精神品格。

风雨同行　一加一大于二

陈淮颖,1963年生人,从事水文工作已有37个年头了。刚卸任河南省郑州水文水资源勘测局办公室主任,虽然已过了“知天命”的年纪,却依然声如洪钟、健步如飞,保持着做起事风风火火、雷厉风行的习惯。提起他和妻子席艳春在告成站的那段岁月,他在回忆中露出淡淡的微笑。

1983年,20岁的陈淮颖扛着铺盖卷来到告成站,成为一名水文新兵。两年后,站上又分来一个文静的姑娘席艳春。两个人都是水文子弟,高中又同校,陈淮颖就主动在工作和生活上多照顾她。渐渐地,他发现席艳春这个姑娘虽然内向、不爱说话,但是特别有“眼力劲”,工作中善于观察,很快就能熟练地完成测、算、报工作。而且自打她来后,站容站貌明显提升,虽然还是那个小院,还是那几间平房,可看起来到处都规规整整。

本来是打算要照顾人的陈淮颖,不知道从什么时候开始习惯了有席艳春的日子。可能是工作中陈淮颖测流、取沙,席艳春计算、拍报的默契;可能是闲暇时在水文站院里简陋的水泥乒乓球台对打时棋逢对手的喜悦;可能是席艳春不经意地哼唱豫剧,陈淮颖认认真真倾听的懵懂;可能是席艳春做饭、陈淮颖刷碗,经常一起吃饭的温馨。虽然两个人从未彼此表白,可他们已经将对方放在了心里。

那时的告成水文站，周边有些荒凉，跳墙进院小偷小摸的事每年都要发生好几回。特别是到了冬天，天黑得早，值夜班的同志都早早地给院子落锁，以求安全。轮到席艳春值夜班时，她不仅认真地检查院门、屋门是否锁好，半夜还打着手电在院内各处转一转。陈淮颖每次回忆到此处都会翘起拇指：“席艳春真有胆量，我都佩服她！”他从不肯承认自己对席艳春主动表示过心迹，却和这个“大胆”的姑娘在实实在在的工作中情根深种、共结连理。结婚后，两个人以站为家，每逢过年过节，都让别的同事回家探亲，1990 年，儿子出生，他们的心更是深深扎根在这里。

1996 年 8 月，颍河上游山区连降两日暴雨，形成山洪向下游奔涌。半夜时分，告成水文站河段水位暴涨，河道漫滩，浪头拍打着桥墩、几乎涌上桥面，因被上游冲下的大树撞击，缆道被冲毁了。祸不单行，由于连日降雨的浸泡，站房在这个忙乱的夜晚塌了半间。陈淮颖当时任告成站站长，站上只有 4 名职工，面对这个局面，他沉声道：“测流是我们的头等大事，缆道坏了，我们还可以用浮标、比降。不能因为缆道冲毁了，房子泡塌了，我们就不工作了，我们的任务就是要和洪水赛跑！现在我马上和局里联系，请求支援，一人在家值守，其他人立刻出发抢测洪峰！”然后他看向妻子：“这里，我就交给你了。”席艳春大声回答：“站长放心！”他带领职工顶风冒雨去“把脉”洪水，她一趟趟出入随时有可能再次坍塌的危房“抢救”宝贵的水文资料。这一刻，他们不仅是夫妻，更是并肩作战的战友，不计较得失，甚至不在乎安危，却给对方最大的信任和支持。

深夜、大雨、洪水、房倒屋塌、缆道损毁！在这种情况下，告成站依然圆满完成了测报任务，精准的测报数据为政府和防汛指挥部门的决策提供了有力的信息支撑。因在 1996 年抗洪抢险斗争中作出突出贡献，陈淮颖被河南省人民政府评为“抗洪抢险模范”。

4 年后，在 2000 年抗洪抢险斗争中，陈淮颖再次被郑州市委和郑州市人民政府评为“抗洪抢险先进个人”。

陈淮颖说：“获得的荣誉不仅是我的，也是她的。因为我们俩一加一，大于二。”

情定水文　你是铿锵玫瑰我是铁骨担当

同是 70 后的王闯和魏雅琴，一个是现任郑州水文局水资源科科长，一个在郑州水文局水情科工作,妥妥的“水文双职工”。他们是周口水利学校的同班同学,同窗4载,唯一的交集就是分到同组,进行了为期一周的测量实习。相知相惜的故事,从二人在告成水文站相遇后徐徐展开。

1997年,王闯毕业分配到郑州水文局新郑水文站;1998年,魏雅琴到告成水文站上班;1999年4月,局里把王闯从新郑水文站调往告成水文站。一进院子他就乐了,院子里站着的,正是他的老同学魏雅琴。

说起他们彼此间的心动故事,两人都有各自记忆深刻的“版本”。告成镇有丰富的矿产资源,2000年前后,煤炭的开采达到一个小高潮,告成水文站门前的小公路,每天不停地有拉煤的半敞货车呼啸而过,空气中弥漫的到处都是细微的煤灰。王闯笑称,在告成一不能晒被子,二不能穿白袜子,这是“老水文”对每一个新来同事的忠告。

当时告成站因工作需要在蒋庄桥附近设有一个测流断面,那里有一个特别陡、特别长的坡道,告成站那时候配备了一辆摩托,骑着它下陡坡,需要不小的勇气。1999年的夏天,王闯第一次骑摩托带着魏雅琴去这里测流,下陡坡时车子一下子就冲了下去,王闯心想,老同学肯定吓坏了,小姑娘要是哭了可怎么办。结果等摩托车冲到坡底,魏雅琴稳稳地下了车,抱着记录本就走向测流断面,一句抱怨都没有,王闯当时就在心里给她竖了个大拇指。结束工作,两个人都被太阳晒得满头大汗,骑车赶回站上,一下车,王闯看着魏雅琴的脸不禁哈哈笑出了声音。原来,魏雅琴出发前在脸上抹了些防晒霜,汗水把防晒霜变成了“胶水”,坐着摩托风一吹,煤灰全黏在了脸上,整个脸都黑黑的,和脖子泾渭分明。魏雅琴不明所以,也跟着笑了起来,黑黑的脸上露出一口白牙。这个笑容一下子闯进了王闯的眼中。

在魏雅琴心里,却深藏着这样一个故事:1999年的汛前维护,魏雅琴和王闯搭档养护缆道,王闯爬上对岸12米杆去上黄油,左手食指被循环索绞住,食指骨折。魏雅琴说:“他特别淡定地爬下来跟我说自己食指骨头断了,我看着他那根变形的手指不知所措,他居然咧着嘴笑了,还安慰我说,没事别紧张……”就是王闯这个笑容,让魏雅琴觉得,这个小伙子勇敢!是个男子汉!她陪他去了医院,回来后,王闯认为一根手指骨折不太影响工作,汛前准备还有好多事要做,压根没打算请假休息,魏雅琴心生敬佩,就给他做了一个月饭,洗了一个月衣服,爱情的种子在姑娘心中悄悄萌芽。

2003年,两人结婚了。两口子一商量,一个从水文局迎娶,一个从水文站发嫁。水文,既是婆家又是娘家。

日子如流水,转眼两人携手走过了17年,在各自的岗位上早已成长为中坚力量。魏雅琴2013年从尖岗水文站调到水情科工作,这个岗位,值夜班可以说是家常便饭。家里人早就习惯了他们的加班,13岁的女儿也早就习惯了妈妈“不按常理”的上班时间。

“七下八上”的主汛期向来是河南水文最重视的时间段,大家的精神都绷得紧紧的。2019年8月1日,水情科轮到魏雅琴和另一位同事的夜班,她早早就交待给王闯按时回家给女儿做晚饭、第二天早上叫女儿起床的任务,然后心无旁骛地投入到“白+黑”的工作中去了。17点,郑州地区突发强对流天气,郑州市区、中牟、新密北部、新郑北部出现大到暴雨,魏雅琴和同事发现5小时内出现100毫米以上强降水的雨量站有10个,其中中牟境内占据5个,马上向局领导汇报。通过分析研判暴雨趋势,预判中牟断面在23时左右即将有洪水过境,局领导决定调配应急抢险突击队赶赴中牟站前去支援。20点,王闯作为应急抢险突击队成员,随突击队从局里出发,顶着倾盆大雨驱车赶赴中牟站支援。水情科设在水利局,所以魏雅琴并没有见到王闯,只是在电话里听他三言两语讲完了他已出发,把女儿一个人留在了家中。魏雅琴没有时间考虑13岁的女儿一个人在家怕不怕,因为她仍坚守在岗位上。20点30分,局长赶到水情室,根据魏雅琴她们提供的雨水情信息,同水利局领导进行了会商研判,及时向郑州市防汛抗旱指挥部副指挥长、副市长李喜安做了汇报。

这注定是个紧张的无眠之夜,窗外暴雨如注,灯火通明的水情室充斥着设备和计算机细小的嗡鸣。魏雅琴和同事密切注视着雨水情信息监控系统、中小河流视频监控系统,时刻关注着240多个遥测雨量站点的数据情况,发现异常信息立刻核实,对19个重要站点的报文进行及时审核、发送。郑州地区多丘陵,按照河南省水文局的重要雨水情信息报送及预警制度,发现雨量站点1小时降雨量超过50毫米就要及时上报省局水情处、市县防汛部门,为当地政府提供山洪灾害预警。按照以往的经验,这样的雨夜随时有可能接到市防指、县区防汛工作部门的电话,要做到向市防指汇报准确,面对县区防汛工作部门的咨询,提供信息要及时、可靠,魏雅琴丝毫不敢掉以轻心。22时,李喜安副市长在郑州市水利局局长张胜利的陪同下来到水情室慰问并察看水情变化情况，对郑州水文局水情工作给予了充分肯定。

23点，就在魏雅琴忙碌的时候，王闯他们到达中牟站，此时中牟测验断面水位缓缓开始起涨，大家迅速投入到紧张的洪水测报中。8月2日0点30分，水位持续上涨，水位75.07米，实测流量已达63.7立方米每秒，4点40分，河水呈现暴涨趋势，水位76.53米，实测流量232立方米每秒，为贾鲁河中牟水文站自1963年建站以来最大洪水。本次洪水持续一天一夜，共测流10次，水位观测主要以人工观测为主，最短间隔时间10分钟，拍发雨水情电报共15份，无一错、漏、迟报发生。

王闯和同志们在外抢测洪水，魏雅琴在水情科忙碌值守。据不完全统计，8月1日20时至8月3日8时收发水情电报57份，编发水情简报3期，向有关防汛人员发送雨水情短信2422条，随时通过电话向各级领导汇报雨水情及工作开展情况，为市防汛指挥部和中牟县防汛办科学决策发挥了参谋作用。

在这场"战役"中，就像王闯说的："我们是亲人，也是战友。"夫妻两人各自奋战，又相互配合；没有交流，却无比默契。8月2日上午，当魏雅琴和白班的同事们处理完水情信息收发、做好交接工作后，回到家中，女儿早已上学去了，桌上放着便笺：爸爸妈妈，工作辛苦了，我昨晚没有害怕，今天早上自己做了方便面，不要担心。落款是一个小小的笑脸。魏雅琴想笑，却红了眼眶。

在水文战线，还有很多像陈淮颖和席艳春、王闯和魏雅琴这样的"水文伉俪"，他们立足岗位，寒耕热耘；他们既是夫妻，更是战友。夫妻情重，重如山；战友情深，深似海。他们用无私的奉献，为我们诠释出爱情最美的模样。

（作者单位：河南省郑州水文水资源勘测局）

做一名基层水文“实干家”

冯 卫

每年汛期，河南省新乡水文水资源勘测局宝泉水库水文站负责人闫海波，总是像一颗钉子一样牢牢“钉”在防汛值班的岗位上，夜以继日，连续奋战，密切监视雨水情发展趋势，及时综合分析水情形势，为各级防汛抗旱指挥部门提供决策依据。

到艰苦的地方去历练

太行巍巍，千仞绝壁。宝泉水库水文站处于新乡辉县太行山区，生活工作极不方便。且不说冬季天气寒冷，人烟稀少、无人交流，这样的环境也会让人觉得压抑……自 2007 年 8 月参加工作至今，闫海波一直在宝泉水库水文站工作。

面对孤独的工作环境，闫海波始终没有怨言，一干就是 12 年。在孤苦寂寞的岁月里，他从一开始就转变思路，孤灯夜读，废寝忘食，通过不断读书、钻研业务、练习写作等方式来丰富自己的内心世界，不仅渐渐适应了环境，更为提高业务技术水平打下了坚实的基础。

闫海波认为，只有牢记水文是个良心活，才能深深地理解每一个看似简单的数据背后所担负的使命，才会认真去干水文工作，把观测的每一个数据认认真真、工工整整地记录下来，让其经得住历史考验。

“我还年轻，遇到重活累活就应该主动往前冲，工作中的事情就应该多做。”他是这样说的，也是这样做的。

在枯燥的工作中，他积极参加河南省水文局等部门组织的各项活动来充实自己。2017 年，他参加全省水文系统征文比赛，作品《小测站期盼大水文》获三等奖。2018 年，他参加全省水文系统组织的“弘扬焦裕禄精神，争做出彩河南人”微党课比赛，获得优秀奖。

2016 年，辉县市遭遇多年罕见的“7 · 9”和“7 · 19”两次特大暴雨袭击，

2018 年 3 月，闫海波在汛前认真维护长岭水库遥测雨量仪器(摄影:杨彬)

而宝泉水库水文站只有闫海波一名职工。为了保证水文数据的准确无误，他坚持每日监测雨水情信息，成功测得历史最高水位及最大出入库流量。第一手洪水资料为确保下游群众生命财产安全争取了宝贵时间，减少了灾害损失。

宝泉水库水文站负责辉县市境内所有乡镇共计 68 处雨量站监测工作，雨量站管理任务重，必须时刻关注雨情信息。每年汛前，宝泉站都要对辉县辖区内遥测雨量站进行一次全面清洗维护。由于辉县多山区，山高路险，经常天都黑了还在半路，吃饭没固定时间。面对这项复杂的工作，哪怕再苦再累，宝泉站总是按要求按时完成任务。

汛期山区降雨频繁无常，站点 1 小时降水量达到 50 毫米就要向县防办和当地政府、宝泉景区报告雨水情信息。2015 年 8 月的一个清晨，正在密切关注上游强降水的闫海波接到母亲的电话，父亲突然晕倒正在送往医院抢救。

一面是突患重疾的老父亲，一面是事关一方百姓安全的水文监测重任，他毅然选择了值守。强降水过后急赶回家，然而为时已晚，没能与父亲见上最后一面。

2016年汛期，河南新乡太行山区降雨频繁，连续出现暴雨洪水，闫海波长达两个月未进家门，家里大事小事全丢给了母亲和妻子。多年来，长期和家人聚少离多，即使回家也总是来去匆匆，孩子从幼儿园到小学，他频频“缺席”，就连孩子盼望暑假同爸爸妈妈一起出去旅游的小小心愿，至今也未能实现。

多年来，闫海波一直用真心对待身边的每一个人，尽心尽力为大家办实事、做好事。测站附近村民谁家挖地基盖房子，他都乐于帮忙测量，水库灌溉处电脑和打印机出问题时，他总是主动修理。

一次，河海大学水利系赴河南省辉县社会实践分队来到宝泉水文站实践学习，闫海波积极主动协调，克服重重困难，热心地帮助实践学员找到免费住宿地点，开自家车接送学员们到各个实践地实习。

2009年以来，河南理工大学水文专业的学生每年都到宝泉水文站实践学习，闫海波都义务为学员们讲解有关水文知识，并亲自演示测流、雨量监测等工作。有人问他，那么认真做这些事图啥呢？他嘿嘿一笑说：“都是从学生过来的，知道能有一次实习活动机会是多么来之不易。”

多年的兢兢业业，同事们看在眼里，上级部门也记挂在心。闫海波于2016年荣获“新乡市抗洪抢险先进个人”称号，2017年荣获“全省水文系统优秀共产党员”称号，2018年荣获“全省水文系统最美水文人”称号，2019年2月荣获“新乡市第三届红旗区诚实守信道德模范”称号，2020年获得人力资源社会保障部、水利部授予的“全国水利系统先进工作者”荣誉称号。

不忘初心清似水，牢记使命重如山。一路走来，献身水文，闫海波见证了水文事业的巨大发展和巨大变化。在他心里，水利人最需要的就是一个“实”字，做一名基层水文“实干家”。做好水文工作，服务防汛决策，这就是自己对“不忘初心、牢记使命”的最好诠释。

（作者单位：河南省新乡水文水资源勘测局）

风雨中坚守的水文人

口述：李春正　执笔：史静华

从事水文工作已经30多年了。似水流年，风风雨雨，目之所及，心之所往，水文人勤劳无私的付出、矢志不移的坚守，在我脑海中刻下了深深的印记。

初识水文

我非常清晰地记得，那是1987年7月8日，我从河南省郑州市水利学校毕业，被分配到了河南省南阳水文分站汲滩水文站。

初到汲滩水文站，一切都是那么新鲜。水文站设在一个只有二十几户人家的小山村附近，十余间青砖瓦房孤零零地守在河边，一条弯弯曲曲的小土路通向河岸，河里一条旧测船，河边立着几根水尺桩。

平日里，看着老站长和同事们在办公室认真计算着各种数据，热闹时，大家会因为一份流量的计算，争得面红耳赤；安静时，只能听到算盘珠子啪啪作响；每逢看水位，老站长总是一手拎着小马扎，一手拿个收音机，上午7时50分准时坐在水尺旁边，听着天气预报，直到上午8时，收音机里准点报时，才开始熟练地观测、记录；每当暴风雨来临，他们一个个奋勇争先，跳上测船，又成为了“风雨中的逆行者”。我暗下决心，一定要尽快掌握业务工作，争取早日成为一名合格的水文人。

记得我上班才一个多月，湍河涨水，需要马上测流。当时水文站只有我和一名刚上班不久的女生，于是我让她看水位、发报，我负责上船测流。就在我把测流设备准备齐全，开始测流时，只听到岸边传来呼喊声：“小李，我来给你帮忙吧！”循着喊声望去，一位头发花白的老人焦急地挥舞着双手，快步向我走来。原来是站上退休多年的杨万钧。他家就在附近，他已经七十多岁，患高血压多年，身体也不太好，我实在不忍心让他上船测流。“没事儿，杨叔，我一个人能干得过来，您在岸边指挥我就可以了”我笑着说。“那怎么行？你一个人又是撑船，又要打水深放仪器，忙不过来的，你这是对我业务不放心吗？”他不顾劝阻，跳上了测船，熟练地打起了水深，掐秒表，动作娴熟老练。每次水浪打来，他都会大声呼喊，让我注意安全，教我如何保持身体平衡，如何安全省力地驾驭船只。那次测流持续了一个半小时，等测流结束来到岸上，我紧绷的心情才慢慢放松下来，两人抽着烟，坐在岸边，打开了话匣子。

听杨叔说，他上班那时的测验设备极其简陋，特别是汛期，洪水来势凶猛，当时他和站上的同志们想的就是不能跑峰，他们冒着生命危险，团结协作，拧成一股绳，克服重重困难也要先把工作干好，至于个人安危，哪还有时间去想呀，这一身在船上测验的"功夫"，都是多年在风口浪尖上积累的宝贵经验。在船上不要长时间盯着水面，容易晕船，要眼观六路，耳听八方，眼疾手快，时刻注意上游冲下来的漂浮物，像麦秸垛、大树、家猪等都很危险……真是长知识了。通过轻松愉快的交谈，杨叔寥寥数语，朴实无华，却又意味深长，让我认识到了原来干水文不仅要业务精通，还要有勇气和胆量。

无法割舍的水文情

这一年的春节，轮到我值班。在送走同事们后，我特意去镇子上买了一大堆肉和菜，把站上打扫得干干净净，挂上灯笼，贴上对联，准备过年。

大年三十晚上，想着母亲包的饺子，口水都要流下来了，这时附近农家的鞭炮声响了起来，万家灯火，大家都在吃"团圆饭"，心中难免有些伤感。正在这时，突然听到一阵急促的敲门声，原来是杨叔，他家就在站上的村子里，虽然退休了，但是平时站上有什么事，他都乐意帮忙。他拉着我的手说道："听站上同事们说，今年春节是你在站上值班，走，快回家，你婶子在家已经做好年夜饭了，咱爷俩再喝上两杯。"看我不好意思，杨叔笑着说："咱水文人本来就是一家人，人不亲，行亲，你还客气个啥！"那晚的饭我吃得特别香。

勇救落水儿童

1990年7月16日，湍河上一场大水刚刚退去，炙热的阳光烤着大地。我和往常一样，去河边看水位。正当我要离开时，突然听见有人高喊："有人掉进水里了，救命啊！"顺着喊声，我看见离水尺桩不远的河边，一群十几岁的孩子乱成一团。我立即飞奔过去，一个猛子跳入河中，向着孩子们所指的方向游去。终于摸索着抓住了孩子的胳膊，用力把他的身体举出水面，慢慢把他移到岸边，彼时岸边已站满了人，大家七手八脚开始抢救起来，孩子慢慢苏醒过来，我悬着的心才平静下来,穿上衣服悄悄离开了。后来,孩子父母在知情老乡的陪同下,专门来到水文站当面感谢我,我说:“正巧碰上孩子落水,我又会游泳,都是乡里乡亲的,这是我应该做的。”现在每每想起这件事,我还是很自豪的,毕竟挽救了一个年轻的生命。那一年,我被水利部授予“全国水文系统先进个人”称号。

舍小家顾“大家”

2000年7月1日至4日,唐白河流域发生暴雨洪水,暴雨区平均降水220毫米,强降雨位于鸭河口库区,暴雨中心雨量达到422毫米(属历史最大纪录),受其影响,库区内所有河流暴涨,鸭河口水库入库洪水7440立方米每秒,库水位急剧上涨,很快(4小时46分钟)出现了自建库以来的最高水位178.61米。整个南阳市区一片汪洋,积水深得甚至一度要没过大腿。汛情就是命令!我们不敢有半点马虎和懈怠,一直坚持在南阳市水利局水情科值班,密切监控着雨水情信息。

2日中午,我突然感觉胃里一阵难受,心慌,浑身松软乏力,这才想起来已经一天没吃饭了。看看外面的暴雨还在一直下,我这里还有好多的数据要处理和上报,恰好南阳市水利局防汛抗旱指挥部的一位女同志也在值班,得知我一天没吃饭,很是惊讶,她说你等会儿,转身就走了。过了好一会儿,当她推开水情科的门,穿着雨衣,头发贴在脸上,浑身早已被雨水淋透了,正滴滴答答地落在地板上,手里拎着一大袋泡面和火腿肠,我愣愣地站着,被眼前发生的一幕惊呆了,她赶紧上前,笑着招呼着我说:“快吃吧,我们办公室也没有泡面了,正好我也要去买。”看着窗外几块广告牌已经被狂风吹倒,树枝被吹得横七竖八,散落一地,窨井盖可能随时被大水冲开……我不敢再往下想她当时去买泡面的危险场面了,手里捧着泡面,心里那个热乎劲就甭提了,觉得浑身都充满了力量!这场大雨,我和水情科的同事们坚守岗位四天四夜,最终不辱使命,为上级防汛部门提供了准确的雨水情和预报信息,为鸭河口水库科学调度和南阳市防洪减灾作出了我们水文人应有的贡献!

骤雨初歇,终于可以下班回家休息一下了,拖着疲惫不堪的身体,走出水利局的大门,阳光有些刺眼,深深地吸上一口清新的空气,顿感身上轻松了许多。这时突然想起媳妇早上给我交代的事情,下午抽时间去古筝兴趣班接孩子放学。来到学校,我就坐在门口的花坛上,一边休息,一边等孩子。因为太困了，自己竟然不知不觉睡着了，等到醒来，孩子早已经放学了。回到家，孩子好奇问我："爸爸，你怎么在学校门口睡着了呀？"我苦笑着说："这几天爸爸实在是太累了，闺女，对不起！"

（作者单位：河南省平顶山水文水资源勘测局）

一切为了援疆初心

肖　航

初心是人内心深处的心灵召唤。

2020年10月27日，河南省水文水资源局派出由省水文局肖航、新乡水文局赵文举组成的河南水资源柔性援疆“小组团”到达哈密，开展为期三个月的“帮带式、攻坚式、突击式、订单式”人才技术攻坚和智力交流合作。

这是我们第一次来新疆，对新疆的印象还停留在一望无际的戈壁滩和沙漠，方圆百里渺无人烟，就像唐代诗人王维在诗中所说的：“大漠孤烟直，长河落日圆。”但从机场到市区的路上，我们还是被眼前的景色给迷住了，城市的霓虹灯在闪烁，机场、高速、高铁延伸到祖国的四面八方，到处都是欣欣向荣、生机勃勃的繁荣景象。哈密市作为河南省对口支援的城市，地处新疆东部，是新疆通向祖国内地的要道，自古就是丝绸之路的咽喉，有“新疆东大门”之称。这是一个有诗和远方的地方，更是一个有爱与情怀的地方；天山巍峨，白云苍苍，共同见证了我们的援疆初心和责任担当。

在哈密市水利局举行的欢迎会上，河南省水利厅领导对我们柔性援疆小组团提出了树牢“四个意识”，坚定“四个自信”，坚决做到“两个维护”，服从哈密市水利局和河南援疆干部管理，严守纪律，积极适应，扎实开展支援工作，树立起良好河南水利援疆人才形象的要求，更让我们感到使命光荣、责任在肩。

在哈密工作生活的三个月时间里，“小组团”主动作为，扎实工作，通过了解疆情市情，熟悉水情工情，利用河南工作理念和经验，结合哈密实际，以高度的责任感、扎实的业务能力，用实际行动助力提升哈密水保障工作水平，取得了积极成效。

水资源是制约哈密市高质量发展的最大资源约束，水安全始终是全市面临的重大挑战，做好水安全顶层设计至关重要。按照中央和自治区安排部署，哈密市水利局组织编制了《哈密市“十四五”水安全保障规划》，“小组团”充分发挥专业优势,通过与规划编制人员广泛交流、深入研究、分析论证,在水资源管理、水资源配置、水利信息化等方面对规划方案进行了进一步修改完善,提高了规划质量,助力高质量绘制哈密“十四五”水利改革发展蓝图。

最严格水资源管理制度考核工作是应对我国当前严峻的水资源形势、事关国家经济社会可持续发展全局的一项重要工作。“小组团”从资料建档归档、数据分析整理、工作流程制度完善等方面入手,逐项帮助完善提升水资源管理水平,健全最严格水资源管理制度,编制完成了《2020 年度哈密实行最严格水资源管理制度考核工作自查情况的报告》,报告全面梳理了哈密市最严格水资源管理制度落实情况。据悉,在自治区最严格水资源管理制度考核中哈密取得较好的成绩。

针对哈密市伊州区水资源供需矛盾突出的问题,“小组团”专题研究分析其产业发展用水需求、区域水资源情况和供水工程现状,统筹规划、科学配置,合理调配地表水,控制地下水超采,将再生水和矿井疏干水等非常规水资源最大化、最优化利用,参与编制完成了《哈密市伊州区水资源配置方案》,确定了区域库库连通形成联调联用、地表水地下水统筹配置、非常规水最大化利用的基本工作路径,为伊州区节约利用水资源奠定了规划基础。

全面开展节水型社会达标建设,是落实习近平总书记“节水优先”方针的重要举措。“小组团”参加了哈密市节水型社会达标建设工作验收和水利行业节水机关建设等工作,完成了《哈密市县域节水型社会达标建设工作验收的报告》《哈密市水利行业节水机关建设验收的报告》等,对哈密加快实现从供水管理向需水管理转变,从粗放用水方式向高效用水方式转变,从过度开发水资源向主动节约保护水资源转变,具有十分重要的意义,有力地助推哈密节水工作深入开展。同时“小组团”深入分析,围绕水资源优化配置和可持续利用做文章,撰写了《对哈密市创建节水型社会的思考》《深入解析哈密“井电双控”政策实践》,为受援地开拓理论创新。

在疆期间,“小组团”还受到哈密水文勘测局的邀请,同水文局就哈密市水资源现状和供需情况、监测信息采集平台与设备技术整合、水文数据分析、查询、审查、整编等综合处理平台建设等问题进行了多次座谈交流,以促进水文科技发展为着力点,为水文实现跨越式发展提供支撑和保障。

“小组团”同时注重与少数民族同志的广泛交往、全面交流、深度交融,形成了互帮互学、共同提高、团结和谐的良好氛围，积极促进了民族团结一家亲。

在完成本职工作的同时，我们还有幸结识了艾孜克尔、克里木、阿不力米提、阿娃汉等少数民族同事。这里不仅有美丽的山川和湖泊，还有蓝天和草原，更有一群无私奉献、默默付出的水利干部，他们用自己的执着和坚毅，守护着心灵的一片净土。在哈密市水利局，无论是土生土长的新疆人，亦或是不远千里而来的河南水利援疆干部，虽经历不同，却有着共同的信念！夜晚的哈密水利局大楼明灯盏盏，汇成汪洋，原来萤烛之光汇聚起来亦可与日月同辉，照亮着边疆一方的宁静与美好，他们让我们明白什么叫坚守的力量，为了祖国的安定团结，扎根边疆，用实际行动诠释了一名共产党员的本质，他们是我们学习的榜样。

（作者单位：河南省水文水资源局）

风雨水文四十年

赵恩来

这辈子注定是和水文有缘的。

我上小学的时候,家门口就有一个雨量观测场,那是用木桩和铁丝围起来的、那个年代也算是比较规范的一个观测场。观测员是住在我家房后的邻居,我叫她英姨。英姨很年轻,温文尔雅,端庄贤惠,说话柔声细语,从来没见她生过气。我常见她在固定的时间去换纸,有雨的时候去量雨量,然后就回到家里用那种手摇的电话发报文;后来又配上了电台,电话不通的时候就能听到她呼叫联系的声音:“洞幺洞幺(01,01),我是洞两(02),收到请回答!”我就是伴着这动听的声音长大的。

从事水文工作后,才知道这是1969年孤石滩水文站设立在孤石滩水库上游、澧河发源地的一个常年报汛雨量站,它是淮河流域沙颍河水系沙河支流澧河上的一个重要雨量报汛站。如今我在河南省漯河水文水资源勘测局工作,家乡的水进入澧河、汇入沙河、流经漯河,我所监测的水一部分就是发源于我家乡的水,这不是和水文有缘又是什么!

1980年我高中毕业考上了水利技校,1981年实习时分到一个在青山脚下叫作后会水文站的地方,当时属于南阳水文分站。这个水文站是为修建青山水库而设立的专用站,当时水库建设因坝址地质条件问题而下马,一些残留的基础还在,这个水文站作为湍河的重要报汛站保留了下来。

后会水文站有三位职工,站长叫庞庭柱,50多岁;年纪大一点的叫王炯,也是南阳水文分站一马车拉来的6位水文人的其中一位;中年职工叫吴会堂,后来当上了站长。加上我和梁洪峰两位实习的学生,组成了一支老中青相结合的水文队伍。听他们讲,1973年水库建设期间,在一次特大洪水测流中,一位家是湖南浏阳、叫唐忠源的技术员,为保护国家财产,坚守工作岗位,舍己救人,献出了31岁的宝贵生命,后被追认为共产党员和革命烈士,被安葬在内乡县烈士陵园。我深深地为之震惊,更敬仰这个出水文英雄的地方。在以后的日子里，更加用心地向老同志学习看水位、观测雨量、施测流量，后会水文站成了我接触水文观测工作的“处女地”。

后会水文站的工作条件非常艰苦，同事们戏谑地说，光听这个名字就“后悔”。照明是煤油灯，连点蜡烛都是件很奢侈的事。主要的娱乐方式就是听收音机，居然是带短波和超短波的；后来我们从仓库里弄到了一台留声机，还有一些唱片，经过一番拼凑和捣鼓，竟然还能使用，虽然唱片大都是样板戏，但给我们带来了不小的惊喜和乐趣。后会水文站测流用的缆道，后来我才知道是闭合式简易缆道，这也是我第一次接触水文缆道。当时怎么也想不到，以后这几十年一直在和水文缆道打交道。

毕业分配的时候我才知道，我们那一届学生有5个是水文招工带的社会指标，也就是说技校毕业要分到水文上。可能是由于水文站的条件确实艰苦，或者是其他什么原因，水文站最终也没有留下他们，这批人先后一个个都调出了水文，只留下了我一个人坚守水文。

1982年底，我被分到杨砦水文站，这是一个为南水北调中线工程过湍河而设立的专用站。站长叫王化从，这是一位性格特征比较鲜明的长者，平时说话面带笑容，发起脾气面红耳赤。中年职工叫李光县，青年工人是刘青印。还有一位比我早几个月分来的大学生叫王立军，这是我水文生涯相处多年的战友，一位可亲可敬的领导、对我非常照顾的老兄。

这一年我正式融入了水文这个大家庭，从此与水文密不可分。在这里我学会了水尺、大断面测量，学会了用测船测流量。在上班的第二年夏天，我就遭遇到了一次比较大的洪水，我和站上的同志们一连几天都在船上工作，昼夜奋战，实测洪峰。印象最深刻的是，一次测流后返航中竟沉睡在船舱里，这让我深深地体会到了水文人的坚守和不易。实测这次大洪水的过程，为南水北调工程的勘察设计提供了很重要的水文数据，圆满地完成了专用站所担负的使命。我为南水北调水有我的一份小小贡献而骄傲，更为自己是水文人而骄傲。

那时的水文站都有船，我在当地粮站登记的工种也是船工。船工每月可以享受40斤的口粮标准，所以在杨砦水文站这两年，充足的口粮和舒心的工作使我长高了身体，并从水文前辈们那里学到了很多水文测报知识。能够成长于水文，受益于水文，我感到自己是多么幸运！

1984年汛后,河南省水文总站为给水文事业培养人才,特在开封组织了一届文化补习班。基于对水文工作的热爱,求知若渴的我从这个站出发,又回到了课堂。通过近10个月的努力,1985年我参加了全国成人高招考试,以全校第二名的好成绩跨入了开封市黄河职工大学的校门,开始了三年的大学生活,所学专业是陆地水文。这可是带着薪水的脱产学习,我非常珍惜这个机会,所以在学校学习异常勤奋,扎实地掌握了陆地水文有关专业知识。

1988年毕业回来,我被分配到社旗水文站,1989年我接任了水文站站长。社旗水文站的主要测流设施就是缆道,我又和水文缆道打上了交道。我和站上同志一起,弄懂了缆道的工作原理,为提高工作效率,把原来的闭口式缆道改造成了开口式缆道,安装和改进了取沙设施,甚至学会了柴油机组的拆装和维修。1990年调到南阳水文分站,先后在技术科、站网科、测验科工作,2004年我光荣加入了中国共产党,成为这个组织的一员。

伴随着水文岁月的流淌,一路走来,我从一名船工转成了干部,从副科晋升到正科又到副处级岗位,哪一步都是党和组织的培养;从技术员、助理工程师、工程师、高级工程师到今天的教授级高级工程师,哪一级都离不开水文工作和生活的积淀!

从"九五""十五""十一五""十二五""十三五"和中小河流建设,国家逐步加大了对水文的投入,水文各站的工作和生活条件发生了质的变化。我有幸参与了这30多年的建设工作,河南省南阳水文水资源勘测局12个水文站的水文缆道都是经我手所建,至今还在发挥着作用。来到漯河后,经过近年来的努力,我和我的同事们在漯河的闫庄水文站和马湾水文站建成了全省乃至全国最先进设备控制的水文缆道,大多数测站的工作环境和生活条件也发生了翻天覆地的变化,水文进入了智慧水文的春天。

百年水文,百年辉煌!从事水文工作近40年的我,为河南水文奉献了智慧和心血,也见证了水文的发展和变化。作为水文人,我骄傲,我自豪!

(作者单位:河南省漯河水文水资源勘测局)

在基层水文站的日子里

张少伟

16岁那年我便参加工作，被分配到了安阳南乐县元村水文站。一晃几十年过去，在基层水文站工作经历的那些人、那些事，仿佛就在眼前。

一

元村地处冀鲁豫三省交界，交通很便利。走在河堤上，很远就能看到一座孤零零的红墙小院静静地伫立在河堤外侧，那便是水文站。走进庭院，八间大瓦房坐落在院子的最北面，这就是办公室和宿舍，院内地面虽没有硬化，但打扫得十分干净，观测场设在了庭院中央的空旷地带。

由于观测项目多，并且是省界站，元村站人员配备也相对多一点，达到8个人。和其他水文站一样，很多同志都是年年如一日，每天重复做着平凡的工作。站上8个人坐两间办公室，办公物品除了几张桌椅凳子，比较值钱的物品就是一台收音机和两辆自行车。同志们公私分明，比较自觉，住在附近的职工有事回家一般不骑公车。

基层站出差机会不多，年轻人总是希望有机会到城市里看看。我第一次出差是分站抽我帮助财务室清理测站固定资产。我与和信一组，负责东部的8个站。当时交通条件比较差，出行都是乘坐公共汽车，而且只能坐到乡镇，剩下的路只能靠步行。水文站大都比较偏僻，所以几个站走下来得用大半个月。其中，走得最远的是淇门站。我们从濮阳站办完事情后，坐上通往新乡的公共汽车，到延津县丰庄镇下车，距离淇门站还有将近30里路。乡镇车站门口有几个蹬三轮车的，我们过去一问，送到淇门要两块五毛钱（我们那时出差补助一天是八毛钱）。老和头摇得跟拨浪鼓一样，直说“太贵，回去报销不了”。和信是20世纪50年代参加工作的老同志，在基层站工作了大半辈子，其实他是不舍得花钱。我们走了3个多小时才到达目的地，后背出的汗把棉袄都湿透了。

那个年代，到了哪个站就在哪里吃住，每个站都有“公被”，专门让客人用的，临走前客人也都会把被子叠好，还给保管。吃饭都要交钱和粮票，大概每人每天一斤粮票，三五毛钱，当时是计划经济，粮食供给是有标准的。

二

做水文工作的大都是来自四面八方，“五湖四海”。汛期站上会配备一名炊事员，枯季则各做各的饭。年轻人都是单身汉，东一顿、西一顿，“蹭饭”是常态。现在回忆起当时住在一个小院的邻里之间的亲情和友情，关爱和互助，有感动，有幸福，更有忘不掉的情感和怀念。

蒋红旗，年长我几岁，一听名字，就知道他是20世纪50年代人。他的家在河北省魏县农村，距离水文站有十几公里。十一届三中全会后，他们家分得了七八亩地，粮食连年丰收，老辈人过惯了苦日子，也是饿怕了，粮食舍不得卖掉，这样一来，存放却成了问题。红旗是个多面手，买了些水泥和铁丝，做成了三口水泥缸，站上同志七手八脚抬上平车，出了水文站大门，便是一个土坡，看着他拉车吃力的样子，我和另外一名年轻同志不约而同地说：“去送你吧。”

六月的天气骄阳似火，干热，天空亮得耀眼，路边树枝一动不动，树影缩成一团，蒙着一层尘土的叶子都蔫蔫地打卷了。路，是乡间土路，高低不平。由于走得急，没有带水，以至于两次到老百姓家讨水喝。回忆起当时的感觉，仿佛五六个小时都是在出汗、口渴、疲劳中度过的，不停地问：“还有多远？”回来的时候基本上是轻松的，说说笑笑，走一段路，红旗也让我们俩坐到车上，拉我们一会儿，感觉很快就回来了。

后因工作变动，我调离元村站，红旗有事也到安阳找过我，2013年我又被安排到濮阳水文局工作，我们俩又一起共事，虽然我的职位发生了变化，但兄弟情谊没有割舍，还是好同事、好兄弟。

三

刘宝聚，20世纪50年代末由西安航空学校毕业后被分配到安阳从事水文工作，1980年被安排到了元村水文站。那年他46岁，却一直没有结婚。老站长是个热心人，后经他和附近村民撮合，给刘宝聚物色了个对象。俩人见面后都很满意，于是趁热打铁，选了个日子准备结婚。

幸福来之不易，大家都为老刘感到高兴。站长开始调兵遣将，对炊事员说:“必须搞两桌像样的酒席!”他自己骑自行车跑县里联系迎亲车辆,县水利局有一辆“解放牌”卡车,正好派上用场。

我的任务是买菜,早上五点多出发,不到九点就从县城赶回来了。快中午的时候,听到外面人大喊:“迎亲的回来了!”人未见,炮先响,不一会儿,震耳欲聋的鞭炮声充满了小院,老刘一身中山装满面笑容地从“解放牌”长车上下来,新娘子稍带羞涩地紧随其后,被管事的直接迎进了办公室,开始进行“拜天地”“咬苹果”等多项婚庆游戏,屋内屋外不时传来阵阵欢声笑语……

老刘父母早亡,他是独子,也没有亲戚,看到大家都来帮忙,他感受到了家庭般的温暖,心里非常感动,以至于每提及此事都会说一些感谢的话。

那个时候同志们的关系是同志加兄弟,像这样你帮我、我帮你的事情很多,尤其是遇到困难时,大家都来帮忙解决,用“一方有难、八方支援”来形容恰如其分。

四

每年汛前是比较繁忙的,大家要集中一段时间开展设备维护维修及各项准备工作,所有体力活都是自己动手干。最麻烦的就是拉船索除锈上油,费工费力,想快还快不了,200 米的钢丝绳一点都不能遗漏,没有干过这类活,手上都会打血泡。维护的时候需要先把空中的钢丝绳放到地面上,拿一把钢刷把上面的油泥和锈蚀物一点点刷下来,再用黄油封上,因为测船是站上主要的监测设备,一点都不能出问题。

1982 年 8 月 1 日下午 7 点左右,水位开始慢慢上涨,一个小时后水位已经上涨 30 多厘米,水位长率已经明显增大,需要实测流量。四个年轻同志在站长的指挥下上了船,完成一个测次后,水位长率已经达到每小时 50 多厘米,按照规范还要实测流量,就这样来来回回测了一夜,一直到了第二天上午 8 点多,实测流量十余份,测得最大流量 1080 立方米每秒,这也是到目前为止元村站的历史最大流量。

豫北的河流涨水时漂浮物太多,有大有小,各种各样,影响各不相同,农作物秧子很容易缠绕在流速仪上,影响测流精度。若有树木漂下来,很容易挂在过河索上。如不及时去除,过河索两端锚固基础就会被拉坏。每当这种险情发生时,船上的几个人就会一起抓住过河索猛力摇晃,直到晃掉,树木大的话,就会很吃力。1982 年 8 月 2 日凌晨 5 点左右,上游漂下来一片黑乎乎的东西，走近一看，原来是一艘十多米长的大木船，将军柱已经牢牢地挂在过河索上。由于船体是斜着挂上去的，在水流的冲击下，直接撞上了我们的船头。船体剧烈震荡，船头三分之一已经扎在水里。千钧一发之际，我们几个用力托起过河索，迅速把它绕过将军柱，木船脱钩后撞向了第四个桥墩，直接变成了几块大木板，顺流漂走了。

大家一夜都没合眼，很疲劳，也很饿。由于测流不能停，站上一个退休的老同志跑到建桥指挥部食堂，拿来了一兜馒头，站在桥上向船上抛，有的能接得住，好多都掉到了河里。那时感觉，凉馒头也分外香。

到了 2 日下午，我们又测了一次流量。当时群众站在桥上看热闹的很多，七嘴八舌地议论着什么。这时有一个十二三岁的小男孩，拿起石头子就往船上抛，砸得船舱当当响。这若是砸到头上可不得了。当时我们站长也在桥头，看到这种情况马上去制止，并严厉批评这个孩子。看见孩子被吵，孩子的母亲不愿意了，七大姑八大姨也都和站长吵了起来。回到站上，同志们挺生气，想着这样下去肯定不行。最后站长说："向公安厅发明码电报！"大概意思是"汛期测报人身安全得不到保障"这十几个字。夜里十一点多，办公室电话铃响了，对方称是南乐县公安局的，了解一下具体情况。第二天一早，县公安局和元村镇派出所的几名干警来到了水文站，征求我们的处理意见。当时，站长提出两条要求："一是以后要避免这种行为，二是对昨天发生的事情要挽回影响"。下午，在派出所的同志带领下，小男孩及其家长来到站上赔礼道歉。以后的几天，一到晚上镇上的大喇叭就开始播报一些不得影响和妨碍水文站测报的内容，我们的测流工作从此再没有受到过干扰。

五

1988 年，我被调到新村水文站。这里的河流属于山区性河流，洪水特性暴涨暴落，下游有良相坡、长虹渠、共渠西、白寺坡等几个滞洪区，"63・8"淇河就曾发生了 5590 立方米每秒的大洪水，防汛测报任务十分艰巨。

新村水文站坐落在淇河边，在安阳水文局的测站里面，这个站是唯一开不进车的站。蓝砖红瓦的站房是 1971 年建成的，虽然时间不长，但由于维护跟不上，部分门窗已开始腐烂，显得比较破旧。站上没有水井，吃的是河水。由于没有大路，整天见不到人。站上五个人，三个都是老同志，即将退休。

新村有八个降水量委托站和一个水位站，大多设在了山区，交通不便，管理任务比较重。去检查检修一次雨量计,三四十公里的路程,骑自行车都要一整天才能回来。这里的主要测流设备是水文缆道,是站上的宝贝,汛前都会把操作台擦得干干净净,主索每年都要除锈上油。

每年的汛期,都会安排 24 小时值班,而且晚间值班期间不能睡觉,就在河边的缆道房坐着,隔一段时间观察一下水位的变化情况,很麻烦。为了解决这个问题,我们将电铃的两根线分别固定在水位计和浮子绳上,当水位变化时,电铃就会响,一个简易的报警器就诞生了。后来我们又买了一个大一点的电铃,效果比原来更好。

难忘“96·8”那次大洪水。受上游强降水影响,淇河发生了大洪水,最大实测流量 2680 立方米每秒。本次洪水过程水势大、水流急,破坏性强,部分水文设施遭到严重破坏。由于漂浮物多,测流缆道根本无法使用。看到这种情况,我们立即采用第二套测洪方案,浮标法测流。在抢测洪峰过程中,王国建同志负责记录工作。当时刮着大风,还下着大雨,天气非常恶劣。王国建一面打伞一面记录,大风不止一次把他手中的伞吹跑。为了不让雨水把资料弄湿,每次记录完后他总是马上把资料揣进怀里,宁可淋了自己,也不让资料淋湿。

大雨一直下个不停,浮标草淋湿了,他们就把自己的棉被拿出来,把里面的棉花都掏出来,撒上柴油充当夜明浮标。当时就是想如何才能把测报任务完成好,过后也没有人提及补偿。

如今,我已在鹤壁工作。经过几十年的发展,水文行业产生了巨大变化,无人机、ADCP 等一批先进设备相继配备到了基层站,水文的服务能力和水平在不断增强和提高。但每每想到过去,我都会深深怀念同志们兄弟般的友情和吃苦耐劳、顽强拼搏的精神。

(作者单位:河南省鹤壁水文水资源勘测局)

周口水文站百年印记

张铁印　王　畅

周口水文站是淮河最大支流沙颍河的重要控制站，国家级重点水文站。水文观测始于1922年淮河水利测量局设立的周家口雨量站，观测因战乱而时断时续，资料不全。中华人民共和国成立后，随着淮河治理及水利建设的全面推进，周口水文站水文测验、社会服务全面铺开，测验设施设备也从原来的小木船、手算珠算、煤油灯照明、人工送电报报汛逐步实现自动监测、北斗测绘、网络报汛，预警预报系统完备，能及时准确地将各种水情信息传递到周口市防汛抗旱指挥部、河南省防汛抗旱指挥部和国家防汛抗旱总指挥部，水文监测现代化水平大幅提升。周口市川汇区一带河道水量丰沛，水面宽阔，风景秀丽，曾经渡口众多，商船来往不绝，转运四方货物，"周家渡口"（曾经是连接沙颍河南北两岸的主要通道和重要码头）闻名四方，"周口"因此而得名。周口水文站上承平顶山、漯河、洛阳、许昌、郑州来水量，下行安徽省界首、太和、阜阳、颍上等县市，年径流量30亿立方米，年输沙量485万吨，承担着沿河两岸防汛抗旱减灾和居民生活饮用水安全的历史重任。多年来，为周口市防汛抗旱减灾、生态文明建设及国民经济发展提供了重要技术支撑。

2021年2月，拍摄的周家渡口遗址（摄影：王畅）

周口水文站位于沙河、颍河、贾鲁河三川交汇处——周口市川汇区八一路大桥下游200米，控制流域面积25800平方公里。据水文年鉴记载，中华人民共和国成立后，沙颍河周口水文站历年实测最高水位50.15米，发生在1957年7月21日；最大流量3450立方米每秒，发生在1975年8月9日；最大断面平均含沙量65.9千克每立方米，发生在1967年4月2日；最大流速5.02米每秒，发生在1960年4月5日。周口水文站雨量站实测最大日雨量发生在解放前1947年7月5日，为205.7毫米。1951年至2020年，沙颍河周口水文站历经超保证水位（49.83米）洪水2次，超警戒水位（46.10米）洪水28次，无论条件多艰苦，洪水多险恶，均取得了抗洪抢险的全面胜利。

据周口水文站退休职工栾铁山口述，他1960年10月到周口水文站工作，当时，站上有5名职工，观测项目有水位、流量、含沙量、降水量、墒情、蒸发量、气温、水温等。流量测验在测验断面上架设过河索，用小木船、测深杆绑上流速仪测流，作业时至少3个人，1人驾船，1人测流，1人记录数据计算，沙颍河水深水量大，3人配合默契才能顺利完成任务。遇到大水时流速大、水位高，河面上时常有行船，测流时危险就大，但那时大家都年轻，都争着上船。1962年6月，为保证汛期河道行洪，周口地区水利局撤除修建大闸时建的围堰，测流时由于水量大水流急，右岸固定过河索的绞车被冲翻，测船脱离过河索，顺流而下2里多踅到岸边，眼看着快到桥下了，撞上桥墩就有可能船毁人亡，最终在岸上群众的帮助下才靠岸。1966年，周口水文站建设了缆道，可以电动也可以手动，测流、取沙就安全多了。墒情测验每月3次，取土地点在气象站的观测场里，离水文站五六公里，都是步行来回，后来才有了自行车；烘沙包最初用自制的聚光罩，利用太阳能，费时费力效果也不好，后来有了烘箱就好了。那时候很多项目没有测验设备，都是自己动手，想办法解决，比如取沙，在取水瓶口安装塞子，塞紧瓶口，在塞子上安装两个软管，一个抽气，一个进水，这样就能在测船上在要求的水深处取水，抽气是用打气筒改进的。

他说，1982年8月，沙颍河发生了当时是“75·8”之后的最大洪水，当时站上有7名职工，有从黄河水利学校分来的大学生，技术力量很棒。8月15日洪水达到峰顶，测到水位49.34米，流量2840立方米每秒。当时测流用的是缆道，由于水流急，100公斤重的铅鱼入水时摆动剧烈，严重影响测流，根据经验，他在现场将铅鱼尾翼用钢板加长70厘米，并用螺钉加固，将吊装铅鱼的位置后移,铅鱼平衡,顺利入水,测流才得以完成。大水持续了10多天,大家日夜值班,及时报汛,测得了完整的洪水过程,为抗洪抢险作出了贡献。当年10月,他与田龙、赵守章、颜世德、朱晓秋等17名水文系统的同志被河南省人民政府授予"抗洪模范"称号。

那时候工作生活条件都简陋,水文职工要练好三项本领,游泳水性好、珠算心算好、书写字体工整。大家干劲都很大,经常讨论业务,学习规范,研究改进测验的方法,有时候讨论很激烈,时常争的面红耳赤。大家觉悟都很高,严格遵守劳动纪律,积极工作,干活没有人挑肥拣瘦、叫苦叫累,还唯恐落后了。无论在哪里,白天还是黑夜,只要下大雨或是有水情,大家都及时返回工作岗位,私事再大也没有工作重要。

据周口水文站退休职工张援朝介绍,沙颍河"75·8"大水那一年他18岁,还在上高中,家就在沙颍河北岸的三义街,离河堤不到300米。那年8月雨下的很大,街道上都有积水,坑里、河里到处都沟满河平,各单位、工厂企业都组织人员上堤护河,日夜不停,街道办事处组织职工、家属、居民给护河人员送饭,沙颍河两岸都有护河人员,用麻袋装土加固河堤,"水涨一尺,堤加一丈"。

1980年他参加了水文工作,在周口水文站上班。周口水文站那时已经有了电动缆道,测流很安全,只是铅鱼上经常挂杂草,测一根垂线都要清理好几回,但他们仍然抓住时机抢测洪峰,测到了建站以来的最大流量。水都漫到了老河堤,水尺看到了最后一根,值班室一刻也不能离人,要不断地向上级报告汛情,接转、翻译上游站发来的水情电报,还有上级领导打电话询问水情、水势的。站上六、七位职工轮流值班,但大家都是困得不行了才去休息,不分白天黑夜,休息几个小时继续上班,连续奋战了一个多月,圆满完成了各项测验任务,受到了上级的表彰。

2000年7月,周口市及沙颍河流域上游连续发生暴雨过程,其特点是次数多、覆盖面积广、间隔时间短。受降雨影响,沙颍河出现"75·8"以来最大洪水过程,周口水文站7月17日实测最大流量2890立方米每秒,洪水来势猛、水位高、流量大、退水慢、高水位运行时间长。期间,沙颍河上游澧河舞阳段漫堤,老王坡、泥河洼滞洪区同时分洪,颍河黄桥闸实行错峰关闭,洪水从闸顶翻过,贾鲁河错峰调度,扶沟县临河两个乡镇被淹。沙河、颍河、贾鲁河三股洪水叠加,持续形成 4 次洪水过程,而且流量一次比一次大,给河道行洪造成了很大压力。周口市防汛指挥部科学调度洪水,组织大批人员上河巡堤,排查险情,加固堤防,同时,部署沙河西华段做好充分准备,随时向黄泛区滞洪区分洪。周口水文站 7 名职工日夜轮流值班,吃住都在站上,测流、测沙、测雨量、报送水情,连续奋战 1 个月。周口水文局在所属 10 个水文站全面涨水的情况下,成立沙颍河抗洪抢险突击队,和周口水文站职工一起全力迎战沙颍河洪水,圆满完成了水文测验、信息报送各项工作任务,充分发挥了水文尖兵耳目、参谋助手的作用,为周口市夺取沙颍河抗洪抢险的全面胜利作出了突出贡献。洪水过后,周口市委市政府授予周口水文局"抗洪抢险英雄集体"荣誉称号,授予尹社刚"抗洪抢险模范"荣誉称号,张永亮被评为"全国水利系统水文先进工作者"。

中华人民共和国成立以来,周口水文站几经变迁,历经风霜雪雨,惊涛骇浪,始终屹立在沙颍河岸边,护卫着沙颍河安澜。一代代水文人前赴后继,艰苦奋斗,开拓创新,从一穷二白到建立起规模完整的水文测报体系,谱写了一曲曲护卫人民生命财产安全的精彩篇章。

(作者单位:河南省周口水文水资源勘测局)

苦中作乐的水文站时光

黄振离

2021年,是我入职水文生涯的第39年。回顾自己所经历过的岗位,无论是在艰苦的基层水文站,还是在现代化的局机关,亲历水文事业的日新月异,深感一代水文人创业的艰辛。以往提起水文,都觉得苦,但岁月并不以艰苦为唯一留存,水文人苦中作乐、以苦为乐、乐在其中的日子值得铭记终生。

1982年初,我从学校毕业,被组织分配到鸡冢水文站工作。鸡冢水文站地处山区,位于河南省鲁山县鸡冢乡,离鲁山县城50公里,离乡政府所在地5公里。这里不通电,交通闭塞,一天也只有一趟通往鲁山县城的班车。我在许昌水文分站办理报到手续后,便前往水文站上班。晚上9点我从许昌上车,到草店将近13个小时。第二天上午下车,背着一套被褥衣服行李,又步行3个小时,看到了公路边河道里的水尺和索道,知道水文站终于到了。

可能是初生牛犊不怕虎,初来此处,我并不觉得这里环境太过恶劣。鸡冢水文站坐落在太山庙河左岸半山腰,沿台阶大门口上,诙谐幽默的老站长书写五个大字:鸡冢老林寺。后来才知道,水文站六个职工,全是男人,宛如庙里的和尚。水文站附近的那条河叫太山庙河,河水清澈见底。水文站和公路隔着太山庙河相望,河宽七八十米,平时都需要趟水过河。河水一尺来深,人趟河过去,水一点儿都不浑,层层荡起的全是洁白的沙粒。

初来的新鲜感过去,我逐渐感受到了这里的不易。老站房的墙上挂着一把战刀,刀刃十分锋利,看起来寒光凛凛。站长告诉我,晚上经常有野兽和毒蛇出没,下河看水位时必须带上这把战刀。出门之前,先站在大门口,用手电筒四处观察,一是看有没有野兽,二是野兽怕光,把野兽吓跑,然后出门。后来我从老乡那里借来了一只猎枪,防身壮胆。水文站的院子里有一口水井,主要供吃饭烧茶用水,洗漱都是下河进行。洗衣服时,在搪瓷盆里放入衣服、洗衣粉、水,双脚在盆里做原地踏步走状,然后将衣服投入河水,几番摇摆,方大功告成。吃饭也是各自为战,每人一个厨房,没有煤,烧柴火。我从小到大没做过一次饭，只得虚心向同事学习。

解决了生活上的难题，接下来就是工作了。在老站长的帮助下，我慢慢熟悉了水文工作。鸡冢水文站由于流域面积小，上游没有人类活动对自然水文参数的影响，是一个径流实验站。该站的任务就是精细测量降水量、水位、流量、流速、含沙量。平水期需要每天准时进行两次水位观测，一次流量测验。测流量一般都是涉水测量，流速仪固定在测杆上，一人手持测杆，脖子上挂着秒表，一人将测量数据记录在记载表上。通过实际操作，我明白了为什么原始记载数据要用 2H 铅笔书写了：记录纸张如果遇水了，铅笔字迹不会消失；2H 铅笔硬度较大，会在记录纸上留下痕迹，用于鉴别。

1986 年 6 月份，鸡冢水文站发生了一场建站以来最大的暴雨洪水。洪水起涨阶段，我们涉水测流。水深不足一米，但人已经不能在河水中站稳了，需要另一个人在下游推着测量的人，才能勉强测完一个流速。随着水位上涨，后来就改用浮标法测流量了。水深将近两米的时候，整个河面波涛翻滚，奔腾咆哮，令人紧张害怕。测流速用的浮标，随着波浪上下起伏，时隐时现。洪峰到来时，水面反而变得平稳许多，整个河面就像一幅顺滑的丝绸，只听到水下河底被冲下来石头滚动的撞击声，看似平稳的水面，透着凶险，让人不寒而栗！我还清晰记得，彼时浮标法测得水面流速超过 9 米每秒。

我们到流域上游，需要详细调查流域下垫面有哪些新建的塘堰坝，以核准试验数据。我们几个年轻人带着干粮，踩着老乡放牛羊的痕迹，徒步进山调查。从早上走到下午，宛如进入了一座原始森林。十月的天气，到了晚上，还是很冷，我们就在大树下点燃一堆篝火，收集一堆落叶当作被褥。只带了一顿的干粮，早已吃完，第二天，忍着饥饿，找回家的路。当时根本没有听说过“导航”这个词，只是按照常识，顺着小溪往下游走。很多地方，类似瀑布的地形，溪水可以流过，人却过不去，还要绕一大圈才能找到这条小溪。一路上我们还在议论，水边的哪种野草可以吃。第二天傍晚，终于找到了一家住户，好心的山民热情地接待了我们，感觉寻常饭菜是那么香甜，弥漫着烟熏火燎和牲口气息的房子，也是那么温馨。

我们那时候，虽然生活十分艰苦，但对待工作是很认真的。不论日常测验，还是洪水期紧张的抢测，都必须做到四随（随观测、随计算、随整理、随分析）。所有的计算表格，都是人工用算盘和计算器计算，并且要达到计算、校核、审核三遍计算手续。老站长养了一窝老母鸡,为了鼓励我们年轻人认真负责地计算资料,他提出谁能在校核、审核过程中发现一处错误,就奖励一只鸡蛋,用这种方法,确实提高了我们严格仔细、认真负责的业务素养。

在一次测量洪水期间,狂风暴雨不停,暴风吹得浮标投掷器剧烈摆动,钢丝绳从滑轮槽中脱落,无法投放浮标。在这紧急关头,年轻职工小孙,用双手拉起钢丝绳,硬是徒手把掉槽的钢丝绳拉入滑轮上,瞬间小孙的双手血流如注,直到洪水过后才去医院包扎,伤口深及骨头,每个手都缝了几针,让我深受感动。水文站的水准点,逢 5 逢 0 的年份,都要进行校测。鸡冢水文站的引据水准点在 15 公里远的下汤,中间隔着山峦河流,必须趁树木没发芽测量,以免影响视线。当时,全站六个人全部出动。为了节约时间,过河都不再脱鞋,一天测量下来,双脚冻得通红。晚上借住在老乡家的牛棚里,寒风凛凛,心头戚戚。

在水文站工作的这段时间,转眼就过去了,但这段时间,却是我最常回忆的。如今我也到了耳顺之年,感念百年之中,水文发展已今非昔比。我常想,水文事业发展到今日,离不开国家的大力支持,也离不开科技发展的助力,而最深层次的内核,却是秉持水文精神的一代代水文人。今天的水文,仍有一代代年轻人,闻风而行,听雨而动,将珍贵的水文精神代代传承。我想这才是我们百年水文最值得称颂的无价之宝。今日再借"百年水文"之名,祝愿祖国康盛,江河安澜,水文事业迈向更新更高更亮的新征途!

(作者单位:河南省许昌水文水资源勘测局)

“拼命三郎”李晓光

于海霖

李晓光，1980年出生，2001年7月到河南省郑州水文水资源勘测局告成水文站参加工作，现任河南省郑州水文水资源勘测局登封水文局局长。在20年的工作生涯里，他多次获得郑州水文局先进个人称号，在他任站长的16年里，告成站多次获得郑州水文局先进水文站称号，连年被评为资料整编先进站。2014年，他的事迹入选河南省水利厅《最美水利人》一书，2017年被评为水利厅“最美家庭”，2015年和2019年李晓光两次被水利厅党组授予“优秀共产党员”称号。

恪尽职守是本分

告成水文站位于嵩山脚下、颍河之滨，是颍河上游第一处水文站和白沙水库重要的入库控制站。作为登封市防办和白沙防办的成员单位，每年要拍发雨水情、墒情电报550余份，向白沙防办发报270余份，为地方政府、沿河两岸百姓及厂矿提供水情40余次。在这份沉甸甸的责任面前，李晓光从不敢有丝毫怠慢，打开他手机的闹钟，一排十几个精确到分的闹铃映入眼帘，他说，这排闹铃能帮助他把工作做到“完美”；一件事，做得好和做到最好是绝对不一样的，“做到最好”就是他的追求。

2017年5月，登封境内普降大雨，李晓光时刻关注雨情实时信息。晚上九点多，他发现少林遥测站没有雨量信息，而观测员怎么都联系不上，他只身开车前往。少林站在几十公里外，雨急夜黑，山路崎岖，车子在泥水中打滑，他紧握方向盘，打开双闪艰难前行。越往山里走，雨雾就越大，视线越不好，两旁就是几十米的深沟，稍有闪失后果不堪设想！来到站点后，他发现原来是仪器故障导致无法测量，不顾这瓢泼大雨，李晓光马上前去排除仪器故障，观测员站在屋檐下手足无措地冲他喊：“李站长，快进屋，快进屋！”待他将仪器修好，整个人被淋成了落汤鸡，观测员不停地竖着大拇指：没见过为工作这么拼的！

您可真是“拼命三郎”！

“拼命三郎”的标签早就贴在了李晓光的身上。2014 年 11 月的一天，李晓光忙完外业回到站上，像往常一样开始打扫卫生，当他拖地拖到走廊台阶处时，忽然一阵眩晕，脚下一软就从台阶上摔了下来……这次意外导致李晓光左侧脚踝骨折，左侧两根肋骨骨折，脾脏受伤，头部淤血，浑身多处擦伤，医生下了病重通知书，结果他只住了三天院就闹着要出院，妻子气红了眼睛问为什么。为什么？因为每年一次的资料整编审核工作要开始了，他放心不下站上的测验工作，更放心不下站上的整编审核工作。这个“拼命三郎”用椅子托直伤腿，一天天地坐在办公室里，把站上所有的资料又审核了一遍，之后还背着资料从告成来到郑州，拄着拐杖参加了局里的整编审核工作。这场“折腾”，导致李晓光的脚踝时常肿着，恢复很慢，他瘦成了“纸片人”。可是他说：我不是“拼命三郎”，干的事都是我的本分。

全心全意护水文

2018 年 7 月至 8 月，颍河迎来史上最大规模的河道治理，治理河段全长 40 余公里，而告成水文站的测验断面就在其中。7 月上旬，颍河治理前期，登封市水务局、告成镇政府来人来电与李站长沟通：欲在颍河河道内每间隔 200 米修建防冲齿墙，并将河道全部整平，告成站基本断面上下游将修建两到三处齿墙。

李晓光神经立刻崩了起来：“河道治理是利国利民的好事，但是这个治理方案一旦实施，将出现漫滩、壅水、回水等情况，自记井、测流桥等所有测验设施无法使用，势必严重影响告成站的测报工作，造成测验成果不准确的后果。”事不宜迟，他马上向局领导汇报，在得到“基本断面上游 273 米、下游 300 米内严禁修建齿墙；断面保护范围内保持原河槽状态”的指示后，他先后协调登封市水务局、市防办、告成镇政府、阳城区政府，拟函 3 份，多次出现场、电询、面谈，最终达成基本测流断面上游 273 米、下游 300 米（同水务局、阳城区协商再后退 150 米）不修建防冲齿墙，保持原河槽的理想结果。

之后的 50 多天里，李晓光付出了无数的精力和耐心，进行了一场艰苦的保护断面的“战争”。

7 月 15 日，李晓光正在维护雨量器时，接到老站长李林有语气严肃紧迫的电话：“你快点回来，对岸施工队在我们断面上开挖！我现在就站在钩机上，我先挡住他们！”“你执法的同时也要注意保护自己安全，不要靠近钩机和铲车！”李晓光深知地方处事的不易和危险，简单交代过后便急忙驱车赶回。看到施工方已经挖出一个硕大的深坑，李晓光和两个同事立刻拍照取证，要求他们立即停止违法开挖并回填，而施工方却不以为然，负责人带着一帮人围着他们三个，你一句我一句：“我们在这边挖怎么会影响到你们……”“河滩的石头这么多，挖点也没事……”李晓光感觉又急又气，捧着专门带来的《中华人民共和国水法》和《中华人民共和国水文保护条例》两本书，高声说道：“大家听我说一句，咱们这么开挖是违法的，让我给大家讲一讲……”一个多小时的交涉和普法后，施工方回填了深坑。此次执法打响了告成站断面保护的第一枪。

“硬仗”很快再次到来。7月25日起，河道治理进入告成站主要测验断面后，由于前期河道保护到位，河床下大量优质的河沙和鹅卵石让某些施工队和个人眼红了、心动了，时不时就有挖掘机在告成站上下游保护界碑范围内徘徊，伺机开挖。当时正值“七下八上”的主汛期，为了测验数据的准确，能够成为防汛预报的重要依据，测验断面决不能被破坏！李晓光感到自己人单力薄，只好用最笨的方法——每天坐在河边毒辣的日头下密切关注施工动向，稍有违法行为立即现场叫停，并向其讲明目前正值主汛期，影响测报后果十分严重，而且肆意开挖属违法行为。气质儒雅的李晓光没几天就被晒脱了皮，一把凳子、一杯水、一瓶风油精成了他的标配。

施工方看到白天没有一丝机会，开始偷偷摸摸在后半夜出动，殊不知，他们的一举一动都在站上同志们的监视范围。李晓光预见了这种可能，早就制订了“白加黑、现场加监控、电话交涉、强光照射警示”的方案。告成站的职工和家属齐上阵，坚持两班倒，全天24小时密切注意施工情况，发现动静就迅速赶到现场制止，对方往往是当面满口答应，过不多久偷挖行为便又开始，他们便再执法，就这样，双方展开了拉锯战。一个深夜，站上同志再次赶到断面制止对方的违法施工，这次对方非常嚣张地在主索下方挖出了一个几米深的沙坑，在李晓光责令他们停工回填时充耳不闻，看着挖掘机高高扬起的“手臂”、施工工人冷漠的表情和脚边狼藉的断面，李晓光热血冲上头顶，当即站在了“手臂”下，高声喊道：“不能挖了！这些石头我拿我的命护定了！”

面对李晓光这样“油盐不进”的“硬骨头”，施工方软硬兼施想“拿下”他。一边让附近的村民来传话：“你们这么断人财路，小心走夜路都不安全！”一边又找到李晓光“推心置腹”。

“李站长,大家都不容易,你睁只眼闭只眼,让兄弟我挖几天就行!”

“不行!”

“李站长,我上面有人,你不能这么倔,上面说过河里用不完的石头我都能拉走!”

“如果是这样,你们更应该合法合理施工,不能违法违规采挖。”

“李站长,这样吧!你让我把砂石挖走,我让你占股份,你什么都不用做,卖完给你分十几万!”

“你给我多少钱都不行,不能挖!国家的利益、共产党人的原则、水文的权益是不容金钱买卖的!”

“李站长,我们干到哪里你跟到哪里,你这么负责干啥!你图啥?”

“……”

是啊!图啥?测报、维护、巡测、执法,繁重的工作交织在一起,李晓光和站上的同志们已经太久没有好好歇歇了。为保住断面不受侵害,同志们半夜12点以前很少休息,累了就躺在办公室椅子上将就一下,夜间到对岸执法时,蚊虫叮咬,腿部被杂草刺伤,视线差,挖掘机附近十分危险,大家都全然不顾。白天再约谈施工方,对其进行水文普法。李晓光表面镇定、内心忐忑,常常叮嘱职工:要注意随手锁门,要随身携带电话,出门归来都必须告诉我……施工方的威胁话语让他心里担忧,家人和同事还要长期在这里工作、生活,他们的安危牵动着他的心。

经过一次次寸步不让的交涉、一遍遍耐心透彻的普法宣传,最终施工方认识到了自身的违法行为,对施工中给水文工作带来的影响深表歉意,并承诺依法施工。50多个日日夜夜,河道治理平稳通过告成站主要保护范围,当地政府也同告成站保持沟通,有序施工。告成水文站测验断面保护事件,有效避免了先建后拆、建好不拆、法庭相见的不利局面,是水文系统动用执法力量最少,维权成本最小的标杆维权案例。

愿做那根木水尺

很多人都在问自己:你的初心是什么?对李晓光而言,他的初心就镌刻在测流断面旁的那根木水尺桩上。

那是2009年9月,告成站测得200多个流量,是迁站至今最大的一场洪水，河道漫滩了，河水卷挟着上游冲下来的树枝、杂物又继续向下游冲去。李晓光带着职工紧张有序地测、算、报，已经连续奋战几日了。临近中午，在完成测流任务后，大家准备上岸，李晓光打算回宿舍看看才一岁大的三胞胎闺女，三个小不点前几天同时生病发烧，全靠爱人一个人照顾。就在这时，不远处那根露出水面半米多的木制水尺，在几个人眼皮子底下，瞬间被湍急的河水冲走了！行洪过程，水情瞬息变化，没有水尺就无法获得水位这一重要的水情信息。李晓光当即想到，马上设立临时水尺！他立刻调转脚步，到库房中把预备好的水尺木桩拿出。这几个从天不亮就忙碌的同志，没顾上喝一口水就立刻开始打水尺桩，岸坡湿滑，泥沙下面都是鹅卵石，他们抡起胳膊一锤一锤把木桩夯进岸坡，震得虎口发麻。这根临时水尺，对后续的测报工作起到了至关重要的作用。李晓光永远记得那一刻头顶阴沉沉的天空，耳边大锤砸出的一声声闷响，还有心里跟自己说的那句话：一入水文门，一生水文人。

洪水消退后，站上及时补设了钢制水尺，队列之外的木头水尺桩，在规整划一的钢制水尺桩的映衬下毫不起眼，李晓光没有舍得拔除这根木桩，每次经过都会不由自主看它一眼，有时还会在它身边驻足、观想，他觉得它像个老朋友，它也像他自己，朴实无华却在关键时候可堪大用。这是李晓光对自己的认知，也是对自己不变的要求。

随着水文站网布局和功能不断完善，水文基础设施不断改善，水文测报技术手段不断提升，水文监测服务能力不断增强，水文工作将在防灾减灾、水资源管理、水生态与水环境保护及经济建设中发挥更加重要的作用。站在水文事业高速发展的风口，“拼命三郎”李晓光决定继续“拼”下去，加快学习各种新技术，增强水文监测服务的能力，提升胸怀水文大局的眼界，以昂扬向上的斗志、开拓进取的精神，积极投身这“大水文”时代！

（作者单位：河南省郑州水文水资源勘测局）

水文一线“老黄牛”

王鑫丽

从大坡岭到淮滨,从弱冠之年到知天命,他从一名普通的水文勘测工,成长为基层测站站长。

“河南省优秀职工”“河南省水利系统文明职工”“河南省水文系统先进工作者”“河南省水利系统十佳职工”“河南省直机关优秀共产党员”……这些沉甸甸的荣誉背后,是他多年奔波于最艰苦的水文一线的身影。

参加工作34年,余金洲一直远离城市,远离繁华,坚守在一线水文测站,尽职尽责、默默奉献,甘当“水文老黄牛”。

一

1981年,余金洲参加水文工作伊始,被分配到大坡岭水文站值守。这个水文站地处偏远山村,位于两省三县交界处,有“河南水文小西藏”之称,交通不便,离最近的集镇还有6公里的山路。在20世纪80年代初条件有多么艰苦,只有长期在这里工作的人才能感受得那么深切,面对的是寂静的大山,看管的是时而默默流淌、时而又咆哮奔腾的大河,更多的时候是一个人静静地呆着,沉默多于语言,思考多于交流,年轻的余金洲在这里一干就是7年!当洪水来临的时候,紧张、忙碌,还有危险,与暴雨洪水搏斗,像一个战士,充满了豪情与英雄的气概。当时测报条件落后,需要乘木船到河里施测。有一次,洪水从上游裹挟着大量的木头冲下来,余金洲乘坐的船差点被撞翻,而不远处就是湍急的漩涡,可以说当年许多水文数据是用生命换来的。当洪水退去,大部分的时间是日复一日单调枯燥的工作,寂寥的院落,空旷的山谷。

1988年,由于工作的需要,余金洲被调到淮滨水文站任副站长,1991年任站长。淮滨水文站是淮河在河南的出境控制站,也是国家级重点水文站,距离淮河重要水利枢纽王家坝仅有18公里,担负着为中央、省、市各级防汛指挥部门报汛的任务,责任重大。

2007年主汛期,受副热带高压、西风槽和梅雨带共同影响,信阳市平均降雨量达672毫米,较多年同期平均降雨量偏多73.6%,具有场次多、降雨量和强度大、时间相对集中等特点。连续降雨致使淮河干支流洪水一场接一场,淮滨站超警戒水位运行长达275小时,洪水总量高达44.6亿立方米,淮河干流淮滨站以上全线发生超警戒水位的洪水,以下全线发生超保证水位的洪水。浉河、竹竿河、潢河、白露河、洪河等支流均发生了超保证水位的洪水;全市18座大中型水库有11座超汛期限制水位而开闸泄洪,防汛形势异常严峻。省防办要求淮滨水文站每小时向各级防汛指挥部门汇报一次水情。余金洲连续几天几夜坚守在水文测报第一线,渴了喝几口水,饿了啃点方便面,困了就在办公室休息一会儿。

在抗洪抢险最繁忙的时候,余金洲接到家里的电话,说他80多岁的老母亲病情恶化,妻子让他赶紧赶往医院,家人都在,唯独缺少老人最惦念的孝顺儿子金洲。亲情、汛情交织在一起,余金洲心情十分复杂!作为长子,在母亲身边尽孝是他不能推卸的义务;身为站长,在站里值守是他义不容辞的责任。艰难的抉择之后,他选择坚守岗位,把抢救护理老母亲的事托付给了妻子。"想着病床上的老娘,我的心里也不是个滋味,老娘把我养大,不就图有个病有个灾的时候我能守在她身边吗?可……"余金洲说不下去了。同事们都知道余金洲是个大孝子,但更能理解他的坚守和执着,谁也没有劝他走,都自发地加班。

由于洪水来势凶猛,夜间测流危险性很大。余金洲不顾多日的疲劳,坚持和职工们一起上船测流。在测流时出现了几次险情,他们及时启用了应急措施,圆满地测得了洪水全过程。

等到体力严重透支的余金洲赶到医院时,他的老母亲已经离世了,这件事成了他终身的遗憾。说起这些,他忍不住泪流满面,声音嘶哑地说:"我也想一步就跨进医院,陪在老娘床前。可是洪峰不等人啊!"

二

余金洲到淮滨上任时,淮滨站只有7名同志,而且年青工人较多、技术力量薄弱。1991年,余金洲考入长江水文职工中等专业学校陆地水文专业函授中专班,他非常珍惜这来之不易的学习机会,硬是凭着顽强的毅力,以优异成绩完成了3年中专学业,业务素质有了明显提升,还熟练掌握了水文站的河道特征及各项水文勘测、洪水预报等技能，逐步积累了丰富的实践经验。除自己努力学习外，他还精心备课，利用每周二业务学习日给职工讲课，组织开展知识竞赛及洪水测验演习，提高职工队伍的整体素质。

余金洲上任后，督促全站上下以防大汛、抗大洪为目标，扎实做好汛前准备工作。为了检查各雨量站点的仪器运行情况，每年汛前，他都要步行几十里山路，亲自检修调试水文仪器，校准水尺，哪怕是一颗小小的螺丝钉也不放过，确保汛期到来时各项水文测验设施能正常运转。在他的严格要求和辛勤工作下，淮滨水文站的测报工作从未出现任何责任事故。

2000 年 6 月，淮河流域发生较大洪水。6 月 10 日，国务院副总理温家宝、水利部部长汪恕诚在河南省委书记马忠臣、省长李克强的陪同下，在淮滨水文站视察防汛工作之际，临时决定到淮滨水文站查看水情。余金洲在事先没有接到任何通知的情况下，临阵不乱，有问必答，简洁熟练地将水文站的情况向领导们做了汇报，并娴熟地将遥测水文监视器和人工置数发报进行了现场演示。他精湛的业务技能和良好的综合素质受到了领导们的赞赏。河南省水利厅厅长韩天经称赞他：你没有给咱河南水利人丢脸！

“温家宝总理能来我们水文站，真没想到，但这同时也说明了水文工作的重要性，我们一定会坚守岗位，随时观测水文变化，提供最翔实的第一手资料。”余金洲更加深刻地意识到了自己肩上沉甸甸的责任，干劲更足了。

他积极推行目标管理责任制，制定请假制度、财务制度、工作学习制度、值班制度、安全生产制度，做到有章可循。注重加强测站精神文明建设，带领全站上下积极开展争创文明水文站活动，2008 年，淮滨水文站被河南省水文水资源局评为“文明水文站”。

三

“风急雨大时，人家都往家里跑，而我却朝河边跑。”余金洲不好意思地说，“没办法，干了二十多年水文，我已经形成条件反射了。”年过六旬的余金洲从与水文结缘的那一刻起，河就是家，家就是河。作为老党员，余金洲退休不退志，在单位有需要时，无论是测报等业务工作，还是整治环境卫生，他都与站上的同志们冲锋在前。

2017 年和 2018 年，淮滨站缆道主索两次被高大的运沙船挂断。淮滨站缆道跨度 600 多米，恢复起来难度很大。作为河南防汛第一站，没有缆道就意味着战士战场上没有了枪支。为了不影响防汛测报，已经退休的余金州二话没说，继续和站上职工一起奋战在恢复缆道第一线。他起早贪黑，爬钢塔，拉钢索，样样抢着干，站上职工在他的感召下，战胜高温，连续奋战，很快就使缆道横跨在淮河之上，继续为淮河的安澜抢测数据。

“献了青春献终身，献了终身献子孙，这就是水文人的风采，这就是水文人的精神。”子承父业的余金洲如是说道。他把最深的感情和全部的精力倾注给了水文事业，在站里，他对年轻人的要求总是格外严格。而对于站上的年轻人来说，老站长就是最鲜活的榜样，是最标准的“水尺”。这种干事创业的蓬勃激情，也将成为激励新一代水文人的无穷力量。

余金洲把最深的感情和全部的精力倾注给了水文事业，无论是在偏僻恶劣的环境中，还是在酷暑严寒的季节里，他和一线职工肩并肩默默奉献，他从来没有什么豪言壮语，有的只是一个信念：用精准的数据保淮河安澜，护百姓安康！这是余金洲的风采，也是我们水文人的风采，更是人水和谐建设者引以为荣的精彩华章，是最朴实而又最真诚的水文人的情怀！

（作者单位：河南省信阳水文水资源勘测局）

"75・8"暴雨洪水中的鸭河口水库

郭清雅

1975年8月4日,3号台风从南海北上,跨过台湾海峡从福建厦门登陆,经三明、宜春、江陵、应山进入河南省信阳、驻马店、南阳一带。因受秦岭及太行山的阻隔,3号台风携带大量水汽的热带低压,在伏牛山南部徘徊不前,形成了河南南部一场震惊中外、历史罕见的"75・8"特大历史暴雨洪水。

然而,同样处于唐白河水系的暴雨洪水中心区域,洪峰流量高达11700立方米每秒(百年一遇)的鸭河口水库,却在这场特大历史洪水中岿然不动,奇迹般的避过了这场浩劫:水库下游河堤安然无恙;人民的生命财产尽可能得到了保全;城市、铁路、工业、农村秩序井然。这一切,不仅得益于防汛指挥部的防洪调度措施,更得益于水文人对鸭河口水库精准的入库洪水预报。

降雨　水情

1975年7月,鸭河口流域降水量偏少,8月4日前,水库水位仅163.80米。3号台风深入内陆后演变成强烈的热带低压,受东风扰动,台风倒槽在北纬30度自东向西移动,由于秦岭及太行山的阻隔,热带低压携带大量水汽在河南省的信阳、驻马店、南阳一带停留徘徊。8月4日,降雨从唐白河流域上游山区开始,5日至7日,唐白河流域普降特大暴雨,南召县下石笼降水304.2毫米,口子河水文站所控制的流域面积为421平方公里,该区域内平均降水235毫米,这场降水拉开了鸭河口水库"75.8"抗洪的序幕。

7日,降雨范围和降雨量均在猛增,方城县杨集雨量站三天的雨量高达796.3毫米。到8日,杨集降雨252.5毫米,累计雨量猛增到1048.8毫米。辛庄雨量站7日单日降水量373.8毫米,唐白河流域五天累计降水量大于200毫米的面积达12400平方公里,鸭河口水库流域平均降水大于400毫米。强降水导致流域内山洪爆发,河水满溢,水库水位急速上涨。

鸭河口水库是位于这场暴雨洪水中心区域内的大(一)型水库,多年来一直发挥着防洪、灌溉、供水、发电的综合效益。5日，流域内普涨大水，水库水位开始上涨，到7日9:30，库水位涨至175.15米，突破了汛期限止标准的175.00米。防汛指挥部决定开闸泄洪，下泄流量1000立方米每秒。

8月7日，倾盆大雨仍在持续，库区东部降水强劲（如辛庄水库站测得单日降雨量373.8毫米），防汛指挥部决定加大泄洪流量，下泄流量2290立方米每秒。

8月8日晨，白河、鸭河、黄鸭河洪水相继到达库区。仅口子河（流域面积为421平方公里）的洪峰流量就高达6100立方米每秒。8月8日8:00，入库洪峰流量高达11700立方米每秒（历史记录为10000立方米每秒），入库洪水总量10.21亿立方米，洪水重现期百年一遇。汹涌而来的入库洪水得不到有效的渲泄，水库水位急速上涨，至8日8:00，库水位已达历史最高值178.50米，水位变幅已达到9.76米，达到了历史最高值。

防汛　抗洪

8月8日，中共中央、国务院向全力以赴投入抗洪抢险的南阳地委、地革委、抗洪抢险官兵、解放军战士和民兵发电慰问。根据国务院的指示，鸭河口水库防洪水位限定在178.53米以下，如果超过该值，为确保大坝的安全，必须爆破溢洪道泄洪，以保证水库下游城市南阳、襄阳和沿河两岸人民群众的生命财产安全。

然而，即使是采取爆破泄洪的防洪措施，水库下游及沿河两岸的经济损失，仍将是一个难以估量的天文数字。地区防汛指挥部紧急进行防汛会商，研究采取“不炸副坝，改用防洪调度”方案泄洪的可行性。

作为重要的非工程防洪措施，入库洪水预报数据的准确与否对于防汛工作的成败，起着至关重要的作用。水情预报人员的肩上担负着重要的使命！

南阳驻军33760部队紧急成立抗洪抢险领导小组，派出5000名指战员，兵分两路，一路前往唐河流域重灾区抢险救人，一路在鸭河口水库上坝抢险，调拨草袋10万条，8000军民在大坝上往来穿梭，夜以继日挥锹运土，将大坝加高2米。防汛工作如火如荼，繁忙而紧张，地区防汛指挥部和抢险部队在防汛情况危急的形势下，在水库紧急成立保坝领导小组……

与此同时，部队官兵在副坝子埝上挖出炸药室8个，埋置炸药2吨，一旦洪水超过178.53米，为最大限度减少灾害损失，将根据保库预案，爆破子埝，炸坝泄洪……一旦出现这种场面,白河下游将是一片泽国,难以想象,那会是一场多大的历史灾难啊!

大坝岌岌可危,保卫大坝的行动惊心动魄……

就在此时,国务院发文,要求南阳地区:必须确保鸭河口水库安全。

预报　调度

保坝领导小组紧急会商,要求必须采取有效的措施,不折不扣完成党和国家交给的任务。8月5日至7日的狂风暴雨,已将库区的通信设备几乎全部摧毁,要根据极其有限的暴雨信息做出科学准确的洪水预报,并将洪水预报和调度情报向中央、省、地防汛机构领导及时发出,困难程度可想而知。

南阳水文分站水情组和鸭河口水文站,是南阳地区洪水预报方面的两张王牌,水情组的王家俊、黄其均,鸭河口水文站的李坤志、史经平,都是经验丰富的洪水预报专家,但"75·8"特大历史暴雨洪水,岌岌可危的防汛形势,对他们来说,也是一次历史的考验。

面对当时的情形,大家除时刻监视水情,及时发报,与中央防总、省防指准时联络外,还要观测左、右输水道水情;溢洪道测流断面已被无情的洪水吞没,唯一借用的鲁南公路大桥也被全部冲毁,利用船测也找不到断面,依靠浮标,测流又无投放设备,真可谓走投无路,困难重重。作为站长的李坤志,头脑却十分冷静,一面设法稳定职工情绪,一面精细分工,提出了"人在,站在,资料在"的誓言,又向分站领导表示了"不管在什么样恶劣的条件下,坚决做到顶得住,测得到,报得出"的决心,召集全站职工研究方案,在水库领导及驻库指挥防汛领导的大力支持下,他们立刻跟铁路部门联系,借助距站5公里远的皇路店铁路大桥进行流量测验。水文战士靠手提30公斤重的铅鱼,在30米高的桥上进行测量,每天往返几十里,腿跑肿了,眼熬红了,双手全是血泡,从不叫一声累,有时一天只能吃一顿饭,饿了啃口干馍,口干了喝口冷水,从没说过一声苦。自5日20时至13日的8个昼夜,发扬了连续作战的作风,共测流30余次,发往各处水报约3000余份,与各有关部门电话联系200余次,终于做出了准确的水文预报。

根据暴雨特点、流域特性、库区水系分布、下垫面地理因素,南阳水文技术人员研判出"75·8"洪水具备产流集中、源短流急、洪水来势汹汹的特点,提前8个小时做出洪水过程预报,并准确做出能将最高库水位控制在178.50米内的调洪方案。他们适时掌握进库洪水,合理调节控制泄洪流量,尽量保持洪水和泄量的合理比率,以维持水库进出水量保持平衡,用这种方法强力压制库水位的上涨比率在可控范围内保持最小。他们将预报结果和调洪方案向保坝领导小组汇报,最终获批!

科学的洪水预报成果、科学的调洪计算、科学的防洪调度,使洪水水位牢牢保持在 178.50 米这个警戒线上。

一小时,两小时,三小时……时针指向了上午 11 时,洪水水位仍然稳定在 178.50 米的位置。

成功了!

傍晚,连续几日的降水终于结束了,西边的天空上,一抹晚霞穿破乌云,继而天气晴朗,星光显现。

21 时,洪水水位开始下降。

22 时,在鸭河口水库千米大堤上,人声鼎沸,人们振臂高呼,万岁!我们胜利了!老百姓热泪盈眶,奔走相告,“人民万岁”的口号声此起彼伏,不绝于耳。

前事不忘,后事之师。四十多年过去了,水文行业各方面都得到了飞速的发展,然而水文战士们“拉得出、测得到、报得出、报得及时”的水文诺言从未改变。

(作者单位:河南省南阳水文水资源勘测局)

焦作水文局筹建侧记

赵志鹏　王　宁

焦作市位于河南省西北部，东与新乡接壤，西与济源搭界，南临黄河，北依太行，是重要的新兴工业城市，水文业务工作一直由新乡水文局代管，河南省焦作水文水资源勘测局的故事要从21世纪的第12个年头说起。

攻坚克难　开拓水文业务

“一年春作首，万事贵争先”。2012年初，焦作水文局筹建处处长王冬至一行来到焦作，吹响了河南省焦作水文巡测基地、中心站建设的集结号，正式拉开了焦作水文事业建设发展的序幕。

俗话说“万事开头难”，筹建之初没有办公场地、经费紧缺，人员都来自外地，人生地不熟、举步维艰，个别人甚至打起了退堂鼓。“领导把这么重要的任务交给我们，是对我们信任，没有难处让我们来干什么，我们没有退路，必须硬着头皮顶上去，要用实际行动向大家证明，我们都是好样的……”王冬至的话语掷地有声，在他的鼓励下，同志们不抱怨、不气馁，积极出主意、想办法。

没有办公场所，就主动与焦作市水利局对接沟通，讲明水文建设对防汛抗旱工作的现实意义。市水利局充分认识到水文工作将对全市防汛抗旱发挥的重要作用，给予全力支持。为方便各类监测仪器的进出，水利局让出办公楼一楼的职工餐厅供筹建处使用。当时的办公室面积三十多平方米，人多的时候甚至要七八人挤在一间办公室。但正是得益于这样的工作环境，焦作水文局团结、友爱、互助、谦让的良好工作氛围日趋形成。

经费紧缺，领导带头垫支，同志们也纷纷自掏腰包。人员不足，每名同志身兼数职、加班加点。在大家的共同努力下，短短几个月就完善了单位组织机构代码、银行基本账户等新单位成立的各项手续，并于当年接管修武、何营两个水文站，着手开展入河排污口核查、水功能区划调查等业务工作，为当地经济发展提供强有力的信息服务，得到了当地政府和水行政主管部门的认可。

群策群力　狠抓基础建设

水文巡测基地、中心站如何建，是购置成品房、还是征地新建？筹建处多管齐下，先后考察了十几个在建或已投入使用的写字楼，同时多次就征地问题与市规划、国土部门进行对接，争取当地政府支持。经请示省局领导，最终下决心购买了一块14.82亩工业用地用于建设。

王冬至与班子成员孙孝波、唐军每天奔波于土地所属企业、当地村委会和市区国土规划部门，全力推动土地过户和建设用地规划许可证办理。实际过程却是一波三折，先是当地村委会要求参与工程建设，示范区政府、办事处多次到村委会摆政策、讲道理，帮助协调周边关系，为后期工程建设营造良好外部环境。后有容积率不足问题，9000平方米土地，按容积率1.2计算，至少需要有1万多平方米的建筑面积。市、区规划部门帮助出谋划策，对原有设计进行修改、优化。最大的困难还在后面，2013年3月17日，李克强总理在记者招待会上庄严承诺："本届政府任期内，政府性楼堂馆所一律不得新建"。焦作水文基地、中心站征地建设是否还能继续，建设项目性质认定成了决定因素。

重新认定意味着要把前期的审批手续再走一遍，筹建工作已没有了退路。王冬至就带领同志们，怀揣初设、可研报告及省发改委批复意见，再次奔波于建设规划、发改委、纪检等部门之间。为了能当面向主管部门的领导及时反映实际情况，经常要在办公室外等上数小时，甚至是一天。功夫不负有心人，筹建工作终于迎来了转机。2013年6月21日，焦作市发改委对建设项目重新进行认定：焦作水文巡测基地项目属于水文监测系统业务用房，不在楼堂馆所范围，请抓紧办理相关手续。

为加快基地土地手续办理速度，局领导班子多次召开会议，广大职工积极建言献策，为减少外界干扰，2013年7月，完成了围墙建设，宣示了对这块土地的所有权和管理权；同志们全力投入工程建设手续审批中，在五个月内，先后完成了《建设用地规划许可证》审批、《基地施工图设计》《施工图审查》《平面规划方案》批复；拿到《焦作市人民政府土地管理批文》《土地划拨决定书》；最终于2013年12月6日取得了土地证，2014年1月17日取得《建设工程规划许可证》；2014年4月完成了招标投标，并于同年6月顺利实现开工建设。

继往开来　开创发展新局面

工程开工后，无论领导还是普通职工，每天都会数次往返办公室与建设工地之间，在基础开挖回填、钢筋制作安装、混凝土浇筑等各个环节，都留下了他们忙碌的身影。钢筋绑扎完成后，无论楼层高低都要对照图纸检查每一根钢筋位置是否正确、间距是否合格，混凝土浇筑时全程旁站监理，为确定外墙工艺，就一遍遍组织工艺试验。历时 1 年半，焦作巡测基地、中心站工程于 2015 年 12 月 10 日顺利通过质量竣工验收。

2016 年 1 月，焦作水文巡测基地、中心站投入试运行。同年 9 月，另加挂“焦作市水文水资源局”牌子，实现了双重管理。

为解决焦作水文巡测基地中心站冬季供暖问题，省局筹措了 12 万元供暖配套工程建设资金，焦作市、区各级领导也十分关注，在政策等方面给予了大力的支持，终于在 2017 年底严寒来临前，实现了暖气供应，为职工送来温暖。

随着物质条件的改善，对精神文明建设的需求也与日俱增。自 2016 年以来，通过全体职工的共同努力，连续 4 年先后被评为“区级文明单位”“市级文明单位”“市级文明单位标兵单位”，并于 2019 年成功创建省级文明单位。

（作者单位：河南省焦作水文水资源勘测局）

百炼成“钢”

王瑜勳

生铁如何炼成好钢？从下乡知青成长为水文战线上党的干部，历练成一个水文勘测局的“领头雁”，现已退休的河南省商丘水文水资源勘测局原书记王保昌，在水文生涯中用踏实奋斗和无私奉献做出了回答。

甫入水文　坚定奉献初心

1975年初，19岁的下乡知青王保昌通过招工分配到商丘地区水利局水文站。刚一报到，站长问他：“知道水文是干啥的不？能干好不？”年轻的王保昌确实还不知道“水文”是什么，在3个招工单位之间他选择水文站，仅仅因为他认为自己“会水、不怕水”，四年的知青岁月中他在水塘中救起过3人，他觉得自己能干好这个单位名称中带“水”的工作。王保昌坚定地说：“虽然我对水文了解不深，但我肯定能干好，我会用以后的行动来回答！”

1975年恰是水文测站基本水准点校测之年。这个刚踏入水文门槛的年轻人接到了入职的第一件任务，他背起行囊，和水文老职工一起赶着马车，拉着仪器，带着干粮，白天测量，夜里借宿在老乡家里，终于赶在庄稼长起来前，完成了6个水文站的基本水准点逢“5”年份校测工作，丈量了几百公里的路程。3个月的风餐露宿，王保昌慢慢体会到，“水文”并不是“不怕水”就能干好的工作。五年一次的任务结束后，王保昌被分配到商丘永城市（当时为永城县）永城水文站工作，成为一名水文兵。

积极肯干的他很快掌握了测、整、报工作。他将工作中学到的专业知识和老职工传授的经验一丝不苟地记在笔记本上；一本《水文测验规范》被他翻得起了毛边；为了提高计算速度他日日练习，一手算盘打得飞快；他在工作中经常发问“为什么”，这种“知其然，知其所以然”的劲头让他的业务能力快速提高。永城水文站是堰闸站，每次提闸放水前闸管所都会通知水文站“今日几时几分提闸几孔几公寸”，站上的同志准时前去观测水位，测算流量。工作半年的王保昌发现闸门开启高度全凭启闸人员告知,他再次提出了疑问:“这个提闸高度精确吗?我们怎么判断他们有没有报错、我们有没有听错?怎样避免这些误差?”站长觉得他这个问题提得非常有意义,问他可想好解决办法。王保昌建议说:“我觉得可在堰闸壁上钉上水尺牌作为高度牌,醒目又精准。”说起来简单做起来难,王保昌和同事周选民趁闸门闭合时,将粗麻绳捆在腰间,从桥上吊下去,无处可以借力,麻绳勒得肋骨生疼,他们悬在空中,顶着烈日,把2米高的水尺牌一点一点钉进坚硬无比的堰闸壁,一连干了一个多月,将16孔闸门全部钉上了水尺牌。这些指示牌准确标识提闸高度,让永城水文站的同志感到安心,有了每次都能准确观测的底气。这些水尺牌历经40余载,至今还钉在闸壁上,见证着流水的滔滔不绝。

20世纪70年代测流一般使用小木船,用一根钢缆将船拴在断面上方的过河索上,永城水文站也不例外。1977年7月,上游连降暴雨,16孔闸门全部提出了水面,水势上涨很快,流速又大,上游的漂浮物裹着水草缠挂在过河索上,越来越多,将婴儿手臂粗的过河索冲成了弓形,随时有崩断的危险。王保昌毫不犹豫地跟站长周景春一起穿上救生衣,拿起镰刀跳入激流中奋力清理杂物。河中间流速太大,必须贴着过河索才能扶稳,因水流冲击,钢索卡在腰部,勒出道道血印,他们咬牙清理完,上岸时已经精疲力尽。在之后的几十年,每逢阴雨天,他的腰椎便会疼痛,他总说这是他勇博激流的“勋章”。

1977年8月的一个夜晚,暴雨如注,洪水漫过大堤,一片汪洋,报汛线路中断了。永城水文站平时拍发雨水情报文,是用站上唯一的一部手摇电话机,联系离永城水文站5里地的邮电局报房,由他们将电报发出。然而报汛线路中断,只能用脚步代替电话线了,王保昌将拟好的报文用塑料布层层裹紧揣在怀里,踏上了报汛的路程。漆黑的雨夜,泥泞的道路,焦急的心情,他一路跌跌撞撞连走带跑赶到报房:“我要发电报,我是水文站……”几个字一出口,电报房值班的大姐立刻说道:“你是水文站的小王!”通过电话线,大姐熟悉水文站每个人的声音,虽然这是他们第一次见面,可是却像认识了很久的同志一样亲切。发完电报,因挂念站上的工作,王保昌顾不上休息,又深一脚浅一脚赶回水文站,天已微亮,雨已渐收,他的裤腿和鞋子上裹满了泥巴,腿像灌了铅一样,从雨衣脖领处灌进去的雨水早已湿透了上衣。可是因为完成了报汛任务,他的心里轻松极了,站在那里,他回望着影影绰绰的路,想着刚才报房大姐的那句鼓励“你们水文站真是好样的”,王保昌内心涌出一股成就感,他心想:“这条路,走下去就是了。”

百炼成钢　一路沐风栉雨

1978年,因为工作踏实又写得一手清隽好字,王保昌被当时的河南省水文总站借调参与历史洪水调查。他的任务是收集全省历史洪水资料,需要到各大高校、各省图书馆誊抄,一年半的时间,他走进北大、南大的高校图书馆和全国几个大型图书馆,翻阅了《竹书纪年》、河南通志、府志、县志等各类史料,从对名校学子们充满羡慕,慢慢变得沉稳持重,他将曾错失就读大学机会的遗憾埋入心底,告诫自己:学历不完全代表能力,要做好当下事。王保昌圆满完成了收集历史洪水资料的任务,誊抄手稿摞起高度超过1米,他用最好的年华,开始谱写奋斗之歌。

1980年底,王保昌调到当时的商丘水文站财务科工作,从未接触过财务工作的他,又沉下心来开始钻研。不仅一手算盘打得出神入化,而且账目做得干净整洁。省水文局到商丘水文局检查财务工作时,对王保昌的账簿赞叹不已,在那个没有电脑、纸质记账的年代,王保昌做的账簿像有书目总纲一般清晰。打开固定资产账簿,“类、款、项、目”分门别类,土地资产、仪器设备,乃至低值易耗品存量、价值,一目了然。这种方法随后在全省水文系统进行了推广。他说,我要用数字守好水文财产。

1993年冬,一场意外到来,王保昌急性阑尾炎手术出现麻醉事故,麻醉针扎穿了脊椎上蛛网膜,导致只能平躺无法起身,一旦坐起,不到两分钟就面色如纸、冷汗淋漓,即使有人扶着,也走不上两步就会晕倒。就在这种情况下,还没出院的他时趴时卧,强忍着刀口疼和头疼,在病床上完成了年度财务决算报表。妻子心疼极了,躲着他哭了好几回。卧床半月后的一天,他对妻子说:“你找人给我做个带夹子的小桌板,支臂固定在床梆上,这样我躺着也能写字,虽然我坐不起来了,可我还能工作。”听闻此言,妻子再也忍不住嚎啕大哭。高堂年迈、女儿年幼、工作繁忙,家庭的重担全部压在妻子身上,但是她每天坚持给王保昌按摩推拿2个小时,王保昌也不相信命运的玩笑,每天即使再难受,也坚持行走训练。300多个日日夜夜,外人无法体会的辛酸与艰苦,被医学判定下半生只能卧床的王保昌站了起来,重新回到了工作岗位。

有“涅槃重生”之感的王保昌告诉自己,要加倍认真对待工作、珍惜生活。

20世纪90年代,财务电算化走进河南水文。时值不惑之年的王保昌敏锐地感觉到,这是财务工作方式转变的开端,一定不能被时代甩下,凭着一股钻劲儿,他成为一名优秀的财务工作者。因为业务能力强,连年在年度财务决算中被省水文局评为先进个人,兄弟单位的同行经常向他请教探讨。他先后多次参加省水利厅和省水文局对大中型水库、其他厅属单位和各勘测局的财务检查、财务审计、专项工程审计、经济责任审计工作,并取得全国内审协会会员资格。

2004年商丘市启动沙涡河治理工程,商丘水文局柘城水文站列入了改造项目。时任副局长的王保昌担起了这项工程的管理工作。从规划设计到施工,每个环节严格把关,编制监理部门所需要的各种报表,时间紧、任务重,他不分昼夜、不辞辛苦,如期完成了工程任务,顺利通过淮委验收。

2006年春节前夕,沙河上游民权段发生了严重的砷污染事件,惊动了水利部。水利部与国家环保局成立联合调查组,派专家到商丘进行实地调查。商丘水文局会同商丘市水利局、环保局联合调查,王保昌又挑起了担子。追本溯源,顺着沙河河道两岸查询污染源,最终在上游约70公里处查出一家磷肥厂采用劣质矿石生产,产生废水直接排入沙河,造成近70公里河道河水污染。商丘水文局与淮委水保局、商丘市环保局同时段采集水样进行化验分析比照,调查组最终采用了商丘水文局水质化验分析报告数据,科学地进行了污染治理,并对直接责任人进行行政处理,对相关人员追究了刑事责任。

2011年,根据省水文局要求,需要合理布设遥测地下水观测井。时任商丘水文局书记的王保昌和班子成员一道制订各区县规划方案,亲自与当地农民协商,进行选址定位和工程施工,每天早出晚归。一个清晨,王保昌感觉胸口发闷发疼,他吃了片止疼药就又一次去了施工现场,天色擦黑才回到家中。家人询问得知他胸闷更严重了,逼着他去了医院,医生诊断为气胸,让他住院,他急了:“住什么院,给我开点效果好的止疼药,我明天还得去工地呢!”医生也急了:“你必须马上住院,气胸是会要命的!你以为你是铁打的?”

忘我的工作、坚强的意志,一块精铁,百炼成钢。

躬身笃行　书写时代答卷

2009年6月,王保昌任商丘水文局书记。当时位于孙庄水文站的职工住宅楼的建设工程因各种原因无法进行,停工2年,王保昌下定决心一定要给职工把楼盖起来!他多次与市计委、城建局、规划局、土地局等诸多部门进行沟通协商,克服重重困难,一年后,20套住宅的职工楼盖成了,并被评为商丘市优质工程。想要房子的人很多,他和班子详细制订出分房方案,公平、公正、公开,最大限度地满足职工的需要,但唯独没有考虑他自己。分配方案公布后,妻子泪水涟涟地质问为什么,他耐心地解释:“职工更需要啊,有了家才能扎根啊!”“可是我们还租住在公房里,什么时候才能有我们自己的家?”他无法回答,他知道妻子对房子的憧憬,可他更知道作为单位负责人的责任。商丘水文局2000年以来先后盖起了48套住宅,可他一直蜗居在50多平方米的公房里。

他希望带领职工凝心聚力搞发展,怎么“凝”,怎么“聚”? 王保昌在心中慢慢揣摩出“三贴近”——贴近实际、贴近生活、贴近群众。他将想法形成思路,2009年,撰写论文《注重人文关怀和心理疏导 提升思想政治工作水平》被中国水利政研会评为一等奖;他将想法落实到行动中,单位有职工身患重病、丈夫车祸卧床、孩子上学,他多次主动向社区反映,积极跟进为其办理低保。职工家里有什么困难,老人就医、孩子入学,他都尽最大的努力根据政策联系协调,为职工解决后顾之忧。退休后,职工在家属院遇到他,总要驻足聊上几句。他觉得,这份好人缘比什么荣誉都贵重。

王保昌常说自己赶上了好时代,水文赶上了好时代,被百炼成钢的他决心当好“炼钢人”。他争取到专项资金更换商丘水文局化验室设备,分批次派出技术人员参加水利部举办的国家职业技术培训,一批水质化验人才迅速成长起来,商丘水文局化验能力产生了质的飞跃。在国家级验收中,专家组做出高度评价:商丘水文局化验室是三流的设备,一流的管理,一流的技术。在当时,商丘水文局化验室是商丘市诸多有水质化验的部门中唯一一个通过国家级计量认证的单位。

河南水文事业蓬勃发展,培养出一批又一批的“领头雁”,他们在风雨中成长,在浪潮中前行;他们被水文精神洗礼,经过水文工作的锻造和磨砺,炼成钢铁般的意志,在岗位上奋力拼搏、永不止步。奋楫江河勇作为,鬓白未减水文情,回望40年水文生涯,王保昌自豪、不悔。

(作者单位:河南省郑州水文水资源勘测局)

化验情怀

谷彦彬

时光荏苒，岁月如梭。从1975年化验室建设时，面积只有30多平方米，到如今1000平方米；从化验项目只有最初的十几项逐步增加到五十多项……几十年在人类发展史上何其短暂，但是对河南省水环境监测中心许昌分中心来说，却是一次次量的蜕变、质的飞跃。

艰苦置业　检验监测砥砺前行

许昌水文分站化验室（简称许昌化验室）于1975年，成立时，当时监测地区包括许昌（现在的许昌市、漯河市、平顶山市）、洛阳、驻马店等地。1976年1月5日化验室正式开展监测工作，最开始是一个季度监测一次。水质监测站点与当时的重要水文站相结合，化验项目有pH、钙、镁、钾、钠、氯离子、硫酸盐、碳酸根、重碳酸根、离子总量、矿化度、总硬度、总碱度、氰化物、挥发酚等十几项。负责监测的人员仅有两人：完恩发和李长敏。化验室面积只有30多平方米，整个化验室设施也很简陋，当时用砖头垒砌成的水泥台面，就成了化验室第一个实验操作台，一台721分光光度计（那个时候可是宝贝，全省只有2台）和一台万分之一的天平，水浴锅、电炉、烘箱，简单的蒸馏装置，还有一些三角瓶、玻璃器皿等设备，旁边放置了两张办公桌，这就是当时许昌化验室的全部家当了。

1982年，许昌化验室开始扩建，面积由原来的30多平方米，增加到60多平方米；监测项目由原来的十几项增加到二十几项，增加的项目有水温、嗅 、溶解氧、汞、砷、六价铬、高锰酸盐指数、氨氮、氟化物。仪器增加了冷原子荧光测汞仪和氟离子电极，并重新安装了电蒸馏装置。这期间，田海洋和丁爱先先后加入了许昌化验室，对化验室后期发展起到至关重要的推动作用。

随着城市的建设发展，1986年许昌地区升为地级市，同时单独划分出平顶山市、漯河市，化验室的监测项目又增加游离二氧化碳和侵蚀二氧化碳的监

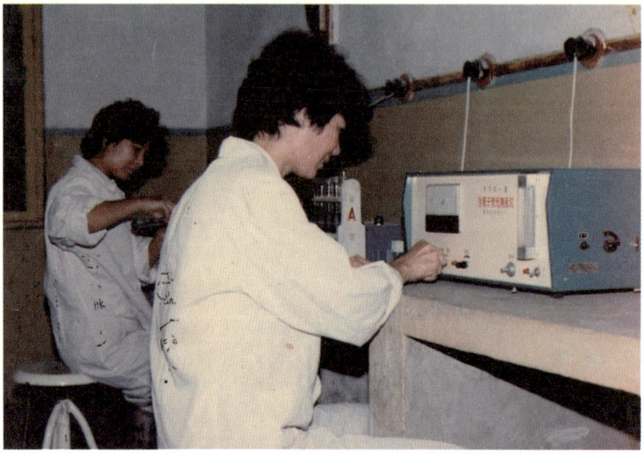

1982 年，许昌化验室石银珍和丁爱先用冷原子荧光测汞仪测汞

测。1987 年，许昌化验室首次参加了水电部的盲样考核，COD、钙、镁三项考核全部合格。1988 年，许昌化验室首次参加了河南省环保局组织的质控盲样考核，考核项目有高锰酸盐指数、氨氮、汞、挥发酚、砷、硫酸盐等 6 项 8 个样品，考核一次性合格。每一个化验人员的监测技能也在一次次实验中得到了提升。

一分耕耘，一份收获，1992 年，许昌分站化验室被水利部水文局授予“全优分析化验室”。

栉风沐雨　检验监测跃上新台阶

1995 年是许昌检验监测工作重大的转折年，化验室面积扩大到 150 平方米：2 个仪器室、2 个分析室、1 个样品室、1 个办公室。当年，首次通过国家计量认证，并取得了合格证书。水质站点也与基本水文站点大致相同，许昌分中心仍然负责许昌、漯河、平顶山和驻马店四个地市的水质监测，依然任重而道远。后期的工作开展中，在化验室主任田海洋领导下，全体同志参加，与许昌市水利科学研究所共同完成《沙颍河区域面源污染与河道水质模型开发及预警防治研究》，获得了许昌市科技进步二等奖。

1997 年，淮河流域开展达标排放零点行动，全省入河排污口监测工作启动，许昌共监测四个地市 40 多个入河排污口水质监测工作（当时全省才 150 个）。第二年，在首次河南省水利行业水质监测工技能竞赛中，许昌分中心田

1995 年,许昌化验室丁爱先和崔锦旗,做六价铬时候的照片

海洋同志获得了全省第一名的好成绩,并荣获了"河南省五一劳动奖章"荣誉称号。

许昌化验室的再次扩建是在 2000 年,由原来的 150 平方米增加到了 240 平方米,其中恒温面积 180 平方米。仪器配置了 721 分光光度计和 722 分光光度计、生化培养箱,新添置了一台电光天平和两台电脑设备。同时,通过了国家计量认证复查换证评审。监测项目也增加到了 46 项,其中地表水 46 项、地下水 35 项、饮用水及水源水 29 项、污废水 22 项、大气降水 12 项。

按照河南省水文水资源局下达的 2003 年度监测任务书要求,许昌分中心对沙颍河上游及支流北汝河、澧河、清潩河等实施水质监测。共监测区域内地表水水质断面 12 个,其中河流站 9 个,闸坝、水库及水源地 8 个,监测项目 21 项。除完成上述地表水监测任务外,还对许昌、漯河、平顶山等区域地下水实施污染监测和地下水常规分析,共监测污染井 9 眼,常规监测井 17 眼,完成河南省辖淮河工业污染源入河排污口监测及河道重点控制断面的水质监测工作。并于当年完成了对许昌化验室的全面改造,增加了分析室面积,面积在原来的基础上扩展到了 300 平方米。其中,恒温面积为 220 平方米,改造后的许昌化验室布局更加合理,分析环境有了很大的改善。配置了原子吸收分光光度计、紫外分光光度计等仪器设备,也覆盖了更多的监测项目。

经过多年的发展,不管是在集体荣誉方面还是个人技能方面,许昌化验室的成绩再次得到了认可:

2005 年,再次通过国家计量认证复查换证评审,许昌分中心被评审组长高宏教授称为“免检分中心”;崔锦旗同志研制的《化学需要量化学试剂的研究》成果,获得了河南省水文局科技创新二等奖。

2010年以来,通过国家水资源监控能力建设项目、中小流域建设项目和水资源监控能力及饮用水安全应急监测建设工程项目实施,许昌分中心水质监测投入建设经费379万元,另外购置了BOD测定仪、纯水机、便携式多参数测定仪、离子色谱仪(带自动进样器)、连续流动分析仪、普通显微镜、气相色谱仪、BOD快速测定仪、便携式重金属测定仪等先进仪器,2014年许昌分中心化验室的面积增加到1000平方米,控温面积100%。同年11月,对化验室进行了全面改造,为推进许昌分中心的下一步工作奠定了基础。从2015年起,连续6年,许昌分中心每年都参加中国认证认可监督管理委员会和水利部水文局举行的能力验证比对,成绩全部一次性合格。

2014年,改造后的许昌化验室

稳步发展　业务水平争创新高

截至2020年12月,许昌分中心共有监测人员8名,其中管理人员3名,学历方面:研究生2名,本科生5名,大专生1名;职称方面:高级职称3名,工程师5名。近几年,许昌分中心投入了大量人力、物力和财力,不断提高技能人才的业务技术水平,让大家的专业技术理论更扎实,各种精密仪器设备的操作技术更熟练,精通各种监测仪器操作,是一个优秀的化验人员必备品质。

2020年10月,我有幸成为了许昌分中心第三代负责人。化验工作精细琐碎,经常会遇到不一样的新的问题,为了切实做好工作,我们全体化验人员及时相互沟通学习,做到自我摸索实践,认真学习相关的业务知识,不断提高自我的理论和综合素质。我也将不负重托,正确认真对待每一项工作,在开展工作之前做好工作计划。认真、按时的完成领导交办的其他工作,求真务实、始终保持严谨认真的工作态度和一丝不苟的工作作风,立足未来,创新发展。

工作过程中,我们会一直秉承精益求精的态度,2020 年 12 月 21 日至 26 日,省局组织开展了 2020 年度水质资料整编工作,许昌水文水资源勘测局水质资料被评为河南省水文水资源局 2020 年度一等奖。此荣誉的获得与全体工作人员严谨细致的工作习惯、求真务实的工作态度和一丝不苟的工作精神是分不开的。

2020 年 8 月,我和郑州水文局合作的科研项目《郑州城市河道综合治污调控技术》,获得河南省水利科技进步一等奖。张小娟和同事们合作的科研项目《郏县水资源综合规划应用研究》,获得河南省水利创新成果一等奖。

(作者单位:河南省许昌水文水资源勘测局)

沙颍河畔战洪水

和永场

2000 年 7 月,周口全市及沙颍河流域上游连续发生暴雨过程,次数多、覆盖面积广、间隔时间短。受降雨影响,沙颍河出现继“75·8”以来最大的洪水过程,洪水来势猛、峰连峰、水位高、流量大、退水慢,高水位运行时间长。沙颍河周口水文站 7 月 17 日测得最高水位 49.79 米,超警戒水位(46.10 米)3.69 米,最大流量 2890 立方米每秒,是中华人民共和国成立以来第 3 位大洪水。颍河、贾鲁河、汾泉河、黑河等均出现不同程度的洪水过程,河南省周口水文水资源勘测局所属 10 个水文站全面涨水。境内沟满河平,内涝连片,沙颍河上游洪水急驰而至,情况万分危急。

面对全流域的暴雨洪水,周口水文局领导深入一线,靠前指挥,全体职工日夜坚守工作岗位,连续奋战,测记雨量、观测水位、施测流量、抢测洪峰、拍发雨水情电报,工作有条不紊,战胜了一次又一次洪水,圆满完成了各项工作任务,为周口市的抗洪抢险作出了突出贡献,被周口市委、市政府授予“抗洪抢险英雄集体”荣誉称号。

光阴荏苒,一眨眼,二十年过去了,但 2000 年的抗洪场景历历在目。洪水自 6 月 26 日第一次入境至 7 月 20 日第四次全线回落,历时 25 天。期间,水情科的我和栾新强二人日夜坚守在周口市防汛抗旱指挥部办公室,接收、翻译雨水情电报,制表、绘图、汇报,紧张有序工作,饿了吃方便面,渴了喝矿泉水,困了趴在办公桌上眯一会儿,换洗的衣服都是家属送到防办。洪水期间,水情科接收和翻译雨水情电报 3000 多站次,以文字、表格及图表形式向各级领导汇报水情 160 多次,电话回答各级询问 300 多次,接受周口市广播电台、电视台采访报道 10 多次。经过与省局远程视频会商发布水情预报 3 次,精度均在 98%以上,真正起到了耳目和参谋作用,为领导决策抗洪减灾、确保沙颍河大堤及人民群众生命和财产安全提供了可靠的信息支撑。

7 月 16 日 20 时,周口水文站的水位为 49.70 米,并且还在继续上涨。防办大楼灯火通明,我与时任市委书记王延明在会商室相对而坐。王书记表情凝重,不无担忧地问:“这次洪水最高水位会不会超过‘75・8’洪水位?”我答道:“虽然沙河上游漯河水文站水位处于落势,但洪峰尚未入境,而且颍河黄桥水文站流量为 442 立方米每秒,水位持续上涨,如不采取措施,沙河、颍河洪峰相遇,根据预报方案,预报周口水文站的流量将突破 3000 立方米每秒,水位将超过‘75・8’洪水最高水位 49.92 米,这种态势将对沙河大堤的安全造成严重威胁,情况危急。”王书记立即把这一情况向省防指汇报,省防指要求周口市防汛指挥部立即拿出具体方案。王书记立即召集专家商讨具体措施,最后决定利用现有的水利工程进行关闸错峰,并要求水文局立即计算关闸时间,在考虑减少颍河洪水对沙河压力的同时还要考虑黄桥大闸的自身安全。为确保沙河、颍河的安全,周口水文局水情科经过精确计算,提出 16 日 24 时关闭黄桥及以上闸门,对缓解沙河压力作用最为明显,而且对黄桥闸的威胁最小。当晚,王书记立即下达命令:第一,黄桥闸的调控首先考虑沙河安全;第二,调控错峰后,确保沙颍河水位不超过 49.90 米,流量不超过 3000 立方米每秒;第三,立即成立工作小组组织实施。同时电话向省防指请示,省防指立即下发明传电报,电令颍河黄桥闸及其以上所有闸门 16 日 24 时同时关闭,以减轻对沙河的压力。措施实施后,黄桥水文站的流量从 508 立方米每秒降到 295 立方米每秒。周口水文站 7 月 17 日 22 时洪峰水位 49.79 米,相应流量 2890 立方米每秒。关闸错峰、调度洪水收到了最佳效果,黄桥闸虽然洪水在闸门顶以上运行了一段时间,错峰以后及时开启,闸门正常运行,没有发生任何危险。科学调度洪水这一举措为战胜这次洪水起到了关键性作用,确保了沙河大堤及两岸人民群众生命和财产的安全,为周口市的抗洪抢险工作作出了突出贡献。洪水过后,我被周口市委、市政府授予“抗洪抢险功臣”称号,当年被河南省省委、省政府评为“抗洪抢险先进个人”。栾新强被周口市委、市政府授予“抗洪抢险模范”称号。

周口水文站,是沙颍河重要控制站,国家级重点站,控制流域面积 25800 平方公里。为应对连续强降雨洪水,全站上下同心协力、并肩作战。站长张永亮(已故)身先士卒,连续奋战,洪水期间没有离开过站上。周口水文站地理位置重要,测验项目多,站上职工肩负重任,轮流值班,分工合作,加班加点,没有人叫苦叫累,没有人畏惧退缩。洪水到来时,水草、漂浮物多,每一次流量测验,都要用冲锋舟清除铅鱼上的杂草和树木,同志们冒着危险一次又一次往返河心、岸边。到了夜里,探照灯光线不强,200多米的断面根本看不到对岸,出现危险的可能性更大。水位观测10分钟一次,还要立即拍发水情电报,所有人员忙得不可开交。局领导亲临指挥,局业务骨干上场作业,家属也主动前来帮忙。经过25天紧张工作,周口水文站圆满完成了各项工作任务,受到领导的一致好评。第四次洪水全线回落时,时任河南省副省长王明义在市长王平、军分区司令员宋晓虎等领导的陪同下来周口水文站看望慰问,对同志们为战胜洪水作出的突出贡献表示感谢。

槐店水文站,是沙颍河河南省出境站,控制流域面积28096平方公里。7月5日,当大家正测流时,上游一颗大树夹杂着水草冲了下来,一下子挂在了铅鱼上,测流工作无法正常进行,缆道随时有可能出现危险。站长李斌一边部署准备好破断钳,随时准备破断主索,保护缆道,一边向勘测局领导汇报,请求支援。同时,立即启动第二套测洪方案,确保流量测验不间断。凌晨2时许,时任周口水文局副局长翟公敏带队带着冲锋舟前来救援,同志们立即下河清障,经过3个多小时的奋战,危险排除,铅鱼成功提起。

洪水期间,黄桥水文站站长刘富生以高度的责任感,日夜坚守测报一线,合理安排,明确分工,关闸错峰期间,每5分钟报告一次水情。副站长梁维富带领职工,日夜坚守岗位,自己家中房顶漏雨,室内进水,日用品、家具都漂了起来,电闪雷鸣,暴雨如注,妻子女儿一直打电话催他回家。一头是站上的忙碌,一头是家人的无助,梁维富心情沉重,他哽咽着对妻子说:“黄桥水文站正面临着大洪水的袭击,我不能离开呀,家里的困难自己解决吧!”

黑河、新蔡河洪水暴涨,请求支援,局里派吴东明带队前往。由于黑河周堂桥站为巡测站,没有站房,每半小时需要观测一次水位,还要监测流量,天又下着大雨,同志们只有在桥下避雨休息,蚊虫叮咬,苦不堪言。就在这样的环境中,大家坚持三天两夜,圆满完成工作任务。

一组水尺度日月,一支铅笔写春秋。水文人以江河为伴,与水尺、站房、观测场为友,把平凡的人生写满不平凡的经历。一组组测报数据,凝聚着水文人的智慧和心血,折射着他们对江河安澜、人民安康的期盼和付出。

(作者单位:河南省周口水文水资源勘测局)

澧河边的水文尖兵

刘爱姣　孔方圆

何口水文站设立于1955年6月，是澧河控制站，控制流域面积2124平方公里，占澧河总面积的80%。澧河上游是河南三大暴雨区之一，洪水频繁。

据统计，自何口水文站建站以来，澧河共出现超标准洪水22次，平均达每5年2次，该河因此成为全省防汛重要河流之一。

平凡坚守

何口水文站的4位职工，平均年龄48岁，他们是普普通通的水文工作者，自青春年少始，把自己人生最美好的时光都奉献在了这里。他们成年累月居住在偏僻的乡村，守候着澧河的四季变化，探测河水的流量、水位的涨落，观测降雨量和蒸发量，监测土壤的墒情，为农田水利、水利工程提供及时准确的情报和数据，为各级防汛指挥部门提供决策的依据。

站长路松奇已度过人生54个春秋。他1987年子承父业参加水文工作，至今已有34个年头，他是何口站沧桑变化的建设者、见证人。1993年5月，老站长退休，路松奇接过了站长的重任，和站上其他3名职工共同组成了一个年轻的山村基层水文测站。他们常年驻守水文站，勘查、观测、测报、整编……那一份份珍贵的测报数据是他们心血和汗水的结晶，那一个个闪光的荣誉称号是对他们辛勤工作的最高褒奖！

王建民和朱耀伟两位职工都是水文后代，常年和爱人、孩子们分居两地，几个月难得见一次面。王建民的爱人带着女儿独自在城里生活，双方老人都不在身边。有一年汛期大水期间，他三岁的女儿发烧咳嗽，几天不见好转，医生建议到医院打点滴治疗。妻子电话打到站上，希望王建民能回家帮着照看两天。“快到洪峰了，站上走不开”，听到电话那头丈夫急促而坚定的声音，妻子哽咽着嗔怪道：“你这个‘狠心’的父亲啊！”放下电话的那一刻，王建民眼睛湿润了，他只能在心里默默请求妻子理解和原谅，祈祷女儿尽快好起来。类似事情,在朱耀伟夫妻身上也时有发生,但20多年来他们两人从没有因为家事影响工作。

80后青年周政辉是何口站最年轻的职工,在黄河水利职业技术学院以优异成绩毕业。来自相对富裕家乡的他,面对艰苦的工作环境,没有表现出一点娇气,而是勇敢接受、坦然面对。一到站上,就融入工作,他虚心向老职工求教,测、整、报一切从最基本做起。为能尽快成为业务能手,他利用洪水测报间隙,熟悉各种测验仪器操作方法,学习业务技能。短短一个多月时间,他就熟悉了站上的日常测验工作,能够游刃有余地独立完成任务。更难能可贵的是,工作之余,他用孜孜不倦的学习来充实、提高自己。他给自己定下学习计划,床头摆满一大堆水文专业书籍,夜晚总是抱着书本,看累了打个盹,睡一觉醒来接着看……几年刻苦攻读,周政辉先是取得华北水利水电大学函授本科文凭,后又考取了河海大学博士生。

冲锋陷阵

2000年夏季,受西南暖湿气流和低空切变线的共同影响,自6月下旬至7月上旬,沙澧河流域出现了大范围强降雨过程。日降雨量超过100毫米的降雨多达4次。且持续时间长达20天,导致山洪暴发河水猛涨,出现了4次超标准洪水。

何口水文站当时测验条件很艰苦,站上人员少,工作任务又大。在站长路松奇的带领下,他们首先明确了分工:站长路松奇负责全面测报及安全生产工作;周政辉负责缆道操作、记录;王建民负责雨量观测;水位观测由朱耀伟负责。由于测流断面距站房有300米远,看了水位马上要回去发报,汛情紧张时,漯河市防汛指挥部办公室要求30分钟甚至十几分钟报一次水位,测流量有时只能一个人,其困难程度可想而知。可他们不畏艰险,迎难而上,危难时刻显身手,一个人干几个人的活。终于测到最高洪水位72.37米、最大流量3020立方米每秒。

路松奇既是指挥员,又是战斗员。在16日实测流量过程中,由于风大雨疾,缆道测流罩盖被大风刮毁压断了测流信号线,他立刻冒着狂风暴雨爬上没有护栏的房顶,艰难地重新接好信号线。过后,一想起当时的境况,他都心有余悸:"不敢想象在那样的天气里,没有任何防护措施完成高空作业,万一一脚踩空或脚下打滑跌下房顶,将会是怎样一种结局!"一连二十几天,他带领大家守护在站上，家中老父亲生病住院，都是兄妹们在医院照料，直到洪水退去，他才赶到医院。看到病榻上消瘦羸弱的父亲，路松奇一下子扑倒在病床前，心疼而愧疚，两行热泪禁不住夺眶而出。

朱耀伟，家里孩子不到4个月，老人身体不好，本想将爱人和孩子带到站上，但是由于天气阴雨连绵，洪峰连续不断，只能让妻儿暂住到岳母家，而他始终坚守在测站一线。7月15日，乌云如墨，暴雨如注，河水猛涨，需要新设水尺。时间紧迫，朱耀伟毅然跳进急流中，一边排除漂浮物，一边抡起大锤，重重地砸下去，一锤、两锤……他的双脚被大团的水草缠绕，想站稳都十分困难；双腿也被树枝刺破，鲜血直流，他全然不顾，直到把新水尺设好，才在另一同志的帮助下艰难爬上了岸。

王建民、周政辉两位同志同样几天没睡上一个囫囵觉，没吃上一顿安稳饭。大暴雨时段，自记雨量桶容易出现故障，王建民就昼夜守在雨量桶旁。15日夜晚，他在自记雨量桶旁一蹲就是几个小时。大雨将王建民淋得浑身湿透，他感冒发烧达40度。次日，站上邻居一老大娘闻讯，赶紧给他买了感冒药并熬了姜汤送去。周政辉是站上四人中最年轻的一个，此次洪水测报，他是最忙碌的一个。哪里紧张往哪里跑，几天下来，脚底磨出了血泡，眼里布满了血丝。

20多天流血流汗的付出，换来的是一组组及时准确的测报数据。省、市防指共收到水情电报百余份，能够下定决心两次分洪，离不开何口水文站3次精准的测流和预报。汛后，何口水文站受到省、市政府的通报嘉奖。

守望江河

2004年7月16日8时至17日6时，澧河流域出现特大暴雨，造成支流干江河官寨水文站出现建站以来的第三次大洪水（洪峰流量5350立方米每秒，水位69.50米），导致澧河上澧河店以下河段大面积堤防漫溢及九处决口。此次降雨，何口站以上面平均降水量为353.4毫米，本次降水2小时最大降水量达105毫米，6小时最大降水量达200毫米，12小时最大降水量达342毫米，降雨强度仅次于“75·8”洪水。

洪水就是命令！面对突如其来的汛情、灾情，漯河水文局时任局长李进才、副局长李渡峰亲自带领局抗洪抢险突击队赶赴何口站指挥。局机关办公室郭艳华曾在马湾水文站任站长多年，有丰富的洪水测报实战经验。“澧河水性我清楚，何口站情况我也熟悉，我去！”，他主动请缨并第一时间奔赴抗洪最前沿，协助站长路松奇制定方案、抢测流量、传递汛情……连续两天两夜，困了，趴办公桌、观测房打个盹；饿了，啃个馒头充充饥。大家不畏艰险、共同努力，终于在17日8时测得最高水位72.40米，最大流量3020立方米每秒。

此次抗洪测报，何口水文站获漯河市“抗洪先进集体奖”，再一次在漯河水文迎战大洪水史上书写了浓墨重彩的一笔。

经过多年的发展，何口站现有观测项目有降水、水位、流量、蒸发、水质、冰情、墒情等，已连续积累了65年水文资料，在防汛、水资源开发利用及国民经济规划建设中发挥着重要作用。

在一次又一次与洪水的搏斗中，何口站也收获了诸多荣誉。1998年9月荣获漯河市政府“抗洪救灾集体嘉奖”荣誉；1998年12月被河南省水利厅授予“抗洪救灾先进集体”称号，1999年、2003年和2013年分别荣获“河南省文明水文站”称号，2000年荣获河南省人民政府“抗洪先进集体奖”，2004年荣获漯河市“抗洪先进集体奖”，此外，还多次获得“全国先进报汛站”等称号。站长路松奇、职工王建民也多次荣获省、市“抗洪先进个人”荣誉称号。

（作者单位：河南省漯河水文水资源勘测局）

致敬水文人

张建中

这是一段令人永远难以忘怀的日子。1968 年 7 月 9 日至 17 日，信阳市遭遇了特大暴雨袭击，淮河上游干支流出现了一次历史罕见的暴雨洪水。起初，副热带高压稳定在江淮一带与西北南下冷空气交锋，形成低槽，稳定少变，后期暴雨东移，与淮河洪水流向一致，洪峰接踵而来，形成底水很高洪水叠加的复式洪峰。此次洪水发源于大别山脉，南岸支流为山区河道，坡降大、流程短、集流快、水流湍急。淮滨以下水位消退很慢，淮滨水位在 30 米以上持续 6 天半，淮滨水文站迎来的是一场前所未有的硬仗。

洪水肆虐的县城

1968 年从 6 月 28 日淮河上游出现第一次高达 140 毫米的大范围降雨过程开始，河水暴涨。进入 7 月以后，全区防汛形势更加严峻，淮河上游的尚店、息县、淮滨以及淮河下游的三河尖等地更是全线告急，险象环生。

形势有多严峻？7 月 9 日夜淮滨开始降雨，12 日降雨强度加大，全区普降暴雨，13 日，仅仅 1 小时，淮河上游长台关最大雨量就达到 77.0 毫米，超历史记录！闾河上乌龙集站最大 3 小时降雨 160.7 毫米，最大 6 小时降雨 186.5 毫米，最大 12 小时降雨 216.5 毫米。淮河上游尚店站 14 日最大 24 小时降雨 431.5 毫米，息县站、淮滨站连续三天雨量都超过 500 毫米，乌龙店站三天最大降雨 628.1 毫米。直至 15 日降雨结束，洪峰水位飙升至 33.29 米，是淮河有水文记录资料以来的最高水位，千年一遇。

洪水有多凶猛？一位 70 多岁的老人曾这样说："活这么大岁数没见过。"7 月 14 日，淮河大坡岭站洪峰流量 3680 立方米每秒，竹竿河南李店站洪峰流量 3250 立方米每秒，潢河潢川站洪峰流量 3330 立方米每秒。7 月 15 日，息县站最大流量 15000 立方米每秒。7 月 16 日，淮滨站最大流量 16600 立方米每秒，最高水位达 33.29 米，而淮滨城关围堤堤顶 34 米左右，除南面外，其他三面都在 33 米左右,致使淮滨城关在 15 日夜,破堤漫堤进水。淮滨城关内地面高程 29.5 米至 30 米之间,房屋全部泡在水中,洪水几乎漫过房檐。沿淮一片汪洋,邮电线路损毁,公路不通,通信中断。信阳地区淮河干支流洪水普遍超过堤顶,淮滨县城进水,县城至三河尖之间沿淮圩区积水时间长达近 30 天,最大淹没深度 3 米至 5 米,全地区水淹面积 192.1 万亩。王家坝最大流量 17600 立方米每秒,最高水位达 30.35 米,超过淮河大堤堤顶高程 0.35 至 1.35 米,分洪闸公路桥面水深 0.85 米,濛洼进洪已无法控制,全面漫溢。

险境中的艰难作业

洪水就是命令,淮河就是战场。当时水文测报条件艰苦,驾着木制测船。由人力将测船拉至断面上游几百米,当船顺流行至断面位置时进行抛锚,采用“一锚多点”法测流。洪水流速非常大,船根本没法停在水中,为了控制测船的方位,需全站人员齐上阵,在岸上像纤夫一样拉着稳定船身,工作难度可想而知,往往测一个断面要两三个小时。

当时淮滨大水涨势很猛,淮滨县汇集了淮河南浉河、竹竿河、小潢河等几支大支流以及淮河北洪河等小支流。7 月 9 日后,洪水接踵而来。水文站为复式过水断面,主槽距左河堤 300 米至 600 米之间,最低河底高程 18.5 米,滩地 29.5 米,两堤间总河宽 1300 米,测量过程急难险重。在水位涨到 27.5 米时,要用长 12 米的汽油机船,带一个 6 米长的小木船抛锚定位,测速测流量。水中漂浮物都集中在中泓 30 米宽的急流带,抛锚后不到 30 秒,锚索上就全部挂满了漂浮物,机船瞬间前头往下,眼看要前倾翻船。幸好当时淮滨水文站站长张殿识当机立断,用安全斧将锚索砍断,才使船上人员幸免于难。

随着洪水倾泻而下,漂浮物越来越多,测验过程危险重重。在洪水没漫滩口前,滩水流速快,挟带能力大,河槽内的漂浮物大多集中在中泓带状。水中硬物打坏螺旋桨,水草缠绕到桨上等问题频频发生,流速仪下水几秒钟悬索就挂满水草,悬索偏角超过 45 度,机船一直无法启动,无法定位,船测流量一直失败,但站上人员没有放弃,一次次尝试。

没有水准点也是大问题。此次大水是淮河有史以来最大洪水,因原水尺桩只设到历史最高水位 32.5 米,超高时只能打临时水尺测流,而且水准点在城内地面上被淹了,水准仪也没地方架,只有用水位换算水尺零点了。浪疾风高,准确判断很不容易,大家一起读水尺,用多人推算的水尺零点高程取平均数作为新设的零点高程，洪水退后复测误差仅2厘米。当水位超过32.8米以上时涨势缓慢了，判断洪峰水位在此时出现，张殿识决定主动发报，但却遇到异常情况。淮堤决口不在同一时间，只要有决口，水位立即就降了，刚上报了洪峰水位，但决口蓄水的地方灌满后水又继续上涨，导致连续发了几次洪峰水位。这样的锯齿状过程约半天时间，真正的洪峰水位(33.29米)终于报出去了。洪峰过后几个小时，水位才缓慢地下落了。当水位退到30.5米时，河里漂浮物减少，终于可以开始测流量。此时大家紧张的心才稍感放松，拖着疲惫的身躯，继续全天候坚守。

永不消逝的电波

洪水过程中需要每小时观测一次水位，用防汛专备电台将水文电报发出。城关进水头一天，已将电台迁到民用大木船上。由于淮滨、息县等地的邮电报讯线路被冲毁，淮滨既收不到上游的水情电报，也无法和外界取得联系。

时任淮滨水文站站长的张殿识预判上游洪水肯定很大，淮滨城有破堤水进城的可能，他向临时组成的防汛指挥部领导汇报这一估报。当时主管防汛的是县人武部高勇部长及副县长王万田，上下不通电话，他们也很着急。听完张殿识汇报后，他们决定向全城广播，要求机关及群众都迁到北岗高地。广播了两天，百姓们都搬迁了，但水利机关里还有人留守，他们用木料绑起木排备用。15日半夜洪水进城，城内群众都跑到南围堤的堤顶上，1000米长的围堤人满为患。

为了安全考虑，水情电报一般是用一组5个数字密码格式发出的，只能显示水位流量及降水量，却显示不出来洪水的严峻程度。现在洪水已经进城，为避免耽误救援，张殿识向高部长报告，及时向省、地防汛指挥部发送“明传电报”报告灾情：“7月15日1时30分，淮滨城西面堤决口，北部漫堤，城内水深3米，城内群众已撤离，现在生活困难”。三天没有通电话，上级也迫切盼着水文站的消息，在电报发出去两个多小时后就有飞机在淮滨上空盘旋救援了。

水文职工这时面临即将断炊的困境。上级派飞机来投放干粮，但因为洪水覆盖面积太大，水文职工坚守的地方地处偏远，没有空旷的地方，大部分粮食都投到水里去了，没法拿到。站上只有张殿识一家带家属，其他同志原来都在城里粮管所搭伙，城里进水后大家都在他家吃，20斤粮食很快就吃完了。张殿识和孙立友划个小船去找粮食，到粮库发现粮食全被水淹了，只找到半袋米。七月中旬,天气正热,大米被水泡了两天,做的饭不能进嘴,一股霉烂味,无法下咽。无奈只能划船到河里捞漂浮的南瓜等瓜果,但大部分都是烂的。饥饿、寒冷和死亡威胁着他们。但这些都没动摇他们的决心,坚持1小时观测1次水位,并用手摇马达发电,保证电台与外界的联系。他们心中只有一个念头,要及时、准确地把汛情测到手,报出去。

洪峰过后的第三天,省水文总站的李清芳用自己的粮票在潢川买了20斤大米,雇了条小船顺着洪水而下,送到了淮滨水文站,总算解了燃眉之急,同志们感动不已。张殿识向他汇报情况时,说着说着就流下了眼泪,虽说抗洪测报是水文人的天职,但从未像1968年这样艰辛和悲壮。

洪水过后,站长张殿识抓紧时间带领大家进行洪水调查,确定了三大股水流推算流量,即时左岸北岗、右岸上游朱湾分洪断面面积及水面比降,测得分洪段上下游水位痕迹,用比降法算出三股合计后洪峰流量为16600立方米每秒,当水位落到30.00米左右时又及时用流速仪测得退水流量。后来水利厅组织有关部门及人员进行洪水调查,确定水面比降,按水文规范算出洪水过程,经与降雨径流规律推算等多法验证,推算出洪峰流量及洪水总量,其中洪峰流量与当时推算的一样。

沧海横流,方显英雄本色。在这场世纪洪水面前,坚守在抗洪测报第一线的水文职工,在深水中趟,在泥泞中走,在浪尖上行,在极其险恶的环境下,舍生忘死,测得了完整的洪水过程,记录了宝贵的水文资料。水文人特别能吃苦、特别能战斗的优良作风必然会代代传承,淮河儿女祈盼多年的安澜梦也定会实现。

(作者单位:河南省信阳水文水资源勘测局)

以匠心守初心

陈远莉

水文是他最初的梦想，是风，是雨，是浪花，更是内心的坚守；是河边的水尺，脚下的雨鞋，脊背的汗珠，更是手中密密匝匝的数字。他揣着这诗一般的情怀，从稚嫩到成熟，扛起了水文使命，踏着前人的印记，走了下去…… 他，爱上了水文，有了梦幻般的追求，钻研，求索，孜孜以求之；他，坚韧，淬炼，一步步成为了水文“活字典”。他就是全国水利技能大奖获得者徐新龙。

蝶变中锻造真功

1992 年 7 月，徐新龙从郑州水利学校水土保持专业毕业后被分配到南阳水文局荆紫关水文站工作，背着简单的包裹，告别了慈爱的父母，他满怀希望地独自踏上了去站上的路。当时的荆紫关水文站，只有一幢破旧小楼，红砖裸露、门窗斑驳，办公和生活条件都极其简陋。这让刚走出校门、对前途和未来有着无限憧憬的他，心中不由得失落彷徨起来。没过多久，同事讲述了水文工作在防汛抗旱及经济建设中的重要作用，讲述了老一代水文人艰苦奋斗、献身水文的感人事迹，这对一个一腔热血想要建设祖国的年轻人来说不亚于雪中送炭。他及时调整状态，抹平心中的落差，无怨无悔地留了下来。

水文工作是一门专业性强的工作，老同志的工作经验、水文专业理论、具体实践，都成了汲取营养的有利法宝。不到一年时间，徐新龙就掌握了水文测验和整编的基本知识，能够独立完成测站日常工作。但他并没有因此而满足，而是“干一行、爱一行、精一行”。紧张的工作之余，他又积极参加各种形式的专业教育和技能比武。通过扎实的专业理论知识和水文基层工作实践结合，徐新龙的业务技术提高很快，在较短时间里就成长为荆紫关水文站独挡一面的技术骨干，得到了老同志的赞许。

荣光中砥砺前行

2004 年 10 月，在领导的信任与支持下，徐新龙作为业务骨干代表南阳水文局参加了首届河南省水文勘测工项目决赛，尽管他还是一名年轻的水文职工，但凭借着扎实的理论功底和娴熟的操作技能，获得了理论知识单项第一名和综合成绩第三名。赛后，徐新龙归零成绩，总结经验，反思不足，不断向着更高的阶梯攀登。

2007 年，在第四届全国水文勘测工技能大赛备赛期间，时值汛期，尽管市局和测站领导都明确表态，可以脱产专心备战，但强烈的责任感使徐新龙选择了一边干好日常工作，一边加紧备赛学习，参加省水文局组织的集训队。当年汛期，荆紫关站大小洪水接连不断，还出现了他上班十多年来的最大洪峰，外业抢测洪峰，内业计算分析，繁重的工作让他疲惫不堪，但制订的备赛学习计划却从未中断。徐新龙以赛代练，在比赛中寻找差距，不断提高实战能力。最终，在第四届全国水文勘测工技能大赛上，徐新龙顶住压力，沉着应战，获得了综合成绩第七名的成绩，被水利部授予"全国水利技能大奖"。

凭借对水文工作的极大热情和坚持不懈的努力，徐新龙逐渐磨练成南阳水文局乃至全省水文系统的行业标兵。如今，水文行业每个重要的标准数据他都熟记于心。每当工作中遇到哪个数据不确定，同事们都会第一时间想到他，他总是脱口而出，而且几乎没有任何差错。2017 年 7 月 23 日，河南工人日报发文《水文"活字典"——记南阳水文水资源勘测局内乡水文站站长徐新龙同志》。

坚韧中淬炼匠艺

南阳特殊的气候特征，使这里每年汛期都会有较大的洪水出现，水文测报任务繁重，对水文测报质量的要求也非常高。多年来，徐新龙利用勘测工技能大赛所学知识和平时积累的经验，成功应对过无数次洪水。2010 年 7 月 19 日至 24 日，南阳普降暴雨，湍河连续出现了两次大洪水过程，其中 7 月 24 日洪水为内乡站建站以来的最大洪水。人员少、任务重，但徐新龙作为站长，迅速冷静下来，扛起洪水测报的重任。桥梁冲断了、设备损坏了，他当机立断，重新勘选测流断面，布设临时水尺，带领全站职工连续几天日夜奋战在第一线，圆满完成了这次洪水的测报工作。当时所有人都很疲惫，但守住了内乡、扼住了洪水的命脉、当好了防汛的耳目，大家心里很开心舒坦，水文人的战场，就在那大水肆虐的山河湖海、沼泽乡野！

《河南日报》头版刊发了他奋战在抗洪抢险一线的新闻照片。突出的工作成绩得到了县委、县政府的高度评价,内乡水文站荣获集体三等功,他个人荣获三等功表彰。

无私中书写传承

2016 年 10 月,在洛阳举行的河南省水利系统第六届水文勘测工技能竞赛中,徐新龙作为水文行业技术能手,竭尽全力做好“传、帮、带”,以教练兼队员身份参加学习集训。训练期间,既带领队员学习重点难点,解答队员学习过程中遇到的疑难问题,又根据学习进度为队员选取合适的测试练习题目,帮助大家提高实战水平并查漏补缺。在他的带领下,南阳水文局获得团体一等奖的好成绩,他也获得总成绩第一名和内业操作单项第一名。2017 年 5 月,他被河南省总工会授予“河南省五一劳动奖章”。

2020 年 10 月,在南阳唐河举行的第七届水文勘测工技能竞赛中,徐新龙主动担当选手的培训老师,按照全国水文勘测工竞赛规范和技术等级标准,对参赛选手进行培训和训练,把自己专业的理论知识和丰富的实践经验倾囊相授,先后集中培训 5 次,时长近半年。在这场比赛中,他带领的 6 名参赛选手分别取得一、二、三、五、十三、十六名的成绩,南阳水文局荣获团体一等奖。

常年与风雨河流相伴,寡言少语的徐新龙看起来比同龄人沉稳许多。走进他的办公室,一摞摞荣誉证书和一册册泛黄的水文书籍整齐地摆放在书架上,这些正是他坚守水文一线不断努力奋进的动力源泉。用心铸就梦想,匠心点亮人生。从新手到老手,从老手到高手,从高手到工匠。徐新龙一步一个脚印,踏实前行,从事着自己热爱的工作,以匠心助力水文事业高质量发展,以初心不改为续水文梦、圆中国梦不懈努力。

(作者单位:河南省南阳水文水资源勘测局)

水文风采录

曹立军

河南省鹿邑水文局成立于2017年6月，是河南省水文监测管理体制改革中第一批成立的县级水文机构。现有职工9名，下辖3处基本水文站、4处水文巡测站、4处基本雨量站、3处省界断面站、3处生态补偿流量监测断面，担负鹿邑县和郸城县水文测报、水资源管理、社会服务等工作任务。成立以来，鹿邑水文局积极探索县级水文机构工作机制和运行管理模式，统筹驻测、巡测、外业、内业、社会服务各项工作，实现了由水文站向测区水文局的华丽转身，2018年、2019年被评为周口水文系统先进单位。

暴雨洪水中“逆行”的水文人

2018年8月17日至21日，受“温比亚”台风影响，鹿邑县、郸城县普降大到暴雨，局部特大暴雨。受暴雨影响，鹿邑水文局辖区内基本水文站、巡测站、省界断面站出现洪水过程。汛情就是命令！面对严峻复杂的雨水情形势，鹿邑水文局领导班子立即部署三处水文站各保留一人驻站值守，局机关留一人监视各站点雨水情信息，其他人员分成两个巡测组，立即奔赴各站点巡测。大家顶风冒雨，踏着泥泞的道路，连夜奔赴测验第一线。车陷泥里了，大家下来推；有的积水严重，车辆到不了巡测站点，大家就手提肩扛仪器设备徒步前行，确保测得到、报得出，不漏测漏报一次雨情水情。

19日，大沙河孙店站水位6个小时暴涨3米。附近群众说，三十年没见过这么大的水了。根据水位变化，局长曹立军带领大家连续抢测了3份流量。随着水位暴涨和漂浮物增多，设有测流断面的大沙河孙店桥被冲毁，测流无法进行。曹立军果断决定在断面上游3公里处的白杨农用桥设置临时断面，继续进行流量监测。制作水尺桩，标设垂线点位，摆放安全标志，风雨中大家忙得不亦乐乎。职工吴春峰穿上救生衣、扣上安全绳，跳入湍急的河水中，举起大油锤将水尺桩打入河床，设立临时水尺观测水位，水花飞溅，雨水、汗水、河水模糊了眼睛，湿透了衣服，擦把脸继续干。由于漂浮物越来越多，自动测流设备 ADCP 无法使用，大家就手提 30 公斤的铅鱼装上流速仪测流，提放铅鱼时需要两个人同时操作，还要注意避让水中成片的漂浮物，一个测次下来，需要一个多小时，虽然带着手套，手上还是磨出了血泡。到了夜里，风在吹，雨在下，洪水还在上涨，水文测流在继续。大沙河孙店站距离鹿邑县城 25 公里，有 2 公里还是泥泞的土路，来回跑太耽误时间，测流间隙、夜晚大家就在车上休息，衣服早已湿透，雨水伴着汗水贴在身上真是难受。20 日 10 时 30 分，洪水到达洪峰，实测流量 168 立方米每秒，相应水位 40.60 米。作为鹿邑县防汛抗旱指挥部成员，曹立军及时将水情信息以短报文报送鹿邑县委县政府领导以及水行政主管部门，向大沙河两岸所在乡镇通报水情水势，提醒及时组织开展防汛救灾工作。

鹿邑县洮河杜桥巡测站 20 日 11 时水位开始上涨，12 时 30 分，曹立军带领原班人员转战杜桥站开展流量测验。洮河属于宽浅河道，洪水到来两小时后，断面附近一片汪洋。杜桥站测流结束后，又转战到孙店站测流。16 时，接到玄武水文站发来的开闸信息，玄武水文站是国家基本站，建有测流缆道，测验设施健全，忙碌了两天一夜的鹿邑水文局副局长刘志伟赶赴玄武水文站继续战斗。

暴雨洪水期间，鹿邑水文局全体职工团结一致，分工合作，展现了精兵高效、特别能战斗的新风貌。驻站人员坚守岗位，坚持 24 小时值班，保障信息通畅。巡测人员转战 3 处基本水文站、4 处巡测站，施测流量 35 份，拍发雨水情电报 55 份，为地方提供雨水情短信息服务 18 人次。及时向当地政府通报汛情，提供水情预警预报，当地政府及时采取措施，一定程度上减少了受灾损失。

“三过家门而不入”的老党员

鹿邑水文局副局长徐运中参加工作 30 年来一直在基层一线，他以站为家，任劳任怨，出色地完成了各项工作任务，多次被评为优秀共产党员。几年前，他妻子因手术落下残疾，生活不能自理，上有年迈的父母，下有未成年的儿女，生活的重担都压在了他一个人身上。尽管如此，他和站上职工一起毅然担负起鹿邑水文局最为繁重的测验任务，关键时刻冲得上、豁得出。2020 年 7 月 21 日至 22 日，郸城县辖区内 2 处基本水文站、2 处巡测站、1 处省界站不同程度地出现涨水过程。徐运中第一时间检查测验设备，做好测验准备工作，带领职工赶赴多个测流断面进行应急监测。在钱店水文站，徐运中穿着救生衣，带头下水里清除断面杂草、漂浮物。在周堂桥水文站，他判断水情，把握测流时机，亲自操作缆道测流，既当指挥员又当战斗员。在巡测站点，他及时向上级报告水情，及时向当地政府通报水情，为防汛减灾提供优质服务。风雨中，他们在5处测验断面来回奔波，道路泥泞、河堤路滑、断面积水都阻挡不了他们测验的决心。期间，徐运中多次路过家门都不能回家，再现了三过家门而不入的动人事迹。他对年轻职工说，水文职工关键时刻必须冲得上，缺测漏测是我们的失职，私事再大也不能影响工作。

干在实处走在前列的年轻人

曹乐意是鹿邑水文局90后年轻职工，中共党员，毕业于华北水利水电大学，2016年分配到玄武水文站工作。参加工作以来，他刻苦钻研水文业务，勤学好问，勇于实践，业务工作技能、政治思想觉悟不断提升。2018年在周口水文系统“弘扬焦裕禄精神、争做出彩河南人”微型党课比赛中获得优秀奖，2020年度被中共河南省周口水文水资源局总支部委员会评为优秀共产党员，在2020年第七届河南省水文勘测工技能竞赛中，荣获电动缆道测速测深单项第一名。经过几年的锻炼成长，曹乐意快速成为能够独当一面开展工作的业务骨干。

在2018年8月的暴雨洪水期间，曹乐意一家三口患上了感冒，正在输水治疗。当接到鹿邑水文局安排部署的测洪任务后，他不加思索拔掉输液针头就赶到郸城水文站，对全家的病情只字未提，连夜奔赴郸城县各个站点开展流量测验。由于巡测站点地处偏僻，风雨中视线差、道路泥泞，有几次车辆陷进泥坑。曹乐意和大家一起冒雨推车，满身泥水，衣服湿透，仍然来回奔波于各个站点，日夜监测，连续奋战。在第二天夜里测流时，他终于扛不住晕倒在钱店水文站测验桥上，醒来后稍事休息，就又投入工作，直到完成测验任务。小事见精神，曹乐意走在前列、干在实处的事迹不胜枚举，充分展示了共产党员的时代风采。

站在新时代的起点上，面向未来，鹿邑水文局勇立潮头唱大风，以崭新的精神风貌，昂扬的奋进姿态，为社会经济发展提供更有力的基础支撑。

（作者单位：河南省周口水文水资源勘测局）

信阳水文战洪纪实

周迎颖

2020年6月伊始，信阳地区多次遭受暴雨或大暴雨袭击，降雨总量达到常年的一倍多，特别是7月中下旬，固始、商城、潢川更是普降大到暴雨，多站点水位超警戒甚至超保证，固始三河尖水位站超保证水位2.4米。全市6座大型水库除南湾外全部超汛限，15座中型水库有8座超汛限。

各级党政领导关注汛情，亲临一线，指导抗洪。“七下八上”的防汛关键期，水利部党组成员、副部长蒋旭光到淮滨水文站检查测报工作；洪水期间，河南省副省长武国定到固始蒋集水文站查看实时水情；河南省水利厅厅党组书记刘正才心系水情，先后3次到蒋集水文站指导工作。

7月18日，河南省水文水资源局将应急响应提升至二级，升级发布洪水黄色预警。在防汛抗洪的关键时刻，信阳水文人深入学习贯彻习近平总书记关于防汛救灾工作重要指示精神，坚持人民至上、生命至上，充分做好各项水文服务支撑，用“求实、团结、奉献、进取”的水文精神书写了新时代防汛抗洪的动人画卷。

党员干部　冲锋在前

群雁高飞头雁领。河南省信阳水文水资源勘测局局长刘冠华任职第一年就迎来“大考”，遇事果断、沉着冷静的他没有慌张。人员调配、应急监测、后勤保障多方面指挥若定，集中力量做好水文测报这一头等大事。7月16日，在息县水文站参与河南水文跨区域应急演练，未雨绸缪；17日，到淮滨水文站检查测报；18日，坐镇市局水情科；19日起，和测站职工一起坚守在测报一线。自汛情发生后，他半个多月没有回家。

分管水情工作的副局长杨州和水情科科长李家煜，在这次洪水期间，和水情人员一起日夜加班，亲手把关各类雨水情信息报文，做好水情分析研判，供相关领导决策。

18、19 日暴雨侵袭的时候,信阳局党总支书记薛运宏、领导班子成员白林龙、王健都主动赶赴应急点,参与指导水文防汛测报工作,和监测人员一道坚守在防汛一线。党员干部的担当和操守,让信阳水文职工战胜“洪魔”的信心倍增。

风雨兼程　星夜驰援

水文兄弟一家亲。7 月 18 日,在接到省局应急监测指令后,省局、鹤壁、安阳三支应急监测突击队火速集结,第一时间赶到信阳应急监测点施测。

省局突击队所在的固始水位站,断面水面宽、流速大、漂浮物多,测流遥控船下河后无法到达对岸。省局站网处处长王冬至马上组织研究,改用三体船进行 ADCP 测流,同时利用电波流速仪进行复核,及时上报合理可靠的流量数据。

23 时,夜幕下的固始县七一大桥行人稀疏,空气寒冷,安阳局副局长刘华勇带领的突击队已经在这里冒雨完成了第九个测回。大家擦了把脸上的雨水,再次认真检查各自的救生设备、警示配备,查看了测验情况,稍作简单休整后,又抓紧开始了第十个测回。面对来势猛、强度大的汛情,他们分秒必争。

鹤壁突击队支援的是固始县南大桥水文巡测断面。21 日中午,已经连续工作 3 日的他们还没来得及休息,就接到史灌河下游管涌、需要应急监测的任务。当赶到测流位置的时候,他们惊呆了,断面宽度已接近 1200 米,原来的滩地早已被大水淹没。鹤壁局副局长徐明立马上联系当地群众,借到一条小铁船展开测流。队员们不顾个人安危都要上船,由于小船容载能力有限,最终商定何军携带 ADCP 上船测流,测得流量 1920 立方米每秒,圆满完成任务。群众们得知队员们从鹤壁赶来,感动地说:“谢谢你们来帮助我们,一定要注意安全。”这些支援也让信阳水文人感受到水文大家庭的暖心温情。

全力迎战　使命必达

防汛测报历来是信阳水文引以为豪的“金字招牌”,因为我们有一支“召之即来、来之能战、战之能胜”的监测尖兵,这种自信源于扎实的备汛工作。

早在 2020 年初工作会上,针对近年来出现的极端天气,信阳水文牢牢绷紧“防大汛、抗大洪”这根弦,要求按照防御超标准洪水和局部暴雨洪水等“黑天鹅”事件制订多个测洪方案,做到疫情防控和水文业务练兵两不误,开展水文勘测局技能竞赛和突击队应急演练，做好随时应对重大突发事件的准备。

入汛后，固始县连降暴雨，境内淮河流域水位全线超警，上游的鲇鱼山水库、梅山水库均开闸泄洪，全县 97 座中小型水库全部泄洪。6 月启始，固始蒋集水文站就已全面进入战时机制，经历了 7 场洪水过程，五加二，白加黑，车轮战让站上职工疲惫不堪。站长唐胜军抛下家中 10 个月大的宝宝，以站为家，吃住都在站上，只能通过视频看看孩子，孩子的哭声让他揪心，但是淮河涨水更牵动着他的心。7 月 18 日 16 时，蒋集水文站超警戒水位，抢测洪峰成了首要任务。他和站上职工在波涛滚滚的河边用 ADCP 测了一次又一次，由于河流含沙量太大，数据传输不过来。天已经黑了，时间不等人，唐胜军当机立断，改用流速仪船测，并快速穿好救生衣，第一个冲上了测船。此时，水的流速已达到 1.8 米每秒，水流湍急还下着雨，他们的身影很快被黑夜笼罩。突然，船速慢了下来，渐渐不动了，众人心里开始慌了，唐胜军一手撑伞，一手打着灯查看，模模糊糊只见水面上全是树枝、杂草等漂浮物，他马上做出判断“是发动机缠住了，现在来不及清理，撑篙行进，继续测流”。8 个高水位洪水过程的船测，最终测得 19 日 19 时洪峰水位 33.64 米，超保证水位 0.40 米，相应流量 4610 立方米每秒。

22 日，史灌河下游出现管涌，有溃堤的危险，当地政府需要水文数据。接到指令后，省水文局局长王鸿杰、信阳局局长刘冠华先行赶往出事地点查看监测环境，经过紧急会商，选定在史灌河潘庄段高台子设立临时水文站。险情随时会发生，没有喘息的时间。23 日一大早，唐胜军带领站上职工和信阳突击队成员赶到高台子，看到部队官兵正在紧张地扛沙袋，大家百感交集，既被“一方有难，八方支援”的氛围所感动，更深刻地理解到“水文人”三个字意味着什么。子弟兵的到来，紧张的气氛，让水文“哨兵”的斗志燃得更旺了！管涌形成的漩涡裹着“黄汤”，像张着血盆大口的猛兽想要将人吞噬。队员们没有害怕，布设观测断面、设置临时水尺、搬运 ADCP 等设备，履危险如平地，克服了断水、断电等重重困难，在抢险现场为当地政府决策提供水文数据支撑。临时水文站的数据要求 2 小时一报，蒋集水文站的数据还是 1 小时一报，监测队员在两个地点间来回奔波，两天两夜不眠夜，长时间的熬夜不按点吃饭使他们肠胃功能出现紊乱，从开始的啃方便面、喝矿泉水到看到食物已经吃不下。当地群众劝他们休息，他们不肯。作为水文人，他们知道与洪水抗争，就是和时间赛跑。得知一个个险段化险为夷，一个个被困群众平安转移后，来回的车上、办公桌上才传来阵阵鼾声……

淮滨县素有“洪水走廊”之称，淮滨水文站是国家级重点水文站省界控制站，地理位置极为重要。15 日 17 时，站上职工张建华、孙行东在流量测绘表上写下最后一个数据，刚想松口气，一眼看到窗外暴涨的河面，监测水位已经涨至 26.86 米，赶紧下河抢测。要到河道主槽抢测，必须经过长满植被、到处是树杈的串沟。两人发现平日的小路已经被水淹没，这个水位冲锋舟无法通过，只能趟水过去了。他俩不约而同地挽起手臂，走进淹到大腿根的水里，抢测完流量回到办公室，才觉得腿都有点疼，俩人撩开湿透的裤腿，腿脚上满是冒着血的划痕。16 日，大暴雨来临的前一天，何爱文临危受命到淮滨站任职，彼时正在白露河控制站工作的他来不及回家，带着一卷竹席，一个睡袋奔赴淮滨。水情拍报、抢测洪峰、夜间值班、仪器检修，每一项他都亲力亲为，每天睡眠不足两小时。站上的 90 后尤鹏飞是今天刚考进的学生，脸庞稍显稚嫩的他工作起来可不含糊，紧跟老同志的脚步，全身湿透成了家常便饭，没有一丝娇气。站长问他刚来上班就遇到大洪水害不害怕，“在学校学的知识要在实践中检验，这是给我入职最好的礼物。”他一脸兴奋地回答。

潢川水文站 7 月 19 日超保证水位 0.31 米，北庙集水文站 19 日超保证水位 1.21 米。这些数字背后凝聚的是水文人无私奉献的精神，爱岗敬业的汗水。在流量测验过程中，上游漂来的树干、杂物，隐藏在水下的杂草、树枝都会中断测流，往往是没测上几秒钟，流速仪就需要躲避或者提起来清理干净，然后再测。潢川水文站的金苗苗同志巾帼不让须眉，经历多次大的降雨过程让她成为雷厉风行、处事果断的行家里手，外业内业她都是“排头兵”，这次依旧几天几夜坚守在岗位上。唯有谈起家中年幼的孩子，才能感到她的柔软与无奈：“每次下雨都回不了家，对孩子对家人亏欠太多，只盼着洪水早点消退，好回家陪孩子。”

17 日至 19 日白鹭河普降大暴雨，北庙集水位急剧上涨，前期的测流方式已经不能满足测报要求，只能改为桥测车测流。因为树木太多，每测完一条垂线都要吊起铅鱼到下个地点重新放，13 条测速垂线，75 公斤的铅鱼，26 次的上下运动，费时费力。19 日 4 时，遥测水位发生故障，此时的洪水已经齐腰深，站上职工纷纷请缨去维修。黄永利、金成林穿好救生衣，站在齐腰深的水里几个小时,腿脚泡得发白,成功修复了遥测水位。23时,北庙集测得洪峰水位33.71米,最大流量1760立方米每秒,为建站以来实测流量第一位。这仅仅是简单的数字吗?不,它们是有生命的。

洪水期间,当地政府到潢川水文局召开潢河防汛紧急会议,水文为潢河安全度汛提供了数据支撑,为修复白鹭河黄湖段三处破堤提供了技术保障。还有竹竿铺、鲇鱼山、龙山等水文站的职工们,昼夜发报,废寝忘食,抢测洪峰,十分辛苦,但都本着"洪水不退我们不退"的决心始终坚守在岗位上。

据统计,在2020年7月19日这次暴雨过程中,信阳局共收到遥测雨水情信息174.76万份,收译传输各站人工水情电报1.7万余份,提前16个小时预报了蒋集水文站将要超保证水位。水文预报的主动性、超前性,为各级党政部门精准决策和防汛应急部门采取得力措施、科学应对争取了时间,将洪水破坏力降到最低,充分保障了人民群众的生命财产安全。

(作者单位:河南省信阳水文水资源勘测局)

水文发展的“好帮手”

王小国

1983年,河南省水文总站《河南省历史旱涝规律分析》旱涝分析课题组在收集了2000多年河南省历史记载中有关旱涝资料的基础上,根据历史文献中文字记载的旱涝情况,把每年的旱涝程度划分为“旱、偏旱、平水、偏涝、涝”五个等级,分别用“1、2、3、4、5”代表,形成了2000多年长的河南省历史旱涝系列,计划通过分析这个系列,揭示河南省乃至我国中原地区的旱涝演变规律,预测未来的旱涝变化趋势。计划通过计算,绘制不同时长的滑动平均过程线,利用频谱分析方法进行分析研究。

这样浩大的计算量要使用传统的列表手工计算,其难度可想而知。不仅手工计算容易出现笔下误,同时由于前期调查收集资料,勘误分析花费了太多时间,上级要求旱涝分析课题组抓紧时间结题,手工计算显然来不及了。旱涝分析课题组也联系了有小型计算机的单位,由于没人会写计算程序,用计算机计算分析的计划就暂时搁浅了。

正在一筹莫展之时,通过水利部协调,旱涝分析课题组购买了一台PC-1500袖珍计算机。1983年,我国已经开始批量引进日本SHARP公司生产的PC-1500袖珍计算机(Pocket Computer)。这型计算机机身只有约15厘米长,8厘米宽,厚约1.5厘米,键盘为标准英文键盘,显示窗为单行点阵液晶显示器。它机身虽小,却是真正意义上的计算机,它带有8K内部存储器和外部存储模块插口,外部存储模块可以扩展到64K,可以用BASIC语言编程。它还可以通过接口连接专用打印机,实现英文和简单的图形打印输出;可以连接卡式录音机,把磁带作为外存储媒介存储数据和程序。PC-1500计算机的专用打印机与后来的色带打印机广泛采用的点阵式打印头不同,它采用四色圆珠笔式打印笔,打印时使用程序选择的颜色笔横向运行,配合打印纸的纵向运动,在约6厘米宽的卷式打印纸上画图或写字。标配的录音机是SHARP公司生产的书本样单卡录音机。

旱涝分析课题组购买的这台 PC-1500 袖珍计算机，还配置了一台 SHARP 牌双卡录音机。配备双卡录音机的好处是，在程序运行中，一个卡座按下录音键，同时另一个卡座按下播放键，程序运行中需要输入数据时，按下播放键的卡座运转，需要输出数据时，按下录音键的卡座运转，不需要操作者来回倒换磁带。录音机当时还是家庭中的贵重电子产品，进口双卡录音机更是稀罕物件。得到这样一台计算机，还高配了进口双卡录音机，这可是河南省水文系统的第一套能编程，带外部扩展存储功能的计算机，旱涝分析课题组如获至宝。

为了推广 PC-1500 计算机在水利行业的应用，1983 年 10 月 24 日至 11 月 13 日，水利部委托河北省水利勘测设计院和水利部天津水利勘测设计院联合在天津市组织了 PC-1500 计算机应用培训班。当时我正在旱涝分析课题组帮助工作，河南省水文总站就派我参加了这期培训班。之所以派我参加培训班，是因为我大学时选修过 BASIC 语言，并且在《河南省历史旱涝规律分析》旱涝分析课题组拿到机器后，根据随机带的操作说明书和专用 BASIC 语言说明书，及时开始了自行琢磨使用，在天津培训班之前就有了一定的使用基础。

从天津培训班回来后，我的 PC-1500 计算机应用技术得到了较大提高。当时我就住在《河南省历史旱涝规律分析》旱涝分析课题组办公室，不分昼夜地编写历史旱涝资料系列分析计算程序，输入录制数据磁带，计算打印计算成果。经过一个多月的努力，终于在 1984 年 1 月完成了历史旱涝资料系列的全部滑动平均计算。当我向旱涝分析课题组负责人王郇同志汇报时，平时不苟言笑的他先是惊讶后，然后高兴地笑着连连说好。

PC-1500 计算机在《河南省历史旱涝规律分析》课题中的成功应用，引起了河南省水文总站领导的重视。在 1984 年 5 月召开的全省水文工作会议期间，专门安排我向参会的人员展示了 PC-1500 计算机在水文工作中的应用。大家看着打印机迅速地在打印纸上画图、写字，纷纷表示希望尽快推广普及。

这次全省水文工作会议后，PC-1500 计算机在河南省水文系统迅速推广应用，河南省水文总站和各地水文分站也相继派出多批次人员到全国各地参加培训学习。一时之间学习应用 PC-1500 计算机在全省水文系统成为风尚，各地的同行们出差碰到一起，交流最多的也是 PC-1500 计算机编程，谁能编出较高水平的计算程序就会红火一时。

我回到新乡后，结合水文分站的实际工作，编写了水文三等水准测量、频率计算、水位流量关系线偏差检验等应用程序，还把自己编写的各种应用程序打印出来，粘贴在一个专用笔记本中，不管到哪出差都随身携带，遇到同样爱好编程的同行随时都可以交流。这本 PC-1500 计算机程序粘贴本也成了我向别人炫耀的资本。

1985 年，水电部水利水电规划设计院电算处与水电部天津水利勘测设计院电算处根据我国具体情况，按水电部设计规范和设计中常用的一些算法，组织编辑了《水利水电工程 PC-1500 程序集》(85 版)。随后，随着 PC-1500 计算机在水利行业的进一步普及，水电部水利水电规划设计院委托新疆水利勘测设计院、水电部天津水利勘测设计院组织编写出版了多个版本的 PC-1500 程序集和程序包。同时，其他如四川、湖北等地都曾编辑出版了有关 PC-1500 的程序集，也都在工程实践中得到了应用。

由于其可以编程使用，也可以作为计算器使用，兼具轻便、易携带的特点，到了台式计算机已经普及的 20 世纪 90 年代后期，PC-1500 袖珍计算机还在水文系统广泛应用。2000 年以后，随着笔记本电脑的普及，PC-1500 计算机逐渐淡出了人们的视野，但是它在水文计算方式进步方面所发挥的作用将成为一代水文工作者的永久记忆。

（作者单位：河南省新乡水文水资源勘测局）

笃行水文立芳华

张东霞

济源水文站(原名赵礼庄水文站)1958年6月在蟒河设站,位于济源市东郊,蟒河东畔。济源这座融合了愚公文化、济水文化、黄河文化的历史城市,给水文站增添了一些独特的魅力。

2003年6月,我怀揣着对未来生活的梦想,远离故土来到济源水文站工作。面对一个高挑白皙,略显文弱的20多岁女大学生,周围的同志都对我能否适应水文站的艰苦环境,能否胜任水文工作的要求,甚至能否在水文站长期工作产生质疑,纷纷在心里打了一个大大的问号。

但是,没过多久,大家心里的疑问都打消了。

从零学起　提升水文技能

水文工作对于我来说是一个全新的开始,从第一天上班起,我就特别勤快,擦桌子、拖地,脏活累活总是抢着干,工作积极主动,不会就学,不懂就问。刚到水文站没几天,就遇到了一场大雨,河道水位猛涨。当时的测验房特别简陋,外面磅礴大雨,屋里沥沥小雨,积水满地,无处下脚。

第一次参与测流,第一次接触手摇式的测流设备,在同志们的指导下,我积极参与,遇到不会的逢人就请教,能自己上手的坚决自己干。一场测流下来,大家都是大汗淋漓,我就算累得腰酸背痛,也没喊一句累,没叫一声苦。第一次"实战",同志们对我刮目相看,纷纷赞叹:"这是一个踏实肯干、积极好学的好苗子。"

在之后的时间里,我始终勤奋进取,忘我努力,静谧的夜里,经常会看到我在办公室加班的身影,计算流量、数据分析。功夫不负有心人,从对水文工作一无所知到逐渐了解,从比葫芦画瓢到独自开展工作,短短几年时间,我的业务水平得到了快速提升。2009年我代表济源水文站参加新乡市勘测工大赛并取得了较好成绩,被授予"新乡市技术能手"荣誉称号。

不畏艰苦　甘做寂寞水文人

刚到水文站的时候，还没有现在的办公楼。“一间东倒西歪屋，几个南腔北调人”是水文基层测站办公、生活的真实写照。陈旧的测验房里，老鼠是常客。我刚开始十分惧怕这些“邻居”，每次从河边看完水位回到测验房，总要先吼上两嗓子，狠狠地跺几下脚，才去记录数据，渐渐地竟然能与它们“和平相处”了。

水文工作枯燥乏味待遇低，留不住年轻人，更别说是大学生了。曾经有个刚毕业的大学生来站上报到，看见三两间破败瓦房，扭头就走，再也没有回来。

常年漏雨失修的测站房子在2005年得以改造。站上人少，我也像男同志一样，干起了力气活。那天，测验房要上石板，我便主动协助几个男同志用铁棍一起抬，因受力不均，厚重的石板一下子滑向我这一边，砸伤了虎口，血流不止，但我仍咬牙坚持。为了伤口更好地愈合，砸伤的部分组织被迫切除，伤口缝了5针才得以出院。爱人知道后既心疼又埋怨地说：“都是大男人干的活，你跟着瞎掺和啥。”我只是低头一笑，安慰道：“水文人，不分男女，关键时刻我得上。”时至今日，我还是初心未改，将这股韧劲、干劲、拼劲从济源带到了焦作。

悠悠岁月，难舍水文情。我深知“孤单寂寞是常事，不退不畏真水文”，抢测洪峰，河道取沙，日复一日，年复一年，我远离喧嚣闹市，习惯了站上的清贫，培养了坚守的信念。

酷暑炎夏，坐在屋里还出汗。河口村水库大坝出水口需要测流，我自告奋勇，主动承担，时值中伏湿热天气，只身跳在齐腰深的水里，坝内外温差大，我身体受了湿寒，现在每遇到雨天，就会出现腰腿疼痛的症状。

献身水文　舍小家为大家

由于爱人在外地工作，平时工作繁忙，亲戚朋友都不在本地，孩子从小便跟着我。孩子上幼儿园时，也不得不待在午托部，等我下班后再接回家。2005年7月的一个傍晚，上游突降暴雨，蟒河水暴涨。面对如此险情，我不由分说穿上雨衣，火速投入抢测洪峰之中。当半夜工作告一段落，才想起孩子还没接。孩子由于等不到妈妈便自己回了家，一路淋雨，受了寒，半夜发起高烧来，浑身还不停地抽搐。漆黑的夜里，无助的我慌忙找来退烧药，用酒精给孩子擦拭身体,但高烧依旧不退,辗转几家医院也没有好转,最终不得不摘除了反复发炎的扁桃体,那时孩子才刚6岁。

孩子上小学的第一天,不巧又赶上测流,中午又没能按时接。孩子等不到妈妈,还像上幼儿园一样,和同班的小朋友去了午托部。老师找了将近2个小时,以为孩子走丢,报了警。当孩子被找到时,我搂着他大哭了起来,而孩子却天真地安慰我说:"妈妈,今天又下雨了,知道你要干活,就自己找地方吃饭了,没事的,你不用担心。"

在水文站长大的孩子,早已熟悉水文工作。一听到打雷,就会说:"今天要下雨了,妈妈你去河边看水要小心。"当晚上有雨值班时,他会陪着到深夜10点,才肯回屋睡觉,而且把屋里的灯打开,说:"妈妈回去的时候就不害怕了。"每当深夜看着孩子为我留有照明灯,再苦再累,我心里都是暖的。

时光荏苒,岁月如梭,现在虽然换了新的岗位,但在济源水文站的十年,是我人生最难忘的一段时光,那里有欢笑,有泪水,有付出,也有收获。我经历着,成长着……水文工作让我面对生活更加坚强自信,让我懂得爱是需要奉献的,让我永远怀着一颗感恩的心。也正是有了成千上万的水文人,有了他们辛勤的付出,我们的水文事业才有了这么快的发展,也必将迎来更伟大的辉煌!

(作者单位:河南省焦作水文水资源勘测局)

南阳抗洪记忆

郝丽茗

翻开厚重的《河南省水文志》，我们总会被2010年的南阳水文人“7·24”抗洪史所吸引。这不仅是《河南省水文志》中浓墨重彩的历史画卷，更是南阳水文工作者用生命和激情创作的壮丽篇章。

2010年是一个不平凡的年份，26600平方公里的南阳大地上降下了百年一遇的特大暴雨，7月23日以来，南阳市连续多日暴雨，内乡、淅川、南召和西峡四县发生特大暴雨，暴雨中心位于西峡县七峪水库，日降雨量297毫米。各条河道的洪水位均达历史最高。这一年，南阳水文人在洪水预警、预报、洪水测报、防汛服务等各个领域创造了英雄业绩，取得了水库无一处垮坝、主要河道无一处决堤的辉煌抗洪战果。

前事不忘，后事之师。每当我们回想起那暴雨倾盆、惊涛裂岸的历史场景，眼前总会浮现出南阳水文人与暴雨洪水奋力搏斗的一幕幕鲜活场景。

南阳水文水情预报中心

7月23日22时，马不停蹄从棠梨树水文站测流赶回的副局长李春正坐镇水情科，密切关注汛情的发展和气象的变化。水情科科长郭清雅于24日凌晨4时，经过缜密计算，做出了本次洪水的第一份预报：湍河内乡水文站将于凌晨6时发生2030立方米每秒的暴雨洪水；丹江流域也将发生暴雨洪水。

然而，自凌晨2时起，西峡、内乡两县大批遥测雨量计被雷电击毁，雷雨区电力中断、通信中断、雨水情中断，意味着丹江、淇河、老鹳河流域情报中断，洪水级别难以确定。

紧急之际，李春正和郭清雅只能根据气象云图做出预警判断：西峡、荆紫关两站均将出现洪水过程，流量均会超过2800立方米每秒。

他们立即向市防汛指挥部发出了洪水预警预报，告知相关部门和人员做好抗洪抢险准备。请南阳局局长王立军、书记王林带领测洪突击队提供机动支援,荆紫关水文站李文胜、黄志泉,西峡站柴国武同志做好准备,荆紫关、西峡水文站都将出现2800立方米每秒以上的洪水……

汛情紧急!刻不容缓!7月24日4时20分,李春正带领第一支抗洪抢险突击队赶赴内乡水文站测洪抢险。凌晨5时,王林带领一支突击队向西坪水文站进发,王立军带着一支突击队奔赴内乡、西峡水文站。

早上6时18分,内乡水文站洪峰出现,流量2030立方米每秒。这条洪水信息验证了湍河洪水预报的正确性,它也证明丹江流域的暴雨洪水将很快发生……

湍河告急、淇河告急、老鹳河告急、丹江告急……

早上7时30分,丹江流域各河道水位全线上涨。水情科每30分钟向防汛指挥部拍报水情一次。

西峡水文站

7月23日晚,天空电闪雷鸣,暴雨狂泄。6个小时降雨200.6毫米,历史罕见!汛情紧急!

站长柴国武是共产党员,他一次次带领职工在风口浪尖上测洪。全然不顾头上、腿上的摔伤疼痛,血水、泥水顺着脸颊、小腿淌下,血迹斑斑。面对交通、电力、通信全部中断,县城主街道白羽路水深达一米多的困境,他派职工徒步涉水到县城防办,报告最新雨水情。几天几夜的超负荷工作,使他体力严重透支,血压超高,同志们劝他休息,他笑道:"没事,马克思是不同意我休息的,上帝也是不会收留我的"。

雨还在急下!洪水在暴涨!

24日12时,石门水库以4000立方米每秒的流量开始泄洪。西峡县形势严峻,下游淅川县处境危急,西峡水文站每10分钟发报一次水位流量,还不间断地应对着县委、县政府的各种指示。下午6时,洪峰预期来临,水位达到84.31米。赶来测站慰问的省水文局局长杨大勇,现场指导测洪,站长带领职工使用流速仪法、比降面积法、中泓浮标法抢测洪峰,实测历史最高洪峰流量7380立方米每秒。

及时准确的水文情报预报,为西峡、淅川两县防洪抢险提供了科学的决策依据,两县10万余名群众安全转移,西峡县委、县政府领导亲自到水文站慰问。

米坪水文站

23日夜的雷暴，击毁了西峡县西部、北部的电力、通信、交通设施，老鹳河上游的米坪水文站成了信息、交通盲区。

米坪，米坪，米坪……连续近两天，上百次呼叫，米坪水文站依然杳无音信，实际上，米坪水文站成了洪水中的“孤岛”，水文站已成“泽国”。

24日凌晨3时30分，暴雨在偏远的深山里肆虐，导致米坪水文站电力中断、通信中断、交通中断。在已被洪水包围的米坪水文站里，站长徐长春和职工宋朝军一个蹲守在河边基本水尺旁认真查看水位，一个坚守在值班室成百次地尝试向外联络。

洪水越来越凶猛，漂浮物越来越多，不能继续用缆道测流，徐长春立即改用应急测洪方案——比降面积法测流。中午12时8分，水位达到10.27米，测得最大洪峰流量4920立方米每秒。

时间就是生命，水情信息必须尽快发出。徐长春清醒地知道，离开战场就意味着丢弃阵地，测站缺少人手怎么办？徐长春立即动员爱人姜青云、放假在家的儿子(黄河水利学校在校生)徐旭留守观测。他和宋朝军同志冒着山石滑坡、桥梁坍塌、公路塌方的危险，骑着摩托车飞速报送信息。离站15公里外的大桥被洪水冲毁，前进受阻。他们急忙借了一只漂流船，冒着生命危险横渡湍急的洪流，又租了一辆摩托车飞奔到50公里外的瓦房坪，弥足珍贵的水文情报在他们往返路程200公里、冒死一搏下及时发出。

荆紫关水文站

荆紫关水文站是丹江口水库的最大入库控制站，流域面积达7086平方公里，汇流区域位于陕西省境内。7月23日下午到晚上，陕西南部降特大暴雨。24日凌晨，江水上涨，凌晨4时20分，接南阳局水情科预警信息：丹江将会发生大暴雨洪水，让黄志泉站长做好测洪准备。

24日5时，荆紫关水文站上游陕西境内过风楼站报流量2200立方米每秒。

面对即将到来的大洪水，荆紫关水文站启动了特大洪水应急测洪方案，职工和机关突击队员分为水位观测组、外业测验组和水情信息计算传输组，投入紧张的测报工作中。

随着流速的加大和漂浮物的增多,流速仪不能再使用,外业测验组决定采用中泓浮标法测流,大家在大雨中沿中泓浮标上下断面一字排开,发信号、传信息,测验程序有条不紊。上午8时12分,超保证水位,流量3170立方米每秒,两小时之内河水上涨3.54米;9时12分,实测流量3870立方米每秒,水位达215.03米。

上午11时30分,水位上涨近4米,河水裹挟着大树、油罐等大量的漂浮物,咆哮而下。漂浮物不时碰撞已接近水面的缆道副索,为避免流速仪和铅鱼受损,年过半百的黄志泉不顾大家的劝阻,穿上救生衣,和杨明武跳入波涛汹涌的洪流中排险。高达一两米的浪涛,把他们时而推上浪尖,时而抛下谷底,不时有漂浮物向他们撞来,两抹"橘红色"几度消失,几度重现。他们奋力划水,不断向缆道主索钢塔接近,他们爬上十多米摇摇晃晃的钢塔,冒着生命危险拆下信号索,拆除拉偏索并固定好铅鱼。险情解除后,同志们看到两人身上、腿上、脚上被漂浮物和锋利的荆棘刺满了密密麻麻的血痕时,心疼不已。

浪高流急,漂浮物布满河道;11时54分,水位216.03米,流量5760立方米每秒;12时42分,水位216.48米,实测流量7690立方米每秒,河面波浪汹涌,奔腾下泻,涛声震耳。

下午1时20分,洪水像脱缰的猛兽,狰狞呼啸,涛声震天。位于水文测验断面上游几十米的高压电线和通信电缆相继被河道漂浮物拉断,水面上火花四溅。右岸主索钢塔在漂浮物的缠绕下,轰然倒下,主索在急流中剧烈摆动,危及左岸钢塔和缆道房安全,情况万分危急。黄志泉站长立刻指挥测验组同志飞奔到缆道房,奋力截断了与缆道房相连的循环索和起重索。

5分钟后,只听"砰"的一声巨响,重达600公斤的左岸绞关被主索从水中突然拔起,腾空撞上钢塔顶部,连续撞击几次后,翻过钢塔顶端,坠落到激流中,溅起十几米的水柱,一场房毁人亡的事件在顷刻间得以化解。

暴风雨中,荆紫关水文站,全体职工坚守岗位,各司其职,团结协作,演绎了一场惊心动魄的大会战。已过花甲之年的退休职工全海申,依然与同志们战斗在一起;水位观测组全耀勇坚守在每一根水尺旁,每6分钟观测一次水位,在最高水尺即将淹没时,抡大锤、打水尺,定高程,确保洪水水位记录精确;测验组黄志泉、杨明武同志不顾风大浪高,泅渡除险,战激流、爬钢塔、测洪峰、校数据。市局增援突击队员田海河、胡成年、陈朝阳等同志在四处溢水、摇摇欲坠的渠堤上卡时间、观浮标,发信号、传信息,确保流量测验准确;水情信息计算传输组李文胜凭借过硬的技术水平,描点绘、算流量、报信息,确保水情信息传输及时精确。在通信中断的非常时刻,荆紫关水文站职工通过亲戚朋友想方设法及时把雨水情信息传递到当地政府,为保护人民群众生命财产安全作出了不可磨灭的贡献。

据不完全统计,荆紫关镇、淅川县城及时安全转移群众5万余人。

历史永远铭记

棠梨树水文站7月23日上午7时35分,最大流量1430立方米每秒;米坪水文站7月24日12时8分,最大流量4920立方米每秒;西坪水文站7月24日下午1时30分,最大流量4950立方米每秒;荆紫关水文站7月24日下午2时14分,最大流量8790立方米每秒;西峡水文站7月24日下午5时,最大流量7380立方米每秒;汲滩水文站7月25日上午8时,最大流量3650立方米每秒……

几千份防汛电报,一个个雨水情数据,一次次洪水预警、预报,给防洪决策和防汛抢险赢得了大量的时间,省市防汛部门据此制订了周密的防汛决策及抢险调度方案。

各级政府带领干部群众,贯彻落实党中央、国务院和省委、省政府的决策部署,万众一心,顽强奋战,把灾害损失减少到了最低程度,夺取了2010年抗洪斗争的胜利。

(作者单位:河南省南阳水文水资源勘测局)

一切为了水文

陈　飞

1949 年 2 月，年仅 20 岁的董建海初中毕业，参军入伍，被任命为连队的文化教员。1949 年到 1952 年，他先后参加了解放战争和抗美援朝战争。

他说，这是祖国和人民的需要。

1952 年到 1985 年，他把青春和热血奉献给了水文事业。

他说，这是祖国和人民的需要。

卸甲归水文

在打过三八线、带伤员回撤时，董建海踩到了地雷，腹部、背部、腿部等多处受伤致残。只得回辽宁养伤，后转业平原省荣康医院。

疗养了几个月，他着实厌倦了躺在功劳簿上喝茶看戏的日子，于是四处托人找工作。当时水文站很缺人，但是异常清苦，又整天与水打交道，不利于病体的恢复，大家都劝他别去。

没错，五六十年代，水文站都设在郊野外极偏僻的地方。东倒西歪的站房，星星点点的油灯，横行无忌的老鼠，泥泞湿滑的道路。在如此恶劣的环境中，一个人孤零零的驻守，陪伴自己的只有标配三大件：报纸，手电筒，钟表。这样的硬件设施不知道吓退了多少年轻人。

董建海说："当兵的死都不怕，还会怕苦吗？哪里需要，我就去哪里。"于是他毅然决然地去平原省水利局报到了。

1954 年初春，天气乍暖还寒，又到了雨量计维护的时节。那时还是"小董"的董建海早已做好了准备，他重新审视自己的行囊——几件破旧衣物和些许路费，扛起了最珍贵的雨量筒，出发了。这次任务要求他一路向东，沿途维护延津、封丘、长垣、东明、菏泽等地区的雨量站。当时没有汽车，全凭步行，一趟下来至少需要一个月的时间。

这天，黄河流冰，小董在岸边焦急地等待，直到下午才终于渡过黄河。为了抢时间、赶进度,他本打算连夜赶赴下一个站点,村民说晚上可能有大雾,雾会使人迷失方向,为夜行人之大忌,于是他只好夜宿车马店。住宿条件很差,地上只有一层席子,边上放着黑漆漆油乎乎的薄被子,漏风的窗户发出吱呀吱呀的声音。为了保暖,他用绳扎住裤腿,脱下军大衣裹住头和上身,才扯过被子盖上。似睡非睡中,小董同志听着窗外树枝在风中翻滚的声音,突然升起一个念头:"没准今天不会起雾了呢?"

这个想法如此的强烈,以至于他迫不及待地从地上跃起,扛起行囊和雨量筒就出了门,一路上唱着军歌给自己壮胆鼓劲。走到天微微亮,依然没有雾气,遇人问路,才知道这晚已走了80里地。

每当有人问起:水文工作苦不苦,他首先想到的就是当年的孤村寒夜。他说:苦,但值得。

虚心求学路

初中学历的小董,在当年也算文化人,但是对水文却是一窍不通。小董虚心跟着大伙干。浮标测流,小董总是率先挽起裤腿跳进河里扔浮标,大家喊,快上来,你腿上有弹片。他说,不碍事,弹片在大腿上,水淹不着。

20世纪50年代没有那么多教材书籍,经验知识都是口口相传,小董把规范流程、注意事项、时点段次等都记在小本子上面,一有时间就翻看。工作多年,小董先后在五爷庙、西元村、大车集、汲县等多个水文站工作,积攒了好多小本子,搬家也搬了很多次。每次搬家时,大小家具都用架子车拉走了,装本子的箱子却一直随身带着。他说,家具丢了就算了,这些小本子可是命根子。

1962年,小董被提拔为道口水文站负责人,一人负责一个站。道口站是个闸坝站,一直在河道站工作的小董没有这方面的经验。还好他在文件柜里找到了一本破旧的专业书。一个人,一本书,一个站,小董在道口呆了两年,箱子里又多了几个小本子。

小董同志没有蹉跎岁月,没有辜负时光,他勤奋好学,逐渐成为了大家尊敬的"老董"。

老董说:他是个命大的人,在鬼门关晃荡了三次。第一次是抗美援朝期间踩到了地雷,很多弹片至今留在身体里取不出来;第二次是负伤转移时遭遇敌机扫射,朝鲜司机逃跑被射杀,他躺在车上却安然无恙;第三次是遭遇"63.8"特大洪水。

1963年8月,老董担任淇门水文站站长。那天,为抢测洪水资料,他驾驶测船行驶到了河中央。突然河水暴涨,上游七零八落的摆渡船倾泻而下,如离弦之箭向测船冲来。恐惧的情绪还不及酝酿,摆渡船已从吊船钢索下呼啸而过,所幸没有撞到测船。偏有一艘船上的桅杆太高,挂断了吊船钢索,岸上的固定桩也被连根拔起。测船彻底失去了控制,加速向下游冲去。老董只觉得天旋地转,恐惧感无处宣泄,闷在心里几欲喷薄而出。惊慌失措间军人钢铁般的意志稳住了心神。他大声呼唤鼓舞着同船的伙计们"别慌!别慌!稳住!稳住……"。不知漂了多远,船速逐渐变缓了。"岸边有芦苇,快抓住",老董和伙计们死命拽岸边的芦苇,测船终于缓缓靠了岸。

"真是死里逃生啊!"老董情绪激动,双颊微红,仿佛在讲昨天发生的故事。

美好新水文

老董在水文行业干了33年,1985年离休。他在水文行业摸爬滚打这些年,深受风湿性关节炎及体内弹片的折磨,有时痛得无法下床,他却笑说已经习惯了。

2015年5月,老董的儿子——水文职工董国庆带着老董回到了阔别已久的长垣大车集水文站。老董站在曾经呆了十五年的地方,却几乎找不到熟悉的痕迹。看着眼前崭新的办公楼、美观大方的观测场、干净平整的测验道路,以及电脑、传真、打印机、视频监控等设备,老董不禁感慨万千:"感谢党和国家!让我自己来,我都不敢进门,变化太大了!真像做梦一样!"

如今,水文工作生活环境及测验手段产生了翻天覆地的改变。水位通过视频监控即时观测;雨量实现了自动采集、存储、传输;流量通过ADCP遥控船,配合笔记本电脑直接测算,或采用无人机遥控测流。水文迎来了前所未有的开放发展新局面,苦和累再也不是水文的代名词了。

老董是中华人民共和国水文事业起步阶段的见证者。从水文事业奠基至今,千千万万像老董一样的"老水文人"已然老去,但"求实、团结、奉献、进取"的水文行业精神从未褪色。新一代水文人会继承并发扬优良传统,做洪水的逆行者,雨夜的不归人,为江河安澜、国泰民安而努力奋斗。

(作者单位:河南省新乡水文水资源勘测局)

跨区联动战洪魔

李　博　慕丽云

2016年7月19日，一场突破历史极值的特大暴雨袭击了河南安阳。安阳县新大堰、岭头、李庄，林州市砚花水等雨量站1小时最大降雨量均达100毫米以上。林州市百石湾、东岗、砚花水雨量站24小时最大降雨量分别为738毫米、697毫米、667.5毫米，均超千年一遇，多站24小时最大降雨量超过三百年一遇。特大暴雨造成安阳河干支流洪水猛涨，安阳小南海水库、彰武水库、双泉水库均超历史最高水位，安阳河安阳水文站出现了1950年以来有实测资料的第二大洪水，崔家桥蓄洪区进水蓄洪。大汛面前，作为防汛尖兵的河南水文人，义无反顾地冲锋在防汛最危险、最重要的前沿。

面对严峻的防汛形势，19日19时，一直坐镇省水情中心的省水文水资源局局长原喜琴果断采取措施，立即启动了全省水文应急监测预案，全省范围内跨区联动，全力支持安阳洪水测报工作。19日晚，省水情中心彻夜灯火通明，局长原喜琴同副局长赵彦增、总工王鸿杰以及水情处全体人员通宵达旦地研究汛情，审查上报数据，发布预报。同时，根据部署，临时组建的六个水文应急监测突击队克服高速封闭、道路冲毁、交通受阻的种种困难，在黑夜中冒着狂风暴雨，甚至是冒着生命危险，先后赶赴安阳水文测报一线，立即投入到紧张的防汛测报工作中。

省水文局副局长岳利军是久经洪水考验的水文专家，有着丰富的洪水测报现场指挥经验。他带领的应急监测小组，最先赶赴新乡宝泉水库，了解水文站测报和水库调度情况，察看水库溢洪道，并将现场察看的情况及时向省防办和在辉县南水北调干渠现场抢险的领导通报。之后，又连夜奔赴安阳，于20日3点赶到安阳水文站，与先期到达的应急监测指挥队伍会合，共商测报方案。20日9点，岳利军顾不上整夜未休息的疲劳，又赶赴安阳市防办，通报了安阳水文测报情况及全省应急支援情况，并于中午根据省防办命令组织人员开展了崔家桥滞洪区口门分洪情况调查。肩负此次安阳地区水文应急监测现场指挥重任的他，根据现场测报工作的需要，及时对原有各应急监测小组人员进行重新调配分工，明确任务，使水文测流、暴雨调查、洪水调查、洪峰流量核定等各项工作有序开展，保证了水文监测数据的权威性，确保了《暴雨中心遥测雨量站雨量调查报告》《安阳站“7·19”洪水洪峰流量核定报告》《安阳河决口分洪洪水调查报告》及时提交省防办、安阳市防办，并向社会公开。

省水文局副局长江海涛带领的应急通信指挥小组于 19 日当晚到达安阳站后，利用水利部租用的通信卫星和水文应急监测指挥车，在安阳站上游大桥上建立与省防办的联系，填补了因公用通信中断造成的防汛信息盲区空白，现场第一时间将安阳河 20 年一遇的洪水、崔家桥滞洪区分洪口门的现场实况上传省防办指挥中心，为调度决策提供了宝贵的视频资料。

濮阳水文局局长李向鹏带领的应急监测突击队到达安阳后，半夜里用 ADCP 测完安阳站上游大桥断面的流量，又冒险驱车赶到 30 公里的下游永和大桥用 ADCP 测流，后来一直坚守在崔家桥下游永和大桥断面，完整地测到了洪水的全过程，为崔家桥滞洪区进洪水量的分析提供了宝贵的资料。

郑州水文局副局长韩庚申带领的郑州水文应急突击队到达安阳站后，采用 ADCP、电波流速仪等先进设备，完整地测到了落实段的洪水过程，并现场对安阳站职工进行业务培训，手把手示范先进仪器的使用方法，率定电波流速仪和浮标系数，一身泥一身水，手磨出血泡，仍然坚持在测洪一线。

省水文局站网处处长王冬至带领洪水调查突击队，第一时间赶赴决口和滞洪区分洪口门现场，察看洪痕，测量地形，科学研判。这次洪水调查也创造了河南水文洪水调查的多个第一：第一时间赶到现场，第一次在口门封堵前进行决口地形测量，第一时间提交调查分析报告，创造了河南省水文应急响应的新纪录。

因应急监测任务繁重，21 日省局增派了经过多次洪水考验、有着丰富洪水测报经验和熟练业务技能的南阳局应急监测突击队赶赴安阳，他们于夜里 9 点半到达小南海水文站后，随即开展水库泄洪流量监测，晚上 10 点半提交了第一份测流计算成果，实测下泄流量 91.1 立方米每秒，及时修订了报汛曲线，填补了小南海水库自除险加固以来溢洪道没有可靠实测泄流记录的空白。

洪水无情，可洪水也再一次验证了河南水文人“敢于担当”的敬业精神。这次“7·19”暴雨洪水，是河南水文第一次实现大范围跨区联动开展应急监测，由于正确的决策调度，有力的现场指挥，明确的职责分工，圆满完成了“7·19”洪水测报任务，也进一步检验和提升河南水文应急监测工作能力。在这次“7·19”暴雨洪水中，安阳局职工全体动员，机关干部职工全部前往测站支援工作，安阳水文局局长闫寿松顾不上身上受的伤，安阳水文局书记王伟来不及换下浑身湿透的衣服，始终坚守在测报一线。安阳水情科的贾哲同志连续值班，不顾疲劳及时前往特大暴雨中心雨量站提取固态存储数据，修订了东岗雨量站因通信中断造成的误差，使现场提取数据与省水情中心遥测雨量数据完全一致，并及时提交了暴雨中心极值点雨量复核成果。连续几天，无论是应急测报突击队的成员，还是安阳局的全体职工，不管白天黑夜，大家没有睡过一个安稳觉，吃过一顿舒心饭，始终忠于职守，不畏艰险，团结协作，无私奉献，圆满完成了这次洪水的各项水文测报和洪水调查等工作，为防汛调度指挥提供了真实可靠的第一手资料，他们以实际行动践行着“求实、团结、奉献、进取“的水文精神。

（作者单位：河南省水文水资源局）

不能忘却的“特殊群体”

冯　瑛

中华人民共和国成立后,根据水利工作的需要,河南省水文系统在全省各地布设雨量站、地下水观测井,以便监测和掌握全省的雨量、地下水动态变化。由于当时技术、人员有限,各地委托当地群众从事人工观测报汛。委托观测员队伍最多的时候,达到2700多人。

随着水文自动测报仪器设备的广泛应用,人工观测逐步被取消,到2019年,河南省水文系统全部停止雨量委托观测,水文行业的特殊群体——委托雨量观测员,全部退出水文监测工作队伍。但我们永远不能忘却这一特殊群体,正是他们几年、甚至几十年的坚守,提供了宝贵的数据资料,为河南水文事业的发展作出了不可磨灭的贡献。

委托观测的历史足迹

河南省水利系统水文委托观测主要包括水位、降水、地下水水位三项。

中华人民共和国成立前夕,河南省仅有2处雨量站维持观测。中华人民共和国成立后,随着水利事业和国民经济建设发展的需要,雨量站得到迅速恢复和发展。1950年,河南省委托雨量站增加到29处;经过恢复、调整、巩固、充实、提高,至20世纪60年代末,全省委托雨量站达776处。经过进一步的建设发展,到1983年,全省委托雨量站数量达到1229处。此后,经过多次调整优化,截至2013年底,全省参加整编的委托雨量站固定为757处(其中常年站488处,汛期站269处),有委托观测人员757名,省财政2014年下拨雨量委托资金100万元,每个委托观测员一年获得的平均劳动报酬为1321元。

由于全省水文系统是垂直管理,相应的雨量委托观测也由水文部门管理。水文站具体负责雨量委托观测人员的聘用、培训、管理,省水文局负责下达观测任务和委托经费。委托经费列入省财政预算,年初下达到各市水文勘测局,再由勘测局通过水文站发放到委托勘测员手中。

河南省地下水观测站网建立于20世纪70年代。1971年全省设立地下水基本观测井405眼，次年开始实施地下水动态观测，刊印《河南省地下水资料》年鉴。至1980年全省地下水观测井发展到1831眼，实有观测资料1812眼。从1982年起至1993年，河南对地下水观测井进行了两次大的规划调整，调整后全省实有观测井1415眼（逐日观测井141眼，五日观测井1274眼）。由于地下水开采量逐年增加，部分地下水观测井出现井干无法观测、井填报废等现象，从1994年起，地下水观测井数量逐年减少，截至2013年，河南省实有地下水基本观测井1270眼，城市控制井488眼，自动观测井150眼。省、市、县水行政主管部门分级管理的地下水委托员1949人。

地下水观测采取的是条块结合的管理模式，即委托观测人员的聘请、管理由县级水利局负责，业务指导由市水文勘测局负责；经费保障有两块，一块是地市水利局从水资源费中划出一部分，用于地下水委托观测费及资料整编，另一块是从省财政中每年列支地下水委托观测补助费，用于补助委托观测费的不足；委托观测费下发渠道有两种，一种是市水利局—县水利局—委托观测员，这种模式占大多数，另一种是市水利局—市水文勘测局—县水利局—委托观测员。

不可忽视的重要作用

委托观测是水文资料收集的途径之一，是水文工作的重要组成部分。委托观测资料与国家基本水文站的观测资料同等重要。委托观测员是水文战线上的前沿“哨兵”和“耳目”，虽然不是正式编水文职工，但承担着降水量、旱情、地下水信息的观测、收集、整理和报送等任务。

委托观测员提供观测资料质量的高低、水情信息收集报送的时效性，直接关系到防汛抗旱决策调度和水资源管理的水平，关系到水文洪水预报、地下水分析的精度，关系到国家水文年鉴刊印资料成果的可靠性，还对国民经济建设中工程设计、工程规模有直接的影响。

委托观测员为防汛抗旱决策和国民经济建设提供了大量基础水文信息，为保持水文资料的连续性、可靠性、完整性作出了重要贡献。历史上震惊中外的“75·8”特大暴雨洪水的珍贵雨量数据，就是由一名委托观测员记录的。这次暴雨数据改变了我国对暴雨强度的认知，成为中国暴雨图集修订、全国水库除险加固、各种工程规划设计的重要依据。

基层的水文监测环境比较恶劣，特别是在狂风大作、雷雨交加、伸手不见五指的夜晚，委托观测员坚持值班，通宵不眠，身披塑料布，脚穿凉鞋，冒着狂风暴雨和雷电，踏着泥泞的道路，一次次往返观测场进行观测，记载资料、翻译成电文，准时、准确地向中央、省、市、县报送水情信息。他们为了国家的事业，满腔热忱、毫无怨言，为防汛调度和防洪减灾作出了应有的贡献。

值得铭记的平凡群体

河南水文委托观测员多在基层农村。据统计，河南水文战线委托观测员中有31%的人从事委托观测工作在30年以上。一代代委托观测员，用精准的水文数据和求实奉献的水文精神谱写了一曲曲动人的赞歌。

林庄雨量站位于驻马店板桥水库上游10公里，委托观测员为现年68岁的农民陈家三，自1963年设立林庄雨量站开始，一直承担委托观测任务。1975年8月，河南省境内发生了震惊全国的特大暴雨洪水，暴雨中心就在林庄雨量站，陈家三不顾家中房倒屋塌，不顾个人财产的损失，以一个共产党员的情怀，坚持连续观测雨量，精确地测得了这次暴雨的连续变化过程及时段降雨量，实测到一小时暴雨量173毫米、三小时雨量494.6毫米、六小时雨量830.1毫米、一天降雨量1005.3毫米、三天降雨量1631.1毫米的准确宝贵资料，三天降雨量是我国大陆最高纪录。陈家三先后十余次获得县、市、省和全国水利系统的表彰，获得水利部《全国水文系统先进委托观测员》证书。

南召县雨量观测员黄增玉自1951年开始承担委托观测雨量任务，一干就是67年。黄增玉负责的雨量站，按照测报任务的规定，汛期，每2个小时观测一次；非汛期，执行4段4次10毫米观测制，每6个小时观测一次，每段降雨量只要达到10毫米，还须编制电文发电报。两小时降雨量达20毫米要发暴雨加报电报。日降雨量达100毫米，要向中央防总发电报报送雨情。日、旬、月降雨量，不管有没有降雨量，都必须编发电报。无论是农忙季节还是节假日，无论身体健康还是有病卧床，黄增玉承担的雨量站观测任务，从来都没有间断过。特别是“文化大革命”期间，他自觉自愿，不计报酬，所观测记载的资料没有中断，没有漏测缺报，更没有伪造资料，连0.1毫米的降雨量都没有遗漏。

类似陈家三、黄增玉这样的委托观测员,在全省还有很多人。这样一个特殊群体默默无闻地为河南水文事业发展作出了重要贡献。我们应该铭记,历史应该铭记这个水文行业中的特殊群体——委托观测员。

(作者单位:河南省水文水资源局)

河南水文人事改革始末

黄　健

2004年,中共河南省委组织部、河南省人事厅印发《关于进一步完善事业单位人事制度改革的意见》,要求到2005年,在全省事业单位基本建立起正常化、规范化的聘用制度,实现事业单位人事管理由身份管理向岗位管理转变,由行政任用关系向平等协商的聘用关系转变,建立符合社会主义市场经济体制要求的人事管理制度。同年,河南省水利厅下发《河南省水利厅事业单位实行人员聘用制度实施方案》,在全厅范围内实行人员聘用制度。

河南省水文水资源局是水利厅直属事业单位,长期以来,由于受计划经济体制的影响和传统用人模式的制约,河南水文系统在用人机制上存在一系列的问题:干部能上不能下,使用干部论资排辈;人员能进不能出,整体素质较低;分配制度不合理,干多干少一个样,干好干坏一个样。这些问题的存在,严重挫伤了干部职工的积极性。省局党委经过研究分析认为,人事问题已经成为制约河南水文发展的"瓶颈",只有通过事业单位人事制度改革,建立起公开、平等、竞争、择优的用人机制,才能使河南水文又好又快的发展。

在这样的背景下,河南水文系统人事制度改革工作全面铺开。

提高认识　统一思想

推行人事制度改革政策性强,涉及广大职工的切身利益,也关系到水文事业的发展与稳定。为此,省水文局把推行人事制度改革当作一件大事来抓。省局党委多次召开会议,认真学习上级文件精神,研究制定改革措施和办法;为保证改革按计划、有步骤、顺利进行,省局及时成立了人事制度改革领导小组和办公室,领导小组由省局领导班子成员组成,时任党委书记的潘涛任组长,时任局长的杨大勇任副组长,时任纪检书记的赵凤霞任办公室主任,日常工作由人事劳动科具体负责,各职能部门协助,河南省水文系统的人事制度改革工作扎实有效的开展起来。通过召开不同层次、不同类型的座谈会以及全局职工动员大会，传达贯彻中央、省和厅有关人事制度改革文件精神，向广大职工讲清人事制度改革的重要性和必要性；通过个别谈心等方式，使广大职工能够放下思想包袱，正确对待个人的升降去留，确保改革与正常工作的顺利进行。

调查研究　制定方案

为了确保改革方案积极稳妥，省水文局认真学习上级各种有关改革文件精神，组织人员赴外省调研，学习兄弟省份水文单位改革的先进经验，同时在单位内部组织召开不同层次人员参加的座谈会，在全省水文系统广泛深入征求意见的基础上，制订《河南省水文水资源局实行人员聘用制度实施方案》，省局党委多次开会研究方案细节，最终经省局职工大会表决通过，并报水利厅人事处批复实施。

在设岗定员方面，中层干部实行竞争上岗，一般职工实行双向选择，既坚持公开、公平、公正的原则，又适当考虑水文系统人员分布的现状，还要按规定规范竞争程序。在分配机制方面，既坚持效率优先、兼顾公平的原则，又适当拉开分配档次，建立按岗定酬、岗动薪变、形式多样、自主灵活的分配机制，体现了重实绩、重贡献，向优秀人才和关键岗位倾斜，打破了“大锅饭”“平均主义”观念。

精心组织　认真实施

中层干部竞争上岗。按照方案要求的中层干部职数公布竞争岗位、岗位职责和竞聘条件；组织报名，填写《岗位竞争人员报名表》，一人限报两岗，经过资格审查后确定为各岗位竞争人选；召开全体职工大会进行竞聘演讲，演讲内容包括能力优势、岗位认识、措施办法等；按照评委打分占比60%、职工投信任票占比40%确定最终结果；根据竞聘结果，分管局领导提出初步意见，酝酿确定人选，而后按照干部任免程序进行考察、公示、任职备案，最终确定竞争上岗人员。

一般干部双向选择。按照方案要求公布岗位和条件；组织报名，填写《选择工作岗位申请表》，一人限报两岗，经资格审查后确定申请人选，在征求科室负责人的基础上，经改革领导小组择优确定人选予以聘任。一般职工双向选择，完全打破身份界限，原有的干部、工人身份可作为档案身份。通过这次改革,河南水文系统共有200多名工人转岗到专业技术岗位。

以岗定薪搞活分配。根据上级文件精神,结合单位实际,制订了《河南省水文水资源局搞活内部分配制度实施方案》,把30%的活工资全部拿出来根据每个同志的不同岗位、不同职位按照系数进行分配,初步建立重实绩、重贡献、向优秀岗位倾斜、向关键岗位倾斜、灵活自主的分配激励机制。

圆满成功　成效显著

此次人事制度改革,河南省水文系统共有326名同志报名参加中层干部竞争上岗,参加竞争演讲的278人,竞争到科级岗位的247人,其中正科92人(新提拔21人),副科155人(新提拔124人),749名同志参加了双向选择,全部人员都与单位签订了聘用合同书。实行全员聘用制,建立了公开、平等、竞争、择优的用人机制,改"相马"为"赛马",扩大了选人用人的视野和渠道,打破了长期以来人事管理中的论资排辈、能上不能下的局面,使一批优秀年轻同志脱颖而出,走上领导岗位,有力地促进了河南省水文系统职工队伍建设,为稳定人才队伍营造了良好的组织环境。

(作者单位:河南省水文水资源局)

三代水文人　一颗坚守心

张欣欣

从外公、大舅、父母、三姨，到我，我们一家三代六口人从事水文工作。

我生于水文站，长于水文站，水文站的一切都给我留下了深刻的记忆。

记得我刚上幼儿园时，有一天看到五陵水文站大门两侧墙壁上镌刻的“求实、团结、奉献、进取”八个金光闪闪的大字，我就问爸爸这是什么意思?爸爸一边教我读，一边告诉我，这是“水文精神”。我当时并不理解，只是经常听附近村里的老百姓说：“水文站的人是怪人，别人下大雨都是往屋里跑，他们却是往外边跑，往河里赶。”直到我从事水文工作后，才逐渐对这八个字有了更深刻的认识。随着年龄的增长，对老一辈水文人的事迹了解得越多，就越感到水文人于平凡之中蕴含着伟大。

喜动脑、爱发明的第一代水文人

我的外公王文义是我家的第一代水文人，也是我最敬佩的水文人。他是从旧社会走过来的人，曾经扛长工、打短工，逃荒要饭，尝尽人间苦难，后来参加了水文工作。因为没读过几年书，为了干好这份工作，他几十年如一日坚持不懈地自学科学文化知识，边干边学水文业务知识。经过多年努力拿到了中专文凭，还自学了一些大学课程。随着业务技术水平的不断提高，他被评聘为工程师，这在那个年代是很不容易的事，尤其是对于外公这样起点较低的人来说。

外公爱动脑，喜欢结合水文工作中所遇到的一些实际问题，搞一些小发明、小创造。1980 年，他在新村水文站工作，由于新村站属于山区性河流，水流特性是暴涨暴落，稍不注意就可能错过测流时机。外公想：“如果能搞一套装置，当水达到设定位置时，自动报警，警示该测流了，这样就不用一直站在水边观测水位变化，那该多好呀!”于是他就开动脑筋，利用电铃原理，自费购买了所需的电器材料，经过多次试验，终于成功发明了一套水位报警器。当达到设定水位时,它就会自动报警,且警铃声很大,很远都能听到。这套装置很好地解决了测流水位的预警问题,有了它的提醒,再也不会漏测洪峰了。在1982年8月新村站的大洪水中它大显神通,立下了汗马功劳,外公因此荣获了"河南省抗洪劳动模范"称号。为了提高工作效率,外公还编制了流速仪流速查读表,极大地缩短了计算流量的时间。

外公退休后仍心系水文。1996年8月3日,听说五陵水文站涨大水了,71岁高龄的他连夜坐车赶到站上,不辞辛苦连续几个昼夜凭自己多年测洪经验为测报工作出谋划策。在他的指导下,该站测到了建站以来历史最高水位和最大流量。

从门外汉到技术骨干的第二代水文人

我的父亲张春盛,小南海水文站的站长,我家的第二代水文人。他毕业于师范学院,曾在学校从事了8年教育工作,1989年调入水文系统。隔行如隔山,初到水文站的他就是一个门外汉。于是他捧起书本一边认真学习水文业务理论知识,一边刻苦练习操作水文仪器。没几年时间他就熟练掌握了基层测站的各项技术工作,成为了一专多能的技术骨干。多年来,他任劳任怨,不计个人得失,哪里需要哪里就是他的战场,先后在淇门、五陵、横水、天桥断和小南海水文站工作。曾于1996年获得"安阳市防汛测报先进个人"称号。小南海水文站在他带领下于2016年获得"河南省文明水文站"称号,2019年荣获"全国先进报汛站"称号。

他刻苦钻研设备保养、维修技能,达到了痴迷的程度。1999年5月的一天,当他得知站上的降水量自记钟坏了,顾不上端下火上的米锅就匆匆而去。等他修好钟表来到厨房时,米锅已经烧漏了。我淘气地说:"爸爸,你总是批评我损坏东西,你损坏东西比谁都厉害,这些钱够给我买一个新书包了。"他嘿嘿一笑:"还好还好,锅是自己的,坏了还可以买,自记钟要是不及时修好,那可能会漏测雨量的。"

关键时候他总能冲锋在前。1999年7月14日20时,父亲去看水位,发现水位猛涨,过河索上挂满了水草,落入了河水之中,水草越来越多,所形成的拉力随时可能将两岸立杆拉翻,那样将会给国家造成很大损失。此时必须先清理水草,将绳索拉出水面,才能用船测流。在这危急时刻,他二话没说带领一名临时工,穿上救生衣就跃入激流中,双手攀着绳索艰难地向河中心游去。由于水流湍急，他的身体被水冲得几乎与水面平行，随时都有可能被洪水冲跑。他竭尽全力清除水草，一点一点艰难地向前推进，汗水融入了洪水中。经过半小时的激战，他们将绳索上的水草全部清理干净。这时，岸上职工齐心协力将绳索升起。他汗流浃背、筋疲力尽地坐在船板上，身上多处被树枝划破，伤口流淌着鲜血。大家都劝他回去处理伤口并休息一下，他却说："养兵千日，用兵一时。现在正是用人之际，我咋能回去？"就这样，他一直坚持到测流完毕。

上阵父子兵　两代水文人共抗洪水

2014 年，我从横水水文站调到小南海水文站工作，和父亲并肩作战。2016 年一起经历了一生难忘的"7·19"洪水。7 月 18 日开始，安阳河小南海水库上游山区普降大暴雨，局地特大暴雨，截至 19 日累计平均雨量达到 400 多毫米，雨量属于三百年一遇。小南海水库坝上水位从 19 日 11:30 开始起涨，到 20 日 02:00 涨至峰顶 175.65 米，该水位为本站历史最高水位。仅 14.5 小时水位涨幅高达 16.59 米，涨率之大，令人瞠目。

面对如此罕见的暴雨洪水，作为一名老水文人，父亲深知小南海水文站的测报工作不能出现任何闪失。因为它关乎着下游南水北调工程、京广铁路、107 国道及安阳市人民生命财产安全。根据汛前制订的测报方案，他带领大家到坝下用缆道测流，后来因流速太大，铅鱼无法入水。他又果断与大家到基下 3000 米东滩大桥附近河段，使用 ADCP 进行测流，同时在桥上使用电波流速仪进行比测。就这样，测流工作从 19 日 14:00 直到 20 日 06:00 无停歇。期间，大家饿了就啃口干粮，渴了就喝口矿泉水，没有一个人叫苦叫累，回去稍作休息，第二天就又投入到紧张的战斗中去了。

经过了 10 天的艰苦奋战，洪水终于退却了。在大家的共同努力下，共观测水位 632 次、测流 23 次、报汛 293 次。这些成果为防汛指挥部门科学决策、调度提供有力支撑。由于缺乏休息，大家的眼睛一个比一个红。我年龄最小，苦活累活抢着干，由于跑路最多，双脚都磨出了血泡，而我从没叫过一声苦，喊过一声痛。父亲既是指挥员，又是战斗员，十多天日夜操劳，整个人瘦了一圈。但他说："能为安阳人民生命财产安全保驾护航，瘦多少都值得。因为我是水文人，吃的就是这碗饭，干的就是这样的活儿，我无怨无悔！"

近年来，国家持续加大水文投入，水文人的工作生活条件有了较大改善，站容站貌发生了天翻地覆的变化，新仪器、新设备不断运用于水文，测报手段今非昔比,但“水文精神”没有变,它是我们战胜一切困难的法宝。作为新一代水文人,我们有责任、有义务将这种精神传承下去,并使之发扬光大。只有这样,我们才能够更好地做好各项水文工作,才能无愧于“水利尖兵、防汛抗旱耳目”这一称号。

(作者单位:河南省安阳水文水资源勘测局)

守望淮河安澜的水文尖兵

金玉钰

回望水文百年，初心传承，守望不变。日月星辰见证河流的变迁，一代代水文人坚守在防汛抗洪前线。一个断面，一座站房，一组水尺，一条缆道，多少年来，信阳水文人就是用这些，在滚滚翻腾的淮河上，把脉风雨雷电。

不畏艰难勇当先

方和平，在基层水文站坚守了30年。30年来，他记录了几万个水文数据，测绘出了几百条水文曲线。每一个数据都凝结着他的心血，每一条曲线都注入了水文人的坚守与担当。

作为站长，方和平深深地知道，在抗洪前沿，一份准确的情报，胜过千军万马。在工作中他总是甘做表率，身先士卒；测流时他不顾个人安危，哪里危险去哪里。

1996年6月下旬，小潢河上游普降大到暴雨，频频出现洪峰。连续20多天的紧张测报，电话铃声不断，各级防汛部门都在询问水情变化。方和平不仅要带领站上职工抗洪测报，还要参加县防汛紧急会议，没有吃上一顿安稳饭，睡上一个安稳觉。7月17日16时，小潢河上游普降大雨，加上龙山水库泄洪1600立方米每秒，方和平果断及时向省、市、县防汛部门发出洪水预报，18日8时将出现洪峰，最高水位40.91米，流量1730立方米每秒，并立即告知县防办，河左岸将于17日20时要涨水，断面上游要分洪，建议尽快组织群众转移，南城通向北城的老大桥要戒严。果然，18日6时出现建站以来最高水位40.98米，超过保证水位1.98米。

由于预报及时，组织得当，人畜无一伤亡，仅潢川县城就减少直接经济损失1200万元以上。在18日6时测完洪峰后，方和平及时带领3名年青职工，赶到断面上游离站4公里的四里棚、奶奶庙分洪区涉水测完5处分洪流量。当时水面宽达3000米，为了准确测得分洪流量，方和平带头测水深、量距离，分布流速垂线,他们4人衣服全浸湿,脚被磨出血泡,没喝一口水,没吃一口饭,但也没有一个人叫苦,终于完整地测得分洪流量。洪水过后,方和平由于劳累过度,连续几天高烧,体温达39.7摄氏度,晕倒在办公室,待病情好转,又起身投入到工作当中。

2003年7月2日1时许,潢川水文站出现洪峰,最高水位40.47米,相应流量2140立方米每秒,断面上游出现两处跑水。2日21时许,为了测得跑水流量,方和平不顾几天来连续作战的疲劳,顶着狂风暴雨,赶到4公里外的跑水处,赤脚站在齐腰深的水中,抢测跑水流量。当时,河面上伸手不见五指,他们只好打开汽车照明灯作为光源,经过2小时的艰苦奋战,终于抢测到了漫溢流量。

方和平参加工作30年,工作总是冲锋在前,却把方便让给别人。他常说,一站之长要带好这个头,不然就不是一个好站长。站上住房紧张,他主动把分给自己的楼房让给老职工,自己还住在冬冷夏晒的房子。因工作需要,白雀园水文站交潢川水文站管理。每逢汛期,白雀园站人少、任务重,他带头去白雀园工作,哪里最困难、哪里最需要、哪里最危险,他就出现在哪里。

初心如磐求奉献

从1975年到2005年,30年的水文生涯,廖中楷坚守初心,始终如一,诠释了信阳水文人的求实和奉献。

时间深处,惊涛拍岸。1991年,入夏伊始,汛情频传。信阳地区连降特大暴雨,淮河两岸一片汪洋,全区大小河流及水库水位陡涨,10余万群众陷入洪水围困之中。“赶快抢测流量!两小时上报一次!不能耽误一分一秒!”息县水文站站长廖中楷立即组织人员,冒雨穿梭往来于洪水肆虐的河面采集水流信息,观测河道水位、监测雨量水量、分析预报洪峰水位流量,发布洪水预警。

作为一位身经百战的老水文,在迎战淮河大水的日日夜夜里,廖中楷带领全站职工,全身心投入到“观天测水”的工作中,时刻盯牢雨情水情变化,24小时不间断坚守岗位,连续工作了两昼夜,身上的衣服被淋湿透也顾不上,累了就在河岸边稍作休息,渴了就喝一口凉白开,饿了吃口冷馒头,终于靠抢测到的数据提前做出预报,避免了国家和百姓的财产损失。

2005年8月,淮河发生了自1968年以来的又一次全流域性大洪水,息县站四周被洪水包围,形成孤岛,水道断面宽2300多米,最大水深10米多,最大流速近3米每秒。要到站上来，只能从北岸乘船进来，主河流宽600多米，浪高水急，漂浮物很多，抢测洪峰，需要3只船，3处同时测流，任务急难险重。廖中楷顶着狂风巨浪，顾不得黄豆般大小砸到脸上的大雨，率先到主河流测流，最终实测本次洪峰水位43.32米，实测洪峰流量6030立方米每秒，是1968年以来历史最大值。

有人问他，在那样危险的情况下，难道测量数据比生命还重要？廖中楷说："作为一名水文人，我们的工作就是如实测量水文数据，在洪水来临时，既要确保采集数据的及时性又得保证第一手数据的真实可靠，这样才能让上级单位更好地进行防汛决策和部署，作为一名党员，我就应该站得出来，豁得出去！保护下游千千万万人民的生命财产安全是我们义不容辞的任务，更是我们的职责，这样做值得。"他回答的语气是那样的坚决，不容置疑。

几十年来，他仿佛一块坚硬的磐石，在山野间、在测船上，为江河把脉，为人民守候。

恪尽职守履忠诚

李继成在大坡岭水文站坚守8年后远离家乡，在竹竿铺水文站坚守14年，无私奉献、无怨无悔。"全国水利系统模范工人""全国水利技术能手""全国水利系统先进个人""河南省十佳职工""河南省五一劳动奖"……一项项荣誉，彰显着李继成闪光的精神世界，以及深藏于内心深处的价值观和职业责任感。

1996年6月下旬，竹竿河频繁降雨，为获得准确的水文数据，时任竹竿铺水文站站长的李继成二十多天未能睡上一个囫囵觉，双眼熬得红肿，拖着疲惫的身体坚守在一线。7月17日夜2时许，乌云如墨，伸手不见五指，一声炸雷震破了沉闷的大地。倾刻间，暴雨如注从天而降，上游雨情电报纷至沓来。雨情就是命令，时间刻不容缓，李继成一方面不断增加观测和发报次数，密切监视水情，另一方面带领职工在狂风暴雨中抢测起涨流量。河中水位急剧上涨，从上游冲下来的漂浮物越来越多，流速仪不时地被缠住，为了提高测验精度，他一次次将流速仪从十几米高的河中向桥面提起，暴雨的侵袭使得眼睛难以睁开，视线模糊，李继成半探着身体，一手抱住桥栏，一手摘除缠在流速仪上的水草。一次流量测下来，他的双手布满了血泡，尽管穿着雨衣，身上的衣服早已被雨水和汗水浸透，紧贴着身体往下淌水。

暴雨在继续。17 日 8 时,流域平均雨量已达 179 毫米,最大站点雨量 204 毫米。他根据上游雨情以及前期影响雨量等因素,利用自己所学的水文专业知识,很快做出了准确及时的水文预报,竹竿铺水文站将于 17 日 24 时出现洪峰,水位将达 48.30 米,为建站以来最高值,流量 2800 立方米每秒, 312 国道将要漫水。

因连续的疲劳作战、风吹雨淋、河水浸泡导致胃炎复发,豆大的汗珠顺着李继成的额头泌出,但他仍坚持着。通信线路中断后,他又趟着齐胸深的积水,忍受着病疼的折磨,赶往 500 米远的镇邮局发报,准确及时地把汛情信息传报给各级防汛指挥部门,建议做好群众及财产转移,并让职工将水文资料及仪器转移到安全地带。

竹竿铺水文站提前 15 小时做出精准的预报,为防汛科学调度提供了可靠依据,仅竹竿铺镇居民就减少直接经济损失 300 多万元,15300 多名群众安全转移,无一伤亡。

与江河为邻,与寂寞相伴,以实际行动践初心、担使命。信阳水文人,召之即来、来之能战、战之能胜,上下一心,众志成城,用智慧和行动,用担当和奉献,筑起挡在暴雨洪水面前的铜墙铁壁。

(作者单位:河南省信阳水文水资源勘测局)

难忘的二十五个昼夜

邱新安

2000年6、7月，洪汝河流域发生了较大洪水，其中小洪河上游(五沟营以上)达到了50年一遇。我当时作为河南省驻马店水文水资源勘测局水情科科长，亲身经历了惊心动魄的洪水调度决策过程，在水情值班室连续度过了难忘的二十五个昼夜。

一

2000年暴雨来得早，6月1~3日，受副热带高压加强北上和南下冷空气的共同影响，驻马店地区普降大到暴雨，全区平均降雨量139毫米。

6月25~26日，受西伸加强的太平洋副热带高压和西风带低槽冷空气的共同影响，全区普降大到暴雨，局部特大暴雨，部分地区还出现了雷雨、大风、冰雹等强对流天气，两日内全市平均降雨量170毫米，降雨量大于200毫米的笼罩面积达3840平方公里，最大点雨量——石漫滩站两日降雨量349毫米，最大一日降雨量296毫米，暴雨中心位置——石漫滩水库以上平均降雨量326.3毫米，杨庄以上平均降雨量277毫米。受此次降雨的影响，小洪河上游出现了较大洪水，贺道桥以上全线超保证水位，被迫启用杨庄和老王坡滞洪区。

雨情、水情就是命令，6月25日6时，驻马店水文水资源勘测局水情科四人全部到岗，书记张治淮、副局长高国章也赶到水情科，了解汛情，指挥全市雨水情测报工作，并向汛情严重的杨庄、桂李、五沟营等测站派去了技术骨干，指导水文测报工作。

夜晚，暴雨越下越大，我同值班人员一起住进了水情值班室。26日2时，根据上游降雨情况，做出了杨庄站的水文预报，预报洪峰流量将达到420立方米每秒，洪峰出现时间在26日17时。由于这个预报数值非常重要(超过桂李站保证流量300立方米每秒和涉及杨庄、老王滞洪区应用)，我及时向分管水情的高国章副局长和省水文水资源局水情科汇报，并及时通知了地区防汛办公室值班人员。26 日 5 时,高国章副局长来到水情科防汛值班室,同水情科的同志一起重新进行预报和分析,经与省水情科会商,决定向地区防汛指挥部发布预报洪峰流量为 420 立方米每秒,地区防汛指挥部经会商,立即通知西平县防汛指挥部,要求做好杨庄、老王坡滞洪区启用前的准备工作。

26 日 10 时,由于后续降雨较大,根据最新雨情信息,我及时修正了预报数值,经与省水文局水情科会商后,预报洪峰流量 540 立方米每秒。

26 日 16 时 30 分,小洪河桂李站水位 63.52 米,超过保证水位(分洪水位)0.52 米,已危及河道堤防安全,根据省防汛指挥部的指令,开闸向老王坡分洪。

在这期间,水情科做出的第一次预报提前了 15 小时,最后一次预报提前了 7 小时,为小洪河洪水调度和防汛抢险、老王坡滞洪区人员撤离赢得了宝贵时间;26 日 17 时,杨庄滞洪区控制站杨庄水文站实测洪峰流量 500 立方米每秒(经滞洪区库内水位反推,杨庄滞洪区如不落闸控泄,杨庄站最大洪峰流量可达到 550 立方米每秒,超过保证流量 100 立方米每秒)。

27 日 8 时 30 分,我做出了洪汝河汇合口班台站洪水预报,预报最大流量 1300 立方米每秒,并向地区防汛办公室提供了"宿鸭湖水库控制下泄 350 立方米每秒,班台站不会超保证水位"的建议。

二

屋漏偏逢连阴雨,船迟又遇打头风。"6·26"洪水还未退完,7 月 12~14 日驻马店地区又普降大到暴雨,局部特大暴雨,全区平均降雨量 185 毫米,其中西平、遂平、汝南、平舆及驿城区降雨量均超过 200 毫米。小洪河上游杨庄以上平均降雨量 360 毫米,石漫滩以上平均降雨量 394 毫米,最大点雨量——舞钢市柏庄站降雨量 439 毫米,达到 50 年一遇。

7 月 13 日 5 时,预报杨庄站洪峰流量将超过 500 立方米每秒,杨庄、老王坡两个滞洪区需再次启用,这一情况立即汇报到地区防汛指挥部办公室。6 时,驻马店地区防汛指挥部副指挥长、水利局局长王润德率先来到地区防汛指挥部办公室,与值班副局长刘春荣、工管科科长范世德及副科长郑承义一起,查看了全市雨水情简报,在听取了主要水情汇报后,一方面向市委书记马万令、地区行署专员卢大伟(当时驻马店撤地改市尚未完成)汇报汛情,另一方面布置全区防汛抢险工作。经地区防汛指挥部指挥长同意,立即启动防汛抢险应急预案,沿小洪河、汝河各县安排人员上堤 24 小时拉网式巡查,西平县做好杨庄滞洪区人员撤离的准备工作，同时做好老王坡滞洪区撤离人员生活安置工作；市水利局全体人员到岗到位，并组成三个防汛抢险工作组，分赴汛情严重的西平、上蔡和新蔡等县，现场指导防汛抢险工作；安排水情科配合市防汛办公室每日8时、20时向全市发布2次汛情通报，通报由水情科起草，地区防汛指挥部办公室把关，并做好新闻媒体接待工作。

13日11时，杨庄滞洪区入库流量达到500立方米每秒，超过下游河道保证流量450立方米每秒，且在迅速上涨，经省防汛抗旱指挥部同意，立即启用杨庄滞洪区，杨庄滞洪区泄洪闸控制下泄450立方米每秒。13日15时30分，桂李分洪闸再次开闸向老王坡滞洪区分洪，最大分洪流量186立方米每秒。

三

14日14~20时，暴雨如注，汛情十分严峻，上游石漫滩水库水位迅猛上涨，为保证水库安全，不断加大泄量至672立方米每秒，15日4时水库出现最高水位110.11米，超汛限水位3.11米。15日20时，杨庄、老王坡两个滞洪区水位仍在快速上涨，汛情在不断加重，防汛指挥部办公室及水情科所有人员都在紧张有序地忙碌着，如同战场一般，防汛办公室像司令部，紧邻的水情科像参谋部，询问汛情的电话和雨水情电报不绝于耳。我根据降雨情况，及时做出了杨庄滞洪区的洪水预报，预报最高水位70.20米，最大入库流量2100立方米每秒；21时30分，从抗洪前线忽然传来了小洪河流域北部的甘江河、澧河出现了决口，一部分洪水进入了杨庄滞洪区，一部分洪水进入了老王坡滞洪区。这时，石漫滩水库水位已下降至107.40米，省防汛抗旱指挥部果断下令，水库停止泄洪。我根据上述情况，及时修正了杨庄滞洪区的洪水预报，预报最高滞洪水位70.50米，出现时间16日12时；预报结果出来后，我异常紧张，一是第一次遇到这么大的洪水，第一次进行滞洪区洪水预报；二是杨庄滞洪区是复建后的首次运用，我对各项基础数据心中无底；三是杨庄滞洪区内庄台高程70.10米（安全建设中村庄的地面设计高程）；四是地区防汛指挥部在等待预报结果，涉及滞洪区4万多人是否需要撤离。

由于已进入深夜，时间紧迫，来不及向上级汇报和会商，在仔细核对了预报结果后，我果断地向地区防汛指挥部提供了预报结果：水位超庄台0.4米，不会危及人民群众生命安全；指挥部随即下达了杨庄滞洪区内群众就地固守、不予转移的命令。16日8时，预报老王坡滞洪区最高滞洪水位57.30米，逼近设计水位 57.65 米，防汛指挥部指挥长卢大伟向西平县下达了严防死守老王坡东大堤、小洪河左右堤的指令，向武警支队官兵下达了赶赴小洪河上蔡县西洪段参加抢险的指令。

16 日 14 时杨庄滞洪区实测最高滞洪水位 70.51 米，相应滞洪量 1.25 亿立方米，避免了滞洪区内 4 万多人的转移。实测老王坡最高滞洪水位 57.28 米，相应滞洪量 1.47 亿立方米；预报班台站 16 日 18 时洪峰流量 2000 立方米每秒，16 日 20 时实测班台站洪峰流量 2020 立方米每秒。

2000 年洪水使小洪河全线超保证水位，汝河全线超警戒水位，洪河、汝河汇合口班台站超保证水位历时 123 小时，超警戒水位历时 280 小时，各大中型水库均超汛限水位运行。由于洪水调度科学，抗洪抢险指挥得当，没造成人员伤亡和重大财产损失。

四

在汛情紧张时期，高国章副局长带领水情科全体同志从 5 时一直工作到 24 时，饿了吃些干馒头，渴了喝口白开水，直到地区防汛指挥部组织的会商会议结束才离开。在这些天里，水情科每 2 小时就向地区防汛办公室提供一次实时雨水情信息，防汛关键部位的杨庄、桂李、五沟营及宿鸭湖水库站每 1 小时提供一次水情信息；平均每天对外发布雨水情信息 500 多份。在狂风暴雨之夜，沙口、芦庄、庙湾、和庄、老王坡滞洪区坡心等报汛站的电话线路和电力线路均遭到损坏，情况反映到水情科后，水情科在向水文局局长汇报的同时，立即以地区防汛指挥部办公室的名义通知各县防汛指挥部办公室，请有关单位连夜抢修，迅速恢复了通信线路和电力线路，基本没有影响到这些站的正常报汛工作。

从 2000 年 6 月 1 日到 7 月 20 日，驻马店地区出现了三次大暴雨，形成了三次大的洪水，三次洪水首尾相连，持续时间达一个多月。水情科同广大水文职工一起，战胜疲劳，克服困难，连续奋战，出色地完成了驻马店地区的水文情报预报任务，在防洪调度工作中真正起到了耳目和参谋作用，取得了较大的经济效益和社会效益，为保障驻马店经济社会发展作出了应有的贡献。为此，驻马店水文水资源勘测局受到了驻马店地区防汛指挥部的通报表彰，我被河南省委、省政府授予“抗洪抢险先进个人”称号。

（作者单位：河南省驻马店水文水资源勘测局）

驻村帮扶的贴心人

关　迪

“真情之要在实干，群众心里有杆秤”。在艾滋病患者高发村驻村帮扶一年多的经历，给袁建文留下了难以磨灭的思想印记。

选择践行初心

作为一名水利干部，袁建文经常深入基层一线，常把百姓冷暖记在心间，并一直努力践行“权为民所用，情为民所系，利为民所谋”。

时间回溯到2004年2月5日下午。袁建文刚从部队转业到地方，分配到省水文水资源勘测局工作不久。省水文水资源勘测局时任党委书记潘涛把袁建文叫到办公室，向他说明组织要派他去艾滋病村参加帮扶的事。因为没有思想准备，袁建文当时有些发懵，尤其是当听到“艾滋病”三个字时，心里咯噔一下。

作为一名有着20年军旅生涯、受党教育20年的党员，沉默片刻后，袁建文斩钉截铁地说：“谢谢组织对我的信任，我坚决服从，请组织放心！”

当天晚上，袁建文向妻子说明了去艾滋病村帮扶的事，话未说完，妻子已经泪流满面，饭也吃不下了：“不是我拉后腿，咱家还没有安定下来，妈还正在住院，我的病啥时动手术？”

面对爱人提出的难题，袁建文耐心解释，最终得到爱人的理解和支持，袁建文义无返顾地奔赴疫区一线。

在驻村帮扶期间，水利厅领导和单位许多同志多次到村慰问袁建文和驻村干部，组织和领导的关怀和温暖，更加坚定了他干好工作的信心和勇气。

“说心里话，在驻村的日子里，我也经历过尴尬和无奈甚至恐惧，但很快坦然对待，最终坚定信念。”袁建文说。驻村以后，袁建文也渐渐地感觉到昔日的同学、朋友、战友和亲属明显来往少了，有时手伸出来，人家也不愿给他握手了。聚会吃饭时，他只吃固定的某个菜，生怕别人忌讳。妻子在单位不敢说爱人在艾滋病村驻队，怕同事疏远；孩子在学校不敢说父亲去了艾滋病村，害怕同学不和他玩。

"每一次心理变化，心灵都得到一次净化，每一次自我超越，都坚定了在艾滋病驻村帮扶的勇气和信心。"为了解除妻子和孩子的心理负担，袁建文于2004年"五一"带她们走进艾滋病村，使她们真正了解了艾滋病，解除了后顾之忧。

驻村贵在"驻心"

初来乍到，许多群众用怀疑的眼光看袁建文和驻村其他同志，用猜疑的眼光看待他们，甚至不愿意和他们接近。面对这种情况，袁建文每天和其他队员走村串户摸情况，田间地头搞调查，先后10余次组织乡、村干部开会，和党员、村民、艾滋病人、医生座谈。他用一个月时间，走访了291户艾滋病家庭、356名艾滋病阳性携带者，其中现症病人283人，对94个单亲家庭、19个孤儿、6个孤老进行慰问看望，和每个艾滋病人见了面、谈了话，了解他们的所思所想。

群众和艾滋病患者看到驻村队员是真心实意和他们交心，是实实在在来帮扶的，就打消了顾虑，主动上门交谈，把心窝里的话都掏了出来。感情逐渐升温，由初次见面点点头，到后来见面拉拉手，驻村队员掌握了大量翔实的第一手资料，围绕群众最关心、最迫切、最盼望、最担心的问题，驻村队员进行了认真讨论，理清了工作思路，确立了明确目标。

开展一段工作之后，袁建文由衷地体会到：驻村贵在"驻心"，以真情换真心，这样才能赢得百姓称赞。以真情换真心，就是要体察民情，了解民意，倾听民声，珍惜民力，集中民智。

袁建文说："深入调查研究是搞好驻村工作的前提，群众想什么，就是我们工作努力的方向，群众希望我们做什么，就是我们工作的突破口。"

实干赢得民心

驻村工作比较艰苦，论吃不如家里可口，论住不如家里舒服，论工作条件和机关相比更是天壤之别。但袁建文相信，艰苦的环境能够锻炼人。

驻村之后，袁建文对自己提出了5点要求：学习上要以一贯之，不能浅尝辄止；工作上要深入实际，不能人云亦云；作风上要求真务实，不能弄景做秀；廉政上自警自律，不能添乱扰民；方法上要依靠当地，不能错位越位。

在村里，袁建文积极向乡村干部学习，主动从生活上、工作方法上，以及穿着打扮等细节上，向乡村干部接近，不搞特殊化，一切从简，严格要求自己，从小事做起。“这让我经历了许多在机关经历不到的东西，掌握了一些驾驭复杂局面和处理问题的经验，心灵得到洗礼、思想得到升华，能力得到提高，作风得到转变。”袁建文说。

袁建文和工作队员为100多户艾滋病家庭筹集了养殖资金，并对他们发展养殖给予一定补贴，有针对性地培养“10个养殖示范户”和“10个种植示范户”，帮助6个特困户修房、建房14间，帮助修建10个沼气示范户，他们很受感动，不少艾滋病人要请工作队员吃饭、送面送油，他们都婉言谢绝了。

令袁建文至今难以忘怀的是大年三十，他让村支书陪着一起去村子里检查面粉发放示范到户情况，当看到一个七十多岁的孤老大娘一个人在低矮的屋子里包饺子，袁建文忍不住流泪了，赶紧洗手帮老大娘包饺子，临走时留下100元，老大娘把袁建文送出很远很远，拉着手不舍得放开。当他看到有三户人家大年三十还没有钱割肉，就把身上仅有的500元钱悉数散尽，让他们去割点肉包点饺子。

驻村工作队紧紧依托水利厅党组这个坚强后盾，筹措资金125万元，按照水利厅党组提出的“办好实事，保质保量，争创一流，树立品牌”的要求，高标准、高质量地圆满完成了厅党组交给的艰巨任务。帮扶期间，驻村工作队完成了旨在解决群众“上学难”“吃水难”“看病难”“行路难”等实际问题的十项“民心”工程，得到群众的普遍赞誉。他们无数次听到群众的褒奖，无数次听到群众发自内心地喊出“共产党好”“共产党万岁”。

袁建文深有感触地说，村民们把驻村工作队修的路称为“民心路”，打的井叫“深情井”，筑的桥叫“连心桥”，建的学校叫“希望小学”，干的工程叫“爱心工程”，这些话虽然很朴素，但却发自肺腑，这也是群众给予我们的最高奖赏！

（作者单位：河南省水文水资源局）

水文家风伴我行

余婕妤

在信阳水文局新县水文站有一个令人羡慕的家庭,一家三代4口人都在水文一线播撒青春。周迎颖是新县水文局测报一线的一名巾帼女将,其姥爷陈绍成一辈子献身水文事业,母亲陈玲曾是新县水文站的先进工作者,舅舅陈杰是潢川水文局的技术能手。“求实、团结、奉献、进取”的水文精神,在这个“水文世家”得以传承,也塑造了这个家庭的优良家风。

周迎颖很庆幸自己出生在一个温馨幸福的家庭,虽然没有万贯家财,没有显赫的背景,但在她成长的路上,长辈的榜样力量和关怀长伴她左右,成了她受益终身的精神财富。今年34岁的她,由于母亲工作的关系,从小在河边长大,按她的话说,水文站就是她第二个家。从5岁起,每个风雨交加的夜晚,母亲就回不了家。她清晰地记得妈妈和站上的叔叔阿姨穿着硕大的黑色胶皮裤、背着流速仪去测流,站房是青砖黑瓦的平房,她和邻家弟弟找来盆盆罐罐接雨水,大人们回来的时候总是全身湿透。

小时候的周迎颖不明白,为什么姥爷生病后的几年总是颤巍巍地拉着外婆的手站在河边看水,一看就是几个钟头,那些关于水文的回忆,都是从姥爷以前的日记本里零零碎碎拼凑来的。那时的她,总是喜欢听关于姥爷和妈妈的水文故事,周迎颖的姥爷是中华人民共和国成立初期就参加水文工作的,为响应国家“上山下乡”的号召,曾在驻马店一待就是几十年,甘于奉献。母亲退休前,也曾是新县水文站的一名一线“女兵”,将青春都挥洒在了最平凡的水文站。了解得越多,就越能理解为何姥爷偏瘫后,还颤巍巍的要去河边看水,越能理解妈妈为何能在测站一待就是一辈子不愿离开。老一辈水文人的坚定信念和奉献精神悄然无声地浸润了她的心房,水文人一辈子都放不下的水文情,也渐渐变成一颗水文的种子,播洒在她的心上。

2004年,周迎颖义无反顾地选择了就读水文专业。一点一滴的家风家训如细雨和风,润物无声,造就了她工作中爱岗敬业、迎难而上,生活中积极向上、温暖待人的好品格。2007 年周迎颖毕业后，回到了母亲曾经战斗过的那条河流，继续坚守。参加工作后，她牢记父母的教诲，始终诚实做人，本分做事，尽力助人。初到水文站，寂静的河边孤零零的站房，没有城市中的安逸。好在从小见惯母亲工作的周迎颖已经练就苦中作乐的本领，每天早上七点半，提前准备定时观测和发报；不论是涨水夜测，还是每逢大水，总是雨衣雨鞋上身，增添衣物、裹好腿，争着上前。闲时，看看书充充电、学学做饭，也会和站上同事跑很远的路，去采买小零食，站上总是充满了大家的欢声笑语，这就是水文人的日常、水文人的"家风"啊！

周迎颖从小在浓厚的治学气息中长大，一叠叠技术资料，一本本水利刊物，以及许许多多的书籍，是她常见的"富有"。上班第一年，她就开始跟着水文前辈们学习整编工作，从基础数据校核到关系线合理性分析，她总是跟在前辈们的后面，学习请教，不放过每一个疑问，一点一滴地积累着。也正是这份勤奋和好学的钻研劲儿，工作第一年，她就在河南省第四届水文勘测工技能大赛中取得了综合成绩第九名的好成绩，也是当届年纪最小的参赛选手。而这次成绩也激发了她对水文工作狂热的追求，而后的时光里，她更加坚定执着地学水文、干水文，誓要成为一名优秀的一线水文"特种兵"。如今在新县水文局工作的她，测流、整编、水情发报样样行，不论是内业还是外业都是一把好手。工作十几年来，巾帼不让须眉的她，取得的"河南省五一巾帼标兵""河南省水文局文明职工""信阳市五一劳动奖章"等荣誉，不胜枚举 。

2016 年 7 月 1 日，新县大雨。12 小时内，境内 58 个雨量监测点平均降水量达 135 毫米，其中点降水量超过 100 毫米的有 40 站，超过 200 毫米的有 8 站，强降水导致县城小潢河水位暴涨。12 时 26 分，出现洪峰水位 84.48 米，涨幅 3.16 米，相应洪峰流量 1280 立方米每秒，水位居建站以来第三位，流量为第二位。

为了迎接这次大暴雨，6 月 30 日上午，周迎颖和同事们一起进行了该次洪水的第一次流量测验，为布设完整的流量过程打下基础，并提前制订了洪水应急预案，准备了临时水尺桩、水尺牌。18 时，伴随着狂风和闪电，降雨开始，与洪水的搏斗拉开序幕。7 月 1 日 7 时左右，倾盆大雨遮天盖地地狂泄而下，水位涨幅加剧，她和男同志们一起拉着手摇桥测车在桥上测流。伴随着闪电雷声，还要调整铅鱼躲避水中的漂浮物和巨大的树干杂物，直到出现洪峰水位，一共完成5次流量测验，抢测到本次洪峰流量1280立方米每秒。15时左右，刚测完一个落水流量的她，正准备松口气，又接到县防办紧急通知，香山水库即将泄洪。她立刻放下吃了一半的饭，又和两名男同志一起拉着手摇绞车出发了！

新县站属于山区性河流，水位流量暴涨暴落。为测得完整的流量过程，她们不得不一遍又一遍地来回测算，中间有好多次她实在累得扛不住了，就席地而坐，休息片刻。整整48小时连续奋战，雨衣雨鞋都没脱过，不眠不休，直到洪水减退，测流结束，新的一天又快要开始了。她看了看手机，满屏的生日祝福，原来这一天是她30岁生日，家人为她精心准备了鲜花蛋糕，等着她回家团聚，而她却坚守在自己的工作岗位上，不分昼夜，冒雨前行，默默奋斗在抗洪第一线，度过了这个难忘而意义非凡的生日。

从曾经的水文新兵变成现在的中流砥柱，周迎颖的每一次历练都是一次成长，每一份成绩都蕴含着艰辛和汗水。水文家风就这样潜移默化地渗入骨髓，变成她肩上的重担、脚下的步伐，一步步传承迈向更高更远的水文新征程！

（作者单位：河南省信阳水文水资源勘测局）

涓涓之水汇江河

郭双喜　曹瑞仙

水文是水利的“尖兵”，一代代水文人默默无闻地战斗在一个个平凡的岗位上。正是有着他们一次次浓墨重彩的奋斗，才绘就水文事业这幅美丽的画卷。正是有着他们埋头实干的精神风貌一代代传承，才使得水文事业蒸蒸日上、蓬勃发展。

“让我来测”

生于水文世家的李林周，1979 年 10 月子承父业当上了一名水文勘测工。参加工作 42 年来，他一直在太行山区最艰苦的基层一线工作，横水、天桥断、弓上水库水文站洒下过辛勤的汗水，山间小道留下过闪光的足迹。

1989 年 8 月 6 日，天桥断水文站上游地区普降大暴雨，洪水很快就会到达该站。当时老站长冯殿臣因工伤在安阳看病，在站的 4 名同志和 1 名临时工测洪经验不足，面对即将到来的洪水，李林周主动请缨，“让我来测”。他组织人员到测流基本断面，为抢测洪峰提前做好充分准备。当时最好的测流方式是浮标法，需要 5 个人配合才能完成。李林周负责观测经纬仪，临时工投放浮标，其余 3 人分别在上、中、下断面传递浮标到达信息。他们严阵以待，时刻关注着水位变化。上午 11 时，水位迅速上升，河道漂浮物增多，洪水来了。李林周一声令下：“投放浮标，开始测流。”这是他参加工作以来第一次经历这么大的洪水，也是第一次使用经纬仪测洪，观测第一个浮标时心里还有些紧张，上下左右转动着经纬仪，寻找投放的浮标。第一次测算的成功坚定了李林周的信心，紧张的情绪慢慢放松下来，接着测算第二次、第三次……越测越熟练。在整个洪水涨落过程中，他们连续奋战了 72 小时，浮标测流 10 余次，下午 3 时 20 分，抢测到了 860 立方米每秒的洪峰流量。

“我是党员”

1996 年 8 月初，卫河流域上游连降暴雨形成洪水。淇门水文站时任站长申先顺,正带领全站职工抢测流量。刚测到峰顶水位,大家准备再次上船测流时,意外发生了!上游冲过来的一棵大树挂在了固定测流船的过河索上,随后冲过来的漂浮物受大树阻挡,很快就和过河索缠绕在一起。如不采取措施,过河索很有可能被拉断!大家顾不得自身的安危,多次尝试让过河索脱离大树,但水深流急,人员无法靠近。没多久,伴随着一声巨响,过河索固定在左岸的绞关被拦腰拉断,测船被洪水冲走。

船测已无法进行,申先顺当机立断采取备用测流方案——桥测。首要的问题是需要到刘庄水文站去借测流的架子。平时走3公里的路程对水文人来说根本不在话下,奈何现在路上除了雨水就是泥坑,车辆根本无法通行。他们在去的路上一直在思考,如何将120公斤重的测流架运到测流断面。借到了架子后,申先顺看了看另外3个同事,商量着说:“最笨的办法也许是最快最有效的办法了,辛苦大家,咱抬着架子走吧。”“走吧,站长,洪水不等人,咱也等不及了。”就这样,4个人用肩膀抬着测流架,向大桥走去。一路上,他们很着急,生怕测不到洪水;尽量平稳着脚步,生怕打滑摔了架子。

一到桥上,他们立马安装架子,随即开始测流。

“站长,你的衣服破了。”“没事,看你肩膀红的。小伙子,好样的!”申先顺边摇动测流架升降铅鱼边说。比起刚才抬测流架时的费力,控制铅鱼升降就需要更多的技巧了。申先顺双眼盯着河面,瞅准了无漂浮物经过的瞬间,迅速放下铅鱼。湍急的水流不停地携带着漂浮物经过,为了更准确地测到水深,就需要不停地提起放下。他的胳膊已经开始颤抖了,肩膀上还有几道风干的血迹,同事们想过来替他一会儿,都被他拒绝了。他说:“我是党员,我还可以坚持。”实际上他想的是,实测水深最危险,作为站长,作为党员,要把安全留给同事。

测流、发报一结束,申先顺又迅速穿好救生衣,带上绳索,率先跳入河中,和大伙一起把与测船缠绕在一起的过河索切断,在清理掉所有杂草后,用绳索将测船拖回左岸测验断面固定了下来。

“站长,这次洪水过去了,我也写入党申请书,向你看齐!”

听到这话,申先顺笑了:“走,回站上拿测验设备,落水也需要测流的。我们快要胜利了。”

“我骨头硬着呢”

杜宏,是个有着39年工龄的老水文人。1993年12月下旬,淇门水文站时任站长的他,发现测验断面有根观测水尺被河水冲折,为不影响工作必须尽快修复。杜宏对同事们说:“我年龄稍大点,骨头比你们结实耐寒,我下水,你们在岸上协助。”话音刚落,他飞快地脱去鞋袜,穿上皮裤,跳进了近一米深的冰冷河水中,挥舞铁锹干了起来。

“我骨头硬着呢!”这是杜宏常说的话,开始的时候大家都信,但是慢慢地大家觉得杜宏硬的不是骨头,而是对同事的关爱和热爱工作的劲头。2010年6月,按照河南省水文水资源局的工作部署,需完成土壤墒情及地下水自动监测系统一期工程建设,年过半百的杜宏每天早出晚归,挖坑、栽桩总是干在最前边,抢先爬到光溜溜的水泥线杆上,装钢箍,拧螺丝。多年的腿疾,用力时就会颤抖,同事们都劝他在地面做些辅助性工作,他却说:“没事,别看我老胳膊老腿,骨头硬着呢。再说了,我做这爬高上低的活是家常便饭,四肢协调能力比你们好。这让我的身体也得到了锻炼,何乐而不为呢?”有同事说:“杜哥,你是在城市长大的人,怎么能吃得了民工才能吃的苦?真令人敬佩 。”而他只是嘿嘿一笑。在他努力下,安阳区域的自动土壤墒情建设任务提前高质量完成,走在了全省前列。

“我可以学学”

2005年9月下旬,河南省水文水资源勘测局站网处时任处长赵新智到盘石头水库水文设施工程建设项目部检查指导工作,看到用AutoCAD绘制的工程图,从专业水平到整体构图,都很合理,大为赞赏,他对项目部领导说:“AutoCAD制图是我们全省水文系统的短板,你们首先迈出了关键一步,说明你们有‘能人’啊!回头省水文局举办一个培训班,让双喜给大家讲讲课。”

“好啊!双喜的图画得好,是他一点一点自学出来的,这个精神更是难能可贵,水文人,真是了不起。”

时间回到2005年初,盘石头水库水文工程项目建设开始实施,郭双喜负责绘制施工设计图。施工设计图必须用AutoCAD绘图软件绘制,而彼时郭双喜连软件是什么都没有见过。就在大家都觉得这个工作无法开展下去的时候,郭双喜说:“我可以学学。”

没有软件,借用熟人的,没有参考书,借了一本老英文版的,连猜想带摸索,经过几天的钻研,基本算踏进了门槛。为避免上卫生间耽误时间,他连水都不喝,电脑边一坐就是几个小时。不分昼夜的学习和工作使他身体抵抗力下降,过敏性鼻炎发作了,头发也大把大把脱落。可喜的是,经过一个多星期的钻研,他终于能熟练绘制出符合设计规范和设计要求的图纸了。

2006 年 10 月,国庆节后,在全省水文系统的 AutoCAD 培训班上,郭双喜熟练地讲解着软件的操作使用程序。培训班的举办推动了 AutoCAD 在全省水文系统的普及应用,加速了水文系统的办公自动化。2009 年 4 月,郭双喜基于盘石头水库水文设施建设工作完成的《AutoCAD 在盘石头水库水文基础设施建设中的应用实践》,荣获第二届全省水文职工经济技术创新成果三等奖。在《河南省水文站 2015 年考证》编制与出版工作中,郭双喜协助省水文局完成了全省水文(位)站测验河段平面图及水利工程分布图的校检及格式统一工作。2017 年 7~9 月,协助省水文局完成了 4 个水位观测站工程施工图绘制工作。这些工作再次证明并提高了他对 AutoCAD 软件的使用能力和水平。

涓涓之水,汇成江河。水文事业,每一个水文人都是不可缺少的力量。每个人做着一个个平凡工作,一个个平凡工作共同谱写成最壮阔的事业。

(作者单位:河南省安阳水文水资源勘测局)

排险能手

张铁印

徐志国1996年12月在河南省周口水文水资源勘测局黄桥水文站参加工作,之前,他是一名中国人民解放军战士、共产党员,服役期间荣获个人三等功、集体三等功、优秀士兵、军事训练优等一系列荣誉。参加水文工作以来,他传承发扬人民军队“听党指挥、能打胜战、作风优良”的光荣传统,勇于挑重担、打头阵,赢得了“有困难、找志国”的美誉。

徐志国爱动脑筋,刻苦钻研,动手能力强,机械机电设备、水文仪器设备维修维护是其专长,他把工作需要和兴趣爱好结合起来,不会就问,不懂就向厂家、专家请教,逐步自学了水文测验设施设备的安装维护,涵盖水文缆道维修维护,遥测设备的维护保养,应急测验设备的改造与完善,在线测流、ADCP、遥控船等现代化仪器设备的开发应用等,在水文测验、水文工程建设中发挥了重要作用。

2012年,徐志国被淮河水利委员会水文局抽调,参加由淮河水利委员会水文局罗泽旺局长主持的两线能坡法自动测流项目组,该项目是新课题,主体工程在水下建设安装,施工难度大。项目组成员都是从流域各单位抽调来的相关水文专家,相对于项目组里的其他成员,徐志国虽是新兵,但他具有多年的水文工程建设施工经验。工作中徐志国虚心向专家学习,不懂就问,多学多练,对于水下部分,徐志国制订多种施工方案,反复对比研讨,设计出一套全新的水下探头支撑系统,经过大量实践,该系统最终定型运用,并沿用至今,较好地解决了自动测流系统水下部分安装困难和普通用户日常维护不便的问题。多年来,徐志国和项目组成员一起相继完成了两线能坡法自动测流系统在南水北调蔺家坝、台儿庄、二级坝泵站及何巷闸、大官庄、山西庄闸、李圩、王家坝、界首、重沟等几十处水文测验断面的安装应用。两线能坡法自动测流系统,以其精度高、安装便捷,便于维护、数据稳定可靠等优点,得到广泛应用。

2015年3月,淮河水利委员会水文局派遣徐志国到上海悠蓝国际潜水俱乐部参加潜水员培训,并购置了整套潜水装备,徐志国不负众望,以优异的成绩完成培训,并取得潜水员资质证书。徐志国的潜水技能在日常水文测验工作中大显身手,自记井以及气泡水位计等设备水下部分安装维护是难题,但在徐志国面前,这些问题都迎刃而解。

2014 年 7 月 22 日中午,雨淅淅沥沥下个不停,颍河黄桥水文站测验缆道在测流期间突发机械故障、循环索断裂,急需更换,黄桥水文站即刻向周口水文局请求支援。汛情就是命令,局领导通知徐志国立即带人前往维修。为了保障测验工作的正常开展,徐志国放下手中的饭碗,准备好物资和维修工具,和同事顶风冒雨赶到了黄桥水文站。下车后,大家冒雨踏着河堤的泥泞小路,立即展开现场勘察,爬上钢架检查滑轮、绞车等设施,分析研判故障状况,制订维修方案。由于正值汛期,水流湍急、漂浮物多,采用小船牵引钢丝绳过河容易挂杂草的方案不可行。根据现场勘察和多年维修经验,在确保安全的前提下,徐志国决定空中作业,以主索为悬挂点,带着新的钢丝绳,从右岸钢架出发,经缆道主索攀滑到左岸钢架,并在主索沿途设立多个固定挂钩,将新钢丝绳从中穿过,防止两岸钢架间跨度大,新钢丝绳入水挂上漂浮物,待新钢丝绳安装到位收紧后,再次沿主索攀滑过去,把固定在主索上的挂钩取下,完成任务。徐志国在雨中两次攀滑主索,历时 4 个小时,在同事们的配合下,圆满完成抢修任务,测验缆道恢复正常工作。

2017 年 8 月 15 日 13 点 20 分,午睡中的徐志国被急促的手机铃声惊醒,局领导通知徐志国,沙颍河槐店大闸闸上遥测气泡水位设施出现故障,急需维修。当时正是主汛期,徐志国不敢怠慢,快速准备好物资和装备,立即出发赶往 60 公里外的沙颍河槐店大闸。15 点 10 分到达现场,经过检查,岸上设备完好,初步判断故障在水下部分,需要下水检查排除。在做好安全措施的前提下,徐志国穿戴好潜水装备,不畏河水污浊、能见度低、流速大等困难,多次下潜,仅靠双手沿管路摸索,历时 43 分钟终于找到了故障原因,气泡水位计气室被上游冲下来的塑料布、渔网等杂物缠绕包裹住,阻断了气流。在岸边短暂休息后,徐志国带上剪刀、断线钳等工具再次下潜,用时 22 分钟终于把缠绕物全部清理干净,水位计恢复正常。工作结束后,徐志国体力透支严重,上岸后就瘫倒在岸边。尽管维修工作又脏又累,可看到遥测设备恢复正常运转,他说,小小的成就感,令我很开心。

2017年8月23日9点，黑河周堂桥水文站遥测水位出现故障，需要前去查勘排除，徐志国带好装备于11点10分赶到现场。经检查发现，自记井内自动冲淤装置的钢索断裂，造成悬吊在进水口上方的金属盖板下落，关闭了进水口，导致自记井内外水位不一致。为排除故障，徐志国穿戴好潜水装备，带齐所需用品和可能用到的工具，采用三角支架加绳索悬吊的方式，下到水下直至井底。自记井井口小，井底缺氧，水下作业时间一分一秒过去，随着体温的流失，井水逐渐变得冰冷刺骨，过低的体温有导致心脏骤停的风险，因此当他感到太冷时，就浮出水面喝几口冲好的红糖水暖暖，缓解点再下去，就这样连续下潜5次，清除断裂的钢丝绳，连接固定好新的钢丝绳，水下作业历时39分钟，完成了修复工作。

2018年7月12日的中原大地，骄阳似火。淮河流域省界断面水资源监测站网建设工程验收在即，徐志国、何建华奉命到郸城杨桥站、鹿邑孙店站和杜桥站做最后的工程整理和扫尾工作。他们早上6点出发，赶到杨桥站立马投入工作，架设简易缆道的循环索和操作装置，反复调试，确保方便实用，运行可靠；安装调试水位自记井的仪器设备，安装水尺牌等。14日、15日正是星期六、星期天，他们又赶到孙店站、杜桥站，通过梯子爬上水位自记井，把仪器箱、仪器设备扛上去，逐项安装调试；清理断面杂草，安装水尺牌等。4天3处的施工，他们喝了4件矿泉水，汗水一次次湿透衣衫，他们干脆光膀子上阵，任汗水流淌。16日，徐志国、何建华顺便又赶到鹿邑水文局周堂桥水文站检修维护缆道，小毛病也要从根本上解决，消除隐患，确保正常运转。17日，徐志国顾不上休息，一大早就赶到太康水文局扶沟水文站。按照基本水文站规范化建设要求，整理铺设水电线路，整修安装厕所自动水箱、洗手面盆以及照明线路，修整缆道楼落水管路，安装院内照明灯，检修维护缆道等，吃住都在站里，在扇着风扇还出汗的高温下，一干就是4天。辛勤的汗水换来了扶沟水文站环境面貌的整洁有序，彻底解决了职工吃水难、洗澡难等问题。

2018年11月24日，南水北调东线工程——山东微山县二级坝泵站进水断面两线能坡法自动测流系统水下部分安装时，由于水下地形复杂，施工中遇到钢管桩无法在河床固定的特殊状况，安装被迫停止。想要继续施工就必须弄清水下河床的具体情况，才能重新制订方案。接到任务后，徐志国立即取出潜水装备，穿上潜水服下水查勘，11月底的微山县河道水温18摄氏度，穿着湿式潜水服、忍受着体温不断流失,历时52分钟连续6次下潜,终于把水下河床情况勘察清楚,找到问题所在。水下查勘完成后,徐志国体温流失严重,脱下潜水服,浑身打颤,同志们连忙送上红糖水,让他补充能量。稍事休息后,徐志国和大家一起研究改进方案,经过对比研讨,最终确定用实心钢棒替代空心桩进行固定,施工顺利进行。由于施工地点远离城镇,食宿不便,安装期间,大家一起睡临时工棚,吃泡面,连续奋战三天两夜,圆满完成本次安装任务。直至今日,该自动测流系统运行正常,数据稳定可靠,为本地经济发展发挥着积极作用。

徐志国快人快语,雷厉风行,哪里需要哪里去,急难险重显身手,展现了共产党员的风采,赢得了干部职工的一致称赞。

(作者单位:河南省周口水文水资源勘测局)

我眼中的地下水资料整编

肖　航

地下水资料整编是水文工作的重要组成部分，是对原始的地下水资料按科学方法和统一规格，进行分析、统计、审核、汇编、刊印或储存等工作的总称，是地下水合理开发利用、水生态保护与治理、水资源可持续利用及水资源管理的必备基础工作。

河南省的地下水人工观测资料整编始于1973年，地下水自动监测资料整编始于2019年。

地下水资料整编概况

从1973年开始，河南省各县市的地下水人工观测资料经省水文局统一整编，逐年刊印出版《河南省地下水资料》年鉴。

每年年初，由各地市水利局负责资料收集工作，完成资料月、年特征值统计，对资料进行初步合理性检查。然后由各地市水文局组织各地市地下水管理人员，在各地市工作的基础上，集中对基本资料进行考证，对地下水原始记录进行审查修正，装订地下水原始记录簿备存，打印地下水观测数据成果表，完成本地市地下水资料整编工作。省水文局一般在每年3月集中各地市负责地下水资料整编的人员，其中包括平顶山、焦作、漯河、商丘4个地市水利局，按照《地下水监测规范》(SL 183—2005)对各地市地下水原始记录簿、各项整编成果图表、资料整编说明等，进行全面整理、校核，最终由省水文局负责全省地下水人工观测资料归档、年鉴印刷出版等工作。

2015年国家地下水监测工程(水利部分)河南省单项工程开工建设。该工程共建设地下水自动监测站712处，主要分布在黄淮海平原、伊洛河谷平原及南阳盆地，监测频次采用每日“六采一发”，监测数据全部实现自动采集与传输。该工程建设期历时3年，于2018年10月完成验收，系统正式投入运行。相较于人工观测，地下水自动监测大大提高了数据采集、传输的准确性、时效性和可靠性。

该工程投入运用以来，积累了大量的地下水监测数据。为提高数据的完整性、合理性、可靠性，更好地为国民经济发展服务，更好地发挥工程效益，省水文局按照《地下水监测工程技术规范》（GB/T 51040—2014）的要求，组织各地市水文局从2019年开始进行全省地下水自动监测资料整编，利用国家地下水监测工程项目开发的“地下水整编系统（C/S版）”进行数据汇总、整理、审核、复核及入库，并通过水利部水文水资源监测预报中心的终审，刊印出版《全国地下水监测资料年鉴（河南卷）》。

河南省早年建立的地下水监测站网，基本实现了对全省地下水动态、区域地下水漏斗区、地面沉降影响等的有效监控，为地下水资源评价及地质环境保护提供了科学依据。由于监测设备和人为因素导致的数据误差、整编处理手段不统一等问题，使得地下水资料准确性、完整性较差，精度难以保证，从而影响最终的分析成果精度和可信度，对地下水管理工作造成影响，传统的整编方式、软件及工作管理模式已不能满足当前地下水管理的需求。

整编方式与时俱进

以前河南省地下水资料的整编方式基本沿用20世纪70年代的规定，即为次年年初整编上一年度的资料，资料时间跨度长、单次整编工作量大，从而影响了资料的时效性、一致性、可靠性。随着全国地下水超采区水位变化情况通报机制的建立，对地下水信息时效性的要求越来越高，这就对地下水资料整编提出了更高要求。

2018年5月，为满足最严格水资源管理、河长制湖长制管理考核以及水文水资源统计分析和月（年）报编制等对水文资料时效性的要求，水利部出台《关于做好2018年度全国水文资料整编工作的通知》（办水文〔2018〕68号），水利部在全国开始推行水文资料整编“日清月结”，要求将水文资料整编的工作方式转变为即时整编。

在此政策背景下，2020年，为了解决“地下水整编系统（C/S版）”在基础信息维护、数据修正和插补、年鉴刊印和整编时效性方面不能即时整编的要求，软件开发公司西安山脉按照水利部的相关要求，对原软件进行开发升级，推出了“基于B/S框架的地下水监测信息整编软件系统”，该系统按照《地下水监测工程技术规范》（GB/T 51040—2014）、《地下水数据库表结构及标识符标准》(SL 586—2012)的相关要求,在前期建设成果的基础上进行功能升级优化。

目前"基于 B/S 框架的地下水监测信息整编软件"已在河南省部署完毕,全省 712 处自动监测站数据整编工作已经按照水利部推行水文资料整编"日清月结"的有关规定,从 2021 年 1 月起,采用"日清月结"方式进行整编,本月的数据在次月 6 日前由各地市水文局完成整编入库工作,次年年初由省水文局组织各地市局对上一年入库成果进行集中审查,并完成最终成果入库刊印工作。其中,针对地下水超采区通报选取的全省 194 处监测站数据,省水文局将按照通报节点时间,也就是每季度初,在"日清月结"的基础上,组织相关人员进行进一步审查,完成 194 处监测站数据成果最终整编入库工作。

管理模式推陈出新

以前河南省地下水人工观测资料整编采用的是 20 世纪 90 年代由许昌水文水资源勘测局基于 WIN95 操作系统开发的整编软件,随着时间的推移,操作系统更新迭代,在整编软件使用过程中,各种问题频出,影响地下水人工观测资料整编工作的开展。

为了解决这个问题,省水文局通过与西安山脉公司积极对接,将河南省人工观测资料整编需求功能添加到新版整编软件内,完成了"河南省地下水数据管理系统"的开发,该软件利用数据库技术、GIS 技术、数据交换技术等,实现了数据的校核、处理、入库、成果输出、年鉴刊印、统计分析等功能,实现了省级、地市各级水文部门之间的数据即时共享。

目前,地下水人工观测资料整编采用"河南省地下水数据管理系统",每月 6 日前,将上月地下水月报数据导入系统,在系统内完成地下水资料的初步校核和处理工作,省水文局次年初组织各地市局,通过收集上来的地下水原始记录簿对上一年入库成果进行进一步审查,并完成最终成果入库刊印工作。

由于历史原因,河南省的地下水监测工作分别由水利部门和水文机构共同管理,在整编工作职责分工、汇交频次、质量控制、时限要求等方面,未出台明确管理办法进行约定。

针对河南省迫切需要通过制定相关规定加强地下水资料整编工作,促进资料管理工作制度化、规范化,省水文局将依据《中华人民共和国水文条例》《河南省水文条例》《水文监测资料汇交管理办法》等规章,结合河南省地下水监测工作实际，编制《河南省地下水资料整编管理办法（试行）》，通过征求省级及各地市级水行政主管部门以及省、市水文机构等有关单位意见，经修改完善，最终由省级水行政主管部门向社会发布。

《河南省地下水资料整编管理办法（试行）》将进一步明确地方水行政主管部门和各级水文部门在地下水资料整编工作中的职责，规定自动监测资料实现实时共享、当日汇交、逐月整编，人工观测资料实现逐月汇交、逐月整编，省、市水文机构每半年对整编成果进行一次审查及复审，并对资料整编成果进行质量评定，在全省实现地下水资料整编的“日清月结”。另外，为优化完善地下水资料整编工作流程机制，省水文局将研究制定《地下水资料在线整编技术规范》，实现统一的地下水资料在线整编，规范资料在线整编流程，保证地下水资料的完整性、可靠性、一致性、时效性，提高河南水文现代化服务水平，为河南省水资源管理提供有力的技术支撑，为水利行业强监管提供及时、可靠的水文资料支撑。

地下水资料整编工作是水文业务的一项基础性工作，必须按照上级要求严格完成各项监测数据的分析工作，在此基础上及时对监测数据进行校对，建立整编数据库并加以管理，优化地下水资料整编实际工作质量，更好地促进行业进步，提升地下水资料的有效性与准确性，为水文事业高质量发展奠定良好的基础。

（作者单位：河南省水文水资源局）

“96·8”洪水印记

刘枫林

时光荏苒，岁月如梭，转瞬间，自己已迈入了人生下半场。驻足匆匆的脚步，回眸参加工作的近三十年，所走过的每一步、每个脚印都值得深思，值得回味，但是最令人难以忘怀的是我人生经历的第一场洪水——“96·8”洪水。

1996年是极不平凡的一年，当时是我在横水水文站参加工作的第四个年头，站上只有我和一位50多岁的临时工于明喜，我站观测任务有降水量、水位、流量测验、蒸发量、报汛等，每天早8点还要向上级五个机关拍报，下大雨还要加报，任务量很重。为顺利完成测站的各项任务，我常年驻守在横水水文站，极少回家，偶尔回家也是匆匆忙忙，顶多两三天，更没有周末休息一说。5月，安阳水文分站下达文件，任命我为横水水文站站长，当时有些自豪，还有些激动，可更多的感觉是肩上责任重大。

防汛无小事，责任大于天。横水水文站是安阳市彰武、南海水库上游唯一的入库站，下游有京广铁路、安阳市区，防汛责任可想而知，所以，一到汛期，我都要打起十二分的精神，制订防洪方案，做好充足准备，不敢有丝毫大意。

豫北地区一进入主汛期7月，雨水不断，很少看到太阳。鉴于测站人手不足，安阳水文分站领导班子研究决定，7月中旬派局机关人员下站帮助防汛，来横水水文站帮忙的是经验丰富的老同志冯殿臣和业务精英万贵生。他们的到来总算是让我提着的心放下来了。

轻松、舒适的日子总是过得那么快。好景不长，8月3日，受8号台风影响，一场罕见的特大暴雨袭击了豫北太行山东麓山丘区，并且在安阳河中上游形成了多个暴雨中心。早晨天不亮就淅淅沥沥下起了雨，早饭过后降雨升级，雨量明显加大，且毫无减弱迹象，当时观测降雨量最大强度达到每小时72.5毫米，我的心情也由原来的新奇变为紧张。我们三人加上临时工分头忙碌着：看雨量、测虹吸量、量蒸发溢流、缆道测流、计算、联系林州市邮电局报房拍报、给上级各防办联系汇报雨水情况，时不时还要接待地方政府领导，回答他们关心的防汛问题,就这样我们在雨水中穿梭,一切工作紧张而有序。下午4点左右,暴雨开始倾盆,我下意识感觉夜里一定会有一场恶战,趁河水水位还没有明显上涨,我赶快到厨房打开火炉做饭,做好后我们边等饭凉边观察河水动态。大约5点30分,冯殿臣同志说:“天要黑了,赶快吃饭吧,说不定晚上要涨水!”大家还没吃几口,透过厨房后窗,看到河里有很多漂浮物,从上游向下漂过。“不好,涨水啦!”不知谁喊了一句,我们同时起立,望向窗外,真涨水啦!“走!快看水位,测流!”我们迅速撂下了饭碗,顾不得再吃,即刻投入战斗。测流、计算、发起涨报文。雨仍在“哗哗哗”地下着,天早已黑沉下来,山区里一下雨就停电,今天也没有例外,早上就停电了。大家打着手电筒在雨里奔跑着,衣服湿透暖干,再湿透再暖干,但似乎从没有真正暖干过。晚上10点左右,由于铅鱼上挂的水草太多,手动缆道提不起铅鱼,人也到不了铅鱼跟前,时间一分一秒地过去,水草越来越多,我们心急如焚,却又毫无办法,最终钢丝绳被洪水冲断,铅鱼也掉入河里,缆道垮掉了。

你看,人类在大自然面前太过渺小,但是因为有了信念,人类又是多么地顽强。不错,我们水文工作者也是这样,心中有着抢测洪峰、战胜洪水的信念,职责所在,当前的首要任务就是抢测洪峰。“缆道垮掉了,改用浮标!”我当机立断,改变测流方式。浮标测流用人多,现场缺人手,我急忙到村中找来一位村民,由冯殿臣带着他们到桥上投放由秸秆、棉花、柴油制作的夜明浮标,万贵生负责上断面观测并操作平板仪,我在中断面发信号,测流、绘图、计算、发报。

雨还在下,河水还在涨,我的心情开始沉重起来,而且还有些恐惧。当站长的自豪感荡然无存,取而代之的是沉重的压力,万一出点差错、失误,可能会影响上级部门的决策,甚至是百姓的生命安全,如果是这样,我难辞其咎,说不定还得在监狱里呆几年(这的确是当年的真实想法)!鲁迅先生的《祝福》里有这样一句话:“我因为常见些但愿不如所料,以为未必竟如所料的事,却每每恰如所料起来,所以很恐怕这事也一律。”所以,我也很恐怕这事也一律。

4日凌晨3点多,雨势减弱了许多,天空微微放亮,用浮标刚刚测完流,我们赖以投放浮标的石拱桥最终没能抵挡住肆虐的洪水,轰然倒塌,消失在一片汪洋之中了。幸好人员已撤离,万一正在投放浮标,后果不堪设想……没有万一!也不能有万一!

凌晨4点多,河水时快时慢,还在上涨,横水水文站所在的东横水村东头,地势较洼,下游河水已出河槽,洪水已漫上了通往大山深处的公路,并且已进入村民家中。村委会干部在挨家挨户通知他们收拾东西,准备转移。其实我们都知道全村人也一夜没敢睡觉,我看事态很严重,赶快回到我屋里,叫醒我爱人,她当时正和孩子在横水水文站住着。

“快起来,这里发洪水了,快收拾一下,等会儿抱着孩子和老百姓一块转移!”

“那你呢?”

“你别管我,我不能走!”

随后我又回到了办公室,和冯殿臣、万贵生他们商讨下一步测流方案。

天亮时,雨终于停了,河水还在上涨,我们采用天然漂浮物作为浮标,继续测流、报汛。直到 11 点多,河水总算稳定下来了,我们一直悬着的心,终于稍稍放松了一下。此时,水位已达最高值 6.80 米,实测最大流量 1350 立方米每秒,最大日降水量 313.4 毫米。

接下来两天,洪水退去,当我们再次来到浮标观测房外面,勘察房基时才发现:我们的观测房,就坐落在一块块大卵石上,卵石间的白灰砂浆早已被洪水淘空了,这真是现实版的危如累卵。假如洪水再不退去,观测房也逃不脱石桥的厄运,想来后怕。

日后,安阳市政府总结这次抗洪抢险工作,表彰了在抗洪抢险工作中表现突出的先进单位和个人,我也有幸获得了安阳市政府授予的“96·8 抗洪抢险模范”称号。

(作者单位:河南省安阳水文水资源勘测局)

难忘"63·8" 难忘兄弟情

王丙申

那是一个非常的年代,也是一个让我们老一代水文工作者刻骨铭心的时刻。

1963年7月下旬,太平洋副热带高压北挺,8月1日后,暖湿空气翻过云贵高原沿副热带高压边缘向北移动,8月3日到达黄河以北地区,然后维持少动,从8月4日开始,康藏高原高压东移到河套一带,在豫北形成连续暴雨,8月6日又有新的冷空气侵入,低涡波动加强、辐合抬升作用更加剧烈,致使8月8日出现了特大暴雨。这是一次罕见的特大暴雨,豫北大部分地区的降雨量达400~600毫米,暴雨的特点是雨量大、范围广、强度高,前期降雨已使土壤饱和,后期降雨产生的径流量很大。暴雨使卫河流域的各河道出现了特大洪水,这就是历史上的海河流域"63·8"洪水。

就是这场历史罕见的洪水,让汲县(今卫辉市)黄土岗水文站的穆培凯和宋文华两位老同志经历了一场生死考验,也结下了一生难忘的兄弟情。

1963年8月8日深夜,黄土岗水文站洪水流量已经超过1000立方米每秒,但水位还在上涨,洪峰即将到来。全力施测洪峰是水文人义不容辞的责任,白天已劳累了一天的黄土岗水文站职工仍需坚持战斗。穆培凯、宋文华和一名船工再次下河测流,他们不畏艰难、奋勇拼搏、迎战洪水,施测记录着一个又一个的测验数据。8月9日凌晨4点,当又一次的测流任务完成返回时,突然一个大浪打来,小船随即被掀翻,除船工因手拉吊索未被冲下外,穆培凯和宋文华双双落入水中,被水流快速冲下!

落水点很快恢复了平静,除风声和水声外好像什么事也没发生。漆黑的夜晚两位战友却在惊涛骇浪中拼命挣扎,一开始还能判断出对方可能的位置,曾试图相互靠近,可随着水流的变化,他们的距离越拉越远。在漂流过程中幸好有棵树挡住了宋文华,他抱住树进行了短暂的休息,恢复了体力,凭着年轻水性好,他做出了果断的判断,游到了岸边。上岸后,宋文华没顾得上清理满身的蚂蚁和虫子,而是朝着下游方向一边奔跑,一边呼喊着战友的名字,希望能听到战友的回声,可跑出了两三公里,听到的除了风声就是水声……

这时洪水已涨到接近洪峰,宋文华迅速做出了先向汲县防汛指挥部报告水情的决定。及时将情况报出是水文工作的一条铁的纪律,为的是不影响全流域的防汛工作。因那时根本没有交通工具,交通靠的就是步行,他在泥泞的路上,以最快的速度向县城跑去,以最短的时间报出了黄土岗站的水情,县防办及时将情况发向了省防办、海委防办、国家防总。

当县防办听完宋文华含着眼泪汇报黄土岗水文站翻船有人员落水的情况后,立即做出动员当地群众组织搜救的决定。这时的宋文华虽然体力疲惫,但想到生死未卜的战友,还是带着满身的泥土,跑在了搜救队伍的最前边。他一边跑一边大声喊着战友的名字,也真是苍天有眼,在断面下游近10公里的地方,他们远远地看到一个人在洪水中,拉着一棵小柳树的树梢,正随着一个又一个的波浪上下起伏。凭着多年工作的默契,他一眼就认出,那就是自己的战友——穆培凯同志!激动的心情几乎使他跳起来,可短暂的激动过后,摆在面前的是如何搭救的困难。由于水大流急,距岸边远,没有船和救生设备,下游几十米就是漫水桥,人一旦被冲下漫水桥,就会跌入漩涡中,随时都可能有生命危险。

时间就是生命,穆培凯手拉的那棵小柳树随时可能被折断,也可能被连根拔起。在没有有效的救援措施下,宋文华来不及过多考虑,想到的就是战友的生命,是战友家人期待的目光和对战友的深厚情谊。他靠着胆量和多年在洪水中摸索出来的经验,孤身一人跳进洪流营救。当两人在激流中汇合,当他们相互搀扶爬上河岸时,在场人员一片欢呼……宋文华在体力极度透支的情况下,冒着生命危险,终于有惊无险安全地把战友救了出来,成为当地老百姓传颂一时的佳话,县领导也多次邀请两人做报告宣传英勇事迹。但这些荣誉两位同志都看得很淡,认为完成测报任务是他们应尽的责任,是水文人应有的天职。

一次遇险经历奠定了一生的生死之交。在以后的工作中两人相互关心,相互帮助,相互支持。后来,随着水文体制的上收下放等多次变化,两人分别到了不同的水文站工作。但不管在哪里,他们每月至少也要通上一封信,相互通报一下各自的情况。穆培凯经常给宋文华寄上几斤自己当月省下来的粮票,宋文华每年也要背上红薯或者南瓜步行几十公里去看望穆培凯一次,这种听起来是奇闻、讲起来是笑谈的交往,却真真切切地发生在了两人的身上。

斗转星移,卫河的水涨水落,送南瓜的时代早已一去而不复返,半个多世纪的风云变化转眼都成了过眼云烟,当年的那棵小柳树早已长成了参天大树。两位老人随着国家的改革开放,跟着水文事业的高速发展,过上了幸福的生活,一步步地提高了工资和福利待遇,带着全家住上了单位分配的单元楼房,孩子也都被安排在了水文部门工作。如今他们都已退休颐养天年,每当两人相聚或举杯小酌时,都会有一个共同的话题,难忘"63・8",难忘兄弟情。

(作者单位:河南省济源水文水资源勘测局)

安阳水文缆道科技发展之路

李连云

水文铅鱼缆道测流在我国已有60多年的历史,是我国水文测验最主要的渡河搭载平台,是水文测站进行测流、取沙的一项重要技术装备。它有着操作安全、方便实用的优点。随着科技的进步和发展,水文缆道从最原始的人工操作发展到电动、全自动、智能控制,测流效率也随之不断提高。河南省安阳水文水资源勘测局水文缆道测流方式,从借用断面到实测断面再到计算机控制自动测流,最终实现全自动无人值守,经历了三个阶段的重大技术升级。

第一次技术创新

淇门水文站位于卫河中上游,是卫河主要控制站,地理位置十分重要。基本断面上游右岸1公里处是长虹渠滞洪区淇门进洪口,上游2公里处是淇河和共产主义渠(简称共渠)交汇口,下游约22公里处右岸有曹湾溢洪堰堵坝,左岸有白寺坡滞洪区王湾口门。卫河、淇河、共渠三条河流相互贯通、相互影响。20世纪80年代后期,淇门水文站已建成半自动水文缆道,以测不同垂线水面流速,借用大断面图,推算过水断面流量。

王振兴毕业于黄河职工大学陆地水文专业,干工作雷厉风行、敢于创新,特别是对专业技术刻苦专研、精益求精。1989年,他来到了淇门水文站工作,在熟悉了淇门水文站的工作任务后,充分认识到由于该站的特殊地理位置,其水文数据在国家防汛调度救灾减灾中至关重要。怎样提高水文数据的精度,为防洪减灾决策提供更加可靠的技术支持,成了他工作之余大脑中挥之不去的想法。在夜深人静的时候,他将所学的电子、机械理论知识与自己工作的想法结合在一起,绘制成缆道工作原理图分析研究。功夫不负有心人,经过无数次的分析改进,在1991年底终于从理论上完成了淇门水文缆道水面信号、河底信号的研究。在制作试验阶段,没有场地,家就成了加工、试验车间,不足20平方米的家除了床和简单的家具占据一定的空间,就仅剩几平方米的空地,满地都是半成品、电子元件、加工工具。当时单位没有经费支持,自己也没有经济能力支撑,为了节约开支,他就经常光顾废品站,偶尔能回购些自己需要的原材料。经过两个多月的组装、试验、改进,第一套自主研制的水文缆道控制系统设计制作完成。在试验阶段,孩子的洗澡盆成了他的试验槽,为了确保信号的稳定性,下班后的时间几乎都用在试验上,夜深了,院里家家户户都关灯休息了,唯有他的家里还亮着灯,不时传来咔、咔、咔有节奏的设备试验的声音。经过上千次的试验,自主研制的缆道水面信号、河底信号终于试验成功,于 1992 年应用于淇门水文站缆道测流,实现了人工控制垂线测深、测速,实测过水断面计算流量。从此,淇门水文站水文缆道流量测验精度得到了有效提升,并在“96・8”洪水测报工作中取得了良好的效果。

第二次技术创新

海河流域“96・8”洪水过后,王振兴对安阳水文水资源勘测局的缆道建设又有了新的想法。他说:“我今生最高兴的事就是用我学习的知识去改变水文人的工作环境、提升水文数据的准确性。”当时计算机刚开始普及,变频技术在工业自动化控制中已广泛应用。如何将新技术、新设备应用于缆道测流,进一步提升测站职工的工作效率,成了他下一步追求的目标。1997 年淇门水文站“九五”规划改造项目开始实施,他向负责淇门水文站改建任务的安阳水文局技术室主任汪孝斌提出了借“九五”规划实施之机进一步提升淇门水文站缆道测验水平的想法,他的想法与汪孝斌不谋而合。有了经费的支持,王振兴对缆道升级改造更有了信心。他整理了这次的工作思路和改造方案,不料棘手的问题出现了,虽然他对机械、电气自动化并不陌生,但是计算机和软件编程对他来说是一窍不通。怎么办呢?在 1997 年,懂计算机编程的人也不多,他开始四处打听,最后一位朋友给了他首都医科大学教授、计算机专家魏炳章的联系电话,他多次联系魏教授,就是联系不上。他就跑到了北京等,终于约到了见面时间,可是见面后,教授一听就把他的想法否了。啥原因呢?项目小、行业偏,经费还不足。他没有放弃这次见面的机会,他向教授介绍了水文数据的重要性,水文人在气候恶劣条件下坚守岗位的责任担当,终于他的真诚和精神感动了教授,教授说:“一位普通水文职工,为了大水文发展这样执着,我也应该责无旁贷。”随后,魏教授带领学生多次来到淇门水文站,看现场、谈想法,定目标。经过近三个月的时间,共同开发了微机自动测流软件。

安装调试也不是件容易的事,软件问题解决后,他带着配置好的计算机、变频器、电机、各种工具和原材料,搬到了淇门水文站住。缆道房几乎成了他的家,困了在缆道房睡一会,饿了吃口站上人送的饭,连续十几天沉迷于缆道试验中。经过一年多时间的构思、设计、编程、试验,淇门水文站水文缆道测流实现了计算机控制下自动测流、测深、计算、打印功能,安阳水文缆道测流技术水平又一次得到大幅提升,自主设计制作的缆道操作台测流功能更加完善,变频技术的应用,使测流设备运行更加平稳,测量数据更加准确。在"十五"规划实施阶段,天桥断水文站改建期间,天桥断水文站缆道测流也实现了计算机控制下的自动测速、测深、计算、打印功能。

第三次技术创新

2013年,五陵水文站大江大河改造工程实施阶段,五陵水文站的缆道操作台使用多年需更新换代。9月,安阳水文水资源勘测局局长王长普带领测验科的技术骨干到南京考察缆道操作台,王振兴也是考察团队的其中一员。经过考察购置了南京戴维公司水文缆道操作台(戴维公司已将PLC控制器应用于水文缆道),在使用过程中王振兴发现PLC控制器在新操作台中的作用还没有完全开发出来,他查阅了有关PLC控制器的相关资料,邀请了工业自动化、水文、计算机专家,经过一段时间的信息整合、技术研究,决定进一步提升水文缆道的测流技术水平。

当时没有经费,没有场地。有人劝他说:"多少人有经费、有实验室、有技术团队都没研制出来,你就别干了。"他说:"你让我试试,我国互联网技术、自动化技术、人工智能技术飞速发展。我是水文人,我有责任、有义务去填补这块空白。"为了实现自己的梦想,王振兴自己垫付了研发经费,组建了智能缆道研发团队,在安阳水文水资源勘测局书记王伟的大力支持下,在水文行业多位专家和老师的技术指导下,经过近一年时间的设计、制作、软件编程,于2014年9月在五陵水文站完成架设安装。调试过程也是非常艰辛的,在他的大脑里,没有节假日,没有上下班。他带领的研发团队,每次都是经过一天的调试,深夜回到办公室继续讨论、分析存在的问题,研究解决方案。经过近4个月的调试、运行和改进,五陵水文站水文缆道实现了以"互联网+"为依托的全自动智能测流功能。在无人值守的状态下,自动完成天然河流流量测验的测、整、报全过程,提高了流量测验精度,节约了大量人力资源,改善了职工的工作环境，达到了预期目的。在时任河南省水文水资源局总工程师王鸿杰的鼓励下，天然河流无人值守水文缆道远程自动测流方法及系统等三项技术获国家发明专利。

经过近几年的不断改进，现在全自动智能水文缆道测流功能更加完善，具备了转子式流速仪、雷达（电波流速仪）、电磁流速仪和H-ADCP测流等功能，现已在山东、河南、河北、江苏、四川等省安装应用。2019年8月，超强台风“利奇马”登陆山东半岛时，山东省潍坊市黄山水文站使用新建智能水文缆道实测洪峰流量2210立方米每秒，整个洪水过程完成38次测流，其中流速仪测流22次，雷达测流16次。2020年7月21日，淮河流域发生暴雨洪水，驻马店桂李水文站使用新建智能水文缆道实测洪峰流量351立方米每秒，共完成34次流量测次；杨庄水文站实测洪峰水位65.29米，洪峰流量358立方米每秒，共完成20次流量测次；五沟营水文站实测洪峰流量342立方米每秒，共完成34次流量测次。面对超大洪水，全自动智能水文测流缆道就像钢铁巨人般站在肆虐的洪水中，不论屋外风急雨骤，只要水文工作者鼠标轻轻一点，河流断面状况、设备运转情况、水位、流量数据就呈现在眼前的电脑屏幕上，不出缆道房（或远程）获取全部测流数据，一人操作完成整个测流过程。彻底改变了传统水文缆道测验历时长、耗费人力物力、工作效率低的局面，提高了水文数据的准确性和时效性，改善了水文职工的工作环境，为各级防汛部门调度指挥提供了及时准确的决策依据，为水文现代化建设提供了技术支持。

（作者单位：河南省安阳水文水资源勘测局）

青春记忆

王增海

我是1978年开封黄河水利学校招收的陆地水文专业首届专科生。从1981年毕业分配到周口鹿邑玄武水文站工作，如今已届退休之龄，数十年的时光转瞬即逝，但在基层水文站的许多青春故事一直留在我的记忆中。

玄武水文站

1981年毕业实习结束后，我被分配到了周口鹿邑玄武水文站。虽然我家在周口，但玄武水文站在当地是离我家最远的水文站，有百十里地。玄武水文站是涡河上的一个控制站，坐落在鹿邑县玄武镇孟庄。它的上游是邸阁水文站，下游是安徽省亳县水文站。玄武水文站观测任务比较全，设有闸上水位、闸下水位、流量、沙量、水温、降水、冰情、水情报汛等项目，此外还管理指导太康水位站、时口渠道流量监测的业务。

玄武水文站坐落在涡河南边，是一个大约两亩地的小院。小院的北边是六间宿舍、两间办公室及一条走廊，中间是雨量观测场，各处均有一条青砖铺的小路连接。到站后我才知道这个水文站是全国先进水文站，站内各项管理及业务做得都比较好。站上原只有刘明贤站长、姬长先、崔陆生三人，也都30岁出头，加上我和这一年分来的唐军、梁维富两个信阳来的小青年，我们站上就有六个人了，其中梁维富还不到20岁。刘站长让我与崔陆生负责观测玄武闸闸下水位，每次大约10分钟；而唐军、梁维富两人负责闸上水位观测，每次大约半个小时，开闸时需要大家一起上船测流。玄武闸不开时，除了每天8点各项目观测外，其他时间不是很忙。于是站长安排我给他们讲水文业务课，虽然只有6个人听课，但为了讲好课，我把读过的专业书结合实际工作很认真地又读了一遍。这是我第一次做老师讲课，这次讲课也提醒我，在工作中要有知识、有能力才能把工作做好，才能得到大家的尊敬，我暗下决心今后一定要精通业务。

按规定,每年汛前、汛后都要进行上游河道两岸工农业用水量调查,进行水量平衡,顺便对委托雨量站进行检查和指导,并把每月的委托观测费送到委托员的家。那年4月中旬,我和姬长先两人沿着河道一路走一路调查各渠道的引用水数据,因为当时刚开始包产到户,各引水渠道都分到了个人,部分渠道受到了破坏。为了调查数据的准确,我们找到渠道管理人拉家常,问最近渠道放了几次水?每次放了多少水量?因为管理渠道的人不好找,每天也走不远,两岸来回100多公里路就用了6天时间。

20世纪80年代,测验设备落后,刚开始建缆道测流时技术不过关,信号老出问题,加上漂浮物较多,用缆道测流太麻烦,所以玄武闸提闸放水时一般测流都使用船测。水文站的测流船是一艘木船,长5米、宽2米左右,平时就固定在过河索上。用船测流时最少需要4个人,1人看闸的上游水位,1人固定船的位置,1人用设备测流量,1人记录计算,平时我们的测船都用绳子固定在测流断面上。我刚到水文站的3月初的一天早上,闸管所8点半要提闸放水,我们提着仪器设备到断面一看,船被老百姓撑到对岸了,这时候水已经起涨了,再绕道闸上到对岸把船推过来已经来不及了,大家急得不得了,对岸一个人影也没有,站长问谁会游泳,我说我会,就当机立断把棉衣脱掉,游到对岸把船拉了过来,保证了流量测验的顺利进行。可能是当时年轻有股子冲劲,大冬天下水也没觉得太冷。

8月12日是个闷热天气,是快要下雨的前奏。傍晚乌云密布,雷声滚滚,晚上10点闸管所接到通知,为了保证河道安全,要把闸门全部提出水面加大放水。我们上船开始进行测流,22点30分测得流量120立方米每秒,是最近几年较大流量。测流完刚回到屋里,就有老乡跑过来说:“你们的船被水冲走了!”我们一听全跑了出来,当时伸手不见五指,到测流断面用手电灯一看,船确实冲跑了。估计是老乡在船上洗澡来回晃,把船绳晃掉了,河断面的下游2公里有一座桥,要是船撞到那里就全完了,找船要紧!当时下游河滩二三十米宽种的全是高粱、玉米、豆子,河滩水有1米多深,玉米都只露了个头。因为风狂雨急,有手电也只能看十几米远,远一点根本看不到。我跟站长说:“这样在河堤上什么也看不见,咱们分头找吧,我和唐军下河顺着主河道往下找,你们在岸上往下找。”站长说:“行,分头找。”我和唐军下到水里,顺着河水向下漂流,靠着岸上的手电背光来发现较大的目标,与岸上人员交流判断船的位置，最后在离下游大桥几百米的一个拐弯处找到了船。因为流速比较大，加上高粱秆的阻碍，我和唐军两人根本无法把船往上游推，于是决定先把船推到玉米地，让岸上的人绑上绳拉着，这时我才切实体会到了逆水行舟的艰难。高粱叶、玉米叶把我们身上割的一道一道的，脚上被豆角扎得生疼。但船没有丢也没有撞坏，大伙都很庆幸。经过一夜的努力，早上5点多我们才把船推到了断面上。当时天色微亮，雨也渐渐停了，但河道水还有下落的趋势，我们马上拿出设备又进行了流量测验，把水情发报出去。等这一切工作做完，整个人就瘫了下来，一点气力也没有了。

豆湾水文站

我在玄武水文站工作熟悉了水文站的常规工作以及各种水文仪器的使用、拆装、维护保养后，9月初就去参加豆湾水文站的勘察和建设了。

当时水利部水文局决定在全国建立4个不同区域小面积降水径流实验站，在河南省建“半湿源地区小面积降水径流实验站”，任务落在周口水文局。杨振富副局长带领技术科长和我共三人进行全区选址，首先在1:50000军用地图上找出合适的河道，再一条一条从河源到下游实地查看。有的流域面积较大，有的流域有引入引出渠道不闭合，有的河道上有水利工程拦蓄，都不合适。经过两个多月的实地勘察，确定周口地区与驻马店地区交界的界沟河比较合适。

界沟河原是天然河道，上游是一片沼泽地，一直没有治理过，长期被水浸泡，无法耕种。下游河道1980年刚刚治理过，比较顺直。水文站站址就在治理后这段顺直的河段内，水文站地址靠近豆湾村，所以命名为豆湾水文站，控制面积89.0平方公里。

1982年10月，局里决定牛维强、我和张北寒、张学锋四人负责水文站的建设。牛维强是位50多岁的老同志，对基建比较熟悉，主要负责基建，我负责水文测验业务的一些筹备工作。我们三位年轻人都刚20出头，还没成家。站上也没有电，打了一个压杆井解决吃水问题，每天自己做饭。因为当地是黏土地，下雨后就无法出门。附近也没有卖东西的地方，离最近的豆湾村庄也有两里多地，离乡政府十几里，生活条件十分艰苦。当时是冬天，人就住在河边帐篷里，寒风凛冽，我们要经常站在河边查看工地建设。帐篷八面漏风，即使生了煤火也冷得很。为了保证1983年1月1日正式观测，我们一边进行基本建设一边进行水文观测设施建设。经过大家的不懈努力,12月就完成了地形测量、测流断面布设、水尺设立等水文观测设施的建设,保证了第二年1月水文测验工作的开展。1983年2月,水文站基本建设完成,站内有4间宿舍、1间保管室、3间办公室。建成后牛维强返回周口水文局,同时把栾铁山派来,局里任命我负责豆湾水文站的全面工作。

界沟河河道过水设计标准50立方米每秒,平时依靠地下水补充。冬天河水刺骨冰凉,河宽20多米,水深0.5米以下,流量一般在0.30立方米每秒左右,为了保证测验精度,只能下河涉水测流。洪水期,为了保证测流人员的安全,我们就在水文站上游200多米的界沟桥上测流。因河道流域面积小,所以汇流时间短,洪水来得快。从降水开始到最大洪峰出现在断面大约12小时,在桥上每次测流至少需要3个人,1人把仪器用绳子悬吊在河里测流,1人记录测流数据,1人观测水位以计算流量的相应水位。大洪水时,流速快,流速仪配备铅鱼较重,负责悬吊仪器的测流就需要2个人。夏天雨天测流时为了方便干活和保暖,里面穿个短裤,外面穿上雨衣,雨衣外面再用绳子捆一下。每次测流来回一次将近2个小时,根本就没有时间做饭,只能吃点前一天的剩东西充饥,测流时间紧张时吃不上东西,饿肚子是常事。1984年7月,全月降水580.4毫米,阴雨连绵不断,每天都要测流量,储备的粮食吃完了,路上全是泥,根本无法通行,实在没办法就去附近豆湾村老乡家借了10斤面、买了20多个鸡蛋。当时粮食是凭票定量供应的,路通后,买了面又还给老乡。

1983年,流域平均降水1069.4毫米,我们全年测流量109次,径流深达到了550.6毫米,说明全年降水量一半多流出去了,而附近各河道径流深占降水量最多不到20%。当年测到最大流量115立方米每秒,推算最大流量117立方米每秒,8月13日测流8次。1984年流域平均降水1426.5毫米,径流深689.9毫米,全年测流104次,其中7月25日测流9次,测得洪峰流量102立方米每秒,最大流速1.94米每秒。虽然每次洪水都超标准1倍以上,但我们克服各种困难,完整测到洪峰过程,圆满地完成了测验任务,并受到上级表彰。1985年我离开豆湾水文站以后,这个站就再也没有出现50立方米每秒以上的流量了。

豆湾水文站实在太偏僻了,一直到20世纪90年代撤销,也没有通上电,晚上照明用的是煤油灯,吃水需要用压杆井压水。那时刚改革开放,市场经济不发达，粮食去十几里外的乡里粮店凭粮票购买，买菜也要跑几里地到乡下的集市上购买，集市还不是天天有，而是几天有一个集市，如果错过了只能等下一个集市了。夏天买多了没冰箱，东西容易变质，买少了遇到雨天出不去，缺粮断顿经常发生，有时还到地里找点野菜，所以当时水文站生活非常艰苦。在站上我买了台收音机，每天听中央广播电台早7点、晚20点联播快讯，平时听听歌曲。每天到河边走走，面对生机勃勃的土地，绿油油的庄稼，心中也充满清新惬意，条件虽然艰苦，但充实的基层水文工作让我的内心充满了挑战与快乐。

我在玄武、豆湾等基层水文站工作生活了将近4年，首先学会了应对艰苦的生活，另外熟悉了水文站的日常测验和管理工作。对河道站、堰闸站的水文特性和测验方法有了深刻认识。比如堰闸站流量测验是为了率定、验证流量关系曲线，测流要在各种影响因素稳定时进行，这时候的流量才有代表性，才能率定出比较稳定的流量关系曲线；河道站流量测验要控制整个洪水过程，即控制洪水过程的转折点。基层工作的经历和实践中积累的经验，都为我以后在水文工作中更好地践行责任打下了良好的基础。

（作者单位：河南省水文水资源局）

编外“哨兵”的坚守

刘学勇

在雨量数据观测记录史上，收集降水资料基本都是靠人工量雨完成的。遇上大雨、暴雨，就要昼夜不停地量雨，用特指的代码拟电文，跑到邮电所发报。由于早期水文事业人员不足，很多基层雨量点的工作都是由委托观测员完成的。

委托观测员一般是具有一定文化程度、有责任心、靠得住的农村人，他们虽然不是国家在编人员，但和水文职工一样，为防汛决策提供水文信息，为保持水文资料的完整性作出了重要贡献。他们一干就是几年、几十年，那种认真、执着和坚守的精神，在河南水文发展史上熠熠生辉。

“陪嫁”的雨量器

“如果不同意我带走雨量器，我就拒嫁。”说出这“威胁”话语的，正是时年21岁的凤凰雨量站观测员赵何玲。

赵何玲现年47岁，稍有些文化。她曾经是位于峪河上游、山西省陵川县古郊乡凤凰雨量站的观测员。1992年17岁的赵何玲当上了凤凰雨量站委托观测员，一干就是四年。她对量雨工作有着深深的感情，冥冥之中感觉一辈子可能就舍弃不下了。21岁那年她要嫁人了，想把量雨这事带走，一是怕别人干不好，二是不想分开，便把想法告诉父母，但父母坚决不同意，主要原因是她父母了解她的秉性，知道她对量雨绝不允许出现差错的较真劲。平时无论在外干什么，只要突然下雨，就往家里跑，绝不允许耽误2个小时就量一次雨量这“正事”。父母怕嫁过去后为此事引起家庭矛盾。但她执意要带走，她爱人起初不理解也不同意，她便偷偷地施以威胁，如果不同意迁走雨量筒就拒嫁，最终她爱人只好妥协。于是两口子在结婚前两天硬化基础、安装好了雨量筒。结婚当日亲朋好友纷纷去房顶观看少见的雨量筒，笑称是陪嫁的“嫁妆”。

赵何玲做委托观测员近30年，无论量雨还是量雪，她都能按上岗前的培训要求，一丝不苟地认真观测，执着地守候着那份坚持。现如今，雨雪量观测也由过去的人工观测转变为自动监测，委托观测费也没有了，但只要接到通知需要人工对比校验，尤其是冬天降雪时，她依然会完成人工观测。

平日里，即使没有人要求，为了确保观测的准确，赵何玲也会常常爬上屋顶擦洗和检测雨量筒、太阳能板，打扫四周的卫生。

“测了半辈子雨量，咱对这活儿还放不下嘞。”赵何玲说。

“喊报”的夫妻观测员

古郊雨量站在山西境内，是全年观测站、报汛站。1980 年，20 岁的观测员郎香玲经过水文职工高为礼、齐光明等简单培训后就担起了重任。在她的感召下，爱人郎国强也加入量雨、拟报、发报工作。郎国强 1960 年出生，高中文化程度。每当降水时，无论白天还是黑夜，他们两口一定会准时出现在雨量器前，按往常熟悉的流程，换储水瓶、量雨量、填记录表、编译电码，再披上雨衣、装好电文，急奔乡邮电所。

1982 年的夏天，刚刚还是艳阳高照，突然就阴云密布、暴雨如注，郎国强像往常一样怕雨湿到报文，一层层的包好报文，装进衣服最内层，踩着泥泞的山路奔向两公里外的乡邮电所，快到邮电所时，被一条 30 多米宽的河沟挡住，平时都是趟水过去，但此时上游降水强度大、流速快，根本趟不过去。于是郎国强急中生智，向着对岸大声呼喊，喊来熟悉的村民后，他再“喊念”报文，让对岸的人记下，然后交到邮电所将报文发走。多次出现趟不过河的情况后，他认为“喊报”这法儿不错，就带上烟去邮电所商量，请求邮电所所长，以后再遇暴雨，就让邮电所职工出门到河边“接报”。刚开始邮电所所长不同意，后经不住多次缠磨，同时也被郎国强的诚心和认真负责的担当精神所打动，最终同意。

就这样，每每暴雨时，邮电所职工就会按四段制发报标准即 8 时、14 时、20 时、4 时和暴雨加暴双时点出现在河对岸，抄记着观测员郎国强大声的“喊报”：P 36460……就这样妻子郎香玲负责量雨，老公郎国强负责跑腿发报，这一干就是近 40 年，多年来，从未出现过雨量缺测、漏测、迟报、错报现象。

病床上不忘量雨的“老别”

“量雨量雨，2 小时量一次雨，谁量雨了？”1996 年夏季的一天，别秀云被撞伤住院，刚好这天晚上突降暴雨，迷迷糊糊中她被狂风暴雨惊醒，着急大喊。直到有人告知，她儿子回家量雨了，别秀云才如释重负。

“老别”叫别秀云，1939年生，是原阳县大宾雨量站观测员，担负雨量观测任务近40年。因为她工作一向负责认真，凡事爱较真儿，大家都喊她“老别”。

40年来，别秀云细心、认真负责，很少出现差错。为了做好雨量观测工作，她和在乡政府工作的爱人养成了每天收听天气预报的习惯。每当降雨来临前，她都要提前检查一遍雨量观测筒。刚开始干时，遇到夜间刮大风、下大雨，家里经常停电，她总会提前准备好手电，备好煤油灯。为了解决有事外出不能按时观测的情况，她就教会了爱人、儿子、儿媳，回来后查看报表记录，直到没差错才放心。20世纪90年代初，别秀云家房屋改造，她首先考虑的是雨量测报工作，当时流行盖尖顶瓦房，为便于安装仪器及上下楼观测，别家都盖尖顶瓦房，但她家却盖了平房。

2005年，别秀云年事已高且行动不便，于是便将雨量观测这项工作交给了儿媳。一同传承下来的还有“老别”一丝不苟的认真劲。

白发细数着年轮，皱纹诉说着故事。许许多多的雨量委托观测员从青年到中年到老年，从上辈传至下辈，或为贴补家用的观测费或出于对水文量雨工作的热爱，但在那特定的历史年代，都在默默地做着平凡而又伟大的工作。如今，科技迅速发展，遥测雨雪数据自动采集自动传输，委托观测员们也渐渐淡出，但那群编外“哨兵”的坚守，历史永远不会忘记。

（作者单位：河南省新乡水文水资源勘测局）

一次“服务型”执法的成功实践

张长军　韦婷婷

在水文工作中，经常会碰到水文设施被损毁的情况。三门峡水文水资源勘测局在处理一起水文站测验设施被毁案例中，将管理、执法和服务有机统一，实现了行政执法有“力度”、更有“温度”。

2018年6月26日，三门峡水文局副局长、水政监察大队长张长军接到灵宝水文局吕世新报告：“朱阳水文站测验断面处有人正在施工修桥，大部分水文设施已被破坏。”案情就是命令！张长军立即向局里做了专题汇报，并前往事发地点进行调查取证。

经现场调查，该修桥项目为灵宝市朱阳镇玉泉桥，建设单位为三门峡市农村道路管理处，被委托方为灵宝市朱阳镇人民政府，项目负责人为朱阳镇政府副主任科员薛选荣和路政办主任胡群立。

三门峡水文局领导班子在会商如何执法时，坚持以《中华人民共和国水文条例》等法律法规为依据，以《河南省水利系统行政指导工作规范》和全省水文系统推进服务型执法建设会议精神为指导，认真分析案情，反复斟酌研究，最终决定将“水文在社会效益中的基础作用、在生态保护中的服务作用、在防洪减灾方面的支撑作用”作为服务执法理念，贯穿整个执法全过程。

在随后与项目负责人的多次沟通中，张长军多次着重阐明朱阳水文站对灵宝市和朱阳镇的重要防汛服务职能，普及相关法律法规，告知对方在朱阳水文站测验断面保护范围内施工属于违法行为，必须马上整改。同时，三门峡水文局将有关情况及时上报三门峡市水政监察支队和省水文局水政监察支队。三门峡市水利局主管副局长赵新生批示：“请市局水政支队会同灵宝市水政大队，立即制止违法行为，妥善处理。”

6月28日，张长军与三门峡市水政监察支队、灵宝市水政监察大队前往灵宝市朱阳镇实施行政执法服务指导，出具《三门峡水文局补偿意见（初稿）》，依法提出明确要求，制止违法行为，责成限期整改。

7 月 10 日，张长军给朱阳镇送达《三门峡水文局行政指导通知书》，并到施工现场指明朱阳水文站原有水文设施的种类、布设位置和功能用途。

8 月 15 日，张长军向朱阳镇送达《三门峡水文局行政指导书》，并和朱阳镇镇长段秀峰从行政执法和服务职能两方面进行深入沟通和交流，初步取得一致意见。此后，三门峡水文局水政大队多次前往朱阳镇人民政府进行执法服务指导，进行普法引导教育。虽然薛选荣已经意识到自身的违法行为，但确因该镇建桥项目资金紧张，朱阳水文站补偿问题仍未得到满意答复。

9 月 4 日，由省水利厅河湖执法第六督查组组长、副调研员完杰军带队，会同三门峡市水利局、灵宝市水利局、省水文局水政监察支队、三门峡市水政监察支队、三门峡水文局水政监察大队等部门负责人到玉泉桥施工现场进行执法指导服务，并就法律责任和服务大局与薛选荣进行深入交流和探讨，薛选荣深刻认识到玉泉桥建设项目的违法行为，答应克服困难筹措资金对朱阳水文站进行补偿，以确保该站尽快恢复水文测验设施，及早发挥应有的服务职能。

9 月 13 日，三门峡水文局与朱阳镇政府签订《朱阳水文站迁站协议》，朱阳镇人民政府补偿朱阳水文站水文测验设施修复费用 150000 元。

10 月 22 日，朱阳水文站补偿款全部落实到位。三门峡水文局用补偿款在原有断面位置设立雷达水位计 1 部，用于上、下游水位对比观测；在新断面处设立水尺 5 根，用于水位实时监测；购买电波测速仪 1 台，用于河道洪峰流量应急监测。

三门峡水文局坚持文明执法、服务大局，不仅圆满恢复了朱阳水文站所有测验设施，还积极配合玉泉桥交通扶贫项目建设。玉泉桥建成后，对邻近村民改善交通条件、提高生活水平、助力脱贫攻坚产生了深远的影响。

朱阳水文站测验设施的恢复，也在防洪减灾、服务社会等方面发挥了重要作用。2020 年 8 月 7 日凌晨，朱阳水文站上游普降暴雨，该站流量高达近 400 立方米每秒，造成 4 个行政村道路、通信全部中断，抢险队伍无法进入受灾地区，灾情不明。面对此情，灵宝市副市长王伟会同三门峡市应急局、三门峡水文局、朱阳镇等有关单位负责人进行会商，拟请示三门峡市政府调用直升机进行救援。三门峡水文局从上游降雨情况和河道流量变化趋势，结合天气预报，进行综合研判，提出灾情预测和应对措施，并在后期风险评估和灾情调查中得以验证。

三门峡水文局成功处置朱阳水文站测验设施被毁案例的做法受到了多方肯定,在2020年省法治政府建设领导小组办公室开展的服务型行政执法典型案例征集活动中,作为全省水利系统唯一案例入选,被评为三等奖,其经验做法被全省推广。

(作者单位:河南省三门峡水文水资源勘测局)

老周　大周　小周

周　珂

在河南省商丘水文水资源勘测局的职工中，有这样一个特殊的家庭，老周、大周和小周祖孙三代人都从事着水文工作，家庭的传承反映着商丘水文的发展历程，对水文的情怀也在一代代的言传身教中延续下去。

老周·测船　算盘　电报

老周周景春是20世纪50年代参加工作的，当时水文站的条件非常艰苦，连电都没有，更谈不上什么办公条件。一般情况下，测流要在河上架起过河索，钢丝上标记好测流位置，选取十几根测流垂线，几个人划着测船逐条垂线地进行工作，每个位置都要认真地进行数据采集和记录，测一次流要好几个小时，测完后浑身湿透是工作的日常状态，遇到水大时还有生命危险。“每一次测流工作，都充满了未知，因为你预计不到会发生什么样的突发事件。”老周如是说。有一次洪水，测船行进到河中间时，上游冲来的漂浮物差点把船打翻；有时是采用浮标法进行测流，需要往河里投放若干提前制作好的浮标进行观测记录，在夜间还需要在浮标上点火以定位，但当时物资匮乏，有时点火照明的棉花不够用了，为了抢测洪峰，拆掉棉被、脱掉身上的衣服缠到浮标上，浇上油点着再往河里投放，也成为了应急的办法。遇到连夜大雨，就得按照段制，彻夜不眠地量取雨量，然后骑自行车到很远的镇上去发报汛电报，遇到道路泥泞，甚至需要深一脚浅一脚地步行过去，成千上万的水文数据就靠着一把算盘一个一个地计算出来。

大周·缆道　计算器　电话

大周周选民从小就跟着老周在站上居住，碰到人手不够的时候，经常被拉去帮忙，在耳濡目染下，自然也加入了水文行业。到了他工作的时候，居住环境有了很大变化，虽然还很艰苦，但也通了电，有了电话、收音机。最大的变化是缆道，有了它，终于不用在大水时划着测船去测流，终于不用冒着雨在冰冷的河水里涉水施测，可以坐在缆道房里操控仪器进行测流，保证了人员安全，保证了工作效率。雨量观测也发展到了虹吸式自记雨量器，每天换好观测纸，遇到连绵大雨也不用熬夜观测了，报汛也有了专用的报汛电话，节省了时间，提高了雨水情信息的及时性。资料整编淘汰了算盘，计算器代替它出现在日常工作中。

虽然测流技术有了改进，但测流基本都是在汛期，尤其是大洪水的时候，天气恶劣，仍然有一定的危险性。有次连降暴雨，断面开始涨水，雨水使得通往缆道房的路泥泞不堪，但洪水不等人，为了测到完整的洪水过程，大周打着手电，深一脚浅一脚地赶往缆道房，一路上滑倒多次。等到洪水过去，完成了全部的测验工作，才发现浑身上下的泥浆早已干透。因此，要把水文工作干好，必须具有极强的责任心和耐心，大周在跟随父辈脚步的同时，也成为后辈学习的榜样，水文精神也传承到了后辈的成长中。

小周·ADCP　电脑　网络

受长辈们的影响，小周周珂从小就对水文这个职业心生崇敬，长大后也投身了水文事业，并一直牢记长辈传承下来的水文人的精神，把它作为自己成长的标杆和做人的原则。

时间进入 21 世纪，各项技术有了日新月异的发展。小周现在测流使用 ADCP、电波流速仪，原来需要几个小时的测验过程现在十几分钟就能完成；遥控船和无人机在没有桥梁和缆道的断面可以方便快捷地测出数据；各类自记水位计和遥测雨量器可以快速准确地提供到分钟级别的实时水位、雨量数据；使用 RTK 进行地形测量仅需一人即可完成以前三四人才能完成的任务；水情报汛也进入网络阶段，通过电脑直接发送到各级防汛部门；整编采用电脑软件，输入处理后即可马上生成成果数据；居住环境更是大大改观，电脑、网络、电视，各类办公和生活设施齐备。

2020 年 7 月 16 日，为了应对突发暴雨洪水，上级部门要求商丘水文局测报突击队到达信阳息县水文站开展跨区域应急监测工作。收到通知后，小周带领技术骨干，迅速赶到现场，使用遥控船搭载 ADCP 进行测验，不到 20 分钟就完成了应急监测工作，体现了先进科技应用于水文行业的强大力量。

中华人民共和国成立 70 多年以来，商丘水文发生了翻天覆地的变化，其现代化、智能化、信息化水平不断提升,《河南省水文现代化建设规划》也已通过审查即将实施,水文行业在防汛抗旱、水资源管理中起到了不可替代的作用。

水文人伟大而平凡,像周景春、周选民、周珂一家三代具有水文情怀的家庭还有很多,他们见证了水文的蓬勃发展,为水文事业贡献了自己的青春和力量。未来,他们的水文故事还将延续精彩。

(作者单位:河南省商丘水文水资源勘测局)

俯首甘为孺子牛

崔花瑞　郭双喜

刘华勇，1981年12月参加水文工作，1984年考入黄河职工大学陆地水文专业大专班三年脱产学习，现任河南省安阳水文水资源勘测局副局长、高级工程师。40年来，他对工作兢兢业业、尽职尽责，默默无闻地奉献着自己的年华。

激流勇进

刘华勇从小在信阳市长大，高中毕业被河南省水文水资源局（原河南省水文总站）招录，报分配志愿时，他对一起的伙伴说："我报安阳，离北京近。"17岁的他怀着离首都北京近的朴素情怀，来到了安阳，被分配到一个相当偏僻的测站——刘庄水文站。

背井离乡来到一个陌生的地方，映入眼帘的是一片荒凉的景象：破落的水文站坐落在绵长的河堤上，河堤外面是望不到边的田地，四周荒无人烟。站房是20世纪60年代建成的简易平房，房屋低矮，门窗破旧，油漆斑驳脱落。站上有三名职工，守着卫河，靠着土堤，风里来雨里去，晴天一身土，雨天一身泥。

正值青春年少的他并没有因此灰心沉沦，而是埋下头来勤学苦练，虚心向老同志学习各项业务工作，工作之余学习专业理论知识，这使他很快熟悉并掌握了站上的各项基础工作。当时刘庄水文站的负责人李庆功称赞他："别看华勇年龄小，但脑瓜子灵，学什么都快，踏实肯干不浮躁，是块干水文的好料子！"

老水文职工大都还记得1982年的那场大水，对他这样一个上班不到一年的水文新兵来说，是一次严峻的考验。

刘庄水文站的地理位置比较特殊：在淇河、卫河和共产主义渠三河交汇处，任何一条河的水位上升都会引起此站观测断面的涨水。7月中旬开始连绵不断地降雨，职业的敏感使他十分关注河道的水情变化。每天观测水位，根据水位情况测流，工作量比平时增加了好几倍，有时忙得连吃饭、休息的时间都没有，紧张忙碌的工作一直持续到8月。

8月4日凌晨1点多，河水持续上涨，外面一片漆黑，还下着小雨，当时测验设施落后，职工们仅靠过河索吊着一条长约6米、宽约2米的木船渡河测流，木船小而轻，在大水中随时有倾覆的危险。

安阳水文分站副站长张开森在该站驻站防汛，他要求上船测流的人必须会游泳。刘华勇抢先报名：我年轻体力好，水性也不错，让我上！借助站房上探照灯的照明，刘华勇和张开森、李庆功迅速带着测流设备上船。

仅能承载三人的小木船在滔滔洪水中艰难前进，到河中心位置时水深已近6米，湍急的河水产生了巨大的离心力，小木船被冲翻，倒扣在水里，毫无防备的三人，瞬间落入水中。船帮打在刘华勇的腿上，将他压到水下，剧烈的疼痛使他短暂失去了意识，咕咚咕咚喝了好几口浑水。好在刘华勇光着脚轻装上船，救生衣内只穿了一条短裤，没有多余的束缚，他迅速浮出水面。

忍着疼痛四下环顾，刘华勇发现张开森就在附近。张开森落水前穿着雨衣雨鞋，灌满水后，就像盔甲一样沉重，拽着身子往下坠，游起来非常吃力。刘华勇快速游过去，将张开森推到岸边。岸上的李占梅、王俊杰迅速把张开森拉上岸，焦急地说："快救李庆功，他已被冲往下游了！"

刘华勇扭回头，看到李庆功已被冲到下游20多米处。李庆功落水前里面穿着劳动布做的工作服，外面套着雨衣、雨鞋，身体如灌了铅一般，挣扎许久体力渐渐不支。凭着从小练就的好水性，刘华勇返身冲入激流，奋力向李庆功游去，一把拉住他，全力向岸边游去。李庆功被救上岸时，已呈昏迷状态，刘华勇顾不得疲惫，立即对他做胸部按压，将灌进去的泥水吐出来。这时刘华勇已经累得筋疲力尽，但是他头脑还十分清醒：测流！刘华勇顾不上换下湿衣服，和同志们一起，用浮标法抢测到了洪峰的最大流量——815立方米每秒。

责任担当

1987年大专毕业后，刘华勇被调到安阳水文分站技术室工作，1995年2月被任命为技术室副主任。9月，他带领大家进行水准点及地形测量时，因为经费紧张，吃住都在站上，各测站的条件都比较艰苦，他总是尽自己的最大能力安排好职工生活。由于南北饮食习惯的差异，有些食物他吃不习惯，但为了照顾大家的口味，他从来未向别人提及，直到后来他的爱人无意间说起，同志们才知道。

好的房子总是让给别人住。到刘庄水文站测量时,站房年久失修,晚上外边下大雨,屋里下小雨,跑了一天疲惫不堪的他倒头就睡着了,半夜突然被滴到脸上的水惊醒。看表已是深夜,大伙干了一天都比较辛苦,他不愿意打扰别人,就自己在屋里不断挪床,四处躲雨,折腾一晚也没有睡个囫囵觉。

盘石头水库建设期间,他负责水库施工期的水情预报工作。2001 年正是水库水情预报遥测系统建设和试运行的关键阶段,主汛期,他的父亲突患心梗,经抢救无效离开了人世。噩耗传来,身边的同事都劝他赶紧回家,而刘华勇深知水情预报工作对于防汛和施工安全的重要性,他强忍着悲痛,坚守在岗位,将所有工作安排好才赶回家。处理完父亲的后事,他匆匆忙忙又赶回到了盘石头水库,继续战斗在水情预报的前沿。在他的心里,工作永远是第一位的,家里的事再大也是小事,工作上的事再小也是大事。为了防汛,他在鹤壁水利局水情科工作了五年,年幼的女儿没有父亲的陪伴,是妻子张建新一个人撑起了整个家庭。他的妻子也是水文队伍中的一员,深知"防汛无小事,责任大于天"的道理,从未有过抱怨,默默承担起了家庭重担,对他的工作给予了充分的理解与支持。

远离家乡 40 年,为了工作,他少了许多作为长子在父母身边尽孝的时间,父母了解他一心为公、尽职尽责的性格,理解支持他。为了工作,他经常加班、出差,少了许多对妻女的体贴和关爱。他凭着对水文工作的热爱,数十年如一日地默默工作,把青春年华全部献给了水文事业,无怨无悔地奉献着自己的汗水和智慧!

(作者单位:河南省安阳水文水资源勘测局)

真情奉献最动人

杨　斌

“我以前是一位火箭兵，肩负着震慑来犯之敌的使命；如今是一名水文尖兵，承担着守护江河安澜的职责。无论在哪里，我都要坚守岗位，不负使命！”参加工作十几年来，我是这么说的，也是这么做的！

危急时刻　冲锋在前战洪魔

我出生在一个水文世家，从小在水文站长大，出于对祖国的热爱和对军人的向往，于1999年参军入伍成为火箭军的一员。2003年，我从部队退役被分配到河南省漯河水文站，成为了一名水文工作者。

2004年7月，我刚参加工作不到一年就经历了一场大洪水。7月16~17日，受强暖湿气流与西风带低槽结合影响，澧河及上游遭受特大暴雨袭击，流域平均降水量达到300毫米。16日傍晚，河站洪水猛然上涨，流速极快，还夹杂着船只、树木、水草等大量漂浮物。测流设备如果避让不及，就会被这些漂浮物缠绕，造成水情数据无法观测，迫切需要一名同志在河边指挥缆道操作员避让漂浮物。大家都知道，大暴雨伴随强雷暴天气，在户外使用对讲机等电子设备十分危险，随时有可能遭遇雷击的危险。可我顾不得考虑，第一个站出来喊道：“我上！”穿上雨衣拿起对讲机，毅然冲进了雷电雨交织的夜幕中，一站就是整整一夜。

顺流而下冲上河岸的蛇虫鼠蚁，不时从我脚下爬过，我却顾不上理会，绷紧的神经一直全神贯注地注视着河面。“上边冲下来一艘船”“有大团水草”“有棵树”……我通过对讲机，不断提醒着缆道操作员躲闪避让。就这样，经过几个小时的奋战，漯河水文站终于测得了此次完整的洪水过程。后来有同事问我：“那么大的电闪雷鸣，你真不怕吗？”我笑着说：“怕！但是作为一名水文一线职工，我身担使命，纵使再害怕，也决不能退缩。”

这场洪水持续了5天5夜，最高水位达到60.70米，最大流量2430立方米每秒，总计测得流量23份。几天来，我和站上其他几位职工没睡上一个囫囵觉，没吃上一顿安稳饭，累了我席地睡在地板上，把床和沙发让给年纪大的同事休息；饿了就吃火烧和榨菜充饥。为了让同事们多休息一会，出去买吃食的任务，我也主动承担了下来。我总是说："我年轻，不累，当兵习惯了。"在平时的工作中，我亦是如此，测量大断面和水尺时，我站在冰冷的河中，直到任务完成。爬铁塔为缆道上油保养，也必是我站在高高的塔顶。可以毫不夸张地说，工作中哪里有艰苦困难，哪里就有我的身影。

甘做螺丝钉　哪里需要哪里拧

2016年10月，河南省漯河水文水资源勘测局需要一名同志从事精神文明创建和宣传工作，把我从漯河水文站调到局综合科，我也从一名水文技术干部变成了"办公室文员"。

我从事了13年水文专业工作，对文明创建工作一窍不通，刚接手时根本不知道从哪里入手，但心中那股"过河卒"的精气神，激励着我迎难而上。不会就从零学起，市里哪个单位文明创建工作开展得好，我就去学习取经；材料写不好，就潜心补习并虚心请教。我就是有一股不服输的勇气，坚信自己可以！我一方面找来一些相关通讯报道及办公室文案方面的书籍，自己默默充电、学习提高；另一方面向作为语文教师的妻子虚心求教。功夫不负有心人，半年后，我所投送市文明办的稿件时效性和质量均达到优质标准，多次受到市文明委通报表彰。在全局共同努力下，漯河水文局连续四年文明创建考核成绩优异。2019年底，成功创建省级文明单位！

志愿服务　促水文宣传和保护

水文是专业性极强的工作，我常琢磨如何利用水文知识优势，开展未成年人防溺水知识的宣传普及；结合水文行业的特殊性质，举办漯河水文站开放日活动，提高社会的认知度等。

作为常年守护沙河的水文人，我注意到社会上许多防溺水教育偏重于急救知识的教育，而忽略河湖水情教育。我就考虑何不开展一项危险水域水情教育的预防未成年人溺水志愿项目！说干就干，拿出"拼命三郎"的劲头，我很快编出一套融入水文简介、设施保护的预防溺水知识大纲。

从2018年4月23日至2020年9月30日，两年多时间里，我和同事们组建了漯河水文局“孩子，请远离危险水域”志愿项目宣讲团，联合学校、社区等数十个志愿服务团队，走进学校、社区、沿河景区开展防溺水宣传115场，足迹遍布漯河市三区两县。我制作的防溺水知识课件网上阅读人数达4.2万余人次。该志愿项目获得2019年漯河市优秀奖、2020年漯河市青年志愿项目大赛银奖，2019年5月个人获得漯河十佳市民称号。活动开展的三年时间里，漯河水文局被各级媒体报道50余次之多，漯河水文局和我的事迹登上《漯河晚报》头版，极大提升了漯河水文在社会各界的知名度。

2018年，在“世界水日”“中国水周”期间，我发起漯河水文站开放日活动，组织学生、家长走进漯河水文站，展示水文工作内容，科普沙澧河水文知识，讲述漯河水文故事。“教会一个孩子、影响一个家庭、带动整个社会”。先后有500余名学生和家长参与漯河水文站开放日活动，漯河市民支持沙颍河流域节水护水保护母亲河、支持水文工作的意识不断提高，直接推动了水文设施保护被写入《漯河市文明行为促进条例》，这在全国尚属首例。

2020年1月新冠疫情发生后，社区防控点招募党员志愿者，我毫不犹豫地报名参加。社区防控执勤时，我也不忘宣传水文，撰写的《水文战“疫”记》被中国水利网、漯河广播网、漯河文明网刊登，《五党员严守小区防疫“大门”》被漯河广播网刊登。

“退伍不退志、退役不褪色”，我从部队退役分配到漯河水文局工作至今，已经为水文事业拼搏了18个春秋。18年来，我从一名火箭军士兵转变为一名水文尖兵，发扬着小卒过河、勇往直前、不怕困难的精神，把自己的理想、信念、智慧和汗水，全部倾洒在了水文工作岗位上。近年来，我先后获得河南省优秀志愿者、河南省水利系统五一劳动奖章、河南省水利厅精神文明先进个人、水利厅文明家庭、漯河好人、漯河市创建全国文明城市模范市民、漯河市退役军人之星、河南省水文系统最美水文人、漯河市十佳市民、漯河市最美志愿者等荣誉，在平凡的水文工作岗位上，做出了不平凡的业绩。

（作者单位：河南省漯河水文水资源勘测局）

父亲的水文经历

栾新强

我父亲栾铁山1958年10月参加工作,今年82岁。经历“64·10”沙颍河大水、“75·8”大水、“82·8”沙颍河暴雨洪水,是1982年河南省人民政府表彰的抗洪模范。

一

1958年,父亲在河南省商水县水利局工作,参加商水县河网规划治理,进行水利工程建设,在邓城镇西边杨河工地当收方员。工程结束后,1960年10月,他被调到周口水文站工作,当时人员属商水县水利局管,资料整编归许昌水文分站。

周口水文站于1935年8月由导淮委员会设立,1960年,我父亲到周口水文站时,站上还有其他6位同志,站长是黄晋纯。当时周口水文站的位置在中州路和八一路之间河堤南岸、回民小学北面,与回民小学一墙之隔,在院墙东边三四米,1966年建设缆道时建有一座两层小楼,上下各20多平方米,一楼办公,二楼缆道房,教室西(与教室平行)建有两间青瓦房,作为仓库或者值班时临时休息房。测验断面正对着缆道房,西距老洋桥450米。1978年8月,测验断面从回民小学向东744米搬迁到了八一路大桥东面新址,断面改称周口(二),安装了新式缆道。

1960年周口水文站的站址在丁家院,就是陈州街和新渡口街交叉口东北角第二家,西距中州路一百来米,北距河堤七八十米,东距测验断面三百来米,1963年站址从丁家院搬迁到新街,地址就是现在的中州路大桥南头,沿滨河路向西一百多米到新街北口向南不足一百米路西,测验断面未动,仍在回民小学。1972年,周口水文站新址开始建设,就是现在八一路大桥南头东100多米水文局家属院,当时建了6间瓦房,1973年站址也从新街搬迁到了这里,新街还有部分人员居住。

听以前的老水文人讲,中华人民共和国成立前周口水文站的站址在河北岸油坊街,后又迁到河南岸油坊街,再迁到丁家院。具体哪年哪月迁移的,没有具体记载,已无稽可考。

1960 年周口水文站的测验项目包括水位、流量、降水量、含沙量、水温、气温、冰情、初霜、水化学(水质化验)、蒸发、墒情、比降等,1972 年以前的水样都是拿到许昌水文分站去化验。1973 年站址搬迁到八一路东后,还在新址上建了一个自记水位井。测验断面直到 1978 年 8 月才迁移到新址,同时墒情、蒸发和比降观测项目取消。

资料整编用手工计算和珠算,站上平时的资料每月都整理好,经过了三遍手,年底大家再集中审查。过了年,大概三四月份,再派人带着资料到许昌水文分站参加整编。1966 年周口和许昌分家后,人员归周口管,周口、扶沟、李湾这三个水文站的资料整编归许昌水文分站,沈丘水文站、王爷庙水文站的资料整编归商丘水文分站。

1957 年以前测流用的测船,用木制水轮机驱动,测船仍需和过河索连接,直到 1966 年,全省成立缆道建设小组,总共 10 来个人,带队领导是省水文总站夏邦杰,首先在周口水文站(回民小学老断面)安装了全省第一套缆道测流设备,手工、电动两用。1978 年 8 月,测验断面下迁到新断面后,又更换安装了新式缆道。

1966 年以前观测雨量都是用标准雨量器,测雨量时都是人工量。雨量达到暴雨加报标准时,还要另外加发电报,紧张时基本上一夜都不能睡觉。

1966 年周口水文站没有建设缆道前,取沙样是在船上,就是把水样瓶密封,引出两根软管,其中较长的一根软管连在测深杆上,需要在多深的水位采样就固定在那个深度,另一根短的软管连在打气筒上,把气筒内的皮碗翻过来,这样好抽去瓶内的空气,采样瓶放在船上,抽取瓶内的空气,水样自动虹吸到采样瓶内,很巧妙也很实用。1966 年缆道建成后,沙样采取在缆道铅鱼上取样,取样装置是吴喜堂发明的,铅鱼下到水面下指定深度后,通上电,取样装置的两端自动闭合,完成取样。吴喜堂是大学生,在工作中方法点子比较多。

我父亲参加工作时周口水文站就有墒情观测项目,取样地点在商水县气象台院里,就是现在交通路西段路南贾庄村东边原商水县园艺场内,离水文站有五六公里路,当时没有自行车,都是步行去。那时没有烘箱烘焙土样,他们就利用煤火炉加热水箱,将土样装在铝盒内放在水箱上面的密闭空间内进行加温烘焙,做完这个项目需要2个多小时,后来才有电烘箱,能达到200多摄氏度,温度可调,烘焙时节省了很多人力,称量土样用的是百分之一天平。

二

在父亲的水文工作经历中,印象最深的大水是“75·8”大水,其次就是“82·8”沙颍河暴雨洪水。“75·8”大水时父亲在商水县汾河黄冲水文站,8月15日观测到水位“46.20”米,为历年最高。当时因为水位太高,他们设立了临时水尺,又站在水中将断面内影响测流的树木砍断,清理干净,加固了两岸的拉锚和绞关,用木棍支成人字架,在过河索两头架起来,升高了过河索,满足了行船测流需要,测到了比较完整的洪水过程。最麻烦的是大水期间夜里要发水情电报,因水太大,许多通讯线杆歪倒,导致报汛线路不通,要是电报发不出去,消息传递不到上级和下游的防汛部门,影响了防汛,那责任可就大了。那天夜里10点,父亲穿上雨衣,掂着脚爬子、安全带,带上查线机、钳子、螺丝刀等工具,装好拟好的报文,打着手电出发了。从黄冲水文站沿着河堤一直向西北方向走,走了四五里地,从河堤下来又向北几百米,终于在公路边见到了未倒的通讯线杆,上面有几组线,线杆是木质的,向上爬时线杆直摇晃,到达线杆顶部后,父亲经过观察用查线机将其中一组线连接,幸运的是,第一次就接通了总机,在电线杆上将水情电报发了出去,那时别提多高兴了,心里的一块石头也落了地。步行回到水文站,已经快12点了。

1982年大水时我父亲在周口水文站,8月15日洪水达到峰顶,测到水位49.34米,流量2840立方米每秒,也是非常大的一次洪水。当时测流用的是缆道,由于水流急,100公斤重的铅鱼难以入水,摆动剧烈,严重影响测流。根据经验,我父亲在现场将铅鱼尾翼用钢板加长70厘米,并用螺钉加固,将吊装铅鱼的位置后移,铅鱼平衡,顺利入水,测流才得以完成。大水持续了10多天,站上职工日夜奋战,测得了完整的洪水过程,为周口的抗洪抢险作出了贡献。当年10月,在郑州黄河水利委员会大礼堂举行表彰会,我父亲与田龙、赵守章、颜世德等17名水文系统的同志被河南省人民政府授予“抗洪模范”称号。

三

1972年,在确山举行全国水文缆道经验交流会,全国近百人参加,我父亲和吴喜堂代表周口水文分站参加。会议结束后,他们又先后到南阳唐河、信阳板桥、安徽金寨县梅山水库和安阳学习参观。经过这次学习,他们安装、使用缆道的技术得到了提高。在后来周口地区的几个水文站安装缆道,我父亲都参与了,他和曹新敏新建了扶沟水文站缆道,对周口水文站、槐店水文站、沈丘李坟水文站缆道进行了升级改造。

过去谁的业务不好是一件很没面子的事,说话抬杠都没底气。那时大家文凭都不高,好多小学都没毕业,但都有一股钻研劲、认真劲,资料整编时常争得面红耳赤,吹胡子瞪眼甚至拍桌子。平时大家经常学习水文知识,业务能力也能满足工作要求。论学习我父亲最佩服的人是魏宪昌,他虽然没上过学,但他自学了从小学到大学的课程,业务上很棒。搞地下水研究时,他建立了一个数学模型,对地下水资源进行动态评价,研究成果获得了科技进步奖,职称晋升到了高级工程师。我父亲常讲,干一行、爱一行,既然选择了水文工作,就要干好。

我父亲从参加工作到现在已经60多年了。时光变迁,当年周口水文站早期住址丁家院虽在老城区,但还未拆迁。丁家后人对老房子进行了翻盖,当年的几间老房子已不见踪影,从院落的整体来看并不宽敞,通风采光条件也不是太好,可以想象当时的工作生活条件与现在相比不可同日而语。

父亲虽然退休多年,还依然关心着他热爱的水文工作。他常常说:现在国家强盛,水文发展日新月异,我相信水文的明天会更好。

(作者单位:河南省周口水文水资源勘测局)

老而弥坚的水文追求

王中坤

“神龟虽寿,犹有竟时。腾蛇乘雾,终为土灰。老骥伏枥,志在千里。烈士暮年,壮心不已……”春风荡漾在阳光灿烂的白河水面,如彩虹般的淯阳桥边,是岸柳成行、鲜花盛开的南阳白河湿地公园,一群小学生在老师的带领下,正在齐声朗诵汉魏文学家曹操的《龟虽寿》。

本应由踌躇满志、气壮山河、苍凉浑厚的男中音朗诵的篇目,现在从一群小学生的口中诵读出,显得有些稚嫩和欢快,惊动了那个在公园长椅上休憩的老人。

他是南阳水文水资源勘测局的退休职工、高级工程师郭清雅。退休后,因渊博的水利知识和过硬的洪水预报技术在水利界声誉不错,老郭被水利设计院聘去继续从事洪水预报技术研究。这不,项目的设计、理论方法刚刚通过设计院技术专家的权威论证,后续仍有许多工作需要去完成。

“盈缩之期,不但在天。养怡之福,可得永年……”老师带着孩子们离去,像一群蝴蝶飞离了花丛,稚嫩的童声也渐渐远去,孩子们朗诵的诗却在老郭的脑海里不断回响。

一

老郭大学的专业是陆地水文,毕业设计的科目是《豫西 2200 年以来降水量的还原》。未出校园,他就与河南水文产生了密切的联系,刚好学以致用。

毕业后,离开喧闹的都市,他来到巍巍秦岭深处的一个偏僻水文站。生活上巨大的落差,磨练出了他的斗志。几年下来,他不仅掌握了全面的水文知识,还在《比降面积法测流规范》《桥上测流规范》《全国不紊定流实验研究》等省和国家级的科技研究项目中,取得了不俗成绩,项目内容形成了国家行业规范。

1988 年,他被调到南阳水文局负责水情工作,并外派到南阳市防汛指挥部。南阳是一个暴雨洪水频发的地方，洪水预报的工作量很大。

2000年7月1~4日，唐白河流域发生暴雨洪水，强降雨位于鸭河口库区，暴雨中心雨量422毫米，河流暴涨，鸭河口水库入库洪水7440立方米每秒，库水位急剧上涨，4小时46分钟出现了自建库以来的最高水位178.61米。

根据他的预报，库区下游的南阳水文站将产生2300立方米每秒的区域洪水，河库洪水叠加，若得不到合理的调度，南阳水文站将会出现设站以来最大的洪水，洪水流量将达到10000立方米每秒。

他紧急向防办报告鸭河口、南阳、新甸铺等站的洪水预报结果，为防汛争取时间。在防汛调度专家会商时他建议：合理推迟鸭河口水库洪水下泄的时间，优化河库调度，最大限度地发挥水库的调洪能力，力避水库泄洪和鸭河口至南阳区间流域产生的洪峰叠加，最大限度地减少洪水对南阳市和白河下游的危害。由于预报准确及时，为抗洪抢险赢得了宝贵的时间。加之防汛调度合理，抢险决策正确，军民齐心协力，取得了抗击中华人民共和国成立以来的第二号大洪水的最终胜利，确保了南阳市及唐白河下游的安全。

南阳市人民政府召开的防汛表彰会上，他和范泽栋、李坤志等七位同志获抗洪抢险先进个人荣誉称号，局水情科荣获河南省先进科室荣誉称号。

二

2005年6月30日，南阳市西北部突降特大暴雨，暴雨中心位于南召县白土岗，6小时降雨量648毫米，频率1000年一遇。暴雨使鸭河口水库最大入库流量达到7500立方米每秒。会商汛情时，他指出：主要险情是山洪、泥石流，鸭河口水库的防汛是处于第二位的。市防汛指挥部立即调动一切力量进行山洪抢险，转移和解救受灾群众5000余人，顺利解除了城郊乡竹园沟水库、留山镇桃园水库、曹家沟水库的险情，极大地避免了群众的损失。据市防汛指挥部统计防洪减灾效益高达21亿元人民币。

2010年7月23日、24日，南阳市遭受特大暴雨袭击，强降雨笼罩全市面积10000多平方公里，暴雨中心雨量大于410毫米、2小时暴雨量达184.5毫米。西峡、南召和内乡等地降雨量平均在200毫米以上。

汛情紧急。4时，他做出了本次降雨的第一份洪水预报：湍河流域的内乡水文站将会在6时，发生2030立方米每秒的暴雨洪水。

根据气象云图显示，预判丹江流域也将出现较大的暴雨洪水。然而，自2

时起，西峡、内乡两县大批遥测雨量站的设备已经被雷电击毁，与水情科的通信中断、雨水情信息中断，意味着西峡、西坪、荆紫关三处的汛情信息中断，洪水级别根本无法确定。

紧急之间，他只能根据气象云图的显示，判断：西峡、荆紫关两站均将出现洪水过程，洪水级别均会达到3000立方米每秒。

他立即向市防汛指挥部、水文局发出了洪水预警预报，告知相关部门和人员做好测洪准备……

在他的洪水预警、预报发出之时，南阳市抗击2010年特大暴雨洪水的防汛战斗就已经全面展开了。

6:18，内乡水文站来报：湍河洪峰出现，流量2030立方米每秒。湍河洪峰在向下游推进！丹江流域的洪水却刚刚开始……

7:30，丹江各河道水位全线上涨。8时，丹江、老灌河、淇河洪水超过河道保证流量。暴雨倾盆，洪水肆虐，9时、10时、12时……丹江流域各河道水位急剧上涨。

13:48，淇河西坪水文站首先出现洪峰，洪峰流量4950立方米每秒，洪水频率超过50年一遇。14:24，丹江荆紫关水文站出现洪峰，洪峰流量8790立方米每秒，洪水频率超过100年一遇。17:00，老灌河西峡水文站洪峰流量7380立方米每秒，洪水频率超过50年一遇。

面对暴雨洪水，南阳市各级政府带领广大干部群众，贯彻落实党中央、国务院和省委、省政府的决策部署，临危不惧，顽强奋战，全面防御，取得了水库无一处垮坝、主要河道无一处决堤的辉煌抗洪战果，把灾害损失减少到了最低程度，受到了省委、省政府的高度评价。

三

2018年，老郭光荣离岗了，带着他在水文工作中的努力，带着他在水情工作中的荣誉。做了一辈子革命工作，也该歇歇了。就在他准备大跳夕阳红时，市水利勘测设计院的领导来电话了："老郭，到我们这里来吧，带一带院里的年轻人！"

老郭答应了，因为这通电话触动了他未完成的洪水预报技术革新的不甘心情。那原本就是他奉献了青春、钟情了一辈子的事业啊！眼下，既能进行未竟的事业，又可以回馈社会，为南阳水文事业的发展添一把火，怎不让他动容呢?

洪水预报技术的发展速度也是与时俱进的。如今,雨量观测、通信传输、报文传译,均已进入了互联网时代,预报计算技术方面,办公自动化、远程会商在互联网时代也早已实现,洪水预报软件繁花似锦,层出不穷。但是,到了如何确定洪水过程的时候,基本上全部进入了一维线性时不变集总系统,洪水过程被束缚在线性的两三个过程的框架结果内。单位线是根据历史上发生的洪水分析出来的模拟洪水的一种方法。使用单位线时必须有针对性。没有足够多条的单位线,便不能满足多种情况下预报洪水的需要。实际上,洪水过程不是线性的,所以使用时不变集总系统预报洪水的总体成功率必然低于50%。

让预报的洪水过程接近实际,是他在上班时潜心研究了十多年的课题。根据多年的洪水预报实践,他研制了二维径流预报洪水过程方法。

模型根据水文事件整体样本、数理统计原理和水文学原理研制,对国际国内广泛通用的暴雨洪水径流过程预报模型进行选型匹配,辅以具有成熟洪水预报经验的资深专家对预报数据的深层次技术的经验校正。三管齐下,不仅有效地规避了传统单位线的弊端(不能体现流域的调蓄),更使预报结果逼近水文整体样本,可用来预估暴雨洪水。他的研究成果《无量纲洪水预报方法研究》入选中国科学院《中国技术文库》大典第五册(地球物理分册)。

技术理论的解决,虽然是一小步,但却是关键一步,这一步耗费了他20多年的努力。

在设计院里,他的预报研究化作了两套洪水预报的软件,一套可以联网进行自动化洪水预报(代码式),一套采用手工作业(表格式),两者均可以在单机上直接操作。前者已经通过了设计院组织的洪水预报专家的论证。

盈缩之期,不但在天。

养怡之福,可得永年……

退休后的时时刻刻,老郭都没有忘记自己的使命!征程未央,老骥伏枥;流年笑掷,壮心不已!有追求是美丽的,愿他永远年轻。

(作者单位:河南省南阳水文水资源勘测局)

沁水河畔守水人

宁子来

从山西南部到河南北部，流淌着一条河。它先是以一脉细流从平遥古城的黑城村流出，风尘仆仆一路南来，以奔跑的方式和一条从高平市涌出的丹河相会于博爱。然后一路南下，最后将满腔激情倾注于母亲河——黄河。

这条河就是沁河，古称“少水、洎水”，全长485公里，落差1844米，流域面积13532平方公里。这份平淡而精确的履历，来自于我工作的地方——河南省济源水文水资源勘测局。济源水文局源自1958年设立的济源径流试验站，经过多个春秋更迭，伴随着济源撤县设市，2011年正式升格为济源水文局。这里早已不再是前辈们口中那两间简陋的大瓦房，沧海桑田，现如今漂亮的办公室和各种先进设备让人叹为观止。风雨变换中，改变的是断面的调整和技术的革新，不变的是水文人对数据精准的执着和江河安澜的守望。

孙长征是济源水文局的老职工，也是我走进水文的领路人。2013年，那是我毕业后的第一年，8月的一个下午，孙老师通知我说：“沁河上游大雨，张峰水库(位于河口村水库上游)提前开闸泄洪，为了保障正在建设中的河口村水库的安全，咱们必须赶往拴驴泉站进行防汛监测。”那时懵懂的我，收拾了两件衣服，就坐上了他的车。出发时火热的骄阳已经落了下来，时不时还有丝丝凉风吹过，让本来闷热的天气觉得好过了不少。我心里感觉像是要去郊游一样，隐隐有一丝兴奋，但是看到孙老师的面色却充满了忧虑，他只说了一句“看来咱们要抓紧时间了，”然后就专心开车没有说话了。进山之后，我们在弯弯曲曲的挂壁公路上艰难前行，只容许一辆车通过的石路上，散落了很多峭壁上掉下的碎石，我心中的那种兴奋，早已变成了担心，但是看着孙老师坚毅而从容的表情，心态又慢慢平静下来。走了不到一半，雨下了起来，当我们到达东滩时，水已经漫过桥面，基本看不到桥在哪儿了，孙老师凭借丰富的经验竟然冲了过去。到达目的地，我们就迅速地安装ADCP，投入工作。水越涨越高，很快拴驴泉的桥也漫过水去，孙老师在工作间隙，说道：“这下咱们得等水退了才能回去了。”

随着水位的变化，每天都是辛苦地抢测流量和夜以继日地值守发报。第五天时，雨已经停了两天，可水位不但没有下降，反而一直上涨，洪峰流量达到了 743 立方米每秒，回去的唯一一座桥早已被洪水淹没，水不退下去，我们就成了困守的孤军，外面的补给也不可能送进来。因为是炎热的夏季，蔬菜肉类不便保存，本就准备得不多，现在已经消耗殆尽，仅剩一些挂面。收到局里的消息，上游还会有一场强降雨，张峰水库为了腾出库容开闸泄水，这种情况可能还要持续一段时间。水不知何时才会退下去，我们不得不挖野菜和挂面一起煮了充饥，还和已经移民后废弃的庄稼地里的野猴儿们争食儿。

我从没有预见到会有这么的辛苦，在心情低落时，是孙老师不停地鼓舞我：“河口村水库是河南省目前在建的最大的水利工程，总投资一百多个亿，是利国利民的大工程。但在工程期导流洞是唯一的行洪通道，作为临时工程其防汛标准不会太高，所以我们无论如何都要及时把水情消息传回去，让工程项目部能提前防范。”孙老师还告诉我：“张峰水库有十几年都没放过水，这次放水让咱遇上了，干水文一辈子能碰见这种机会也没有几次，身为一名水文人，能见证这种时刻是一种荣耀。”听了他的话，我顿时觉得有了一种参与感和归属感，我们是国家建设背后的无名英雄，再大的困难也一定要克服。

就这样，我们靠着野菜度过了十多天，直到水位回落到安全位置，才回到了局里。这次经历对我教育非常大，每当我在工作中遇到困难时，都会想起孙老师的话“我们是伟大事业背后的无名英雄”，浑身便充满力量。

随着时代的发展，济源水文局也从村里水磨坊留下的两间破瓦房，简单的流速仪、秒表、救生衣、测深杆等测量工具，发展到拥有 ADCP 和电波流速仪等先进设备的专业技术机构。测流完全智能化，测验结束的同时，一份计算准确无误的流量报表就会出现在电脑屏幕上。

水文人的工作条件改善了，但那种吃苦耐劳的精神还在。2016 年 7 月 19 日深夜，济源市境内普降暴雨，全市最大降雨量点水洪池日降水达 227.5 毫米，沁河河口村水库蓄水超汛限水位 5 米，蟒河济源水文站水位超二级警戒水位。在本次降水预报中降水中心应该发生在山西中部，出乎预料的是偏离了 200 多公里，降到了河南北部。面对严峻的汛情，济源水文干部职工全部动员起来，业务副局长王丙申组织水情科成立预报组和通讯组，两支应急突击队，一支紧急支援蟒河济源站，另一支连夜奔赴河口村水库站。蟒河济源站在本次洪水过程连续不断抢测流量20余份，河口村水库站实行12段制发报任务（每2小时发一次报，全天无休），王丙申带领预报通讯组连续三天没有合眼，直至洪水消退。因为我们及时发出预警预报，王屋镇转移群众2000余名，有效地保护了人民的生命财产安全，中央电视台的新闻联播还予以播报。

当时我作为应急突击队员，参加了对蟒河济源站的支援。由于暴雨来得突然，又是深夜，我们驱车赶往站上的时候，瓢泼的雨水打在车玻璃上，雨刷都刷不及。城市排水系统基本陷入瘫痪，路上有很多车因为看不见路而出事故停下，或者被水憋熄火抛锚的车辆。好不容易赶到了站上，连招呼都顾不上打就投入到抢测洪峰的战斗中。

孙长征操作缆道，胥春莲负责计算，王善勇冒雨在河边观察水位，我帮忙查断面图计算水深，翟朋云操作探照灯观察流速仪状态和上游有无漂浮物……在测流的空当儿，我问站长怎么没见张老师人呢？王站长说："张家武昨天值班，今儿轮休回家了，这么大的雨他又没车，想来也来不了。"可话音没落，张老师浑身湿透一瘸一拐地跑了进来，裤子烂了一个大口子，鲜血直流。张老师看我们往他身边围过去，忙说道："先别管我，我自己处理一下就好。路上水太深，我的自行车走不了我蹚水过来的，水里有东西看不见刮了一下，没事儿！"才包扎好，他就立马加入抢测的队伍里。就这样，我们饿了泡个方便面，困了就趴在办公桌上打个盹，衣服湿透了也顾不上换下。站长说，几十年来，他们每个汛期都是这样度过的。

站在沁水河畔，回头看着"文明水文站标兵"的荣誉牌，我能确切地感受到，一代一代水文人把青春定格在此，留下了一串又一串坚实而闪光的足迹。这些沁水河畔守水人，用浸入血脉里的责任与传承，引领和鼓舞着后来者续写新的治水篇章。

（作者单位：河南省济源水文水资源勘测局）

芳华献水文

郭清雅

我大学毕业后,来到口子河水文站工作。

口子河水文站位于鸭河口水库上游的鸭河西岸。暴雨过后,河水浑黄浑黄的,与河岸边郁郁葱葱的青山、火红炎热的太阳相互辉映,阳光洒在波光粼粼的河上,闪着金色的光。

我和站上的同志们,驾舟漂浮在湍急的河面上,测量着这场暴雨洪水的一个个数据,水位、河宽、流速、流量。一阵狂风吹来,河水翻起波浪,测船在浪上颠簸起来。

在办公室整理内业的间隙,收音机内传出一个声音:河南人民广播电台,各位听众,现在播送本台记者采写的通讯——《当洪水到来的时候》。

1986 年 6 月 26 日的那场洪水是一场百年一遇的大洪水。深夜,电闪雷鸣,暴雨如注,浑浊的洪水夹杂着树木草垛滚滚而下,水尺一根接一根地被淹没。正在测流的测船被洪水卷走,站长及船上的四名男同志全被冲到下游。在这种严峻情况下,梁青牢记水文人的神圣使命,没有怕也没有慌,她当时心中只有一个信念:"只要我还活着,就要坚持测流,直到生命的最后一刻,绝不当逃兵。"她蹚过齐腰深的河水观测水位,及时把珍贵的水情信息发到各级防办。水尺淹完了,她就在墙上标记水位……拍报出完整的洪水过程,为下游地区抗洪抢险工作提供了及时准确的雨水情信息,产生巨大社会效益。梁青被河南省政府授予"临危不惧,忠于职守的好青年称号"。

……

播音员那磁性的声音还在耳边回旋,我脑海中浮现了那个面容秀丽、朝气蓬勃、风风火火的女孩。我陷入了沉思:一定要让这种献身水文事业的精神在我站发扬光大!一拍大腿!嗯,到白土岗取经去!

几天后的一个晴朗的日子里,秋风习习。我和几个年轻人,骑着几辆自行车飞速地行进在前往白土岗水文站的土路上。

从站上出来迎接我们的小姑娘正是梁青。小姑娘身材高挑，鹅蛋形的面庞红润，秀发瀑下。她身着白衫，在阳光的照射下，让人眼前一亮。

白土岗水文站是南阳水文的一面旗帜，1986 年 6 月 26 日，鸭河口水库上游普降暴雨，6 小时降雨 354.5 毫米，最大入库流量 7550 立方米每秒，水库最大下泄流量 327 立方米每秒，削减洪峰 95.7%，保证了南阳市的安全，减少直接经济损失 4.2 亿元。在这场特大暴雨洪水中，白土岗水文站 6 名职工舍生忘死，圆满地完成了测报任务。在洪峰前后不到 24 小时的时间里，测得流量 6 次，观测水位 94 次，向各级防汛部门拍发水情电报 164 份。

白土岗水文站站长孙明志同志是水利部特等劳模。他向我们讲述了他们在“6·26”洪水中的经历。说到小姑娘梁青，他这样说：“平时她总是严格要求自己，踏实认真履行各项职责。团结同志，互助友爱，和谐共事，顾全大局，积极完成测站的各项工作任务，不怕苦不怕累，最脏最累最危险的活总是抢着干，无怨无悔，把自己的青春年华献给了水文事业。文明水文站创建工作中，她起草制定了《文明创建工作管理制度》，并以身作则，率先垂范，从资料整理、环境绿化，到卫生打扫，都亲力亲为，平时她非常重视水文专业知识技能的学习，坚信艺多不压身，多学多干累不死人，这也成了她的人生信条。只有在劳动中她才最快乐，最开心。有人说她傻不会享福，但其实对她而言，劳动最幸福，劳动最快乐！”

有谁能不被这样的好青年感动呢？从那天以后，梁青就成了我们工作的楷模。我们两个水文站都铆足了劲，在工作中“比学赶帮超”。

水文站点是比较分散的，平常难得见到这个姑娘，可是却常常在内部通讯中看到她在水文工作中的一个个成就。

再次见到她的时候，已是十几年后。我已到市防汛指挥部工作，在市政府防汛表彰大会上相遇。这天，她因在 2000 年防汛工作中表现突出，出席授奖仪式。当年的那个小姑娘，人依然活泼漂亮，落落大方，举手投足间透露出成熟和干练。曾经那个还有点青涩的小姑娘，如今已成为南阳水文战线的骨干，南阳水文站的副站长了。

2000 年 7 月 4 日，南阳水文站发生大洪水，当时测流设备并不先进，仅用一辆手推架子车在南阳大桥手动测流。测至中泓时，铅鱼被大量水草缠绕，巨大的拉力把手推车拉翻在地，测流绞关失去了控制，铅鱼拉动钢索飞速转动，眼看危险就要发生，梁青顾不上多想，一个箭步冲上前去，徒手抓住悬挂铅鱼的钢丝绳，拼命往上拽，边拽边往桥栏杆上缠绕，一圈、两圈、三圈……渐渐增大的摩擦力止住了钢丝绳的下滑，其他同志赶紧把手推车扶正，调好绞关，将铅鱼吊出水面，除去水草，测流工作才得以继续。梁青临危不惧的得当处置，赢得了宝贵的测流时间，终于测到了南阳水文站建站以来的最大实测洪峰流量，而她的双手却被钢丝绳磨得血肉模糊……

表彰会过后，我们都回到了各自的岗位，不过，对梁青的关注却不曾消减，对她的出色工作成绩，多有耳闻。

2010 年 7 月，白河上游持续大雨，鸭河口水库不间断泄洪，导致南阳市白河第四橡胶坝缓冲带被冲毁，严重危及橡胶坝岸，市里成立了抢险指挥部，需要详尽的白河实时水情资料以及洪水预报资料。梁青带领水文抢险突击队连夜不断地在河道上测验流量，坚持两天两夜没有休息，提供实时流量情报 20 份次，精确水文预报 3 次，为橡胶坝抢险工作提供了详尽的水情情报信息，受到了抢险指挥部的高度赞扬。因为工作出色，南阳水文站被授予省“文明水文站”称号。

2012 年鸭灌局灌区放水灌溉，因水量计量问题与灌渠沿线的用水县乡发生纠纷，梁青和其他职工一起，用最能让双方认可接受的方法，精确测量水量，完美地解决了这次水事纠纷。

……

时光流转，岁月如梭，进入水文行业三十余载，梁青柔情奉献，洒下汗水无数，也获得荣誉无数，将最美好的青春年华留在了路上，献给了自己热爱的水文事业。

（作者单位：河南省南阳水文水资源勘测局）

雨中征程

王国涛

2016年7月19日,大雨一直下着……

我在安阳市内,陪家人一起吃着午饭,父亲一边吃菜一边自言自语:"看天气预报,未来几天都有雨,雨下这么大,今年恐怕汛情不小啊!"

父亲名字叫王翠光,68岁,是一名老水文人。曾在河北省匡门口水文站和蔡小庄水文站工作,由于机构调整,原隶属于河北省的楚旺水文站归属河南,父亲便加入河南水文,先后在小南海水文站和安阳水文站工作,经历过安阳河1982年和1996年两次大洪水。

"局里支援各测站的驻站人员已经到位了,而且都是技术骨干,应该没事的。"我对父亲说。

吃饭中间,我手机铃声响起,局里通知让我今天赶到天桥断水文站,单位的车辆已经派往小南海水文站和横水水文站,没有其他车可派,因情况紧急需自行前往。挂断电话,我简单收拾好下站所需的生活用品后,想把剩下的饭菜吃完。"别吃了! 局里不是通知,让你赶快走吗! 汛情就是战情,通知就是命令,马上出发,到站回电话!"父亲的声音高了很多。我放下碗筷,拎起行李,跑下楼,冲入雨里。

一

雨下得很大!

我上了辆出租车,直奔客运西站。车上,我提醒司机,在保证安全的前提下,尽量开快些。到达客运西站刚好有趟开往任村镇的长途汽车,一点二十分出发。汽车驶离车站,车厢里不停广播着:"天气原因,高速公路已封,车辆要走下面,雨下得正大,我们会比以往到达目的地时间晚很多,请大家谅解。"汽车缓缓驶出市区,雨点重重敲打着车顶,雨水从车两侧流过车窗,给车窗挂上了"帘子",车厢里非常安静,空气中弥漫着凝重。

车辆经过曲沟镇和水冶镇,进入马家乡,就算进入山区了,道路开始多为上坡路,雨水沿着两边山坡流下来,汇集,然后顺着公路,形成厚厚的水幕,迎向行驶而来的车辆。

"哇!快看,路两边的沟里!"一声喊叫,打破了车厢的安静。

"水流好急啊!""声音好大,很多泥沙,还有好多漂浮物!""是啊!整棵树呢!""看那儿,沟两边还塌方呢!"

我听着大家伙的喊叫,望向窗外,心里感慨,参加工作十几年,没见过这么大的雨。汽车继续前行,却是越来越缓慢,最后停了下来。

大家还在看着窗外,不停地议论着。"怎么回事?停了二十分钟了!"车厢里有人问,司机师傅连忙搭话:"我打电话问问前面出发的车辆……手机没信号啊!"

"我的也没有啊!移动的!"

"我的联通手机也没有!"

"电信也是。"

我看了下自己的手机,时间显示下午3:50,也没有信号。车厢里不知何时安静了下来,那是种恐惧的安静。我坐在前排突然感觉汽车前方有轻微的晃动,低头一看,车门口开始有少量水涌进来。原来汇集的雨水在公路上的深度超过汽车底盘,在车前方形成涌水,顺着车一侧流到车门口。

二

"车进水了!"不知谁喊了声,车厢里顿时开了锅,人们纷纷站了起来。

"我们会不会被水淹了?车会被冲走吗?电话还是打不通!"大家不停地吵吵着。穿过雨帘,夹杂着哗哗的雨声,有人在喊:"马家水库溢洪了,车过不去了!"

"回不了家了!"

"车在晃动,还进水呢!怎么办啊?"

车厢里孩子哭声、埋怨声、吵闹声、叫骂声,乱成一团。

"大家安静!"这时,司机师傅站了起来。

"别慌,听从安排,我保证大家的安全!"他指挥大家尽量往车前方站,靠着左侧,然后点火,向右侧打方向,车头稍微转个角度,这样既增加车辆稳定,又避免汽车进水。调整好车辆,大家都安静下来,听着窗外的雨声,看着流过公路的雨水,耐心地等待着。

时间一分一秒地过去,下午5:25,雨下得小了些。有人提议,既然马家乡过不去,那就返回市里,不然晚上没吃没住的就麻烦了。在征得大家同意后,司机调转车头,开始返回安阳市,接近水冶镇时,手机有信号了,但是很弱。人们都开始拨打电话,我连忙拨通父亲的手机,告诉父亲路上发生的事情和要返回的信息。

电话那头,父亲呵斥道:“不许回来!想办法赶到水文站去,不行晚上就住附近,就算到不了水文站,那也是在增援的路上,回来你就是逃兵。不能回来!”父亲坚定地说。

我挂断电话,想让司机停下来,自己不再返回,但却发现前方汽车都已经停了下来,有人打听到消息,前方公路两侧高处的渡槽坍塌了,坠落的石头堵在路上,由于下大雨,路面湿滑,大量石头和树枝堵在路上,救援车辆及设备短时间到不了现场。

我下了车,打着雨伞,卷起裤腿,沿着公路,找到附近村庄的小卖铺,买了矿泉水、面包、火腿肠,做最坏的准备,车上乘客也都纷纷下车采购。

三

傍晚6:40,天渐渐黑了下来,有好消息传来:马家乡政府安排人员施工,让马家水库溢流下来的洪水改道,绕开安林公路,车辆可以通行了。车厢里一阵欢呼,司机马上调头。天黑了,雨还在下,车辆缓慢行进,到林县县城,乘客一多半下了车,汽车继续前行,路上走走停停,乘客越来越少,晚上8:40,接近目的地任村镇,车厢仅剩司机、我和另外一名乘客。

我上前询问司机镇上出租车司机的联系电话,想找人把我送到穆家庄村水文站。

“这会儿……咱们老百姓晚上都睡得早,再说下这么大的雨,谁还会出车呀!”司机解释道。

“您给帮忙试着联系联系吧!我今天必须得赶到水文站。”我为难地恳求着。

“你是水文站的人?”坐在车后排的那名乘客说着走到前排。

“嗯……我送你去吧!咱们有缘分的!前些年你们水文站建新房时,是我父亲帮你们盖的;然后我家盖房子,地基是咱们水文站的人用仪器帮忙给整平的，礼尚往来、互相帮助嘛！我是干汽车维修的，待会儿到店门口你下来，我开车送你回水文站。”

汽车到达任村镇，在这名热心乘客的维修店门口停了下来。他开出自己的汽车，送我前往水文站。雨依然下着，车辆缓慢行驶着，路上两人聊了很多关于水文站的话题，雨尽管还在下，车厢里也不觉凉意！

晚上9:20到达天桥断水文站，我拿出钱付车费，被坚决拒绝。“你们为了保证河流安全、老百姓的生命财产安全冒雨前行，送你回来，是应该的。”说完，他驾驶车辆便缓缓消失在雨里。

水文站房间里亮着灯，却没有人，他们应该去河边测流了。我将行李放在走廊，给父亲和局值班室分别打过了电话，便匆匆向河边走去……

（作者单位：河南省安阳水文水资源勘测局）

“普通”水文人

王志华

我父亲王义周是河南省开封水文水资源勘测局一名普通退休职工。之所以说他普通，是因为在我的印象里，父亲没有什么“丰功伟绩”，但父亲似乎又极不普通，因为打我记事儿起，总是听不完别人讲他的故事、说不尽对他的谢意。

急流勇救人

父亲1979年12月参加工作，被分到河南省水文总站开封地区告成水文站。告成水文站是淮河二级支流颍河上游的控制站，是典型的山区站。

1980年5月的一天，上班不到半年的父亲遇到了一次山洪。暴雨从早上一直下到下午，傍晚时分，雨停了，但天还是一片阴沉。“山区站，水流快，只要下大雨，肯定要涨水”，想到这，虽然没有到观测水位的时间，但父亲还是决定提前到河边看一看。果然，还没等父亲走到河边，便听见河水“哗啦啦”的声音大了许多，他快步跑下岸坡，蹲到水尺旁，认真读完水位准备起身时，忽然听到有人喊“救命啊！”他立马站起身，跑到岸坡上四处张望，这才发现，在测流断面下游约200米的一座漫水桥上，一辆中型客车被山洪冲得摇摇晃晃，求救的正是那一车乘客！

父亲定了定神，转身跑回了水文站，拿起救生衣、救生圈和牵引绳，又向漫水桥奔去，边跑边穿救生衣。跑到桥边，他发现客车被山洪冲得已经偏离桥面，半个车身和右边的两个轮子悬空在桥外，车子眼看就要翻下桥去，车上的人因为水流湍急，不知水是深是浅，不敢贸然下车，只能在车上干着急。

父亲果断把牵引绳的一头拴在河岸的一棵大树上，另一头栓在自己腰上，抱着救生圈向桥上走去。此时的水已经到了父亲的膝盖处，山洪夹杂着不少的树枝、树叶，不断打在腿上。

父亲深一脚浅一脚地艰难走到车边，伸手去拉车门，却发现怎么也拉不开，“车门被洪水顶住了，快把车窗打开，从窗户跳吧！”说着父亲举起救生圈递给了第一个准备跳下车的男乘客，待他跳下来站稳，父亲又接过一个因害怕而哭闹不止的孩子：“孩子不怕，抱紧叔叔，叔叔保证把你安全送到岸边！”水流还在不断增大，水里很难站稳，他们只能紧紧拉着牵引绳往岸边走，被水浸湿的绳子很滑，一个浪冲过来，绳子便在手中滑出很长一段……这样不行，一车人还在等着救命呢，必须加快速度！父亲想了想，马上把牵引绳绕在胳膊上，一圈又一圈，胳膊被绳子勒出了一道道红印，疼痛难忍，好在这是个有效的办法，孩子和第一个乘客被送上了岸，他没有丝毫停歇，拿回救生圈立马又冲向桥去……

就这样，第二个、第三个……十几个乘客陆续被救上岸，当父亲又一次蹚入水中，准备继续救人时，一个大浪冲下来，没等他反应过来，瞬间被浪打翻在水中。

“救人的同志被水冲跑了，快！快拉绳子，快把他拉上来！”岸上的群众见父亲被水冲倒，几个男乘客抓住牵引绳就往回拉，还好有惊无险，父亲被拉上了岸，看着浑身湿透的父亲，一位被救的大妈红着眼眶拍了拍父亲的肩膀，“小伙子，大妈谢谢你！可你不能再下去了，你要出了什么意外，我们这心里可怎么过的去啊！”

“同志，你都已经下水十几趟了，体力消耗太大了，你上来，换我下去吧！”一个被救的男乘客说着就要去解父亲的救生衣，却被父亲一把挡了回去：“不行！水流太急，你们没有经验，对水下的桥面也不熟悉，我没事，刚才是因为脚下踩到了一个石头没站稳，才被浪冲倒了，你们在岸上接应好，咱们得赶快把剩下的人救上来！”，说着，他拿起地上的救生圈又一次向大水中走去……

一车乘客，整整 22 个人，有老人、有妇女、有孩子……父亲或背或扶或抱，往返了十几趟。等到把所有人从湍急的山洪中救了出来，父亲一下子瘫坐在地上，两只胳膊已经被绳子勒得通红，腿上被树枝划伤的口子不停地往外渗着血……

用爱筑起的“大家”和“小家”

1980 年年底，开封地区水文站与开封水利局“脱钩”，河南省水文总站开封分站成立，选址在开封市龙庭后城墙内西北角的一片湿地池塘旁。1981 年，分站开始建设，别家盖楼都是先挖土挖地基，可是开封水文分站却要先填土。原来，被置换来的四亩半地多半都是池塘，不先把池塘填起来，就没有地方盖楼。分站刚刚成立，人员还未配备齐，只有三四个职工。人少工程大，父亲和同事们商量，仅仅靠租用的几台拖拉机拉土，不但费用高，而且工时长。商量过后，大家决定，再找来二三十辆马套的平板车，和拖拉机一起拉土填池塘。

虽然已是入秋，但天气却没有一点凉意，大片大片的池塘边，连棵能躲太阳的树都没有。父亲的衣服干了湿，湿了又干，实在热得不行，他就把裤腿挽得高高的，跳进旁边的池塘，把水撩在身上来降温，然后上岸，驾着他的马车又一头钻进了拉土的队伍。十几天下来，父亲像换了个人，就连来给他送饭的奶奶都差点没认出来，“怎么你都晒成黑人了！”父亲嘿嘿一笑：“这将来是要盖我们水文分站的大楼的，我当然要多出点力，以后这就是家啦！”

地基打好了，新的问题又来了。从附近最近的柏油路到分站还有近 300 米，都是大片的池塘，中间没有一条“像样”的能过大车的路，开封分站的一辆南京牌跃进 130 型货车和要参与主楼建设的大型机械都进不来。“不能让路耽误盖楼的进度！”父亲又一次主动请缨，开着这辆货车从几里外的土岗上拉来土，一米一米地拓宽池塘中间的小路，近 300 米的路，他一人开着车几天下来往返了几十趟，拉土近百吨。

路修好了，楼盖好了，有了“大家”，不久，父亲也有了自己的小家，有了我。儿时的我总是喜欢替父亲“拎包”，因为那里边全是“宝贝”：钳子、扳手、电表螺丝刀……

父亲上班前曾学过木工，上班后学会了开车，会开就得会修，这是他对自己的要求，于是就又自学了电工。在那个年代，不管是单位里的东西坏了，还是谁家的东西坏了，院里的人几乎都没有请过修理工，每次都是他带着我，我挎着他的工具包，这家修修，那家瞧瞧。“谢谢啊王工”“谢谢啊小王”……热心的父亲用他的实际行动，温暖着身边的每一个人。

1993 年驾驶着水利水电监测车的王义周（摄影：梁兆林）

离岗不离心

如今,父亲已经退休七个年头了,本该在家养花养草。但他却依然心系单位,发挥余热。

2016 年,开封水文局争创文明单位,需要做大量的志愿者服务,但局里人手紧,父亲知道后,主动要求加入志愿者队伍:“水文工作的特殊性我知道,雨不停水不退,你们就不能离岗!但文明单位我们也要创,如果人手拉不开,志愿者的工作我顶上!”

一次次的帮扶社区,一次次的街道站岗,他用自己的实际行动一次次感染着年轻的水文人。每每有人问他:“这样做值不值得?”父亲的回答都是那么简单而坚定:“自打成为一名水文人,水文站就是我的家,为家里人做事,哪会觉得不值得!”

聚沙成塔,涓流成河。父亲用一次次无言的行动传递着人间的温暖,以一个个质朴的故事书写着人生的高度,“普通”的人生绽放出了“不普通”的光彩!

(作者单位:河南省开封水文水资源勘测局)

水质监测轶事

李东俊

周口水文局水质监测室1974年正式设立,是豫东筹建较早的老牌化验室,至今,历经风雨五十载。水质监测室设立之初条件极其简陋,一个分析室,几张木桌子,几台简单分析仪,现如今窗明几净,设备先进,1000多平方米的实验大楼,拥有流动分析仪、气相色谱仪等十几台大型仪器,检测分析近50个项目,水质分析各项工作一直走在前列。

一

周口水文局水质监测室的发展,离不开老一辈化验员的付出和传授。周口水文局水质监测室现已退休的杨保民、李娟荣等同志,时常到访曾经工作的地方——周口水文局水质监测室,看到新分配的年轻大学生,杨保民与年轻同志交谈时说,我们最初只有一间房,室内摆放几张木桌子,跟你们这些先进的仪器差远了,当时我们最先进的仪器就是一台581和一台72型光电比色仪。当时也没有电脑,数据计算全靠计算器,由于长期使用,上面按键看不清了,就用白胶布写上字母和数字粘在上面;书写笔、铅笔、橡皮等,更是用到不能用为止;实验穿的白大褂,由于酸碱的腐蚀,上面有许多小洞洞,白大褂也硬是穿成了黄大褂。我们遇到化验考核时,由于受当时条件所限,并没有什么先进的仪器,只好用最普通的分析方法反复实验,几乎吃住在分析室,经常连夜加班加点,累了,就躺在椅子上休息一会,当时我们的周口水文局水质监测室,被水利部评为"全国优秀实验室",我代表周口水文局化验室参加了水利部举行的表彰大会,在回家的路上,把全国优秀实验牌匾装在一个袋子里,始终拎在手里,车上那么多人,生怕给弄丢了。

随着经济社会的发展,水质监测工作日趋繁重,一大批科班出身的大学生投身到水质监测行列,刘华、杨沈丽等在老一辈化验员杨保民、李娟荣等培养和指导下,传承优良传统,接棒砥砺前行。为了分析实验,水质监测室的年轻同志，工作热情高涨，技术过硬、能打硬仗，连续熬夜加班，经常放弃周末、放弃休息。家属院的退休老同志，每每见到化验室主任刘华就问，刘主任，你们化验室咋恁忙，经常加夜班，刘华笑笑说道，我们水质分析非常讲究时效，水样放久了就不能用了，一点也不能偷懒耍滑，机器一开停不了。

水质监测室的同志们在刘华主任的带领下，总是迎难而上，团结协作，圆满地完成一次次重大分析实验。实验室质量管理也逐步走向制度化、规范化、科学化。

二

2006年，周口水文局水质监测室的杨沈丽和我被抽调到河南省水环境监测中心，参加历时两个多月的焦作农村饮水安全水质监测工作。此次监测工作量很大，每天少则几十个水样，多则上百个水样，本来是2~3天的工作量，要求一天内必须完成，因为第二天水样又到了，容不得拖延。中午同志们一边吃盒饭，一边看着仪器，蒸馏烧瓶该换了，烘箱到时间了，该加试剂了，就赶紧放下盒饭去操作。夜里八九点做完实验，还要准备好第二天的实验用品。回到宾馆后，继续整理手写当天的水质原始资料至深夜。当时周口水文局的司机贡保成也被省局抽调，负责每天去焦作接取水样，他和我住在一起，每天夜里都催促我早点睡。由于我负责色度、浊度、氯化物、溶解性总固体等分析项目，每天都要整理原始资料。尤其是在做溶解性总固体分析项目时，每天要两次在酸缸里浸泡刷洗上百个蒸发皿，然后烘干称重，烘干再称重，其他同志开玩笑说，东俊你每天抱着几个几十斤的干燥锅，楼上楼下来回跑，这是免费健身啦！我们出色的表现赢得了省局领导和同行们的赞扬和肯定。

三

2012年6月，河南省水环境监测中心为了进一步摸清统计全省河流湖泊水功能基础信息，要求各个勘测局分中心开始对本辖区内河流湖泊水功能区划基础信息调查及监测断面复核。基础信息包括水功能起始断面、代表断面、现场照片和各个支流汇入情况等。对于每月监测的水质断面没有什么困难，但对一些水功能区的起始断面和终止断面，很多都没有去过，有的在外市，甚至出了省；还有河流的支流情况，大支流还好调查，一些小支流、小沟渠都远离村庄，甚至没有路，有的水文局调查方案中用到了橡皮艇，打算沿着河流直下进行支流调查。面对这次艰巨的任务,刘华主任召开了科室全体人员会议,向科室人员讲述这次调查任务的重要性、紧迫性,调查组成员要按照省局要求,完成这次调查任务。会后制订了详细的调查方案,为了赶工作进度,调查小组分两路同时进行,又抽调水文站的同志配合参加调查。调查组人员为了尽早完成这次任务,晚上详细规划着白天的调查路线和调查地点,第二天天刚亮,在外面吃点早餐,按照晚上规划的路线,奔赴各个调查点。由于水功能起始断面位置、监测断面位置和支流汇入位置都是在河流两岸,为了不漏过一个小河沟,调查人员大部分走河堤路。遇到大的沟,只好下来用铁锹垫平再过,有时车过不去,只好下来推,晴天还好些,遇到下雨天,每个人身上弄得全是泥。有的河岸上根本就没有路,车无法通行,只好徒步前行,在地图明明有个支流口就是找不到,有几次沿河堤走了十来里才找到那个小河沟,当时的心情甭提多高兴了,像哥伦布发现了新大陆,终于找到了,急忙定位拍照。有时调查点离村镇远得很,为了赶到下一个调查点,只好放弃了吃饭,忍一忍,中午饭到了三四点才吃那是常有的,有几次是和晚饭一起吃的。每天调查回来,全身都是泥土,头发被风吹得乱乱的,回到单位,同事们开玩笑,你这是下窑厂干活去啦。回到家里,洗漱后,整个人累得像散了架似的,但是也顾不上休息,开始整理调查内容,然后规划第二天的调查路线和地点。

这次水功能区基础信息和断面复核任务,两个调查小组历时共7天,几乎跑遍了周口市各县区大大小小的河流,北面调查到许昌市,西面调查到漯河市,东南调查到安徽省界首市和亳州市,共调查37个水功能区起始断面和终止断面、31个水质监测断面、37条支流汇入口、3个河流取水口,圆满地完成了调查任务。

2013年在考核土壤项目时,因为这个分析项目是个新项目,没有任何经验,在省局培训的同志回来后,正赶上星期天,刘华主任带领水质监测室的同志们顾不上休息,立即投入实验。从白天一直到深夜,有时通宵达旦,忘记了吃饭,忘记了休息,累了就坐在椅子上休息一会儿,饿了吃袋方便面。为了找到土壤消解中出现的问题,大家反复做,有人称取样品,有人加放试剂,有人负责消解,没有一个人叫过一声苦,喊过一声累。经过反复实验,从消解用的水浴锅、烧杯、加热板,实验上精准规范,理论上分析研讨,终天找到样品平行不好的原因,最终顺利通过土壤的盲样考核。

一份耕耘一份收获。在周口水文局水质监测室同志们的团结协作、努力拼搏下,周口水质监测工作成果层出,荣誉纷至,连续6次顺利通过计量认证资质评审、复查评审,连续多年获得国家认证认可监督管理委员会和水利部能力验证满意证书,连续多年保持"全国水利系统全优分析室",2013年被水利部水文局授予水利系统水质监测质量与安全管理"优秀实验室"。

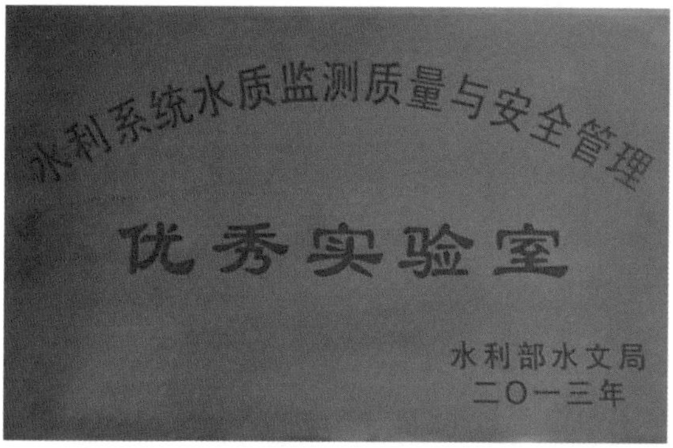

2013年水利部水文局授予周口水文局水质监测室"优秀实验室"称号(摄影:李东俊)

走进新时代,面对水文现代化建设的快速发展,周口水文局水质监测室以守护河清岸绿一方净水为己任,以饱满的工作热情、奉献的水文精神积极投入工作,为周口市水生态治理和生态文明建设再立新功。

(作者单位:河南省周口水文水资源勘测局)

三十年无悔水文路

张长军

1990 年 7 月,我从陕西机械学院水文水资源专业毕业,背着简单的行囊来到地处豫西山区的窄口水库水文站,成为一名水文工作者,至今已有 30 余年。

一

窄口水文站位于三门峡市灵宝市五亩乡长桥村,地理位置偏僻,交通极为不便。我在这里工作 18 年,当了 17 年站长。

初到窄口水文站,站房是修建水库时的简易房,因年久失修,门窗破旧不堪,办公、生活条件都异常艰苦。最初住的房子只有半间,土木结构,不足 10 平方米,门窗是旧式木框,都变形了,还有很宽的缝隙。顶部是用竹席棚架而成,房顶的干泥块不时地掉落在上面,时间久了会引发塌陷,需要自己动手去修缮。晚上睡觉的时候,偶尔还会有咬架的老鼠跌落下来,掉到床上,有时还会砸到头上。

当时,从灵宝县城通往站上的客车每天只有两班,上午和下午各一班,大部分雨量站压根就不通班车,给工作带来诸多不便。没有交通工具,检查雨量站、收集资料怎么办？走路去！有几个条件还算好的雨量站,可先坐车到朱阳,再步行的距离就缩短了一些,能省不少力气和时间。大部分雨量站就只能走路。早上发报后,就徒步上路,往返 40 多公里,等再回到站上时,已是暮色四合了。

由于在窄口水文站工作期间工作踏实勤恳,认真负责,加上同志们通力协作,窄口水文站连年被评为测验先进站、整编先进站,我也多次被评为优秀共产党员和先进个人。

二

2003 年 10 月 1 日,因为汛情紧急,当别人选择度假休息的时候,我们水文人仍然坚守在窄口防汛一线。当天夜里近零点，面对绵绵不断的秋雨和迅猛上涨的水位，我正在观测雨量，忽然听到身后“噼噼啪啪”的异响，回头一看，不远处的树上冒着浓烟，向上窜着火花。不好了！一棵大树因连天阴雨倒在了高压线上。险情就是命令！我立即跑回办公室，向水库值班领导报告了这一情况。紧接着，又跑到离火情最近的一名水库职工住室，叫醒熟睡中的一对母子，他们很快就跑了出来。不一会儿，被高压线烧断的大树挟带着火花落在了那母子二人的房顶上，刹那间屋里火光冲天，大火肆虐着冲破门窗，无情地撕裂着一切。床下有几袋子晒干的枣核也趁着火势，火上浇油般燃烧着，鸣叫着。面对凶猛的火势，我的第一反应就是救火！我和同事吕世新果断地打开水文站的仓库，拿出2个灭火器开始灭火。窄口水库的救援人员也陆续赶到。经过2个多小时的苦战，终于将大火扑灭。此时，已是凌晨2点多，我浑身疲惫，用手擦着满脸流淌的汗水和雨水，心里却充盈着从未有过的成就感。后来，那位死里逃生的母亲常常说起这件事：“要不是长军，那天我们娘俩就被烧死了。”因为火情报告及时，救火表现突出，我和吕世新同志各获得灵宝市窄口水库管理局300元现金奖励，窄口水库管理局也为水文站购买4个灭火器。

窄口水文站地处偏远，人员流动频繁。在窄口站工作期间，我迎来送走一批又一批水文职工，前后不下40人次。许多同志都是“一头沉”，家里有地有庄稼。每逢农忙时节，我总是让别的同志回家抢收抢种，自己坚守着工作岗位。逢年过节，我总是让别的同志回家团圆，只身一人坚守着这个站、这个家。这样的时光一直持续到2008年3月，我调到洛阳水文局机关工作为止。

三

在洛阳水文局，我主要负责办公室工作，也经常配合业务科室开展工作。主要参加了2010年洛阳和三门峡两市20个水位站、260个遥测雨量站的建设，还多次参加测流和水质采样。最让我难以忘怀的是2010年7月24日的特大洪水，导致栾川县潭头镇伊河上的一座大桥瞬间垮掉。

我清晰地记得，2010年7月24日上午，我和杨志豪、水江涛、常山虎等3位同志在栾川县河乡的一座桥上测流时，河水裹挟着杂草树木，疯狂地咆哮着、怒吼着，冲刷着河岸，淹没了道路。我们在桥上往水里小心翼翼地投放铅鱼时，因为水流太急，为避免铅鱼把桥测车拉翻出现险情，专门让常山虎手持钢钳，随时准备剪断系铅鱼的钢丝绳，以确保车辆和人员安全，做到万无一失。可当75公斤重的铅鱼刚一接触水面，在水流的强力冲击下，就像树叶一样，漂浮着，游荡着，难以沉入水中。无奈之下，我们收起铅鱼，用塑料壶装砂石，扔到河里尝试着测水面流速，大多是扔下去就踪迹全无，最后测得水面流速大约10米每秒。中午时分，雨还在下着，我们就近找到一个小商店，打算买点吃的。记不得是谁，正给家里打电话，手机突然中断，接着就用商店里的公用电话打，刚打了一会儿通话也中断了。所有人的手机都打不出去了，固定电话也不通了。我们意识到情况不妙，买的东西也顾不上吃，就驱车赶往最近的一个镇——陶湾镇。陶湾镇位于伊河上游，伊河穿镇而过。当我们到达陶湾镇时，商店、饭店几乎都关着门，街道的路面上都是泥浆，三三两两的人们都在议论着这场大雨。慢慢地，我们才了解到，陶湾镇的街道因为伊河水位暴涨，刚刚被淹没过，河水消退没多久。栾川县的通信机房也被水灌了，造成所有通信中断。从陶湾镇到栾川县城的道路桥梁被冲毁无数，交通完全陷入瘫痪。至此，我们与外界交通、通信彻底中断。万般无奈之下，我们克服重重困难挨到了第二天早上。后多方打听，辗转栾川冷水镇、三川镇，途经卢氏，再到灵宝，经连霍高速，于7月25日下午顺利回到洛阳。快到卢氏的时候，手机终于可以外联了。家属们接到电话时，几乎都是哭着在通话，也许在她们心里，这次经历就是一场生离死别！

2011年11月，我主动请缨到三门峡开展水文基地建设工作。先是完成了三门峡水文基地建设项目所有的审批手续，后因国家政策调整，加上征地建设周期长、任务重，又迅速转变思路，变征地建设为购买生产用房。经过多次努力，将前期征地款全额退还到财政厅省水文局账户，保证了国有资产不流失。参与组织机构建设，建立了局党支部和领导班子，成立了三门峡水文局工会委员会、团支部，补充了中层岗位领导，有效发挥了各级组织机构的工作职能，广大党员干部素质明显提高。三门峡水文局于2018年成功创建市级文明单位。

从窑口到洛阳、三门峡，30年弹指一挥间。选择水文，我无怨无悔；余生守护，我不离不弃。

（作者单位：河南省三门峡水文水资源勘测局）

沙河“守护神”

王继民　王永哲　王晓勇

人们都说，水文水文，默默无闻。然而有一个基层水文测站却在默默无闻的水文战线上脱颖而出，多次被国家、省、市评为先进单位，国家防总及省市领导多次莅临指导。它就是河南省漯河水文站。

一栋五层的淡雅小楼，干净整洁的小院，构成了漯河水文站7名职工工作和生活的小天地。他们日复一日、年复一年，顶烈日、战恶浪，忠实履行着水文人防汛测报、把脉江河的神圣职责，被人们亲切地称为沙河“守护神”。

勤学苦练基本功

始建于1931年的漯河水文站位于漯河市区沙河、澧河交汇口下游2公里处，是淮河在河南境内最大支流沙河上的一个重要控制站，也是全国首批国家重点水文站、中央报汛站。断面下游有京广铁路大桥、京港澳高速公路大桥。漯河水文站在漯河市乃至全省的防汛工作中，都具有非常重要的作用。

站长王继民1981年子承父业，成为一名水文勘测工。因为从小耳濡目染，他对水文事业有着真挚的爱，对滔滔沙河水有着深深的情。参加工作以来，他兢兢业业，一丝不苟，虚心求教前辈。为了尽快成为水文行家里手，他坚持一边做好水文观测、记录、分析等工作，一边刻苦学习相关业务理论知识。他经常随身携带笔记本，记下较难理解和容易混淆的规范管理、技术要求、处理方法等，积累了丰富的业务理论知识和实践经验，先后在1991年、1996年、2000年举行的河南省水文勘测工技术竞赛中取得专业理论第一名和决赛二等奖、三等奖等佳绩，多次被省、市授予技术能手称号，同行们亲切地称他是“水文活词典”！

2005年汛期刚过，王继民受局领导的安排，负责完成何口水文站测流缆道的改建工作。他边干边学，想方设法，克服经验不足等缺陷，保质保量完成了任务。2006年，王继民为马湾水文站建造了新的测流缆道。测流缆道钢塔制作的专业性是极强的，非专业出身的王继民携同事要完成此项工作，必然遇到难以想象的困难，需要付出更多的艰辛。可他竟是凭着一股学劲、钻劲、韧劲，凭着自己的聪明才智，苦干加巧干，硬是完成了钢塔的制作和安装。制作过程中，他动脑子、想点子，摸索采用满缝焊接，确保焊缝之间充分衔接。安装环节，诸如架设主索、调整垂度、线路布设、参数设置等，首尾贯通，一气呵成。由此，在全省水文行业里，王继民有“能人”“巧人”的美誉！

2008年，王晓勇作为最年轻的新人被单位推荐参加全省水文勘测工技能大赛。接到任务后，他没有一丝胆怯、懈怠，而是满怀激情和信心，一门心思扑在赛前的训练上。首先是理论知识和内业计算，那些日子里，他办公桌上摆满业务书籍和训练资料，上下班总是去得最早走得最晚，有时甚至熬夜到深更。在外业知识的练习上，无论刮风下雨从不间断。常常看到，他和其他两名参赛职工聂聚闯、梁志三人拿着仪器，在办公区院子里、办公室、大堤上，一遍一遍地操作演练。很快他们已经熟练掌握了ADCP、GPS、全站仪、微机测流系统等先进仪器使用方法以及三等水准、校水尺等基本水文测验方法。在比赛中不负众望，获得河南省水文勘测工技能大赛三等奖的好成绩。

为迎战2016年全省水文勘测工大赛，赛前，王晓勇带领的团队不仅静下心来学习理论知识，还不顾风吹日晒练习外业操作；比赛中，雨量计安装与调试项目，整个比赛过程中要进行两次注水试验，雨强不能过大。王晓勇亲自操作，动作娴熟，注水试验雨强拿捏精准，给在场裁判、选手留下了深刻印象。在三等水准测量项目比赛中，王晓勇读数快捷、精准，他眼力独到，动作迅速，令比赛现场所有人员拍手叫好！最终，王晓勇以绝对优势取得了个人综合成绩第二名，雨量计安装与调试、三等水准测量单项第一的好成绩。王晓勇率领的漯河水文局团队摘得大赛二等奖桂冠。王晓勇同年获得了河南省水利五一劳动奖章和漯河市五一劳动奖章。

洪水测报显神通

2000年夏季，受西南暖湿气流和低空切变线的共同影响，自6月下旬至7月上旬，沙澧河流域出现了大范围强降雨过程。日降雨量超过100毫米的降雨多达4次，且持续时间长达20天，导致山洪暴发，河水猛涨，出现了七次超标准洪水。漯河水文站实测最大流量3120立方米每秒，最高水位62.20米。

7月6日零时，漯河水文站水位61.07米，超出警戒水位1.57米，此时距京广铁路桥面仅差5厘米,洪水漫桥的危险步步逼近……汛情危急,省防总指紧急启动“一级响应”,站上所有测报人员各守其岗、严阵以待,密切注视着雨水情动态。市防指的问询电话一阵紧似一阵接连不断,水文站办公室、观测房的灯光彻夜通明。

一定要确保京广铁路的畅通和下游两岸人民生命财产的安全!面对洪魔的一次次袭击,水文站全体职工下定决心,齐心协力,众志成城,谱写了一曲撼人心魄的抗洪凯歌。

5日傍晚时分,正准备测流时,测流缆道付索连同拉偏索落入湍急的洪水中,在大量水草的裹挟下快速向下游冲去,缆道瞬时处于瘫痪状态而无法运行,测流只得完全靠浮标进行。由于汛前防洪演练时,站长王继民组织全站职工进行浮标测流实战演练,练就基本功,使得大家对流量测验突发情况做到心中有数而处变不惊。

7月6日晚上,当得知上游河堤多处出现险情时,水文职工在测洪间隙挨家通知群众紧急转移财产。站长王继民首先想到的是水文站下游的一位独居老人,他跑进老人家门,急切说道:“大娘,涨水了,快转移。”随即就背起老人,踩着泥泞,一路小跑将老人转移;朱清杰、游增欣二位同志挨家挨户敲门,“赶快转移、注意安全、抓紧时间!”他们顶着风雨,趟着泥水,雨水和汗水打湿衣裳,鞋子掉在淤泥里也全然不知……

那场洪水,漯河水文站共发水情电报300余份,及时准确预报3次,省市防汛指挥部门果断决策两次分洪,确保了京广铁路及人民生命财产的安全。漯河水文站为此被省市政府授予“抗洪抢险先进集体”荣誉称号。

奋战2004年7月的特大洪水,是王晓勇参加水文工作后的第一次“硬仗”。7月16~17日,受西太平洋上的热带高压移至我国华东沿海的影响,强暖湿气流与西风带低槽结合,中原地区出现大范围强降雨过程,澧河及上游遭受特大暴雨袭击。流域平均降水量达到300毫米,瞬间漯河水文站洪水猛烈上涨。

17日深夜,河水快速上涨,“我年轻,我来……”王晓勇主动向时任站长王继民请缨。

王晓勇全神贯注,神经紧绷,一方面要密切注意铅鱼、电机的运行情况,一方面又要小心翼翼躲避河面漂浮物,豆大的汗珠顺着双颊滴落也顾不得擦拭。

突然间,绞车循环电机发出嗡嗡声。感觉到电机运转吃力,王继民立即叫停测流,对缆道各个运转环节进行快速仔细检查。在确定是对岸缆道钢塔上的转向滑轮出故障后,他带上工具和王晓勇、郭艳华两人,蹚着齐胸深的洪水(滩地回水区)来到对岸的缆道钢塔处。

"你两个上塔,注意安全,我在下面指挥。"王继民一面给他两个整理着雨衣,一面镇定地说道。彼时,夜黑、雨大、风狂……顾不得迟疑,王晓勇、郭艳华两个年轻人一前一后爬上钢塔。是一个滑轮轴承散架了,转动时左右摆动,致使钢丝绳脱槽,而被卡死在滑轮轴与钢支架夹缝内。经过近一个小时的高空摸索作业,故障终被排除,缆道恢复运行,保证了洪水测报的正常进行。

事后谈起这次心惊肉跳的危险经历,同事问他:"雨夜高空攀爬作业,不怕吗?"王晓勇显得很平静:"来不及害怕,只想着如果不能及时准确提供水文数据,会给抗洪抢险造成不可估量的损失。"

站上有3位女职工,工作中,她们巾帼不让须眉,不论是赤日炎炎的烈日,还是大雨磅礴的深夜,无数次往返于河边、报房。脸晒黑了,胳膊晒起皮了,没一人叫苦。在应对2000年7月6日暴雨洪水时,她们和男同志一样,站在距水面不足2尺的桥面上放浮标。稍有不慎便有掉入河中的危险,但没一个人畏惧退缩。时任副站长岳桂萍常说:"同为水文人,男同志能做到的,我们女同志照样能!"她们有一个美丽的名字——水文娘子军!

这就是水文人!没有豪壮言语,没有惊天事迹,却在平凡岗位上做着极不平凡的工作。

(作者单位:河南省漯河水文水资源勘测局)

难忘水文岁月

杨 光

我出生在水文世家,太爷杨子俊是河南省信阳水文水资源勘测局三河尖水位站的首任负责人。1949年新中国成立前,他在无人问津、断绝经费的情况下,观测到从1932~1949年完整的水位数据,并刻记了许多洪水痕迹,取得了宝贵的长系列水文资料,1950年水利部时任部长傅作义视察淮河汛情时接见了他,1951年受到华东水利部的嘉奖;父亲杨国文写得一手工整的工程字,打得一手漂亮的算盘,水文业务熟练。长辈的教诲和影响,使我一踏入水文工作岗位便树立了干一行、爱一行、干好一行的理念。参加工作36年来,历经多场洪水洗礼,期间虽有辛苦,更多的是完成任务的喜悦,工作中的许多片段,至今仍记忆犹新,难以忘怀。

1987年6月上旬,我刚到黎集站上班不到3个月。史灌河流域普降暴雨,强度大时雨幕就像天塌了似的,铺天盖地从空中倾泻下来,站上洗脸用的盆伸出去拿回来几近接满。那时的水情都是通过手摇电话传到邮局的报房,双方核对无误后,报房再用无线电台发出。雨天信号不好,我一遍遍地摇,一遍遍地喊,一份电文报出,嗓子已嘶哑。漆黑的夜晚,电闪雷鸣,狂风大作,电话突然不通了,我赶紧排查原因,原来是电线杆被刮倒,电线短路。可报文不能不发呀,这可是关系防汛工作的大事。我将报文用袋子裹好,放在雨衣里护住,步行去邮局发报。暴雨倾盆,道路泥泞,到处是水,手电筒的光如萤火一般。我深一脚浅一脚,战战兢兢,摔了跟头,赶紧爬起来,不敢耽误了情报的时效性。1.5公里的路程,来回磕磕绊绊1个小时,雨水情传递比收集还费时。

2003年7月7~11日,史灌河流域再次普降暴雨到大暴雨,灌河鲇鱼山水库以上,平均降雨量284毫米,史灌河鲇鱼山、梅山至蒋家集区间,平均降雨量243毫米,受其影响,7月11日5时,蒋家集站发生1949年以来实测最高洪水位33.39米,1983年以来最大流量3880立方米每秒。洪峰数据来之不易,因为洪峰前的流量往往流速大、漂浮物多,危险性也最大,但也是确定水情趋势的关键时刻，此时的数据是防汛部门科学调度的重要依据，非常宝贵。

汛情就是命令，测到就是责任。我和3名同事在漆黑的夜晚，冒雨驾驶一艘小船驶向断面。小船在600多米宽的河面上，像一片树叶随风逐浪，在浪尖上跳跃，刚避开草垛，又迎来树干。电闪雷鸣，暴雨倾盆，大家尽力配合稳住船只，分工明确，撑篙、操作仪器、测流、记录，牢牢地抓住各自手里的“武器”，斗天斗地斗漂浮物。滚滚洪流裹挟着水草、庄稼秆、树枝等许多杂物，使得流速仪往往没测几秒钟，就需要躲避或提起来清理干净，然后再测，还要时刻提防水下看不见的异物。雨水模糊了眼帘，努力睁大眼睛，眼手合一，用笔迅速记下抢测的数字。几番测流下来，已是浑身湿透，分不清汗水雨水。上船测流，下船出成果，数据与理论值高度吻合，这是心里最大的宽慰。

2007年7月，淮河流域迎来了1949年以来仅次于1954年的第二位流域性大洪水。那时的我在潢川水文站工作。7月9日，在史灌河洪水紧张的关键时刻，我接到河南省信阳水文水资源勘测局去往蒋家集站支援工作的指令。“召之即来，来之能战”是水文人的传统，二话没说，我奔赴站上。

当时的测流方法是在木船上安放绞关，缠绕在绞关上的钢丝绳悬吊流速仪，下挂的15公斤重的铅鱼，在工作时，始终处于铅直状态，一条垂线一条垂线往前测，按水文规范要求布设15条垂线30个测点。我主动要求操作铅鱼，这是个辛苦活儿，既要技巧又要体力。7月10日晚，在一次测流过程中，上游漂来的庞大抽沙船挂断了循环索，循环索落入水中与绞关钢丝绳缠绕，又与漂浮物纠缠，随着漂浮物不断增多，15公斤重的铅鱼在滚滚激流中上下“翻飞”，固定绞关的铁丝最终断裂，绞关从记载员身上滚过，落入水中，身为操作员的我被绞关带跑，身体重重地撞在船沿上，差点翻入水中，与死神擦肩而过。为了保证数据的连续性，我们继续测流，历经2个多小时，测得洪峰流量3110立方米每秒。

祖国建设日新月异，水文事业蓬勃发展。回顾过去，水文测流手段是20世纪50年代的一锚三点法（地锚抛入水中固定测船，通过测船左右摆动，施测左、中、右三条垂线测点流速、测点水深，从而推算流量的一种方法）；六七十年代的吊船索测流法（测船通过吊船索连接在主索上，用船篙移动到事先确定的位置，人工摇动绞关完成测点流速、测点水深施测）。这两种方法都费时费力，安全也得不到保障，一次测流下来需要1~2小时，遇到先雨后晴的天气,皮肤就会发紧,灼疼,甚至褪皮。80 年代后期,半自动、全自动缆道测流法,减少了手摇绞关,放流速仪施测测流速和测深杆打水深环节,劳作量和危险性大为减小,工作的舒适度提高了,成果的时效性、准确性发生了质的飞跃。

放眼现在, ADCP、无人机、遥控船得到广泛运用,测流人员坐在装有空调的房间里就可完成测量任务;短信、网络代替了手摇电话机,迟报的标准由 30 分钟缩短到 10 分钟,水情信息传输速度大幅度提高;测报手段踏上了科技快车道,提升了水文工作防汛抢险和应急反应能力,应对突发水情也可以从容不迫,高效准确。坚守水文岗位的这些年,我目睹在党的坚强领导下,水文事业日新月异。让我更加紧随祖国稳健的步伐,坚定地走在新时代的新征程上,奔向水文的美好未来!

(作者单位:河南省信阳水文水资源勘测局)

基层“尖兵”吕新停

王果立

他投身水文近40年，坚守基层测站30年。

他是商丘水文局任测站站长时间最长、任职测站最多的职工。

在商丘水文水资源勘测局，提起他的名字，大家都对他的业务能力和人品交口称赞。

他就是商丘水文局的基层“尖兵”——吕新停。

扎根基层钻业务

1981年12月，吕新停同志参加工作，毅然来到了条件艰苦的睢县水文站。睢县水文站虽然水量不大，但水位陡涨陡落，测验任务很重。

白天，吕新停积极地向老前辈们请教，学习观测技能；晚上，他在破旧的站房里点着油灯学习水文资料的整编计算。功夫不负有心人，他很快就掌握了水文测验和资料整编的各项技术。

1984年3月，吕新停调到了测验任务更加艰巨的黄口水文站工作，继续刻苦磨炼自己的专业技能。1987年10月，他又调往段胡同水文站任站长。段胡同水文站建站不久，百废待兴，吕新停同志认真负责，扎扎实实地做好每项工作。逐渐，他在商丘水文局内有了不小的名气，大家都开始喜欢这个不怕吃苦、业务能力过硬的年轻人。

1992年3月，商丘水文局开展巡测工作，局领导特意将技术过硬的他调往水情测验科，负责巡测工作。2000年10月，黄口水文站水量较大，吕新停同志来到黄口水文站支援工作。10月18日，黄口水文站迎来了建站以来的最大洪水，测站的主要测洪设备被洪水冲毁，沿河观测道路被淹没，他就爬过百米陡坡，折返上下跑，断面查看浮标。基本水尺被洪水冲没了，他就打木桩，测出临时水尺；小船出不去，他就想方设法观测比降及用浮标法测流。终于，他测到了完整的水位过程和该站635立方米每秒的历史最大洪峰流量。

吕新停同志一直觉得，业务能力是一个水文人的立足之本。多年来他一直坚持钻研业务知识。终于，多年的积累沉淀有了丰硕成果。

1996 年 7 月他代表商丘水文局参加第一届全省水文技能竞赛，拿下了技能操作第一名的好成绩；2003 年，他参与的发明专利《惠济河砖桥闸数学模型研究》获得河南省科学技术厅肯定；2007 年参与的《沱浍河航运建设工程水资源综合利用分析》获得商丘市科技进步成果一等奖；2008 年 7 月他再次代表商丘水文局参加第四届全省水文技能竞赛，获得了全能二等奖；2010 年参与的《商丘市可利用地表水资源勘查研究》获得了商丘市科技进步成果一等奖。

爱岗敬业为水文

吕新停业务精湛，能打硬仗，屡次临危受命，勇挑重担。1987 年 10 月，他来到成立不久的段胡同水文站，担任站长。彼时的段胡同水文站建站不久，百废待兴，水尺汛期被洪水冲毁，急需更换新的水尺；站房破旧，只有几间木板搭成的棚屋，板墙漏风，屋顶漏水，大雨来临时，屋内下着小雨，严重影响日常的测验工作。改造段胡同水文站，迫在眉睫。说干就干，吕新停当仁不让地接下段胡同水文站改造的任务。施工时困难很多，更换水尺对精度要求较高，一般的工人无法胜任，他既负责材料采购，又当现场施工员，和工人一起劳动，掌握工程质量。对技术要求较高的部分，更是不离现场，具体指导，并亲自动手帮忙做门窗。历时三个多月，段胡同水文站改造工程终于完工，破旧的棚屋不见了，三间漂亮的砖瓦房赫立眼前。

吕新停长期坚守基层测站工作，生活条件十分艰苦，物资供应很困难。测站值守，造成长期夫妻分居的状态，很多时候家庭出现困难都顾及不到。汛期值班期间，测站业务工作又较为繁重。在这样条件艰苦、任务繁重、家庭实际困难较多的情况下，他总是以工作为重，以站为家，服从组织安排，克服工作和生活各方面的困难，长期坚守在岗位上，为水文事业尽心尽力。

2015 年 3 月，吕新停的爱人不幸遭遇车祸，腰部受伤，行走起卧困难，生活不能自理。汛期将至，测站汛前准备工作马上开始，他左思右想，还是放不下测站的工作，但爱人又急需他去照顾。为不耽误工作，他毅然带着有腰伤的爱人来到测站，一边奋战在防汛第一线，一边照顾爱人。吕新停高度的责任感和认真负责的精神感染了全站职工，在他的带领下，全站职工同心协力，圆满地完成了汛前的各项准备工作，为当年商丘的安全度汛打下了坚实的基础。

勇挑重担作贡献

2005年1月，吕新停前往黄口水文站担任站长，彼时的黄口水文站面临的问题较多，也很复杂，而吕新停手下只有两名刚上班不久的“新兵”。他明白，自己肩上的任务很重，一定要把黄口水文站搞好。他首先主持进行站房改造工作，站房年久失修，他带领大家扒掉破旧的瓦房，建起二层办公楼，这也是商丘水文局第一个建起二层办公楼的水文站。观测场同样老旧，他就重建了观测场，观测场内种上了草坪，加装了铝合金护栏。去河边的观测道路还是泥巴路，遇到下雨天不仅泥泞而且危险，他就亲自去买砂石水泥，带领同事们和施工队，将泥巴路修成了崭新的水泥路。站上测洪设施老化，测洪缆道还是老式的手动缆道，操作费力且养护困难。为了适应水文新时代的发展，吕新停与时俱进，将老旧缆道改造成了新式的电动缆道，并经过多次测验和调试，确保新的缆道在任何水情下操控灵敏、信号传输准确可靠。

吕新停不仅爱岗敬业，业务精湛，还特别擅长协调各方面关系，尤其与水文站所在地乡政府等部门打交道。吕新停刚到黄口水文站时，当地农民侵占水文站土地非常严重，黄口水文站甚至连自家的院墙都修不起来。他不辞劳苦，频频造访黄口乡政府，并积极和当地城建管理部门协商，据理力争，获得了当地政府的认可和协助。他又协调当地乡政府，对土地进行了重新丈量，最终对黄口水文站土地进行了重新确权，维护了水文站的利益，修起了大门和院墙，保证了站上工作的安全性。

2013年9月，沱浍河河道航运工程启动，同年10月，黄口水文站测洪缆道因航运工程施工被破坏。吕新停当机立断，将情况上报给商丘水文局，并积极利用《中华人民共和国水法》，与航运指挥部交涉。之后在省防办、省水文监察支队多次监督指导下，在永城市防办的大力支持下，他多次参与商丘水文局与破坏缆道的责任方单位——永城市沱浍河复航工程航运指挥部协调，至2015年7月5日，黄口水文站缆道终于全面修复，恢复正常使用。

壮心不已立新功

2016年4月，商丘水文局由于人员调动，测验科技术力量不足。这时，大家想起了业务精湛的吕新停。经局领导研究，决定将他调到测验科开展工作。此时的吕新停已经是55岁的“老将”了，但他毅然来到测验科，承担更加繁重的工作任务。

吕新停的到来对测验科的技术力量是极大的补充，他代表商丘水文局参加了两次全省地表水水文资料年度整编工作，商丘水文局地表水水文资料错误明显减少，资料质量大大提升，获得了全省地表水资料整编参评人员的一致认可。

2018 年 8 月 18 日，台风“温比亚”登陆商丘，商丘市出现大暴雨。汛情紧急，不容耽搁。原本请假在家养病的吕新停不顾病体，主动请缨，迅速赶往孙庄水文站支援工作。晚 7 时之后，倾盆大雨就下个不停，包河水位猛涨，风一阵比一阵紧，雨一阵比一阵大。站上的另外两名同志时刻盯着河水的情况，吕新停不断地顶着瓢泼大雨到观测场查看自记仪器的记录情况，有时就蹲在仪器旁盯着自记笔尖滑动。雨越下越大，水位越涨越高，很快，包河洪水就漫过了测验桥面，吕新停就和同志们一起冒着暴雨在河边测流，一次测验结束就赶忙跑到观测场盯着自记仪器雨量的变化。就这样，他在极端降水的恶劣条件下，以 57 岁的年龄，拖着病体，坚持 60 个小时不眠不休，在暴雨中完成正常测验，向省局发送了一条条珍贵的水情信息。2018 年 8 月 18 日，测得孙庄水文站历史最高水位 49.84 米，历史最大水深 3.56 米，最大日雨量 306.6 毫米。

年近 60 岁的吕新停即将离开工作岗位，数十年的基层工作，他为商丘水文作出了无私的奉献。

（作者单位：河南省商丘水文水资源勘测局）

金堤记忆

陈　响

在濮阳县城关镇南堤村的金堤河畔，有这样一个小站，如同水利尖兵，防汛耳目，60多年来一直默默守护着濮阳这条母亲河。

当你漫步金堤河畔，映入眼帘的是一派秀丽的风光。金堤河孕育了这里的水生态文明，滋养了湿地的一草一木，唤醒了湿地生态的盎然生机。看，河里的鱼儿自由嬉戏，河边的小鸭子三五成群地惬意散步，整个金堤河景观就好似一幅美丽的画卷展现在我们面前。你可知道，为了这一片美丽而宁静的湿地之美，一代代水文人付出了多少汗水与心血！就让我们走近金堤河的守望者——濮阳水文站，回眸过去，探究一下它的发展历程吧。

濮阳水文站为黄河流域黄河水系金堤河主要控制站，集水面积3237平方公里，为省级重点水文站。数年来，该站为本地区防汛抗旱、水资源保护评价及合理开发利用提供了大量翔实的水文资料，为本地区的经济发展作出了较大贡献。

1955年6月，濮阳水位站设立，1956年5月改为水文站。当时的水文站，只是一间破旧的小房子，办公设施相当简陋，别说办公桌，就连个椅子都没有。于是，水文老前辈就自己动手打泥坯子，再烧制成砖块，用它们垒砌成大大小小的台子，便是办公桌椅了。测流仪器也相对落后，甚至没有测桥。于是，自力更生，不畏艰险的水文老前辈就自己动手制造小木船，划着它测流。遇到狂风暴雨的天气，测流中的小木船时有被打翻的危险。为此，坚韧的水文人平时就练就一副好水性；没有拍发水情报文的设施，为及时发报，他们需要徒步走很远的路，借助邮局的发报机来发报文。可见，当时的条件是多么的艰苦啊！但是，凭着水文人那股倔强的干劲儿和不怕困难的精神，执着的老前辈硬是把水文这条路蹚得平平展展、亮亮堂堂，为后来的水文接力者作出了榜样！

20世纪80年代，濮阳水文站从金堤上面迁至金堤堤边，办公条件较之以前已有很大改善，站上职工也有所增员。水文测验设施得以更换。唯一不变的是水文人那艰苦奋斗、脚踏实地、清贫守志的优良作风。

2003 年，濮阳水文站新建一座 500 平方米的宿办楼，职工的生活和办公条件得到了极大的改善。办公室配备了电脑、空调，购置了新的办公桌椅等；测验设施进一步更新，购置桥测车一辆，还有电子水准仪等仪器设备，为该站圆满完成各项测验任务奠定了坚实的基础。全站职工决心在新形势、新环境下，发扬“求实、团结、奉献、进取”的水文精神，以新的面貌，为水文事业作出新的贡献。

平日里，大家忙完了手头上的工作，抽空就去金堤河周边转转，可不是凭空去游玩呢，我们会查看河道两边有没有私自栽种的树木，河道有没有被暗中开挖，河里面有没有倒入建筑垃圾。

有一次，我们发现河道测验断面两边，有人栽种了杨树苗。树苗倘若长大，势必会对我们的监测环境造成影响。于是，我们当机立断，赶紧制作宣传牌子，立在测验断面明显的位置，坚决制止此行为！并告知更多的人，杜绝类似事件再次发生！后来又多方打听，终于找到栽种树木的那个人，通过耐心地给他讲道理，悉心劝说，最终，他同意将树木挪走。

2005 年 7 月连降暴雨，金堤河险情突发，濮阳局领导驻守濮阳站，和站上职工一起应对险情，根据雨水情进行实时分析，并将汛情及时上报。当时，金堤河水位持续上涨，为测得更精准的数据，领导下令，加密观测次数，由 2 小时观测一次改为每间隔 1 小时一观测。当时，通往测验断面的道路泥泞不堪，来回两趟，膝盖以下全是雨水泥巴。站上职工为了采集数据，直接蹲在水尺桩子那里，拿个本子，观察着，记录着。水位一直上涨，领导们根据水情，制订测流方案，编排人员小组，确保各项工作顺利开展。为了抢测洪峰，站长带领大家，直接驻守在测流断面。濮阳站的水文战士们，牢记使命，勇于当先，齐心协力采集到精确的水文数据，为全市防汛工作提供了有力的数据参考。

如今，新一代的水文人继续坚守着水文老前辈的坚定信念，并努力将这可贵的精神传承下去，用青春和热血谱写水文事业的新篇章！

2015 年，一幢漂亮的别墅小楼，屹立在水文站那宽敞整洁的大院子里，这是为职工新建的办公楼。上下两层，包括办公场地、会议室、职工宿舍、仪器储管室、厨房等。此外，各种测验设施基本实现了办公自动化。测流设备应用了 ADCP、电波流速仪，降水量采用翻斗式雨量计，水位采集也全部实现自动化。

再看规划得错落有致的水文站小院，一年四季，景色各异：春可见院内绿草如茵，夏能听鸟语嗅花香，落叶缤纷时尽赏秋的深沉，宁静的冬日里有皑皑白雪作伴。

新一代的水文人，更加全身心地投入工作中去。一年365天，不管是阴雨还是晴日，不管是酷暑还是严寒，总能舍小家，顾大家，奔波在路上。水文战士始终坚守着，没有畏惧，没有退缩，兢兢业业，尽职尽责，时刻牢记着党和人民赋予的伟大使命。

从几间简陋瓦房到现在的标准化站房，从一个人、一根尺，到现在朝气蓬勃水文队伍不断壮大，高科技测验设备的不断更新迭代，彰显了我们水文事业的蓬勃发展，也见证着一代代水文人坚韧、执着、艰苦朴素、默默奉献的高尚品格！

（作者单位：河南省濮阳水文水资源勘测局）

中牟水文今昔谈

鲁　琳

河南省郑州水文水资源勘测局中牟水文站坐落在贾鲁河畔中牟县城东北邢庄村。中牟水文站1959年6月由河南省水利厅设立,1960年改为堰闸站,称中牟(闸),中间历经波折,停测、改建、上迁,于1963年1月定为河道站。贾鲁河是郑州市等沿岸地区的生产用水、生活用水及灌溉河道,为郑州境内最长的一条内河。作为贾鲁河出郑州境唯一控制站、中央报汛站、省级重要站和水质监测站,中牟水文站地位十分重要。

水文站成立初期,老一辈水文人仅凭一把水尺、一台流速仪,从事观测水位、监测流量等风险性极高的工作,为了及时、准确地掌握降水量,冒着倾盆大雨施测的事情也常有发生,工作艰苦程度可想而知。

说起以前的艰苦环境,1986年刚毕业就分配到中牟水文站工作的韩庚申至今记忆犹新。汛期大水时,站上的工作人员要手摇缆道进行测流,每次测流下来,两三个人配合也需要一个多小时,非汛期时,水文人就套上胶皮裤跳进冰冷刺骨、齐腰深的水中涉水测流。当时的中牟水文站仅有的交通工具是一辆黑色的二八自行车,不管是去雨量站检查还是到断面测量,来来回回全靠它。若是碰到刮风下雨道路泥泞,出去干活的同志都会记得随身携带一根小木棍,因为骑上个几十米,自行车的后轮毂就会塞满淤泥,沉得蹬也蹬不动,不得不停下来清理粘到车轮上的泥巴。这时候,随身携带的小木棍就派上了大用场,若没有它,接下来的路就寸步难行了。

不仅出行如此艰苦,站上的住宿条件也是一样,几间简陋的瓦房就是中牟水文站的办公室和职工宿舍。没有院落,打开房门就是老乡们的庄稼地。站上几个大男人的床铺一年四季都会撑着蚊帐,不是为了好看,而是为了防夜半房梁上打架时不慎跌落的老鼠和时不时落下的老鼠屎。即使是这样的工作生活环境,半个多世纪以来,默默奉献的中牟水文人依然日夜守望着这“一湾清流”。

光阴荏苒，岁月如梭，中牟水文站经历了几辈人的更替，始终不变的是水文精神传承。如今，在中牟水文站工作的年轻人，他们从老职工那里耳濡目染，感受水文行业的魅力，在各自的工作岗位上以前辈为榜样，学习践行着“求实、团结、奉献、进取”的水文精神。

中牟水文站建站以来，历经数次大洪水洗礼。其中，2019 年 8 月 1 日郑州及周边地区遭遇数十年来最强暴雨，2 日 4 时 40 分，河水呈现暴涨趋势，水位 76.53 米，实测流量 232 立方米每秒，为贾鲁河中牟水文站自 1963 年建站以来最大洪水。这次洪水持续了一天一夜，中牟水文站全体职工，同抢险突击队的同志们始终一起坚守在防汛一线，测流 10 余次，水位观测数不清有多少次，最短间隔时间仅 10 分钟，共拍发雨水情电报 15 份，及时为当地政府提供实时监测数据；2020 年 8 月 7 日 16 时，贾鲁河中牟水文站水位 76.35 米，实测流量 217 立方米每秒，为中牟水文站建站以来第二大流量，当时河水已漫出河槽 0.2 米，汹涌的河水奔涌而下。贾鲁河两岸人口稠密，河堤一旦溃决，后果不堪设想，全体参加抢险突击的同志们跑在了洪峰前头，出色完成了各项水文测报任务，为各级防汛部门科学调度洪水、抢险决策，提供了大量水文监测信息和精准预报成果。

随着社会和科学技术的发展进步，时代对水文工作者这些防汛哨兵提出了更高的要求。郑州水文局紧跟时代的步伐，抓住郑州市启动的贾鲁河综合治理工程契机，结合工程带水文、中心站建设、测报中心建设，不断加大对中牟水文站的升级改造，水文设施设备数字化程度逐步提高。水文数据收集实现了人工观测、仪器自记到自动测报；水情报汛实现了遥测、光缆、卫星电话自动接收；流量测验从传统的流速仪方式，到如今的 ADCP 流量流速自动监测；采样器从 JL-1 到现在的 AYX2-1；缆道房设备可自动进行水位、流量等项目监测；过去检查和维护雨量站，因交通不便，往返动辄一天，2017 年 5 月自动融雪雨量计已全部安装到中牟水文站所属的 4 个雨量站，经过两年与传统自记虹吸式雨量计的对比观测，5 分钟 0.2 毫米的分辨率，可完全满足防汛和地表水资料整编的需要，工作人员只需要在电脑前动动鼠标，每时每段的雨量就了然于心。科技的发展让无人机技术也走进了小小水文站，水文职工可操控无人机对上下游河道快速巡查，第一时间掌握水文情况，便于决策制订应急方案和相关测验方法，及时准确地完成监测任务。如今的工作人员通过远程视频监控系统，足不出户，便能探知水质、水温、水汽通量等要素，还可以适时观测水面的水情变化。

新设备新技术的应用，不仅降低了工作强度，还提升了数据的精度和连续性，降低了外业工作的风险性，初步实现水文监测自动化、信息化，有力地提高了水文数据的时效性。退休的测站老职工们深有感触地说："现在的同事们真是赶上了好时候！"

这群训练有素的防汛哨兵，于 2019 年 8 月 2 日、2020 年 8 月 7 日，两次及时准备测报了贾鲁河中牟水文站自 1963 年有系列水文资料以来第一大洪水流量和第二大洪水流量。2020 年 8 月 10 日，洪水才刚刚退去，中牟水文站下游的开封市祥符区西姜寨乡就送来了感谢信，感谢中牟水文站暴雨期间及时为乡政府提供的实时监测数据，这些宝贵的数据为当地政府防汛救灾、挽救人民群众生命财产安全提供了及时准确的参考。洪水面前，中牟水文人始终坚守自己的职责使命，用责任和担当，书写着水文时代华章。

（作者单位：河南省郑州水文水资源勘测局）

守护绿水青山

许　凯

水质监测，最早于1954年在淮河流域试行，以后逐步推广，1978年河南省又增加了水质污染监测项目。在这期间，通过吕宗奎、赵凤霞、完恩发等一批老专家的积极筹建，1971年在南阳最早成立了水质化验室，1974~1991年信阳、许昌、周口、洛阳、安阳、商丘水质化验室相继成立，1992年河南省水文水资源局成立水质化验室，2008年新乡、驻马店水质化验室成立，目前全省共10个水质化验室。

2000年6月，我大学毕业，第一次踏进河南省水文水资源局水质处的大门，从此与水文结缘，与水质监测相伴。

按照水文工作的惯例，我先到许昌水文水资源勘测局实习，在许昌局学习了水文观测、水质采样，接触了水资源保护，初步对将要从事的工作有了一个大概的印象。

2000年年底，我回到省水文局，刚好赶上热火朝天的水功能区区划工作，从沈兴厚主任口中第一次听到功能性用水的新概念，想要科学划分功能区，我们需要研究流经区域的人口、经济、工业、农业、水资源、水质等各种情况，同事们把各个渠道收集来的信息进行比对研究。为了精准定位，买来一套由9张大图拼接起来的“河南省地图”，印象深刻的是每一张都比我还要高。根据各个熟悉当地河流的水文局专家描述的具体地名，我们三个年轻人把地图铺在地面上，爬到地图上，在密密麻麻的一个个小字中仔细寻找，绘制出上下游断面的具体位置，然后买来没有任何弹性的丝线，沿着弯弯曲曲的河道仔细摆放好，用红笔标志好起始点，再绷直线段，用直尺沿线度量出长短，根据地图比例尺换算出弯弯曲曲河段的实际长度，分段度量和整个河道的度量要一致，整个河道的河长和能收集来的河道数据要互相印证，出现偏差就逐段查找核对，最终环环相扣。根据这9张纸质地图绘制出河南省135条河流482个水功能区的河长，确定1446个上下游断面和采样代表断面，然后和地图公司对标，制作了河南省第一张四流域水功能区地图，这张图一直沿用至今。随着水功能区划每一个阶段、每一次审核，全省的制图和制表工作也进行一遍遍对应修改，河南省主要河流的名称、位置、流向、水系，以及沿河大大小小的村镇渐渐熟悉起来，在头脑中逐渐可以拼凑出一幅完整的水功能区地图。毕业一年后的同学聚会上，那些同学老家的陌生名字，在地图上都有了生动的画面感，只要说到来自某一个村镇，就能知道他在地图上的大概定位、所属的功能区、附近的河流流向、下一个支流汇入口、河流当时的水质概况等信息，同学们戏称我是“活地图”。这些地图信息在后来“落实最严格水资源管理制度第三条红线”水功能区达标考核工作中又一遍遍得以强化，深深地刻印在我的脑海中。当年一点一滴留下来“功夫活儿”，让我对河南省境内每一个功能区的“前世今生”熟稔于心，在此后十几年的水功能区监测工作中给了我极大的帮助。

2001 年 5 月，我第一次参加省水文局化验室排污口实验。水样室内和走廊里摆满一排排半透明的采样壶，整个屋子臭气熏天，几只苍蝇嗡嗡嘤嘤地飞舞，采样壶里面的水有的清澈、有的发黑，上面密密麻麻贴着标签，我和李玉兰高工一瓶瓶拧开盖子，往里面添加氢氧化钠固定剂，每打开一个瓶盖，就凑近瓶口闻一闻，在旁边的采样入室登记单上记录好色度和气味，我闻了一排黑色水体，熏得我捏着鼻子开玩笑说：“怎么闻水样感觉像是在闻厕所？”李工认真地说：“你闻那一排是农村的生活污水，就是厕所下水道直接流出来的。如果测量嗅和味，严格意义上讲，还应该尝一尝。”我吓得吐吐舌头。

挨个化验室看过去，化学需氧量分析室内，两排八联电炉开足了马力，把锥形瓶里面添加了浓硫酸的消解水样煮得咕嘟咕嘟冒泡，浓硫酸刺鼻的气味熏得人嗓子疼，眼睛也睁不开。挥发酚分析室内，三个同事一人抱着大型分液漏斗不停振摇，一人取样和蒸馏，一人负责比色和刷洗，尽管有通风橱呜呜着抽风，三氯甲烷又凉又甜的特殊气味还是弥漫在空气中。对面分析室正在做剧毒氰化物监测，再往前沈兴厚主任正专心致志地进行水中铜铅锌镉等重金属离子的检测。

当年的画面还历历在目，如今在历届领导的精心策划下，依托“国家水资源监控能力建设项目”2201 万元投资、“中小流域建设项目”389 万元投资、“河南省水资源监测能力与饮用水安全应急监测建设工程”3002 万元投资，我们配置了液相色谱仪、气象色谱仪、全自动固相萃取仪、电感耦合等离子体质谱仪等大型先进仪器和便携应急监测仪器，改善了通风和排水条件，配置了连续流动分析仪，使得挥发酚、氰化物等项目结束了人工操作为主的实验方式；ICP-MS 的应用极大地扩展了重金属检测范围和精度；高效液相色谱仪、总有机碳测定仪、总放射性 αβ 测定仪等仪器进一步拓展了有机物、反射性项目。

目前，我们有各类水质监测仪器设备总计 573 台(套)，检测参数达 83 项，建筑面积 8437 平方米，技术人员 99 人，可进行地表水、地下水、饮用水及水源水、废污水、大气降水的水质监测，每年提供监测数据 60000 多个，计算和评价省区及 18 个地市水功能区的达标率，在最严格水资源管理制度考核中发挥了良好的支撑作用，在 2000 年、2005 年、2009 年、2013 年、2016 年中心顺利通过历次国家计量认证评审复查换证评审，即将迎来 2022 年的复查评审。

水是人们的生命之源，生活之本。选择了水文工作，或许不像是社会热门职业那样耀眼，不为大众熟知，或许还伴随着清贫，甚至还可能有危险，但是它自有“穷天地之理，利天下之民”的乐趣。习主席说“绿水青山就是金山银山”，我们为人民守护住了绿水青山，就是为人民服务，我们的生命和职业就是有意义的。

(作者单位：河南省水文水资源局)

李天福的幸福生活

邢　明

他，工作水文站，半生奉献。

他，退休后养蜂致富，不忘乡邻。

他，曾任林楼村党支部委员，带领村民建设新农村。

水文老职工李天福的生活快乐而充实。

奉献水文

1958年，李天福被分配到河南省许昌水文分站鸡冢水文站，此站地点偏僻，不通公路，是平顶山地区最艰苦的站点。站上没有休息日，每天都要测量水文要素并及时发报。遇到大雨，要冒雨测流，时有水位深达胸口，非常危险。

1968年7月15日，是李天福参加工作以来最难忘的一天。鸡冢水文站突降暴雨，山区暴雨特征属于暴涨暴落，大水来得快去得也快。汛情就是命令，李天福和站上两名同志一起，冒雨飞奔下河测流。此时，天空中电闪雷鸣、狂风大作，雨点打在脸上让人睁不开眼睛。随着测流的进行，急流奔腾而下，已经没过膝盖，风声、雨声、哗哗的洪水声和流速仪的嗡鸣声交织在一起，危险正一步步逼近。当测流快要结束时，他们发现脚下的沙子在慢慢被大水冲走，再加上身上沉重的胶皮裤，阻力越来越大，身子也开始站立不稳了，李天福当机立断，迅速转到同事身后，用肩膀死死顶住同事的后背，就这样一直坚持到流量测完。此时大水已经漫过胸口，三个人手拉手，抬着流速仪，被大水冲下去20多米远。等到了岸上，大家的双脚、两腿都被石头和树枝划破了，但是他们依然开着玩笑说："咱们可真不简单呀，这吃饭的家伙没丢，要不然丢人就丢大了。"

在李天福30多年的水文工作中，不管工作再艰苦、再危险，生活再清贫也从无怨言，他只是勤勤恳恳地把人生最美好的青春年华，奉献给了水文事业。

致富乡邻

李天福1993年从平顶山水文局昭平台水文站退休时,并没有想到能为村里做多少事。退休在家的李天福是个闲不住的人,为修身养性,他先是在自家院子里养起了鸟。百灵、云燕、黄雀、白燕、画眉、鹦鹉等十几种鸟雀,为他的生活增添了不少乐趣。可养鸟虽能愉悦身心,却不能赚钱。而当时的李天福要用他的退休金养活一家人,不免生活拮据。为此,李天福也很是苦恼。

一次好心的相助,让李天福获得了机遇。1993年的春天,一位叶县养蜂人老段来到了林楼村,老段已走过了好几个乡村,来到林楼村时早已捉襟见肘,除了三箱蜜蜂,连回家的盘缠都没有了。在村头,老段遇到了李天福,李天福听了他的遭遇之后,当即资助了老段一百元钱,助其回家。老段非常感念李天福的帮助,就在将要离开林楼村的时候,找到李天福还钱。李天福执意不要,老段坚持要给,最后李天福说:"要不给我一箱蜜蜂吧。"正是这一箱蜜蜂,开启了李天福20年的养蜂生涯。

李天福没养过蜂,也不知道如何养,可他是一个做事仔细的人,所以养蜂这件事上,李天福依旧用他30多年从事水文工作的那份勤奋认真劲儿,专心致志地养起蜜蜂来。为了提高自己的养蜂技术知识,李天福买了不少的专业书籍,还订阅了关于养蜂的杂志,一订阅就是20年。李天福在自家旁边的坡地上垒起了院子作为养蜂基地,起早贪黑、勤勤恳恳。养蜂的前三年主要用于繁殖,蜜蜂从3窝长成15窝,又长成40窝。到1997年,养蜂开始有了收益,而那一年李天福就赚了一万多块,这在当时是个不小的数字,他高兴坏了。就此开始,李天福越干越有劲,成了名副其实的"养蜂专业户"。

养蜂的收益多了,李天福的日子越来越富裕了,而自己经常吃蜂蜜花粉养生,又在养蜂过程中得到劳动锻炼,退休前得过冠心病的他,身体也一天天硬朗起来。李天福老人本身就乐善好施、为人豪爽,加上这几年条件充裕,李天福经常为乡里乡亲们处理大大小小的事情,与村民的关系就更加地和睦,对于他养蜂致富的门路,乡亲们从开始在背后指指点点,持怀疑的态度,到现在都很感兴趣,想跟着他学养蜂,他现在成了村里的"能人""香饽饽"。

乡亲们现在提起李天福都说:"天福退休前是国家水文职工,脑子活,有想法,敢想敢干,跟着他干我们放心,没想到这水文站的职工还真中。"看着乡亲们那渴望脱贫致富的愿望,他主动联系村主任,在村委会免费为乡亲们开办养蜂知识培训班,多年的养蜂经验倾囊相授,谁家养蜂过程中有什么问题,无论刮风下雨,只需一个电话,他现场帮助指导解决问题。他多次自费外出联系蜂蜜的销路,从蜂蜜的收购、包装、销售"一条龙"服务,彻底解决了乡亲们的后顾之忧,现在林楼村的蜂蜜在鲁山县也是远近闻名的。

李天福正是凭借在多年水文工作中不怕苦、不怕累,发扬"求实、团结、奉献、进取"的水文精神,带领林楼村的乡亲们走上了勤劳致富的小康生活,现在乡亲们的日子真的比蜜还甜,李天福在村里的威望也越来越高。正因如此,李天福老人退而不休的另一段"忙碌"旅程又开始了。

老骥伏枥

随着李天福在村里的声望越来越高,2008 年年底,村委会换届选举,热心的李天福被村民们选为村主任,那一年,他向党支部递交了入党申请书。

上边千条线,下边一根针。而这村主任的工作可比水文站的工作繁重多了,不但要与群众打交道,还要解决实际问题,李天福才知道基层工作千头万绪、困难重重。由于无暇顾及养蜂,2009 年年底,李天福忍痛以每箱 100 元的价格贱卖了几十箱蜜蜂。

李天福当上村主任后,正好赶上林楼村的"村庄整治""村村通"等国家新农村建设项目的开展。2009 年的时候,村里要整治村前的河流"小青水",修建河滩,建设房屋。他为了开展工作、协调用地,整天穿梭在村民和工程队之间。协调组织工作,既要照顾村民利益,又要配合大局建设,用他自己的话说"白天忙,晚上忙,天天忙"。而就这一年,李天福付出了无数心血和汗水,竟瘦了 25 斤。可也正是他的一番努力,才有了现在小河两岸的田园美景、鸟语花香。

到了 2010 年,林楼村又要建水塔通自来水,李天福又开始张罗着协调用地、施工建设和村民权益等事情,又是没日没夜地奔波,而这次的辛劳换来的是家家户户随取随用、既方便又卫生的自来水。

2011 年,"新农村"项目建设的房子第一期建设完工,大约 60 多套双层独栋连排别墅等待村民入住。李天福终于可以暂时歇歇脚,不再奔波了,可是问题又来了。洋楼虽然建得宽敞美观,实用性强,村民换新房的时候国家也会给予一定的补助,但村民们对老房子有着眷恋,对新房子也存在着很多的怀疑与观望,并不敢轻易购买入住。李天福觉得这是村民观念的问题,一味地劝说并不一定会有多大作用,而实实在在让村民们看到效果才是硬道理。这时,上级领导找到了李天福:“老李,这房子是你看着盖起来的,作为村干部,你得带头啊!”于是,李天福做通了儿子、女儿的工作,拿出积蓄,带头买了三套新楼房。村民们看到李天福一家欢欢喜喜地搬进新家,用上自来水,有着楼上楼下的五六间大卧室、宽敞气派的客厅、独立的厨房卫生间、干净整洁的小院、洒满阳光的天台,感受到了新楼房的舒适实用,大家终于打消了疑虑,陆陆续续地搬进了新家。“当时一套房子上级补助 1 万元,自己掏 10 万元,现在可以卖到 20 万元!”李天福自豪地说。就此,林楼村的“村容整治”越来越好。

李天福说:“做农村工作,整天接触群众,你得扑下身子放下架子,见面头一炮就得让烟,一天就得好几盒。”另外,平时出去协调资金、跑项目,一路上的花销他也总是自己掏腰包。而在这几年,李天福天天协调着建设项目与用地征地,经其手的征地补助并不在少数。李天福从没用过公家一分钱,有时跑一回项目还会自掏个六七千。为了腾出时间更好地为村里工作,李天福还把家里大部分的蜂卖了。李天福的付出是有回报的,林楼村美丽的村容、和谐的民风都是见证。

李天福积极响应国家政策,带领乡亲们脱贫致富,全身心投身建设新农村建设,成为国家现在打赢脱贫攻坚战、助力乡村振兴的“带头人”,他以前干的就是现在“第一书记”的活呀,老人笑着说:“现在不中用了,老了,现在年轻后生们干得比我好,以后林楼村的发展还要靠他们,但是只要我还能动弹,只要他们还需要我,我还想再为村里的老少爷们做点事。”“以前我只是尽了微薄之力,如果没有党的领导,没有国家这么好的政策,没有平顶山水文局的多年培养,没有乡亲们的支持,多少个李天福也不中啊。”老人朴实的话语,打动着现场每一个人。

落日余晖下的林楼村,小桥飞跨,河堤环绕,凉亭精致,曲径通幽;远处田野广阔、山脉若现,田园风光无限美好,村容村貌焕然一新。

“夕阳无限好,只是近黄昏”。李天福的退休生活却是“夕阳无限好,更比朝阳红”。愿李天福和林楼村的乡亲们日子越过越红火,幸福绵长。

(作者单位:河南省平顶山水文水资源勘测局)

追　梦

翟朋云

时光就像流水，潺潺流淌记忆，默默滋润梦想。15个春秋，河南水文伴我成长。

一些人，一些事，总在我脑海浮现，时刻激励着我，在追梦水文的路上书写别样人生。我愿意怀着水文人的自豪感，以时间和空间的维度，定格时光瞬间，分享水文故事。

五陵·初识水文

2007年我入职水文的第一站是五陵水文站，一待就是3年，我的水文梦也从此启程。紧邻卫河左岸一个别具风格的小院，坐北建有一座两层小楼，院子中央是雨量观测场，靠近河岸架设的是测流缆道。起初，在这个不起眼的小院，时而能在鸟语花香中感受阳光，时而能在满天星辰下吟诗作赋，宛然就是一座悠闲的城堡。这或许是我对水文最初的、也最为肤浅的认识。此后的3年基层水文测报工作，让我对水文和水文人有了全新的认识。

没曾想到，从事水文工作的人吃水却成了一种奢望。五陵水文站位于安阳市汤阴县五陵镇南小章村东，以卫河为界对面就是鹤壁市的浚县，这儿地处高氟区域。水文站原本打有一口井，但因氟含量严重超标，也只是用来洗衣洗菜。为了吃水，必须每两天到几公里外的集中供水点接水，每次骑三轮车拉回两大壶，这是站上2天的饮用水，逢上主汛期安阳局有人驻站，吃水量增加，就不得不向附近的村民借水。有一次，几个人费了好大劲把水壶灌满装上了三轮车，我自告奋勇骑车回站，由沿河大堤下坡进入水文站院内的路上，一不留神没有刹住车，连人带车一下侧翻在地，两大壶水都流了出来，愧疚得我呆坐在地上半天。好在当地老乡都很热情，我们“被迫”到老乡家蹭了两天饭。不久后，在各级领导的关心帮助下，水文站通过与当地协商，接通了集中供水管道，终于解决了吃水问题，吃水难也成了一段历史。

站长是一名水文老兵，虽然学历不高，但业务很精通，人也非常和蔼，水文站的基本业务工作都很优秀，与地方的关系相处很融洽，站上大小事都处理得非常好，对我也很关心照顾。在汛期，一般是全员到岗，非汛期适当轮休，每次站长总是把轮休的时间让给我，只有一年春节我积极争取留下来值班，老站长给我蒸了一笼豆沙包，还包了一锅盖饺子。“七下八上”的防汛关键期，站长每当下雨总是第一个到达观测场，带领我们按照“四随制度”的要求，观测雨量、水位，抢测洪峰流量，及时报送雨情和水情信息。每次面对暴雨洪水的袭击就像是一次战斗，虽然我们手里握的不是钢枪，但作为水文人必定冲锋在前。从老站长身上，我学到了老一辈水文人执着的敬业精神和忘我的工作态度，这种精神一直激励着我前行。

焦作·见证筹建

入职水文的第 6 年我来到了焦作。焦作水文局自 2012 年开始筹建，筹建过程困难重重，难度最大的莫过于征地，仅选址就很费周折，位置好的征迁难度大，征迁容易的往往比较偏，终于在新区选中了一片地，领导再三考察之后决定攻坚，重点围绕用地手续分别与焦作市政府、国土、规划等部门协调，很多时候还要和乡镇和村委沟通，解决过户和青苗补偿等问题。那些天，从局领导到职工几乎每天都在奔波，一连多天都忙到很晚，有时候为了加快办理土地手续，还不得不在相关部门“驻守”。功夫不负有心人，终于攻下最难啃的“硬骨头”。还记得当拿到土地证的那一刻，大家都感觉像是一场硬仗后的解脱和欣慰。土地证办好之后，水文职工又忙碌于规划设计、筹资建房、用水用电、绿化装修等一系列工作，还逐渐接管水文巡测站建设和水文测报工作。水文人利用短短 3 年的时间，在这座陌生的城市建起了一座崭新的水文家园，这里寄托了多少水文人的期望，又包含了多少水文人的心血。

不久前，我有幸又来到焦作水文局的那个小院，搬进“新家”的水文职工个个朝气蓬勃，一片欣欣向荣的景象。后院观测场不远处的几株月季花在阳光下竞相斗艳，它们好像是受到了水文人的感染，无怨无悔、默默无闻地坚守，乐观而又自信地守护着这片家园。

济源·追梦前行

水文征程的第九个年头我来到了济源。进入新时代，同样是水文测报，与过去相比测验方式已经发生很大变化，流速仪换成了 ADCP、高程测量的水准仪换成了全站仪、报文发送的电话机换成了网络发报的电脑，信息化让水文服务更及时，水文也在社会服务方面有了较大突破，支撑作用和影响力都明显提升。

能够亲身参与一场抢测暴雨洪水的体验是怎样的感受？2017 年的一天我找到了答案。7 月 26 日晚，我接到支援命令后，和同事急匆匆赶往济源水文站，到时已经是凌晨，只见局领导亲自坐镇指挥，水文站已经忙碌一片。那天的雨是我来济源工作以来见过最大的一场，由于排水不及时，地面上已经积了很深的水，天上的雨像瓢泼般砸来，但已经没有人顾及这些，能看到的只有水文职工有条不紊的忙碌。当天济源市普降大雨，局部大暴雨，最大降雨点克井镇雪樊水文站 3 小时降雨量达 182 毫米，原昌 1 小时降雨量达 123 毫米。我在想，能够再次参与到基层的水文测报，感受大暴雨的测报过程，是一种多么大的荣耀，何况这种荣耀关系的是江河安澜和人民幸福呢。

新时代的水文人已经不仅仅把眼光放在防汛抗旱水文测报，而已经在探索发挥“智囊”作用。2018 年 7 月 15 日，济源示范区邀请水文局参加防汛抢险演习。整个过程，水文已经成为抢险过程的晴雨表和风向标，水文队伍的专业表现受到了示范区主要领导的表扬。由此，我想到了在推进黄河流域生态保护和高质量发展方面、在推进生态文明建设方面、在对口帮扶精准扶贫的过程中、在实现乡村振兴攻坚路上，都闪现着水文人的身影，新发展理念指导下的创新发展思路，让水文在社会经济发展中的作用越来越凸显，不断拓展的空间让水文发展的道路越来越宽。

15 年的水文征程，我感受到全省水文呈现了日新月异的变化，设备更先进、信息更精准、基地更漂亮，而始终不变的是水文人吃苦耐劳、默默奉献的精神。如今我更加坚信，水文是我一生的梦，在追梦的路上，唯有奋斗，不负韶华。

（作者单位：河南省济源水文水资源勘测局）

那人　那站　那些年

李　争

我的父亲李便和，是一名老水文职工，水文工作是他一生的挚爱与坚守。提起那些年，和同事们在水文路上携手奋斗的往事，他总是津津乐道、引以为豪。20世纪60年代初到80年代末，父亲先后在河南省水文总站常庙水文站和尖岗水文站工作，“水文站”这三个字在我童年时代的记忆里，留下了难以磨灭的印记。当我成为一名水文工作者的时候，终于理解了父亲那一代人的水文情怀和水文工作的意义。

一入水文　历经风雨不言苦

我小时候，父亲很少在家。那时的我，每天都盼着父亲回家，那是我最高兴的一刻。有时，父亲刚到家，看着天要下雨，他便又骑着自行车匆匆地走了。那些同父亲一样的老一代水文人，为了坚守工作岗位，以站为家，不能照顾妻儿是常有的事。

父亲和他的同事们与风雨同行、江河为伴，时刻监测着水文情况的变化，因为他们深知每一份水文数据都是国家宝贵的基础资料，与我们的生活息息相关，应用于社会的方方面面。

父亲曾说起20世纪80年代的一场暴雨。那场暴雨来势凶猛，持续时间也长，乌云压过来，白天如同黑夜。父亲和老站长张全喜、宋增文等同志日夜坚守在水文站上。雨越下越大，他们奔波在雨中观测雨量和水位，一个涨水过程就观测50余次，涨势较快时，就坚守在自记雨量计和水尺边，时刻注视着雨量和水位的变化。

暴雨继续肆虐，大家在老站长的带领下，繁忙有序地工作。他们把测到的数据迅速译成报文，正准备发报，空中划过一道白光，一声炸雷轰鸣作响，电火球在屋内盘旋，办公室照明设备被摧毁，顿时室内一片漆黑。在这关键时刻，老站长临危不乱，嘱咐大家注意安全，而他则拿着手电筒赶紧查看通信设备，还好，通信线路正常，没有耽误他们将测流数据准确及时上报，为防汛指挥决策及时提供可靠依据。他们不畏风雨、兢兢业业，在平凡的岗位上赤诚奉献。

水文站的工作就是与江河打交道、与洪峰展开较量。张宗林也是一名老水文职工，20世纪70年代来到告成水文站，父亲和他相识多年，父亲说："他是一个特别认真的人。"当年张宗林在告成期间，看到河滩上村民们种了很多树，严重影响河道行洪，他心想："这可不是小事。"于是逐级向乡、县、省等有关部门说明情况的严重性，排除重重困难，使问题得到解决。

20世纪70年代的告成水文站条件很艰苦，办公场所设在水磨房里，屋外下大雨，屋内下小雨，屋外大风呼啸，屋内小风嗖嗖。当时站上还有李民生、陈国宪、张宗林等五人，这几人技术全面，都是工作上的好手。在这种艰苦的条件下，他们坚守岗位几十年如一日，秉持"水文人"的信念：一定要把工作干好，决不能出差错。1970年7月31日这一天，大雨倾盆，河水暴涨暴落，为了测得洪峰，他们连续三天三夜没有睡觉。为及时投放浮标，避免漏测跑峰，他们冒着狂降的暴雨，时刻监测洪水的涨落，与洪水鏖战，测得最大流量为1010立方米每秒。

检查维护雨量站、收集资料也是水文工作的重要内容。20世纪六七十年代，检查维护雨量站和收集资料不是一件轻松的事情，每次都是骑着自行车一大早出发。平原站距离较长，虽然每次要往返五六十里，道路平坦，还相对好走一些。而山区雨量站，路途遥远且崎岖不平，特别是烈日炎炎的夏天，骑一会儿就大汗淋漓，若碰上雨天，山路泥泞，根本没法骑车，就只能推着车走，翻过几道岭到雨量站时，浑身都湿透了。

不管有多大的困难，父亲和同事们在艰难的岁月里坚守着水文工作，从没有耽误过雨量站的检查和资料的收集。

一肩担当　前进路上不畏难

在父亲那个年代，水文站的工作条件和技术力量很有限，职工们为了干好工作，想方设法克服困难。父亲印象最深刻的是尖岗水文站的水文预报和新郑水文站职工张世林的水文设施革新改造。

尖岗水文站是水库站，位于淮河流域贾鲁河干流上游，承担着省、市、淮办、中央等报汛任务，尖岗水库不仅发挥着城市供水作用，而且具有重要的防洪作用。随着社会的发展，为满足水文防汛工作的需要，尖岗水文站在原有工作量的基础上增加了水文预报工作。

20 世纪 70 年代后期 80 年代初,有一段时间站上只有父亲和老站长两个人,之前他们没有做过水文预报工作,但父亲和老站长凭借着一股敢想敢干的冲劲,接受了这项任务,他们想的是“要干就一定要干好”。

在上级领导和同志们的大力支持帮助下,父亲和老站长计划先从水文调查做起。他们两人从大坝出发,跋山涉水找到上游源头,沿途做好观察记录。经过一段时间的艰苦排查,他们对域内提灌站、闸坝、泉水、植被等情况了然于胸。接着,他们查阅了大量的历史水文资料,并进行了一系列的分析计算,结合计算的结果,老站长亲自绘制了汇水区域图,为防洪做好洪水预报的准备工作。

成功是留给有准备的人。1983 年 8 月,一场暴雨来势凶猛,库水位超过了汛限水位。情况危急,一旦出现险情,便会直接危及郑州市的安全。在这紧要时刻,省防汛指挥部连续打来电话要求泄洪。此时水库领导压力也很大,他们把目光一起投向父亲和老站长,他们根据预报方案的计算,得出的预报值与实际出现值仅相差 0. 06 米,两者出现时间基本一致,误差很小。老站长从雨情的发展趋势和历史出现的最高水位,结合水文预报等情况向水库领导说明水位的变化在可控范围内,不会发生危险。有理有据的科学分析,坚定了各级领导的信心,做出了不泄洪的决定,为供水紧张的郑州留住了 350 万立方米备用水。成功苦中求,梅花寒里开,父亲和老站长做的第一次水文预报工作,在关键时候发挥了重要作用,一场危机平安度过,他们用实际行动诠释了水文人的使命担当。

20 世纪六七十年代水文设施落后,工作中经常会遇到意想不到的难题,水文站的同志们都会发挥聪明才智,对陈旧设施进行革新改造,来解决问题。张世林,就是当时新郑水文站的一位水文革新能手。他 20 世纪 60 年代初毕业于郑州水校,分配到新郑水文站工作,是出了名的爱学习爱钻研,最善于解决工作中棘手的困难。

新郑水文站是河道站,历史上产生过多次洪峰。1969 年张世林任新郑水文站站长,4 月的一场暴雨,他带领职工抢测到 835 立方米每秒流量,是他参加工作以来最大一次。测得的沙样需要进行烘干处理,但由于天气连阴,空气潮湿,站上又缺乏烘干设备,沙样无法烘干。张世林左思右想,在盆内放入沙样,下面放一个煤油灯,直接烘烤,但由于缺少隔热层,没有成功。他没有气馁,查找原因,继续研究。张世林找来一个滤沙架,把盆的四周用棉围裹起来,又用棉盖盖好,放在滤沙架上,滤沙架下面放上煤油灯,再进行烘干,几次调整后,温度达到了110摄氏度至200摄氏度,烘沙问题终于得到了解决。省水文局有关专家来检查工作时,对这个土烘箱很感兴趣,他们按照张世林的模式加以改进,在一次展览会上得到了专业人士的称赞。

新郑水文站1972年迁至双洎河上游的人和村,建立人和水文站。测流断面和水尺需重新布设。断面设置和缆道架设很快完成,可设立水尺遇上了麻烦,由于地面下的土是非常硬的黏土。张世林当时想了一个办法:用钢筋做水尺桩。这一想法的前提是先将钢筋弄弯,但由于工具和各方面的条件都不具备,用钢筋做水尺桩的办法就搁浅了。下班路上,他边走边思考,看到邻居家门前放的槽钢,张世林来了主意:何不用槽钢试试?他向邻居借了几根槽钢,计算好长度后,进行焊接安装,最终水尺桩的问题也得到了顺利解决。

这样的人和事情还有很多,职工们创新性的想法和举措,解决了不少实际问题。他们在遇到困难和问题时总是积极面对,迎难而上,没有条件就创造条件,哪怕是再难的事情也被他们的聪明才智和必胜决心一一化解。

一生奉献　水文精神再传承

水文站是一个团结奋斗的集体,它凝聚了一代又一代水文人的精神、智慧和力量。父亲常常告诫我:“干水文这一行一定要踏实认真,不怕困难,干一行爱一行,这样才能把工作做好。”“搞好传帮带,把好传统和好技术传给年轻的一代,这是我们老一辈水文工作者的责任。”老站长语重心长的话语时常在耳边回响。

1981~1985年,尖岗水文站先后分来青年职工5人。为了让这些青年职工能够快速掌握技术,顺利接班,老站长把培训青工作为管理的重中之重。他带领有经验的老同志和青工签订“包教包学”合同,分阶段、订计划、讲理论、重实践,使青年职工逐步掌握专业技能,尽快能独立工作,使尖岗水文站技术人员断层的情况得到了有效的改善。这一工作经验在全省水文系统座谈会上,受到广泛好评并得到推广。

老站长和其他老同志不仅教给年轻同志技术,更重视他们的思想教育,坚持把好的思想、好的作风传给年轻一代。当年常庙水文站的站长是一位老红军，他的口头禅就是："战争年代死都不怕，还怕这点困难，没有战胜不了的困难。"他带头学习、带头干、不怕苦、不怕累，用红军精神感染着父亲那一代水文人。

新一代水文人在老同志的传帮带中成长，他们接过老一代水文人的重任，传承老一代水文人坚守一线、艰苦奋斗、爱岗敬业的精神。他们业务精湛、思想过硬、勇于创新、拓展思路，把水文事业与社会经济发展紧密结合，服务社会。他们与时俱进，善于运用新技术，大胆实践，积极推进水文事业的改革和发展。他们敢于挑战困难，像老一辈水文人一样坚守自己的工作岗位，孜孜追求、不懈奋斗。

（作者单位：河南省郑州水文水资源勘测局）

三代“李家军” 传承水文情

肖梦雨

坐落于曹魏故都的河南省许昌水文水资源勘测局，有一家三代水文人，被同事们亲切地称为“李家军”，他们共同见证了许昌水文近50年的风风雨雨，传承和发扬水文行业精神。他们，就是许昌水文局综合科科长李鹏一家三代人。

拓 荒

李国杰，李鹏的父亲，1978年从部队转业分配至许昌水文分站，从事水文工作27年，2005年在许昌水文局办公室主任的岗位上退休。1978年的许昌分站，组织机构尚未完善，水文事业也正处于开始逐步发力的阶段，后勤工作就显得尤为重要。过去的水文人条件艰苦，一切后勤都要优先供应水文站。部队出身的李国杰把在军队养成的良好作风带到了工作中，尽最大努力为同志们采购煤、电池、蜡烛等必备生活物资，分门别类，仔细保管，每个水文站谁来领物资，领了多少，都有清清楚楚的记录。20世纪80年代的交通工具还是以自行车为主，李国杰经常骑着一辆“二八大杠”，风里雨里奔波不停，为职工采办各种物资。条件艰苦，物资供应有限，后勤工作难度很大，但李国杰从未抱怨过什么，始终怀着满腔热情服务大家。后勤工作无小事，水文站、办公室房屋破旧，窗户是用水泥和报纸暂时糊住，才能略微挡一挡寒冷的北风，职工住房更是破败，甚至还有草房，一下雨屋里就成了“水帘洞”，在翻新改建过程中，领导负责解决资金问题，李国杰就负责紧盯施工各项环节，化行水文站翻新的时候刚好和办公室装修是同一时间，李国杰就来来回回在两个工地跑，基本没有休过星期天，最后，职工的办公和住房条件都得到了很大改善，到2000年后，许昌水文局办公条件是全省水文系统里的一流。过去经费紧张，李国杰在领导安排下，想办法联系水电公司进行入户改造，实行一户一表，既节约了水电，又解决了大部分职工用水用电紧张的问题。1997年、1998年李国杰连续两年被评为河南省水文水资源局模范党员。

说起李鹏的母亲梁秀英，那可是大名鼎鼎的女中豪杰。1965年，年轻的知识青年梁秀英响应毛主席号召上山下乡，回到郏县老家搞“红薯下蛋”丰产试验，哪儿的活容易干，她就让别人干；哪儿的活难干，她就抢着干。在她的带领下，四个姑娘不怕苦不怕累，打井、浇粪，冬天浇麦，跳进水里脚都冻肿了，丝毫不输男同志。经过她们的精心培育，红薯获得了大丰收，培育经验还被推广到全公社。白天，梁秀英她们下地干活，挑粪除草一个不漏；晚上，和队友一起挑灯学习毛主席语录，宛如“铁姑娘”，慢慢地，村民都开始这么叫她们，梁秀英自然是“铁姑娘队队长”。这一事迹被《河南日报》报道，作为知识青年典型大力宣传。五年的上山下乡运动中，“铁姑娘队队长”梁秀英的出色表现获得了大家的一致夸赞，1970年，梁秀英被公社推选保送到清华大学水利系，学习水文水工专业。同年10月，梁秀英被组织推荐前往北京，参加了毛主席、周总理等国家领导人出席的“十一”国庆观礼，站在观礼台上，梁秀英流下了激动的泪水，她暗暗发誓，一定要学出成绩，学好水利，回去建设家乡，不辜负毛主席的期望。

梁秀英在清华大学读书期间，就参与了三门峡水库泥沙处理施工工作和丹江水库、密云水库等施工教学与实习，还参与了北京半城子水库设计工作，积累了丰富的理论和实践经验。1974年毕业后，梁秀英被分配到了许昌地区设计队工作，用所学知识，亲自参与了纸坊水库、孤石滩水库的除险加固设计和施工。“75·8”大洪水时期，梁秀英主动要求前往一线参加洪水调查，积累第一手资料，当时许昌水利局的工程师，看到梁秀英一个姑娘扛着水尺和水准仪到处跑，夸赞她不怕苦不怕累，梁秀英果断回答：“不累，您指导着我们干，我们能收集到第一手的资料，以后搞水利建设非常有用。”1979年，梁秀英调到许昌水文分站，开始承担许昌地区的地下水工作。80年代，农业是重点工作，水文工作优先服务对象就是农业，地下水相关变化情况最能直接帮助到农业灌溉。在1986年许昌、漯河、平顶山区域分家之前，梁秀英要负责这些地区十五六个县市的五六百眼水井的地下水相关工作，那时候没有计算机，都是用算盘手打计算。梁秀英需要把每周每眼井水位变化的数据记录下来，每个月再画点连画线，再通过大量计算，画出地下水预期变化过程线，坚持每月出月报，年终出水资源公报，整理后报送给许昌市政府和许昌市水利局。90年代，许昌水文局从深圳引进了两台PC-1500计算机，一台给了化验室，一台给了技术室，这才有了比较先进的计算设备，提高了工作效率。这样的工作一直持续到2004年退休，退休之前的梁秀英，还连续五年获得了全省地下水资料整编成果前二名。

传 承

1998年6月，“李家军”二代人上岗。初入许昌水文局的李鹏在办公室工作，在父亲李国杰的言传身教下，李鹏很快就掌握了工作的方方面面。和父亲一样，李鹏对工作也从未有过怨言，90年代的许昌水文局家属院，随着职工生活水平的提高，办公、生活用电用水猛增，造成水电负荷增大，隔三差五就有停电发生。谁家停电了，水龙头坏了，只要在院子里喊一声，李鹏就带着工具来修。一来二去，大家都夸赞，国杰叔家的大鹏真是个踏实肯干的人。

2005年，父亲李国杰退休后，李鹏逐渐接手负责许昌水文局办公室工作，此时的许昌水文进入大发展时期，李鹏是参与者，也是建设者。办公室工作已经不再是简单的后勤、收发公文、车辆管理等，更多的是一个综合工作部门，是协调各方面的桥梁和纽带。他时刻谨记父亲“办公室要做好勤务员、保卫员、服务员”的教诲，敬业爱岗，甘当配角，沉心静气，埋头苦干。对内参与办公楼的维护与维修、水文站基础建设、现代化设备、仪器采购引进、信息化建设等方方面面，为许昌水文局的全面发展提供了强有力的后勤保障；对外联系打通各方面力量，做好对外宣传等工作，助力许昌水文局成功创建河南省水利厅文明单位、许昌市魏都区文明单位、许昌市文明单位，在他的努力下，许昌水文局还获得了2020年度许昌市文明单位标兵称号。

2020年，举国抗疫，许昌水文局综合科负责了全局的抗疫主要工作。在局领导的部署下，李鹏第一时间为全体职工购置了口罩、酒精、84消毒液、测温枪等设备，每日在办公区域进行消毒，为往来职工测量体温。三个月的疫情监控，李鹏无一漏报、错报，每日准时将许昌水文局的情况汇报给河南省水文水资源局办公室。

发 扬

在两代人的潜移默化影响下，年轻的第三代“李家军”、“00后”李龙豪也逐渐树立了为水文事业发展作贡献的决心。

高考报志愿时，李龙豪坚定地选择了水文与水资源工程专业，通过学习，李龙豪系统学习了水文、水资源及环境信息的采集及处理、水旱灾害预测及防治、水资源规划、水环境保护、水利工程规划与设计、水利工程运行与管理、水政管理等方面的基本理论和基本知识，接受了工程制图、运算、试验、测试等方面的基本训练，具备了应用所学专业分析解决实际问题、科学研究、组织管理的基本能力，成长为新一代智慧水文人。

2021年，李龙豪通过公开招聘考到许昌水文局，成为这个家庭的第三代水文人。关于小时候的故事，李龙豪有着说不完的话。“那时候对爷爷奶奶的工作很好奇，觉得爷爷跑来跑去给大家发东西，奶奶总是在纸上写下我不认识的符号。”李龙豪说，“当时自己就想着有朝一日能站在这里工作。”转眼梦想成真，李龙豪站在爷爷奶奶和父亲工作过的地方，时过境迁，环境变了，条件变了，人也变了，不变的是水文人代代相传的水文精神。李龙豪看到了最先进的测流仪器，现代化的写字楼办公条件，崭新的基层水文站，翔实系统的水文资料，也看到了今天的许昌水文人依旧脚踏实地，风里来雨里去，用具体工作一笔一画描绘着水文事业的宏图。提起未来，李龙豪脸上露出了无比自信的笑容，这笑容里蕴藏的是对未来的憧憬，更是对水文事业发展的信心。

三代“李家军”，一代人奠定了传统水文，一代人见证了现代水文，一代人将亲历智慧水文。站好每一班岗，是“李家军”对水文最朴实的愿景。从当初的老李，到今天的小李，代代人的殷切叮嘱早已深刻三代人的心中，代代传承的宝贵水文精神，也是这个家族不变的精神力量。

（作者单位：河南省许昌水文水资源勘测局）

风雨无阻水文人

林祎晗

时至今日，年近八十的柴耀志对于在水文上的工作经历仍然记忆犹新。

一

1968年，柴耀志来到驻马店五沟营水文站当临时工，1972年转正，1998年11月退休，退休时为高级工。谈到在水文站这50多年工作中印象最深的事，柴耀志首先谈到了“75·8”大水。

据柴耀志回忆，“75·8”大水期间，连续两晚，刮风下雨、电闪雷鸣，汛情十分紧张，但他仍然坚持到距离1公里外的断面观测水位。当时他一人承担着四组的水位观测工作，需要徒步往返于闸站和水文站之间，那时还没有水泥路，就只能穿着胶鞋穿过泥泞湿滑的路面。测量时拿着手电筒，划着小船带着铅鱼独自完成水位测量工作，测量结束后再沿途返回。每天柴耀志都重复着同样的工作。在“75·8”观测水位的工作结束之后，由于劳累过度，他住院输液长达一个半月。

“75·8”大水期间的一天夜里，在柴耀志去往观测断面的途中，手电筒突然坏了，无奈之下他只能沿路返回，拿到新的手电筒之后，为了不耽误工作，立刻赶回断面去观测水位。当时，水文站上游几乎全部被淹，只剩下柴耀志所在的水文站这一片受灾并不严重，每次工作时他都穿着救生衣一次次下水认真测量。他说当时也顾不上水凉不凉、猛不猛，一心想着不能耽误了水位的测量和报汛工作。

二

大水期间，京广铁路以东，由于地势低洼，从西平到遂平、汝南、平舆、上蔡、新蔡，洪水连成片。在数百里的洪水中，很多人被困在房顶上、树杈上或河堤上，村里不时传来一阵阵房屋倒塌的声音，村民们开始在水里打捞些瓜果、玉米棒子充饥，后来只能吃树叶、树皮。柴耀志说当时条件艰苦，由于大水的到来，当地村民没有吃的，只能喝白水，他觉得这不是长久之计，于是他回到家托人在供销社买了20斤盐，背到当地村民那里，给每家每户发盐，这才让老百姓的生活有了点味道。与此同时水文站的同事们也都因为被大水困住，两天两夜没有吃饭，也没法出去购买食物，柴耀志只能划着水文站的小船到街上托人买了四箱方便面，来保障同事们每天的基本生活。

回忆起当年的测量工作时，柴耀志说：那个时候的测量不比现在，当年全部都是人工测量，打下去的桩是木桩，需要用锤子夯进水里，每当水很急的时候遇到的阻力就特别大，常常要浸泡在水里很久，测流量时的设备全部用手摇，然后在两边拉着钢丝绳，一个人拉着小船来回走，再手动把铅鱼摇上来进行流量的测量，测完流量之后再将铅鱼卸下来。那时测量曾用过浮漂，就是用工具将东西固定好之后再投入水中，然后在100米之外的地方测量到达时所需要的时间，用这种方法来计算流量。

"当年的测量设备陈旧，在水文站的工作人员也很能吃苦。"他说，"近些年很少有这么大的水，这一代的年轻人也很少遇到那样的大水，然而在七几年、八几年的时候，汛期常有大水出现，涨得快的时候一个小时看一次水位。"

三

柴耀志感叹，水文人测量、拍报的水文数据，要为当地的防灾减灾提供决策依据，特别是遇上强降雨，每一组数据都是人命关天，容不得半点马虎。每天的水位是有变化的，因此他的工作，容不得半点马虎，他得时刻注意着水里的水尺，熟悉它们，就像熟悉自己的手掌。

柴耀志说，每年汛期，是水文人最忙碌的时期，也是最危险的时候。大雨来临时，狂风刮起，别人"往屋里跑"，而水文人却"往屋外跑"。他们风雨里进行雨情报送，没有白天与黑夜，没有节日的概念。他坚守了50多年，而且这个时间还在延长，在别人看来，他是在坚守，他自己认为这就是他的生活，是他生命的意义所在，是他一生经营的事业。

"小车不倒只管推。"八十岁的柴耀志笑着说出心声。他说自己已经这个年纪了，一生都奉献给了水文事业，不论炎炎夏日、不论风霜雨雪，水文人都在收集整理着各种枯燥无味的阿拉伯数字，看似简单、平凡，但是"简单的事情重复做，你就是专家；重复的事情用心做，你就是赢家"。

每当提起年轻时的工作经历,柴耀志都历历在目,他说那也是他一生中很有纪念意义的一段日子,希望水文职工们要忆苦思甜,继续奋斗。我们处于大水文发展的时代,当社会经济发展对水文提出更高要求的时候,作为水文人,要以更加饱满的热情投入水文工作中,继续发扬水文人的优良传统,努力钻研,扬鞭奋蹄,在现在良好的工作条件下,为河南水文事业又好又快发展增砖添瓦。

(作者单位:河南省驻马店水文水资源勘测局)

长大后我就成了你

李希伟

我的父亲李得保曾是一位军人。1996 年转业后，一直在淇门水文站工作。20 多年来，他把水文站作为自己的家，甘于寂寞，兢兢业业，无怨无悔，在平凡的岗位上干出了不平凡的工作。从小耳濡目染的我，也成了一名水文人。工作第一站便是距淇门不远的刘庄水文站，父子加同事的关系，让我对自己的父亲有了更近的接触、更深的了解。

无悔选择

淇门水文站是国家一级水文站，也是卫河、淇河、共产主义渠交汇处的把口站。流域面积 8427 平方公里，是海河流域内水文及水质监测的基本控制站，省级重要的水文和水质监测站之一，为卫河的防洪调度与水资源管理提供着重要的水文信息。

我是一个注定要与水文结下不解之缘的人，因为我生在一个水文人的家庭。我还清晰记得 2010 年刚毕业参加水文系统招聘面试的时候，面试官让谈谈对水文工作的认识。我说："在我 7 岁的时候，父亲就从部队转业到水文站工作，而且水文站就在我家的旁边，从小的耳濡目染以及父辈的不计得失、无私奉献的精神和理想信念使我也坚定不移地选择了水文事业。"

在父亲刚转业回家的时候，本来有机会去县城的一个企业就业，20 世纪 90 年代企业的待遇还是相当不错的，但是我父亲还是毅然选择了水文事业，选择了与水为伍。

父亲这一干就是 25 年，把人生最宝贵的青春都献给了他所热爱的水文事业。曾有人问他，后悔干水文吗？他总是一笑了之，其中的酸甜苦辣只有他自己知道。其实我以前也问过他，为什么当初不选择条件好点的县城企业，而是选择地处偏僻的农村水文站？他告诉我说："不管干什么，只要干好自己的本职工作，就是为人民服务。"

临危不惧

按常理,大家都是下雨回家,天晴出门。水文人却恰恰相反,雨越大越往外跑。作为站长的父亲时时都能以身作则,无论是天寒地冻还是酷热难耐,无论是白天还是深夜,只要有雨声和水声,就有他的脚步声。夏季的雨比较多,水涨得也快,常常是几个晚上连续工作,但父亲没有一丝的怨言。在抢测大洪水时,父亲总是冲在危险的最前面,抢着最困难的活干,到河里检查仪器的工作情况、取沙样,到岸边看看水尺是否牢靠,把安全留给别人,把危险留给自己。

在2016年的大洪水中,父亲临危不惧,镇定指挥,全站同志齐心协力,克服了一个又一个困难。那几天,上游的雨下得比较大还急,很快淇门水文站的水位就到了64.50米,必须采用12段制(每2小时报一次水位流量)的二级加报了,无形中就加大了工作量。站上只有三个职工,其中两个都是刚上班不久的年轻人。父亲就主动承担了夜间大部分的报汛和测流任务。他说:“年轻人需要有充足的睡眠,你们晚上好好休息养精蓄锐,把充沛的精力和体力都用在白天的测验任务上吧。”就是在这样时间紧、任务重、人员少的情况下,父亲和站上职工一起,经过几个昼夜的不间断工作,完整测到了这次大洪水的全过程,为当地政府的抗洪抢险提供了及时有效的决策依据。

水文接力

父亲不善于用言辞来表达,却常以他独有的沉静,诠释着他的责任。我常常在某一个瞬间,会突然发现父爱的深重与伟岸。

父亲在部队十几年的军旅生涯使他养成了勤奋学习的习惯,从一个水文业务都不懂的门外汉,到如今能熟练掌握各项水文业务的“专家”,是和他平时的刻苦钻研分不开的。为提高理论素养,他把学习作为一种制度认真贯彻落实,在学习中工作,在工作中实践,并组织本站职工坚持学习党的路线、方针、政策,学习水文业务专业知识。淇门水文站人员的业务素质明显提高,工作能力大大增强,该站从未出现因各种原因放掉洪峰测验,出现错、迟、漏、缺的现象,在每年水文资料整编审查中,该站资料每项都是保质保量地完成,是全局的样板,这些无不凝聚着父亲辛勤的劳动。

父亲十分注重在实践中学习,为解决缆道测流信号丢失、中断等问题,他多方查阅资料，请教专家，通过无数的实践，终于得出了适合淇门水文站枯、低水测验的应用方法。他是一个在平凡岗位上默默无私奉献的人，是扎根在河滩中一棵挺拔的青松，守护着一条桀骜不驯的大河。他忠于事业、无私奉献、勇于创新、刻苦钻研的精神感染了我，让我在以后的水文工作中慢慢地磨砺成长，成为像父亲一样把水文情结深入骨髓的人。

（作者单位：河南省鹤壁水文水资源勘测局）

携手联合执法　守护水文权益

苗红雄　刘建民

“1号井有情况！”2016年4月25日早上，河南省郑州水文水资源勘测局水资源科科长、水政监察大队成员王闯接到司赵村村民赵长生电话。

赵长生口中的“1号井”是2015年6月国家发改委批复由水利部和国土资源部联合建设国家地下水监测工程中的国豫郑管城1号监测站，统一站码：50661491。该站位于郑州市经开区朝河办司赵村北村民赵长生（原雨量站观测员）的耕地内（东经113°8059′，北纬34°6794′），于2015年12月23日开钻建设。经过钻进，疏孔、换浆和试孔，电测井，井管安装，滤料填充、封闭止水，洗井一系列工作，12月月底成井，又进行了抽水试验和水准点埋设。

地下水监测工程的实施，可实现对地下水动态的区域性监控和地下水监测点的实时监控。根据水利部建设规划的选址方案，早在2013年1月和2014年10月，郑州水文局两次对国豫郑管城1号监测站进行勘察选址，当时与司赵村村民赵长生沟通，他同意在其村北耕地中建站，勘察时曾询问过其耕地在近期是否有拆迁占用计划，他告知没有得到相关消息。2014年10月17日，他与郑州水文局签订了《地下水自动监测站占地协议》。

建成仅150天，数据传送正常，监测站究竟出了什么情况？赵长生在电话里说观测站所在耕地因郑州市四港联动西辅道建设已被占用，“1号井”现在是什么情况？王闯马上向局领导汇报，与水政监察大队另一名成员刘建民赶到现场。现场已经变成一个大型施工现场，他们赶快上前查看，只见站址周围的土地被挖得乱七八糟，大块大块的泥土被翻开，监测站高出地面半米多的红色保护筒几乎被土块遮掩，虽然监测井还在工作，但周边水准点等附属设施已被破坏。他们心急如焚，立即制止施工并向施工方告知在没有妥善的处理方案前，不能对监测井进行破坏。王闯与赵长生一起到司赵村村委询问辅道建设有关情况，详细了解后发现，工程完工后，监测站主体正好位于新建道路的中间。王闯当场与局领导电话联系汇报这一情况。

“监测站在道路中间不可行，给道路上行驶的车辆带来安全隐患，更保证不了我们水文监测设备的运行安全！此处测站必须择址重建！”局领导在电话里告诉他班子的研究意见。“1号井”被破坏，大家心里都不好受，郑州水文局的33个国家地下水监测站，每一处不管是选址还是成井施工、水位监测仪器设备的安装，同志们都倾注了极大的心血。但是大家更知道，不管是建设国家地下水监测工程，还是城市路网建设，都是为社会、为人民服务。这眼“1号井”必须“搬家”。

王闯和刘建民与村委工作人员一起回到现场查看，并找到建设施工方联通路桥的现场负责人康工，提出两个解决方案：一是由施工方按监测站设计规范择址重建；二是施工方按标准赔偿，由郑州水文局重建。康工慢条斯理地说：“我只负责施工啊，涉及赔偿问题，你们应该和甲方联系。”王闯紧接着说道：“那你告知我们一下甲方的单位名称、具体负责人员和他的联系方式。”康工推三阻四，借口很忙走掉了。

“1号井”已被破坏，要求施工单位迁址重建暂时也没有头绪。郑州水文局水政监察大队决定推进行政执法从刚性到刚柔并济转变，从突击性执法向长效化执法转变。队长苗红雄交待5名队员：“我们要不停推进执法工作，寻找工程甲方，同时与施工方的沟通也不能间断。”局水政监察大队先是通过互联网从经开区政府网站上查询到该工程的规划许可公示文件，按照公示上经办单位（经开区城乡规划分局）的咨询电话和经办人的信息进行联系，向他们咨询具体的道路施工方和有关负责人的联系方式；同时通过郑州市水务局水政处联系经开区农经委水利科进行查询。经过多方沟通后，取得了甲方郑州经济技术开发区建设投资有限公司的工程负责人的手机号，之后一段时间多次拨打，但一直无人接听。大队几名同志隔一段时间就携带执法证件去监测站所在的施工工地一趟，既查看“1号井”的情况，也向施工方一遍遍介绍水文工作的性质、任务和水文法规，并提出让他们帮助联系工程甲方。2017年5月23日，河南省水利厅召开了全省水文系统推进服务型执法建设会议，会议明确了全省各级水行政主管部门进一步强化服务型行政执法理念，着重建立长效机制，带动全省水利法制建设整体提升。郑州水文局紧紧围绕服务型行政执法建设的主题，提前建立案件推进程序机制，把整个案件分为三步走：前期准备、组织实施、善后工作。并把每一步又细化成六小步。在之后一年多的时间里,经过多次沟通,施工方愿意协助郑州水文局与甲方协商解决监测站迁建的有关事宜,但因大气污染扬尘治理,道路施工进度较慢,基本为停滞状态,监测站择址重建事宜依然迟迟没有结果。郑州水文局水政监察大队的同志们意识到这样下去还是不会有太大的进展,水政监察大队没有独立执法的资格,执法力量不强,和地方公安部门、地方水政部门没有联动,在执法中很难推进服务型执法。

2018 年 3 月 29 日,河南省水利厅召开汛前水文设施与监测环境专项执法检查活动部署动员会,郑州水文局感到这是解决这起案件的转机,对这起案件分析研判后,局班子决定大胆创新,趁着这股“东风”,主动联系地方水政执法部门对此案进行联合执法。郑州水文局向省水文局的领导就此事专门做了汇报,在省水文局领导的支持下,2018 年 4 月 18 日下午,郑州水文局水政监察大队和郑州市水务局水政监察支队召开了 2018 年汛前水文设施与监测环境专项执法联席会。

在联席会上,队长苗红雄介绍了郑州水文局的基本情况及水文监测设施的现状,并重点对郑州市经济技术开发区国豫郑管城 1 号监测站遭到破坏的情况进行了通报。郑州水务局执法队的葛队长当场表示全力配合和支持水文工作,对已经遭受破坏、依靠水文部门难以解决的问题进行联合执法。他说:“我们水务局执法队尽快行动,一定将水文部门存在的问题解决好,将水文设施保护落到实处。”联合执法雷厉风行,联席会第二天,郑州市水政监察支队沈言江副支队长带领监察一科执法人员与郑州市经济技术开发区节水办工作人员,会同郑州水文局相关人员到达郑州市经开区朝河办司赵村北进行案件调查,按照程序向施工方和甲方下达了现场整改通知,责令其立即停止违法行为并限期采取补救措施。

没出两天,这个当时“不联系、不见面”的经开区建投公司就主动与郑州水文局联系,双方经过协商,4 月 28 日签订了赔偿协议。经开区建投公司赔付全部迁改费用 10 万元,并按照郑州水文局的要求将监测井迁建至东南方向 50 米处的绿化带内。为进一步保证监测设备的安全性,郑州水文局要求施工方在原设计方案基础上,在井口保护筒外加设了一圈不锈钢护栏。仅用了一个月,国豫郑管城 1 号监测站迁建工作完成,5 月 28 日通过省水文局验收,新的“1 号井”很快开始发挥监测作用。

2018 年 4 月 19 日，郑州水文局监管人员与郑州市水政监察支队监察人员一同进行现场执法

国家地下水观测站国豫郑管城 1 号因地方施工影响，导致此井不能正常使用，郑州水文局行政监察大队通过寻求支持、多方沟通、克服困难，历时两年最终圆满结案。郑州水文局的行政执法工作在上级领导的支持和指导下有了长足的进步，在此次联合执法中，郑州水文局水政监察大队与郑州市水政监察支队紧密配合，认真沟通，及时制止了破坏水文设施的违法行为，对破坏方进行了耐心的行政指导，同时对周边群众进行了水法律、法规的宣传教育，对保护水文设施设备起到了良好的推动作用，不仅依法执法、严格执法还将主动服务落实到位，进一步扩大服务型行政执法的覆盖面和影响力，把行政服务的理念植入人心。

（作者单位：河南省郑州水文水资源勘测局）

父亲和水文

史静华

我的父亲史国安，是河南省平顶山水文水资源勘测局一名退休工程师。在 32 年的水文生涯中，他风里来雨里去，在平凡的工作岗位上默默奉献着。

童年的记忆

河南省许昌水文分站官寨水文站坐落在叶县辛店乡杨湾村，周围被几个小山包环绕着，青山绿水，但是交通特别闭塞，离最近的村庄有将近两里地的路程。想要去到站上，还要趟过大河，涨水的时候要靠摆渡才能进出，我父亲就在这里工作。

从记事儿起，我就知道父亲是一名“国家干部”，这是我小时候在农村听得最多的一个词。那个时候的他经常骑着一辆二八自行车，风风火火地穿梭于单位和家之间，那除了铃铛不响哪里都响的破旧自行车承载了太多的风风雨雨，挂满了我童年美好又特别的回忆。

每当汛期来临，父亲总是提前准备好充足的面粉，买多了面粉会发霉，买少了连续几天下雨就没什么吃了。即使这样的环境，也让我乐此不疲地来来往往！一放暑假，没有出过远门的我就迫不及待地坐上了父亲的自行车，一路沟沟坎坎，晒得满脸通红，尽管汗水湿透了衣服，坐在后座上颠簸着，心里也是乐开了花！

来到站上，我做的第一件事就是跑到河堤上“听取蛙声一片”。河边，铁皮双舟静静地靠在岸边，见证着水文人的苦与乐。远处，是一望无际的青纱帐，偶有几座房屋冒着炊烟，越发显得官寨水文站的寂寥和孤独。夕阳下，爸爸和叔叔一个人拿着测杆，一个人拿着本子认真地记录着什么，那美丽的剪影至今还在我的脑海里挥之不去！

每次定时发报时，我都要使劲挤到最前边，去摇一摇那台人力发电机，旁边的叔叔在滴滴地专注发报，第一次听到如此美妙的“音乐”，居然还能神奇地输出数字，说着电影里面才出现的台词，“51691……”，我觉得那一刻是多么的庄严和神圣！这也是我每每和小伙伴谈起最为骄傲和自豪的事情！

父亲的爱情

20世纪70年代，许多水文站都在偏僻的山沟里，交通不便，水文职工有时几个月不回家都很正常，找对象更成了难题。年轻的时候父亲个头不高，再加上又特别瘦，看起来弱不禁风，别说保护别人了，保护自己还有些靠不住呢。妈妈当时是乡中学的公办教师。媒人在介绍爸妈见面时，我母亲只想掉头就走，被媒人使劲拉了回来，才从鼻子里“嗯”了一声，算是挽回了父亲的一些面子。那时候水文人工作环境艰苦，常年不在家，找媳妇难，找一个有工作的好媳妇更是难上加难，但是我爸爸却像对待自己的工作一样对妈妈展开了执着的追求！

每逢到了夏天，爸爸就会拿着一把镰刀，去姥姥家收麦子，他挥汗如雨，任凭汗水湿透了脊背，手脚就算被麦茬划破，也丝毫不能影响爸爸的干活热情；秋天到了，玉米熟了，爸爸又会如约而至，在田间地头，总是看到他忙活的身影，从掰玉米、装袋、拉车、浇地一气呵成。干活休息的间隙，爸爸还会给大家讲水文站的重要作用，讲站上涨大水惊心动魄的测流的故事。大家听得聚精会神，常常忘记了劳作的辛苦。接触多了，母亲被父亲真诚、善良、认真又不失幽默的性格深深打动，加上父亲又是全乡少有的大学生，姥姥和姥爷也催促妈妈：“国安人品不错，嫁给他你会一辈子有福气的！”就这样，在1977年的12月，我的父亲收获了他满满的爱情。

从此小站上有了更多的欢声笑语。每逢周末，妈妈会准时骑着自行车，带上蔬菜、面粉和饺子馅，来到站上给爸爸“改善生活”，爸爸总是不厌其烦地给妈妈讲水文工作的重要性，教妈妈看水位、发报。夏天，遇到下大雨，站上人手不够，妈妈又成了站上的“临时工”。看着妈妈一丝不苟的工作态度，爸爸心里乐开了花，干工作劲头更大了！为了支持爸爸的工作，妈妈把家里的农活和管教孩子、照顾老人的重担都一个人承担下来。她毫无怨言，干起活来风风火火，里里外外打理得井井有条，成了远近闻名的“好媳妇”。

永远的水文

记得那是一个电闪雷鸣、狂风裹挟着暴雨的傍晚，人们在惬意地享受着雨水带来的一丝凉意，爸爸却和他的同事们冲进雨里，准备上船测流。我不敢一个人留在屋里，也悄悄跟在他们屁股后面。爸爸发现后瞪着眼吼我："水面上很危险，你去捣什么乱！"禁不住我的苦苦哀求，爸爸无奈地摇了摇头，只好把我用绳子捆在他的身上，快步扛着仪器上了船。水还在一个劲地涨，船在风雨中摇摆不定，钢丝绳在头顶上吱吱地响着，脚下就是浑浊的河水打着漩涡在我面前肆意流过，我冻得瑟瑟发抖，心揪得紧紧的，生怕一个浪打过来将船掀翻。我惊恐地叫了几次，没有一个人回应我，看着他们只顾忙着测流和记录，我暗暗发誓再也不来这个破地方了！

当洪峰过去，瞧着忙碌一天一夜没有休息的爸爸，满身的泥浆，裤腿挽得老高，疲惫的眼神中透着坚定与自信。爸爸牵着我的手，走到河边，语重心长地告诉我："华，你看水文站虽小，却关系着下游千千万万群众的生命财产安全，爸爸测得的每一个数据，是各级领导指挥防洪抢险的重要依据，来不得半点马虎呀！"此刻我突然觉得爸爸的身影伟岸高大起来，那种发自内心的自豪感油然而生。

"锦瑟无端五十弦，一弦一柱思华年"。当年帅气的小伙子已变成头发花白的大爷。当他看到同事们在研究 ADCP、遥控船的使用方法时，羡慕不已，自言自语地说："没想到有一天我们水文人还能用上这么先进的玩意儿，同志们野外工作避免了很多危险，增添了许多方便啊！这一切的一切都得益于我们国家的日益富强和繁荣昌盛，和以前的日子不能比啊！"说完，爸爸的眼睛湿润了，继而又望向天空，使劲眨了眨眼睛，若有所思地笑了起来。

老一代水文人用他们的行动谱写了一曲曲动听的水文之歌，我们将继续沿着他们走过的道路，用我们的青春为水文事业贡献自己的一份绵薄之力！

（作者单位：河南省平顶山水文水资源勘测局）

真情服务“一家亲”

张春芳

一座沉寂多年的石头房静静伫立在峪河岸边，墙体上标语虽已模糊，但“水文测报”四个大字依旧可辨，这就是峪河口水文站。该站始建于 1954 年，1997 年迁至上游 3 公里的库区后，更名为宝泉水库水文站。几代水文人在这里践行初心，我也有幸曾是其中的一员，和水文站职工们一起，将最美的青春岁月奉献给了河流山川，见证了水文服务与时俱进，前进的道路越走越宽阔。

1954 年 7 月峪河口水文站刚成立时，生活相当艰苦。20 世纪 50～80 年代，水文职工当时工资虽然不高，但比起沿河两岸的村民来说，各方面条件还是优于他们。水文站的自行车是河两岸村里唯一的一辆，村民有事就会去站上借，站上职工都尽可能会满足大家的需要。到后来站上配备了电话机，谁家有急事都打电话到水文站，帮村民传讯也成了水文人日常生活的一部分。谁家盖房子测量地基，水文职工都是随叫随到义务帮忙。当时水准仪对村民来说就是高科技，小小的镜头咋能看得那么准啊！每逢测地基时候村民都会在一旁发出感慨。就是这种邻居亲人般的交往方式，让村民对水文人有了亲切的感觉。

1994 年，峪河口水文站 1 公里外有一所学校，由于师资力量匮乏，孩子们常常失学。看到这种情况，站长闫寿松心中很不是滋味，主动找到校领导表示工作之余可以给孩子们代课。校领导紧紧握着他的双手，嘴里不停地说着“谢谢”，脸上欣喜之余却又露出些许无奈。闫寿松心里明白，校领导是在为代课工资发愁。“您放心，我一分钱也不要，就为了这些辍学在家的孩子们！”闫寿松坚定地说。从此他成了这所学校的一名兼职老师，一干就是两年。他承担了一个年级的全部课程，有时一天最多上 7 节课，经常站得腰酸腿痛，讲得口干舌燥 ，身体虽累但他心里高兴。经常有人问他，你天天这么累，一分钱没有图啥？“为了山区每个孩子都有学上，我觉得值！”他笑着说道。

20 世纪 90 年代的太行山深处驻扎着一支部队，很多战士都十分渴望考进军事院校进一步提升自己。在那个知识匮乏、大学生稀缺的年代,战士们一直为自学找不到老师而苦恼。1995年,当得知水文站有一名大学生时,战士们纷纷前来请教学习。看到他们一个个渴望学习的眼神,闫寿松总是笑脸相迎,耐心给他们讲解习题,有时一辅导就是一下午。在闫寿松的帮助下,二连先后有6名战士考上了军校,实现了二连战士报考军校历史上零的突破。其中,4名战士还走上了领导岗位。在学习辅导中,闫寿松和战士们结下深厚的"兄弟情"。当他得知有两位战士家遭水灾、母亲患病,本来工资就不高的闫寿松毅然资助他们每人100元,战士们亲切地称呼他"大哥",部队首长调侃称他为"编外指导员"。

1996年6月,我刚刚参加工作分配到峪河口水文站,闫站长乐于助人的精神也感染了我。上班不久,铁匠庄村一名村干部想请闫站长帮村里测量,架设高压线路,得知站长出差要过几天才回来,村干部着急得在屋里来回徘徊。看见他焦急的样子,我主动说:"有什么事尽管说。"村干部一脸不信任地看着我:"你会测量吗?"我一拍胸脯:"我是学水利工程的,测量的活儿绝对没问题!"当天下午,我就冒着炎热酷暑,带着测量仪器赶到需要架线的地方,熟练操作仪器,定方位、测高程,一会儿衣服就湿透贴在身上,索性干脆光着膀子。就这样,一干就是一星期,等完成测量任务,整个人晒黑了一圈,但我过硬的测量技术赢得了村干部的一致好评。

1997年,水文站搬迁至水库后,更名为宝泉水文站,和辉县水利局宝泉水库灌溉处成了邻居。每逢灌溉时节,水库灌溉处都是根据经验多次调节闸门开启高度控制出库流量,流量大了浪费水,流量小了下游灌溉不够用,一个预定的流量数据往往需要多次调节才能确定。宝泉水文站职工了解该情况后,每次放水时都第一时间赶到断面测流,测出精确流量数据并及时告知对方和预定值相差多少,有效地解决了灌溉处多次反复调水的问题。在为宝泉水库管理处服务过程中,测量大坝位移、水库扬压力和渗流量是我最难忘的事情。冒着酷暑测量是常有的事,外界气温最高达到38摄氏度,人站在那里一动不动,就浑身往下淌汗,更别说忙着测量了,头上戴着草帽,脖子上搭一条毛巾,汗珠顺着头发往下滴,毛巾一拧半碗水。水库廊道里阴暗、潮湿、温度低,测量扬压力和渗流量时,即使水库大坝外酷热难耐,进入廊道却好像进入冰箱一样,超过半个小时就让人难以忍受。从上往下,一层一层走下去,每测一次都需要近两个小时。夏季多穿几件衣服还可以坚持到底。冬季穿两件棉大衣一会儿就被冻透,寒气逼人,冻得腿疼,经常要中途出来喝杯热水缓解一下。

再苦再累,宝泉水文职工立足本职、服务社会的初心始终没变。我们在太行山深处,用水文行业优势为当地提供水文服务,水文站成为守护当地百姓防汛安全的前沿哨所。

2010 年以来,宝泉水库水资源短缺导致用水问题日益突出。为满足抽水发电,必须保证水位不低于 220.00 米(宝泉水库管理权 2007 年后归蓄能电站),但水库灌溉处为不断扩大灌溉面积,争取多放水,以获得更多效益。用水需求的不同,成为两个单位间的矛盾焦点。为了解决水库灌溉处和蓄能电站两者长久以来的矛盾,宝泉水文站职工以精确的流量数据帮助双方达成统一的用水方案。两单位之间的矛盾解决了,却大大增加了水文站的工作量,灌溉期间,调节流量不分白天黑夜,夜晚十一二点,凌晨两三点调水都是常事,但他们从未埋怨。每次灌溉结束,水文站还给双方写一个放水小结,详细说明本次灌溉放水时间、调水时间节点以及累计放水量。

准确的水文数据、翔实的服务报告,让宝泉抽水蓄能电站真切地感受到了水文人对待工作的求实精神,更感受到了水文技术服务对其电站防汛及运行中的重要性。双方正式签约水文服务项目合作的大门由此打开,这一合作便是 12 年之久,如今合作还在如约履行。

2010 年 7 月,河海大学水利实践小分队一行 21 人奔赴宝泉水库开展实践学习活动,由于没有提前联系安排相关行程,他们的实践活动处处碰壁。正苦恼之际,他们遇到了正在测流的我和岳海涛、闫海波。当我们得知学生们缺少经费实习难开展的情况后,立即分头行动,帮学生们联系住宿、实习单位和具体行程。在我们的帮助下,实践小分队顺利完成了实习任务,临回学校时学生们深情地说:“在人生地不熟的地方,你们给我们提供了如此丰富的行程安排,太谢谢了! 为了表示我们的感激之情,特制作了一面锦旗送给你们!”至今,这面锦旗还挂在宝泉水文站的办公室里,那不是炫耀,而是在时刻提醒着一代又一代水文人别忘了咱扎根水文、服务社会的传统。时至今日,河南理工大学已经连续 13 年在宝泉水文站开展实践教学。2021 年 3 月,华北水利水电大学教学实践基地也在此正式挂牌成立。

时光前行,让我感悟最深的是变化。乘着国家快速发展的高速列车,随着新时代水文事业的蓬勃发展,宝泉水文站也将在践行服务社会的大道上一路奔跑,接力向前!

(作者单位:河南省新乡水文水资源勘测局)

筑梦青春

邓君宇

在距离河南省平顶山市鲁山县观音寺乡3公里的荡泽河边，有一个几乎与世隔绝的水文站——下孤山水文站。下孤山因三面环山，一面临水而得名，这里偏僻闭塞，人烟稀少，400多米宽的河面上没有一座桥，进出下孤山村必须要趟河才行，只要荡泽河的流量超过30立方米每秒，行人就无法通过。虽然这里条件艰苦，但该站承担着上游354万平方公里流域面积的水位流量监测任务，更承担着昭平台水库入库流量监测、预报任务，任务繁重，所面临的防汛形势也十分严峻。在这里，年轻的我踏上了筑梦青春的水文路。

青春无悔　寂寞坚守

2006年，我大学毕业后服从分配，来到河南省平顶山水文水资源勘测局下孤山水文站工作。初来乍到，满怀憧憬的我却感到迷茫，水文站野外的工作状态与想象中完全不同，在站上，除每天要进行例行的水文观测外，设备保养维护、房舍漏雨都需要自己想办法解决。为了与家人通电话，我不得不爬上梯子，站到房顶上努力寻找手机信号。

有一次老站长家里有事要回去，临走时问我一个人害不害怕，我拍着胸脯说没问题，可到了晚上，突然停电了，屋子里一片漆黑，山里的狂风夹带着长长的呼哨，吹得树枝沙沙作响，吓得我一个人躲在被窝里瑟瑟发抖。惊慌中，我想到了父亲，可又怕父亲这么晚接到电话会担心自己。犹豫再三，我还是按下了父亲的电话号码拨了过去，电话中父亲问我有什么事，或许是想到了父亲那已被生活打磨得消瘦的身影，我只是缓缓地说了声："没事，我挺好的。"年轻的我选择了报喜不报忧的方式让父亲放心，但父亲怎么会不懂呢？他没有多问，只是和我聊起来家常话题，这一聊就是一夜，父亲耳边的话语抚慰了我，我不害怕了。

这一年，我迅速褪去了学生稚气。

面对洪水　没有选择

2009年11月，我被任命为下孤山水文站负责人。刚任职时，就经历了入职以来的最大考验。2010年7月15日，鲁山县境内发生罕见暴雨洪水，最大监测点降雨量达70毫米每时，15日23时，流量已达到800立方米每秒。彼时，站上的电话线路因受损严重无法使用，我只能靠一部手机向上级部门报送雨水情信息，很快手机的电量用完了，危急关头，我冒着大雨挨家挨户敲门，说着好话，将村里仅有的5部手机全部借来，这才没有延误报汛。

次日1时至1时18分，荡泽河水位上涨了2.76米，洪峰到了。凶猛的洪水直接冲毁了观测标尺，我牙一咬，脱了衣服，穿上救生衣，系上安全绳，顶着暴雨跳进洪水之中，打下临时水尺坚持观测。这时，倾泻而下的洪水裹挟着泥沙和水草，把距离索缆道冲断，一指粗的钢丝绳呼啸着向正在加固水尺的我横扫过来，万幸身边的树帮我挡了一下，这才躲过一劫，而那棵手腕粗的树，已被拦腰打断。

为了把手电留在关键时使用，我与同事测流时尽量不开手电，雨天的夜晚，在没有任何照明设施的情况下，水文站的4名职工只能互相搀扶，深一脚浅一脚，手脚并用，摸索着走在测流的山路上，到达测流断面后，我们用大声呼喊、吹哨子的方法，确定彼此的安全。突来的山洪卷着泥沙淹没了站内唯一的吃水井，我和同事们只能用脸盆、钢筋锅接好雨水，澄清了再烧开喝，站上的面粉吃完了，我们就开始啃方便面充饥，到了17日，水文站已找不到任何可以充饥的食物。在得知我们的情况后，当地村民送来了几张面饼以解我们的“燃眉之急”。从17日晚上开始，下孤山水文站所有职工不敢睡觉，几乎没有吃什么东西，每次下水测流时，都险些一头栽到洪水里去。直到19日下午，在持续断粮3天后，我们的口粮是市局支援队员买了30个烧饼挂在浮标投掷器上，用摇杆摇过去的。

在这样恶劣的条件下，我与同事们测到最大洪峰流量3300立方米每秒，把准确的水情信息在第一时间上报给主管部门，这一数据，仅次于1988年的5800立方米每秒，成为珍贵的历史资料。

疫情阻击　“水文尖兵”

2014年，我被调往许昌水文测报中心工作，同时兼任大陈水文站站长。

在新的岗位上,我继续发扬着水文人敢于拼搏,勇于奉献的优良品格。2020年新冠肺炎疫情期间,为了减少其他同志出行,避免交叉感染,我坚持70多天没有轮换班,积极参与当地疫情防控排查,与村委干部一起,逐户逐人核实情况,全覆盖排查登记,累计排查268户684人,并对30多名外出务工人员逐一建档造册。作为大陈站站长,在做好各项疫情防控工作、确保职工安全的前提下,我积极有序开展断面测量、测验设施设备的维护保养和雨量设备调试等工作,从严从实从细抓好汛前准备。

防汛抗旱事关人民群众切身利益,作为一名共产党员,一名水文人,我不能忘记肩上的职责,更不能忘了初心和使命,我要用行动彰显一名基层水文人应有的精神品质,用实干诠释共产党人的初心和使命,用青春谱写最精彩的水文篇章!

(作者单位:河南省许昌水文水资源勘测局)

祖孙三代水文情

王路遥

我叫王路遥，是河南省驻马店水文水资源勘测局杨庄水文站的一名普通职工，作为基层水文站的职工，值得骄傲的是，爷爷、父亲和我兄弟二人祖孙三代四人守望水文战线的浓厚情结。

一

爷爷王富春，20 世纪 50 年代参加工作，先后在信阳、驻马店基层水文站工作近 40 年。爷爷很敬业，也很勤奋。平日里，他带领同事们认真学习技术，提高业务能力；在暴雨洪水时期，爷爷总是和同事们一起，不分昼夜，顶风冒雨，测报雨水情。在 1975 年 8 月特大暴雨洪水期间，爷爷和同事们一起奋战了 30 多天，不仅提供了及时准确的水文情报，完成了水文测报任务，而且冒着生命危险从洪水中抢救出了 3 名落水群众。

1982 年 8 月大洪水期间，西平县杨庄乡邮政所通信中断，去县城的道路被洪水冲毁，无法通车，爷爷步行 20 多公里到县城将水文电报发出，回来时已是凌晨两点。在这次洪水期间，曾祖母去世了，爷爷得到消息时洪水正在迅猛上涨，站上人少，无法抽身，爷爷强忍悲痛坚持工作，直至洪水退去。当爷爷回到家里时，曾祖母已过了“三七”，爷爷来到坟前跪下，只说了一句“儿子不孝啊”，就再也说不出话来，哭得昏了过去。

爷爷退休后回到了老家漯河，由于积劳成疾，不久就患上了严重的脑梗死，瘫痪在床 7 年，完全丧失了活动和语言能力。病重期间，有次父亲在爷爷床前说话，提到了水文站，爷爷僵硬的脸上突然有了表情，嗯嗯嗯地想说话，父亲由此明白了爷爷的想法。在爷爷病危时，父亲开车把爷爷从老家漯河拉到杨庄水文站，让爷爷跟自己奋斗了几十年的地方做最后告别。坐着轮椅看着这熟悉的地方——办公室、观测场、缆道房，还有精耕细作的小菜园，爷爷老泪纵横，久久不愿离开。

二

父亲王志坤,从 1986 年参加工作到 2016 年退休,一直在杨庄水文站工作。参加工作后,他爱岗敬业、勤奋学习,第一年就基本掌握了水文测验及资料整编技术,第二年被抽调到驻马店分站参与资料整编工作,并很快成为单位的业务骨干。由于工作出色,1998 年被任命为杨庄水文站站长。

父亲继承了爷爷的敬业精神,也是水文人的传统——艰苦朴素,精益求精,舍小家顾大家,在洪水面前从不畏惧。1998 年,小洪河流域突遇暴雨,洪水上涨迅猛,河道内水流流速较大,水草较多,抢测流量时测流缆道突然垮塌,致使水文测验无法进行。为了抢救测验设施和抢测洪峰,父亲穿上救生衣,腰间系上绳子,一跃跳入宽 150 米的河水中,向对岸游去。在同事们的帮助下,父亲将流速仪和铅鱼等重要设备打捞上岸,并在两岸拉起了一道绳索,为后续抢测洪水提供了安全保障。在此期间,父亲来回游了 6 趟,上岸后累得几乎无法动弹。

2000 年大洪水期间,小洪河全线超保证水位,杨庄、老王坡滞洪区两次启用,杨庄滞洪区最高滞洪水位 70. 51 米,相应滞洪量 1. 25 亿立方米;老王坡滞洪区最高滞洪水位 57. 28 米,相应滞洪量 1. 47 亿立方米。父亲克服了站上人员少、道路崎岖、电力线路损坏等困难,带领水文站全体职工日夜坚守在防汛第一线,连续奋战了两个多月,测到了完整的暴雨、洪水过程,圆满地完成了拍报任务,为抗洪抢险提供了及时准确的水文情报,被驻马店市委、市政府授予"抗洪抢险先进个人"荣誉称号。

多年来,父亲多次获得过省、市、县的表彰,并当选为西平县人大代表。为了方便附近群众生活,保障汛期防汛工作顺利开展,在第十五届县人大会上,父亲提出了"关于修一条从后李湾到前李湾村级道路"的提案,得到了采纳。这段路修好后,水文站从此告别了"泥泞小道"的历史,父亲也得到了当地群众和同事们的一致好评。

杨庄乡坡孙村有个叫孙凯贞的少年,1998 年考上杨庄高中时,因家里贫困面临辍学。经学校班主任老师的介绍,父亲了解了孙凯贞面临的困境,特意来到他家,看着孙凯贞渴求知识的坚毅目光,父亲随即有了帮助他完成学业的想法。当时,我母亲有点儿想不开,因为我爷爷正患重病瘫痪住院,我和弟弟还在上学,父亲的工资不高,母亲开诊所收入不多,家里经济条件不是很好。

在父亲的耐心劝说和坚持下，母亲理解了父亲。此后，孙凯贞从高一到湘潭大学毕业，再到参加工作第一年，所有的费用，都由我父亲提供。孙凯贞大学毕业后，在深圳一家公司从事软件开发，目前年薪50多万元。

三

受爷爷和父亲的影响，我和弟弟考上大学后，都选择了水文专业。2009年我大学毕业后，又来到爷爷和父亲工作过的地方——杨庄水文站。2015年3月，我弟弟王路远主动请缨，来到驻马店最为偏僻和条件最艰苦的沙口水文站工作。

在杨庄水文站工作期间，我通过学习和实践很快掌握了水文测报和资料整编等常规工作。基层水文站工作单调，我也一度深感困惑，态度消极。然而每当看到自己亲手测得的暴雨洪水水文数据，就觉得自己的工作充满了意义。

2017年6月，省水文局选派我到上蔡县程老村进行驻村扶贫工作。程老村是艾滋病重点帮扶和贫困村，涉艾家庭209户，艾滋病人217人，很多人谈“艾”色变，我亦如此。到村后，通过学习艾滋病知识，我逐步克服了恐惧心理，一心扑到扶贫工作中。当时村里没有电视，没有网络，经常停水停电，条件极差。我却将其视为对自己心志的磨炼，发扬老一辈水文人艰苦奋斗的作风，从学习相关扶贫政策和工作方法入手，迅速转换角色，进入状态，走村入户，调查研究，建档立卡，维护扶贫信息平台；面对群众疑问，我耐心解答，不厌其烦。在驻村期间，我对待艾滋病人跟对待自己的朋友一样，和他们聊天、握手，入户走访时，促膝谈心、嘘寒问暖。他们说，平时连自己的邻居都不愿意靠近他们，从不和他们说话，你一个外地的小伙子敢来村里驻村扶贫，说话还很和善，没有歧视我们，真“中”。一天晚上7点多，我正在村委整理建档立卡材料，有位贫困户的艾滋病人来签字，看着我身旁打开盖子还没泡的方便面说：“小伙子，你要是不嫌弃俺的话，以后就到俺家吃吧。”我握着他的手说：“谢谢你的好意，我从来没有害怕和嫌弃你们，但驻村工作有纪律，不允许麻烦群众。”通过这件小事，我感受到艾滋病人缺少的主要是尊重和关爱，他们最怕的就是歧视，一个简单的问候、一次亲切的握手、一张和蔼的笑脸，对他们而言就足够了。

2020年2月，我圆满完成了驻村扶贫工作，得到了河南省水利厅驻村第一书记和当地乡村干部的好评。4月，我再次被河南省水文水资源局选派到上蔡县程老村参加驻村扶贫工作，在脱贫攻坚的紧要关头，面对母亲的不舍、亲友的劝阻，我毅然决定接受组织的安排，接到命令的第二天就自行收拾行李入村，快速投入脱贫攻坚工作中去。年末，全国脱贫攻坚工作如期圆满完成，我也为组织交上了一份满意的答卷。

我家祖孙三代跨越 60 多年的水文故事，或许平凡，却是我内心无法抹去的水文记忆。

（作者单位：河南省驻马店水文水资源勘测局）

我的水文情怀

赵飞燕

从1999年7月初识水文至今，不知不觉间，水文已伴我走过了22个春秋，我从一个新兵成了老兵，记忆中的一点一滴，是那样的熟悉和清晰。

第一次经历洪水

刚参加工作时的鸭河口水文站，属于河南省南阳水文水资源勘测局，坐落在南阳市南召县皇路店镇东抬头村鸭河口水库管理局的老家属院里。如果不是门口悬挂的单位门牌，很难让人想到这里是一个单位。办公设施比较简单：一部内线电话、一部外线电话，外间是几张办公桌，里间放了一张值夜班时休息的床，还有必备的测验工具。让我印象深刻的是图板上的水位-流量关系曲线，每次测完流站长都要去点一点，那认真的样子就像是在画一幅珍贵的作品一样。

2000年的汛期，我经历了工作后的第一次大洪水。6月25日起，雨开始断断续续地下着，第一场雨还算平缓。30日开始的第二场雨，变得更加猛烈。连续的大雨考验着站上的每一个人：站长是总指挥，一名同事负责观测水位，三名同事轮流在防办值班，我和另一名老同事负责降雨量和蒸发量的观测。需要测流的时候，大家都争着去。我一次次奔波于办公室和观测场之间，及时更换自记雨量记录纸，给自记笔尖加墨水。每次取出雨量瓶时，都会想起站长的嘱托：千万别碰到了玻璃管，这么大的雨，要是更换起来会漏测数据的。7月3日，雨终于停了，我紧绷的神经略有放松，加上三天两夜没怎么合眼了，最后一次取出雨量瓶时手一抖，恰好碰到了玻璃管，我的眼泪瞬间就下来了，因为管子下端被碰裂了。虽然及时更换上了玻璃管，同事们都安慰我没事的，但我却自责了许久。老站长和几个同事不停地研讨制订测流和应急方案，凭借着一组组数据和经验，他们向防汛指挥部发出了一条条水情信息。正是这些水情信息给各级领导提供了决策的依据。

2001年，水文站搬了家，有了自己的院子和办公楼，新装了空调，添置了电脑、电视机等，局里给站上配了汽车，报汛从人工报读变成了电话输入，两层办公楼也给职工提供了住宿的地方，测站面貌焕然一新。

第一次获得“青年文明号”

2003年，我调到南阳水文局化验室上班，走进了水质工作的大门。2004年，我来到河南省安阳水文水资源勘测局工作。2008年，我回到了水质监测的岗位上。2015年7月，水质监测科开始申报“青年文明号”。当时我是团支部书记，又是水质监测科的一员，对申报工作的难度有切身的体会。虽然科室的荣誉和成绩是有目共睹的，但老旧的工作环境却是硬伤。为此，安阳水文局局长闫寿松在会上定下了“说了算、定了干，再大困难都不变”的基调，并划拨了经费，将办公室重新粉刷。

2017年8月3日，接到省直青年文明号考核组要来验收的通知。按照考核标准，我汇总了自2015年申报以来所需的各项材料，并分类归档。为了便于检查组查看，创建小组提出了将材料汇集成册的建议，而此时已是8月6日，离检查组的到来仅剩下3天了。

8月8日，验收前一天，大雨倾盆，我和同事为了第二天材料顺利印制在做最后的汇总。我们从下午一直忙碌到晚上九点多，复印部的工作人员买来了鸡蛋饼和小米粥，匆忙吃完后，就又开始校对工作，定稿时已经是9日的凌晨了。功夫不负有心人，2017年9月，水质监测科被共青团河南省直属机关工作委员会授予“2015—2016年度省直青年文明号（五星级）”荣誉称号。2017年我作为号长，又开始了申报河南省青年文明号的工作。2018年4月，河南省人力资源和社会保障厅、共青团河南省委授予安阳水文局水质监测科“河南省青年文明号”称号，这是安阳水文第一次获得青年文明号表彰。

让更多人认识水文

多年前，很多人不知道水文站是干什么的，说到水文局会习惯性地问是不是归水利局管。2016年的“7·19”大水让安阳水文在安阳市的知名度逐渐提高。随着文明单位创建工作的开展，社区里、道路旁和文明交通岗上活跃的水文志愿者让越来越多的人认识了水文。

随着办公方式的改变，我们有了自己的内网、官微等平台，加强了水文系统的横向联系,并通过《安阳日报》等媒体的报道,向更多的人宣传了水文。2017 年,我局女职工参加了安阳市城建水利工会组织的全系统排舞比赛,向社会展示了水文职工积极向上、充满活力的良好精神风貌。2018 年,在安阳市城建交通水利工会主办的“国仪风尚旗袍秀”活动中,我局旗袍队的《烟花三月下扬州》荣获了“最佳舞蹈奖”。

2019 年汛期,我陪同《安阳日报》记者走基层,喜看测站今非昔。“水文测验自动化,鼠标轻点指令下,流量雨量实时测,设备先进本领大,牢记使命砥砺行,献了青春献终身。”安阳水文人,用无悔坚守完美诠释了“求实、团结、奉献、进取”的水文精神。

从“市级文明单位标兵”到“省级文明单位”,安阳水文的向心力和凝聚力越来越强,越来越多的人认识水文、关注水文,水文的队伍越来越大,越来越精,在社会中发挥的作用也日益凸显,而我也越来越为自己是一名水文人而感到骄傲。

(作者单位:河南省安阳水文水资源勘测局)

流淌在光阴里的水文篇章

吴　佳

我的父亲是一名水文工作者,儿时的我在驻马店市汝南县宿鸭湖边长大。在记忆深处,那时的宿鸭湖水清湖美、鱼儿成群,是我眼中最美的风景,湖边处处留下我和小伙伴们嬉戏玩闹的欢声笑语,还有一路结伴上学的身影。

记忆中的父亲虽沉默寡言,但工作兢兢业业,日夜坚守岗位,获得了领导、同事和当地乡亲的一致认可,父亲的形象在我心中也如山一般高大伟岸。少年不识愁滋味,长大后一次偶尔翻看父亲的日记,才知道父亲担负家庭、工作的重担,吃的苦、受的累都埋在心里,曾经因为工资低,买不起我爱吃的零食而愧疚难过,晚上一个人蹲在水库大坝边上狠狠给了自己两拳。正是这段记忆,让我深深理解了父亲,在那个困苦时代,一个老水文人对待水文工作依然那么执着和热爱,无怨无悔,水文情结的这颗种子,便埋在了我的心里。

一

出生在水文家庭的我,一直深受父亲的影响,他对我而言,就是最好的一本书。他就像河流水文这本书里的一本小传,书里记录了他对治水事业的忠诚与热爱。

童年的我,根本不知道“水文”是什么,只知道大水时父亲很忙,雨大时别人都往家里躲,他却往外面跑。一个暑假的饭后闲话,我不经意间问道:“老爸,你到底是干什么的呀?”然而这轻轻一问,却激起了父亲的兴趣:“这样吧,过两天你跟我去站上,看看爸爸的工作。”

当我随父亲来到他生命里的第二个家——沙口水文站时,我看到的是宿鸭湖边上用篱笆围住的土墙瓦房,门窗破旧、光线阴暗、地面潮湿。接下来这几天,父亲的艰辛更是在我小小的心灵上打下了深深的烙印。而印象最深的就是父亲床前,那每隔两三个小时便响起的闹钟声,每当听到声响,他就像战士听到冲锋的号角一样,无论多晚、多累,都会一跃而起,穿上胶鞋,拿上手电筒和记录本,准点到达水尺旁。

这时的父亲就像一本书的序言,正在缓缓地为我拉开一个水文梦的序幕。

二

慢慢地,我长大了,在父亲的潜移默化下,多多少少知道了一点水文的皮毛。当小伙伴问起父亲做何工作时,我都会特自豪地告诉他们父亲是搞淮河防洪测报之类的。

一天深夜,家里的座机突然响了,被吵醒后的我起床走出卧室,窗外电闪雷鸣,风雨交加,父亲正在收拾东西,一副准备出门的样子,我说:"爸,大晚上的您要干嘛啊?"他却只是轻描淡写回道:"现在要马上回站上去。"便匆匆出门,只留给我和妈妈一个瘦弱的背影。

虽然这件事已过去多年,但我仍然清晰地记得当时已接近凌晨四点。我多想发明一种机器代替父亲工作,让他可以好好歇一歇,陪陪我。这时的父亲就像一本书的高潮,情节跌宕起伏,扣人心弦。

父亲的记忆力非常好,和他一起工作的老水文人人皆知,他能把驻马店所辖的18个水文站的地理位置、流域面积、土壤情况、测站特性、多少个雨量站、哪年发生过多大洪水、何时建站、何时迁站、何人在何地工作过,甚至40年后的今天都能细细道来。每一次提起就会如数家珍,准确无误。

父亲热爱水文事业,刻苦钻研业务,勤学苦练,熟练地掌握了从测验到整编等一整套水文知识和工作技能,从职工、测站站长到工程师,父亲从来没有疏远过业务工作。

三

随着时光的流逝,父亲的工作调到了驻马店,家中的经济状况有所好转,我也到外地求学,视野逐渐开阔。可每年父亲都要抽出时间回"老家"看看那片水,和那里的乡亲唠唠家常,每到这时,父亲的眼里总是充满了喜悦、幸福。

青年的我开始对父亲的老土行为感到不屑,不就是水吗,不就是湖吗,眼前的水已不那么干净,这还是以前那片湖吗?20岁的我是有"雄心"的,是狂傲的,我想到更大的城市,寻找更高的平台发展自己。然而这时,家庭却遭遇了变故,父亲生病了。作为父亲最小的女儿,只好选择留下来照顾他。父亲在病中曾经对我说:"你知道驻马店的'75·8'特大暴雨洪水灾害吧,我们驻马店是个洪水灾害多发地区,水文尖兵就是防汛的耳目,社会需要我们,家乡需要我们啊!"

从此,我便放弃了外面的世界,踏上了自己的水文之路。

刚开始工作时,也曾面对测站工作生活环境艰苦、找对象难、有了子女就学难等现实问题,也曾为暴雨中连续奋战 36 小时而感到辛苦,但近两年来驻马店基层水文监测暨管理方式改革后产生的巨大变化,让我个人实实在在感受到了现代水文人的幸福感和获得感,水文信息采集实现自动化、智能化,足不出户,在办公室即可在线监测,把人员从简单重复的劳动中解脱出来,文化精神生活丰富了,凝聚力增强了,精神面貌焕然一新,干劲十足。

四

现在的我已经年近 40,也有了自己的宝贝女儿,我也会应女儿的要求带她外出旅游,但当我选旅游地点时,总是选和水及水文有关的景点,女儿戏称我为"水迷",她稚嫩的脸上显现出还不能完全明白我良苦用心的神情。我总是有意识地对女儿进行言传身教,希望她将来也能成为我们水文大家庭中的一员。

习近平总书记说"绿水青山就是金山银山",今日之中国,生态环境保护的科学理念已深入人心,生态文明建设领域史无前例的深刻变革正铿锵前行。生态世纪放眼量,美好蓝图"水"中来。在水生态治理的各条战线上都活跃着我们水文人的身影,水文天地大有可为。如今,在一代代水文人和大家的共同努力下,我的老家宿鸭湖也发生了翻天覆地的变化,200 平方公里的湖区面积,十万亩湿地,七十里柳堤,芦苇摇曳,花红柳绿,"稻花香里说丰年,听取蛙声一片"。

我和女儿情不自禁地吟诵起宿鸭湖边众所周知的那首小诗:

宿鸭湖慢吟

潋艳荡清波,凝眸天水合。

怡然看风景,远处响渔歌。

(作者单位:河南省驻马店水文水资源勘测局)

找回消失的水文电波

王怡琨

2018年7月9日中午,河南省平顶山水文水资源局水政监察大队的王晓明正准备下班,办公桌上的电话突然响了起来,电话那头传来的消息让他眉头一皱,宝丰县地下水监测井突然无法接收信号!地下水监测是水文监测的一项重要任务,主要目的是为监测掌握地下水与河水间的补给转换关系。而地下水监测井的功能是为了实时准确监测地下水环境质量状况及水体污染物动态分布,是极为重要的水文数据收集设施。

放下电话,王晓明立即把情况向主管水政的副局长连明涛进行了汇报。连明涛深知此事的重要性,两人顾不上吃午饭,就马不停蹄地赶往现场。

平顶山市国豫平宝丰2号地下水自动监测井是在2016年12月建成并投入使用的,它位于平顶山市宝丰县杨庄镇柳沟营村向南200米,是水利部国家地下水监测工程的一眼国控井,监测井信号中断将导致水利部无法遥测到该井监测信息,影响水资源调度。

经现场勘察,发现国豫平宝丰2号地下水自动监测井无法接收信号的原因是被监测井附近正在施工的郑万高铁平顶山西站的施工用土所覆盖。

郑万高铁的建设将给平顶山人民的出行带来极大的便利。高铁建设不能停,水文测报也不能停!连明涛决定立即成立专项小组与施工队沟通。经协调,施工方配合用钩机把覆盖在监测井上的土堆给推开,信号发射立即恢复正常。

宝丰2号井于2016年12月建成,但平顶山水文局并未参与其前期选址等前期工作。2018年初,在得知宝丰2号井所处地块将被郑万高铁项目征收的消息后,平顶山水文局就派人多次与高铁项目部和平顶山市郑万高铁管理办公室沟通该井的解决事宜。由于当时平顶山高铁站建设方案未能完全确定,事情暂时搁置了下来。直到2018年5月,再次现场检查宝丰2号井时发现,施工方已开始在该处施工建设。平顶山水文局积极与施工方进行沟通,得到施工方不会破坏该井的口头承诺。当时由于该地块的所属权等还没确定，此事被搁置。

为了彻底解决问题，平顶山水文局专项小组联合省环保督察组、平顶山市水利局水政执法大队、原成井公司一起亲临现场，要求施工方出动挖掘机挖出该井。施工方在多方的压力下，同意协助找井。经过大面积挖掘和 GPS 定位，井最终被找到。之后，平顶山水文局立即对该井实施了保护措施，并告知各施工方不要再次损坏，否则将追究法律责任。

看着事情得以解决，大家心里的石头终于落了下来，本来以为可以睡个踏实觉了，但在 2018 年 11 月 15 日，彭博发现该井的信号又突然出现异常，专项小组立即驱车赶往现场。到现场后发现是中铁七局为了便于施工，把该井进行了圈存保护，才导致信号消失。调查组又开始和通信公司、中铁七局两家单位的沟通，但双方都说该井位置不在自己施工范围内，开始互相“踢皮球”。

为了彻底解决该井事宜，2019 年 3 月 16 日，平顶山水文局的专项小组找到了平顶山郑万铁路（宝丰）商务区管理委员会，经过确认，该井所处位置是管委会的商业规划用地。4 月 22 日，平顶山水文局的专项小组应邀参加了郑万高铁问题协调会，在现场，王晓明及彭博向郑万高铁协调组组长、平顶山市副市长魏建平汇报了该井的情况，魏建平对此十分重视，专门安排高铁商务区管委会负责人解决该井事宜。

平顶山水文局的专项小组和平顶山市水利局水政执法大队多次带着执法公函来到管委会，面临多方催促，管委会又将责任推脱到宝丰县土地储备中心上，要求宝丰县土地储备中心解决该井的赔付事宜。专项小组又开始了和储备中心的沟通，但由于对方主张的赔款过少，无法支付监测井的再建费用，事情依然未能解决。

看着时间一天天过去，已经严重影响到了 2019 年度的监测数据记录、统计分析，水利部和河南省水利厅多次要求尽快解决此问题。劳身焦思的专项小组找到了负责商务区管理委员会的县政府党组成员谢水池，就此事进行了汇报，经过多次沟通协商，最终将赔付金额确定了下来。2020 年 4 月，借平顶山市水利局对宝丰县水资源“三条红线”考核的机会，专项小组又和宝丰县县长王代强沟通了该井事宜，在他的监督过问下，该井的赔付事宜终于得以解决。

赔款事宜虽然解决了,接下来新井的再建工作,工作组仍然不敢怠慢。术业有专攻,这对于水文工作者来说就是再熟悉不过的事了,新井的建设工作就这样如火如荼地开展起来。宝丰 2 号井新井的选址,仪器的安装、调试,水准点测量在 2020 年 7 月全部完成,地下水监测数据终于续上,专项小组成员们的心才终于落了地。

其实这些只是平顶山水文局水政执法人员勇于担当、敢于作为的一个缩影。在工作中他们不辞辛劳,在平凡的岗位上践行水文行业精神,用法律、正义维护了水文行业的合法权益,让一道道水文信号成为永不消失的电波。

(作者单位:河南省平顶山水文水资源勘测局)

追忆我的父亲

张家武

时间已过去25个春秋,我依然怀念我的父亲。他曾经是一名水文职工,是曾在1982年蟒河大水时风里来、雨里去,留下宝贵洪水资料的张允敏同志,我的父亲!

父亲原来是20世纪50年代治淮时修水库的民工。熟悉他的人都知道他随和,为人忠厚,做事踏实、认真,积极肯干,用我家乡的话说就是比较"实诚"。加上有一点文化,被选去参加水文勘测工短期培训班。由于底子薄,父亲学习很吃力。但他从未放弃努力,白天听课,晚上自习至凌晨二三点,不懈地刻苦、努力学习,使他很快具备了相应的业务能力。所以,那时父亲每年都会代表济源测站参加新乡分站的资料验收和整编工作。现在翻开他那时记录的数字,虽然有些记载纸已发黄,但可以看到工程体数字就像是刻上去的一样。

父亲坚韧、爱岗。他常说,一个人一生无论干啥就要爱上它,贵在坚持,要有坚韧不拔的精神。两间简陋的瓦房(生产队的水磨房)就是水文站工作和生活的场所,艰苦奋斗、不怕牺牲,是工作准则。1958年的汛期,是让他最刻骨铭心的。当时,他和两位同事在东官桥径流实验站做径流测验工作。南蟒河上游虎岭河一带突降大暴雨,山洪突发。由于比降大、流程短,洪水冲倒了房屋。他们几个为抢救资料、仪器,被洪水冲了一二公里,好在附近的生产队长追着放下一根大绳才使他们得救。洪水过后,其他同事或辞职回乡或转行,唯有父亲留了下来。

父亲也是敬业、爽快的人。每年汛前、汛后检查委托雨量站,远的二三十公里,徒步翻山越岭,大多都是他去。每次测流要么抢着上船,要么就挽起裤腿下河,两条小腿静脉曲张很严重,疙疙瘩瘩的,但他从不为自己做了更多的工作而斤斤计较。母亲常年有胃病,父亲风里来雨里去,一边工作一边照顾母亲。

1982年8月1日凌晨,济源水文站发生了建站以来的最大洪水,暴雨中父亲看水位、取沙、浮标测流一样都没落下,直到测得1280立方米每秒的洪峰流量。洪峰过后,父亲左小腿疼痛难忍,经检查骨裂长2厘米,这时才想起取沙时不小心摔的一跤,当时差点跌进洪流中。由于积极肯干、勤奋敬业,父亲被评为1982年河南省"抗洪劳模",其先进事迹在《河南日报》报道。

1986年父亲光荣退休,我循着父亲的脚步参加了水文工作。父亲的蟒河成了我的蟒河,父亲的水文成了我的水文。他带着微笑说:"选择了水文,就是选择了与河库相邻,与寂寞、清苦为伴。水文工作是定点观测,无人监督,吃的是良心饭。水文数据如果不真实,就愧对自己的良心,往大处说就是失职。"参加工作以来,父亲的这番话时常回响在我的耳畔。我秉承了父亲踏实、认真、敬业的精神,遵循父亲的话,认真学习测验规范,不断提高业务能力,参加了水文专业院校的函授班学习,丰富了水文水资源理论知识,增强了业务能力,多次被新乡水文局、济源水文局评为先进个人(或考核为优秀)。

父亲是1995年春天走的,带着对子女的期盼,带着对水文的眷恋。他的一生如同所有的水文人一样,平凡得如同河里的一粒石子。他的一生是一本厚厚的书,从这本书里,我学会了做人忠厚、诚信、坚强,做事敬业、踏实、认真、勤奋。

父亲的蟒河,我的蟒河,我们父子俩陪伴它六十余载。流去的,是我们六十余载辛勤的汗水;留下的,是我们代代传承的水文数据和水文精神。

我爱父亲,我爱蟒河,我更爱水文!

(作者单位:河南省济源水文水资源勘测局)

别样的护水新曲

王　博

南阳水文局水政监察大队自2018年成立以来，坚持“法规制度定规矩，监督执法作保障”的工作思路，紧紧围绕水文中心工作，努力适应新形势对水文工作的新要求，持续提升水政执法能力，不断加大水政执法力度，在创新执法举措、完善执法模式等方面进行了初步探索，较好地维护了水事秩序，树立了南阳水文水政执法的良好形象，用实干与担当谱写了一支别样的护水新曲。

无人机担任“巡河员”

2018年6月，南阳水文局水政监察大队一行4人赴南阳山区水文站进行采砂暗访工作。荆紫关水文站上游9公里处的河道与公路直线距离超过2公里，执法人员只能将车停至路边，步行去往河道边，山区河道边植被茂盛，地面极其湿滑，执法队员三步一滑、五步一跌，还得时刻提防草丛中的虫叮蛇咬，采砂暗访工作时间比平原站点多出三到四倍，且安全性较低。

为此，南阳水文局水政监察大队积极探索河道采砂暗访巡查新举措、新模式。考虑到部分山区巡查地段地形复杂、行走不便，而传统人工巡查只能沿着岸边、桥上进行巡查取证，致使河道巡查成本高、效率低。经慎重研究并征求多方意见，大队决定购买无人机，采取空地结合、人机结合的巡河新模式，平原地区以车辆巡河为主，山区以无人机巡河为主，一旦发现违法采砂行为，即时精准定位，迅速上报河南省水文水资源局水政监察支队。

2018年7月，无人机巡河模式首次“亮剑”，在荆紫关水文站上下游20公里内的山区河道内，发现大小沙场4处，南阳水文水政监察大队立即报市河长办核实。经过首次飞行，无人机巡河模式优势突显。其体积小、隐蔽性强、机动灵活、视野宽广、视频影像资料实时传输和不受地形地貌影响等方面的特点，对提高水政监察效率很有帮助。

南阳水文局使用的无人机巡河模式，受到了河南省水文水资源局领导的表扬及肯定,并受邀在全省水文采砂暗访会议上做典型发言,在全系统推广。此外,新模式同样受到当地水利局水政监察支队的“青睐”,经常受邀共同巡河,并商议由市水利局出资购买红外夜视镜头无人机,供夜晚巡河时使用,双方根据工作需要可以随时调换使用。

“联动式”执法新模式

南阳水文局下辖国家基本站23个(20个水文站,3个水位站),中小河流监测站47个(34个巡测站,13个水位站),遥测雨量站485个,范围广、站点多,影响水文监测环境及破坏损毁水文监测设施的现象时有发生。

南阳水文局水政监察大队于2018年成立,市水文局及县区兼职水政执法人员仅有8人,点多、面广、人员少的现状,致使执法力量薄弱,一些影响、损毁水文设施的案件未能得到及时解决。为此,南阳水文局水政监察大队积极探索联合执法机制,避免执法缺位。大队建立“内部联动执法”机制,与局测验科、水情科、水质监测科、各测区联动,通过中小河流视频监控系统和南阳雨水情监控系统,对南阳辖区水文站、巡测站、水位站、遥测雨量站进行实时监控,如遇突发问题,第一时间协调解决;构建“部门横向联合执法”机制,与市河长办、市防办、市水利局水政监察支队联合,形成多部门联合执法新模式,更快、更高效地处理水政案件;主动加强与上级部门间的沟通协作,确保“衔接”工作落实到位。南阳水文局水政监察大队每发现一起案件,积极向省水文局水政监察支队汇报、备案,认真听取支队的意见和建议,使多部门联动执法模式更具专业性、时效性、权威性。

2012年以来,南召县白土岗镇政府有关部门在白土岗水文站缆道测验断面上先后设立了4块广告牌,广告牌阻挡了水文站缆道测流的观测视线,且其中3处广告牌锈蚀严重,随时可能倒塌造成安全事故。水文站工作人员多次与镇政府协商拆除,但对方一直以各种理由推脱,协商未果。2018年4月25日上午,南阳水文局水政监察大队与市河长办、市防办、市水利局水政监察支队组成联合执法组,奔赴现场,执法组与白土岗镇政府工作人员就广告牌拆除事宜达成一致意见,并要求其立即执行。当天下午4处广告牌现场拆除,彻底解决了多年来悬而未决的难题。

2018年4月13日,南阳水文局水政监察大队接社旗水文站报告,该站两侧树木严重影响水文观测环境。赶赴现场了解情况后,发现社旗水文站缆道测验断面的两岸河堤内，种植有一千余棵树木，已形成树林，河边的滩地也已被开垦，种上了树苗。经查证后发现树木均为两岸村民种植。我局水政监察人员立刻走访种植树木的村子，与村干部、村民沟通违章树木砍伐事宜，遭到部分村民围堵。但汛期将至，一旦涨水，两岸滩地树木被水冲走会碰撞桥梁等涉水建筑物，造成安全隐患，阻塞河道，影响正常行洪。

4月16日，南阳水文局水政监察大队与市河长办、市防汛办、市水利局水政监察支队进行座谈，组成联合执法组，17日，联合执法组奔赴社旗水文站现场调查取证，并在当天下午，与社旗县政府、社旗县水利局负责人座谈，达成一致意见。18日，社旗县政府分管领导李贺峰在社旗县防汛抗旱指挥部文件上就社旗水文站拆除树木一事做出批示，要求所属乡镇立即办理，并启用防汛资金近4万元用于河道清障及赔偿费用。20日，社旗水文站水文监测范围内树木全部清除完毕。

“联动式”执法模式实施至今，南阳水文局水政监察大队共查出并解决破坏、侵占、影响水文监测环境案件57起，执法完成率居全省前列，在全省水文系统水政执法工作方面起到了示范引领作用。

（作者单位：河南省南阳水文水资源勘测局）

“铁人”袁守业

吴　佳

在千里淮河的岸边，有一位奋战在淮河水文一线的优秀共产党员，他就是被誉为“铁人”的袁守业。

袁守业，1933年出身于河南省民权县袁坡村的一个贫困家庭，1959年毕业于郑州水利学校，1962年因工作需要，携妻带子调动到驻马店汝南县桂庄水文站，一干就是近五十年。袁守业几十年如一日，默默坚守着自己脚下的河流，任凭河水冲弯了原本挺拔的身躯，任凭风雨染白了意气风发的鬓发，无怨无悔。他有一副慈祥憨厚的面孔，每次面对他时，看到的永远是嘴角边挂着的那一丝微笑。同事们对他的评价就是太老实，工作认真负责，一丝不苟。他的老伴一直跟着他，以测站为家，成了一个“编外水文人”。

在日常生活中，谁都知道下雨回家、天晴出门，而水文人正好相反，雨越大越要往外走。20世纪六七十年代，桂庄水文站条件非常艰苦，不通水、不通电、不通邮，也没有公路，只有一条泥泞的土路通往外界。作为站长的袁守业时时都以身作则，无论是天寒地冻还是酷热难耐，无论是白天还是黑夜，只要有雨声和水声，就有他的脚步声。开始水文站不能实现自记，都是人工测、人工报，测报任务重。在人手不够的情况下，他积极调动家属，及时做好流量测验、水位观测等各项工作，有时在站里工作紧张的情况下，她的妻子主动打着雨伞步行30里的泥泞路，去县城邮电所把电报发出去。

对待工作，袁守业极端负责。有一天夜里10点多，天降暴雨，河水暴涨，他和同事李好学二人飞舞铁锹，用2小时挖成一条4米多长的水沟，扒去水边的稀泥，使水尺刻度暴露出来。然后，他还要下河去扒缠绕在水尺上的水草，水流太急，他只能找来绳子，一头儿拴着自己的腰，一头儿让李好学在岸上拉着，为了很好地记录水位变化过程，他与李好学不停地看水位，计数字，测流量，在湍急冰凉的河水中坚持了好几个小时。面对严峻形势，为了能给下游防洪提供可靠的数据资料，袁守业高度戒备，不敢有丝毫懈怠，积极应对每一次洪峰。连续一个星期，袁守业和同事吃住都在办公室，连洗脸刷牙都无暇顾及，累了就坐在地上打个盹，饿了就啃点干馒头，几天下来，袁守业和同事满嘴都长满了水泡。

1975年8月，由于超强台风“莲娜”过境，特大暴雨引发淮河上游大洪水，石漫滩、田岗水库垮坝，澧河决口，老王坡蓄洪区相继决口。板桥水库漫溢垮坝，六亿多立方米洪水，五丈多高的洪峰咆哮而下。同期竹沟中型水库垮坝，薄山水库漫溢，58座小型水库在短短数小时内相继垮坝溃决，到处都溃口，堤内堤外都是水。面对严峻的防汛形势，水文全体人员迅速投入战斗。在瓢泼大雨里，袁守业和同事两人依靠一根碗口粗的木棍，坚持在齐腰深的洪水中，准确及时地对水文数据信息进行了实时监测、收集、整理和分析。在最危险的几天，他24小时待命，随叫随到，冒着暴雨，不顾高温，观测回来，不是去休息，也顾不上吃饭，拿着资料就一路小跑到报汛室，计算、校核、检查，直到水情报出。

对待业务，袁守业精益求精。刚到水文站时，对各项技术指标和观测设备都不了解，袁守业就积极主动学习。一方面，不断阅读往年的观测资料；另一方面不断虚心向老同志请教，以不断提高自己的业务能力。刚到水文站时，工资每个月只有十几元，但他还是每月拿出一部分买书，不断更新着自己的知识储备。在水位、降水、流量、含沙量、测次布置、设备维护、水准测量过程中，他一点一点地充实和提高着自己，从一个连“水位流量关系图”都看不太明白的青工，慢慢对水文仪器有了感情，对水文数据有了热情，一直到水文站的负责人，他没有让老同志失望，顺利接过了接力棒。

对待同志，袁守业真诚待人。他以苦为乐，对同志满腔热情，对得失坦然淡薄，事事处处时时率先垂范。在担任水文站负责人后，他更是严于律己，宽以待人，勤俭持站。平时工作中，做到带头先干多干，把轻便的工作让给他人，重活留给自己，用自己的实际行动影响身边的人。站内能够做到大事大伙干，小事主动干。1978年春节期间，连续降了几场大雪，天寒地冻，因担心水文站房屋积雪太深承受不住，袁守业冒着严寒，当晚就将房顶上两尺多厚的积雪扫下来。而对待刚刚参加工作的青工，他总是耐心地给他们辅导业务知识，生活上处处关心他们，为他人排忧解难。每年节假日主动地放弃休息，把机会让给其他年轻同志，使他们能回家享受团聚之乐，他自己却留守在测站，做好节日期间防盗、防火和外业测验等工作。

五十年如一日，光荣且平淡，艰巨又漫长，袁守业就这样一直坚持在地处偏僻、条件艰苦、环境恶劣的水文测报第一线。他把百姓的安危放在心头，忠于职守、爱岗敬业，重活脏活带头干，急事险事抢在前。他经常说监测是他的职责，数据是他的生命，任何困难都无法阻挡他前行的脚步。

受命于特殊之时，奉献于危难之际，朴实无华的袁守业用坚毅和智慧守护着祖国的大好河山。为了人民群众的幸福生活，一代代水文人负重前行，筚路蓝缕。风雨中，他们是逆行者，也是最可爱的人。

（作者单位：河南省驻马店水文水资源勘测局）

初识水文

郭佳旺

一滴水很小，但汇集便可以成江海湖泊；一棵树不大，但成林就可以防风抗沙。百年沧桑，一辈又一辈水文人坚定信仰，奋斗终生；百年风雨，见证了河南水文的一步步成长。

不知不觉，我来到河南省济源水文水资源勘测局这个大家庭已经四年有余，回想起四年水文路，感触颇深。

初踏济源大地，干净、祥和；初识济源水文，忙碌、尽责。2017 年 3 月 20 日，步入办公大楼，全新的身份、全新的环境给了我全新的感受。匆忙的脚步、匆忙的语速以及一张张认真的面孔，让刚从悠闲的校园中走出的我感到一丝紧张，并暗自提醒自己尽快进入状态、尽快转变角色。翻开前辈同事收藏的相册，那一张张泛黄的老旧照片，向我讲述着水文变化那厚重的底蕴：一间平房守着断面与观测场，吃水靠打井，数据传输靠发报。如今的水文站不见了平房与水井，取代的是现代化办公场所，水、电、气应通尽通，测流方式也逐步自动化、智能化。这些发展得益于国家对水文发展的良好政策，也离不开数代水文人的不断坚守。

我来的时候正值汛前准备工作，每个人、每项工作都进行得井井有条。5 月，被指派和宁子来、孙常征两位老师前往山西进行河口村水库上游遥测雨量站的检修工作。孙常征是一名老水文，无论是测流还是检修遥测他总第一个奔赴一线。其实不止孙常征，站上的每一位职工都是如此，这就是水文人的敬业与奉献。

记得那年沁河上游突降暴雨，为确保河口村水库能及时准确得到专业水文数据，做好防洪调度工作，济源水文局副局长王丙申与经验丰富的孙常征老师第一时间奔赴前线，到达深山之中展开水库入库站水文数据的收集和整理工作。那场大雨整整持续了一周，王丙申和孙常征便在深山中整整测了一周！带的干粮吃完了，便在深山中找老乡借来面粉，四处找寻野菜充饥，这些付出只是为了能将准确的第一手数据及时反馈。水文测报工作是防汛抗旱的“耳目”和“尖兵”,他们用实际行动在践行着“求实、团结、奉献、进取”的水文精神!

2017 年 7 月 27 日一早,我被通知前往济源水文站协助工作,到达现场才知,7 月 26 日晚的那场夜雨,局机关领导、济源水文站同志及全体业务骨干彻夜未眠、抢测洪峰。汛情面前,水文站每一位职工都各司其职,有的操作缆道测流,有的观测水位和取沙,有的监控雨量,有的负责计算和发报,相互配合,相互补位,各项工作有条不紊。和鹏艳大姐不顾高烧熬夜计算,张家武老师顶着暴雨及时取沙,孙常征老师为了数据的精准反复测算。风声雨声水流声,宛如冲锋的号角,大家目光如炬,笔作长枪,急促的脚步声、有节奏的键盘声、测流时嘀嘀作响的电铃声,打响了水文人作为“耳目”和“尖兵”的“侦察战”,凌晨 2 时终于抢测到入汛以来蟒河最大流量,实测洪峰流量 161 立方米每秒。

在实践中学习,也在实践中得到成长。2018 年 6 月,领导安排我参加全省水文应急测报演练。当时有这样一道“考题”:为宽达 150 米的澧河使用 ADCP 测流。现场吴庆申局长坐镇指挥,王丙申副局长进行现场指导。到达现场、全观场地之后,吴庆申局长根据实际情况当机立断下达“更换测流方案”的命令,王丙申副局长做出方案指导,使我局又快、又准地测出了结果,交上了“答卷”。两位领导让我学到了什么叫随机应变,什么叫灵活应对。在演习前夜,我们发现遗漏了一项在“安装水尺”环节中的重要工具——安全帽。同事宁子来建议,前往附近的村镇购买。起初我不以为然,认为这只是一顶安全帽而已,没什么大不了的。宁子来认真地说:“去吧,安全无小事。”我和方凡先到了附近的村镇,可天色已晚,商户没货的没货、关门的关门,眼看夜已深,心中不禁打起了退堂鼓,可想到了宁子来那句“安全无小事”,还是决定坚持下去。村镇没有就去县城!终于,在距离场地 20 多公里外的县城里找到了所需物品,顺利通过了第二天的全省防汛演习。

“雷声、雨声就是命令”,这是我们水文人奋斗、冲锋的号角。我希望多年之后,我也可以骄傲地和我的后辈讲一讲水文故事,也希望在某个雨后的清晨,雨停了、天晴了、洪水退去了,在仍然散发着浓烈泥土味的河岸,早起的人们来到河边看水、议水,知道水文人经历了怎样的一晚。

(作者单位:河南省济源水文水资源勘测局)

昭平台水文站的变迁

口述:蔡长明　执笔:邹可可

昭平台水文站位于沙颍河水系沙河上游、鲁山县库区乡,距鲁山县城15公里。鲁山县上游多为山区,是河南省的暴雨中心之一,一旦山洪暴发,迅猛下泻进入水库,预见期短,突发性强,将严重威胁水库安全。昭平台水文站提供的水文数据对昭平台水库和整个沙河流域的安全、全面掌握沙河流域的变化至关重要。

"库区血吸虫窝,蚊虫蛇又多,苍蝇握成把,人来无处躲",这句顺口溜却是早先时候昭平台水文站的真实写照。不要说在这里工作,就是生活,也让很多人望而却步,避之不及。1959年昭平台水文站挂牌成立。水文人守护昭平台的接力棒一代又一代地传承下来。

早期的昭平台水文站,野草丛生,没有水,不通电。"开荒"是水文职工进驻昭平台的第一件大事。挖上一口生活取水井,靠着肩扛和手提,把木材、砖头和石灰弄来开始建站房,一排五间的瓦房拔地而起,再围上一圈院墙,昭平台水文站的办公和生活问题就这样解决了。沿着水库边从上到下,一层铺着两米宽的青石条台阶至河底,沿着台阶一级一级立着一米高的混凝土桩,桩上固定标有如同英语的"E"字的黑白、红白相间的刻度。上面一个桩尺板的刻度底部,正好是下面一个桩尺板刻度的顶部。平水期定时观测,丰水期或汛期防洪时,人不离湖边,边目测,边记录,边上报。

由于昭平台水文站位于水库边上,复杂的外界环境让电线的铺设成了大难题,建站以后一直没通上电,白天观测的水文资料需要及时整理,大家只能依靠一盏昏黄的煤油灯整理水文数据,不成想,这煤油灯一用就是几十年,站内职工更是年纪轻轻便成了近视眼。但和煤油灯相伴的这几十年里,昭平台水文站自记水位、自记雨量等记录,从无缺测、中断,保持着100%的记录完整率。无论是原始资料质量,还是汇编资料的质量,昭平台水文站在全省水文系统中均名列前茅。

昭平台水文站主要负责收集实测水库水文数据,提供探索基本水文规律、满足水资源评价、水文计算、水文情报、水文预报、气象资料、风力雨量,供水文科学研究。特别是在汛期,昭平台水文站的作用更是不可小觑,连昭平台水库都得依据水文站上报的雨量大小、水位数据高低,做出是否拔闸泄洪的决定。

然而水文站的工作却非常辛苦乏味,一年到头,无冬无夏,从岸上下到河底,从河底爬到岸上,常年守候在不会说话的水尺旁,目测、记录,上报,周而复始,工作枯燥。由于地处昭平台水库,位置偏僻,早期的昭平台水文站几乎没有文化生活可言,每天完成工作后的精神生活可以用“枯燥无味”来概括。唯一的精神食粮可能就是站上的一台收音机了,靠着听听新闻了解一下国内外发生的大事,才觉得自己还未与世隔绝。面对如此单调的工作,昭平台水文站的职工却从不懈怠,兢兢业业地坚守在水位标尺旁边,守得住清贫,耐得了寂寞,为水文事业呕心沥血,积累了大量而丰富的水文资料。

从站房最开始的地基打造、土地平整等配套设施建设,到后面的建房材料、装修材料等物资的采购,甚至冰箱、饮水机等日常电气设备的购买,以及各种专业水文设备的安装调试,职工们都是亲力亲为,站上唯一的交通工具“二八大杠”自行车,早已分辨不出原来的模样了。为了保证设备材料安全,站上的职工轮流值守,在院子里搭建一个小帐篷,摆上一张小床,一个蜂窝煤炉,几件简单的炊具,就成了大家的“临时小家”。在站房建设中的风餐露宿、日晒雨淋水文人却是只字不提,仅是那一张张黝黑的脸上印刻下奔波的沧桑和辛劳。

随着社会经济的发展和国家对水文事业的投入力度加大,2005 年,昭平台水文站在原址建起了一幢两层楼房。水文职工办公居住条件大为改善,站上通了电,不仅昏黄的煤油灯被光亮的白炽灯所替代,同时和电线一起接入的还有外面精彩的世界。与此同时,昭平台水文站附近的道路也修通了,昭平台水库作为水利风景区进行开发,定名为“昭平湖风景区”,是国家 AAA 级水利风景区。

伴随改变的不只是站容站貌,水文监测设施也得到了极大的提升。原来需要一年四季到水库边上看水尺,到泄洪闸测流量,如今坐在办公室里通过远程监控就可以看到水尺水位,不仅节省了时间,也避免了危险事故的发生。与此同时,昭平台水文站用于水文监测的基础设施建设水平也有了大幅度的提高，先进的电波流速仪、ADCP遥控测船、电子水准仪、全站仪等先进仪器配备齐全，更新和改造了水文缆道等监测设施，使得昭平台水文站的水文监测能力和监测质量大大提高。面对各种精密仪器，尖端的水文生态监测，计算机网络与电子技术等，大家踊跃参加业务培训，打起十二分的精神，潜心钻研，踏实进取，快速掌握新仪器的使用和维护，不断提升自身的业务水平。

如今的昭平台水文站，站内主道、便道得到硬化，环境卫生得到改观，附近的文化广场基础设施齐全，休闲娱乐有了活动场地，职工们也有了自己的精神文化生活。一湖清水之上，水文职工在这里监测研究忙不停，游客们在这里赏湖光美景流连忘返，诗情画意的环境中，更让我深深感悟到了昭平台水文站的历史变迁！

（作者单位：河南省平顶山水文水资源勘测局）

水文守护者

李海峰

随着社会的发展，在经济利益驱使下，水文监测环境屡遭破坏，严重影响了水文监测工作。2018 年，河南省水利厅批复 18 个地市水文水资源勘测局水政监察大队成立。成立以来，水文水政队伍有力打击了破坏水文设施、监测环境的违法行为，捍卫了水文尊严。安阳水文水资源勘测局水政监察大队在执法过程中迅速成长起来，为维护安阳市的水文监测环境和河湖健康作出了突出贡献。2019 年 4 月，安阳水文水政监察大队获得了河南省水利厅第九批水政监察队伍“文明执法示范窗口单位”称号。

水政队伍初建

安阳大队成立之初，队员们两眼一抹黑，根本不知道从何处下手开展水政执法工作。为切实提高队伍素质和专业化水平，开好头，起好步，大队长带领大家共同学习了《河南省水行政执法办案制度》《水政监察与执法责任追究制度》等 21 项水政监察工作制度。经过一星期的学习领悟，队员们夯实了法律基础，熟悉了行为准则，在心底种下了水政的种子。

为全面提高队伍的执法能力，提升办案水平，大队通过“请进来、走出去”的方式，组织全体队员到全国服务型执法示范点——安阳市水政监察支队，参观他们的装备室、档案室，翻阅历年案例卷宗，借鉴规范化建设经验；请支队领导做《如何做一名合格的执法员》的培训报告，通过实际案例学习法律法规的运用。安阳大队还邀请支队参加日常水文巡查，在联合行动中主动沟通、加强学习，不仅锻炼了队伍，积累了执法办案经验，更形成了共同保护水文设施和监测环境的长效工作机制。

目前，安阳大队已建立水政监察队伍 1 支，测区水政监察室 1 处，测站水政监察巡查点 7 处，覆盖安阳区域全部水文设施及环境，形成了省、市、测区联动的水政监察体系。大队有了独立的办公室，设置了执法装备展示柜、档案柜、法律法规学习柜等。实行重要制度上墙、办事程序成图、执法人员身份公开等制度，做到了权责明确、程序规范，安阳水政规范化建设初见成效。

水政执法开展

通过深入的学习交流及实践积累，安阳大队的执法内容和手段不断完善、规范，形成了集水法规宣传、水文监测设施保护、监测环境维护、水事案件查处为一体的水行政执法体系。2018~2021年间，安阳大队共调查处理涉水文案件13起，切实保障了安阳水文监测工作的正常开展。

2018年5月的一天，五陵水文站站长李树杰正准备维护缆道。推开监测窗后，发现缆道主索下方的空地上种植了两排小树苗，直接威胁缆道运行安全。经查，树苗是一位村民连夜种植的，当事人辍学在家，年轻气盛，思想单纯，被人煽动蛊惑。大队立即派出执法队员赶赴现场，同时联系当地镇政府、村委会及水行政主管部门，通报这起违法事件。安阳大队经民主协商后，制订了“三步走”的解决策略。首先与当事人加强接触，逐渐建立信任；其次向当事人普及政策法规知识，讲解违法后果，着重强调“水文是干啥的，水文是为谁干的”；最后邀请他到测站做客，现场观看水文流量监测过程，实实在在了解水文工作的重要作用。经过耐心疏导，当事人很快就认识到了自己的错误。

安阳大队不仅通过镇委、村委会走访，找出煽动者，对他们进行普法教育，还联合当地水行政部门开展行动，在村广场挂起宣传条幅，设置咨询台，发放宣传页，宣讲水文条例等法律法规，以例说法，以案释法。当日聆听水法规宣传的村民达80多人。在宣讲现场，队员和当事人一起把树苗移栽到自家田地，当事人也主动携带工具，协助大队修剪影响水文监测的树木枝杈。村民们对水政队员们耐心的宣教表示由衷的叹服。自此，五陵水文站附近再也没发生过破坏水文监测环境的事件。

水政普法宣传

水文水政队员既是执法者，也是普法者。每年“世界水日”“中国水周”，安阳大队都在广场上举行多种多样的宣传活动，队员们耐心给市民讲解水文，回答问题，宣讲我国水资源的现状、水文监测的意义、节约用水的方法，倡议大家从身边的点滴做起，用实际行动节约用水、合理用水、保护水资源，进一步树立社会主义生态文明观。

安阳大队紧紧以水文宣传、节水护水为中心，与社区、学校沟通对接，组织开展主题法治宣传教育活动。2018 年 3 月，安阳大队和殷都区实验中学联合举办了一场法制教育活动，安阳大队队长刘华勇作专题演讲。活动前几天，他一直忙着写讲稿、找道具。虽然熟知水法水规，他还是多次对引用的法规条文一一核对，生怕出了纰漏。他认真地对队员说："孩子们是祖国的未来，他们的世界观正在形成。早早地提高他们的节水惜水意识和法律意识，对他们很重要，对我们也很重要！"。

通过一系列活动，安阳大队迅速成长，探索创新，彻底融入当地水行政执法体系中，逐渐形成了自己独特的水政监察方式，在打击河道非法采砂、扫黑除恶、汛前水文设施与监测环境专项联合执法检查等专项活动中，层层递进，扎实有效地推动了服务型执法活动的顺利开展。

荣誉之花的绽放离不开队员们心血与汗水的浇灌，每一个定格的瞬间都记录着水文水政的神圣不可侵犯。安阳大队将继续用法律法规武装头脑，加强执法技巧的实践和锻炼，切实履行水文行业管理职能，持续为水文监测工作保驾护航。

（作者单位：河南省安阳水文水资源勘测局）

平凡之路

孙常征

人们常把水文测站喻为防汛抗洪的“哨所”和“尖兵”，把水文测报工作喻为“踏波逐浪”，喻为“人水博弈”，水文职工更是被誉为江河的“守护神”。这是我们水文站工作的真实写照，也是对我们水文职工的最高褒奖。常常觉得，这份职责，这份荣耀，扛在肩上沉甸甸，放在心头力无边。今生今世，与水结缘、与水为伴，是我无悔的选择，是我执著的心愿！

一

每年的汛期，是水文站工作最重要和辛苦忙碌的日子，我们需要昼夜24小时值班，要观测雨量、水位，抢测洪峰流量，肩负着为各级防汛指挥部门提供及时准确的测报数据，根本就没有节假日和星期天。

工作这么多年，让我尤其难忘的是1982年的那场大洪水抢测洪峰的场面。连续的几天降雨，地面已经饱和，连续的几天值班、测流、报汛，大家又困又乏。可就在这一夜，济源水文站有实测资料以来的最大洪水不期而至，1280立方米每秒水流量袭击了这个不算太大的河流，当时我刚到水文站，老站长给我分配的任务是水位观测记录、取水和浮标中断面的信号工作。刚开始水位涨得比较缓慢，可是到了半夜时分，洪水咆哮着从上游奔泻下来，顷刻间，水位迅猛上涨，五六分钟就是十几公分。那时候条件很差，用的缆道还是手动绞车，有线信号，水草太多时铅鱼下水就被水草挂上，一份流量测下来铅鱼要回来好几趟。到凌晨的时候水位已涨到峰顶，记得当时水草太多铅鱼下不了水，老站长决定用浮标法测流，当时人手不够，又在村子里找了临时工来帮忙。投放草把夜明浮标不是百分之百都成功的，加上绞车比较沉，大家都是一身汗水，老站长一面娴熟敏捷地指挥，一面认真细致地观测。最高洪峰流量测算出来了，要发报，可当时的条件太差，刮风下雨打雷的时候经常电话不通，拟好报必须到五里以外的县城电报房送报。我们骑着自行车去发报，一趟回来浑身湿透,分不清是雨水还是汗水。一份份的电报报到了上级机关,为领导及时掌握蟒河汛情、为下游人民的生命财产安全、为白墙水库及时提前泄洪起到了很大的作用。

二

还有一次难忘的事发生在2013年,那一年主汛期,河口村水库大坝工程进入关键期,水文情报要及时、准确,这就需要在水库上游20多公里、人烟稀少的山区一个叫拴驴泉的地方建设一个水位、流量监测站。这个站是入库报汛站,进山的道路崎岖艰险,生活、工作、住宿的板房第一次运输就撞到山体,从平板车上掉了下来。最后换了个小点的活动板房才运了进来。没水怎么办,自己动手,在副局长王丙申的带领下,我们买来铁丝,白色盘管,在老百姓的井窖中引了一趟架空管,解决了生活用水问题。有了缆道、自记水位计、ADCP、笔记本电脑、发电机,设了水尺,测了高程,两个人的小站就这样建立起来了。

7月3日,拴驴泉上游普降暴雨,日降水量平均80毫米以上,拴驴泉日降108毫米。雨声就是命令,当下局领导决定由王丙申带着我,组成两人测报小组进驻拴驴泉。7月4号上午,我们简单准备生活用品,之后冒雨紧急出发。从18:50洪水开始上涨,连续几天的涨水,路桥被洪水淹没,无法出去采购生活基本物资。原本所带四天的粮和菜,没几天就吃完了。好在山上有野菜,就这样凑合着坚持洪水测报。站上手机信号差,每次报数据都得找信号强的地方。这次涨水过程持续了二十多天,中途生活用品也用得差不多了,急需补充。局领导和河口村建管局的领导都很关心我们的生活问题,派车派人过来给我们送补给,听说有补给我们开车下去接,由于连日降雨崖上的石头松动,路上很多落石,一路走着清理着。到了东滩前面的一个桥跟前,眼看着洪水漫过桥面很高,建管局的车早已到了对岸。两个车上的人隔河相望,都在盼着水再小点就可以过去拿到补给了。一辆货车过来了,一辆皮卡人在前面探着路过去了。我看差不多了也大着胆子开车过去装上补给马上返回,一眨眼水又涨起来了,好悬。回到站上没多长时间,站门口的桥面被淹没在洪水中,只有水位计的杆子还耸立在水中央。我们在这个孤岛上坚守了二十多天,圆满完成测报任务,测到最高洪水位和654立方米每秒的洪峰流量。

三

自1982年我到水文系统上班到今天,39年的水文生涯,我亲眼目睹和体验水文人的工作和生活,也从一个侧面感受到新中国水文事业的巨大变化。

水文站早已今非昔比,不论是站容站貌还是办公设施,不论是职工素质还是科技创新,都有着翻天覆地的变化。干净漂亮的楼房取代了昔日低矮破旧的土瓦房,硬化绿化一新的院落如花园一般;办公的电脑化,取代了算盘、计算尺,使职工再也不用饱受庞大烦琐的水文数据计算之苦,以及人工制表制图的麻烦,工作效率极大提高;尤其是进入21世纪,水文改革的科学化技术化进程突飞猛进,智能化缆道测流仪、报汛专业电脑、电话以及流域水情自动测报系统等先进测验设施的相继建成并投入使用,大大提高了水情信息传输的时效性和资料的完整性,保障了大洪水时水文站能"测得到、测得准、报得出、报得及时"。这些都给水文事业的飞速发展插上了科学的翅膀,以前水文站的测报数据报送需十到二十分钟,现在五分钟内即可报出。

我经历的三十多年水文生涯只是沧海一粟、浪花一朵,但正是全国水文行业千千万万色彩纷呈的这些一粟粟颗粒、一朵朵浪花,共同装点亮丽了新中国水文事业的巨幅宏篇!

(作者单位:河南省济源水文水资源勘测局)

抗洪抢险中的硬核担当

郭安强

2021年7月17日以来的这段日子,注定给人留下刻骨铭心的印记。

一场大范围、高强度、连续性暴雨在中原大地肆虐。

淇河、大沙河、卫河、共产主义渠……多条河道超警、超保甚至决口,多座水库超汛限运行,人民生命财产受到严重威胁。

郑州告急,新乡告急,鹤壁告急,安阳告急……

异地支援,跨区联动,一个个水文应急突击队急驰受灾地区。

河南水文跨区联动应急测报的创新举措为迎战超标准洪水树立了样板!河南水文应急突击队的硬核担当和丰功伟绩必将载入史册!

触目惊心　那场多年不遇的暴雨洪水

入汛以来,河南先后发生多次强降水过程。7月17日8时至24日8时,全省普降大到暴雨,郑州、鹤壁、新乡、安阳、焦作、济源、平顶山、漯河降暴雨、大暴雨,局部特大暴雨。

持续强降雨引发汹涌大水,造成河道、水库水位暴涨,卫河淇门以上出现大洪水,卫河上游出现区域性特大洪水;贾鲁河出现大洪水,贾鲁河上游出现区域性特大洪水;大沙河、共产主义渠、卫河、安阳河、贾鲁河出现超建站以来历史洪水。大沙河、淇河、共产主义渠、卫河出现超保洪水,颍河、小洪河、沁河、惠济河出现超警洪水,伊洛河、文岩渠、老灌河、唐白河、沙河、北汝河出现涨水过程。多座大中型水库超汛限水位,出现建库以来历史最高水位。

暴雨洪水引发险情,常庄、郭家咀、五星等水库分别出现了管涌、漫坝和裂缝等险情,浚县新镇码头村发生了决口的险情,卫河新乡牧野大道发生了决口险情,周口市西华县贾鲁河右岸鲤滩村发生了管涌险情……

7月19日12时,河南省水利厅启动水旱灾害防御Ⅳ级应急响应,随后根据汛情发展,相继将应急响应提升至Ⅲ级、Ⅱ级、Ⅰ级。

河南海河流域卫河水系9大蓄滞洪区，相继启用崔家桥、广润坡、良相坡、共产主义渠西、长虹渠、柳围坡、白寺坡、小滩坡等8处。

河南的雨水情牵动着各级领导的心。7月21日，中共中央总书记、国家主席、中央军委主席习近平对河南等地防汛救灾工作做出重要指示，要求各级领导干部要始终把保障人民群众生命财产安全放在第一位，身先士卒、靠前指挥，迅速组织力量防汛救灾，妥善安置受灾群众，严防次生灾害，最大限度减少人员伤亡和财产损失。

7月20日晚，河南省委书记楼阳生召开紧急会议，要求各级党委、政府和各有关部门一定要迎难而上、勇于担当，全力做好防汛抗洪救灾工作。7月26日晚，省委紧急召开全省防汛抗旱指挥部视频会议，楼阳生书记、王凯省长分别讲话，对防洪救灾工作作出安排部署。

河南省水利厅党组在强降雨发生前后多次召开专题会议安排部署，并下发通知做好暴雨洪水防范和应对工作。党组书记刘正才、厅长孙运锋分别在抗洪抢险和调度一线，科学指挥这场战斗。河南省水文局局长、党委书记王鸿杰或坐镇省水情中心，或亲临测报一线，有力指挥水情测报预报工作。

河南水文为应对暴雨洪水做出了充分准备，提供了有力支撑。

众志成城　那些激流勇进的水文铁军

河道险情随时会发生，8处蓄滞洪区相继启动、联调联动，这意味着水文测报力量需不断加强，水文突击队测报场地需不断变换。

面对部分地市，特别是卫河流域严重汛情，河南省水文水资源局扛牢责任，迅速行动。

从7月18日起，河南省水文局启动应急测报跨区域增援预案，集中优势技术力量，分期分批次组织水文应急测报突击队，分赴郑州、鹤壁等地区，开展异地应急测报驰援。

7月20日，河南省水文局派出水文应急突击队到郑州中牟水文站支援测报工作，并抽调漯河、开封水文应急突击队分别支援郑州、洛阳应急测流，急调周口水文应急突击队到贾鲁河官渡镇为变电站安全提供技术保障。

7月22日，河南省水文局指派信阳水文局应急突击队驰援新乡，指派濮阳水文局应急突击队驰援鹤壁。

由于卫河、共产主义渠新乡鹤壁段启用多处滞洪区分洪，7月22日至24

日，又派出省局、平顶山、商丘、驻马店、信阳水文局应急突击队执行滞洪区分洪监测任务。

7月25日，因卫河发生超标准洪水，防汛形势异常严峻，省水文局紧急调动南阳、洛阳、焦作、济源、漯河水文局应急突击队到鹤壁滞洪区开展水位流量监测。

7月27日，派出安阳水文应急突击队到鹤壁支援测流。

7月31日，安排许昌水文局突击队到达鹤壁开展流量监测。

此次抗洪抢险，河南水文共出动17个应急监测突击队、队员106人次。

接到驰援指令，各突击队立马行动，哪里需要去哪里。

暴雨突发，高速封闭，道路冲毁，交通受阻……驰援路上困难重重，但各个突击队没有退缩，他们想尽办法，克服困难，争取以最快速度到达指定位置。

鹤壁市浚县卫河新镇彭村段出现决口后，濮阳水文局突击队7月22日凌晨接到指令，立即调配精干力量组成6人应急突击队，由副局长高瑞臣带队，克服道路管制和路面积水等困难，急赴浚县支援。面对滔滔而来的洪水，参加工作40余年的老水文人王少平感慨道："我长这么大还没有见过这样的阵势！"在洪灾区，突击队员克服断水断电，信号中断，物资缺乏的困难，不顾个人安危，上船下河监测。刚刚完成淇门上游滞洪口监测，又接到通知，说是新镇下游发现决口，突击队又急赴下一监测点，来来回回辗转4个监测点，顺利完成监测任务。

在卫辉市灾情极其严重情况下，驻马店水文局突击队按照要求于7月23日早上6时到达新乡市，途中积水严重，水深几乎淹没轮胎。接着又得到指令，紧急奔赴受灾严重的卫河下游浚县灾区，一路上通信中断，交通管制，即将到达指定位置时，由于滞洪区分洪原因，车辆无法正常通过，测量设备无法运至指定地，他们在当地水文站同志带领下，走泥泞的河堤小路到达指定地时，已是下午4时，队员们已经近16小时没有合眼、没有吃饭，顾不上疲惫，立即对卫河长虹渠滞洪区分洪口处进行测量。

商丘水文局突击队7月23日凌晨4时接到援助指令，5名骨干成员迅速集结，带上监测设备冒雨出发。由于路面水势过大，行驶途中车辆只能缓慢前行，一边问路一边前进，于23日下午1时到达指定地点，突击队员顶高温暑热测量，衣服都是湿了干、干了又湿。23日19时突击队赶赴鹤壁浚县屯子镇，负责在三个地点测流，3小时一测报，从一个监测点任务结束立马奔赴下一个监测点，如此循环往复、不停战斗。在当地村民全部撤离、断水断电情况下，队员们有时只能忍饥挨饿，抢测间隙靠着携带的方便面暂时充饥，没有热水就只能用冷水泡面。

南阳水文局7月25日晚接到通知后，由6名党员和1名预备党员组成应急测报突击队，当晚20时在朱文升、王晶副局长带领下，星夜兼程，于26日凌晨4时左右到达鹤壁市。早晨8时驱车赶往鹤壁市浚县淇门西街村长虹渠滞洪区进水口位置。接下来的10天，他们冒着高温酷暑，克服测验环境差、水流流速大、漂浮物较多等困难，利用冲锋舟挂载ADCP三体船，每天4次测流。在测流过程中，他们根据实测数据，定出进洪口门处水位流量关系曲线，每天实测4次流量修订水位流量关系曲线即可满足24段制水位流量测报任务，大大减轻了工作量。

7月25日夜，漯河水文局接到跨区支援鹤壁命令，突击队紧急集合，周广华局长领队，8名突击队员中有7名党员。于26日凌晨3时赶到鹤壁，用最快的速度赶到任务地点。白寺坡滞洪区王湾分洪口门宽度约400米，流速快，水流湍急、水下情况不明，上游水流流向复杂，下游又有很多被淹没的树木、房屋等危险障碍物，突击队协调消防及救援组织的大型冲锋舟一次又一次冲上去，两次从分洪口门冲到滞洪区，一次又冲到下游大桥下，险象环生，最后终于开辟出一条测流路线，首次全面测得王湾分洪口门流量。

洛阳水文局突击队接到指令时正在完成前坪水库开闸泄洪水量监测任务后返程路上，顾不上休整，由6名党员、1名入党积极分子组成的应急突击队在高晓东副局长带领下，星夜兼程，26日凌晨4时抵达鹤壁。广润坡滞洪区7处进退水闸，横跨两个乡镇，受洪水影响，部分道路泥土堆积受阻，巡测一遍需要三四个小时。途中车辆多次在遍布泥浆的堤坝上抛锚，狭窄的道路两侧都是淹没树梢的汪洋，队员们车拉手推，克服一次又一次险情，完成一次巡测任务后顾不上吃饭，又火速赶往下一个地点。7月29日上午，按照省局指令赶到浚县屯子镇码头桥，监测断面为一个孤岛，四周汪洋一片，汹涌的民丰渠几近淹没桥身，有落差的巷子形成湍急的暗涌，突击队员们携带仪器设备，借助推土机和冲锋舟往返。

济源水文局25日晚上21时接到驰援指令后，立即组成徐明立局长为领队的7人突击队，连夜与市防汛应急指挥部沟通协调，在出具驰援工作证明后，于次日凌晨4时整装出发，冒雨开赴一线。退水处水位差异大、水流湍急，道路被洪水冲垮形成决口，周围无合适桥梁、断面进行测报工作。突击队经过短暂会商研判后，迅速设立临时观测水尺，并通过遥控船搭载ADCP开展测流任务。在水、电、移动信号均不畅通的情况下，连续完成了21小时的持续高强度工作。7月30日白寺坡滞洪区台辉高速公路桥告急，突击队兵分两路，在保持原有监测工作的同时，分出半数队员前往增援。

7月23日5时40分接省局命令，平顶山水文局突击队马上集结，局长李春正带队火速驰援豫北，准时到达指定地点。面对高温暑热、断电缺粮，突击队员连续奋战多日，坚持一小时一测报，昼夜无休，虽然疲惫到极点，头疼、眩晕、拉肚子，但他们仍然咬牙坚持下来。28日在浚县圈里村小滩坡滞洪区查勘地形，卫河已经漫滩到了分洪口大堤，十分危险，他们克服困难完成信息传递，最后只能依靠救援队铲车撤离。31日晚浚县突现狂风暴雨，突击队员正在小滩坡分洪口抢测流量，9时23分完成测报任务时，狂风已经刮倒大树，河堤两侧洪水咆哮，他们在暴风雨中抢救水文设备，沿着泥泞的河堤道路缓慢撤退，在消防救援人员的帮助下，安全回到县城。截至8月5日，突击队转战新乡、安阳、鹤壁等地，完成了小河镇饭店卫河大桥、张庄玉珠桥、道口长虹渠泄洪闸、浚县杨庄卫河大桥、浚县圈里村小滩坡滞洪区分洪口、老观嘴孙石井村卫河等查勘、水位流量监测等工作。

7月27日，安阳水文突击队接省局通知，因卫河、共产主义渠均超警戒水位，浚县屯子镇上游蓄滞洪区已全部启用，汛情万分紧急，急需进行水文应急监测。突击队迅速赶往监测断面开展水位、流量监测。28日，当地天气情况恶劣，农田、道路积水愈发严重，水位仍在不断上涨，监测断面随时有发生塌陷的危险。面对严峻形势，队长刘华勇毅然决定坚守岗位继续监测。他命令队员把车辆集中停靠桥头高地，携带仪器蹚水步行到共产主义渠测验断面，按时开展测验。夜晚，在进行了最后一次测流后，四周已被水包围，无路可退。附近的村民们早已撤离，没有食物，他们饿了就喝点水，困了就挤在车上眯一会儿，夜幕中，阵雨还在下，队员们轮流值班，在风雨中默默坚守了整整28小时后，29日9时冒雨完成监测任务才乘着救援车辆——一辆大型轮式推土机撤离到安全区域。

许昌水文局7月31日中午接到命令，局长游巍亭立即安排，副局长尤宾带队组成7人突击队，克服道路阻塞等困难，于20时40分到达鹤壁浚县白云路杨庄河大桥，立即开展流量监测。十几分钟后，天气骤变，狂风暴雨扑面而来，大风裹着豆大的雨点劈头盖脸倾泻下来，全体队员的齐心协力下，突击队艰难地完成了最后一个测次，等整理完毕设备后，大家都成了“落汤鸡”。在冒着风雨前往滑县县城卫河桥断面时，道路上积水很多，道路两侧的树木有的被拦腰吹断、刮倒或被连根拔起，赶到滑县卫河断面完成2个地方的流量监测及成果上报，回到住地时已是8月1日凌晨了。

焦作水文局突击队到滑县支援测洪一线的第二天，晚上准备测流时正遇上12级大风和随之而来的暴雨，断面上数十棵树被吹断了，两根水尺也没了踪影，仅有的一根水尺已高于了水面。突击队挖开部分淤泥，将水引到水尺下面，通过测量距水尺的高度推算滞洪区水面高程，借助漯河水文局布置的水尺记录水位，按要求上报了当天22时，第二天0时、2时、4时、6时的水位数据。

淇门水文站、刘庄水文站分别是卫河、共产主义渠上的重要水文站，处于这次暴雨洪水的关键位置，测报工作非常重要、任务异常艰巨。洪水暴发至今，两个水文站一直停电、停水、没有网络信号，而且蚊子很多，洪水后期，水质变差，发黑的水体和着上游冲下来的动物腐烂尸体，发出阵阵恶臭，测流过程中戴着口罩也几乎让人眩晕。天气闷热，驻站人员测流时汗流浃背，衣服全部湿透。没有时间和条件做饭，每天凑合着吃一些方便面、面包等充饥，从抗洪抢险开始一直坚守岗位，半个多月时间人都瘦了一大圈。

8月7日以来，在大部分兄弟局水文突击队撤离后，按照省水文局部署，鹤壁水文局突击队承担长虹渠曹湾退水口、卫河浚县杨庄桥、小滩坡浚内沟大刘村退水口等处的测流任务，测流地点最远60多千米。突击队员克服烈日炙晒容易中暑、疫情期间道路受阻、水质变害臭气熏天等一系列困难，扎实细致做好每一次测流工作，坚决守好蓄滞洪区测流的最后一道防线。

截至8月10日18时，河南水文应急突击队在此次卫河洪水中共抢测328次，为上级决策提供了及时可靠的数据。水利厅党组书记刘正才给予高度评价：“水文测报、预报和应急监测工作准确科学，经受住了考验和检验。”“水文尖兵靠得住，关键时刻显身手！”副省长武国定在检查防汛工作期间专门看望慰问奋战在抗洪一线的水文应急突击队。

河南水文应急测报能够稳妥应对大洪挑战并取得突出成效，秘诀在哪里？

省水文局局长、党委书记王鸿杰一语中的:“养兵千日,用兵一时。关键是我们有一支忠诚可靠的应急队伍,一套行之有效的应急机制,坚持不懈的水文勘测工技能竞赛活动以及每年汛前的预案制订、设备检修、突击队应急演练等,为应急测报奠定了扎实基础。功夫在平时,大战才不怯。”

党旗飘扬　那份忠贞不渝的责任担当

关键时刻看干部,危机之时显党性。

卫河应急测报突击队共 71 人,其中中共党员 55 名。每个突击队就是一个战斗堡垒,每个党员就是一面鲜红旗帜,党旗始终在抗洪一线高高飘扬!

在极端条件下测流,突击队员们面临着一系列实际困难,但他们没有退缩,对工作提出最高要求,把生活降到最低标准:吃饭没保障,就用方便面等简易食品就地解决;休息无场所,就在吊床、简易小板凳等上面打个盹……他们顶着常人难以忍受的烈日灼烤、蚊虫叮咬等压力,认真做好每一次测流工作。

省局突击队员刘义斌中年得子,在郑州疫情最紧张的时候,八岁的女儿突然感冒发烧,家属冒着生命危险,带孩子多处诊疗,需要住院治疗,刘义斌一直在卫河抗洪抢险一线回不了家,同事们听到她女儿电话里一声“爸爸你啥时候回来”,也不免落泪。他无法帮上忙,只能电话安慰,直到完成任务后返回郑州,才去医院看望宝贝女儿。

共产党员、平顶山水文局局长、突击队长李春正在五陵勘测地形时脚意外刮了一道深口,在简单消毒包扎后,坚持完成了勘测任务,接下来的一周,他始终踮着脚尖,和突击队员一起参加抢测。李春正的老娘八十多岁,异地任职的他每周末回南阳看望一次老人家,这次带队在鹤壁支援,老娘总是记着周末该回来了,到了周末一直等着儿子回来一起吃晚饭,谁知等了三个周末,也见不到儿子回来,老太太饭也吃不下、觉也睡不好。

共产党员、济源水文局局长、突击队长徐明立冲锋在前、靠前指挥、科学研判、超前谋划,家处鹤壁却过家门而不入,每日只在卸下一身疲惫后通过微弱的通信信号与妻子沟通,报以平安。在监测难度大、危险系数高的情况下昼夜奋战,不顾汗水湿透了衣衫,不顾身上沾满了泥水,身先士卒开展水文应急监测任务。

共产党员、洛阳水文局副局长、突击队长高晓冬接到任务指令,撇下仅仅几个月大的女儿率队出征,靠前指挥,临危不乱,最脏最累的活抢先干,最苦最难的事带头做,体力严重透支声音沙哑,还不断鼓舞队伍士气。

共产党员、濮阳水文局突击队员王少平已年近60,得到援助鹤壁的消息后,主动请缨加入突击队,在测报工作中一马当先,驾驶测船,操作电脑,老党员、老专家的作用充分发挥。

商丘水文局突击队技术负责人员周珂,在新乡卫辉乘坐冲锋舟在卫河上抢测洪峰,在鹤壁浚县3个测流断面设立临时水尺,每天完成4次12站点测流任务,白天冒酷暑穿着救生衣测流,身上起满了痱子,晚上蚊虫叮咬,腿上抓破流血。

接到命令时,共产党员、驻马店突击队员李穆天的母亲因为癌症复发正躺在医院接受化疗,妻子已经怀孕5个月,家里非常需要他,但水情就是命令,来不及多想匆匆踏上驰援之路。

在滑县曹湾长虹渠滞洪区的测验断面测流时,焦作水文局突击队员李佳红忍着腰部旧伤复发的风险,一个人搬运将近30斤的测流设备,一个来回要20多分钟。

在卫河抗洪抢险工作中,鹤壁作为“主战场”,突击队的压力可想而知,但他们深知责任重大。共产党员、淇门水文站站长李得保虽年近退休,但身先士卒,既当指挥员,又当战斗员,洪水大时每半个小时拍报一次,李得保工作连轴转,几乎达到了废寝忘食的地步。共产党员、综合科科长李希伟,曾是刘庄水文站站长,洪水伊始主动请战到刘庄站工作,由于不停奔波于查看水位、编发信息、到处找信号发报,十几天时间晒成了一个“非洲人”。共产党员、浚县水文局副局长、刘庄水文站站长李金亮入汛以来一直坚守在水文站,一个多月来没有回一次家,洪水冲坏道路,他带领站上同志徒步涉水去测流,三天三夜没有休息,测出历史最大流量486立方米每秒;虽然不能照顾家,但他的妻子给予了极大的理解和支持,了解到水文站的困难后,带领单位同事专门到水文站慰问,带来了充电宝、方便面、面包、矿泉水等生活用品,解决了站上同志的燃眉之急。

暴雨洪水是一面“镜子”,照出了河南水文人忠诚担当的品性、心系民生的大爱、知难而进的胆魄、拼搏奉献的作风,彰显了“求实、团结、奉献、进取”的水文精神。

卫河洪水没有完全消退,河南水文突击队仍在一线坚守,党旗、测船和穿着安全衣测流的水文勇士,正成为卫河水面上最亮丽、最炫目的色彩!

(作者单位:河南省鹤壁水文水资源勘测局)

战　汛

王瑜勋　李建贞

灾难面前，总有人毅然前行，奉献小我守护大家；紧要关头，总有人拼搏奋战，在岗位上书写忠诚。

2021 年 7 月下旬，郑州地区遭遇持续性强降雨。来势汹汹的暴雨洪水肆虐了整个郑州地区，市区严重内涝，道路多处断行，河流暴涨，部分山区河道发生山洪灾害。郑州的安危，牵动着无数国人的心。在这场与暴雨洪水的战役中，河南省郑州水文水资源勘测局闻“汛”而动，逆洪而行，全力当好防汛“耳目尖兵”，以实际行动践行水文人的使命和担当，为防汛指挥部门研判分析、科学决策提供了重要数据支撑。

超前预判　硬核备战

2021 年 7 月 15 日，郑州水文局党总支负责人、局长席献军对着电脑屏幕上的气象云图眉头紧锁。虽然窗外天朗气清，但是根据气象预报再结合他近几日对云图的分析，他敏锐感到，即将到来的降水不同往常。席献军与业务副局长韩庚申经过讨论商议，一致认为：时间紧迫，明天就召开迎战暴雨洪水动员大会！

16 日上午，动员大会上，席献军掷地有声：“我们要以‘宁可信其大不可信其小’的态度应对本次降水，全体干部职工手机 24 小时开机，一切行动听指挥，时刻做好奔赴测报一线的准备！”根据会议要求，水情科将工作进一步细化，具体工作分包到人，分别组成水位雨量信息实时监控组、信息服务组和洪水预报 3 个组，并再次对报汛任务书、洪水预报方案进行学习。各科各站对测验仪器设备再次进行全面检查，确保其正常运转；对报汛设备、电话、网络进行检查，确保报汛畅通；加强值班值守，分工协作、责任到人；强化测报安全生产，确保人员、财产、设施设备安全。迎战暴雨洪水前期准备工作有条不紊地开展。

17日,周六,小雨,职工QQ群连续三次发布提醒“各测站按要求做好充分准备,各支援小组组长通知成员,根据天气情况提前到测站支援”,大家思想上那根弦已紧紧绷起。

18日,周日,大雨时下时停,“战斗”的号角已经吹响。席献军和韩庚申赶赴中牟水文站,再次对中牟水文站的防汛测报工作进行安排部署,要求做好中牟水文站发生超历史洪水的准备。6个应急监测支援小组携应急监测设备,分赴各水文站支援。

19日12时,河南省水利厅启动水旱灾害防御Ⅳ级应急响应。此时,郑州水文局全员在岗在位、各司其职,支援力量已开展工作,郑州水文应对这次特大暴雨的战斗全面打响。

激流勇进　逆行奋战

19日下午,暴雨如注。水文尖兵奔忙在测报一线。多个巡测站测到建站来最大流量,但随着雨势越来越大,道路越来越难行,巡测途中,驾驶车辆中一辆陷入沟渠、一辆爆胎,巡测的同志直到半夜才勉强脱困返回;河道水文站因河水不断上涨,漂浮物增多、铅鱼挂草严重,结合实际情况,测验方法从缆道测流改为浮标法、ADCP、手持电波流速仪等;水情科全员在岗已超过72小时,仍将继续坚守,随时为郑州市水利局和郑州市防办提供最新的雨水情信息;水文站亦为当地政府和相关单位提供水情信息。

20日4时许,告成水文站报告:洪水已冲进院内,告成站线杆倒伏,动力线路毁坏,电力、网络中断。席献军马上向省局领导汇报并通知相关人员赶往局机关汇合。这时候,底盘低的轿车已经不能应对复杂的路况了,办公室刘静同志接到通知,二话不说开着自家的越野车赶到单位,以供单位使用。6时左右,他们携带ADCP和冲锋舟驱车前往登封市告成水文站。

洪水是凌晨3时左右涌进告成水文站院内的,当时站长李晓光正在计算一份流量,灯忽然就熄灭了。这份流量是站上同志和支援小组同志们2时多到上游告成大桥采用电波流速仪法测回来的。支援小组组长韩庚申是业务副局长,业务能力强、预见汛情准,当时大水已漫过路面,桥面上更是几十厘米的积水,他临危不乱指挥并带领大家在水中拉距离、布设垂线电波测速,任狂风暴雨打湿衣衫,在水中挺立1小时多,返回后大家连口水都没来得及喝就着手计算流量,拟拍报文。断电后,李晓光带上头灯,快速计算流量,并迅速将信息报相关部门。李晓光看着院内没过脚背的水面，对支援小组的同志说："你抓紧把单位的车开出去，找个地势高的地方。""那你自己的车怎么办，一起吧！""你们先去，过会儿不忙了我再挪车。"可是这一忙，李晓光再也没顾上转移自己的轿车。

11 时 30 分左右，洪水来势汹汹再次涌进院内，冲倒围墙，灌满地下室，淹没观测场仪器，李晓光的汽车后视镜都被淹在了水下。这是 33 年以来最大流量。他们冒险涉水开展工作时，差点被湍急的水流冲走，幸被一辆路过的铲车所救。在这种情况下，告成水文站同志还在搜寻微弱的通信信号，向局水情科及登封水利局河道科报汛。

与此同时，席献军已经率队赶到常庄水文站。常庄水库已开始泄洪，席献军立即组织人员到泄洪道采用 ADCP 进行流量测验工作。

20 日下午 14 时至 17 时，是郑州市降雨最最凶猛之时。下午 16 时 30 分，郑州市防指将防汛应急响应提升至 Ⅰ 级。郑州水文局领导奔波在路上，开展测验工作的同志们在路上。水情科接到市防办通知，需马上前往应急局与相关工作小组会商。李霞同志不顾连续值班的疲惫，匆匆拿上雨伞就冲进暴雨中。此时，市区一片汪洋，交通瘫痪，她一路跌跌撞撞，冒着大雨，蹚着深水赶往应急局。

20 日下午，常庄水库坝上水位涨势迅猛，溢洪道从建成以来第一次开闸放水。同志们随即兵分几路，一路坚守溢洪道缆道房测流，一路观测坝上水位，一路在观测场密切关注雨量器虹吸情况，一路留守办公室拍发水情报文。常庄水库作为郑州市人民"头上的一盆水"，饱受关注，市领导也在当日到现场察看汛情。从 17 时开始，报汛已加密为 10 分钟一次，通信信号又极不稳定，时有时无，一条报文需要反复发送。19 时，常庄水库水位达到最高值，超汛限水位 3.8 米，之后开始缓慢回落，大家紧绷的神经稍微放松了一点。深夜，办公室窗外，在倾盆大雨中，为了应对常庄水库出现的管涌险情，一队队子弟兵拿着铁锨、喊着口号经过坝头，不时有各种工程车闪着红光驶向前方。站长李彦林和支援小组组长孙海涛的手机都已在下午工作时进水损毁，不能拍下这震撼场面，二人颇感遗憾。但想到自己也是在为守护郑州而努力，又感到与有荣焉。

20 日晚 20 时 30 分，一直处在强降雨中心的尖岗水库，泄洪洞历史上第一次闸门全开泄洪。水位一再上涨，21日凌晨3时许，一小时拍报一次水库水情已不能满足防汛决策需要，拍报频率提高到10分钟一次。但尖岗水文站由于暴雨影响，自动观测设备全部瘫痪，水位监控已无法传输信号，实时水位信息无法查看。各项监测任务都离不开人，为了不耽误10分钟一次的报汛，来站支援的席献军在暴雨中的水尺边整整坚守了3小时多。天亮电路恢复后，他赤脚走回站里，原来他的运动鞋早已被暴雨冲泡得穿不上脚，脚上已经磨出了血。

22日，席献军根据水情信息科学判断两个水库站水情已稳定，再次带队赶赴中牟水文站。自7月18日，以张允同志为组长的支援小组已赶到中牟水文站驻站支援。因上游全区域暴雨，常庄、尖岗水库开闸泄洪，贾鲁河防汛形势极为严峻。20日9时，中牟水文站已测到建站以来最大流量322立方米每秒，但是水位还在急速上涨，在没有历史资料参考的情况下，张允及时同上级水情部门沟通，查找相关工程、降水等资料，结合现实情况绘制了报汛曲线，给上级防汛部门提供了及时的水情信息。随着暴雨越来越大、上游水库泄洪等因素影响，洪水水位越来越高，河槽布满了大量的漂浮物，两岸的观景步道已被淹没，水深达半米。测流时，铅鱼入水挂上大量水草，张俊辉同志穿上救生衣跳入水中清理，大雨倾盆、河水浸泡，衣服早已湿透。因铅鱼挂草影响测验精度，中牟水文站决定暂停缆道测流，启用电波流速仪测流方案，张允带着几名同志在中牟水文站上游950米处公路桥上采用电波流速仪测流，此时贾鲁河两岸100米内的居民已经撤离，当时洪水已贴近桥面，大家也顾不上危险，迎难而上，团结协作，测得了宝贵的流量资料，修订了报汛曲线。21日上午，因电力中断，缆道仍无法施测，但漂浮物和泥沙有所减少，于是采用ADCP测流方案，在上游950米处公路桥上进行ADCP施测。下午在施测过程中又遇停电，为了不耽误测流时机，他们将绞车切换手动模式，前进后退，升升降降，几个人几乎累到虚脱，可以说每一个测点都是同志们用汗水浇铸而成的。中牟水文站测得超本站建站以来最高洪水位和最大流量。

23日0时，新郑水文站孙元杰观测水位时发现，水尺P7和P8被洪水摧毁。同志们已经连续奋战两天三夜了——测、算、报，不眠不休，饿了吃块泡面，渴了喝口瓶装水。21日5时，新郑水文站测得1997年迁站以来最高洪水位103.17米，最大流量1480立方米每秒。虽然水位涨势放缓，大家仍然丝毫不敢放松，暴雨期间，各种险情相继出现："断面护坡出现塌方""断面下游约50米处，因地势和水流冲击形成跌水""河堤衬砌坍塌""水尺损毁，河床冲刷下切严重"……测验几度中断。站长常建中心急如焚，他积极向上级汇报，不断与相关部门协商，支援力量很快到位，他全程跟进施工进度，昼夜不停紧张施工，解决了双洎河右岸护堤坍塌问题。没等松口气，水尺又损失了2根，大家再次打起精神，准备抢设临时水尺。党员孙元杰和预备党员张富林主动请缨，穿上救生衣，系上安全绳，一步步蹚进没过腰腹的湍急浑浊的水流，举起大锤将水尺桩打入河床，汗水河水湿透了衣服，水花溅在脸上，混着汗水流下面庞。水势迅猛，新设的水尺没等测完高程就被水流卷走，两个人毫不犹豫，带好装备就再次下了河。

长缨在手苍龙缚，何惧风高起浊流。郑州水文局全体职工就像是上紧了发条的时钟，一刻都不停歇，不顾危险奋斗在防汛第一线。

请党放心　战汛有我

局长席献军在这次迎战暴雨洪水的战役中是一名出色的"移动指挥官"，可是在家人需要呵护时，他却缺席了。20日下午，暴雨疯狂肆虐，他带骨干由登封紧急驰援尖岗水文站，这时女儿打来电话，声音焦急："爸爸，我被堵在路上了，能来接我吗？"席献军顿了顿，缓缓说道："这次的暴雨非比寻常，爸爸有更重要的事，你是知道爸爸的……"清晨暂时休整时，他看到女儿的信息"爸爸要注意安全"，不禁潮了眼眶。整整五个昼夜，他在6个站点来回奔波，行程近1000千米。他风雨兼程，无惧风险，带领全局职工鏖战洪魔。

王闯和魏雅琴是水文双职工，两人都是党员，20日下午郑州市区特大暴雨袭来时，王闯作为支援小组组长，正带队在新郑水文站开展测验工作，魏艳琴作为水情科的骨干，已经连续值班72小时没有回家了。洪水灌满了他们家地下室，所有储藏物品全部损毁。财物并不重要，让人揪心的是，他们的家正好位于郑州洪灾转移区域，他们上初中的女儿还独自留在家中！

水情科科长毛豪林，中共党员，整个降雨历程，近十个日日夜夜，他像枚钉子一样牢牢钉在岗位上。20日下午，郑州市区一片汪洋，父母去幼儿园接孙子被暴雨阻拦，给他打电话求助，他回答："我真的走不开啊！"挂了电话就再次投入工作中，狠心地将父母和幼子扔在幼儿园过了一夜。

巾帼不让须眉。穆小玲，党员，20日在巩义开展巡测任务时，人员车辆被困于洪水中，夜间，作为支援小组组长的她主动值夜，面对复杂的路况沉着冷静，第二日将大家安全带回。刘晓琳、王迎丽，党员，没有华丽的语言，但同样抛下幼子，不舍昼夜坚守在水文站，几天几夜不合眼，只为工作能"零失误"。

一个党员，一面旗帜。越是艰难越向前，涓滴力量汇聚成浩瀚之力，书写郑州水文浓墨重彩的华章。

此次暴雨洪水期间水情科累计共发送水情报文2200余份，向郑州市领导、各防指成员单位，以及其他防汛相关人员发送各种雨情短信息7000余条，向开封市水利局、开封市防办和郑州市下辖各市县（区）提供水情信息100余次，为地方政府防汛减灾工作提供技术支撑，得到有关部门充分肯定。新郑市水利局特向新郑水文站发来感谢信，告成镇领导专程到告成水文站看望慰问并表示感谢，告成煤矿专程送来锦旗感谢告成水文站为保护国家财产作出的贡献，登封市政府特意向郑州水文局发来感谢信。

为筑牢保障人民群众生命财产安全的堤坝，郑州水文局广大党员职工在极端恶劣的暴雨天气中，为切实保障人民群众生命财产安全全力以赴、逆水而行，用实际行动积极服务防汛决策，谱写了一曲斗志昂扬的防汛测报战歌。

（作者单位：河南省郑州水文水资源勘测局）

使命在肩　逆水而行

穆玉珠

2021年汛期注定要载入河南省新乡水文水资源勘测局史册！新乡降水量及河道水情均超过有观测记录以来的历史极值，新乡水文人敢冒风险、坚守岗位、争分夺秒的感人事迹成了新的精神财富。风雨之后，他们回望战斗时光，更加深刻地理解了什么是使命、什么是担当。

暴雨　洪水

7月17日至22日，受副高边缘和低涡的共同影响，新乡市普降暴雨大暴雨、局部特大暴雨，全市平均降水量540.3毫米。其中，海河流域平均降水量665.6毫米，北部山区平均降水量762.1毫米，累计最大站点降雨量辉县市龙水梯1145.0毫米。全市244处站点中，累计降水量超1000毫米的站点1处，累计降水量超800毫米站点28处。受此影响，全市7座中型水库和主要河道水情全线上涨，新乡市、卫辉市、辉县市发生严重内涝。测验记载、水情信息那些看似枯燥的数据，背后是新乡水文人逆水而行的身影，是坚守孤岛的执着，是夜以继日的监测，是争分夺秒的预警……他们用实际行动诠释了水文人的初心和使命，忠诚履行了水文"侦察兵"的神圣职责。

7月17日，新乡水文局组织召开应对强降雨紧急会议，启动防洪应急预案，安排部署迎战大洪水测报工作。会议结束后，局长冯卫和支部书记闫明党等班子成员没有离开单位，而是与职工们一起24小时在岗。他们根据雨情，随时召开会商会、研判雨情水情及可能出现的测报困难，安排应对突发事件，组织各测站强化预测、预报、预警，滚动预报、及时预警。一线职工齐心协力，不讲条件坚守在抗洪抢险最前线；水情值班人员24小时值守，及时向防汛部门发送雨水情信息……"水文人是抗旱防汛的'顺风耳、千里眼'，为政府科学决策研判提供水文数据支撑，减少灾情带来的损失，最大程度保障人民群众生命财产安全，就是我们的职责所在。"局长冯卫道出了大家的心里话。

7月19日，随着强降雨不断加大，共产主义渠水位迅速上涨。20日洪水已超出主河槽，漫向河滩。水位涨得越快，测报越频繁。当晚22时，暴雨仍在继续，急需上河测流。漆黑的雨夜，断面停电，“用应急灯照明”；没有船工，“我来开船”，副站长曹睿喆挺身而出。齐凯彬、曹睿喆、卢玉龙、陈永君四位水文人，一艘橡皮艇，迎着狂风暴雨向着标志桩出发了。合河站共产主义渠断面宽1500米，雨大浪急，橡皮船极易漂移。为了固定船位，齐凯彬、陈永君紧紧抱住标志桩，曹睿喆负责测流验，卢玉龙负责记录。平时1小时就能完成的工作，这一次他们花了3小时……

23日早上，合河站站长齐凯彬带队测流返回途中，橡皮艇的发动机突然发生故障熄火了。湍急的水流推动橡皮艇向前冲，下一秒会发生什么，无人知晓，必须想尽办法自救。举目四周，几乎没有露出水面可以救命的“稻草”。千钧一发之际，齐凯彬抓住了被淹没得只余一点树冠的大树，拼尽一身力气，终于脱离了危险。“当时几米之外就是主河槽，主河槽里洪浪翻飞，假如没有抓住这棵树，后果不堪设想。”事后，他心有余悸地讲到。

持续降雨期间，衣服换不及，总是湿了又捂干，干了又淋湿。水文站周围积水严重，在物资无法运进的3天里，只有泡面和矿泉水。“王新华坚守测量，长期泡在水里，得了肠炎，忍着疼痛还一直坚持。”“陈永君家里被淹，断水断粮，虽然离站里只有1千米，也不顾上管。”“降雨最大的时候，李兰兰报送水文信息，1小时1次，坚持了两天一夜未轮休。”谈起这几天记忆最深刻的事，大家想到的都是身边人的“泪点”。

人在　阵地在

卫辉这座豫北小城曾经寂寂无闻，但这场洪水让全国人民知道了他的存在。7月23日，特大强降雨在倾泻近900毫米的雨量后，肆虐的洪水像出笼的猛兽一样直扑新乡市和卫辉市，无情地撕裂河道，淹没农田，共产主义渠漫滩，公路桥阻断；卫辉市卫河汲县站水位还在上涨，距离桥面只有十几厘米……此时，两河之间仅有3米宽的堤坝，上面是一座只有十几平方米的断面站测验房。面对即将成为孤岛的严峻现实，值守人员卜晓倩坚定地说：“人在，阵地在。”没有人会主动寻找苦难，所谓英雄，只是在苦难来临时没有选择退缩。

暴风骤雨中，雨伞已经失去了它功能。测流人员顶着雨，用单薄的身体全力保护着珍贵的记录纸。他们站在桥面上,脚下能感到桥体在颤动。坚守意味着危险无处不在,退回意味着失职。在这道选择题前,他们义无反顾地选择了坚守。负责流量计算的同志知道这些数据来之不易,可以说是一线的战友用生命测量的,因此在计算时格外谨慎。"此刻他们才知道什么叫'一字千金',一个小小数字能反反复复看几十遍,总担心出现误差,成为心中永远的痛。"说这话的是赵元保,他们夫妻在市区被洪水围困的办公地点,坚守了整整七天。当政府部门下令让他们撤离时,两人还异口同声地表示:"不能放弃阵地。"面对职工这朴素的话语,领导眼含热泪说:"你们不是放弃阵地,而是转移阵地。"随后,他们来到了那座只有十几平方米的测验房,与同事又坚守了两周……

职工们在施测漫滩休息期间,看到围困的村民急需救助,他们将测流使用的玻璃钢船借给当地村民,顾不上自身的安危,主动加入营救行动中,共救出被困灾民 200 余人。受洪水围困,救援物资紧缺,很多职工已连续数日未吃一口热饭,未喝一口热水,饿了就咽几口方便面配咸菜。23 日傍晚 19 时,大家正在抢测洪峰流量,两位热心大姐递给他们几袋热腾腾的爱心饺子,他们高兴地说:"终于可以尝尝'饭'的味道啦!" 可一回头,看到桥头坐着流露着无助又绝望眼神的灾民,转手把饺子送给了比他们更需要的人。

宝泉站的水情服务

19 日 7 时宝泉水库水位开始明显上涨,宝泉站根据提前制订好的测洪方案开始进入紧急工作状态。随着上游来水越来越大,水库水位上涨越来越快,闫海波除了正常完成发报任务,站上电话一个接着一个,辉县防办、宝泉水库灌溉处、宝泉抽水蓄能公司、峪河下游南水北调、薄壁镇政府、峪河镇政府、宝泉景区……不停地询问上游降水和来水情况,报文 1 小时一报,微信群的水情信息也是 1 小时一发,一个人干成了一个信息中转站……手机闹钟从 1 时定到 24 时,没有睡过一个完整觉,累极了也只能倒在沙发上眯一会儿,一直持续 128 小时。

钟涛和王宇一直冒着暴雨坚守在观测断面,为准确推算水库上游来水量,15 分钟观测 1 次水位,用对讲机不停地传输水库水位。还要时刻防范强降雨还引发的山坡落石等危险,两人不得不在台阶上下来回跑动,穿着雨衣打着伞也抵挡不住雨水,一会儿工夫浑身上下已湿透。李福成测过上干渠流量后,得知上干渠闸门不再变动，便主动要求到坝上断面替换两人……

雨不停地下，工作也在不停地干。21日12时宝泉站大门右侧院落突然发生塌方，大家在惊魂之余，也加强了坝上观测安全防护。22日早上6时暴雨倾注而下，近2小时降水量105毫米。7时40分站房后挡墙突然塌方，众多石块砸到站房后墙，一时间山上的浑浊泥水倾泻而下，站房后挡墙如瀑布一般。雨越下越大，挡墙的南段也开始掉落石块，随时可能发生塌方，情势危急！紧急时刻，大家停掉了站房生产生活用电，启用发电机供电。“8时报文发送怎么办?”“先打电话把报发了！”闫海波赶紧打电话报送汛情，王宇紧急整理报汛曲线、水情记录本，钟涛忙着用塑料袋包裹好站上1月至6月的水文资料，大家按照分工做着应急准备。

“宝蓄公司领导多次打电话感谢他们及时准确提供水情信息，得知站上发生塌方情况后，第一时间到站上慰问。宝泉水库灌溉处王爱民处长也在第一时间到站上慰问，送来了面包、矿泉水等应急食物。”宝泉站的同志说，“我们帮助了别人，也得到了别人的帮助，大灾面前，方显众志成城。”

未在水中央　心中有水情

水情工作是水文的大脑，是数据的中枢。一线职工辛勤劳动测得的水文数据，从这里源源不断地向政府决策部门输出汇集，供防汛决策部门分析研判。水情人从不敢有一丝懈怠，也从不敢有一丝疏漏。他们昼夜无休，24小时关注雨水情变化，及时预警水利、应急部门；他们计研心算，从纷繁的水文数据中找寻规律，预测河道的洪峰时间及水库的库容泄量变化；他们争分夺秒，每小时向防汛指挥部上报河道水库的最新水情数据，为政府决策提供技术数据支撑。

22日20时，暴雨持续肆虐，城市内涝严重。水情值班人员正忙而不乱地汇总数据，准备拍报汛情。突然间一片漆黑，办公楼停电了。大家猛地一惊，糟了，水文数据必须在20分钟内发出，首先保证服务器和收发报电脑的供电。大家稳定心神，按照既定的应急预案，用手电筒照明，抬出汽油发电机。随着发电机的嘶吼，电脑在漆黑的办公室点亮了屏幕。大家迅速连接服务器，收报校核，及时发出。终于松了一口气，大家相视一笑，却又发现电梯停运了，水也停了。停水停电的情况持续了一天，楼下的便利店和饭店也因内涝歇业，就是在这样困难的情况下，手上的工作一刻也没有停下。

本次暴雨洪水过程,新乡水文局总计向各级政府和防汛机构报送强降雨预警400余站次、水情简报8份、雨水情快报40份、洪水预报6站次、水情短信570余份,为新乡市防汛抢险工作提供了有力的数据支撑。

关键时刻彰显党员本色

强降雨过程致使卫辉市卫河汲县、共产主义渠黄土岗水文站水位陡涨,城区内涝严重,积水高位不下,严重威胁着卫辉市居民的生命和财产安全。为及时监测卫河、共产主义渠断面及分洪口水量,7月23日以来,新乡水文局多次收到上级部门紧急通知,要求开展卫河、共产主义渠断面应急监测工作。

接到任务后,新乡水文局党员应急测报突击队成员冲锋上阵,克服重重困难,在监测断面布设水尺引测零点高程,24小时逐时观测水位,用ADCP监测流量,逐时上报。局长冯卫靠前指挥,统筹安排,与大家站在一起、干在一起;副局长张春芳连续日夜坚守在多处监测点开展应急监测;水情测验科科长刘学勇自18日就坚守测报第一线,声音沙哑,几度虚脱,喝过藿香正气水稍清醒些后,又重新站起来继续战斗;卫辉水文局孙珂副局长连续多日风餐露宿高强度工作,发起高烧,医生要求输液3天,他坚持说:“我不能输液,我还得去测报前线。”为了能提供准确的监测数据,为了卫辉受灾群众早回家园,党员干部心中只有一个信念:坚持、坚持、再坚持。

7月浊浪滔滔,7月忠心耿耿。风雨之中、危难面前,新乡水文人用实际行动践行了水文人的初心使命,写下了他的答案。风未停雨未歇,防汛之战远未结束,新乡水文局干部职工将继续紧绷防汛这根弦,随时准备抢测暴雨洪水,扎实做好精准预报预警,继续充分发挥“耳目”“尖兵”作用,为河南防汛抢险提供有力支撑!

(作者单位:河南省新乡水文水资源勘测局)

洪水测报作先锋

郝　捷

2021年焦作的主汛期与以往不同,两场大暴雨接踵而至,一场比一场下得猛烈,一场比一场下得持久,降雨等级不断地攀升,暴雨、大暴雨、局部特大暴雨!

焦作古称覃怀,多年平均降雨量在全省十八地市排倒数第一。近年来,黄河一级支流沁河的生态流量被水利部、环保部高度重视,大旱时,武陟水文站过水断面低于1.0立方米每秒。在7月的洪水中,仅在沁河的支流丹河上,就现场实测到洪峰流量1362立方米每秒,而武陟水文站一度超过警戒水位,洪峰流量达1510立方米每秒。

酷暑保畅通

7月9日,水文预警测报系统没有收到西金城、南坡、青天河三个站的发报信息,水情测验科科长、党员李佳红随即组织人员前往检修。出发时,气象局发布了37摄氏度的高温橙色预警。

三处雨量站恰好都在博爱县,西金城、青天河均是电池问题,没有耗费多少时间就处理完毕。

南坡地处太行山中,属沁河支流丹河水系,林密人稀,村里只有10多户人家。雨量站接收移动信号非常弱,时断时续。大家沿村走了一圈也没有更合适的位置,只好在原来的屋顶不断地挪移,尝试能找到最佳的信号接收角度。

不知不觉中,一个小时过去了,正午的太阳似乎要把石头晒裂,空气中弥漫着橡胶焦煳的味道。

"我的脚晒得生疼,下次一定穿袜子出来"李佳红一边手举移动天线,一边跺着脚。

"数据发出去了!"大家一阵兴奋,终于可以收工了。时间指向14时,几个人还没有吃午饭。

"气象预报已将橙色预警更新为高温红色预警了,现在气温40摄氏度!"

不知谁看了手机惊呼起来。

“记忆中,这是焦作第一次天气预报超过 39 摄氏度。”回来的路上,大家热烈地谈论着天气,但谁都没有想到,正是他们这次雨前维护,南坡雨量站准确记录了第一场大暴雨 117 毫米,为下游防洪预警提供了强有力的数据支撑。

暴雨初练兵

7 月 11 日(周日)5 时,小雨起。8 时,雨强加大,第一场暴雨正式登场。

面对暴雨和汛情,局长吴庆申第一时间进行周密部署,要求焦作水文局全员到岗,全面检查缆道、流速仪、发电机、电波流速仪、ADCP(声学多普勒流速剖面仪)等应急监测设备,所有车辆加满油,确保随时出发测报洪水。

7 月 11 日 11 时,雨势减缓,稀稀拉拉滴过了午饭时间。刚过 15 时,暴雨再次来袭,两路水文应急测报突击队冒雨出动。

吴庆申带领由党员组成的突击队,奔赴丹河的闪拐巡测站,由于丹河公路桥高、距水面较远,他们赶到闪拐上游的双磨村农用桥。此时洪水几近桥面,似乎触手可及,交警拉出了警戒线,汽车和行人全部禁行。

整棵的树木、巨型的储罐桶,不断撞击着桥面咚咚作响,令人不寒而栗、胆战心惊。突击队顾不得危险,从桥的两头同步开始,用手持电波流速仪测流速,读水位求断面算流量。每次上桥大家心里想的都是“快点再快点”,尽量减少在桥面的作业时间。直至晚上 21 时洪水回落,共测洪五次,实测最大流量为 666 立方米每秒。

测报中心主任、党员孟文民带队巡测新河的杨楼、山门河的五里堡两站,随时准备支援修武国家基本水文站。

第一场暴雨历时不到 24 小时,以修武县为重,东岭后、一斗水都接近 200 毫米,全市 50%的遥测雨量站降雨量超 50 毫米,丹河出现 1957 年以来最大洪水,山路坪水文站洪峰流量达 1170 立方米每秒,为历年实测最大流量第四位。

面对这场大暴雨,全局 20 人上下配合,内外兼顾,突击队员以老带新,在应急监测实践中,熟悉了手持电波流速仪、ADCP 的操作和流量计算方法,及时编发水情信息 100 余条,极大锻炼了队伍的应急处置能力,提高了测报能力,真正做到了“测得出、算得准、报得快”,得到了焦作市武磊副市长的充分肯定。

《焦作日报》《学习强国》分别报道了焦作水文局应急报汛的事迹,《焦作晚报》更是在头版头条，用半个版面刊发了焦作水文人的测流照片。

暴雨过后，焦作水文人并没有停歇。

7月12日5时47分，党员应急突击队已在温县白马沟的沁河大桥上开始测流。面对洪水，背后的重型卡车不时呼啸而过，桥面在车轮的快速碾压下瑟瑟战栗，每次测流下来，总给人涅槃一般的感觉。

“雨后水混、杂物多、流速快，应急测流首选是电波流速仪。”当用ADCP测不到数据时，吴庆申向大家传授经验。

相比沁河，这次洪水没有给蟒河带来太大的变化，水势较缓、杂物较少，适合ADCP练兵施测，“大家使用时要格外注意对探头的保护，稍不注意磕碰、进水，几万块钱的核心部件就报废了。”

在随后几天的洪水调查中，副局长焦迎乐现场指导2021年新入职的几位90后，开展河道断面、比降的测量和电波流速仪的实践操作，强化了“理论—实践—再理论—再实践”的学习理念，年轻同志的成长一日千里。

洪流中成长

7月18日20时，大雨打破了宁静的夜空。

7月19日4时，有20个站降雨超50毫米，第二场暴雨来袭！

汛情就是命令、测报就是战斗。4时40分，应急测报突击队以战时状态集合，局长、书记兵分两路紧急出动，突击队员90%是共产党员、50%是90后，他们一路顶着狂风暴雨，赶赴沁河、大沙河、丹河、山门河、新河、白马河、逍遥石河等14个巡测站，利用电波流速仪、ADCP等设备，一个站接一个站测，重点断面连续多次测，力争记录整个退水过程。

丹河在第一场暴雨中刷新了历史纪录，这一次仍是密切关注的重点。7月19日10时27分，突击队赶到闪拐巡测站，水面只占到河道的一半宽，大家用电波流速仪施测同时，又结合浮标法进行验证。

当丹河第二次测流结束时，收到沁阳市水利局请求援助的电话，逍遥石河上游水库溢流，西向镇横道村出现险情。12时20分，突击队赶到横道，村口党旗飘扬，沙袋高筑，防汛队伍已严阵以待，村民全部向高处疏散。队员们紧急测量桥的深度、宽度、河道宽度，以及桥面栏杆的高度，以备流量计算。

7月19日12时42分，上游水头快速流动过来。上班不到半年的石金鹏手持电波流速仪站在桥上，“我第一次见到水头来时是什么样子的！”他兴奋地记录着流速，1.5 米每秒、2.0 米每秒……。13 时 2 分，洪水漫过了桥面，半个小时过后，水位与桥面的栏杆齐平，流量超过 200 立方米每秒。

7 月 19 日傍晚，焦作市防汛指挥部启动水旱灾害防御Ⅳ级应急响应时，吴庆申正率领着突击队冒雨奋战在逍遥石河的水北关巡测站，“终于测到洪峰了”李佳红满脸洋溢着喜悦，可谁也没有料到，水北关巡测站会消失在随后几天的更大激流中。

这场暴雨的第一个 24 小时共有 138 个雨量站发生降雨，106 个站水位超过 50 毫米，38 个站水位超过 100 毫米。截至当日 20 时，7 月降雨量比 2020 年同期增加 164%。黄河支流沁河、蟒河，海河支流大沙河水位再创历史新高。

7 月 20 日暴雨持续，焦作防汛应急响应分别于 20 日 20 时、21 日 12 时提升至Ⅱ级、Ⅰ级，21 日 8 时至 22 日 8 时修武县东岭后出现特大暴雨，降雨量为 277 毫米，最大 1 小时降雨 54 毫米！各支流河道纷纷传来消息：大沙河告急、逍遥石河告急、丹河告急、新河告急、蟒河告急、山门河告急……

往日干涸的蟒河不到 20 米宽，摇身一变成了超过 200 米的汤汤大河。

丹河闪拐巡测站，实测降雨洪峰流量 1362 立方米每秒，2021 年第二次创历史纪录。

西村和田坪两个雨量站 4 天均超过 600 毫米，致使下游的修武国家基本水文站超警戒水位、超保证水位、超历史最高洪水位！一项项建站以来的水文记录被打破。焦作市委书记葛巧红，市委副书记、市长李亦博三次到修武查看水情，指挥抢险。

五天的连续作战，党员突击队员们有时一天只吃一顿饭，饿了吃块饼干。暴雨中巡测回来，雨衣穿与不穿没有什么区别，脚泡得起皱发白，走路就感觉像光脚走在石子路上。衣服顾不得洗，穿了湿，湿了穿，自己都能闻到裹在身上的馊味。大家嗓子哑了，眼中充满血丝，有的同志手脚碰破，没有喊一句苦，也没有叫一声累，只要听到出发命令，依旧精神饱满地冲向第一线。李佳红忍着腰椎间盘突出的病痛，身上贴着膏药，硬是没有耽误一次测流。7 月 20 日郑州普降特大暴雨，有两位班子成员家在郑州，他们无暇顾及受灾的家人，仍坚守在防汛测报第一线。焦作市大部分小区停水、停电，当面临洪水威胁的家人打来电话时，综合科科长赵志鹏宽慰着说：“汛情严峻，我暂时回不去，你们要相信政府，听社区和物业的安排。”

为应对第二轮暴雨洪水，作为防指主要成员之一，焦作局共同参加了由市政府领导主持的全市防汛会商专题会议 15 次。副局长焦迎乐每天负责编发雨水情日报和水情快报，每日参加下午 17 时固定的防汛会商会，还有不分时间召开的紧急会商，汇报最新水文监测数据，提出防汛意见建议，平均每天休息不超过 4 小时，根本无暇问及家里今年参加高考的孩子。截至 23 日 20 时，编制会商报告 15 份，雨水情快报 70 余份，水情信息 600 余条。

综合科、水资源科的同志主动加入水情值班，积极开展雨水情服务工作，分析研判水情发展态势，24 小时不间断报送水情信息，每小时报一次水库信息，每 3 小时向市政府报一次洪水测报结果，最高实现逐时报送。所有人按照战时状态要求，吃住在办公室，没有一人请假回家。同志们相互体贴、彼此担待，老同志心疼新入职的同志，总是抢着值后半夜，去年新参加工作的宁孝康匆匆眯上几个小时就又来接班；闫志敏在水利局值完班，顾不上休息又参加局里值班；宋小鸥 7 月 19 日刚休完产假，就立即投入到水情工作中；吕雪茹直接把尚在哺乳期的孩子带到了单位；修武站的董向东家里老人、孩子出交通意外，却没有请一天假，始终坚守在测报一线；水资源科的王帅一天不漏全程参加巡测。

焦作局党支部测报不忘宣传，《中国水利报》7 月 22 日第三版刊登了 5 幅一线工作图片，7 月 23 日又在头版刊登了焦作局监测大沙河水情的图文信息。另有 6 幅防汛图片收录于微信公众号“水利文明”7 月 23 日的《河南省水利厅：党旗飘扬　水利人在行动》一文中。今年 3 月才入职、照片登上《中国水利报》头版的石金鹏喜悦的心情溢于言表：“原以为工作后会很平凡，没想到自己的岗位这么重要、这么有意义，我找到了自己的人生价值。”

焦作水文人与时间赛跑，连续经历了两场建局以来超历史大暴雨阻击战，新兵成了老兵，老兵更加历练，整体业务水平得到极大提升。7 月 25 日晚，焦作水文局接到省水文局支援鹤壁防汛抢险的紧急通知，局领导班子迅速商议，在焦作水旱灾害防御Ⅲ级应急响应，每天 3 小时报一次水情，人员紧缺的情况下，抽调 6 名同志组成应急测报突击队，在吴庆申的带领下赶赴鹤壁，他们坚守一线测流，助力鹤壁打赢防汛抢险救灾保卫战，在新的战场上赓续“求实、团结、奉献、进取”精神，锤炼焦作水文人搏击洪流的战斗意志。

（作者单位：河南省焦作水文水资源勘测局）

关键时刻顶得住

郭安强

这是一次触目惊心的暴雨洪水!

这是一个史无前例的抗洪大考!

这是一份重如泰山的使命担当!

一场艰苦卓绝的抗洪抢险攻坚战在鹤壁打响,鹤壁水文,正在行动!

洪水肆虐　这里是重灾区

7月17日8时至22日7时连续5天,鹤壁市出现极端强降雨天气,全市出现大范围连续性特大暴雨,此次降水过程总降水量、日平均降雨量和日最大降水量均创历史极值。降雨导致个别县区严重内涝、部分群众被困、一些道路交通受损、大量农田被淹。

持续强降雨造成境内河道、水库水位暴涨,卫河淇门水文站最大流量472立方米每秒,为历史最大流量,水位超保证水位1.63米,为建站以来最高水位;淇河新村水文站超保证水位0.15米;共产主义渠刘庄水文站超保证水位1.05米,为建站以来最高水位。盘石头水库超汛限水位12.91米,为水库建设运行以来最高水位。

洪水之大,令人震惊。面对滔滔洪水,前来鹤壁支援的濮阳水文局突击队队员、参加工作40余年的老水文人王少平禁不住感慨道:“我长这么大还没有见过这样的阵势!”

7月19日19时鹤壁市启动防汛Ⅳ级应急响应,20日22时、21日10时应急响应先后提升为Ⅱ级、Ⅰ级。

受暴雨影响,卫河发生了超过“63·8”洪水的大洪水。浚县超过一半的面积被洪水覆盖。7月22日,浚县新镇镇彭村卫河左岸大堤发生了决口险情,最宽时达到约40米、深约16米,河道流水以410立方米每秒的超保证流量不断下泄,严重威胁着群众安全。

为减轻防洪压力、确保群众安全，鹤壁市转移安置群众，6 处蓄滞洪区良相坡、共产主义渠西、长虹渠、白寺坡、柳围坡、小滩坡相继全部启用，浚县 7 镇全部沦陷在洪水中。

针对鹤壁市特别是卫河流域严重汛情，河南省水文水资源局科学决策，精准调度，迅速启动跨区域联动应急监测，12 个突击队、71 名队员依次进驻鹤壁，帮助开展应急测报工作。

7 月 22 日，濮阳水文局应急突击队驰援鹤壁。

7 月 22 日至 24 日，由于卫河、共产主义渠鹤壁段启用多处滞洪区分洪，省局、平顶山、商丘、驻马店水文局应急突击队到鹤壁执行滞洪区分洪监测任务。

7 月 25 日，因卫河发生超标准洪水，蓄滞洪区全面启用，南阳、洛阳、焦作、济源、漯河水文局应急突击队按省局要求到鹤壁滞洪区开展水位流量监测。

7 月 27 日，安阳水文应急突击队到鹤壁支援测流。

7 月 31 日，许昌水文局突击队到达鹤壁开展流量监测。

7 月 31 日傍晚，鹤壁出现极为猛烈的大风，局地风力 14 级，达到台风登陆级别，伴之雷暴、降雨甚至冰雹，卫河河堤 100 多棵大树或连根拔起，或拦腰斩断，大堤道路被阻断，给抗洪抢险带来了更大挑战。

防汛形势异常严峻，应急测报刻不容缓！

应急抢险　这里是主战场

沧海横流方显英雄本色。暴雨大洪面前，鹤壁水文局扛稳责任，主动担当，坚决打好“主场”这一仗。

切实加强领导，落实责任，明确分工，严格落实领导带班和值班人员 24 小时值守制度，做好上下游水情工作沟通联系，密切关注并及时发布水情信息，形成目标一致、上下贯通、协同作业的工作组织体系，确保洪水面前不打乱仗。

班子成员分包各站、下沉一线，并根据需要随时到最需要的地方现场指挥。从局机关抽调 6 个业务骨干分别充实到各测站，浚县出现大洪水后，机关除留一名同志坐镇、四名同志值班外，其余人员全部到抗洪一线，切实增强测报力量。党员突击队坚持到最艰苦、最需要的地方，始终奋战防汛一线，开展水文测验和巡测作业。

洪水逐渐上涨,测报频次也要随之调整。鹤壁水文局按照省水文局安排,根据洪水实际,逐步加密测报频次,由每隔两小时一报增加至每隔一小时一报,后来半小时一报,这意味着有限的人手随时处于打仗状态。

淇门水文站、刘庄水文站分别是卫河、共产主义渠上的重要水文站,处于这次暴雨洪水的关键位置,测报工作非常重要、任务异常艰巨。洪水暴发至今,两个水文站一直停电、停水、没有网络信号,而且蚊子很多。没有时间和条件做饭,驻站人员每天凑合着吃一些方便面、面包等充饥。暴雨过后,天气闷热,测流时汗流浃背,衣服全部湿透,又没有条件洗漱,弄得人苦不堪言。洪水后期,水质变差,发黑的水体和着上游冲下来的动物腐烂尸体,发出阵阵恶臭,测流时戴着口罩也几乎让人眩晕。

淇门水文站洪水自 19 日 8 时开始起涨,21 日 18 时超出警戒水位,到 22 日 0 时,开始每半个小时拍报一次。站上分工明确,工作有条不紊。虽然停水停电,但为了保障缆道测流需要,唯一的一台发电机也舍不得用于保障生活,唯恐关键时刻出现故障影响测流,再热的天他们也苦熬着。站上所有人克服困难,连续奋战,几乎没有休息时间,23 日 0 时洪水到达洪峰。

刘庄水文站从 7 月 20 日 15 时开始涨水,21 日 19 时超出警戒水位,到 22 日 19 时水位达到洪峰值,超出保证水位。22 日晚,刘庄、和庄等村民全部撤离,刘庄站开始停电,当测船已达不到测验条件时,站上商量决定用第二套测流方案,到下游 3.6 千米西郭村桥,徒步涉水去测流。大家三天三夜没有休息,共测流 17 次,发出水情信息 70 余次,测出历史最大流量。防洪形势最紧张时,半小时一报水情信息,而站上停水停电,网络不通,有限的人手十分紧张,查看完水位,马上得四处找信号发报,往往刚发完报,就得进行下一轮发报过程,没有一点喘息机会。

暴雨洪水导致新村水文站站前防汛路多处塌方沉陷,交通阻断,站上停水停电,站外的所有道路已被洪水覆盖,变成一片汪洋,新村站俨然成了一座“孤岛”,给养一度供应不上。在三天两夜断水断电、两天只吃一顿饭的情况下,站上同志连续两天两夜没有休息,持续关注水情,抢测洪水。淇河属于山区性河流,暴雨期间河水陡涨陡落,稍一疏忽就抢测不到洪峰。7 月 22 日 3 时淇河水位起涨,直至 19 时水位平稳。全体成员于 3 时开始,忍着饥饿、冒着大雨不间断测流,共测流 12 份,发报水情信息 40 多份,于早上 8 时测得最高水位、最大洪峰流量。

盘石头水库6天时间降水量比往年一年的降水量还多。泄洪洞开始开闸放水。强降水导致盘石头水库内山体滑坡，道路受阻，坝下缆道断面被山间乱石冲下，河底高程陡增一两米，给测流带来了重重困难。站上同志不畏艰险，克服测流途远路窄、坡陡弯急、交通不便等困难，手提肩扛，跋山涉水，沿小路前往缆道房测流。

8月7日，在大部分兄弟局水文突击队撤离后，按照省水文局部署，鹤壁水文局突击队承担长虹渠曹湾退水口、卫河浚县杨庄桥、小滩坡浚内沟大刘村退水口等处的测报任务，测流地点最远60多千米。受命以来，突击队员克服烈日炙晒容易引发中暑、疫情期间一些交通要道封堵、水质变害恶臭扑鼻等一系列困难，扎实细致做好每一次测流工作，坚决守好蓄滞洪测流的最后一道防线。

齐心协力，众志成城。7月17日以来，鹤壁水文干部职工全力以赴，逆水而上，累计测流117次，发布水情信息341次，做到了关键时刻顶得住、测得到、报得出、报得准，为抗洪抢险决策提供了坚实可靠的数据支撑。

忠诚担当　这里是活教材

洪水大考面前，鹤壁水文局党支部发挥充分战斗堡垒作用，共产党员、突击队员身先士卒，冲锋在前，党旗始终在抗洪一线高高飘扬！

党员带好头。党支部副书记、局长张少伟作为鹤壁水文局抗洪测报"掌舵人"，始终紧绷抗洪抢险这根弦。他一方面统筹安排整个测报工作，一直在一线指挥各测站特别是淇门、刘庄站的测流工作，不时参加鹤壁市抗洪抢险有关会议，还要按照省水文局安排做好援鹤突击队的有关服务工作，洪水吃紧时从没睡过一个囫囵觉、吃过一顿安稳饭。支部委员、副局长李家煜是个业务能手，曾在全省水文系统水情测报勘测工大赛中获得第一名。他发挥业务专长，马不停蹄地巡回各个断面测流，有力促进了测报工作。共产党员、水情科科长何军，汛期坚守水情科，时刻关注雨水情，指导各站做好水情测报工作。共产党员、人事科科长裴东亮，共产党员、水资源科副科长赵清虎，驻守新村站进行测流，7月28日以来，按照市里安排，两人轮流在鹤壁市设在浚县的防洪抢险指挥部值班，赵清虎第一天值班时指挥部刚成立，他和另一位同志从早上8时值到第二天10时，夜间一分钟也没有休息。共产党员、浚县水文局副局长於彤旸，工作时脚被碰伤并发了炎，走路一瘸一拐，始终没有退下“火线”，点着脚为大家搞服务，他还积极协调给站上和兄弟局应急突击队送来生活用品。共产党员杨琦，盘石头水库水文站站长，洪水期间高度关注水库水位变化，半小时一记录水位，实时监测流量，做了大量艰苦细致工作。

上阵父子兵。共产党员李得保，淇门水文站站长。虽然年近退休，但干劲十足，身先士卒，既当指挥员，又当战斗员，始终奋战在抗洪测报一线，特别在7月21日18时洪水超出警戒水位、22日0时水位超出65.50米时，开始每半个小时拍报一次，李得保工作连轴转，几乎达到了废寝忘食的地步。共产党员李希伟，鹤壁水文局综合科科长，李得保的儿子，也是刘庄水文站原站长。因为熟悉共产主义渠水情，洪水暴发伊始就主动请缨到刘庄水文站工作，而半小时一拍报的繁重任务，让他经常奔波于查看水位、编发信息、到处找信号发报，有时得跑一里多才能发出信息，一个拍报流程下来疲惫不堪。由于两站距离不远，考虑到父亲年纪大了，怕工作太累身体吃不消，李希伟忙了刘庄站又帮淇门站，十几天时间皮肤晒得黑黝黝的，活脱脱一个“非洲人”。他还协调郑州金水区东风路街道党工委、金水区森林半岛社区党支部为站上和李庄村民送来一大批米、油、面包、方便面、矿泉水以及发电设备等应急物资。

夫妻好搭档。共产党员李金亮，浚县水文局副局长，刘庄水文站站长，得知今年发生超标准洪水的可能性很大，而刘庄站又处于共产主义渠关键位置，他不敢有丝毫麻痹和懈怠，从汛期开始一直坚守在水文站，一个多月来没有回一次家。虽然不能照顾家庭，但他的妻子给予了极大的理解和支持，她所在的单位中信期货公司河南分公司了解到水文站的困难后，专门组织了慰问，为站上同志带来了一批充电宝、食品、饮料、消毒液等急用品。共产党员董晓兵，鹤壁测报中心副主任，新村水文站站长，洪水发作时新村站四周被水包围，他牢记自己作为一名共产党员的责任、作为水文人的使命，顶着超乎寻常的压力，吃苦在前，拼搏在先，一边有条不紊组织测报，一边开动脑筋应对职工生活难题，带领全站人员克服困难，沉着应战，两天两夜没休息；妻子郑娇丽是入党积极分子，夫妻二人一个在站上，一个在机关，汛期工作忙，虽近在咫尺却鲜有见面，各自忙活自己的工作，四岁的儿子发高烧住院，也没能陪在身边照顾，只能每天打电话问候一下。杜梦珂，新村水文站职工，洪水期间一直在站上忙碌，不能回家。大雨导致手机信号不通，他的爱人不放心，徒步绕小道来到站上。

看到站上人手紧张，工作繁忙，从事工程岗位的他主动留下来帮忙，被站上同志称为“编外水文人”。

巾帼“女汉子”。暴雨洪水期间，水情值班室只剩4位女同志值班。水情信息一小时一报、全天候上报，要求她们一边收集各站信息，一边查看网上信息，一边综合汇总、认真审核，一次报送流程进行完，留下的休息时间只有15分钟，马上又投入下一次信息报送。她们还要做好电话接听、信息传达、机关应急事务处理等工作，20多天时间，人都瘦了一圈。共产党员杨万婷、张东亚吃住在单位，承担了所有晚上的值班，熬了一个又一个通宵，她们的眼睛始终通红通红的。共产党员白盈盈孩子很小，整天哭着要妈妈，但她为了工作把孩子丢给家人，始终坚守在单位。洪水暴发时入党积极分子郑娇丽正生病请假住院，她二话不说从医院跑到单位，带着生病的身体坚持值班，一天也没有耽误工作。

暴雨洪水是锤炼干部的“大熔炉”，是检验作风的“试金石”。鹤壁水文干部职工在与洪流搏击中展现了过硬作风，树立了良好形象，用实际行动诠释了“求实、团结、奉献、进取”的水文精神，在“21·7”抗洪抢险斗争中书写了浓墨重彩的一笔。

洪水还未尽消，抗洪还在继续。鹤壁水文人将扛稳使命，履职尽责，继续做好水文测报预报工作，奋力夺取抗洪抢险全面胜利！

（作者单位：河南省鹤壁水文水资源勘测局）

中华人民共和国成立后河南省水文机构变迁一览表

机构名称	姓名	职务	任期
淮河上游一等水文站	刘启佑	站长	1950 年 2 月至 1952 年 4 月
	张政	副站长	1952 年 1 月至 1952 年 10 月
	刘也秋	站长	1952 年 5 月至 1952 年 10 月
河南省治淮总指挥部水文科	赵劲民	科长	1952 年 8 月至 1952 年 10 月
河南省农林厅水利局水位分站	孟克东	站长	1953 年 9 月至 1955 年 12 月
	海兆林	副站长	1956 年 1 月至 1956 年 6 月
河南省水文总站	刘也秋	站长	1957 年 4 月至 1958 年 6 月
	郝诚儒	副站长	1957 年 4 月至 1958 年 6 月
河南省水利厅勘测设计院水文测验室	刘也秋	主任	1958 年 6 月至 1963 年 1 月
河南省水文总站	张剑秋	站长	1963 年 1 月至 1964 年 1 月
水利电力部河南省水文总站	张剑秋	站长	1964 年 1 月至 1965 年 4 月
河南省水文总站	刘彤	站长	1966 年 4 月至 1968 年 4 月
河南省水文总站革命委员会	张连均	代主任	1968 年 5 月至 1969 年 12 月
河南省水文气象台	马金印	负责人	1969 年 12 月至 1971 年 9 月
河南省水文总站	刘彤	负责人	1971 年 9 月至 1980 年 1 月
	徐荣波	书记、站长	1980 年 2 月至 1983 年 10 月
	王亚岭	书记	1983 年 11 月至 1985 年 8 月
	王志芳	站长	1983 年 11 月至 1985 年 8 月
	马骠骑	副站长	1981 年 8 月至 1985 年 8 月
	倪太庚	副站长	1981 年 8 月至 1983 年 12 月
	杨正富	副站长	1983 年 11 月至 1985 年 8 月
	夏邦杰	主任工程师	1980 年至 1984 年 1 月

续表

机构名称	姓名	职务	任期
河南省水文水资源总站	王亚岭	书记	1985年8月至1989年7月
	马骠骑	副站长	1985年8月至1989年4月
		副书记	1986年5月至1989年4月
		书记、站长	1989年4月至1993年5月
	严守序	副站长	1985年8月至1987年1月
		站长	1987年2月至1989年3月
	刘春来	副书记	1989年8月至1993年5月
	杨正富	副站长	1985年8月至1997年1月
	杨大勇	副站长	1989年4月至1997年1月
	田龙	副站长	1989年9月至1993年7月
	王志芳	总工	1985年8月至1992年10月
	于新芳	书记	1993年5月至1997年1月
	邹敬涵	站长、副书记	1993年9月至1997年1月
	赵庆淮	副书记	1993年4月至1997年1月
	王有振	副站长	1993年9月至1997年1月
	潘涛	副站长	1993年4月至1997年1月
	陈宝轩	总工	1993年4月至1997年1月
河南省水文水资源局	于新芳	书记	1997年1月至2000年12月
	邹敬涵	局长、副书记	1997年1月至2000年12月
	赵庆淮	副书记	1997年1月至1998年12月
	杨正富	副局长	1997年1月至2000年12月
		兼总工	1998年10月至2000年12月
	杨大勇	副局长	1997年1月至2000年12月
	潘涛	副局长	1997年1月至2000年12月
	王有振	副局长	1997年1月至2000年12月
	陈宝轩	总工	1997年1月至1998年8月

续表

机构名称	姓名	职务	任期
河南省水文水资源局	潘涛	书记	2000 年 12 月至 2011 年 8 月
	杨大勇	局长	2000 年 12 月至 2011 年 8 月
	王有振	副局长	2000 年 12 月至 2011 年 12 月
	江海涛	副局长	2000 年 12 月至 2011 年 12 月
	王靖华	副局长	2000 年 12 月至 2011 年 6 月
	赵凤霞	纪委书记	2001 年 12 月至 2009 年 7 月
	岳利军	总工	2001 年 4 月至 2011 年 12 月
	沈兴厚	水质中心主任	2007 年 7 月至 2012 年 5 月
河南省水文水资源局（副厅级）	潘涛	书记、副局长（副厅级）	2011 年 8 月至 2015 年 10 月
	原喜琴	局长、副书记（副厅级）	2011 年 8 月至 2017 年 9 月
	李斌成	书记（副厅级）	2015 年 10 月至 2018 年 2 月
	王有振	副局长（正处级）	2012 年 1 月至 2014 年 11 月
	江海涛	副局长（正处级）	2012 年 1 月至 2018 年 2 月
	岳利军	副局长（正处级）	2012 年 1 月至 2018 年 2 月
	王鸿杰	总工（正处级）	2012 年 1 月至 2018 年 2 月
	沈兴厚	省水环境中心主任（正处级）	2012 年 5 月至 2018 年 2 月
	杨传彬	纪委书记（正处级）	2016 年 1 月至 2018 年 2 月
	赵彦增	副局长（正处级）	2016 年 1 月至 2018 年 2 月
河南省水文水资源局	李斌成	书记（副厅级）	2018 年 2 月至 2018 年 9 月
		省水利厅总工兼省水文局负责人（副厅级）	2018 年 9 月至 2019 年 11 月
	王鸿杰	总工（正处级）	2018 年 2 月至 2019 年 11 月
		局长、书记（正处级）	2019 年 11 月～
	杨传彬	纪委书记（正处级）	2018 年 2 月至 2019 年 11 月
		副书记、纪委书记（正处级）	2019 年 11 月～
	江海涛	副局长（正处级）	2018 年 2 月～
	岳利军	副局长（正处级）	2018 年 2 月～
	赵彦增	副局长（正处级）	2018 年 2 月～
	沈兴厚	省水资源监测中心主任（正处级）	2018 年 2 月～